光谷之恋

郭晖 著

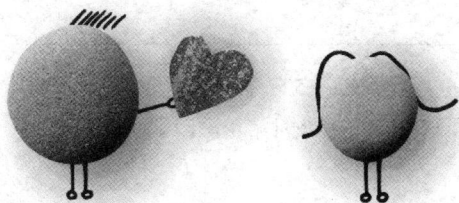

长江出版传媒 长江文艺出版社

图书在版编目（ＣＩＰ）数据

光谷之恋 / 郭晖著. -- 武汉 ：长江文艺出版社，
2019.12
　（湖北草根作家培养计划丛书）
　ISBN 978-7-5702-1173-9

　Ⅰ.①光… Ⅱ.①郭… Ⅲ.①长篇小说－中国－当代
Ⅳ.①I247.5

　中国版本图书馆 CIP 数据核字(2019)第 141676 号

责任编辑：马 蓓　 焦妙丽　　　　　　责任校对：毛 娟
封面设计：周 佳　　　　　　　　　　　责任印制：邱 莉　 王光兴
_____

出版：长江出版传媒 ｜ 长江文艺出版社
地址：武汉市雄楚大街 268 号　　　　邮编：430070
发行：长江文艺出版社
http://www.cjlap.com
印刷：武汉市首壹印务有限公司
_____

开本：700 毫米×1020 毫米　　　　1/16　 印张：31.5　 插页：1 页
版次：2019 年 12 月第 1 版　　　　2019 年 12 月第 1 次印刷
字数：389 千字
_____

定价：56.00 元
_____

目 录

第一章　雨夜之约

　　窗外又开始下起淅淅沥沥的小雨，但天气依然闷热无比。这就是 C 市夏天的显著特征，不运动都会闷出一身臭汗，更遑论三百个俯卧撑做完之后了。

　　这时的李旭晨，浑身上下只穿着一条运动短裤，三组俯卧撑后，汗水从他肌肤的每一个毛孔中溢出，整个人像是从水里捞出来似的。每晚三百个俯卧撑，是李旭晨的必修科目。抓起一条搭在椅背上的毛巾擦拭了一把，又随手丢在椅子上，感觉到口渴，走到冰箱前，拉开门取出一罐百威，拉开拉环，一口喝了个底朝天。

　　冰凉的啤酒一进入到胃里，李旭晨便感觉到一阵清爽从头顶传到了脚后跟，他惬意地吐出一口酒气，将捏瘪了的空酒罐准确地丢进垃圾桶中。这时，手机铃声突兀地响了起来。

　　"我是李旭晨……"接通电话，听了几句，李旭晨的双眼猛地睁大了，没等对方说完，他打断对方说："我马上到。"说着，挂断电话，抓起沙发扶手上的 T 恤衫边往身上套边冲出了屋子。

　　天色已经彻底黑下来了，小雨还在淅淅沥沥地下个不停，没有一丝风，马路上的行人也不多，在这个燥热又阴雨连绵的夜晚，连出租车也少了许多。

　　站在十字路口，李旭晨焦急地张望着，不多时，一辆的士开了过来，他伸手拦住，拉开后车门一头钻了进去，对司机说："江湾别墅，要快！"

见李旭晨一脸着急的样子，司机料想这位客人肯定遇到了急事，说了声好嘞，一脚油门，车子便风驰电掣驶了出去。

李旭晨是很急，刚才那个电话，让他心乱如麻，老朋友岳书成居然快不行了，老岳的助理跟他说，让他快一点赶到江湾别墅去，岳书成在弥留之际有话要对他说。

想起岳书成，李旭晨心里涌起一阵愧疚。本来说好了大学毕业后要去超越集团帮老岳的，一眨眼这么多年过去了，曾经的誓言早已经被抛到了九霄云外，凭借着大学四年学到的东西，浑浑噩噩的混了几年，生活水准一直维持在一个撑不死也饿不着的层面上，说不上心安理得，却也对岳书成怀着一点愧疚。

出租车在细雨中快速前行，一刻钟后，停在了江湾别墅的门口。

李旭晨付了钱后推门下车，径直朝安保森严的别墅区走去，好在和小区保安都熟悉了，打了个招呼，顺利进入。

岳书成家的大门半开着，透过门缝，李旭晨能看到院子里人来人往，他疾步走进去，迎面碰上岳书成的助理赵群。

赵群见李旭晨走过来，快走两步到了他面前，劈头就说："我都出来三趟了，总算把你给等来了。"

李旭晨脚步不停，边走边问："怎么？老爷子病得很严重？"

赵群严肃地点着头说道："省立心外科的几个专家刚抢救完，估计这关不好过。好在岳董人还算清醒，所以才赶紧让你来一趟。"

李旭晨已经听出了赵群的话外音，他紧蹙眉头，又问："集团是不是……"

赵群再次点头，沉重地低声说："没错，有人想趁火打劫啊……你也知道，超越集团发展到今天，岳董付出了多少心血，可惜老人家膝下无子，珊妮尚且年幼……"

说到这里，赵群止住了话头，但内里的意思李旭晨听明白了，今晚这趟岳家之行，不做出点承诺怕是过不了关了。心下一叹，李旭晨的脚步变得沉重起来。

　　走进房内，李旭晨看见几名白大褂正在说着什么，其中一个年龄大的，正是省立医院心外科主任钟明华。李旭晨走过去，对钟明华说："钟主任，你好。"

　　见是李旭晨，钟明华笑了："旭晨过来了。"

　　李旭晨点着头，说："又辛苦您了，老爷子现在情况如何？"

　　钟明华说："病情已经控制住了，但是情况不算乐观，心血管堵塞非常严重，必须尽快动手术。"

　　李旭晨皱眉说："那就别耽搁了，马上安排手术吧。是不是有什么问题？"

　　钟明华推推眼镜，摇头苦笑道："还是你了解老岳啊，他说，见不到你是不会同意进行手术的，还说有很重要的话要当面跟你讲清楚了才行。旭晨啊，都说病来如山倒，老岳的心脏不能再拖下去了，你赶紧去劝劝他吧。"

　　听完钟明华的话，李旭晨心里一阵抽痛，岳书成对自己可谓是寄予厚望的，这些年来，自己都干了些什么？愧对他的培养之恩啊。

　　想到这里，李旭晨点点头，推门进了岳书成的卧室。

　　卧室里人不少却很安静，岳书翔坐在沙发上，手里捧着病例做出一副细心研究的姿态，他的身边是常磊，听到门响，常磊扭过头，见李旭晨走进来，双目不禁发射出两道不易察觉的锐芒。李旭晨敏锐地察觉到常磊目光中不善的味道，心中冷笑，表面上却装作若无其事，冲他略一点头，举步朝床前走去。

　　岳珊妮坐在床边，双眼通红望着床上躺着的岳书成，像是刚刚哭过的样子，听到动静，珊妮看过来，见李旭晨走到她身边，眼圈一红，泪水就抑制不住的淌落下来："晨哥……"

　　拍了拍珊妮的肩膀，李旭晨劝慰道："珊妮，别哭，岳叔不会有事的。"

　　珊妮点着头，手却不自觉地抓住了李旭晨放在她肩膀上的手。

　　听到李旭晨的声音，岳书成醒了过来，他冲李旭晨露出和煦的笑容，说道："你来了。"说着想要坐起来。

李旭晨连忙摁住了他，轻声道："躺着，千万别动。"

岳书成艰难地点点头，浑浊的目光环顾四周，说："我没有大碍了，都出去吧，我要和旭晨单独聊聊。"

岳珊妮率先反应过来："爸，您……"

岳书成微微一笑："没事，没事，爸的身体爸清楚，珊妮听话，一会儿再进来。"

珊妮点着头，大有深意地看了李旭晨一眼，起身向外走去。

常磊怨毒地看着李旭晨，不甘心地出了卧室。岳书翔则笑呵呵地走到床边，跟李旭晨点点头，又嘱咐了大哥岳书成两句后方才离去。

"坐。"岳书成指了指椅子说道。

李旭晨依言坐下，低声问道："叔，你现在感觉怎样？"

岳书成淡然一笑，说："我的身子我心里清楚，没大碍的。"

"可是钟主任说……"

岳书成抬手止住了李旭晨的话头，说："心脏病嘛，老毛病了，一时半会儿还死不了。晨子，我今天喊你过来，你清楚是因为什么。"

双目炯炯望着岳书成，李旭晨微微点头，为难地说："我知道，您一直不死心，但是您也知道，早在几年前我就对加入超越集团不感兴趣，您就不要强人所难了。"

岳书成摇头说道："今时不同往日，今日的超越集团也不同往昔了……所以说，这次你无论如何都要过来帮我一把。"

李旭晨岂能听不出岳书成话里的意思，如今的超越集团，可谓是内忧外困，内部，由于是家族式企业，管理模式弊端相当严重，排外、任人唯亲、滥用职权现象十分突出。就拿岳书成的亲弟弟岳书翔来说吧，岳书翔总揽集团业务大权，产品的进出口业务就是他一个人说了算，其他人根本插不进去手。

除此之外，还有岳书翔的外甥常磊，那也是个权力欲望很重的人，虽说他在集团内职务不算高，但手里有实权，再加上此人心胸狭窄，又跟岳书翔有那么一层甥舅关系，就使得他目中无人，平日里眼珠子朝天看，除了他舅舅，丝毫不把别人放在眼里。这家伙还是个野心很重的人，虽说李旭晨跟他来往不多，但多少也听说了一些关于他的事迹。

外部，近年来，光电子产业虽说欣欣向荣，但由于超越集团的故步自封，使得超越集团在行业内的竞争力日趋下降，上下游产业就不用说了，仅仅是一个销路问题，就不是他李旭晨能够解决的。再有就是，进入 2000 年后，微小企业的兴起，对市场形成了很大冲击，也成为超越集团举步维艰的客观因素。

超越集团遇到的问题是大多数家族企业都会面临的问题，李旭晨清楚，就算老岳有恩于他，他加入超越，在短时间内也无法改变超越集团这些年来积累下的沉疴。再说了，年近三十，他已经不是几年前怀揣梦想的小青年了，他觉得，有一份稳定的、不那么忙碌的工作，安然度日，足矣。

掌控一个大型企业，还是算了吧。

想到这里，李旭晨为难地看着岳书成，说道："岳叔，不是我不想帮您，眼下……"

岳书成再次打断了李旭晨的话，他说道："眼下不是好时机，对吧？"见李旭晨想要解释，岳书成抬抬手，制止他道："你听我把话说完，我也知道，这时候让你进超越是难为你了，但岳叔确实没有好办法了，也没有可以信赖的人，这一点我不瞒你。你知道，超越集团自打 1992 年开始筹建，一路磕磕绊绊走到今天，我付出了半辈子心血，如今集团面临困难，我心有不甘啊。晨子，请你帮忙，我是经过深思熟虑的。况且，现在珊妮大学刚刚毕业，社会经验太少，实在是担不起如此重担啊，作为他的哥哥，你难道就眼睁睁看着千斤重担压在珊妮瘦弱的肩膀上让她无法承受吗？"

岳书成这番话让李旭晨无法辩驳，他是一个孤儿，当年，若不是岳书成把他从孤儿院领回家，他也就不会有今天的成绩。想到珊妮，这个比自己小十几岁的妹妹，李旭晨再也说不出拒绝的话。

"叔，我可以加入超越，但是我有几个要求。"寻思良久，李旭晨终于答应下来。

岳书成欣慰地点点头，右手附在胸口处慢慢揉了两下，方才说道："只要你愿意加入公司，什么要求我都能答应你。"

李旭晨郑重说："首先，您得答应我马上进行手术，钟主任跟我说了，您这病不能拖下去了，否则，心血管一旦堵塞，随时会有生命危险。"

岳书成嗯了一声，说："好，我答应你。"

李旭晨沉吟了一下，继续说："其次，我既然加入超越，那么，我有几个要求。第一，我要求全盘掌握集团的生杀大权，所以说，关于我的职务安排，您得综合性考虑；第二，我希望我能分管业务部门，对业务部门的人事安排，我会经过充分调研后做出调整；第三，我希望我能带一个人进公司。"

岳书成爽快地答应下来："没问题。这些我会向董事会说明的。至于你想要带谁进公司，人选物色好后，说一声，我安排。"

李旭晨说："岳叔，我要是有什么大动作，您可不能阻拦啊。"

岳书成若有所思地看了李旭晨一会儿，然后叹了口气，说道："我也清楚，集团内部某些人已经张狂到了不可一世的地步，你想做什么，大胆的干，不要怵手，我给你做坚实的后盾，把你的聪明才智全都发挥出来。"

李旭晨笑道："好。"

岳书成问道："你大约什么时候能上任？"

李旭晨说："等您手术结束后吧。"

岳书成强撑着疲惫的身体坐了起来，冲外面喊道："明华，明华，马上安排我进行手术！"

岳书翔正懒洋洋地坐在一间装潢优雅、格调别致的"星巴克"咖啡馆里。

此时，他的心情就像面前这杯滚烫的"摩卡"一样：冒着快乐、欢腾的热气——滴滴香浓，意犹未尽。

从某种意义上来说，并不仅仅是岳书成被疾病缠身才让他如此心情舒畅。因为，无论是谁在这个位子上，都压力巨大，岳书成岁数大了，不过是早晚得退下而已。

他端起面前的咖啡，用一种极其绅士的姿态，极尽优雅面带得意地轻轻啜了一口，然后对坐在对面的常磊说："磊子，你坐上客户部经理的位子之后，我们就可以大刀阔斧，马不停蹄地实施下一步计划了。"

常磊紧绷着脸没有理会岳书翔，只是低着头，心不在焉地用一只银色的小勺不停地搅拌着面前的那杯"蓝山"。

岳书翔的脸色微微变了变："磊子，你在想什么呢？"

常磊蓦地回过神，就像刚刚从睡梦中醒来似的，停下手里的动作，喃喃地问："你刚才说什么？"

"我是说，我的下一步计划就是再注册一家公司，由你做公司的法定代表人，我在幕后操盘。这样，我们就可以借助超越集团这个平台，明修栈道，暗度陈仓，把它现有的客户资源拿到我们自己的公司，从而发展我们自己的事业……"

"岳董要是知道了怎么办？"常磊的脸上浮现出了忧心忡忡的神色。

"他都病成什么样了，才没有心思管这些事情呢！况且，我是公司的副总经理，公司其他部门需要做的就是怎么把客户部交代的 order（指令）完成，而至于公司与客户之间究竟达成了什么协议，他是无权过问的，而且也无法知道。客户方面就更不用担心了，他们关注的不是和哪间公司合作，而注重的是和哪个团队，以及你所能提供的资源。从目前来看，我们实际上是一支队伍，用两块不同的'牌子'而已。等时机成熟的时候，我们再一点点把超越更多的人才转移到我们的公司，到了那时，就算总部有所察觉，我们的羽翼早已丰满了，自然就可以金蝉脱壳、光明正大地自立门户了。"

常磊还是有点担忧，说道："看岳董的意思，是想要把李旭晨弄进公司里去，那小子可不是个好对付的。"

"李旭晨吗？"岳书翔闻言便将手中的咖啡杯放回桌子上的碟子，一脸玩味地看着常磊，"那小子自从大学毕业之后就基本与那老家伙没了什么联系了，我那笨哥哥当初也不知道是怎么想的，会收养了个小子，不知道还以为他养了头白眼狼。"说着话，他用夹子夹了三块方糖放进咖啡内，然后用咖啡勺缓缓搅拌，似乎是对咖啡的甜度略有不满，他是嗜甜的。

　　常磊看着岳书翔的动作，顿了一会儿道，"李旭晨之前在 C 大读博时他对电子信息的了解以及那令人恐怖的商业才能你我也都是有目共睹的，就算他之后不知道因为什么原因退出商界，但凭他所累积的客源也可自力更生并且依旧在业内小有名气，单凭这点我们也不能掉以轻心。"

　　岳书翔冷哼了一声端起咖啡靠近唇边，没有喝只是闻了一下，"把一个六七年没怎么联系过的半个门外汉叫回来帮自己，老家伙估计是快要穷途末路了。毕竟就凭他那个宝贝女儿也不会让超越有所好转的。"他抿了一口咖啡，终于合适的甜度令他的心情有所好转，看了一眼坐在对面一脸担忧的常磊，他的嘴角扯出了一个难以察觉的弧度，"磊子，这么担心做什么？纵使他李旭晨能有上天下地的本领，超越如今一副烂摊子的场景他若是接手，想让它起死回生怕也不是一个难字可以描述的。"

　　"但，我还是有些不太放心。"常磊看着渐渐冷却的咖啡说道。

　　"兵法有云：兵来将挡，水来土掩。"岳书翔似笑非笑，"更何况，那小子充其量不过是个小兵罢了，何足为患。"

　　"就算他是头虎，我倒要看看，他这虎，怎么斗得过集团里的那群豺狼。"

　　常磊看了一眼眼前的人，便垂下了眼，陷入沉默。

第二章　出院之后

　　岳书成回到家后并没有像钟明华嘱咐的那样好好躺在床上休息，而是让助理赵群将超越集团近日来他没看过的各个部门的业绩统统放到了笔记本上让他过目。跟想象并没有什么太大的出入，集团近日来的业绩还是有减无增。就算还没到穷途末路的地步，但也绝对好不到哪里去。

　　李旭晨看着赵群离开后便转身走向岳书成，走到了刚才所坐的位置上，坐了下来，看着岳书成："叔。"

　　岳书成听到有人叫自己，缓缓睁开了眼，看到是李旭晨后，揉了揉太阳穴，换了个姿势坐好。

　　"嗯。"岳书成拿起了刚才赵群给倒的水，喝了一口，润了润喉，继续说道，"这周三我会召开董事大会，到时会上我会跟他们介绍你，并且给你安排职位。"

　　"什么职位？"李旭晨虽说要求老爷子给他公司的生杀大权，但如果职位过高，先不说他的能力如何，集团里的那些董事和高管多半也是不会认可的。

　　岳书成看了看他，良久之后才开口："CTO。"

　　李旭晨有些吃惊："CTO？董事们会同意吗？"CTO是负责公司技术的最高职位，当了CTO基本公司大大小小的技术方面都要他过目才能执行。

　　"那些老狐狸自然不可能这么容易就会答应的。"岳书成最熟悉不过那些董事，如果没有过硬的实力做后台，怕是很难让李旭晨站稳脚跟，"我提出给你职位，他们不会全然反对，不过，也肯定会有所刁难。关键就看你怎么应付了。"

李旭晨闻言，心下说这可难办了。如今他 34 岁，距离他上次担任公司高管已经过去了 7 个年头了，可以说是该生疏的他都生疏了，不该生疏的也生疏了。

而且，他不能确定自己是否能从七年前的那件事里完全走出来。

想到这里，他放在腿上的手渐渐握了起来。

岳书成见他面露难色，心知他有所顾虑。但事到如今能让超越平安度过危险期的他也只能想到李旭晨了，所以就算是强人所难，他也只能做这个小人了。

"旭晨，我知道你在担心什么，但是如今我和珊妮只能依靠你了。"

"我明白，既然答应了我自然会全力以赴的。"

岳书成见李旭晨这么说后，也放下了心于是说："如果这次你能帮超越渡过难关，你便是超越的第二个继承人。"

对老爷子说的这句话李旭晨并没有太当真，只是笑了笑说："叔，时候不早了，我先回去了。既然周三就召开董事会，那我就要准备一下了。你也该休息了，别忘记钟医生的嘱咐。"

"嗯，那你先回去吧。"岳书成也没有执意留下他的意思，只是向他点头示意。

"好，那么再见了，叔。"李旭晨又叮嘱了老爷子家中的保姆几句，这才离开了岳家。

出了别墅区后，他来到路上叫了辆出租车。今天知道赵群有开车来接老爷子他倒也没有再开车出来，所以现在只能叫出租车回去。

截到一辆出租车后他告诉司机地址便坐了上去，之后就再也没说过一句话。

他看着车窗外形形色色的行人和眼花缭乱的街景，却怎么也提不起心思来欣赏。

李旭晨，你真的能做到吗？

失败过一次的你，真的能再站起来吗？

没人能回答他。

包括他自己。

周三很快就到来了。

李旭晨特地起了个大早，一番整理之后确定无误便出了门。来到超越集团的公司门口，他又开始有点担心了。但事到如今也只能这么做了。

会议室内坐满了人，都是公司的董事以及各个部门的高管，都在低声讨论着会议召开的用意，显然没人知道董事长召开会议的用意何在。

除了两个人，岳书翔和常磊。

常磊坐在那儿并没有参与其他人的讨论，只是偶尔看下坐在对面的岳书翔。相比他的焦虑，岳书翔倒是没什么反应，就算是收到了赵群发来的邮件他也只是一眼看过。没说什么不满意，也没说该怎么做。

常磊虽和他是一伙的，但是很多时候他并不是太懂这个人的想法，不过他深知这人的可怕。越是不表露越代表他在策划着什么。看来，就算是跟他有亲属关系，也不得不防着点。毕竟，连自己亲兄弟都算计的人不能奢望他会讲什么情分。

正在他思考的时候，会议室的大门被打开了。赵群推着坐在轮椅上的岳书成走了进来，所有人看到后便噤了声，会议室内顿时安静了下来。

赵群将岳书成推到董事长的位置后，便侧身站在了一旁。

岳书成环视了一下，确定所有人都到齐后，开口道："想必各位都在想为什么我要召开董事大会。其实很简单，为了公司的发展。"

所有人只是看着他，没有出声。

"超越是我一手创建的，它曾经叱咤风云过。但如今，除了月月亏本的账目外就什么也没有了！"岳书成说着把账本重重地砸在了桌上，缓了缓道，"为了让超越能够早日回到巅峰，我带了一个人过来。赵助理，带他进来。"

赵群闻言点了头，便走到会议室门口，开了门。

所有人的目光都集中到了这个正在走进会议室的中年男子身上，但只有岳书翔没有看过去，他依旧翻着桌上的资料。

等中年男子走到岳书成身边后，岳书成看了他一眼，便郑重其事地跟所有人说道："他叫李旭晨，我打算任命他为 CTO。"

此话一出所有人都错愕异常，很快各种反对的声音层出不穷。

"我不同意，怎么可以让一个外人来担任 CTO！"

"没错，而且我们都还不知道他的底细！"

常磊坐在那里，从一开始的惊愕恢复了过来，而岳书翔除了刚才岳书成宣布的时候抬了一下眼后又将注意力放回到了资料上。

"CTO 这个职位已经空了快四个月，你们要是反对，那就给我找一个人过来！"见众人息了声后，他哼了一声，"既然找不到，就别在这里跟我提反对！我这董事长难道给个职位还得看你们的脸色吗？！"

众人一时不知如何回答，只能面面相觑。

"那也不行！我不同意！"不知谁说了一句后，所有人又开始表示态度。

李旭晨看着眼前的状况，果然和想象的一样。

岳书成刚想说些什么，这时一个沉稳的女声插了进来。

"何必要吵？"李旭晨闻言看了过去，是一个穿着黑色套装剪着利落短发的女人。

"董事长，你说要让他做 CTO 我也不好说什么。不过，怕是就这么给他做了，董事和高管们难以心服口服。"女人将手中的笔放下后，看向李旭晨，"不如让他先做三个月名义上的 CTO，等做出成绩了，让大家心服口服了，那时再转正也不迟啊。"

李旭晨看着她，女人也一瞬不瞬地看着他。

"大家意下如何？"

岳书翔是怎么也没想到岳书成竟然会顶着被这么多董事和高管质疑的压力，给予李旭晨 CTO 这个职位。这个职位虽说没有 CEO 那样有着绝对的号召力和话语权，但毕竟是负责集团的全部技术，技术即为一个公司的命脉。看来岳书成这次是铁了心的要救活超越。

岳书翔坐在办公桌前，由于窗户上的铁叶百合帘都被拉上的缘故，整个总经理办公室显得十分昏暗，只有从窗户细缝散落进来的点点微光。

他拉开了抽屉，从里面的雪茄盒内抽出了一根雪茄，点了火，抽了起来。在吐出来的层层烟雾中，他眯起了眼睛。

本以为再过些时日超越就会彻底崩溃，而那时自己早已将集团的大量资金和员工收纳到自己名下，坐享渔翁之利。但如今杀出个程咬金，看来，他得重新计划一下了。

这时候门响了起来，岳书翔看向门口，问道："什么事？"

"总经理，常部长找你。"门外传来秘书的声音。

"让他进来。"

门被打开后，秘书让常磊进来了，跟岳书翔点头示意了一下后关门出去了。刚有点光亮的办公室一瞬间又陷入了昏暗中。

常磊稍微往后看了下，见秘书已经将门关上后便转头看向岳书翔，但是一片昏暗中他只看见了一个模糊的轮廓和一点火星。

"怎么不开灯？"常磊向门旁伸过手去，准备打开门边的开关。

"用不着开灯。"岳书翔开口，让常磊的动作停在了半空中。岳书翔拿出了遥控器朝窗户摁了下，百叶帘缓缓升起，透进来的阳光这才将办公室内照亮。习惯了昏暗的岳书翔被阳光照得眼睛刺痛，用手遮了一会儿才能习惯。

"什么事？"

"舅，对于今天的事你就没什么看法？"常磊走到办公桌前，询问着岳书翔的意见。

岳书翔漫不经心地将烟灰抖到了烟灰缸里，"看法？你想要我有什么看法。"

"现在岳董把李旭晨带回到了公司里，还直接任命他为 CTO，这不明摆着是将我们当成敌人了吗？"常磊毕竟还是担心岳书成对他们防备加深。

"磊子，不是告诉过你了吗？敌乱我不乱。"岳书翔看着有些担忧的常磊，又摆起了常见的笑容，"何况他这还不是正式的，又何必这么担心。"

常磊听到他这么说后，稍微也平复了一下心情，然后又想起了早上的会议，"今天会议上巫启提出那个建议，你觉得她是在帮我们么？"

提出先使用李旭晨三个月的正是七位董事之一，现任 CIO，巫启。虽说是一介女流，但公司上下还真没人把她当作一个普通女性来看待。

原本在为李旭晨是否能担任 CTO 这个职位而吵得不可开交的董事和高管们，听到了她提出来的这个折中的建议之后，都静下来做了一番考虑。最后虽然还是有几人持坚决反对的态度，但大抵少数要服从多数，所以这件事也就算是默许了。

"哼，都在职场这么多年了，你还不明白在职场上没有帮这个字吗？"岳书翔吸了一口雪茄后接续说道，"就算她帮了你，也只不过是有利益可图或者是利益相同罢了。再说了，这女人平时就一副自命清高的模样，我可不认为她是在帮我们。"

"倒不如说她是在计划着什么。"常磊听了岳书翔的话后，接着说了一句。

"她是不是计划着什么我不知道。"岳书翔将快抽完的雪茄摁灭在烟灰缸内，"只要她的小算盘别妨碍到我的计划就好。"

常磊坐在沙发上双手握在一起，摩擦了一会儿，沉声道："但愿她是条好狗，别挡了道。"

太聪明的人从来都不怎么招人喜欢。

特别是这个人并不是自己这边的。

李旭晨回到家后也没管身上干净与否，就直接半躺在了客厅的沙发上，脱了外套也就直接丢在了一旁，扯了扯领带，盯着天花板发了会儿呆。

果然这么长时间没有接触这种正式场合还是会吃不消啊，无论是氛围还是环境都让他有不自在到胸闷的感觉。就像是上午开会老爷子将他介绍给了那些董事和高管后，所爆发的争吵令处于暴风眼中心的他顿时就有种想离开会议室的冲动，尽管他给忍了下来，但天知道待在会议室里的两个小时他是有多么坐立不安。

毕竟这些年来他除了必要的出门购物之外，就基本是待在家里，通过帮其他人网上作业来赚取费用，有时也会接一些电子杂志的约稿帮忙写一些科技类文章，谈不上多有钱，但至少怡然自得，也乐得自在。

这么多年了也就自己一个人过来了，偶尔想出去旅个游，但通常到了目的地由于没有同行的人感到无趣，所以基本进了酒店也就吃饭时间会出门而已。有时甚至直接叫酒店的服务人员送餐过来。

如此一来，他也再没了外出旅游的兴趣。

自从七年前那件事过后，他就开始害怕与人交流。这么多年了，他还是没能从那件事中完全走出来。

想着他叹了口气，然后从沙发上爬了起来，起身去冰箱那边拿了罐啤酒出来喝。冰冷的液体带着刺激的气泡在他的嘴内与喉咙内肆意流淌着，他也从过去的遐想回到了现实中。

早上老爷子向那些董事和高管宣布要任命自己为 CTO 时，那群人一致都持反对态度。原本自己想让老爷子给自己一般的职位，估计这事儿也就能这么过去了。没曾想话还没说出嘴边，就有个女人替他解了围。

先用三个月，做出成绩后，再转正。

就这么简单的建议，全场也没人反对，虽然还剩下几个古板的坚决不同意，不过也都被老爷子无视了过去。

自己也算是当上了 CTO，虽然只是暂时挂个名号而已。

后来在与老爷子用餐的过程中，才知道那女人名叫巫启，七位董事之一，现任 CIO。老爷子给的评价也是出乎意料的高。说是他亲自选进来的，进公司不到三年就凭借过人的智慧和绝好的交流能力坐上了 CIO 这个职位。也都是靠她，公司才没彻底被人遗忘挤出市场。

不过老爷子又说这个女人性情高傲，既不吃硬也不吃软，也从来不跟谁拉帮结派，全然是我行我素的风范。嘴巴也是锋利得很，得罪了不少人，不过因为过硬的实力就算被人暗算过也很快就能反击回去。

典型的女强人。

这是李旭晨听着老爷子讲述下的评价。他不太会应付这种类型的女人，总觉得她们的思维缜密的令人畏惧，关键一点是，由于所谓的男性自尊心在作祟，没几个男人喜欢一个女人比自己强。

不过老爷子又说七位董事中也就她是特立独行，不跟随任何人的脚步。言下之意就是说，这个人值得他去深交。

毕竟，如今的处境，能让一个人来到自己的阵营绝对不会是什么坏事。

李旭晨开始第一天上班，他在自己的办公室内来回走动，偶尔抬眼看了下窗外，所有的员工都在电脑前输入着文件，又或者是在工作室内做着些电子测试。

李旭晨决定还是先跟公司里的员工熟悉一下，这样一来日后也好调动员工的积极性。于是他出了办公室，稍微整理一下自己的着装，清了清嗓子，停顿了一会儿后就跟所有人说道："各位，我是今天刚来的 CTO，日后还要请各位好好指教！"

他说的很热情，但效果却不如人意。所有人只是抬了抬头，面无表情地看了他一眼，随后叫了一声李董好之后就继续低下头做着自己的事。仿佛刚才什么都没发生过一样，部门又恢复了平日里的冷清。

看到这个结果后，李旭晨也没什么太大的反应，毕竟他对此也没抱多少期望。刚想转身进到办公室内，身后就传来了一句话，"李董，你有这工夫在这里做自我介绍，不如干点正事。"

李旭晨闻言后便回头，看到离他不远处有一个正在给员工递过来的文件签字的中年男子。签完字后那男人就将文件递给了员工，员工拿着文件就离开了。刚才那句话，就是从这个中年男人口中说出的。

李旭晨听他这么说后，也没把他话里的挑衅太当一回事，径直走过去，在离那人不远处停了下来，向那人伸出了手，"你好，"他瞟了一眼那人胸前的工作证，"刘部长。"

工作证上写着，技术部部长，刘成。

刘成看了一眼李旭晨伸过来的手，又将视线放回到他的脸上，看着他一脸温润的笑。许久后，什么表示也没有就离开了原处，回到了自己的办公室内。

李旭晨望着他离开的方向，收回了放在半空中的手，心里暗暗叹了口气。

刘成下了班之后去了公司的地下停车场，找到了自己的汽车后准备开车回家。这时候在他的身后响起了一声汽车鸣笛。尖锐的鸣笛声在空旷的停车场内更加被放大，显得尤为刺耳。刘成也是被这声鸣笛声给吓了一跳，准备开车的手抖了抖，钥匙掉在了地上。

他弯下腰捡起钥匙放回口袋中后，看到前方有辆黑色的宝马越野车在闪着车灯。他认得那辆车。四下张望确定没有其他人在后，他便小跑着来到了越野车前，打开副驾驶的门后就坐了上去。

"常总。"刘成看着坐在驾驶位上的人恭敬地叫道。

坐在驾驶位上的人正是常磊，他侧头看了一眼刘成后，又将视线转向车外。良久没有开口。

在刘成感到车内的气氛越来越压抑的时候，常磊这才开口说道："让你看的人有没有看紧？"

"那是自然的！"刘成赶忙回道。

"李旭晨有没有什么动作？"常磊从裤子内拿出了一盒烟，拿了一根，点起来了抽着。

"动作倒是没有，就是爱管闲事。"刘成想起刚才发生的事，忍不住咬牙切齿道。

"管闲事？"

"就是今天有个员工没做好策划书，我给训了一顿。没想到这小子半路杀出来，简直就是狗拿耗子多管闲事！"话罢他又略有阴险地笑了笑，"不过我已经将那份策划书交于他做，倒要让他尝尝逞英雄的滋味。"

"你再说一遍。"常磊的语气一下就低了几个调子，显得异常深冷。

刘成也没反应过来眼前的这位大人又是觉得自己哪句话说错了动了怒，又原封不动地将刚才那句话重复了一遍。

"你这么多年的饭是白吃了吗？"常磊闻言后怒不可遏道，"把那么重要的策划交给李旭晨去做，你是故意想让他平步登云吗？！"

刘成听到他这么说后才表现得一脸恍然大悟，连忙解释道："对不起，常总！我没想到这点。但是！我只给了他三天时间，这么点时间他应该做不出能拿得出手的策划书的。"

"如果他能做出来呢？"

"就、就算他能做出来，那份策划书也不是常总您的吗？"刘成奉承道。

常磊听到他这么说后，将自己的情绪平复了一下后，转头对刘成说："出了什么差错，这碗饭你也别想要了！"

刘成听后连连表示不会，然后就在常磊的逐客令中下了车，回到了自己的车旁。

常磊看着渐渐驶出停车场的车，沉默地抽着手里的烟，烟灰多了后就将烟伸出车窗外。

看来，李旭晨那边，他还是要多费些心思盯着了。

第三章　敌暗我明

岳书成待在家中果然还是闲不住的。被逼着在家中静养了几天之后老爷子便开始嚷嚷着要回到公司里。无论是岳珊妮还是李旭晨怎么劝老爷子也不肯再答应闲在家中。大伙都知道老爷子一旦脾气犟起来，别说是十头牛，就算是十辆车也是拉不动的。

于是岳书成还是来到公司中继续工作，他由于个人感觉良好所以也坚决将轮椅给丢弃了。众人无奈，只能让赵群到时多加留意，按时给老爷子吃药了。

岳书成回到公司后，基本上所有人看到他或多或少的都会流露出一副吃惊的神态。虽说看见他都会弯个腰低个头尊敬地说声董事长，但眼睛还是透露出疑惑的神情。

岳书成回来这件事很快也传到了岳书翔的耳朵里，他倒是没料到岳书成会回来得这么快。他原本以为还要等些时日岳书成才会回来。不过回不回来也不过如此罢了。如今公司的状况，怕是那老家伙心有余而力不足。

岳书翔也没打算去岳书成那里问候一声，毕竟就算他们表面上不相互戳穿，但实际上二人的关系早已经是相当紧张的了。

当然，在另一头的岳书成也没有想让他来问候的心思。坐在办公椅上的岳书成看着赵群给他拿过来的公司这个季度销售业绩和财务支出，没看几页他的眉头就皱了起来，之后直接就将账本和文件砸到了办公桌上，一脸怒火地说道："这些都是什么！连续两个月销售业绩都是为零，财政永远都是赤字！销售部和财政部的部长都是干什么吃的！"

赵群刚想跟老爷子说上几句，门口却不适时地传来了一个声音。

"董事长，刚回公司火气就这么大，对身体不好。"

岳书成听到后抬头看向门口，发现说话的不是别人，正是 CIO 巫启。他将面上的火气收了起来，毕竟在外人面前不好将自己的情绪都表露出来。

"是你啊。"岳书成应了一声。

"我听到董事长回来的消息后想着是不是应该过来问候一声，刚想敲门就听到您在里面发火了。所以干脆就直接开门了，董事长介意吗？"巫启一边说着一边走了进来。

"没什么。你随便坐吧。"岳书成随手给她指了一个方向示意她坐下来，随后就将账本和资料给了赵群，向他摆了摆手，让他出去。

赵群拿过账本和资料后，对于老爷子的动作心领神会，向老爷子和巫启点了下头后就出了办公室，轻声带上了门。

巫启眼睛跟着赵群轻微转动了下，确定赵群离开后转过头看着岳书成。

"董事长，我明人不说暗话。我就直接问你了。"巫启开门见山地说道，"如今公司这个局面您打算怎么做？"

岳书成见她这么问后，表情显得少许凝重，回道："现在公司的状况不用我说你自己也能看明白。"

"董事长，现在公司内部的问题您自己也清楚，怕是到时候公司没被外敌给压垮，却是被自己公司内部的人给弄垮了。"

岳书成听后很清楚巫启话中的意思，外患有时并不是最可怕的，有时候摧毁一个巨人的，往往就是曾经没有起眼的内忧。

"而且，我作为 CIO 可以说是很了解现在公司在外面的口碑如何。"巫启一边说着一边观察着岳书成的脸色，"现在可以说是光靠做广告也叫不回我们以前的客源了。"

"况且广告的费用是越来越贵，如果想减少费用的话只能去选择一些不知名的广告公司，不过这样一来，公司基本也就没有了翻身的可能。"

"你说的这些我都懂。但如今公司资金成了最大的问题。"岳书成回答道。

"这我当然是知道的。"巫启顿了一下后，说道，"董事长，您有没有想过跟其他公司合资呢？"

"合资？"岳书成皱着眉头问道。

"对。如今公司内股权不均，这也是公司内部管理混乱的原因。还不如与其他大型企业进行合资。如此一来，公司的财政方面的压力或许会有所下降。"

岳书成听到她这么说后，并没有马上回答她，而是在那里沉默了很久。

巫启见他在犹豫着什么，刚想说话，就被赵群给打断了："董事长，李董找您。"

巫启明白赵群说的李董是哪一个，于是也没等岳书成说些什么，便起了身，跟岳书成说道："董事长，今天的事我就先讲到这里。剩下的，您自己再考虑一下。我就先出去了。"

岳书成听她这么一说也没有阻拦，答应了。

巫启见他答应了之后便转身离开了，在出门的时候正好与刚准备进来的李旭晨撞了个正着。巫启意味深长地看了李旭晨一眼后便径直离开了。

李旭晨倒是被她看得有点莫名其妙的，不过也没多想，就进了办公室。

而此时在另一边的岳书翔和常磊则是另外一种气氛。

岳书翔看着眼前从进来就一言不发的常磊，面上依旧是常见的笑："磊子，从进来到现在你倒是一句话都没说。"

常磊听到他这么问后，看了他一眼后又很快将视线给移开了，又沉默了半天之后才开口道："舅，新产品发布会的策划书，被李旭晨那小子做出来了。"

岳书翔听到之后，并没有什么反应，相反起身倒了一杯威士忌，问道："然后呢?"

"我当初跟您说刘成给了李旭晨做的时候,您要是跟李旭晨那小子说上一声不让他动的话,策划书他也不会写好的。"

"磊子,这你就想错了。"岳书翔背对着常磊说道,"这个策划原本也是你给拿了下来,之后又将策划书给了刘成去做。而今若是我出面说不让李旭晨做,怕老家伙也是不会答应的。"

常磊听后虽然还是想说些什么,不过也自知理亏,没再出声。

"再说了,手长在他身上。就算我说不让动,他也会照动不误。"

"那现在怎么办?李旭晨把策划书做了出来,企划部那边也已经开始做发布会的准备了。若是这次发布会做的成功,超越不是就又会恢复生机了吗?那我们之前做的不都白费了?"

岳书翔听后只是低声笑了一声,"磊子,策划书做好了不代表什么。就算这次的发布会确实做得成功了,也不一定后续就顺利了。"

"舅,你的意思是?"

"待在明处的猎物总是看不见在暗处的猎人的。"岳书翔将酒杯举起晃了晃,透过酒杯看向坐在沙发上的常磊继续说道,"他若是能弄好这次的发布会,只能说明他确实是有实力,但也仅此而已。他面对可不只是我们这两个已经被他当作是敌人的人,外头还有一堆豺狼虎豹可是盯着他。"

常磊听到岳书翔说出这番话后,也不再说些什么。他明白岳书翔的手段,就算李旭晨这次是成功了,怕是之后发生的要比他想象的难得多。

发布会并没有李旭晨想象中的那么简单,无论是从发布会的地点选取还是现场布置上,远比他预计的要复杂上许多。处理好一切事务之后,他就回到技术部的办公室内。在转椅上休息了片刻之后,觉得有些口渴便起身去了茶水间。拿了速溶咖啡随便调了一杯就喝了。边喝着咖啡边想着发布会上需要做的各种准备以及发言时需要注意的地方。毕竟这次产品发布会除了邀请了万盛以外还邀请了几家比较著名的公司,届时应该也有媒体会来。做得稍有不好就有可能不仅丢了合作伙伴而且还会被人抓住把柄。

　　他闷声喝了一口咖啡后，将咖啡杯放在桌上，想着事情的他没意识到手逐渐握紧了咖啡杯的杯柄。

　　就在他沉浸在自己的思绪的时候，身边传来的一点动静划动了他心里的那一潭死水。他就转头看向门口，发现自己身边不知道何时多了一个女人。

　　李旭晨看了她一会儿后，又换上了自己平日里的习以为常的微笑，回道："没事，我就只是想个事情而已。那个……"李旭晨突然停顿了下，原本想叫她的名字，不过才意识到自己似乎并不知道这个人的名字，于是有些尴尬地开了口，"还不知道你叫什么。"

　　"我叫关苑。"关苑如是回道。

　　"哦，关苑。"李旭晨重复了一下之后又像是低头研究了一下，又问道，"你刚刚叫我是有什么事吗？"

　　"啊，没什么事。我只是刚刚进来准备倒杯水喝，看到李董你好像不在状态才问了一句。"关苑说完后又问了一句，"李董，那个策划你写好了吗？"

　　"嗯？"李旭晨应了一声后继续说道，"那个啊，我已经做好了。现在已经开始准备发布会了。"

　　"是吗？那就好。"关苑扭捏了一阵子之后还是跟李旭晨说了几声谢，"李董，这次要不是你。我可能真的就被刘部长给辞退了。李董，刘部长你还是要多加小心一点比较好。"

　　"怎么这么说？刘部长哪里有问题吗？"李旭晨闻言后挑了挑眉。

　　"我也只是个小员工，有些话我也不能跟你多说。只能告诉你，刘部长似乎有点不大对劲。"关苑压低声音后回李旭晨的话。

　　"不大对劲？"李旭晨侧头想了一会儿之后问道，"例如哪里？"

　　关苑听到他这么问之后，表情显得有点僵硬，似乎在想要不要将她所知道的给说出来。李旭晨见她这副样子，想她应该说出来多有不便，于是开口说道，"要是不方便说就别说了，就当我没问过吧。"

见李旭晨这样说后，关苑似乎也下了决心说了出来："其实我已经好几次看见刘部长在公司外面和其他超越的敌对公司高管见面了。而且有次我还看见他收了别人的钱。"

李旭晨听到后有点吃惊，刘成虽然处处为难他看他不顺眼，不过自己倒也没太在意，所以也并没有将他想得如何不堪。不过如果关苑说的是真的话，那这样子事情可就不简单了。

他站在那里思索了一会儿之后，又看向关苑，说道："关苑，你说的是真的吗？"

"我也只说出来我看到的而已，让李董你稍微对刘部长长个心眼。"关苑说完后又捎上了一句，"李董你可千万别和刘部长说起我跟你说的话，不然这事他知道了肯定跟我没完的。"

李旭晨听后也明白她的意思，点了点头算是答应了。

关苑见他点了头之后，随便说了几句之后倒了杯水就准备出去了。这时候李旭晨倒是开口叫了她："关苑。"

"李董叫我还有什么事吗？"关苑回头问道。

"你以后，不如跟着我做事吧。"

关苑听到他这么说后，脸上显得有些吃惊："这话怎么说？"

"你过来给我做助理吧，反正看你好像也不怎么想在刘成手下做事不是吗？"李旭晨倒是没有看着关苑说话，自顾自地拿起了咖啡喝了一口。

关苑思来想去之后，觉得他的话也有几分道理。于是点了点头也算是答应了。随后李旭晨也没再说什么，就让她离开了。

李旭晨在关苑离开之后也没有立马走人，而是盯着咖啡也不知道在想着什么。

倒是离开了茶水间的关苑，在走出茶水间后，又回头看了身后，嘴角勾起了一丝诡异的弧度。不过很快就恢复了原状，离开了。

经过两周的场地规划和各种事项的准备之后，所有的一切也总算告一段落了。剩下来的只有发布会上的表现了。

　　发布会当天李旭晨很早就去了发布会的现场，毕竟还要检查一下现场状况以确保万无一失。他一边检查着场地的准备一边叫工作人员检查好设备。很快到了时间点，被邀请的各位公司的负责人也都陆陆续续地来到了发布会现场。李旭晨也去后台做准备。

　　等所有被邀请到的人员都来到了发布现场大厅之后，发布会也算是正式开始了。首先按照惯例还是由现任 CIO 上台说了些致辞。

　　"各位，十分感谢你们百忙之余抽出时间来到超越高科的现场发布会。在此我代表集团上下所有员工对各位表示诚挚的谢意！"李旭晨在后台看着在台上一脸淡然地说着致辞的巫启，心里倒是也有几分钦佩。毕竟在商场，女性向来都是偏弱势的那方。如今看到巫启在台上倒是落落大方的，也实属是商界精英了。

　　"那么接下来，就请我们集团新上任的 CTO，为各位讲解一下此次发布会的新品资料！"巫启说完之后便向台下低了下头后，就下了台。跟李旭晨打了个眼神之后就回到了自己的位置上。

　　李旭晨看了台上一会儿之后，深吸了一口气便大步走向台上。站在一人讲台上，抬头看了眼台下。所有人都聚精会神地看着他，等着他说话。稍稍平复了一下心情后，李旭晨便开始对大屏幕上出现的各种图片文字、产品资料进行解释。

　　台下的巫启倒是正在翻看着助理拿过来的产品资料，偶尔抬头看了下正在台上说着话的李旭晨，看到李旭晨在台上平淡自如地说着话，倒也在心里暗笑了声。果然是因为以前的工作经验吗？巫启心里想到，虽然还不确定自己的猜想是不是正确的，不过今天李旭晨的表现确实是很让人满意。巫启看了一眼坐在一旁的岳书成，他和万盛集团的董事长讲得正在兴头上，看来两人对于李旭晨今日的表现也是满意。

"岳董，今天这发布会你做得真是好啊！"坐在一旁的万盛集团的董事长开口说道。

岳书成听后便笑了笑，回道："方董，您这说的真是过奖了。发布会自然是要做得好一点，不然怎么留得住您这大顾客。"

被岳书成叫成方董的人正是万盛集团的董事长方建生，他听岳书成这么一说，也懂了他言下之意，轻笑了声后说道："岳董，你也是知道这行业的规矩的。之前超越意向不佳，也难有起色。我们虽说是长期的合作伙伴，不过既然您的公司都连续亏损了几个月，我这边也是挡不住我那些董事们的意见的。"

"这我明白。"岳书成回道，"所以今日的发布会也不知方董您是不是满意了。"

"那是自然的。超越高科不愧是已经在商场上叱咤了近三十年的大公司。想来之前也不过是一时低迷罢了。"方建生的话里更多的倒是有着些许嘲讽的意味，"既然现在超越又回到了以往的状态，我想我们之间的合作还是会依旧照常进行的。"

说罢方建生向岳书成伸过了一只手，岳书成看见了之后便回握了上去，"那么方董，日后可要合作愉快。"

"那是自然。"方建生一脸笑的握了握岳书成的手后，便将手松开了，然后又问道，"不过这次上台演讲的我之前倒也没见过。新人吗？"

说着他抬手指了一下在台上的李旭晨，而岳书成看见他的动作之后，也并没有否认，回道："算是个新人。"

"算是？"方建生疑惑地重复了一遍岳书成的话，不过见岳书成也没有继续说下去的意思，他倒也没有再继续问下去，而是换了一个话题，"他叫什么名字？"

"李旭晨。"

"李旭晨？这名字倒是耳熟。"方建生稍稍皱着眉头想了想，不过也想不出个所以然，也没继续纠结下去，"看他的表现倒不像是第一次上台演讲。这个新人好好培训日后必定大有作为啊。"

岳书成听他这么说后微笑以做回应，"方董谬赞了。"

"那可不是谬赞。新人的潜力可是大着呢。"

说完方建生就自顾自地笑了，而岳书成见他这么笑之后也就跟着笑了几下后，二人便又将视线重新放回到了正在台上说着话的李旭晨身上。

而这时已经讲完超越本季度的新品的所有状况的李旭晨也暂时放松了一下，然后便对着台下的所有人讲道："那么关于新品的资料我已经介绍完毕了。接下来的时间各位如果有什么问题可以向我提问。"

随后他便站在那里看向人群，而台下的人在讨论过后也并没有向他提出什么问题，于是他准备就此告一段落："既然各位并没什么问题，那么我们……"

不过他话还没说完便被打断了："等一下，我有问题。"

李旭晨闻言抬头看去，发现是一位有着中年啤酒肚的秃顶男人在说话，于是他便朝那人客气地问道："请问您是哪所公司的高管？"

"前锋科技有限公司的销售部经理，李强。"那人说道。

李旭晨在脑内飞快地寻找了一下关于前锋科技有限公司的相关内容后，心里也大概有了个底，于是问："那么李先生，贵公司有什么问题需要我解答的？"

李强看了他一眼后，抬了抬因为面部的油而有些滑落的眼镜，问道："既然你在发布会上将你们公司的产品说得如此之好，那么我有点问题想问了。我之前似乎听说贵公司已经有三个月的时间都处于亏损状态了，你能给我解释一下是什么原因吗？"

李旭晨闻言后有些愣住了，他并没有做这方面的准备，再说刚来公司不到一个月，有很多事情他并不是很了解，于是只有说："关于这点，我想应该是市场营销方面出了点问题吧。"

"可据我所知，似乎是贵公司的内部股权出了点问题才导致贵公司的市场开始有所减少的。"李强依旧不依不饶地问道。

李旭晨这下就被他的提问给难住了，先不说他对公司内部如今的股权状态清不清楚，这个人怎么知道超越现在股权不清才是重点。可现在他问的问题回答也不是，不回答也不行。他看向岳书成的位置，发现老爷子也正是一脸严肃地看着李强，一副欲言又止的模样。

"怎么了？难道说这个问题李董没办法解释吗？"李强继续说道，嘴上依旧不留情，"毕竟在座的各位都是想和超越合作的，如果合作对象的内部情况不乐观的话，怕是也会影响到日后的合作吧。各位觉得呢？"说完他便像征求大家意见一般地问了一句。

在场的人听到他这么说后也都是点了点头表示默认，然后都看向站在台上的李旭晨。李旭晨显然对这突如其来的变故有些茫然，不知该怎么处理。而台下媒体的灯光也是让他的眼睛有些刺痛，站在台上的他突然间感到有着些许的无助。

"李董，你……"李强原本还想借机发难，却被一个声音给制止住了，"李经理，你问的这件事和今天的发布会有什么关联吗？"

李强听到后转过头看去，发现坐在岳书成旁边的女人正合上手里的资料，看向他说道。

"今天我们公司的新品发布会，正如你所见。我们公司本季度的商品拥有着很广泛的商业途径。李经理如果是本着与我们公司合作的意向来问关于产品的问题，我们公司自然是很欢迎的。"巫启顿了一下后，抬眼看着李强继续说道："不过如果你问的问题涉及我们公司的隐私方面，我想我们的CTO也没理由要回答你吧。"

李强听她这么说后，一脸的不满，急声道："既然要跟别人合作，诚信至少是要的吧！"

巫启听他这么说后，不以为然地笑了："诚信？怎么，就连公司的隐私也得都给你过目不是？"

"况且，李经理你自己也清楚吧。现在以你的身份是没资格过问超越现在的情况吧。还是说，你希望我跟所有人说说你之前做的好事呢？"

巫启说完后，一脸玩味地看向李强，观察他的反应。

果不其然，李强听她这么说之后，张了张嘴也没说出一句话来，脸上满是不甘的表情，不过最终还是坐下不说话了。

李旭晨见李强不再发言后，扭头看了眼巫启，巫启脸上的表情倒是没有太多的变化。不过见到李旭晨向她这边看过来后，还是朝他点了点头，示意他继续说下去。

虽说出了点儿意外，不过好在之后的发布会也都算是一切顺利了。发布会举办完之后，公司便带着被邀请来的所有高管前去举办地准备的自助餐区域。让所有人都食用了自助餐。这次的发布会也算是圆满地结束了。

第四章　重新规划

自从那次发布会还算成功之后，超越也算是迎来了这几个月以来第一次真正意义上的业绩收入。万盛也重新和超越签订了长期合作的合同。超越也就此可以算是重新又走上了正轨，虽说前面的路不算是畅通无阻，但如今至少也算是解决了手头上的一个燃眉之急，公司上下多少也可以因此喘上一口气。

同时通过这件事，公司上下也对李旭晨有了重新的看法。以往公司里的人都对李旭晨抱有一种蔑视的态度。毕竟一进入公司便被任命为了CTO这事说出去多半没几个人会相信是凭借自己的实力进来的。所以大家也都形成一种莫名的共识，那就是李旭晨多半是靠了关系才能进来的。自然态度上也就都不会好到哪里去。而今李旭晨所主办的发布会成功了，大家对他的态度也与以前不同，可以说是大有改观。

李旭晨对此倒是并没有太过于在意，他曾经也是做过高管的人，自然也很清楚商界这个圈子里的情况。圈外的人想进来却不明实况，圈内的人想脱身却身不由己。而在职场上工作的人，哪怕就算一开始是小白，随着时间的磨练也会开始变得能适应职场，自然的，也懂得了在职场上生存下去的方法。人前背后都是不同的模样。

虽说发布会算是成功了，不过只凭此估计还是没办法在董事会那边立足。

要是想真正在董事会那边立足的话，还是要找公司内已经拥有股权实力的人来到自己的阵营里帮上自己才行。

就在他这么想着的时候，桌上的电话就响了起来，他看了一眼电话之后，叹了口气撑起身子按下了免提键，"什么事？"

"李董，这里有一通董事的电话。需要帮您接进来吗？"陈助理的声音在房间内响起。

李旭晨一听是老爷子的电话，倒是一下子就清醒了起来，"帮我接进来吧。"

"好的，这就帮您接进来。"陈助理说完后便没了声音，取而代之的是老爷子的声音。

"旭晨。"

"董事长。"李旭晨回道。

"嗯。"老爷子顿了一下后说道，"你今天中午有没有空？"

"嗯？今天中午吗？有空的。"李旭晨不太明白为什么老爷子这么问。

"嗯，那今天中午就一起吃个饭吧。顺便有些事情要跟你说。"老爷子说道，"饭店我已经定好了，在腾悦酒店，包间是天字号。你工作完了之后就自己过来吧。"

"好，我知道了。"跟老爷子应了一声之后，李旭晨又说了几句话后便挂了电话。

因为不想让老爷子等得太久，李旭晨这次可以说得上是用尽了精力处理好了一上午的事情，并且还能跟员工们同时下班。要知道以往的情况是员工下班很久了，有的都已吃好午饭回来之后，他才匆匆忙忙地赶去吃午饭。

公司距离腾悦酒店也就二十分钟左右的车程，所以他来到酒店的时候时间也不算太晚。他抬手看了下手表之后就停好车进了酒店。

来到天字号包房所在的楼层，他大概地寻找了一下就找到了包间，抬手敲了敲门之后就打开了包间门，不出所料老爷子已经坐在里面了，不过令他有点意外的除了老爷子以外包间里还有一个人，"叔，我来了。"

岳珊妮一见李旭晨走了进来之后就快步走了上去，喊了一声："晨哥。"

李旭晨有些意外地看了她一眼，不过脸上还是露出了温柔的微笑，"珊妮，你也来了？"

"嗯，今天爸爸叫我一起出来和你吃个饭。说是要说些什么事。"岳珊妮一边跟着李旭晨往包间里走一边说道。

李旭晨听后心里咯噔了一下，难道今天要说的事还和珊妮有关系？

"叔，您今天这么大动干戈地叫我过来不只是为了找我吃饭吧？"李旭晨见服务员离开之后也就直接问起了老爷子，"说吧叔，什么事情要把我和珊妮一起叫过来。"

岳珊妮听李旭晨这么问之后也就跟着点了点头，"对啊爸，你把我和晨哥叫过来到底是有什么事啊？"

岳书成抬眼看了他们一会儿之后，不易察觉地叹了口气说道："旭晨，珊妮。今天我叫你们来有两件事，一件事是关于珊妮的，还有一件是关于公司的。"

"关于我的？"岳珊妮抬手指了一下自己，"我有什么事啊？"

"我打算让你进入公司内工作。"岳书成看着岳珊妮说道，"你过不久也就要实习了。我打算安排你来超越工作，适应一下工作环境。你晨哥会在你不懂的地方帮到你的。"

"怎么这么突然？"李旭晨看了一眼惊讶的岳珊妮问道，"现在就让珊妮去合适吗？"

"早晚都是要适应的，不如早点来更好。"老爷子问道，"珊妮，你的意思呢？"

岳珊妮低头想了一会儿之后："爸，我听你的。"

李旭晨见她这么说也就不好再说些什么，最多珊妮刚做事的时候自己多帮衬着点就是了。老爷子听后点了点头，继续说道，"至于关于公司的事，我打算重新分配一下股权。"

"旭晨你现在大概也是知道一些，现在董事们的股权十分模糊，除了我和岳书翔的股权较为明确之外，其余的股东的股权很不清楚。所以我打算重新分配股权。"

李旭晨听后点了点头，他自然是明白老爷子做法的。不过而后他又想到了某些事，"不过光直接说分配股权怕是股东们也不会同意吧。叔，你有眉目了？"

岳书成听他这么说之后从身边的公文包内拿出了一份文件递给李旭晨。李旭晨有些疑惑地接过了文件，打开来看后重新看向老爷子，眼里透露着些许震惊："叔，你打算收购这所公司？"

"对，只有融入外部的资产进来才有正当理由重新分配股权。另外，你和珊妮或许也可以通过这次机会正式在董事会占有一席之地。"

李旭晨听到老爷子这么说后又将视线放回到文件上，久久没有说话。

李旭晨仔细翻看了一下老爷子递过来的报告书，大概了解了一下信源公司的大致情况，"叔，你真的确定要收购这家公司？"他有些不太确定地问道。

"这家公司成立于 2003 年，跟超越也确实是有过几次合作。不过那些合作的单子资金也并不是很大，而且这家公司似乎已经有一段时间的不良口碑了。公司里的业绩好像也是处于长期下滑的状态。叔，你是真打算收购吗？从我这边角度来说，是不建议你这么做的。"

岳书成听他这么说后先是抿嘴笑了笑，拿了放在餐桌上的茶杯喝了一口之后，缓缓说道："旭晨，你这么说确实是有些道理。不过你忘了要结合一下我们公司现在的具体情况。"

"确实，这家公司如今的口碑和声誉并不是太好，而且业绩也长期处于下滑的状态。不过我之前毕竟是和他们合作过几次，对于他们公司还算是有几分熟悉。据我所知，他们公司如今出现这种状况貌似也是因为公司内部的股权不清所导致的。之前的董事长去世后就由他的儿子继承了公司，不过从那之后他们公司就开始衰退了。估计是现任的董事经营不善吧。"

老爷子停顿了一会儿，拿起筷子夹了一块菜放进嘴里嚼了嚼，同时也叫李旭晨一起吃。李旭晨见到老爷子的举动之后只是摆了摆手，继续坐在那儿等着老爷子说下去。岳书成见他也没吃的意思，随便嚼了两下咽了下去后继续说道，"关键是，收购他们公司要用的资金也算是我所找的几家中比较少的。而且既然问题有所关联，那么收购进来也可以方便管理。这个公司在前任董事还在的时候在行业内也算是有点名声的。旭晨，你也知道按照我们公司现在的状况，再大一点的公司先不说资金方面能不能运转的过来，管理方面难度也是颇大，所以暂时也只能退而求其次了。"

李旭晨听老爷子这么一说后，垂下眼皮低头想了想，确实。如今的状况也只能尽量以最小的付出收获到最大的回报。至于公司方面，只要管理妥当也不怕会拖超越的后腿。

"既然叔你已经这么决定了，我也不好再说什么。不过也是，如今状况按照叔你的做法或许会来得更简单一点。"

"嗯，实际上除了和你告知一声之外，我还有件事需要你来做。"岳书成看着李旭晨说道。

"叔你有什么事就直接说吧，我都会尽力帮上你的。"

"嗯。"岳书成看了他手上的文件一眼后，跟他说道，"这次收购的具体事项我想派你去进行洽谈。"

"要我去我是没什么意见，只要叔你能放心就好了。而且我也可以顺便真正了解一下信源如今的现状。"

"对你我是不会担心的，至于你需要去的地方我之后会让赵群打出一份文件发到你的信箱里的。估计你这次要出差一段时间了。"

李旭晨听到后摇了摇头，他是已经很长一段时间都没有离开过家出远门了。如今倒是因为事务又要出门了。只是不知道此次出门是否也会像发布会那样有惊无险地平安度过。看来回去之后他还是要做好准备工作才是。

"另外，如果能收购成功后重新分配股权的话，以你现在的实力是没办法真正在董事会上分到一席之地的。所以你还是要找到已经有股权的人来拿出一部分的股权给你才行。"老爷子有些担心地看了李旭晨一眼，"我这边是没办法帮上你的了。如何？你自己找到适合人选了没？"

李旭晨听老爷子这么一问，倒是跟他现在所担心的是一样的。他摇了摇头轻声说道："暂时还没有主意，我会尽快解决这个问题的。"

"嗯。这事也只能你自己来想办法了。我老头子年纪大了也开始不中用了。"岳书成自嘲道。

"叔你说的这是哪里的话。"

两人又在那里说上了一会儿闲话之后才开始动了筷子正式吃了起来，只是这个时候岳珊妮已经吃得差不多了。而后的半个小时内她只能拿着手机在那里等着李旭晨和老爷子吃完。

早知道就不吃得那么快了。岳珊妮在离开酒店的时候心里想到，等人吃饭的感觉真的是太无聊了。

回到家，李旭晨与大学死党杨文在网络上聊了一会，杨文是个不折不扣的高才生，在大学时期就已经有许多家公司想将他拉去为己所用，不过都被他以学业为重的理由给拒绝掉了。之后又去了美国哥伦比亚大学留学，之后便在美国居住了下来。而且还在一家相当出名的上市公司做了高层，可以说是很了不起。李旭晨这次是铁了心也要把杨文从美国拽回来帮扶自己。

跟杨文说了几句之后他就下了线，李旭晨也能理解，毕竟合同快要到期了要处理的事务也比平时要来得多。

靠在椅子后想了一会儿，杨文回来后应该怎么跟他说他才会答应来帮自己。杨文虽说平日里与他是挚友，不过在工作这方面却是看得很清。如果说没有必要的理由的话，他也不是会这么随随便便地帮自己的。

发布会之后要操心的事情倒是多了起来。靠在椅子上放空了一会儿自己之后他就重新坐了起来。

毕竟现在的任务是处理好收购的事情，还是将思绪给收回来吧。

虽说老爷子说是让他回去想一下关于收购方面的事情，但事实上也就真的是给了一天不到的时间而已。由于信源光电源有限公司那方面似乎出了点儿事情，所以公司方面将收购洽谈提前了一段时间。

早上刚起床拿了手机看了一下之后，就看到赵群给他发的一条短信，说是让他今天做好准备，晚上七点的飞机，而后就又发来了一份关于信源收购方面的合同书样本和资料，说是让他先熟悉合同的具体流程。

李旭晨站在洗漱台前，拿着牙刷挤了点牙膏之后就刷起了牙，刷着刷着他就看了眼镜子中的自己，随后就停下了手里的动作盯着镜子中的自己。镜子中的自己和六年前的自己并没有太多的变化。如果硬是说要有什么变化的话，应该就是自己的外表有了些许的变化。说不上是有多老，只不过是有着中年男子所特有的一种成熟稳重以及一丝丝的颓废罢了。

自从那件事过后就已经过了有六年之久，而自己也可以算得上是颓废了六年。由于那件事所遗留下来的后遗症导致他这几年来从不会出现在任何大型公开的企业会展上，至于与其他人的商业交谈更是不可能的事。虽说杨文曾经劝说过自己要从那件事情中走出来。但是这么做比他想象中的要难上许多，在很长一段时间里他只要闭上眼睛都能想象得到那个画面。长此以往的情况甚至让他差点为此去看了心理医生。

长此以往的结果就是整个人都显得憔悴不堪，之后由于那件事情他也就基本断了与外界的来往，除了必要时候以外其余时间一概待在家中。如今要不是老爷子身体情况和公司状况确实不容乐观的话，恐怕自己就会一直待在自己的小圈子内，自己走不出去别人也进不来。

而那件折磨了他许久的事情至今除了老爷子以及杨文两人外，他便再没告诉任何人。在进入公司以来这些天，那件事偶尔还会若有若无地出现在他的脑海里。或许这件事直到他生命消亡也不会从他的生命中消失吧。

用力地摇了摇头，将脑内的思绪都甩出。转身去厨房用咖啡机煮了杯咖啡，用面包机烤了两片面包，之后就着热咖啡将两片烤面包咽下了肚子。随后就匆匆忙忙地赶去了公司。

　　到了公司之后他就直接去了技术部，将助理在电脑上跟他说的要处理的事务很快地给处理完了。将处理完的文件递给了助理之后他就去老爷子所在的区域找赵群，一来想要知道乘飞机的具体地点，二来是想跟他确认一下收购那方面的事宜。

　　来到老爷子所在的董事会之后，听到老爷子的门外秘书说今天老爷子并没有到公司来上班，李旭晨有些奇怪不过也没有太过在意。之后他就让门外秘书将赵群叫了出来。在外面等了一会儿之后赵群就被秘书给带了出来。赵群看到是他之后脸上也没有什么表示，只是跟秘书又说了几句之后秘书就独自离开了。

　　见秘书离开之后赵群就走到了李旭晨身边跟他说了起来："怎么又过来了？我还在想飞机票到时我给你送过去。"

　　李旭晨和他一边走一边说着话，听他这么说之后就问了他一句："怎么？你不跟我一起去吗？"

　　赵群听他这么问之后就摇了摇头，说道："我就不陪你去了。这边还有挺多事情需要我来处理的。老爷子那边似乎也不太顺心。今天也都没有来上班。"

　　"怎么，老爷子那边出了什么事吗？"李旭晨问道。

　　"岳小姐不是要来公司里实习么。总经理知道后说是要去拜访一下老爷子，但老爷子也明白这是醉翁之意不在酒。所以今天也就没有来公司上班。"

　　李旭晨听到他这么说之后，侧过头想了一会儿。确实，岳书翔嘴上说是拜访一下但实际上估计也只不过是想探探老爷子的底而已。如今岳书翔已经是坐实了要和老爷子对着干的位置了，所以他的任何举动都不得不加以提防了。

　　李旭晨想了一会儿之后又转头看向赵群，问道："那如果你不去的话，那么谁和我去？毕竟我算是一个新手，让我一个人去的话难免会有些地方我会搞错或者是处理不好的吧。"

"嗯，我也是考虑到了这个问题，所以才特地给你找了一个你出差期间的助理。就是你部门的。"

"嗯？我部门的？"李旭晨显得有些好笑，"我部门的我自己怎么都不知道。"

"时间太赶没来得及告诉你。"二人说着就已经到了技术部的门口，"我现在叫她出来，你看到之后就知道是谁了。"说着赵群就走进技术部门内叫人去了，留下了李旭晨一个人在外面。李旭晨虽说想跟他一起进去看看究竟那个人是谁，不过想了想觉得不妥之后就没跟进去。

在门外等了片刻之后赵群就将那个人带出了门外，李旭晨看到跟在赵群身后的人之后脸上有了几分惊讶的表情，"原来是你？"愣了片刻后他开口问道。

这个被赵群带出来的人不是别人正是之前他帮助过的关苑，关苑出来见到他之后并没有显得有过多的惊讶，只是朝着李旭晨点了点头之后就站在了原地看着他。赵群看着他们两个都相互认识之后也不再做过多的介绍了，"你也应该是认识她的，关苑，进技术部门也有四个年头左右，也算是个老员工了。这次就让她跟着你一起去出差。她了解公司的运行状况，对你也会有点用处。"

李旭晨瞟了赵群一眼之后，心里思索了一下他的话，觉得言之有理，便默默地点了一下头算是默认了，说："那行吧，就我和关苑去处理吧。"

关苑看着坐在眼前正一脸悠闲地喝着咖啡的岳书翔，并没有什么话。

"怎么不说话"？岳书翔看着坐在自己面前不过一直一言不发的关苑说道，"让你查的事有查到什么吗？"

关苑抬头看了他一眼之后，拿起放在眼前已经开始冷却的咖啡喝了一口，然后将视线移到了窗外，也不知道是看着哪里，"并没有查到什么。"

"没有查到什么？"岳书翔不悦地反问道，"你都已经取得了那家伙的同情了，竟然还是一点有用的消息也拿不到吗？"

"取得同情并不能算是什么，再说了他对我还是有些戒备的。我这边自然也就不能找到什么有用的东西。"

岳书翔听到之后冷哼了一声："你最好还是快点找到对我有用的东西。不然到时候会发生什么事也就怪不得我了。"

关苑听到他这么说之后，放在膝盖上的手捏了捏裙摆。

不错，她和刘成有矛盾那回事实际上就是岳书翔他们自导自演的一出戏罢了。他们也就是赌李旭晨看到之后会不会见死不救而已。而且事实也证明他们赌对了。

之后岳书翔就让关苑将李旭晨的一举一动都告诉他，包括这次要去 D 市进行商业收购这回事也是由关苑告知岳书翔的，只不过关苑自己也并没有了解得太过于详细，只是知道一些大概而已。毕竟自己再怎么说也只是一个小员工罢了，深入的事情还是不能被告知的。

至于为什么关苑会帮岳书翔做事其实原因很简单。之前她在技术部门是负责财务管理那一块的，不过因为一时利欲熏心选择做了假账，之后被公司查出来原本想将她告上法庭的。她当时估计自己是没有什么翻身的余地了，而且这件事如果被传了出去估计自己就会被所有的公司给封杀了。

就在自己为了以后的出路而感到绝望的时候，岳书翔倒是站出来帮了她。当时以为自己是捉住了救命稻草，不过日后才知道那不是什么救命稻草，而是一个不折不扣的恶魔。

在帮助她解决所有事之后，岳书翔就跟她说要她来帮自己。一开始关苑以为他说的帮只是来帮他打打杂之类的。谁知道他是要她做技术部里的内奸，将技术部内发生的所有事情都跟他报告。

其实一开始她是拒绝的，毕竟自己并不想做这样的事。不过岳书翔则威胁她说如果她不答应的话就将她做的事全部都翻出去。她一想如果岳书翔将她的事都说了出去，自己在这个行业就真的是没有任何立足之地了。而且她家里还有孩子和老人要养，如果真的没工作了就真的是完蛋了。

左思右想之后她还是答应了岳书翔的要求，专门帮他套取一些重要的信息。之前的 CTO 就是因为她告诉了岳书翔他近期准备做的项目之后，被其他公司偷盗了文件内容没能拿到项目，一气之下就跳槽去了其他的公司。

当时关苑对此还是有些心存愧疚的，不过一想自己的事情之后，也就都狠下心来继续做了下去。

而今李旭晨的到来又让她的用处发挥了作用，岳书翔特地让刘成配合她演了一出戏，引起了李旭晨的注意。之后她也就顺理成章地待在了李旭晨身边做事。

而像以往一样的，她又做起了内奸的事。

晚上七点很快就到了，李旭晨整理完所有事情之后就直接叫了出租车赶到飞机场。在机场，李旭晨准备离开的时候，赵群拉过李旭晨在他耳边说了些什么，李旭晨听过之后转头看了下赵群，而赵群则是冲他点了点头。

关苑见李旭晨还没有跟过来，于是在前面叫了他一声。李旭晨应了之后跟赵群说了一声就跟着进去了。

上了飞机他和关苑找到位置坐下来之后就没有再出去走动了，李旭晨坐好之后就拿出了资料开始看。而关苑则是拿着手机在那里发着些什么短信。

飞机飞起来之后他们两个也没有说上什么话，关苑看着窗外很长时间都没有转过头来，突然她将视线放回到李旭晨的身上，问道，"李董，我有个问题想问你。"

李旭晨正在翻看着资料，头也没抬地回了一句："嗯，什么问题？你问吧。"

关苑见他没有看向自己，原本就要说出口的话一时间也没能说出口。

李旭晨在一旁等着她开口，许久没有听到她的声音就抬头看看她，发现她正一脸犹豫，于是说道："没事，你问吧。能回答的我都会回答的。"

关苑听到他这么说之后，也就开口问道："如果有个人因为某些原因做了自己不想做的事，你觉得那个人能被原谅吗？"

"嗯？那要看他到底是做了些什么样的错事了。"

"嗯。"关苑应了一句之后就再也没有了下文。

李旭晨见她不再说话之后问道："怎么？你身边有人这样了？"

"没，我就随便问问而已。"

李旭晨闻言之后点了点头，便不再出声。

二人一直沉默到了目的地，出了机场之后他们就直接叫了一辆车到了尚悦宾馆，办理了入住手续之后他就和关苑各自住到了自己的房间内。

李旭晨进到自己的房间将行李箱往旁边随意地一放就坐到了床上，双手撑了一下自己的头。长时间没有接触到外界使他开始不太适应外界的情况。这才离开原地没有多久他的症状就又开始显现了。稍稍调整了一下之后他就想起了赵群在他离开之前说的那句话。

注意一点关苑。

刚开始听到这句话的时候他觉得有点莫名其妙的，关苑是他选择跟着自己的。不过当他抬头看到赵群的脸色的时候，知道他说这句话是有原因的，至于是什么原因，估计是因为关苑这个人路子不简单。

当时看到她被刘成数落成那样子，自己忍不住就上前帮了她一次，之后也就让她做了自己的助理。难道看似这么简单的一个人都不像自己想象的那样单纯吗？

看来窝在家里的那段日子使他开始对职场的这趟浑水越来越摸不清看不透了。

既然赵群叫他稍微注意一点的话那他也就适当的注意一点吧，反正小心驶得万年船。

不过现在要想的是关于信源公司的收购问题，这才是当下的重要事情。看了一眼放在行李箱内的文件后，他叹了一口气。

果然替人打工还是最累的。

坐在总裁椅上的年轻人看着正站在自己面前打着电话的男人一言不发，面上全部都是不自在的表情。而他面前的男人显然是没有注意到这个问题。

"好好好，岳老板说的什么都是对的！"男人脸上的肥肉因为过于讨好的笑而堆积在一起。从年轻人的角度看过去简直就是一整块的肥肉在那里蠕动。年轻人心里止不住地冒出了恶心的感觉，然而却也不敢真的表现出来。

"是，我这边已经都安排妥当了。绝对不会让那小子顺利拿下的！"男人对着电话那头的人简直可以说得上是低声下气了。

年轻人自然是不知道男人在跟谁说话，不过他也清楚男人说的肯定也不会是什么好事。

"好好好，那行。您先去忙去吧！我跟您担保这次我一定能做好的！"男人拍着自己胸脯信誓旦旦地说道。之后估计是等那人将电话挂掉后就也将电话给合上了。

合上之后他看了一眼手机，不知道低声骂了一句什么。随后就转过身子看向年轻人，说道："后天的合同都由我来说，你就坐在旁边做做样子知道了没有？"

年轻人楚路听到他这么说以后，以很慢的速度点了点头，示意自己已经明白了。

王天浩见他点了头之后就出了总裁室的门。

楚路见他离开之后原本由于紧张而绷紧的身子总算是稍稍放松了下来，他虽然是信源公司的总裁，但实际上一点实权也没有。公司上下的全部实权实际上全都被握在刚才那个名叫王天浩的男人手上，他是楚路的近亲。自从他的父亲去世以后王天浩就一直帮着他处理公司的业务，不过管得越多对于权利的欲望也就越大。慢慢地他作为总裁的权利就开始被削弱了。现在更是没有什么实权可言了。王天浩要他做什么他也就只能照办不误。

如今公司的状况已经比他们预期中的要差上很多，所以经过权衡之后他们还是打算将公司转卖出去。而 C 市的一家大企业，叫作超越高科的倒是也相中了他们，也准备将他们的公司收购过去。昨天的邮件上说是已经将相关负责人派来了 D 市，等后天就可以洽谈关于收购方面的事宜。

　　原本这件事对他而言是件好事，不过从刚刚听到王天浩在跟电话对讲的话中他隐隐约约觉得这件事似乎不会像想象之中的那么顺利。不过就算知道他也做不了什么，谁叫他是个什么都不懂的门外汉呢。

　　楚路敲了一下桌面后，对于自己的无能为力深深叹了口气。

第五章　入职不易

岳珊妮是没想到职场的生活要比自己想象中的难过上许多的，至少她现在是这么认为。

岳珊妮进到公司，坐到自己的位置上后，她原本打算跟身边的人搞好一下关系，不过她跟身边的几个说了好之后他们都是头也没有抬就连一声好也没有一个人回复她。她觉得心里很憋屈，以前在学校的时候她都是一个群体里的中心，只要她一开口基本所有人都会回她的话，可是如今这些人却是这样一个态度，令她觉得自己被孤立了。

之前父亲跟自己说的时候她还在想父亲肯定是故意夸大了事实想让她知难而退。不过如今看来父亲说的还真是没有错。看来自己以前想的还是太过天真了。

岳珊妮站在外面捧着咖啡喝完之后原本打算回到位置上继续刚才的工作，事到如今也只能够早点逼着自己适应工作环境了。

但刚想走进去的时候，就听到门外面传来了一阵女声："哎，你说那个新来的怎么样？"

"什么怎么样？新来的不都是那样吗？"另外一个没什么反应地回答道。

岳珊妮听到她们的声音之后原本打算离开的步伐一下子又停了下来，站在门后听着她们的对话。

"听说这次这个新来似乎都没有考核就直接进来了啊。"

"直接进来就直接进来了呗,这又关你什么事?"另一个回答道。

"真是,你这人一点乐趣都没有。你难道不觉得有些奇怪吗?我们进来人事部的时候可以说是考核非常严格,你说那个女生什么考核都没有就进来,不是很奇怪吗?"

"说不定人家跟老总有一腿呢?我看那个女的看部长的时候也是一副发春的模样。"另一个女生冷哼一声之后讽刺道。

"你说的还真有道理!"女生拍了一下另一个女生的肩膀笑道。

不过站在门后听到她们全部对话的岳珊妮却是气不打一处来,一下子就从门外冲出来对着那两个女生说道:"你们说什么呢?!"

那两个女生看到她出来以后脸上显得有些吃惊,不过很快就又恢复了平静,"我们能说什么,不过就是一些闲话而已,再说了我们说什么关你什么事?"其中一个染着棕色头发的女生说道。

"你就这么管不住你自己的嘴吗?什么话都说!你说谁跟部长发春了?!"

"我说的就是你怎么了?!兴你做还不兴我说了?"女生不甘示弱的回复道。

岳珊妮一听到她这么说之后立马就准备冲上前想和她打起来,不过她刚准备行动的时候一阵呵斥就传到了她的耳朵里:"你们都在干什么!"

三人回头一看发现原来是部长站在她们身后,正一脸怒火地盯着她们:"都这么闲?!有时间在这里吵架你们倒不如赶紧给我回去处理好事务!"

三人看到部长发这么大的火以后,都不准备继续纠缠下去,只是棕发女生在离开之前还回头说了岳珊妮一句。岳珊妮碍于部长的问题,没敢继续跟她纠缠,不过内心的火气却是一点也没有减少反而是越积越多。

为什么刚过来工作的第一天就发生这样子的事?!

岳珊妮回到位置上之后在心里呐喊着,明明想着只是过来积累一下经验而已，但是如今却发生了现在这样的事情。

岳珊妮开始担心她之后的工作生涯应该怎么办了。

然而远在 D 市的李旭晨却也没有什么好值得庆幸的，因为发生了他意料之外的事情。

李旭晨也没想到王天浩在最后关头竟然会变卦，李旭晨坐在一边看着一脸不屑地斜眼瞧着他的王秘书以及与他面对面坐着的一脸焦虑不自在的楚路，他沉默了一会儿之后默默地笑了，随后就轻声开口道："既然楚总变卦了，那我也不好继续坚持什么了。今天我们就先聊到这里，如果楚总有了其他的新念头的话，我还是很欢迎你能够跟我联系一下的。"

说着他就起身走向了楚路，而王天浩见他向他们走过来之后就一脸戒备地挡在了楚路面前，眼神都是透露着对他的敌意。李旭晨看了王天浩一眼，笑着绕过了王天浩走到了楚路的面前，跟他伸了一下手，意思是要和他握手。

楚路见他这么做之后，犹豫了好一阵子，抬头看了一眼李旭晨身后的王天浩，伸出的手犹犹豫豫了好一会儿，李旭晨见他这个反应之后，就直接主动握住了楚路的手。楚路显然被他的这个举动给吓到了，抬头看了他好一会儿，说道："那么我就不在此久留了，如果楚总回心转意的话，随时都可以给我打电话。"

关苑刚才还在跟王天浩为了收购合同这回事红着脸，李旭晨见到之后将她往身边拉了过来，眼神示意她不要再做多余的事。

关苑看见他的眼色之后就没有再继续说话。

李旭晨跟楚路再说了几句客套话之后，就带着关苑离开了信源公司。

"李董，为什么你不和王秘书理论一下就直接走人了？"坐在车里，估计是关苑已经受不住一直保持沉默的气氛，于是率先开了口打破了这个状态。

李旭晨听她这么问之后，也知道这一路上使关苑不高兴的原因是因为刚才的收购谈判。其实一想到今天发生的事情李旭晨也觉得有些许窝气。

今天他和关苑已经准备好一切收购方面的事务，在当地租了一辆汽车之后就在约定时间之前赶到了信源公司，到达公司之后前台领着他们来到了贵宾等候厅。李旭晨已经跟老爷子谈过了关于收购方面的事，说是信源公司方面已经答应以六千万元的价格进行收购了，所以价格方面不需要他再进行定夺了。如此一来也是甚好，毕竟这方面他并不是很了解，如果出错了价格到时候也只有亏本的份儿了。现在这样的话只要他来跟这个公司的负责人签好合同就一切完事了。

这么一想似乎比上次开发布会要来得简单许多，他也是上网确认了一下现在信源公司的大概市值以后也觉得以六千万元收购这所公司正好不误。

在等候厅内等上大概有二十分钟，终于有人过来领着他和关苑来到了一个会议室内。进到会议室以后他发现里面也就只有两个人而已。一个坐在会议桌前的椅子上，而他的身边就站着一个有着啤酒肚子的男人，面上的表情倒是一点也看不出来哪里有客气了。

前台跟他们解释了一下那两个人的身份，坐在椅子上的是信源公司的总裁楚路，而现在他旁边的则是总裁助理。李旭晨听后点了点头，前台见他们也都清楚明白之后跟他们说了声还有事要忙之后就离开了，离开的时候将会议室的门给关上了。

李旭晨看了一眼就径直走到了那两人面前，稍微屈身向前，对坐在位子上的楚路伸出了手："你好，我是超越高科的 CTO 李旭晨，公司委派我来跟您洽谈收购方面的事情，很高兴认识你。请问您的名字是？"

坐在椅子上的人看着李旭晨很长时间都没有任何反应，李旭晨还以为是不是自己说的不清楚那人听不懂。原本想再说一次的时候他才看到那人正准备将手伸过来要跟他握手。于是他就继续保持那个姿势等着他的手握上。

不过出乎他意料的是握上的手并非是楚路的而是在一旁的王秘书："总裁不喜欢和别人握手，我代替他跟你握吧。我叫王天浩。"

坐在座位上的楚路听王天浩这么说之后，又慢慢将准备伸出去的手给收了回去，李旭晨看了一眼楚路之后，又将视线放回到了王天浩的脸上，脸上的表情顿了一下之后又换上了习惯的笑脸："你好，王天浩。"

原本他还想再用力地握一握对方的手，不过对方见他已经了解之后立马就将手给抽了回来，李旭晨见了他的反应之后也没有什么其他的表示。不以为意地笑了笑之后就在楚路对面拉出了一个座位坐了下来，而关苑则是自觉地站在了他的旁边。

"我想收购方面的事我公司方面的负责人已经跟楚总你沟通好了吧？"李旭晨一边询问着楚路，一边转过头示意关苑拿出收购合同。关苑见他转过头来看着自己，了解了他的意思之后就将手上的公文包打开，将里面的收购合同拿出来递给李旭晨。

李旭晨拿过合同，拆开文件袋的同时一边问着楚路："关于合同方面楚总你还有什么问题吗？如果没有什么问题的话我们可以直接签合同了。我只是公司委派过来跟您确认一下您的决定的。如果您没有什么问题，可以在这份文件上签字了。"

说着就将文件推到了楚路面前，另外将一支笔放在了文件上面。楚路拿过了李旭晨推过来的合同翻看了一下之后，就拿起签字笔签了下来。不过就在这时候，一只手横过来一把抢了楚路的签字笔，楚路、李旭晨和关苑都有些被惊到了，全都抬起头看了一下那只手的主人。那人不是别人正是王天浩。

李旭晨被王天浩的举动弄得有些摸不着头脑，疑惑地问道："王秘书，你这是？"

王天浩听到李旭晨在问他话以后，将握在手里的签字笔放进了合同内一并推还给了李旭晨，然后看着他说道："抱歉，这合同我们不签。"

在场的三人显然都被他的这句话给震惊到了，楚路看向王天浩，满脸的不理解。而李旭晨面对王天浩的这句话显然也是没有什么准备，不过面上还是将震惊的表情给收了回来，说道："王秘书，你的意思是？"

"才六千万，就想收购我们公司？想让我们白送给你，门都没有！"王天浩一脸鄙夷地看着李旭晨。

李旭晨身后的关苑听到他这么一说，外加上王天浩目中无人的态度，火气一下子就从心里冒了出来，开口说道："王秘书，你这是什么意思？我们公司之前不是已经和你们洽谈好了吗？现在只不过是要跟你签一下合同而已。现在你们又嫌钱太少不肯签合同，你们这是要违约吗？"

"违约？违什么约？我们之间除了一张白纸以外也没有什么实际上的合同，你怎么能说我违约？"王天浩一脸不在乎地说道。

关苑听到之后更是不高兴了，刚想再说上几句就被李旭晨劝了下来，"关苑，别说了。"李旭晨转头跟关苑说道，见关苑不再说话之后就重新看向王天浩问道，"那王秘书，你觉得多少钱收购才合适？"

王天浩听后，伸出右手做了一个手势，说道，"至少两亿元！"

对于王天浩说出的这句话，先不说关苑的反应，李旭晨听到之后也很是吃惊，两亿元收购这个公司先不说值不值，公司目前也没有那么多的周转资金可以用到。不过令李旭晨更为在意的是为什么之前谈得好好的怎么如今一下子就要价这么多。

关苑一听到王天浩说的这个价格之后，瞬间就觉得他这是狮子大开口，觉得十分不顺心，于是开口说道："你这完全就是胡乱开价！这公司现在市值也不过八千多万元而已，而你却要我们用两亿元收购这所公司？你怎么不说你这就是在明抢啊？"

"要不要收购随便你们，我也是知道你们公司现在的状况的。不是因为我之前的叫价最少你们才肯过来收购的吗？你们公司现在不是也算是举步维艰吗？就算你们打算收购其他的公司应该不仅花费时间，而且我也查过了，像我们这样同种类型大小的公司就算是要收购也不止两亿元了。所以收不收购，你们自己算吧。"说完之后便以一副你能奈我何的表情看着李旭晨二人。

关苑看着一副趾高气扬的王天浩，直接就说出了自己心中的想法："你这可是趁火打劫啊！"

王天浩听到她这么说后也不反驳，只是在一旁看着他们的反应。

李旭晨看着王天浩是这种态度后，心里也明白这个人估计是被人教唆了之后才会这样狮子大开口的。想来今天估计也是没有什么可以解决的方法了，所以他打算还是先回去再考虑一下之后的解决方案。

于是他就跟王天浩和楚路说了几句让他们再考虑看看，就带着心情不好的关苑离开了。

回想了一下刚才的事情之后，李旭晨愈发觉得这件事不仅仅是抬价这么简单，他总感觉似乎在背后有人正在算计着他。

回到宾馆之后关苑问李旭晨收购的事情应该怎么办，李旭晨想了一会儿之后就跟她说一切都等他和董事商量好再做决定，毕竟这次出差的时间是有两个礼拜，所以他们也不需要着急回去，还可以慢慢来。而且这次的收购也算是比较重要，要是能够将那所公司收购下来的话他也觉得会对公司方面有不少好处。

关苑听他这么说之后觉得他说得也有些道理，点了点头。在去房间的路上又跟他说了些其他的事，两人在相互到达了自己所住的屋子之后就告了别，各自进了自己的房间。

李旭晨进到房间锁上门之后就走到了宾馆内配置的小电冰箱那里，从里面拿出了一罐啤酒拉开瓶盖就喝了起来。

将啤酒喝完之后他把啤酒罐放在桌上，然后拿手机看了一下时间，觉得这个时间点老爷子应该还没有睡觉，于是就拨通了老爷子家里的电话。

在听了几声嘟之后电话就被接了起来，"喂？你好。请问是谁？"

李旭晨听出是陈妈的声音，于是就回答道："陈妈，我是旭晨。老爷子睡了吗？"

"哦，是李先生啊。"陈妈听到是李旭晨的声音之后继续问道，"李先生打电话过来是有什么事吗？先生现在并没有睡觉，是要找他吗？"

"是，老爷子没睡的话能让老爷子过来接个电话吗？"李旭晨问道。

"啊，可以。你先等一下。"陈妈将电话放在了桌上之后就走到客厅内找岳书成。而岳书成这个时候正在拿着一份报纸，戴着眼镜在那里看，"先生，李先生打电话过来找你，说是有事情要跟你说。"

"叔。"李旭晨想了想，组织好语言之后就跟老爷子说了起来，"收购方面出了点问题。"

"什么问题？"

"现在信源那边不打算以六千万元这个价格将公司卖给我，并且将价格加到了两亿元。"

"两亿元？！"岳书成听到之后很吃惊地重复了一遍，"他们要两亿元才卖吗？"

岳书成听到之后在电话的另一头沉默了很长时间，最后他总算是开口说了话："一亿元已经是我现在能周转的最大资金额度了。如果他是要两亿元的话公司这边实在是周转不来的。"

李旭晨听到老爷子这么说之后，也是明白老爷子的难处，回道："这我知道，所以我正在想办法应该怎么做才能够将信源公司以最少的价钱收购回来。不过按照现在状况，看起来事情没有我们想象中的那么简单。"

岳书成应了一声之后继续问道："你知道为什么信源公司突然将收购价钱提到这么高了吗？"

"我也正在想这个问题。叔，你那有没有什么头绪？"

岳书成听后想了想，不过还是想不出有什么理由会让信源方面将价格提到这么高，于是就跟李旭晨说道："我不是很清楚，我之前已经和他们公司的总裁谈好了就是以六千万元的价格收购他们的公司。这次委派你过去也只不过是让你带个合同去签个字而已。怎么在这个时候又将价格抬得这么高了。"

"我也是在想这个问题。对了叔，你知道王天浩这个人吗？"李旭晨问道。

"王天浩？"岳书成重复了一遍之后回答道，"是那个总裁秘书吗？"

"是他。"李旭晨对于老爷子知道王天浩这件事情并没有感到多奇怪，因为之前收购的事情都是由老爷子亲自操办的，老爷子会认识王天浩也没什么好奇怪的。"今天将价格抬高的人就是他。而且我在那里观察的时候发现，那个叫作楚路的信源总裁似乎都是在按照王天浩的意思来办事，没有什么个人主见可言。"

"这不应该啊。因为之前我和他们谈收购价钱的时候他也已经是答应了的，怎么会突然反悔了？"岳书成不解地问道。

"如果真的像叔你这么说的话，估计是有人跟他教唆过了。不然他也不会这么突然之间就将价格给抬到这么高的。"李旭晨跟老爷子说出了自己的看法。

"旭晨你的意思？"岳书成皱了皱眉头。

"估计是公司里有人将我们内部的消息给泄露了出去，并且还教唆他改了收购价格了。"

岳书成听到他这么说之后，也明白他话里的几分意思。现在最坏的想法也只有这个了，停顿了一会儿之后，他跟李旭晨说道："那就先这样吧，你先在 D 市再待一段时间，我这边也给你想想办法应该怎么处理这件事情。你那边也考虑一下怎么做。毕竟现在如果要去收购其他公司的话，不仅时间上会耗费很多，而且资金方面也不见得能拿得出来。毕竟离你的试用期也就只有一个半月的时间而已。"

"好的，我明白了。那就先这样吧，叔你自己早点休息吧。"李旭晨看了一眼手上的手表之后跟岳书成说道。

"那行，那就先这样吧。你自己也早点休息吧。"岳书成说完这句话之后，跟李旭晨说了晚安后李旭晨就将电话给挂了。

李旭晨将电话挂掉之后就将手机直接甩在了床上，之后就躺回到了床上。看着天花板硬是发了很长时间的呆。

现在出了这样的事情可比自己预期的麻烦了许多，老爷子让自己想想办法应该怎么解决这件事情。不过以他现在的情况估计一时半会儿也是想不出什么很好的解决方式。算了，今天也算是忙了一天了，还是先洗洗睡了吧。

王天浩回到家中之后将公文包丢给了出门迎接的老婆手里，他的老婆接过他随手就丢过来的公文包也是什么没说的就直接拿了过来，然后问他要不要吃饭之类的话。但是王天浩倒是一脸不耐烦的就将女人给推开直接走到了书房内，将门重重地关上后就直接将房门给上了锁。

女人在玄关看了他那个方向很久，最后还是将男人的公文包放好之后就又进了厨房做起了饭。

王天浩进到房间内将系在脖子上的领带随手给松了松以后，张口就骂道："臭婆娘一天到晚就知道顶着一张黄脸出来迎接我，要不是因为现在对我还有些用处的话，谁他妈天天要看你这个黄脸婆！妈的！"

骂完之后感觉还不解气，就又用脚踢了一下书桌，才算是真的解了一点气。

就在这时候他的手机响了起来，刚刚平复下去的心情又再次被这个电话给引起了火气，他拿过电话想看看是哪个混蛋这么烦人，不过看到电话号码之后他的气势瞬间就没有了。整理了一下情绪之后，接通了电话，说道："喂？岳董啊？"

那边的人听他接了电话之后也不着急回应，而是停了一会儿才说道："对，是我。"

王天浩在那里嘿嘿地笑了笑，问道："岳董现在打电话给我是有什么事吗？"

"你是觉得还能有什么事吗？"电话那头的人反问道，"我除了问你收购的事情以外还有什么事？"

"是是是，我知道的我知道的。"王天浩虽然不喜欢对人点头哈腰的举动，不过面对这个人他也不得不这么做了。"岳董你就放心吧，一切的事情都在我的掌控之中。今天那小子过来说是要签收购合同，我直接拒绝了他。而且还把价格给提到了两亿。这下可算是难为了那小子了。岳董我这么做你还满意吗？"

"嗯。"岳书翔看着拿在手里的酒杯随口应了一句之后，缓缓道，"做事小心点，别让别人发现了我和你之间有什么联系。另外，机灵点，李旭晨这小子我知道。一般这种情况下他是绝对不可能直接就给放弃了。而且这小子诡计多得是，你可别到时候进了那小子的圈套还浑然不知。"

"好，那我就……"不过他的话还没有说完岳书翔就已经将手里的电话给挂了。王天浩听着手里的手机传来挂断的声音，将手机从耳朵旁边给拿出来，看了手机一眼低声骂了一句。

要不是岳书翔答应他，只要让李旭晨知难而退又或者是以极高的价格收购信源之后就给他一笔足够重新开一个公司的资金的话，他又何必还要看着这个人的脸色行事。果然还是要早点解决完这件事就不用看人脸色行事了。他是最讨厌这样的。

而岳书翔挂完电话以后就没有其他的反应，只是一直拿着手里的酒杯来回晃动。酒杯内的酒在灯光的映衬下显得格外诱人。岳书翔估计也是这么认为的，嘴角止不住地往上一扬。只不过这个笑里更多的是讽刺的笑而绝非是一般的笑意。

在知道李旭晨要去签收购合同以后，他让人以很快的速度调查到了那家公司的具体情况，之后就联系上了王天浩。王天浩这个人不但喜欢权利而且还特别喜欢钱这种东西，所以基本上只要他说出了条件之后王天浩就立马答应帮他做事了。

若是在一般情况下自己是很讨厌这样子的一类人，不过在这种时候却显得相当好利用了。

不出他所料，老家伙派李旭晨处理收购的事情也只不过是让他去签个合同而已。

他拿起手里的酒杯喝了一口以后，又再次拿起了手机打开消息看了一眼。发现那人还没有回复，于是冷哼了一声后就又发了一条短信给那个人。

如今还想要全身而退简直就是在痴人说梦。

关苑刚洗好澡围了条浴巾就从浴室内走了出来，她坐到床边想起岳书翔临走时候的叮嘱，有些苦恼。这几天和李旭晨的接触她发现李旭晨是个不错的人，为人体贴，对自己也算是挺温柔的。虽然有的时候会不知道怎么跟自己说话而一直沉默着，但除了这点以外李旭晨可以说是一个不折不扣的好男人。

自从与前夫离婚之后自己就没怎么跟异性接触过了，如今和李旭晨待在一起之后，她觉得李旭晨从某方面来说已经让自己开始渐渐被他吸引了。

不过这种话她是不会当着李旭晨的面说出来的，因为她觉得即使她说出来了也没什么用。像李旭晨这样子的黄金单身汉也不会看上自己这个又是离过婚而且还是带着孩子的女人。

可能是被李旭晨迷上的缘故，今天在跟李旭晨出去参加收购会议的时候，面对王天浩的漫天要价自己却是忍不住地跟他吵了起来。即使她是知道这一切都是岳书翔事先安排好的。当时跟王天浩吵的时候自己也没能顾虑上很多就直接张口骂了。不过事后她也有了些许的不安。如果王天浩告诉了岳书翔自己今天的表现的话会不会岳书翔就开始不再信任自己将自己排除出公司外了呢。不过从刚才岳书翔发过来的短信来看，王天浩并没有把这件事告诉岳书翔。她的心里也才稍稍放松了点儿。

但是现在岳书翔要她拿到李旭晨的收购合同并且拍给他看倒是让她有些为难了。收购合同一直都在李旭晨的身边，自己要怎么做才能拿到收购合同并且拍下来呢。

想到这点关苑捏了捏手下的床单。

第六章　败露与否

　　岳珊妮从昨天回到家中之后，就因为白天的事情感到很不高兴。所以直接洗了个澡进了房间之后就没有再出来过。中间陈妈过来敲了她的房门，不过她也没有理会。陈妈见她估计是没有心情吃饭，所以也就没有继续敲她的门离开了。

　　不过她在房间内也没有做些什么其他的事情，只不过是躺在自己的床上，抱着一个玩偶一直在那里转来转去的回想着在公司里发生的事情而已。一想到在公司内总是和她作对的那个女生她就气不打一处来。原本就是那个女生嘴上没有遮拦自己不过是出于正常人的反应和那个女生说上了几句。之后不仅没有人过来帮她说上几句话，而且还被部长直接认为成了那种只会惹是生非的人。

　　而且那个女生之后可以说是处处都要刁难自己，自己早上之所以被管事的骂就是因为那女生伸出腿绊了她一脚才会这样的。不过最令她觉得失望的是，全程目睹了事情发生过程的其他员工竟然没有一个人愿意站出来帮她说上几句话。曾经的她以为职场就如同校园里的一样相互帮助，不过仅仅经过两天之后她就明白了。在职场上没有所谓的相互帮助，就只有相互利用而已。明哲保身，不然只会深陷泥潭。

　　越想越觉得憋屈的岳珊妮想到李旭晨，就想拿过手机给他发上几条短信跟他诉一下苦，不过想了想现在的时间之后，还是决定不再发出去了。

又在床上倒腾了一会儿之后，岳珊妮才总算是在闷闷不乐的心情里睡了过去。

而与此同时在 D 市的宾馆内，李旭晨和关苑倒是为了不同的事情在那里苦恼着。

李旭晨则是因为收购的事情想的是焦头烂额。跟老爷子说了那件事情之后，基本也没有什么用处。老爷子那边一时半会儿也想不出什么好办法来解决这件事，所以还是将全部的期望寄托在了他身上，而他也是为了这件事一宿都没有睡。

上网查了一下解决方案，不过网上罗列出来的解决方案事实上一点也不适合现状。之后他又想要是实在不行的话就直接让老爷子重新找一个公司收购算了。

不过经过比较之后，他发现现在除了信源以外，其余的公司要么不是不知名的公司要么就是收购的成本太过高昂了。所以两边的方法都是行不通的。李旭晨这下算是被难倒了，之后干脆关上了电脑一个人坐在椅子上喝着闷酒一直到天亮。实际上如果不是他看了看手表的话估计也不会关注到时间的。

他觉得在宾馆内待的时间太长了，导致他都开始有点分不清楚时间的变化了，所以还是决定出去散一散步，说不准走着走着就会想到解决的办法了。

这么想着之后他就拿了手机和钱包直接出了房门，不过他没有注意自己随便放在了裤子口袋内的房卡因为他的动作比较大而掉出了口袋，掉在房间的门口。

而他也因为心情不好的缘故没有听到房卡掉在地上的声音就直接走人了。

而关苑这时却在另一个房间内苦恼着另外一件事情，那就是岳书翔要求她拿到李旭晨的收购合同同时给他用手机拍下来之后传给他。

关苑觉得岳书翔这个要求根本就是强人所难，先不说她知不知道李旭晨把收购文件放在哪里，关键是她连李旭晨的房间都进不去更不要说能拿到合同了。

她待在房间内一直反复地想着应该要怎么做才能拿到合同，另一方面她的内心却也充满了对李旭晨的愧疚。如果她真的帮助岳书翔拿到了合同的话，李旭晨势必就没办法谈成这次的合同。但是如果自己不这么做的话，自己的饭碗就会不保了。

在经过一段时间的思想斗争之后她还是选择要保住自己饭碗，不过直接在李旭晨的面前拿到合同那估计是一件不太可能的事情，所以她还是要再想想其他的办法才可以。

最后她决定还是随便找个理由去李旭晨的房间里打探一下他究竟将合同放在哪里了。随便地收拾了一下自己之后她就出了房门来到李旭晨的房门前敲了敲门，说道："李董，你在吗？我有点事想跟你说。"

不过她在门外等上了一段时间后还是没有听见房间内传出声音来，她原本想可能他没有听见，准备再敲一次门的时候，突然发现了掉落在门口的房卡。

她有些吃惊地看了一会儿之后，左右看了看似乎没有人，于是就弯下身将房卡捡了起来。看了一下之后发现就是李旭晨的房卡。难道说是他不小心将卡给弄掉了吗？

关苑站在门外犹豫了好一会儿之后，最终还是用房卡打开了李旭晨的房门。她小心翼翼地推开房门，发现里面漆黑一片，确定了李旭晨不在房间内之后，她就开始大胆了起来。将房卡插在了房门旁墙壁上的插口之后，就将灯开了起来。

她就开始四处寻找了起来，顺便时刻注意不将李旭晨的东西给翻乱。不过她找了有十五分钟还是没有找到李旭晨到底将合同给放在哪里了，之后她才注意到李旭晨的行李箱。心想他不会是将合同放到了行李箱内了吧。于是走过去打算打开李旭晨的行李箱看看。不过令她感到失望的是，李旭晨的行李箱是上了密码锁的，自己根本就不知道他的密码。

难道说就真的拿不到合同了吗？关苑有些灰心地想了想。

而在路上闲逛的李旭晨突然发觉自己的房卡似乎不见了，站在路上仔细回想了一下之后，自己似乎在离开房间的时候不小心将房卡掉在了房门外。他拍了拍自己的脑袋，抱怨自己怎么这么不长记性。

随后就调头往宾馆走去。

李旭晨回到宾馆之后就直接走回到了自己房门前，寻找自己掉落在门口的房卡。不过令他意想不到的是在自己的房门前并没有看见自己的房卡。他仔细来回找了一下之后还是没有发现自己的房卡，想着钥匙是不是在路上给弄掉了，但是自己并没有发现还以为是掉在了房门前，不过现在这样子也是没有办法开房门的，没有办法只好到前台跟服务人员说一下让他们重新配上一张房卡了。

原本他就打算离开了，不过当他看见房门的底缝那里透出来的光线之后，瞳孔突然就收缩了一下。如果他的房卡是掉在了外面的话也没有理由自己的房间内会有光线透露出来呢？自己记得清清楚楚离开的时候是已经将房内的灯都给关掉了。那么是不可能会有亮光的。

唯一的解释就是有某个人在自己的房间内！

一想到这个问题李旭晨瞬间就静不下心来了，究竟是谁能够进到自己的房间内！而且自己的房间装着很重要的文件，如果被谁给拿走了那就是大事不好了。

李旭晨连忙用很大的力气敲着房门，一边大声问道："是谁在里面！"

正在李旭晨房间想着应该怎么把箱子打开的关苑一听到外面传来李旭晨的声音，手下的动作都被吓得停了下来。关苑一脸震惊地盯着房门，敲门声还是在持续不断地响着。

关苑着急得四处张望，李旭晨怎么会在这个时候就回来了？早知道自己在找不到合同的时候就应该离开房间的，现在可真的是不知道该怎么办了！

关苑想着要不就先找个地方给躲起来吧，不过房间也就这么大点的地方。李旭晨进来之后肯定也会将房间找个遍的，如果自己躲起来到时被他捉出来了，就算原本她没干什么估计也会被直接认定是有什么问题了。

她在房间里焦虑地来回踱步，同时还要注意自己的脚步声不要太大。与此同时门外的李旭晨也是十分担心现在屋子里的情况。敲门的频率和力度是越来越快越来越重了。

"我知道你在里面！赶紧开门！不然我就要叫人了！"李旭晨厉声说道，想要威慑现在正在房间内的那个人。

关苑听他这么一说心里更是慌张了，如果李旭晨真的叫人过来了自己恐怕就是真的没有任何辩解的余地了。

"你还是不肯开是不是？"李旭晨突然语气平静地反问道，"那行，我现在就叫安保人员过来。"说完作势就要离开找人。

就在这个时候，门传来了开锁的声音。李旭晨立马就走到了门前想看看到底是谁在他的房间内。不过看到那个人之后李旭晨倒是愣了很长时间。

"关苑？"李旭晨用不可思议的语气叫着关苑的名字，过了好半天之后才开口，"你怎么会在我的房间内？"

关苑开了门之后倒是很随意地就走进了房间内，坐在了椅子上之后等着李旭晨进到房间里来。李旭晨虽说是对于关苑怎么会在自己的房间里这件事感到很奇怪，但还是在门外站了一会儿之后就进到了房间里，并且把门关上了。

关苑见他进来了之后，就开口说道："李董，你说你也太不注意了吧？"

李旭晨被她这么一问弄得莫名其妙，皱着眉头稍稍歪了头看着她。意思就是在询问她说的这句话是什么意思。

关苑估计也是看出来了他的意思，抬起手指向插在门边的房卡，说道，"要不是我过来找你，估计还不知道李董你竟然把房卡给落在了房门前。如果不是我捡到了的话还指不定会被谁给捡了过去。"

李旭晨听她这么说之后，面上的表情才算是松了一点儿。看了一眼插着的房卡后又回过头看着关苑问道："你怎么不直接给我打个电话叫我回来？"

关苑听到他这么说之后轻笑了一声，而后说道："李董，难道你不知道我是没有你的手机号码吗？"

李旭晨闻言之后愣了愣，才不好意思地说道："不好意思，我没有注意到。"

李旭晨走到关苑身边坐了下来，低下头又问了一句："你刚刚在房间里，我敲了这么多次门你怎么才过来开门？"

关苑听到他这么问自己之后，眼睛不留痕迹地转了转，说道："那时候李董你突然敲门敲得这么大声把我给吓了一跳。我那时候还没有反应过来。所以开门慢了点。"

李旭晨听她这么说之后点了点头，沉默着不说话。

关苑见他这个反应，问道："李董，你该不会是怀疑我弄了你什么东西吧？"

李旭晨听她这么一问，连忙抬起头来回答道："怎么会呢。我一开始只是担心是不是有什么外人进了我的房间，在担心而已。我没有怀疑你的意思。"

"我就是随便说说，李董你别这么紧张。"关苑开玩笑说道。

李旭晨听后也跟着干笑了两声："你说过来找我说点事儿，是什么事？"

"哦，对了。我就是想问问李董你打算怎么处理收购那事。"

"哦，那件事情我暂时还没想到什么办法。如果有什么办法了的话。我会直接跟你说的。"李旭晨回道。

"那行，既然你回来了那我就先回去了。"关苑说着就朝门口走了过去。

李旭晨听到她这么说之后就点了点头，看着她走出了房门。不过视线却没有在关苑离开的时候就收回来，而是一直盯着房门处很长时间。眼睛里流露着意味不明的色彩。

　　岳书成来到公司之后就直接去了董事长办公室，在去的途中也有很多人跟他问候。不过因为想要尽快解决收购方面的事情，看见员工跟他打招呼他也只不过是点了点头之后就没有了其他的表示。快到了办公室的时候他甚至连点头的兴趣也没有了，直接无视了那些人。

　　岳书成进到办公室之后，将公文包往桌上一放，并没有坐到座位上，而是站到巨大的落地窗前看着窗外的景色。

　　岳书成其实并没有想过自己有一天会在这么繁荣的一个城市内有着属于自己的商业大楼，而且还是这么大的市面价值 30 亿的大型企业。因为说实话他和岳书翔实际上算是从农村里出来的，刚来到大城市的时候两个人都很兴奋，不过也在日后吃尽了被排斥鄙视的苦。不过也算是苦尽甘来，之后两人创办了一个光电源公司，靠着对光电源的专业理解，两人是把公司越做越大。之后也就直接改名成了超越高科，这个名字也算是寄托了他们两个对于未来的希冀。

　　不过随着日后超越越做越大，岳书翔却开始慢慢忘记了建立超越的初心，野心也是越变越大，吞并了好几家曾经知名的公司。自己当时也是年轻，也就没有想太多。但是随着年龄和资历的增长，他也看出了岳书翔的野心已经不是单单对外了。他已经开始将注意力放在了董事长这个位子上。

　　岳书成真的是有时候想不明白，如今走到了这个分上到底是幸还是不幸。有了金钱地位权利，却同时也付出了很多的代价。或许正如同世人所说的那样，什么东西来了，就要把什么东西给丢掉。无论你愿意与否。

　　岳书成站在窗前发了一会儿呆，这时候赵群拿着一份文件走了进来。打开门看见老爷子站在窗前没有动静，想着老爷子估计是想一些以前的事情，自己还是不要去打扰的好。所以打算带上门退出去。但是这时候老爷子倒是开了口，"有什么事就进来说吧。"

说完就转身看向赵群。赵群听到老爷子这么说，抬眼确定了一下之后就关上门走到了岳书成的身边。

"董事长，您让我找的关于其他有意向被收购的公司我给您找过来了，都放在了这个文件夹里。您需要现在看看吗？"赵群问道。

"嗯。"岳书成拿过赵群递过来的文件翻开来看了看，赵群站在一旁默默观察着老爷子的脸色，不出所料，老爷子的脸色不仅是没有好转的意思，反而是越来越显得不高兴了，赵群知道老爷子是对这份文件很不满意。所以也就待在一旁不再说话。

这时候门外响起了敲门声，岳书成将自己的思绪收回来之后就朝门那边喊了一句："进来。"

推开门进来的是巫启，巫启见办公室内除了岳书成以外还站着赵群，于是向赵群颔了一下首算是做过问候了。

赵群见巫启走进来，也是跟她做了一下简易的问候。岳书成跟赵群说了一句话之后，赵群点了点头就从巫启身边离开了。

巫启见他离开，就上前跟岳书成说了起来："董事长，我今天过来是问您一些事情的。"

"巫启你有什么事要跟我说的？"岳书成见她坐好之后就开口询问道。

"董事长，您还记得我上次过来跟您说过的那个事吗？"巫启开口询问道。

岳书成听后皱了皱眉头，低下眼睛想了想之后就问道："抱歉，我可能记得不太清楚了。要不你就再说一遍吧。"

巫启听到之后也没有表现出什么不满，就直接跟岳书成说了："就是上次我跟您说的公司要不要考虑合资这回事。"

岳书成听到之后恍然大悟地点了点头，说道："啊对，我想起来了。所以你今天来是想跟我讨论这件事吗？"

"算是吧，"巫启回答道，"我只是想问问董事长您有没有决定这件事。"

岳书成听到她这么问之后，也没有马上就给她回复，而是一直看着其他的地方。

"董事长，现在公司的情况你也是很清楚的，现在需要一些新鲜的血液才能够让公司彻底活过来。所以我觉得您还是稍微考虑一下我这个提议吧。"巫启见岳书成很长时间都没有一个反应，开口跟他解释道。

"巫启，你说的这些我也都明白，只是……"岳书成顿了一下之后看向巫启，面上都是一副欲言又止的表情。思量再三之后他还是决定跟巫启说出了那件事，"其实我原本是打算收购一个公司的，但是现在出了一点问题。"

巫启听后问道："收购公司？这件事我怎么不知道？"

"这件事我也没告诉几个人，所以你不知道也很正常。"岳书成回答道。

巫启听后点了下头问道："那您说出了问题，是出了哪方面的问题？"

岳书成在心里组织了一下言语之后跟她说道："原本已经算是基本谈好了，我让旭晨去那个公司直接签合同。不过不想就是在签合同的时候出了一点问题。那边突然之间就说如果没有两亿他们是不会将公司卖给我们的。"

"是什么公司？"

"信源有限公司，"岳书成说道，"我想你应该也有一点印象的。"

巫启听了之后点了点头："是。听说过一点。那现在问题解决了没有？"

岳书成摇了摇头。

"李董那边也没想出个办法来？"巫启皱了眉头问道。

"嗯。"

巫启将身子靠在沙发上之后没有说话，用手撑着下巴想了一会儿就起身跟岳书成说道："董事长，那件事我来解决吧。"

岳书成听到之后抬起了头看向她，眼里都是不确定的色彩，说道："你来解决？你确定？"

"嗯，如果只是这点程度的话我想我还是有办法解决的。"巫启淡淡地说道，"对了董事长，李董的手机号码您之后发到我的手机上。我来跟他说。"

岳书成见她这么说就点了点头，巫启的实力他心里还是有些底的，而且事到如今也没有什么太好的办法了，什么方法也都只能试一试了，"行，我之后会把旭晨的手机号发给你的。"

　　巫启听后冲着岳书成点了点头："我那边还有挺多事需要处理的。那么我就先出去了，董事长。"

　　岳书成听后点了点头，跟她摆了摆手示意她可以走了。

　　巫启离开办公室之后，拿出手机打开联系人翻看了一下就点了某个人的电话拨了出去。电话很快就被接通了。

　　"我要你帮忙。"

　　"对，就这几天。"

　　"找个靠谱的人。"

　　说完这几句之后她就将电话给挂了。将手机放回到口袋里的时候她的嘴角几乎不可见地弯了弯。

　　这下你可算是又欠了我一次人情了，李旭晨。

　　李旭晨经过昨天的事情之后就再也没有离开过房间，左思右想他总是觉得昨天关苑的举动有些奇怪。虽然关苑说是因为不想到时候自己还在房门外面找房卡所以就直接进了自己的房间在里面等他。不过自己想了想之后觉得不对劲，她完全可以直接把房卡放到前台那里，就算自己在房门前面找不到自己的房卡也可以到前台那里拿到自己的房卡。关苑的这个解释显然还是太过牵强了。

　　他躺在床上没有动作，突然之间想起了之前赵群给过他的一个 U 盘。一咕噜地从床上爬起来把行李箱打开从里面找出来了那个 U 盘，还好自己身上随身携带着这个 U 盘，就是想着以后说不准就会用得上。没想到还真是用上了。

　　把 U 盘连接上电脑之后，他就在 U 盘的文件里面找到了关苑的资料。

将关苑的资料仔细看了一下，李旭晨也没有发现关苑的资料有哪里不对，都是跟一般的资料一样很是正常。不过就是正常得有些奇怪了，就像是有些地方平白无故的就填了出来一样。

就在他考虑的时候，他的手机就响了起来。他拿过手机看了一眼之后，发现是一个不认识的号码。有些疑惑地接通了电话，"喂？"

"是李董么？"一个清亮的女声从话筒内传出来。

李旭晨觉得这声音很是熟悉，不过就是不知道这个声音是谁的，"你是？"

"我是巫启。"对方简洁明了地回答了他的问题。

"巫董？"李旭晨有些惊讶地反问了一声以做确定，"你怎么知道我的手机号码？"

"我跟董事长要的。"

"这样。"李旭晨明白地回了一句，"那巫董你现在打电话给我是有什么事吗？"

"是这样的，我从董事长那里听说了你似乎是在 D 市要签一个收购合同。不过好像遇到了一点麻烦是吧？"巫启问道。

李旭晨有些不解为什么老爷子会将这件事情告诉了巫启，不过还是回答了巫启："确实。我这边是出了点状况。不过我自己能处理。"

"别逞强了，我估计你现在也是为了这件事焦头烂额的。董事长这边也是希望你能尽快解决这个问题尽早回来。我这边倒是有一个办法，就看你愿不愿意。"

李旭晨原本想拒绝巫启的，不过想了下她说的话，觉得她说的也没有错。这件事还是尽早结束的好。所以还是妥协了，"你说吧。"

巫启在那里开始慢慢跟他解释她的计划，李旭晨听着时而皱起了眉头。巫启说完之后李旭晨有些不太放心地问了巫启一句："这样安全吗？"

"只要你表现得平常一点的话，那些人都是专业的。所以你也不用担心。"

"这样子是不是不太好？"李旭晨有些犹豫地问了一句。

"没什么不大好，反正也是他们反悔在先。这么做也算是给他们一点教训而已。再说了，商场如战场，你对他们仁慈，不见得他们就会对你仁慈。这点我认为李董应该比我更清楚才是。"巫启漫不经心地回答道。

　　李旭晨被她这么一说之后倒是有些被呛着了，说道："行吧。我听你的安排。"

　　"那行，具体的我明天再跟你说清楚。你就先和信源方面再联系一下吧。就这样。"巫启说完之后也没等李旭晨的回答就将电话给挂了。

　　李旭晨看了一眼已经被挂掉的电话之后就将手机放回到了桌上。

　　虽说自己不太确信巫启说的能不能成功，不过现在也只能跟着她的意思来了。

　　关苑将手里的电话开了屏又关了屏，来回好几次之后她才总算是下定决心将电话给拨了出去。

　　等待片刻之后电话总算被接了起来，电话内传出了文雅的声音，只不过她现在听到这个声音也只剩下了厌恶感而已，"我还以为你是不会给我打电话了。"

　　"我不会不打，只不过我这边并没有找到什么有用的东西。"关苑回答道。

　　"没找到？"岳书翔重复了一下关苑的话，"你说的这是什么意思？我让你拿收购合同书出来难道你没有拿吗？"

　　关苑暗自深吸了一口气之后说道："没有。"

　　"我不过就是让你做这么点的事你竟然都做不好？"岳书翔的语气充满了不悦的色彩。

　　"不是我不想拿，只不过是李旭晨已经把那份文件给锁在了行李箱内。我又没有行李箱的密码你让我怎么能把文件给拿出来。"关苑想到昨天的事情心里还是有些忌惮，"而且为了拿到那份合同书我差点就被他给捉了个现行。你还想让我怎么做？"

"能不能得到，会不会被发现那都是你应该考虑的事情而不是我。"岳书翔没耐心地回复道，"如果连这么点小事你都做不好的话我留你何用？"

关苑听他这么说咬了咬嘴唇，因为她怕自己憋不住就给说出了自己内心里的想法。"如果这次李旭晨谈判成功了，你就别想在这个公司混下去。"岳书翔停顿了一下继续说道，"哦，我说错了。应该是在整个商界都会被排挤的。你自己看着办吧。"

电话直接就被挂断了。

关苑将手机用力地丢在了床上，一屁股就坐在了椅子上。

岳书翔既然说到就肯定是能做到，不过以目前的状况来说自己根本不能靠近李旭晨。

难道自己的路真的就快要走到尽头了吗？

关苑趴在桌子上，没有了其余的动作。

第七章　多有计算

　　岳珊妮在经过了几天的磨合期之后也总算是能够适应了公司里的一些潜规则。这几天老爷子也一直给自己做着思想功课，自己虽然是不乐意老是听老爷子在自己的耳边念叨。但到底还是听进去了一些，还是默认了要在公司内工作上一段时间的事实。想着实际上也不会一直在公司里做上多长时间的，所以想着要做上几天就做上几天吧。

　　岳珊妮经过之前的事情也开始变得机灵了一点儿，尽量躲着那女生一点就是了。日子还是那样继续过了下去，除了只增不减的工作量以外她觉得一切都和平常没有什么不同。

　　倒是那个处处刁难她的女生觉得岳珊妮现在实在是乖得太无聊了。之前她还有理由处处针对她，不过现在岳珊妮都没有什么地方好让自己继续为难她呢。平时无聊的时候还可以稍微整整她来取点乐子，现在这样子估计连乐子也都没有了。

　　棕发女生名为常闻，在人事部算是一个狠角色。之前因为出色的工作能力基本上没费什么工夫就直接进入了超越高科。虽说这个人工作能力特别强，不过同时也存在着很致命的缺点，那就是她作为一个职场人员却有着与自己职位不相称的野心。人事部的部长也是看出来了她的这个缺点，所以就算是她的工作能力特别强也只不过是让她自己做着普通的职员而已。估计也是因为部长这种态度也使得她对整个部门都十分的不满意，于是每次只要进来一个新人只要是她看着觉得不顺眼的，她都会故意刁难或者是联合其他人一起排斥那个人。部门里的员工基本上有近一半的人都被她这么对待过。而且有几个实在是受不了她这个做事风格的新员工也都主动辞了职。

部长或多或少的也都知道她做的这些事情，不过由于常间的工作能力确实是很优秀，所以也就都只是睁一只眼闭一只眼。只要不是做得太过分的话，他基本不会开口。除了有时候实在是看不过眼的，才会将常间叫到办公室内说上几句。不过除此之外也就没有其他的实际做法。

于是部门内都开始形成了一种默识，就是平常有事没事就别去惹这个人。反正惹也是惹不起的，能尽量躲着她的话就躲着她。不然到时候沾得一身腥。所以当他们看见常间又在开始故意为难岳珊妮的时候，都是很契合地选择一律漠视，而不是选择帮她的忙。

只不过这点对于还工作没多长时间的岳珊妮来说，她是并不了解的，她现在还在以为常间只不过是因为她当场跟她吵上一架的原因才会这样子处处针对自己的。

"先把你们手里的事情都放下，我跟你们说一件事！"部长走进来双手拍了拍，把大家的注意力都给集中到了他的身上。原本一直在低头做着工作的员工听到他这么说后都停下了手里的工作，站起来看向部长的方向。

岳珊妮听到但是没有多在意，依旧只是低着头在那里处理着文件。反正她坐在最后的一个位置，而且还是一个新人，部长讲什么也是轮不到她的。

部长见所有人都已经向他这边看过来之后，就开口说道："是这样的，公司给了我一个项目，是关于人事部日后发展规划的。我这边有两个名额，我想让你们写一份人事部日后发展的规划书。如果规划书写得好的话，公司有可能就会对我们人事部进行一定的调整。"

部长说完这句话之后员工在私底下就开始小声议论了起来，而钟铮也看向常间，常间不过是面无表情地看着部长在那里发言。

“我这次就不强制谁来写这份规划书了，你们自愿想要写的现在举个手，我给报到公司去。”部长说完之后就四处看，寻找着有没有人举起手来。

员工都窃窃私语地在说些什么，不过却没有一个人举起手来。其中有一个员工犹豫很久之后原本想举手，不过听到那个声音之后立马就将原本已经快要举起的手给放了下去。

“这个规划书我接。”常闰稍微举了一下手之后说道，部长看见是她之后面上的表情有些奇怪，不过还是跟她点了点头，然后说道，“还有一个名额，你们还有谁想来的？”

员工们见常闰已经报了名之后，就将原本有的想法给扼杀在了摇篮里。没有人再举起手。部长来回看了一下之后，皱着眉头问道，“你们没有一个人想做的吗？”

还是没有一个人回答。

“那这样吧，我就随便指定一个人了。被我指定的不能说不做。明白吗？”

大伙听他这么说之后，面上虽然是很不情愿，不过还是点头示意明白了。

部长见他们点了头之后，就开始寻找着适合的人选。突然看见了坐在角落里的岳珊妮，发现她自始至终都没有抬起头来听他说话，而是一直埋头做着工作，于是开口说道，“那个新来的！”

岳珊妮一开始还没有反应过来，直到被身边的一个同事拍了拍手臂之后才抬起眼来看了一下，发现部长正在看着自己。由于心虚她立马就从椅子上站了起来。

“这份规划书，你给我写一份上来。”部长看着岳珊妮说道。

岳珊妮听见他要自己交上一份规划书的要求有些不能理解，于是她问了一句：“部长，你要我写什么规划书啊？”

“关于人事部日后发展的规划书。”部长跟她解释道。

岳珊妮迷茫地点了点头，部长就把她的这个动作认定是同意的意思，于是说道：“那行了，没事了，都去做自己的事情吧。常闰和新来的在下个周四之前将规划书交上来给我。散了。"

岳珊妮一下子没有反应过来就莫名地接受了一个任务，不过其他的员工都因为有一个替死鬼出来做那件事而高兴得不得了。因为如果接了这个任务的话，做不好会被部长骂，做得太好了就又会被常闾针对。所以无论选择哪一边都是得不偿失。

现在岳珊妮被部长叫去写规划书，倒是省得他们担心了。

常闾看了一眼还处于呆愣状态的岳珊妮，嘴角勾起了一个嘲讽的弧度，说道："这下子可算是有好玩的了。"

钟铮看着常闾的眼中透露出来一种莫名的兴奋，总觉得身上身下都有一股寒意。

李旭晨坐在宾馆的椅子上，看着拿在手上的名片一时间没有任何声音。那张名片的主人不是谁正是信源公司的王天浩。在桌前仔细思量了一会儿之后他还是把手机拿了出来，按照名片上的电话给拨了出去。

王天浩这时候正坐在沙发上拿着遥控器调着电视频道，原本电视上播出的都不是他有兴趣的内容就已经让他的心里有些窝火，他语气很不好地说道："谁啊！这个时间打过来？"

李旭晨听他接通了电话之后就直截了当地说出了自己的身份："王天浩王秘书吗？我是李旭晨，你还有印象吗？"

王天浩一听那个人是李旭晨之后噌的一下就从沙发上坐直了，然后整了整语气之后开口问道："你给我打电话是有什么事啊？"

李旭晨听后就跟他说出了自己给他打电话的目的："其实我这次给王秘书你打电话是想跟你商量一件事的。"

"什么事啊？"

"上次我们不是因为收购价方面还没有签上合同吗？现在我这边有了一点解决方案。所以想请你出来吃个饭，顺便我和你与楚总再谈谈关于收购方面的事情。不知道王秘书你什么时候有时间，赏个脸？"

王天浩听他这么说之后，也不知道这个人葫芦里究竟是在卖什么药。原本还想直接就给拒绝了，不过想想反正自己也不会亏什么，于是就回应道："看在你这么实诚的分上，那行吧，我就答应你这次。"

"那行，就后天下午两点，我在龙城大酒店里订一个包间。到时候我会将包间的门牌号给你发过去的。"

王天浩应了一声就继续说道："这次你可不要再让我失望了，不然这合同我们肯定是签不了的！"

李旭晨听他这么说后，在电话的那头不留痕迹地笑了下之后回复道："怎么会呢？这次我肯定会让你们两位满意的。"

王天浩听后就问他还有没有什么其他的事情，要是没有了的话他就直接挂电话了。李旭晨想着也没有什么其他的事情就让他把电话挂了。王天浩的速度也是快，李旭晨刚说完王天浩那边就已经挂了。

和王天浩的通话结束之后，他就将手机搁在了桌上，虽然现在是已经约了王天浩的见面时间，不过按照巫启说的那样真的可以把这件事解决了的话自然是再好不过。不过事情真的会像她说的那样简单吗？

李旭晨去了关苑的房间跟她说了第二次谈判的时间之后就回到了自己的房间洗了个澡就上了床，这几天为了收购方面的事情他已经很长一段时间没有好好睡过一次觉了。

躺在床上拿了手机再次看了一眼收件箱里的那条短信，距离阿文回来的日子倒也是不长了。看来自己也要稍微再加把劲了，至少不能让他回国之后还看见自己现在这副模样才行。

常磊这几日实际上也并没有在公司多长时间，因为他是事业部的部长。所以经常需要跑外面去寻找商机。实际上待在公司的时间并没有多少，所以对于公司内的事情基本就是下属跟自己说或者是找岳书翔说些事情的时候岳书翔会跟自己说上一些。

虽说他和岳书翔都是一条路上的人，理应是要为了自己的野心，什么事情能够帮助自己实现野心的都会去做。说实话也是不应该帮着岳书成在外面跑业务。

不过现在的情况说实话还没有多成熟，所以还不能够完全和岳书成翻脸。他们也是在等时机成熟之后才彻底从公司内撤出。所以现在也算是装装样子，让大家平时在公司里的时候也不会太过仇人见面分外眼红。

只不过常磊找的那些项目就算是能赚上大钱的也都是没有人能够胜任，而且他和岳书翔也算是在暗中出卖过公司几次。将公司的数据暗中卖给了其他竞争同一个项目的公司，公司也因为这样长时间没有办法接到什么大项目。

倒也是不知道岳书成是真的不知道或者是装作看不见一样，如此几次之后他们两个倒也还是相安无事。不过估计是后来岳书成对他们二人也开始有所戒备。每次常磊在外面所接的项目回来之后都必须要拿去给岳书成过目才可以进行之后的事情。以前他拿回来项目之后岳书成一般是不会过问直接就让他选择部门和人员去执行项目。不过从公司出现亏损的这几年开始，岳书成对他的戒备倒是越来越大了。

不过其实就算岳书成不这么做，自己也未必就会自由到哪里去。因为岳书成身边的那个赵群时刻都是注意着他和岳书翔的举动。也正是如此他和岳书翔的计划才开始慢慢减速。而现在李旭晨的出现倒是又让他们的计划慢上了一大截。

一想到李旭晨，常磊倒是又有些说不出的气愤。不过说实话，谁都不会喜欢半路杀出个程咬金。

今天他去了一个光电源产品展，除了看其他的公司所发明出来的产品，记录它们的优缺点之外，同时还参加了一个知名企业的演讲会。在演讲会上他也拿到了这个企业现在正在举办的一个项目。

常磊拿到项目书之后就直接赶回到了公司里，没有先去自己所管理的事业部。而是直接去了岳书成所在的董事楼层。

上了董事楼层之后他就径直走到了董事长的办公区域，原本想直接就过去董事长办公室，不过显然这里有某个人已经将他当成了不受欢迎的不速之客了。

一只手横插过他的胸前，常磊被这只手停顿住了动作，瞄了一眼横在自己胸前的手臂之后，就抬头看向了那只手臂的主人。

赵群正一脸戒备地看着他，"我过来给董事长送一份项目书。怎么？难道这也不行吗？"说着他将拿在手上的项目书甩了一甩。

赵群瞥了一眼他手里的东西，确定是项目书之后就将横在常磊胸前的手不留痕迹地给收了回来，低声说道："你在这里等一下，我进去跟董事长说一声。"说完之后就转身去了董事长办公室。

常磊在他身后看着他的举动，忍不住地在心里嘲讽了赵群一句，这种样子看起来还真像是个跑狗腿的。

赵群在门外敲了几下，就听到里面的人说了一句："进来。"

他推开门进去之后走到了岳书成的办公桌前，岳书成正在看着公司这周的利润收入，头也没抬地就问了赵群一句，"有什么事？"

赵群伏过身去跟老爷子说了一句："常磊在外面，说是有一份项目书需要您过目。"

岳书成听到之后抬起头来看向赵群，而赵群则是将下巴抬了抬，指向门口的位置。岳书成见状将手里的文件合上了之后，就跟赵群说道，"让他进来吧。"

赵群听后低下头，就退出了办公室。

赵群出了办公室走到常磊身边，看着他说道："你现在可以进去了。"

常磊听了后有些好笑地瞧了赵群一眼就开口说道："我又不是什么人，你至于这么防着我吗？"说完之后就走向了董事长办公室。

赵群没有回答他的这句话，只是在常磊与他擦肩而过的时候，在心里揶揄了一句，不防你，难不成防我自己么。

转身看见常磊已经进了办公室，在原地又站上了一两分钟之后就转身离开了。

常磊进到办公室就叫了岳书成一句董事长，而岳书成听见他叫了自己也只是点着头应了一声。他走过去将手里的项目书放在了岳书成的桌上。

岳书成见他将项目书放上来之后，就伸手拿了过去仔细瞧了瞧，然后开口问道，"这个项目书是你今天去参加的那个展会上发布的吗？"

"是。"常磊回了一句。

岳书成听后点了点头，继续看着项目书沉思了起来。

"跃天企业我也是有所耳闻的，听说它在C市是数一数二的汽车大户。C市汽车市场可以说是它占了半壁江山。"

常磊听到岳书成这么说之后，也就跟着附和道："是的，我觉得这个项目如果做成了的话，我们公司这个季度的盈利水平或许可以恢复到原来的六成了。"

岳书成听他这么说之后，眼睛幅度不是很大地看了他一眼，之后就继续将视线放回到了项目书上，说道："那你是怎么打算的？"

"我是想拿去事业部，让我那里几个工作能力强的员工共同做这个项目。"常磊跟岳书成说道，只不过自己这么说也只是随意地说上两句罢了。毕竟他是不可能真的将心思放在这个项目上的。

"不了，这个项目就别让你那边的员工来做了。这个项目看起来也是要做挺长一段时间的，估计也挺费力。"岳书成这次没有答应常磊的提议，而是委婉地拒绝了他，"这个项目就交给我来处理吧。"

常磊没想到这次岳书成竟然会没有答应他的提议，于是就问了岳书成一句，"董事长，真的不需要我来做吗？"

"嗯。"岳书成没有犹豫地应了一声，"我这边有合适的人选。你就不用太过担心了。"

常磊还是想说上几句，不过看到岳书成的反应之后，就将想要讲的话给咽了回去。

　　岳书成见他没话要说，就做了个手势让他出去了。常磊看见之后跟岳书成弯了弯腰，也就离开了董事长办公室。

　　常磊在关上办公室的门之后，站在门外看了一会儿。刚才岳书成说的已经有了适合的人选，八成他说的就是李旭晨了。这样子照顾李旭晨无非就是想将他扶上董事会的位置罢了。

　　不行，不能再这样子让李旭晨什么好事都能沾上了，得去和岳书翔讨论一下以后的计划才可以。

　　常磊再看了一眼董事长办公室的门后，就带着怨气离开了董事楼层。

第八章　顺利签约

李旭晨按照规定的时间提前来到了龙城大酒店的包房里，而关苑也是提前就化好了妆跟着李旭晨来到了龙城大酒店里。二人到达龙城大酒店的时候，那王天浩和楚路果然是还没有过来。

两人就坐到了靠近门的两个位置上等待着他们二人的到来。

"李董，你真的是有办法解决吗？"关苑开口问了李旭晨一句。

李旭晨听到之后，跟她点了点头，说："嗯，我想应该能解决的。"然后就把手机放在了桌面上。

关苑听他这么说后就不再说话了。

二人在包房里等了有差不多半个小时，王天浩和楚路总算是过来了。李旭晨、关苑见他们二人来了，就起身接了他们一下。

"楚总，王经理，你们二位来了。"李旭晨说着就招呼了他们二人坐下来。王天浩随便应了一声之后，就和楚路二人坐了下来。

李旭晨见他们二人都坐下之后，就看着他们二人笑着说道："估计楚总和王经理都知道我这次请两位过来的目的吧？"

王天浩听后点了点头，倒是楚路并没有什么反应。李旭晨看见之后也不揭穿，继续说下去："是这样的，上次收购的事情我们似乎并没有谈得很融洽。所以我想我们或许可以再谈一谈。这样子对彼此都有一点好处。你们觉得呢？"

王天浩听后眉头却是有些皱了起来："你有什么话就赶快说，别说些有的没有。"

李旭晨知道王天浩是耐不住性子的，于是就直接说道："是这样的，这几天我也是考虑了一下。王经理你说的那个条件，我是不会答应的。六千万元，一分也不会多。"

王天浩听他这么说之后，瞬间火气就上来了："李旭晨，你这是不是在耍我呢！不是跟你说过了要是拿不出两亿元的话就别来烦我们的吗？你是故意的？"

"这话怎么能这么说呢？"李旭晨无所谓地说道，"不过我公司那方面确实是多一分也是不肯给的。难不成王经理是要我出去给抢回来么？"

王天浩自知耍嘴皮子是赢不过李旭晨的，于是直言道："算了，这个生意，不做了！"

说着就用手拍了一下桌子，连带着杯子里的水也被震出了纹路来。

李旭晨听他这么说之后也没说什么话，只是看着桌上的手机一言不发。就在王天浩还想说些什么的时候，李旭晨的手机响了。李旭晨拿起手机冲王天浩摇了摇："不好意思，我接个电话。"

"喂，哪位？"

"嗯，我是。啊，你就是那个负责人是吗？"

"你们是已经考虑好了是吗？那行，我之后就过去跟你们签一下合同。"

说完这句话之后李旭晨就将手机挂掉了，王天浩听到之后疑惑地问了一句："什么合同？"

"是这样的，我见王经理既然这么坚持，想着就算不能收购你公司的话也不能就真的空手回去不是。所以这几天我联系了另一家公司，那家公司现在已经答应要把他们的公司以三千万元卖给我了。"

王天浩听见之后不可置信地看着他："不可能，我怎么没听说过有这件事。"

"不是什么事情王经理你都知道的。怎么，难不成你觉得我是在说假？放心吧，我没那个兴趣。"

王天浩怎么也没有预料到事情会这样子发展，他听从岳书翔的意思在李旭晨过来跟自己签约的时候当场翻了脸，还将收购的价格提高到了两亿元。一开始听到岳书翔叫他这么做的时候，他就觉得是不是有一些冒险。不过在岳书翔的利诱之下还是这么做了。

不过现在他却开始有点耐不住了，如果李旭晨说的是真的话，那六千万元可以说是白白就给飞掉了。而岳书翔能给自己的也不过就是三千万元而已，这怎么算都觉得是个亏本的买卖。

李旭晨见王天浩已经开始在要不要签收购合同上纠结了，想着已经算是赢了一半了。于是就作势起身准备走了，"王经理如果还是这么执着的话，那我也是实在说不上什么了，只能退而求其次收购其他的厂家了。"说完就准备离开。

"等一下！"王天浩这时候突然就喊了一句。

李旭晨听后就停下了脚步，转过来看向王天浩："王经理，怎么了？还有什么事吗？如果没有什么事的话那我就要离开了，还得赶着去签那份合同。"

王天浩犹豫了很久之后，终于开口说道："那份合同，我签。"

李旭晨听见他这么说了之后，嘴角几乎不可见地向上弯了弯："王经理，你确定吗？你之前还不是很坚决地说如果没有两亿元的话是绝对不会将公司卖出去的吗？你也不用刻意勉强自己，我这边也是还有解决方法的。虽然那家公司的名声没有信源的大，不过好歹也算是一个上市公司。这样子的话我也有理由可以直接回去了。"

"不不不，一点也不会勉强！"王天浩像是怕只要稍微有点犹豫李旭晨就会反悔一样，立马回答道，"我这边可以接受你出的价钱。我们还可以再谈谈的！"

李旭晨听他这么一说之后，也没有回个什么话，就只是站在那里看着王天浩一句话也没说。王天浩见他是这个反应，想着是不是自己这么说还是有些太过于目中无人了，所以立马又改了口："真的李董，你要是觉得六千万元还是太高了的话，我还是可以再降的！要不就五千万元吧！"

李旭晨听了之后还是没有回答，依旧只是静静地看着王天浩没有出声。王天浩一急，直接说了出来："那要不就四千万元吧！"

李旭晨依旧没有回答。

王天浩可真的算是急到快发疯了，最后无可奈何地说上了一句："最低真的只能是三千五百万元了啊李董！再低我真的就不是在卖公司了，是在送公司了！"

李旭晨听后终于开了口，笑了一声之后就说道："王经理你也真是的，我什么也没说你干嘛这么着急。放心吧，说的六千万元就还会是六千万元的。我们说话算话。"最后一句话李旭晨语重心长地加深了语气。

王天浩自然是知道李旭晨加重语气的原因是什么，涨红了脸低下头之后就不再说话了。

"行了，既然王经理已经想通了的话，我也没必要再去收购其他的公司了。那我们现在就签一下收购合同吧。你觉得呢？王经理。"李旭晨看了一眼王天浩说道。

"行行行！我们现在马上就签！"王天浩立马就说出这句话来。

李旭晨从公文包内拿出了收购合同，大概地讲解了一下收购方面的具体事项，不过王天浩似乎急着想要签完合同，就是怕李旭晨突然之间就反悔了，说道，"李董，你说的那些我们都知道了。所以不用再重复了，直接把收购合同拿过来让总裁签一下字就可以了的。"

"这不行啊，如果我不跟你们说清楚，如果到时候你们又反悔了，我岂不是又吃了个闷头？"李旭晨揶揄道。

"不会的！我们真的不会再反悔了。李董你就快点把收购合同给拿过来让我们签了吧！"王天浩着急地说道。

李旭晨看着王天浩的反应还觉得有点好笑，之前自己没说准备收购其他公司的时候，那态度就跟什么似的。现在一知道自己打算不再收购他的公司准备收购其他的公司立马这个嘴脸就不一样了。心里鄙夷了王天浩一下之后，就说道，"既然王经理都已经这么说了，那么我也就不再坚持了。你们在收购合同这里签一下字吧。"

李旭晨刚把收购合同书递过去，王天浩就一下子拿过了收购合同书，放在了楚路面前。连李旭晨想将手里的笔递给楚路的工夫都给省了。王天浩直接从自己的上衣口袋内拿出了一支笔之后就直接塞进了楚路的手里。

楚路握着手里的笔显得有些不在状态之中，抬头看了一眼王天浩。王天浩见他还没有签就着急了，说道："还看什么，赶紧签啊！"

楚路听他这么一说立马就签上了自己的名字，之后就将文件递给了王天浩。王天浩接过文件看了一眼就将文件递给了李旭晨，说道"李董你看看，这样子可以了没有？"

李旭晨接过合同看了一眼之后，就点了点头，说道："好的，这样子的话就可以了。"

李旭晨站了起来跟王天浩和楚路两人说道："那么既然合同也已经签了，我会让公司那边尽快将钱转账到你们的银行卡内的。只不过我还是要问上一句，之前给我们集团的那个银行账号是你们两个哪个人的账号？"

"是我的账号。"王天浩回了李旭晨一句。

李旭晨看了一眼王天浩，又看向一直站在王天浩身后半天没有出声的楚路，之后看着王天浩说道，"是这样的，我们公司有规定。大笔金额都是要直接就打进公司最高负责人的银行账号内。王经理你应该也是能理解的，我们之所以这么做也是怕资金方面出现什么意外。所以，还是将楚总的银行账号给我吧。"

王天浩听他这么一说之后，心一下就觉得很是憋屈。本来自己以为真的能够将这个公司卖到两亿元来，现在不仅是鱼没吃着还一点腥味也闻不到了。

李旭晨说完这句话之后就直接忽略了王天浩，走到楚路面前，问道："楚总，能把你的银行账号给我吗？"

楚路又下意识地看向王天浩的方向，不过看见他并没有看着自己。在几经犹豫之后还是将银行账号报给了李旭晨。李旭晨记下了楚路的账号之后，就将合同放回到了随身携带的公文包内。

"那行，这件事情现在算是已经圆满结束了。六千万元我们集团会在下个礼拜一之前全部打到楚总的银行卡内的。楚总你到时候记得要查收一下。"

李旭晨又跟王天浩和楚路二人说了几句合同方面的事情之后，便带着关苑离开了龙城大酒店。关苑一路上都用一种不可思议的眼神看着李旭晨。李旭晨这几天一直因为收购合同的事情十分心烦，她根本没有看见过李旭晨出去过。什么时候他和其他的公司谈了合同自己都能不知道呢。

带着一肚子的疑问跟着李旭晨上了车，而李旭晨早就已经发现了关苑一直看着自己，而且还是满脸的疑惑。在发动引擎上了路之后他就跟关苑说道："你是不是很好奇我为什么会有时间跟其他的公司谈收购合同这件事情吧？"

关苑听到他这么说后直接就点了好几个头，然后说道："我这几天都是看见李董你一直待在宾馆的房间内没有出来过，都不知道为什么你会跟其他公司的人说上了合同，昨天你过来跟我说这件事情的时候，我还在想你究竟是有什么办法能够让王天浩签了这个合同。"

李旭晨听她这么一说之后，却没有被人赞赏的喜悦，而是注意到了关苑话里的某些关键点。自己在宾馆的房间说实话以关苑房间的视角来说是不可能会看见的，如果她能确定自己基本上每天都在房间里没怎么出来过那就真的只有一个可能性了，那就是关苑每天都会观察自己的房间，观察着自己的动静。

想到这个之后，李旭晨突然觉得全身有鸡皮疙瘩站了起来。他现在是越来越开始怀疑关苑到底是不是真的就是单纯地因为自己帮了她而跟着自己的。他现在觉得关苑似乎背后有些什么不可告人的秘密了。

所以再三考虑之后李旭晨还是没有将自己是想了什么办法能让王天浩答应签合同这件事的真相告诉关苑，于是随便找了一个借口就给搪塞了过去，"其实也没什么，不说也罢。而且现在合同都已经签好了那就是万事大吉了。反正这个时候如果他们还想反悔的话也已经没有退路可言了。"

关苑听到他这么说之后，知道他是不想将真相说出来罢了。果然自己上次私自进入李旭晨的房间，李旭晨还是对她有一点防范了。不过她没有意识到的是，自己刚刚说的话也是让李旭晨怀疑她的另一个原因。

关苑见他不想说也没有强求着让他说出来，二人之间又陷入了莫名的沉默之中。

回到宾馆之后，李旭晨就让关苑回去先休息了，说是这几天为了收购的事情估计没能好好地休息上一天。关苑也没有提出什么异议，跟李旭晨说了几句之后就直接回到了自己的房间。

而李旭晨回到自己房间的第一件事就是给老爷子发了一条短信：收购事情已经谈妥，我与关苑会尽快回到 C 市。

发完以后李旭晨想了想，还是给巫启打了一个电话。电话这次倒是很快就被接通了，"喂？"已经开始熟悉的女声在李旭晨的耳边响起。

"巫董，是我，李旭晨。"李旭晨说道。

"我知道。打我电话有什么事就快点说。我这边还有事情要处理。"巫启丝毫不留情地跟李旭晨说道。

李旭晨在电话的另一头尴尬地笑了笑，说道："是这样的巫董，收购方面的事情已经谈妥了。我打电话过来就是告诉你一声的。"

巫启听到之后倒是没有多大的反应，很平静地说道："本来就应该会成功的，我之前不是都已经跟你说过了吗？用不着担心的。"

李旭晨对于这个女人的自信还是觉得有些恐怖，说道："巫董你还真的是很有自信啊。"

而巫启也是毫不客气地说道："我一向都对我的能力很自信。"说出这句话之后对方就被她给噎着了，没有再说话。巫启见他很长时间都没有吱个声，于是就开口问道："对了，我找的那几个人在现场表现得还好不好？"

　　李旭晨听她这么一问之后，就回答道："他们并没有过来。"

　　巫启听后有些奇怪了："没有过去？怎么会这样？难道是他们没有讲信用？"

　　"并不是这样的，事实上也用不着他们几个出面。因为当时我跟他们通电话的时候王天浩就已经开始耐不住性子了，后来我作势准备离开了，王天浩一把就拉住了我什么话都好说了，还主动将收购的价格给调了下来。"

　　"什么？就打个电话就怂成这样子了？"巫启没兴趣地问道，语气里满满都是失望的色彩，"我还以为至少要有人过去和你在他面前演上一出戏他才会真的相信，没想到只不过就是这个样子就已经沉不住气了。亏他还是做过这么多年的，真是没有一点用处！"

　　李旭晨听她这么说以后就真的是越来越搞不懂这个女人心里到底是在想着些什么了，明明已经谈好了就应该很高兴才是，不过看她的反应好像事情太顺利了反而觉得不爽了。

　　"行了。既然事情已经解决了那就这样吧。你应该也是很快就会从 D 市回来了吧？"巫启问道。

　　"对的，我很快就会回去了。那就这样吧。"

　　跟巫启道了别之后李旭晨就将电话给挂掉了。果然以后还是离巫启远一点比较好，自己是越来越不理解巫启的想法了。

　　跟巫启说完电话李旭晨就不知道应该做些什么了，想了想之后就想起来还有一件很重要的事情没有做，拿起手机找到了赵群的手机号就给他打了一个电话，不过估计赵群这时候没有什么时间接电话。打了几次都直接转到了语音信箱里。于是李旭晨不再执着于打他的电话，改给他发了一条短信。

　　而与此同时在另一个房间内的关苑正面临着巨大的考验，岳书翔已经给她发过来短信了。说是自己以后已经不用再给他做事了，而且以后也别想在商场上能有立足之地了。

关苑估计岳书翔已经是知道了合同顺利签订完毕的消息了，所以才会给自己发过来这条短信。

看来这次是真的没有什么转机了，只不过一想到李旭晨会知道自己的真实身份，她还是感到一阵的难受。

岳珊妮处理完公司里的事情之后就坐车回到了家里，不过在回家的路上却一直在想着应该怎么处理部长交给她去做的那份规划书。说实话她在这方面是一点儿经验也没有。在大学里的时间她也并没有到外面找过什么兼职去做过有关于人事这一块的工作，在公司基本她也只不过是做着一些打杂之类的，根本没有实际性的接触过什么人事方面的事情。如今部长竟然要她写一份规划书交给他，这简直就在难为她。

岳珊妮觉得部长是因为他在讲话的时候自己没有认真听，只顾着做自己的事情，被他看见了之后他才会这样子打击报复自己的。至于为什么她会这么想。答案难道不是显而易见的吗？因为除了她以外还有一个人也会写规划书，而那个人好死不死就是那个之前一直针对她的女生。

岳珊妮之后从别人的口中知道了那个棕发女生的名字叫作常阗，而一直跟在她身边的那个女生则是叫作钟铮，不过当她想知道更多关于常阗的事情的时候，所有人都像是事先说好了一样都选择了沉默。岳珊妮也没那个心思继续追问下去，爱说不说呗。

岳珊妮带着复杂的心情回到了家中，进了门之后也没有像以往那样先进去房间里把包放下，而是直接连人带包地坐在客厅的沙发上。

"珊妮，怎么了？怎么一回来就是一副不高兴的样子？"

岳珊妮不知道到底是在想着一些什么事，整个人感觉就像是已经放空了一样，根本就没有回答岳书成的问题。

岳书成见她没有回答之后又试着叫了她几声，见她还是没有理睬自己后就不打算继续叫她了。刚想将视线放回到自己看的电视节目上，这时候岳珊妮才悠悠地冒出了一句："爸，你知道规划书要怎么写吗？"

岳书成听到她这么问之后，有些疑惑地看了她一眼，之后回答道："规划书我是知道怎么写，不过你突然问这个做什么？"

岳珊妮听到老爷子这么问，垂下了头想了一会儿，就走过去坐在了岳书成的旁边，说道："爸，今天我们部长叫了两个人要写什么人事部的日后发展的规划书。我被他指名要写这个规划书。"岳书成听到她这么说之后，稍微抬头想了想，公司是给人事部这么一个任务，"这个我知道。不过你部长怎么会让你做呢？"

岳珊妮这时候看着岳书成说道："就是啊。我也搞不懂。我来人事部也都没有几天，而且基本上都是给我一些打杂的事情去做。这个时候让我去写一份规划书，这不就是在故意刁难我嘛！"

岳书成听她这么说之后也是低头想了想，原本想跟岳珊妮说要不他就直接跟人事部的部长说那份规划书别让她做了，不过话在嘴边还没有说出来，岳书成想到了一些事情之后就将原本要说出来的话给改了一下："我觉得这样不是挺好的吗？可以让你锻炼锻炼，给你累积一下经验不是也挺好的吗？"

岳珊妮一听老爷子这么说话，立马就改了脸色，原本还是在挽着岳书成手臂的手一下就松开了。然后就赌气一样地坐在了离老爷子很远的地方，噘着嘴唇说道："什么嘛！我本来跟你说就是想让你跟那个人事部的部长说一下别再让我做那个了。没想到你非但没有这么说，还说让我去试一试！爸你怎么可以这么说呢！"

岳书成知道岳珊妮的公主脾气又上来了，于是就起身走到岳珊妮身边坐了下来。不过岳珊妮显然还是对他刚刚说的话心存芥蒂，就是不肯回过头去理岳书成。

岳书成见她这个样子，叹了一口气说道："珊妮，我知道你没有做过规划书之类的东西，不过凡事都会有个第一次。第一次可能是会有点困难，但是只要你能克服它。那么之后很多事情都是可以迎刃而解了的。"

"我才不要听你的这些大道理！反正我就不乐意写！"岳珊妮作势就捂上了自己的耳朵。不过很快就将手放了下来，看着老爷子说道，"爸，你就别让我做了好不好啊！"

"珊妮，你为什么就是这么不肯做呢？难道只是因为害怕困难吗？"岳书成皱着眉头问道。

"不是啦！"岳珊妮有些扭捏地说了一句，顿了顿之后还是说出了真实的原因，"其实除了我以外还有一个女生也做了这个规划书。"

"那不是很好嘛？你要是有什么不懂的地方可以问问她啊！"

"爸，你不是在跟我开玩笑吧？"岳珊妮一脸不可置信地看着老爷子说道，"你自己在商场做了这么多年还能不明白吗？到底有谁会帮助自己的竞争对手啊！"

老爷子听到岳珊妮这么说之后就觉得岳珊妮经过在公司里的生活后已经开始初步适应了职场的环境，说道："也未必啊，说不准就有这样的人呢。"

岳珊妮听到自己的父亲这么说之后直接就给翻了一个白眼，说道："别人我是不知道，但这个人是绝对不可能会帮我的。"

岳书成反问了岳珊妮一句，"为什么这么说？"

"因为她就是我跟你说的那个我来到公司第一天就跟她发生了矛盾的那个女生！"岳珊妮一想到常闻这几天对她的种种表现，说话的语气都重了几分，"她那人还巴不得我不要去做这规划书呢！处处都针对我，有什么意思么！"

"正是因为这样，你才更要去做这个规划书啊。"岳书成跟岳珊妮说道，岳珊妮听到老爷子这么说之后显得有些丈二和尚摸不着头脑了。岳书成看着岳珊妮缓缓说道："正是因为她处处针对你，你才是更应该要靠着自己的努力好好做成一份规划书。向她和部门里的人证明，自己并不是那么脆弱不堪的一个人！自己还是有实力的！"

岳珊妮听老爷子这么一说之后，心里也是动了点心，不过还是有些犹豫地说道："不过规划书方面我是真的一点也不会写啊！"

"不会写你可以上网去找一下材料来借鉴一下，如果还有什么地方还是不懂的话你可以来问爸爸我。不过前提是一切都要你自己一个人来主动完成！"岳书成看着岳珊妮坚决地表达了自己的想法。

"我明白了爸爸，那这次的规划书我就写了，而且我要比那个女生写得好上一万倍！"岳珊妮兴致昂扬地说道。

岳书成看着已经打起了精神的女儿点了点头，随后就将岳珊妮拥入了自己怀里，轻声说道："我的珊妮终于是要开始长大了。"

只不过岳书成也不清楚，自己到底还能不能见到岳珊妮真正成熟的那一天了。

王天浩自从那天签了合同之后，回到家里就有一些心神不定了。回想了一下刚才在龙城大酒店里的事情之后，他倒是觉得有一点奇怪了。为什么偏偏是李旭晨准备离开的时候那个电话就给打了过来，而且看李旭晨的表现似乎早就知道那个电话会打过来一样自信。自己当时也是很着急所以没有想到这么多，直接就给签了合同。眼下也是有点后悔了。不过后悔归后悔，现在合同都已经签了，总不能在这个时候再反悔了。

王天浩站在家门外摇了摇头，算了，六千万元就六千万元吧，多少也是一笔钱。只是不知道岳书翔那边到时打电话过来自己应该怎么跟他解释才好。

想着这些事王天浩就开了门进去了，依旧没有理会自己那个黄脸婆，进到书房之后就给带上了房门，将公文包随便地放在了桌子的一个地方就坐在办公椅上沉思了起来。

就在这个时候王天浩的手机响了起来，原本沉浸在思想里的王天浩显然被这突如其来的电话铃声给吓了一跳，白了一眼自己的手机之后就拿过电话看了起来，不看不知道，一看他的身板就立刻变直了。真是说曹操曹操到，打电话过来的人不是别人，正是岳书翔。王天浩犹豫了一会儿，才将电话给接通了，有些颤颤巍巍地说道："喂，岳董啊？"

"怎么这么长时间才接电话？"岳书翔问他的语气很明显地夹杂着不悦的基调。

"我，我刚才在吃饭呢。没听到电话铃声。"王天浩有些蹩脚地撒了一个谎，心想着岳书翔可千万不要听出来自己是在撒谎。

不过岳书翔显然对这个并没有什么很大的兴趣，直接开口问道："今天的收购怎么样了？"

王天浩一听到他这么问之后，当下心里更是有点虚了，在那里支支吾吾了好一会儿也没有说出个所以然来。

岳书翔显然是被他的这个反应给弄得不耐烦了，说道："在那里支支吾吾些什么！我在问你话呢！赶紧回答我！"

王天浩听到他的语气越来越不好之后，想着如果还是不说的话估计后果会更严重，反正早死晚死都是死，横了一下心之后就开口说道："岳董，我说了你可千万不要生气。我已经将公司卖给那小子了。"

岳书翔在电话的那头直接就吼上了一句，"一个两个都是没用的废物！以后你用不着跟我联系了！"

说罢就将电话给直接挂断了，王天浩见他将电话挂掉之后直接就把手里的手机甩了出去。手机在墙上撞击了一下就掉落到了地上，屏幕已经碎了。而王天浩则是在那里坐着，胸膛不断在上下起伏着。

岳书翔将电话挂断之后，对着手机在那里不知道说了一些什么，之后就将手机放回到了桌子上，拿起了放在桌上的一杯红酒直接就喝了下去。

王天浩这个没有用的东西，自己已经嘱咐过他多少次李旭晨这小子不简单，可能会耍一点小花样。就是不肯听自己的，现在就真的是捡了芝麻丢了西瓜了！他当初还想可以通过这次机会好好为难一下李旭晨，好让他在董事会那边再没有脸面继续待下去了，让他知难而退。如今倒好，像是直接就给他铺好了路让他直接往上爬了一样。

看着关苑给他发过来了这条短信，他几乎可以确定关苑是不会再帮自己做事了。低声骂了一句，没有再回复关苑的短信。反正既然已经没了那个心思帮自己的话，估计强留下来也是没有什么用处可言的。

岳书翔靠回到椅子上，想到李旭晨的事情就还是有些火气。看来现在关苑那边是已经没有任何继续利用下去的价值了。

果然自己还是要开始想一些其他的办法才能够彻底解决李旭晨了。

第九章　真相真象

签订合同之后，李旭晨与关苑乘机返回 C 市，去往机场的路上两人疏于交流，沉默地办理好了登机手续就来到了登机手续上注明的候机厅，两人将手里拿着的行李放在一旁就各自找了一个位置并列地坐在了一起。

李旭晨和关苑二人坐下来之后谁也没有说什么，只是依旧在做些自己想做的事情而已。

其实关苑在他们沉默的期间已经偷偷看了李旭晨几次，不过似乎还是在纠结着什么似的，一副欲言又止的表情让人看了感觉心里有些不痛快。想是经过了一段激烈的思想斗争之后，关苑才开了口，说了一句话。

"李董。"关苑开口叫李旭晨。

坐在关苑身边正拿着手机翻看邮箱的李旭晨听见关苑叫了自己一声之后，立马就将头给抬了起来，而后问道："什么事？"

"我想跟你坦白关于我做了些对不起你的事情。"

李旭晨看着关苑的脸色，他就知道关苑说的不是玩笑话，而是事实。

关苑见李旭晨不再开口说话以后，猜想李旭晨估计已经是知道自己并没有在开玩笑的意思了，沉默了片刻之后，她才继续说了出来："我把你出卖给的人不是谁，就是岳书翔。"

李旭晨一时间没有反应过来关苑刚刚说的那些话，有些茫然地看着关苑，一会儿之后，开口问道："你刚刚说什么？"

关苑看了一眼李旭晨之后，一字一句清晰地重复了一遍："我把你出卖给了岳书翔。"

关苑说完这句话之后，并没有想象中的那样会有着巨大的恐惧感，而是突然觉得一身轻松。其实对于要不要跟李旭晨说出自己在他背后一直捣鬼这件事她还是犹豫了很长时间，不过最后还是选择将这个真相全然告诉李旭晨。

李旭晨听她这么说之后，脸色马上就真的变得严肃起来，看着关苑很久都没有说上一句话。良久之后才默默地开口说一句："没想到你还真的是和岳书翔有着这种勾当。"

关苑听到他这么说以后，有些惊讶地看向了李旭晨，而后开口问道："李董，难道你都是知道的？"

"一开始我也不过是怀疑你一点而已，而且你这次跟我一起过来也是赵助理一手安排的。目的就是让我好好观察你是不是有什么问题。我一开始还不肯相信你这样子的一个人还会有什么不对劲。直到后来你出现在我的房间里我才开始真的怀疑你是不是有什么不能告诉我的秘密。想必你之前出现在我的房间的时候是在找收购合同书吧？"李旭晨问道。

关苑没想到赵群竟然已经这么早就开始怀疑自己了，有些吃惊，不过李旭晨说的话也没有一句是假，所以关苑在犹豫了一会以后还是点了点头。

李旭晨见她点了头，知道自己说的基本都对了，而且自己没有说出来的那些估计也是猜得八九不离十的样子，突然想到以前的一些事情之后又开口说道："那你和刘成有矛盾这件事也是为了故意接近我才演的这出戏吧？"

关苑听后，很长时间后才点了点头："是的。"

李旭晨听她这么一说之后，冷笑了一声："那你现在跟我说这些是想干什么呢？是在试探我么？"

"没有李董！我没有这个意思，我和岳书翔已经没有什么关系了。我已经被他给丢弃了。"关苑说道。

李旭晨听后有些不解地看了关苑一眼，说道："你这话是什么意思？"关苑深吸了一口气之后，就将自己为什么和岳书翔暗算他的原因从头到尾说了出来，而李旭晨也是一字不漏地听了下来，而后问道，"也就是说你现在已经没有继续给他做事了吗？"

"是的，我回去之后也没有办法在商界立足了。"关苑自嘲地笑了一下，说道，"李董你放心吧，回去之后我就会递交辞呈的，不会再出现在你的眼前了。"

李旭晨听到她这么说后觉得自己刚才对她的态度也是不好，于是改口说道，"虽然你对我做了这些事情，但好歹我们也算是共事了一段时间。我不能看着你没有工作不管。这样，我会帮你重新找到一份工作的。"

"不用了，李董。"关苑听到李旭晨这么说之后就直接开口回绝了李旭晨，"这是我应该要为此付出的代价，我认了。李董，我对不住你，在这里跟你说上一句对不起。希望你能原谅我。"

李旭晨最听不得别人这么说话了，原本还想说上关苑几句，不过没想到的是已经到了登机时间了。

"李董，到了登机时间了，我们走吧。"关苑说完之后就拉着行李箱独自往前走了。李旭晨见状也是跟了上去。

二人就在各怀心思的心情里踏上了返回 C 市的旅程。

李旭晨和关苑上了飞机找到了自己的位置坐了下来之后，两人就没有再和对方说过什么话了，也许是因为刚才关苑说出的那些话一时之间李旭晨难以完全消化，所以也就不知道到底应该怎么面对关苑才算是正确的做法。所以最终还是选择保持沉默这个最为保险的方法。不过随之而来的尴尬倒是一分都不少。

于是李旭晨和关苑就在这无比尴尬的气氛中踏上了回 C 市的路程，李旭晨原本想正好买了两个相靠的位置，他们二人之间也算是能相互有一个照应。

不过从现在的情况看来，自己的想法应该是大错特错了。现在不仅是没有办法相互照应，连说上一句话都是一个问题。他现在可以说是有些后悔买了两个相靠的位置了。不过 D 市到 C 市也不过是一个半小时的路程，忍忍就过去了。

所以两个人都抱着相互不同的心情坐在飞机上等待着到达目的地。

而与此同时的岳书成则是在得知了李旭晨即将要坐飞机从 D 市回到 C 市的消息之后显得非常高兴。一来是因为李旭晨此次已经将收购的事情全部处理完成了，二来是因为李旭晨这次已经是离开 C 市有一段时间了。说实话他的心里也是有点想李旭晨的。所以在早上处理了公司的主要事情之后就叫赵群准备好车自己中午出去接李旭晨。

赵群被岳书成叫进办公室之后就问岳书成是有什么事情，而后岳书成告诉他备好汽车中午去接李旭晨。赵群听到他这么说之后，知道岳书成很是思念李旭晨了，所以也就随便说了一句："董事长，李董回来了你就这么高兴吗？"

岳书成听他这么问之后也没有反驳，直接就回答道："是啊！他都已经去 D 市这么长时间了，现在回来了我当然是会很高兴的了。而且还是解决了收购这么大一个问题，这次他回来肯定是要好好犒劳犒劳他的！"

赵群听老爷子这么说也是在那里笑了笑，就说出去准备了。距离李旭晨回到 C 市应该还剩下一个小时不到。

岳书成听到这么说之后就向赵群摆了摆手，示意他可以出去准备了。见赵群出去岳书成就走回到了自己的办公桌前坐了下来。不过这次李旭晨回来之后除了给他办一个庆功宴之外还要告诉他一些其他需要处理的事情，包括公司股份的问题。

岳书成想到公司股份的问题就又开始皱起了眉头来，虽然说是已经将信源公司给收购了过来，不过股权方面的事情依旧还是很难办。

而此刻在公司的另一边，常磊正和岳书翔在那里面对面地讨论着关于李旭晨和岳书成的事情。

　　常磊看着眼前的咖啡并没有任何想喝的欲望，刚刚岳书翔的那些话已经让他有些忧心忡忡了。没想到在自己不怎么在公司的时间里李旭晨竟然被岳书成委派去进行收购的谈判。看起来岳书成很是信任李旭晨。

　　常磊想了想之后还是跟岳书翔说出了自己的想法："舅，现在的情况对我们很是不利。李旭晨那个人确实也是不能够再小看他了。而且昨天我给岳书成送去项目书的时候，他也没有将项目书交给我去处理，而是说他那里会有更好的人选做这件事情。我想了想，他说的那个适合人选估计就是李旭晨本人吧。"

　　岳书翔听到常磊这么说之后，稍稍皱了眉头说道："你说的是真的吗？"

　　常磊点了点头。

　　岳书翔听到常磊这么回答他之后就将手里的咖啡杯放了下来，然后双手十指交叉放在了膝盖上在那里想着事情，良久之后才跟常磊说道："看来那老东西防得要比我想象之中的深上很多嘛。"

　　常磊听到岳书翔这么说之后，就问道："那我们现在是要怎么办呢？"

　　岳书翔看到常磊面上显得有些着急之后，就说道："磊子，我是怎么跟你说的。我们这些混商界的，要做到敌动我不乱。你看看你现在的样子，着急成什么样子了！着急能解决眼前的事情吗？"

　　常磊听到他这么说自己之后，就将头低了下去没再说话。

　　岳书翔看了一眼他的这个动作以后，又继续说道："再说了担心什么？就算老东西有着自己的锦囊妙计，我也有我的破解方法。"

　　"至于李旭晨嘛。"岳书翔顿了一下说道："我早晚都会让他生不如死的。"

　　岳珊妮在公司被工作折磨了一天之后，总算是拖着疲惫不堪的身子回到了家中。回到家里之后衣服什么的也没有换就直接回到了自己的房间，将脚上的拖鞋一甩就滚到了床上盖上被子直接昏睡了过去，连澡什么的也没有洗。在回房间之前她还跟陈妈交代过了到了吃饭时间就不要过来敲门让她起来吃饭了。

其实陈妈很是心疼自己的大小姐，陈妈从岳珊妮五个月的时候就已经来到了岳家做起了保姆。所以说岳珊妮还是自己从小照顾到大的，而且自从岳珊妮的母亲去世之后她和岳书成就把岳珊妮当作宝贝一样供着了，哪有让岳珊妮这么受苦过。但是自己文化程度也不高，也没有办法能够帮上岳珊妮什么忙。对这样子没有什么用处的自己陈妈还很是讨厌的。

岳书成因为公司里突然有一些很是要紧的事情需要临时处理，所以将李旭晨接完回来之后就又去了公司处理事情去了。所以今天晚上可以说是忙到比较晚才回了家。到家里的时候已经是晚上八点半了。

岳书成拿着公文包进了屋子之后，站在玄关那里换拖鞋。听到岳书成动静的陈妈立刻就从厨房内走了出来，接过了岳书成的公文包说道，"先生，你回来了？"

岳书成应了一声，发现屋子内安静得有点不太寻常，于是就直接走进客厅。不过出乎他意料的是，并没有像平时一样看见岳珊妮。岳珊妮一般回到家中要么拿着遥控器看着八点档的黄金节目，还有就是拿着手机坐在沙发上玩。不过如今却没有看见岳珊妮的身影，岳书成就觉得有些奇怪了。于是就转过身问陈妈，"小姐呢？到现在还没有回来吗？"

陈妈听到岳书成这么问自己之后就摇了摇头，抬手指了一下岳珊妮的房间，低声说道："小姐七点的时候就已经回来了，不过回来的时候应该是很累了，直接就进了房间睡了。在进房间之前还嘱咐我不要过去打扰她。"

岳书成听到以后觉得有些奇怪，原本还想问陈妈为什么她那么早就睡了。不过转念一想也是，岳珊妮平时的工作量就已经是超负荷了，如今又要写一个规划书，而且自己还不是很擅长。身体的劳累肯定也是会多上很多了。现在就睡了也是情有可原。所以想了想之后没有问陈妈那个问题。

陈妈看着岳书成一会儿之后就说道："先生，要不就不要小姐再去公司里上班了吧，您也是看见了现在小姐每天都是非常的累，我怕她哪天实在是受不住了整个身体都会垮的啊。"

岳书成听到陈妈这么说，也是明白陈妈的心里想法。岳书成又何尝不是很心疼岳珊妮，今早原本打算叫上岳珊妮一起去接李旭晨回来，不过想到岳珊妮的工作还是很多的，而且现在如果让谁看见了岳珊妮和他出现在一起的话，公司里又不知道会有些什么样的风言风语了。所以思量再三之后还是选择了自己和赵群去就可以了。

"陈妈，我知道你是心疼珊妮，我也一样是很心疼啊，不过这又有什么办法呢？珊妮以后早晚都要进入社会的，她迟早都是要学着去适应的。如果现在不让她好好磨练磨练的话，那她以后是没有办法真正融入社会的。"岳书成看着陈妈说道。

陈妈听到岳书成这么说以后也就点了点头，岳书成说的道理她也都懂，只不过是心疼岳珊妮的身体受不受得住罢了，沉默了片刻之后回道："先生说的是。先生，你现在需要吃饭吗？"

岳书成听到陈妈这么问自己之后，想了想就说道："就现在吃吧。吃完了我可以直接去洗漱休息了，忙了一天我也有点吃不消了。"

陈妈听到岳书成这么说之后就点了点头，说道："好的先生。您再等一会儿，我很快就会准备完晚饭了。"

岳书成听到之后就让她下去做饭去了，然后坐到沙发上拿起了手机拨通了李旭晨的手机。而李旭晨这时候正在洗浴室里洗澡。隐约听到外面有电话铃声就将水给关掉了，确定是手机有来电之后随便拿了一条浴巾围在了腰上就出了浴室。走到房间拿起了电话看了一下就接通了电话："喂，是叔叔吗？"

岳书成在电话的另一头回应道："对，是我。"

李旭晨听到确实是岳书成之后就说道："叔，你找我有什么事吗？"

岳书成笑了两声就说道："也没有什么很大的事情，就是想着让你和珊妮说上一两句话而已。"

李旭晨听到原因之后就跟老爷子说道："这样啊，我刚刚还在洗澡，珊妮在哪里？那我和她说上几句吧。"

岳书成听到他这么说后反而是有点不好意思了，说道："珊妮现在已经睡了，估计叫是叫不起来了。"

李旭晨听到岳书成说岳珊妮已经睡觉了显得有点不可思议，抬头看了看挂在墙上的钟之后问道："珊妮已经睡了？现在才九点不到啊？"

以李旭晨对岳珊妮的了解。岳珊妮通常情况下在这个时候都不会这么早就已经睡觉了的，如果那么早就去睡觉了的话估计是已经累到不行了。

岳书成解释说道："这几天应该是把她累得够呛的了。基本上天天都是很多的工作要做。现在还有一份规划书要写。"

"规划书？"李旭晨有些疑惑地问了一句，"珊妮要写什么规划书？"

"啊，那个是我弄的。关于人事部的日后规划与发展，不知道他们的部长怎么会交给她做了一份。我一开始想要不不让她做这个了吧，毕竟她现在对这方面并不是很了解。不过仔细考虑了一下之后。我还是打算让她多积累一下社会实践，所以还是让她做了这个规划书。不过这个规划书可能是难了点，珊妮现在还一点也没有写。所以我打算让你跟她说说应该怎么弄规划书。"

李旭晨听到岳书成的话之后有些抽了抽嘴角。而后问道："叔，你是认真的吗？"

"当然是认真的了！"岳书成理所当然地说道："你自己在这方面很有经验，应该可以给珊妮不少好的意见。而且你自己也是知道的，珊妮对你还是挺听话的。也许你来教她的话指不定会事半功倍。"

李旭晨听到老爷子这么一说之后，估计自己已经是没有理由继续拒绝了，于是就答应了。

岳书成见他答应了就又跟他说了一些其他的事情，最后说明天早上再给他打一个电话就给挂了电话。

李旭晨放下手机原本打算就直接继续去浴室洗完还没有洗好的澡，但这个时候他的手机又响了起来。李旭晨看了看自己的手机叹了一口气之后，就拿起手机看了一眼又接了起来："喂，赵群啊？"

打电话的这个人其实就是赵群："嗯，是我。"

"现在还打我电话是想干什么？"李旭晨问道。

"没啥大事。就是想问你关于关苑的事情。"赵群开门见山地说道。

李旭晨知道自己今天的表现还是瞒不过赵群的这双眼睛，沉默了一会儿就说道："你想问什么？"

"你是不是已经知道了关于关苑的什么事情了？"

李旭晨听他这么一问之后就开口回答道："我确实是知道了关于关苑的一些事情，不过都不是什么好事。"

"说来听听。"赵群跟他说道。

李旭晨整理了一下思路以后就将自己知道的事情都告诉了赵群，赵群在听他说话的过程中偶尔会发出声音示意他确实是有在听。

等李旭晨全部都说了之后，赵群就跟李旭晨说道："虽然我之前有怀疑过她是跟我们公司的某些高管有着不清不白的交易，不过没想到那个人竟然是岳书翔。"

李旭晨听到他这么说以后就跟着说了一句："我一开始听到她这么说的时候也是不肯相信的。毕竟这和我想象的还是相差太多了。"

"可不是嘛。没想我只是让你随便注意一下关苑竟然钓出了岳书翔这么大的一条鱼来。"

"那现在应该如何是好？需要告诉老爷子吗？"赵群在电话的另一头里开口问道。

李旭晨沉默了一会儿后回复道："我觉得暂时还是不要让老爷子知道这件事吧，我怕老爷子到时候受不住身体就又给整垮了。"

赵群听他这么说之后也觉得李旭晨说得有几分道理，于是就同意了他的观点。又跟李旭晨说了几句就把电话给挂了。

　　实际上李旭晨也不清楚不将这件事告诉岳书成这种做法对不对，不过既然已经决定这么做了，那他还是要继续做下去。

　　将电话放回到桌子上以后他就又回去浴室重新洗了个澡。

　　由于岳珊妮昨天睡得特别早，所以她今早也算是很早就起了床，洗漱完毕之后就坐到餐桌前等着已经起床的岳书成洗漱完毕。

　　待岳书成洗漱完毕之后，岳珊妮早就已经饿得前胸贴后背了，因为昨天太困了实在睁不开眼于是就没有吃晚饭。所以今天早上可以说是被饿醒的。见岳书成已经坐了下来说了一句"爸你也快吃"之后就开始自己吃自己的了。

　　岳书成知道岳珊妮估计是因为昨天没有吃晚饭才会那么不顾及形象的在那里猛吃，无奈地笑了下，之后跟岳珊妮说道："你昨天怎么那么早就睡了？"

　　岳珊妮将嘴里的东西咽下去之后说道："爸，这几天我是忙得要死啊！昨天实在是太累了，我澡都还没有洗就直接去睡了。等会儿我要先洗个澡。"

　　"你昨天这么早睡，都没有接到你晨哥的电话。"

　　岳珊妮一听见老爷子这么说之后，就立马停下来手里的动作，问道："晨哥打电话过来了？"

　　"何止啊！"岳书成还故意卖了个关子，"你晨哥昨天已经从 D 市回来了，我昨天和赵群一起去接他的。"

　　岳珊妮一听见老爷子这么说之后就不乐意了，说道："你怎么没有叫我去啊？"

　　"你这不是因为工作很忙吗？我想也不要打扰到你工作了，就没有叫你去啊。"岳书成看着闷闷不乐的岳珊妮说道，"好了，别生闷气了，你晨哥回来了你就可以问他关于规划书这方面的东西了，你的规划书不是还没写完吗？你晨哥对这方面还是很了解的，你可以多问问他。"

　　岳珊妮听见他这么说后也是点了点头，吃完早饭之后她就直接去了公司了。

到达公司之后她就上聊天工具跟李旭晨聊天，并且问他关于规划书和人事部的东西。

岳珊妮在经过李旭晨的指导之后，开始渐渐熟悉了人事部的主要运行模式以及主要负责公司的具体事务。虽然在李旭晨跟她讲解的过程中她还是显得有些不太明白，不过至少是比以前一窍不通好上不知多少倍了。李旭晨可以说是很负责地、手把手地教会了岳珊妮应该如何将规划书写得能够让人看不出来是一个职场新人所写的。

岳珊妮一直在努力地做着规划书，而另一方面，岳珊妮的竞争对手常闾早就已经将自己的规划书全部写好上交给了部长。看着正在忙碌地写着规划书的岳珊妮她的优越感就越来越高。

"常闾，你都已经写好规划书了？"钟铮靠近常闾问道。

常闾看了一眼钟铮之后，漫不经心地回答道："那种简单的东西我早就已经写好了，谁会像那个白痴一样到现在几个字都还没有写啊。"

钟铮自然知道常闾口中说出来的白痴是指哪个人，笑了笑之后说道："这次规划书肯定就是你赢啦！那丫头简直就不是你的对手，真不知道部长干吗要叫她写规划书，是不是要衬托出你的能力，给你当炮灰啊！"

常闾听到钟铮这么说之后，也只是稍稍地笑了一下而已，而后说道："只要这次规划书能通过上面，我升职这件事基本就已经是板上钉钉的事情了。"

"是啊！到时候肯定你就能够升职了！真是好羡慕你啊！"钟铮拍了一下常闾的手肘说道，"到时飞黄腾达了，你可不要忘了我啊！"

"放心吧，自然是少不了你的份的。"常闾斜眼看了钟铮一眼之后说道，"不过就这样普普通通地打败她还真是一点意思也没有。"

"那你的意思是？"钟铮问道。

常闾凑过去在钟铮耳边说了一句话，钟铮听后睁大眼睛看着她："你确定要这么做吗？"

"不那么做，就不好玩了。"

常间看着岳珊妮说道。

李旭晨回到公司之后，公司里的人可能是因为很长一段时间都没有看见过他，所以看到他回来之后所有人的反应都出乎意料的热情与意料之中的一致。李旭晨在去往技术部门路上的时候就已经被好几个认识他的公司员工给叫住，问了他这么长时间是去哪里去了，李旭晨就跟他们说是有要事被派出去了。不过因为那几个认识他的员工这么问他之后，连带着那些员工身边的人也一起问了他到底是有什么事情。

李旭晨看着他们问道："你们怎么看见我回来就这么高兴？难不成我不在的时候你们被什么人给虐待了吗？"

李旭晨原本以为只不过是随口说出的一个玩笑话而已，不过没想到倒是得到了员工们的一致回应："李董，你还真别说，我们就是被人给虐待了。"

李旭晨一听到他们这么说之后，就开口问道："是么？那你们说说你们是被什么人给虐待了？"

所有人相互看了对方一眼之后，刚才那个跟男员工对吵的女员工被其余的员工一致性地给推了出来做了代表。那个女员工转过身看了他们一眼之后就跟李旭晨说道："李董，你是不知道啊，自从你离开了之后，刘部长可是让我们拼了命地去做各种工作啊。自从你离开之后我们基本上每天都是在加班中度过的，不过你也知道大家也都不敢有什么怨言，就算是有也不敢说出来。所以也就一直做了下去，这两天听到你要回来了刘部长才肯放我们准时下班的。"

李旭晨听到她这么说之后就皱起了眉头，公司里有过明文规定，如果不是有特别重要的事情需要员工去处理的话，上级不得以任何理由来强制性地让员工留在公司里加班。刘成的这个做法显然是不符合公司规定的。不过他之所以敢这么做除了料定了员工们不敢拿他怎么样以外，估计还是有其他的因素在里面的。看来他有必要找刘成好好谈谈了。

"不过李董，关苑跟你去了D市之后怎么没有看见她跟你一起回来啊？"一个员工问李旭晨。

李旭晨听到他这么问之后显得有些惊讶，问道："关苑今天没有过来吗？"

"没有啊，我们没有看见她来过啊。我们还以为今天你们两个会一起过来的，没想到就只看李董你一个人过来了。"

李旭晨听到她这么说之后，锁了锁眉头，原本他今天还打算过来看看关苑是不是真的打算给董事递出辞呈离开公司。不过现在关苑连人都没有出现过，看来关苑是真的不打算继续待在公司了。

李旭晨虽然觉得有些遗憾，不过这种事情也不是他可以预料的，所以一切还是让它顺其自然的发展吧。

李旭晨又跟员工们说上了几句话之后，就让员工们都散了赶紧回去工作。员工见已经和李旭晨谈上好久了也觉得应该要去工作了，于是都跟李旭晨说了声就回到自己的位置上做起了事情。李旭晨见他们都回去了就走回了自己的办公室，坐到已经阔别已久的椅子上，李旭晨感觉自己好像从来都没有离开过这里一样。

而这个时候的关苑已经来到了公司里，今天的她什么妆也没有化，只是一副素颜朝天的模样。直接就坐着电梯来到了技术部门。部门里的人看见她之后都显得有点震惊，她大抵也能明白他们为什么会有这个反应。这时候一个平日里经常跟她说话关系还算是不错的女生走到了她的身边，说道："你怎么现在才过来啊？我们都以为你不准备过来了呢。"

关苑听见她这么说之后，也就笑了笑没有回答，跟她摆弄了一个手势之后就去了李旭晨所在的办公室，敲了敲门。

而此刻正在办公室内稍微休息片刻的李旭晨听见敲门声后，就冲着门口说了一句："进来吧。"

关苑听见李旭晨的回复之后就打开了门走了进来，李旭晨抬头看见是她，面上显得有点吃惊，不过很快就恢复到了原来的平静，说道："关苑，你怎么来了？"

关苑径直就走到了李旭晨的办公桌前，将放在包里的一个信封拿出来放在了李旭晨桌上，之后就一脸平静地看着他。

李旭晨看了关苑一眼之后，就拿起来看了一眼，之后就抬起头看着关苑说道："原来你说的那个递交辞呈的董事就是我？"

关苑也没有反驳就点了点头，说道："原本那天在机场离开之后就打算直接走人了的。不过想了想还是过来跟你亲自递交一下辞呈会比较好吧。"

"难道真的就没有打算继续留下吗？我并没有将你的事告诉董事长。"李旭晨说道。

关苑听见他这么说后，倒是显得有点吃惊，不过在面上并没有直接表现出来，说道："我很感谢你没有将我的事情告诉董事长，也算是保住了我最后的一点尊严。不过我想我是不可能继续留下来了。"

李旭晨见她心意已决，点了点头后问道："那你离开公司之后有没有什么打算？"

"我打算离开这个城市。"关苑平静地说道，"带着我的家人到其他的地方，在没有任何一个人认识我的地方重新开始。这些年来我为了生活做了许多不应该做的错事，也是时候为此付出相应的代价了，毕竟善恶终有报。重新开始或许对我来说才是一个真正的归宿吧。"

李旭晨听见她这么说之后，对于她能够对以往的事情释怀心里也算放心了，"那我也就提前祝贺你，能够活出你自己想要的生活。"

关苑听见他这么说之后，就冲着他点了点头，说道："我会的。不过李董，在我离开之前我要跟你说上几句，希望您能听一下。"

"你说吧。"李旭晨回答道。

"李董，您的为人确实是很好，但有的时候为人好会让你被牵绊住脚步而已。所以我希望你能该狠心的时候还是狠心一点，不然的话日后吃的亏肯定只会多不会少的。另外岳书翔你一定要多加留意才行，他对你的意见非常的大。如果你稍有不慎的话，恐怕就会被他盯上了。"

"嗯，我知道了，谢谢你的好意提醒。"李旭晨看着关苑一脸真诚地说道。

关苑听见之后，也是低下头笑了笑，再次看向李旭晨的表情多了一种名为忧伤的情绪，"那么李董，在此我就别过了。以后的日子恐怕也不会再见上一面了。"

李旭晨知道关苑话里的含义，点了点头。

人生有的时候就是这样起起落落的，那些出现在你生命里的人，总是会在一个时间段里悄然离去，就好比此刻，此后一别再无相见之日。

第十章　另类谈判

第二天李旭晨按照老爷子告诉他的具体地址开车前往凌风风景区赴宴，说是聚餐实际上也只是个小的家庭聚餐，到的除了他和老爷子以外，也就只会有赵群，岳珊妮以及岳珊妮的室友周一木了。

"看起来我这算是来晚了？"李旭晨下了车之后走到老爷子身边问道。

"没有，你来的时间刚刚好。"岳书成见李旭晨这么说之后就开口回道，"我们之所以来得这么早，其实是因为珊妮一直在说着怎么还不快点过来，这些天一直在公司里工作可算是憋死她了。"

李旭晨听到老爷子这么说之后，也就跟着回道："这很正常，珊妮这个年龄还都是爱玩的年龄。"

李旭晨和岳书成二人在一边聊着天，而岳珊妮那边已经将要吃的东西摆弄完毕了。之后就招呼起了所有人赶紧来吃，反正自己整了这么久早就肚子饿了，于是就自己先吃了起来，而周一木则是在一边吐槽她只知道吃。大家在这样一股轻松的氛围中吃完了食物，之后五人就各自开始做起了自己想要做的事情。岳珊妮和周一木则是秉着年轻人就应该多多活动的理由，直接就去了风景区的其他地方看看，美其名曰，冒险。

最后只留下了李旭晨和岳书成还留在原地了。赵群说是想消化消化，就去了其他地方散步了。

"旭晨，这次让你过来聚餐，除了要你放松一下以外，其实还有其他事情要跟你说。"岳书成在所有人都离开了之后跟李旭晨说道。

李旭晨看着老爷子竟然这么严肃以后，就问道："叔你说吧，什么事？"

岳书成顿了顿之后说道："是关于公司股份的事情。"

李旭晨听到老爷子这么说之后，心想果然要来的还是要来了，就说道："嗯，这个我知道。叔，现在信源公司已经被收购了，那么股权你是想要怎么分呢？"

岳书成听到他这么问自己之后，将视线往旁边的小溪看了下，此时正是即将要到的中午时分，所以阳光正是强烈的时候，而且今天的天气又是一个难得的晴天，所以阳光照射在小溪的水面上，泛起了粼粼亮光。那亮光耀眼得刺眼。岳书成看了一会儿，最终还是不敌亮光，将视线放回到了李旭晨的身上。

"确实，现在已经是将信源公司收购到自己旗下了，这样子我也有理由重新分配一下股权了。"岳书成看着李旭晨说道，"不过现在只是有个收购公司的话还是没有什么用处的，因为就算是这样你依旧没有什么实际性的东西可以帮助你拿到相应的股份。这点我之前也是有跟你说过了吧旭晨。"

李旭晨听到老爷子问自己话之后，也就马上回应了老爷子："是的，这点你之前也确实是有跟我说过了。"

如今虽然是有了第一张通行路证，不过往后还有许许多多其他的那些乱七八糟的东西，所以单凭李旭晨现在在公司里的地位，肯定也是没有任何权利分得一点股权的。这点李旭晨心里非常的清楚。

"所以，我才要叫你想想办法。能不能让某些已经掌握了公司里的部分股权的股东们，在股份分配大会上主动提出将自己手里的一部分股份转送于你和珊妮，这样你和珊妮也可以名正言顺地坐上董事会的这个位置了。不然的话，我是没有办法帮到你们两个的。你也是明白我是在顾虑着什么的。"

李旭晨听到老爷子这么说之后就点了点头，他当然知道老爷子的难处，只不过现在的局势对他而言也没有什么胜算可言。

"不过，叔，虽然按照你说的那样确实可以让我和珊妮在董事会能够占有一席之地。不过试想现在的董事会有哪一个愿意把自己的股份投资到两个无名小卒的身上。再说了，我已经将所有情况都基本上是预想了一遍，不过目前看来并没有什么很好的办法。"

岳书成听到李旭晨这么说之后，就开口问道："巫启呢？她之前帮你度过了发布会的那场无妄之灾。而不久前又帮助你解决了收购方面的事情，从这点上看是不是可以认为巫启实际上是想帮你的？"

李旭晨听到老爷子这么说之后，说道："也就只不过是帮上了我那两次罢了。而且按照她的话来说，只不过是出于一时兴起才会帮我的。所以我还是觉得巫启那方面行不通的。"

岳书成听到李旭晨这样一分析之后，觉得李旭晨说的还真的是有几分道理，点了点头，不过又一脸茫然地看着李旭晨说道："不过就算事实就像你说的那样，那你还能找董事会里的谁来帮你呢？我是想不到了。"

岳书成是很明白公司里的股权分配状况的，目前除了几个是掌握着公司的大部分股权之外，其余的那些人也只不过是占了公司股权的很小一部分而已。而那些人所占的股份就不说能不能抽出一点给李旭晨和岳珊妮二人了，他们自己都不够用呢！所以那些人都可以直接排除掉了。但是其他的股东李旭晨也并不是很熟悉，估计也不会将股权转送给他们的。

李旭晨见老爷子很是苦恼的样子，然后就开口说道："叔，我这里倒是有一个办法。不知道能不能行得通。"

"你说，尽管说，只要你说的我能帮得上忙的话我就会直接帮你的！"岳书成很是迅速地就回答了李旭晨。

李旭晨看着老爷子的反应之后，就说道："或许我们可以让常磊和岳书翔他们二人将他们的股份转送给我和珊妮一部分。"

岳书成听到李旭晨这么说，就说道："让他们两个分给你们股权？旭晨，你是认真的吗？"

李旭晨看着老爷子点了点头，算是回应了老爷子的问题，说道："上次叔你跟我说了股份的事情以后我就已经开始考虑他们两个人了。"

"但是岳书翔和常磊两个人向来就看你我不顺眼。你确定他们会将自己的股权放在桌上随便让人拿嘛？"岳书成满是不确定的语气。

"叔，虽然这个可能小之又小，不过无论怎么样还是要试试看的。万一就是能够成功呢？我们要是在这个时候退缩了的话岂不是很亏了？而且岳书翔是跟你一起创建了超越高科这个公司的，理所当然他是除了你以外持有公司股份最多的人吧。"

岳书成听见李旭晨这么问自己之后就点了点头，说道："没错，他的股份可以说是除了我以外在公司里最多的了。"

"那不就对了嘛。如果我能让公司里股份第二多的董事将他股份里的一部分转送给我的话，我想我在公司里的地位会更加稳固的。"

"但你有信心能够让常磊和岳书翔他们二人答应将自己的一部分股权转送给你们吗？"岳书成有些不太相信李旭晨的想法，疑惑地问道。

"能不能成功我暂时也不能告诉你，毕竟未知的因素实在是太多太多了。谁也不知道之后会发生什么样的事情来。"李旭晨顿了一会儿继续说道，"我只能说我会尽我最大的努力让我想的这个方案能够彻底执行。而且按照现在的情况而言，如果不试着去做做看的话估计永远也不可能会成功了。"

岳书成听到李旭晨这么说之后觉得他说的也确实是很有道理，所以也就没有继续说一些反对他的话了，"你这么说也是对的。那就按照你的想法来吧，我也不能帮上你什么，很多事情都是要你自己去处理的。这次真的是太辛苦你了。"

"叔，你又来了！"李旭晨就是不喜欢老爷子这种这么见外的态度，不满地说道，"叔，从我答应你过来要帮你整顿公司的时候起我就已经将重整超越作为了我现在的第一目标。所以就算你不去告诉我应该要怎么做我也会帮你去做完的。"

岳书成听到他这么说之后心里感到非常的欣慰，看着李旭晨良久都没有说话。之后想到了一件很重要的事情，才继续开口跟李旭晨说道："对了旭晨，除了股份的事情以外，我这里还有一件事要告诉你。"

李旭晨听到老爷子这么说话之后，就开口问道："还有什么事？"

"常磊之前出去跑业务的时候，带回来了一份我觉得非常不错的项目书。所以我想了想，觉得还是让你做那个项目书好一点。"

李旭晨被老爷子说得一头雾水，皱了皱眉头后问道："项目书？那是什么时候的事情，我怎么好像不是很清楚？"

岳书成听到李旭晨这么说之后，就回答道："你不知道很正常的，因为常磊把项目书拿过来的时候你还没有从 D 市回来呢。所以也就不知道了。"

李旭晨听老爷子这么一解释以后就明白了，说道，"这样啊，那我明白了。不过叔，一般项目书不都是由常磊所在的事业部全权负责的吗？你怎么把项目书拿过来让我做了？"

岳书成看着李旭晨说道："你也是知道的，我现在很不信任常磊和岳书翔，我觉得公司老是没有办法拿到什么有价值的大项目估计和他俩有分不开的关系。不过现在我也没有办法说他们怎么样了，要不然他们说我诽谤他们。所以也就只好想点办法，能多防着就多防着吧。而且我觉得这次的项目真的是非常好的一个，如果这个项目能拿下的话，我们公司的经济就能够恢复到原来的六七成了。你要知道这对我们公司现在意义非常大。我最近正在愁要不要对公司内部进行一次裁员，不过我是不希望这么做的，所以还是希望你能够完成这次项目。这样的话公司里的危难也会减少一点。"

李旭晨听到老爷子说了这么一大堆之后就说道："叔，我有时候真的不知道应该为您看重我高兴呢还是不高兴。听您这么一说看来我也就只有接下这个任务的选项了。"

岳书成听到他这么问自己之后，倒是一点也不客气地说道："是啊，这个任务你只能接不能拒绝！"

李旭晨听到之后有些无奈地笑了笑，自从上次发布会开始李旭晨就感觉自己好像就没有停下来过，不过为了公司，再苦再累他也只能忍了。

又跟岳书成聊了一些其他的事以后，岳珊妮和周一木、赵群就从四面八方赶了回来。准备回到原地的岳珊妮看见李旭晨和岳书成还是保持着他们离开时候的位置之后，她就对这两个人的懒有了新的认识。

走到李旭晨和岳书成面前之后岳珊妮就说道："晨哥，爸。你们两个不会在我们离开出去玩之后都还是保持着这个动作没变过吧？"

岳书成不明白岳珊妮问这句话的含义，很随便地回了岳珊妮一句："对啊，怎么了有什么问题吗？"

"问题可大了好吗？"岳珊妮一下子就叫了起来，然后继续说道，"难得这么好的天气你们居然没有变换过位置的坐了这么长时间，你们都不觉得很无聊吗？"

李旭晨听到她这么说话之后，就回了岳珊妮一句："不会啊，不过话说回来了，珊妮，你的规划书难道已经弄好了吗？"

岳珊妮一听李旭晨问到自己规划书的事情顿时就没有了其他的声音，张了张口半天都没有说话，之后才幽幽地说了一句："我这不是还不怎么懂，在慢慢写吗。"

李旭晨听到之后像是捉住了岳珊妮的辫子一样，一直都在重复地说着她的规划书。最后岳珊妮简直就是被他逼烦了，说道："还不是因为晨哥你和爸爸老是有这么多东西要做给害的啊！我连问你们几个不懂的问题，就没有一个人回答我！"

之后就是相互的讨伐开导会，聚餐就在一片祥和的背景之下结束了。之后大家也就都回到了自己的家中。

李旭晨回到家中，就开始思考应该怎么做才能够让岳书翔真的答应将自己的一部分股份转送给他和珊妮。虽然跟老爷子说了一切都会好起来的，不过这次说这句话就是个什么都没有用的屁话而已。李旭晨对于这方面还是没有什么信心可言的。不过既然话都已经说出去了，也就只能硬着头皮上去了。

第二天李旭晨来到公司，就先去了技术部处理完了上午差不多要处理完的事务，准备准备之后就离开了技术部来到了岳书翔所在的部门。

李旭晨来到了总经理办公区域，刚想直接敲个门就走进去。不过没想到步伐还没能够跨出去几步，就被一个穿着职业套装的女性给拦了下来。

"你好，请问您来总经理办公区域是有什么事情吗？"

"哦，我过来找总经理的。"李旭晨如实回答道。

"请问您跟总经理预约过了吗？"女人问道。

"没有。"

"那很不好意思啊。我们总经理只接见已经预定好了的客人。您既然没有预约的话还是请回吧，请您跟总经理预约好了以后再过来吧。"说着作势就想把他请出办公区域。

"你就说我是技术部的 CTO 李旭晨，总经理肯定会见我的。"李旭晨跟女人说道。

"不好意思，实在是不能见。"女人回答道。

李旭晨又跟女人杠上了一会儿之后，女人总算是答应李旭晨进去给他通报一声，让他在外面等着。

李旭晨也是很听她的话，就真的只是在外面等着她的回复。

女人敲了敲总经理的办公室门，听到里面传来的一声允许之后就打开房门进去了。岳书翔看见走进来的是自己的助理之后，就开口问道："有什么事？"

"经理，外面有一个叫作李旭晨的 CTO 说是有事要找您，您见不见？"

岳书翔听到助理说的话以后马上就把头抬了起来，然后说道："你是说李旭晨？"

"是的。"助理说道。

岳书翔并没有料到李旭晨会来到自己的部门主动找自己，所以当听到自己的助理说李旭晨过来找自己的时候，岳书翔显然是有些不明所以。自己和李旭晨早就已经不合的事情可以说只要是在这个圈内的人都是了解的。如今李旭晨却自己一个人过来找了自己，这件事怎么想都觉得有些奇怪。岳书翔想了想之后还是没有回话，双手撑在下巴上半晌也都没有说什么话。

沈助理站在岳书翔的桌前好长一段时间，沈助理都已经觉得岳书翔这个态度是表示默认不想看见李旭晨了，刚抬起一只脚准备走人离开。就在这个时候岳书翔才真的开口说了话："把他给我带进来吧。"

沈助理听到岳书翔说的话之后，就回过身问道："您是要接见他是吗？"

"嗯，把他给我带进来。"岳书翔看着沈助理说道。

沈助理点了点头之后，就出了办公室的门，然后来到李旭晨身边说道："我们总经理愿意接见您了。所以请跟我来吧。"

"好的。"李旭晨说了一句以后就跟着沈助理来到了总经理办公室。

李旭晨进去之后就看见岳书翔正坐在椅子上看着他，而后问道："今天是吹了什么风，竟然能让你跑到我这个地方来？"

李旭晨还是很明显地听出了岳书翔的语气里的不善之意。

"总经理，我是过来跟你商量个事情的。"李旭晨看着岳书翔平静地说道。

岳书翔听到他这么说后就皱了皱眉头，这个人到底是葫芦里卖的什么药。

第十一章　谈判过程

岳书翔开着车去往李旭晨跟他说的目的地的路上，与此同时还在回味着李旭晨在办公室里跟他说的话。

岳书翔确实是没有任何准备李旭晨会来到他所管理的区域里找他，还跟他说有事情要跟他商量。实际上当他听到李旭晨说是有事情要跟自己商量的时候他还以为是自己听错了。因为他们之间的关系有多恶劣其实彼此心里都很明白，自然当听到李旭晨那句话的瞬间岳书翔的第一反应就是李旭晨这小子心里肯定又不知道在打着什么算盘了。所以一开始岳书翔是拒绝李旭晨的。

"不好意思啊李董，我现在没什么时间跟你谈什么事情。"岳书翔说这句话的时候并没有看着李旭晨说，而是一直在翻阅着自己手上的材料，说出的那句李董也都是充斥着暗讽的语气。岳书翔虽说平时在人前不会表露出来什么太大的情绪波动，不过如果只是单独那些人在场他也就没有必要依旧藏着自己的真实想法了。

李旭晨听见他是这种语气，也没有什么意外的，毕竟岳书翔如果能够好声好气地跟自己说话的话，除非自己有更大的利益可以供他利用，不然那种事情发生的几率基本就是负数。不过李旭晨现在也没有那个心思去理会这些事情，于是就开口说出了自己的想法："总经理，我现在确实是有很重要的事情想跟您商量，您可否就借我一个面子让我跟您解释一下呢？"

岳书翔听到他这么说后，反而是翘了翘嘴角，看向李旭晨说道："李董这是说的什么话，只不过我现在确实是没有什么时间，所以还是请你出去吧。"岳书翔说完这句话就打算摁下桌上电话的快捷接听键，叫在外面的沈助理进来带李旭晨离开他的办公室。他现在可没有那个心情一直看着李旭晨这个小子。

李旭晨看见他的动作，心想看来继续卖关子的话估计就真的是没办法跟岳书翔谈谈了。于是稳了下心情之后，跟岳书翔说道，"下个礼拜董事长就会举行一个股东大会，在股东大会上会重新分配现持有股权的人员的股权比例。"

岳书翔听到他说出这句话的时候，手上的动作明显就停顿了一下，然后将手收了回来，缓缓抬头看着李旭晨问道："你刚刚说什么？"

李旭晨倒是也目不斜视地看着他简单明了地回答道，"您的股权会被重新分配。"

岳书翔听见李旭晨这么说之后，皱着眉头问他："为什么你会知道这件事情？"

李旭晨听到岳书翔这么问自己之后，不明显地笑了笑，回道："我怎么会知道总经理应该很清楚。"

好小子，现在知道反过来讽刺自己了。岳书翔看着李旭晨在心里想到。不过他也的确多少还是明白李旭晨为什么会知道这件事情，恐怕是岳书成那个老家伙跟他说的，"你现在告诉我这件事情是有什么目的吗？"

李旭晨看着他没有立马回答。本来像这样的股东召集大会应该是由董事长本人跟相关人员说的，而自己是没有权限说出这件事情的，不过李旭晨之前也想到了岳书翔应该不会这么简单的就被他叫出去谈话，所以事前跟老爷子沟通好了，以免后患。

"我在问你话呢。"岳书翔显然是被李旭晨的沉默给消磨了部分耐心，不悦地开口问道。

"总经理如果真的想知道的话，中午十二点，在公司对面那个茶餐厅的三楼，我在那里找个位置等您。如果您想知道的话就过来，您如果不过来的话我也什么都不会说出去。那么，我就先出去了。"李旭晨说完这句话之后就转身掉头走人了，没有给岳书翔任何反应过来的时间。

岳书翔看着离开的李旭晨，原本想叫他站住自己问个明白的，不过还没等他说出口李旭晨就已经开门离开了，现在再追出去拉住李旭晨也没有什么必要了，而且那个也不是他的行事风格，所以岳书翔还是坐回到了原位上没有其他的动作了。

岳书翔撑着桌面在那里想着刚刚李旭晨跟自己说过的话，股权分配这回事之前他也隐约听见岳书成跟他有提到过，当然那个时候他们两个关系还没有像现在那么糟糕。而且这次岳书成让李旭晨前去 D 市收购信源公司的举动也正是证明了岳书成想要重新分配股权的决心。不过岳书翔倒是没有想到岳书成会这么快就开始准备重新分配股权这回事，怕是岳书成也是觉得尽快解决的话能够避免夜长梦多吧。

只是岳书翔没有料到的是岳书成这么容易地就告诉了李旭晨这么重要的事情，不过想想他们两个人之间的关系也没有什么是不能够理解的。

只是他最不明白的一点就是，为什么李旭晨会跟他说起这件事情。照道理讲自己既然是李旭晨商场上的敌人，那他根本就不应该过来找自己说是有什么事情要跟自己商量的。不过从李旭晨刚刚说的话和表现来看，又不觉得李旭晨是在耍自己好玩，毕竟他也不觉得李旭晨会胆大到那种地步来耍着自己玩。

所以最后思考了很久之后，他还是来应了李旭晨的约。想着去听听看李旭晨那小子到底是有什么事情要跟自己商量，好像也没什么亏损的地方，而且说不定也能顺便了解到其他的一些事情。

岳书翔来到李旭晨跟他说好的茶餐厅之后就上了三楼，在三楼的入口处向里面打量了一下，就看见了李旭晨所在的位置。拉了拉西装下摆就向李旭晨走了过去。

李旭晨原本还在那里看着窗外的风景，就在这时候感觉到了有人正在向自己的这个方向走过来，于是就转头看了过去，发现岳书翔正在朝自己走过来。他看见岳书翔之后，嘴角不明显地勾了一下，然后就站起身："总经理，你终于来了。"

岳书翔已经走到了李旭晨的面前，李旭晨将手伸过去，不过岳书翔看都没有看一眼就直接坐了下来。李旭晨看了一眼被晾在一边的手之后，毫不在意地笑了笑，随意地将手收了回来，说道："我在这里等总经理已经有一会儿了，我还在想总经理会不会过来了。"

岳书翔斜眼看了一下面上带笑的李旭晨，喉间发出了一声冷哼，并没有理李旭晨。

李旭晨见状也就不再说话，坐下来之后就叫了服务员，点了一壶红茶之后就没有再点其他的了。

岳书翔听他就点了一壶红茶而没有点其他的东西，心里觉得有点奇怪，问道："怎么，你不是说有事情要跟我商量的吗？"

李旭晨听到他这么问自己之后就回道："是，不过现在还不是时候。"

"不是时候？那你是要什么时候才跟我说？还是说你叫我过来只不过是耍我而已？"岳书翔看着李旭晨反问道。

"总经理这是误会我了，我怎么可能会有那个胆子呢。"李旭晨依旧是保持着那种笑对着岳书翔说着。

岳书翔一看见李旭晨这个笑容就觉得心里很不舒服，因为他总感觉李旭晨的这个笑容里包含着太多其他的情绪。李旭晨这人虽然在人前人后都是一副笑脸的样子，但是为人处世已经过了大半生。岳书翔还是能够看出来李旭晨的笑实际上是一种疏远的表示，就好比这个人对着你笑，但是你绝对不会想跟他有深交下去的念头。

至少岳书翔至今还没有见过这个人真正发自内心的笑过，其实这种人才是最可怕的。一副人畜无害的样子伪装自己，怕是有很多人都是因为这个原因才会败在他的手下吧。

"我不管你有没有这个胆子，你要是没什么要说的话，我就要回去了。我不像你这么闲，可以坐在这里喝茶。"岳书翔说完就准备起身走人了。

"总经理请留步。"李旭晨见岳书翔有想要离开的念头之后，就开口说话了，"不是我不想说，只是现在人还没到齐。"

岳书翔听到他这么说后，一脸狐疑地看着李旭晨，问道："还有人没有来？除了我以外你还叫了其他人？"

"是的，而且那个人总经理你也是认识的。"李旭晨跟岳书翔说话的时候，眼睛向岳书翔身后看了一眼，眯了眯眼，然后就跟岳书翔继续说道："这不，我们刚说到他，他不就来了。"

岳书翔怀疑地看着李旭晨，慢慢回头看去，不过显然也是吃了一惊。

李旭晨说的还有一个人不是别人，正是常磊。常磊看见岳书翔的时候脸上的表情也是很大幅度地变了一下，不过还是朝他们那里走了过去。来到二人所坐的位置的时候，转身看着岳书翔说道："舅……"不过话还没说完就意识到现在旁边还站着个李旭晨，于是立马就改了口，"总经理。"

岳书翔虽然对于常磊会出现在这里感到有一点意外，不过还是点了点头，只不过动作有点僵硬。李旭晨看着这二人的举动之后，开口说道，"既然人都来齐了，总经理和常部长有没有什么需要吃的？"说罢就将放在桌面上的菜单拿起向他们二人递了过去，不过他们两人谁也没有接过去。

岳书翔看了一眼菜单之后，没有接过去，直截了当地说道："有什么事情就赶紧说，不要再整这些没有用的事情。"

李旭晨听了岳书翔说的话之后也就开口说道："那行吧，既然总经理这么着急的话，我也就不再废话了，就直接跟你们说了吧。其实这次我叫二位过来，是想跟两位谈谈股权的问题。"

岳书翔和常磊听到李旭晨这么说之后，都不留痕迹地看向对方相互交换了一个眼神。他们二人都不知道李旭晨这次葫芦里又是卖了什么药。

"今天我去找过总经理之后想了想又去找了一下常部长，因为我觉得常部长应该也会比较了解股权这个问题。"李旭晨看了一眼岳书翔和常磊之后，开口说道，"只不过我去找总经理和常部长的时候你们两个还真是很默契地说了一句没有时间。"

岳书翔和常磊听到这句话的时候都皱了下眉头，不过并没有说话，而是依旧看着李旭晨。

"不过好在二位还是给了我点面子，都是过来了。"李旭晨的话里也听不出到底是个什么样的感情色彩，又或许是什么也没有，"那么现在我也就直接跟二位说了吧。之前我跟你们说过，下个礼拜董事长就要举行股权分配大会，现在举办的具体时间我也还不是很清楚，只能确定是下个礼拜而已。"

"所以呢？你跟我们说这件事情是想跟我们说明什么？"岳书翔听见李旭晨说的话之后，一脸冷漠地看着李旭晨问道。

李旭晨也不理会岳书翔的表情和态度有多不好，只是继续说着话："我想两位也应该是很了解现在公司里的状况。现在公司最大的问题就是股权分配混乱，任何阿猫阿狗都可以说自己是超越高科的股东。所以董事长在前几天就已经将对外股份全部都回收到了公司，现在对外抛售的实际上都是信源公司的股份。"

岳书翔听见李旭晨这么说之后瞳孔骤缩了一下，没想到这老东西还会使这一手，而且这件事情他都没有告诉自己这个总经理而是告诉了李旭晨，看来岳书成已经是基本不怎么相信自己了。想到这点之后，岳书翔放在膝盖上的手慢慢地握紧了。

李旭晨自然是没有看见岳书翔的举动，不过看着岳书翔脸上的表情李旭晨就觉得岳书翔应该是对于自己知道老爷子收回对外股份而他却不知道这件事感到很不满。李旭晨看着岳书翔继续说道："而且现在公司内部的股份也很不明确，董事们基本都不知道自己手里的股份持有的真正份额。"

李旭晨看着这二人问一句道："不知道总经理和常部长知不知道自己手里所持有的股权的真实份额有多少呢？"

"这点我和总经理很清楚，你到底想说什么？"常磊突然之间就没有了什么耐心，开口问李旭晨道。事实上当李旭晨来找自己说有要事要跟自己说的时候他就已经不怎么想来了，不过想了想又觉得指不定能从李旭晨嘴里套出一些有价值的东西，所以最后还是决定过来了。来了之后就看见了岳书翔也在那里，心里就有一种不太好的预感。

虽说他和岳书翔的事情并没有被李旭晨发现，不过毕竟两人之间的不明关系，在面对李旭晨之后心里多少还是会有点不自在。但既然来都来了也不好直接掉头走人，不然肯定会引起李旭晨的怀疑，所以常磊还是硬了硬头皮过来了。

李旭晨也并非是完全不知道这两个人之间的关系，反正怎么想也不会是什么好关系。只不过以暂时的情况他选择不揭穿罢了。而且岳书翔的那件事情李旭晨也并没有告诉老爷子，毕竟也还是考虑到了以后可能还是有些事情要找他们才能解决，所以现在撕破脸皮也不见得是件什么明智的举动。

"我也只不过是问问而已，常部长不要这么大的反应。"李旭晨轻笑着跟常磊说道，"既然两位能够确定自己的股权份额那是最好不过了。因为董事长想在股权大会上重新分配一下各位的股权份额。"

"就算是这样，这也和我们两人没什么关系吧。"岳书翔看着李旭晨说道，"我和常部长对于自己的股权很清楚，所以就算是要分配股权的话，我们两个人也不需要分配了吧。"

"总经理这我就不知道了。"李旭晨拿起自己前面的茶杯喝了一口之后，说道，"既然都说了是要重新分配的话，那么包括您和常部长的股权也都是要重新分配的。"

常磊一听到李旭晨说的这句话之后，顿时就有些按捺不住了，说道："重新分配？那岂不是要将我和总经理现在持有的股份分给其他的董事么？"

李旭晨听见常磊说的这句话之后，说道："常部长怎么会觉得一定是要拿你和总经理的股权分配给其他的股东呢？"

常磊听到李旭晨这么问自己后，意识到自己差点就说漏了嘴，顿时就不再说话了。

李旭晨见他不再说话之后，也就没有继续追问下去，说道："不过我想你们二人的股份也应该是会分配给其他的股东的。"

岳书翔听到这个之后，说道："你到底是什么意思？"

李旭晨听他这么问后，也就直接说出了自己的想法，说道："我想总经理和常部长都不想自己的股份就这样子拱手让人吧，所以我想到了一个办法。就看你们肯不肯答应了。"

岳书翔看着李旭晨，没有说话。

第十二章　规划未完

岳珊妮在经过周末的那次聚餐之后也就稍稍收敛了一下心情，毕竟周末过后距离向部长上交规划书的日子也已经不远了。

今天的工作还是像以往那样子的多，不过岳珊妮在经过一段时间的工作之后，已经可以在同一个时间内完成很多的事情了，所以以往需要花上整个上午才能够做完的事情，岳珊妮这次也只不过是用了以往一半的时间就基本完成了。她见自己早上的工作已经做好之后，就拿出了已经备好的 U 盘插入公司电脑的主箱开始写起了自己还没有写完的规划书。

"珊妮，要喝点水吗？"一个温柔的女声在她耳边响起，刚想要开始写规划书的岳珊妮听到之后就抬起头看了一下，看见一个女生两手正各拿着一杯热水，看着她问道，"我看你从来公司之后就一直在做着工作了，想着你会不会有些渴之类的，刚刚去打水的时候顺便也给你倒了一杯。"

全铭是岳珊妮来到这个部门交的唯一一个算是关系好的同事，全铭在岳珊妮来这个部门的第二天就过来主动找岳珊妮说话。一开始岳珊妮还不怎么想搭理她，因为她觉得全铭和那些人没什么两样，和自己搭话只不过是因为想看看自己有没有什么利用价值而已。不过经过几天的观察之后岳珊妮才知道全铭也不过是刚来这个部门不到一年而已，而且从她对自己的态度上来看，她也不再觉得全铭是因为要在自己身上有所图才会跟自己搭话了，再说了仔细想想自己似乎也没有什么地方可以让她有所图的。两人一来二往的也就开始熟络上了，倒也有点惺惺相惜的意思。

全铭听见岳珊妮说不要之后也就是一笑了之，目光随便在岳珊妮的桌上看了一下，后来看到岳珊妮电脑桌面上显示的文件之后就将头伸了过去看了一眼，然后问道，"珊妮，你在写规划书啊？"

岳珊妮听到她这么问自己之后看了一眼自己电脑桌面上的文件，心里一下子就感觉被塞住了一样。全铭的一句话一扫她之前的愉悦心情，有些郁闷地回道："是啊，就为了这个规划书我都已经烦了好几天了。现在还没写完，而且很快就要交上去了。简直麻烦死了！"

全铭听到岳珊妮这么抱怨之后，也是在那边叹了一口气，说道："也不知道部长心里是怎么想的，怎么会一下子就叫了你这个刚进来的新员工做这个规划书，按照以往部长一般是不会让新来的就做这个的。"

岳珊妮耸了耸肩，说道："谁知道啊。说不定我那天没仔细听他讲话被他发现了，所以他趁机打击报复呢。"

全铭一听见她这么说话之后立马就将她的嘴巴给堵上了，看了一眼周围的人都没有向她们这边看过来之后才松了一口气，然后松开了捂在岳珊妮嘴上的手，靠在岳珊妮的耳边说了一句："珊妮，别乱说话。这里不好说这些话的，不然要是被谁给听到了告诉了部长那就不好了。"

岳珊妮听到全铭这样子说之后，也明白了全铭说的。心里也是在骂自己怎么这么笨直接就说出了自己内心里的想法，幸亏没有人给听到，不然自己可就真的会有麻烦了。跟全铭用眼神示意了一下之后，就低声跟全铭说："是啊，差点我就给忘了。谢谢你啊阿铭，不然我就有麻烦了。"

全铭听见她这么说之后就摇了摇头，说了一声没事。然后就继续跟珊妮在那里说着一些家长里短的事。全铭跟岳珊妮讲话的过程中，突然想到了某件事，然后就又靠在岳珊妮的耳边说道："珊妮，我还是觉得你不要在公司里写规划书的好。"

岳珊妮听见她这么说后觉得很奇怪，然后问道："为什么？"

全铭四下张望了一下之后，就继续跟她说道："这里毕竟是公司，说不准就会有人一直在盯着你呢。而且你这次的竞争对手又是常间，不提防着点说不准你的规划书就被偷去了也说不定，到时你就是哑巴吃黄连有苦说不出了。"

岳珊妮听了倒是没什么担心地说道："我就坐在最后一个位置，要怎么偷看啊？"

两人也是因为聊得太过兴奋了，全然不知道已经有一个人在看了她们很久了之后慢慢朝她们走了过去。

"你们两个是在这里聊天吗？真的就有空到这种地步了？"一个男声在两人的身后响起，岳珊妮和全铭转过身看过去的时候差点就被吓到了，岳珊妮也是看见了那人之后就立马站了起来，两人对着那个人说道："部长。"

部长走到岳珊妮身边之后，问岳珊妮道："你的规划书写得怎么样了？"

岳珊妮一听到部长的这句话，先是抬头看了部长一眼，之后又将视线重新看回到了电脑桌面上。部长看见她的视线之后，也跟着将自己的视线转到了电脑屏幕上，然后就看见了岳珊妮正准备写的规划书。

部长的眉头挑了挑，问道："在工作期间写规划书，你的时间倒是挺多的嘛。怎么，该做的工作都做完了？"

岳珊妮也听不出部长的语气是什么意思，于是有些心慌地点了点头，回答道："部长，我的工作都做完了。"

部长听见岳珊妮这么说之后看了岳珊妮一眼，然后拿着鼠标将岳珊妮做的规划书点出来看了一下，面上什么表情也没有，话也没有说一句。不过越是这样岳珊妮的心里就更瘆得慌，因为她也不知道部长对于她做的规划书到底是个什么态度，而且关键是她的这份规划书也没有做完，不知道部长看着这份没有做完的规划书是什么想法。

部长看了不过五分钟左右，但是对于岳珊妮来说简直就像是过了一个世纪那么长一样。部长看了一会儿之后，就起身看向岳珊妮说道："写的还不错，就是还没有写完。抓紧时间写，没几天就要交给我了。另外，平时上班期间就不要把这些文件拿到公司里来做了，注意点。"

岳珊妮听见部长的话也只是呆呆地点了点头，像是还没有反应过来一样，部长见她点头之后就转身离开了。

岳书翔、常磊和李旭晨谈完事后，两人坐在茶餐厅的原位上沉思了一会儿就各自回到了公司，谁也没有说什么多余的话，就只是自顾自地回到了自己的工作区域开始做起了下午需要处理的事情。

岳书翔继续回想与李旭晨的谈话场景。

"你就说说你到底是有什么想法吧。"岳书翔在看着李旭晨沉默了一会儿之后问道，他现在没有那么多的工夫去和李旭晨玩什么猜谜语。

"其实我的意思很简单，就是请总经理和常部长在股东大会上，将自己的部分股权转送给我和珊妮。"李旭晨看着岳书翔和常磊一脸平静地说道。

"什么？！转送份额给你？！"常磊一听到李旭晨这么说后顿时就沉不住气了，直接就从椅子上站起来看着李旭晨说道，"我看你是痴人说梦吧！我和总经理怎么可能会把份额转送给你们？！"

常磊这么一说之后，由于很大声的缘故所以整个三楼的人基本上都向他们这个方向看过来，离他们三个近的人还转过头来看了之后在那里小声议论着。

李旭晨似乎已经猜到了常磊会反驳自己，所以也没有太大的反应，只是坐在原位上看着桌面没有说话，之后又抬起眼皮看了一眼站着的常磊，嘴上挂着一抹意味不明的笑。

常磊看见他这种表情之后，心里的火更是大了几分，刚想再说上几句，这个时候岳书翔说了一句话："常部长，坐下来。听听李董的意思到底是什么。"

岳书翔说这句话的时候一直盯着李旭晨，而李旭晨看到了岳书翔看他的眼神之后，低下了头，拿手捏了捏鼻尖又看向岳书翔，没有表示。

常磊听到岳书翔这么说后，虽说心里还是有着很多的不乐意，不过还是慢慢坐了下来。只不过看向李旭晨的眼光多了不满的意思。

李旭晨见常磊坐了下来之后，就继续说道："当然，我要总经理和常部长将自己的股份转送给我们一部分也并不是直接就白拿的，我当然会给总经理和常部长好处的。而且我也明白，总经理和常部长是从来不会做亏本的买卖的。"

岳书翔听到李旭晨这么说之后，眯起了眼睛看了他一眼后说道："确实如你所说，我从来都不会做没有任何利益可言的买卖。不过也要看看你有什么利益可以让我觉得有价值帮你这个忙。"

李旭晨听到岳书翔说到这个之后，笑了笑，说了一句："其实我说的这个好处，只要总经理帮了我的话，好处自然是会来的。但如果总经理不帮我这个忙的话，好处自然也是不会有的。"

岳书翔听到他这么说之后，一脸狐疑地看着李旭晨问道："你说这话是什么意思？"

"我也没有什么别的意思，您还是听我跟您说吧。"李旭晨冲着岳书翔和常磊二人笑了笑，不过两人肯定是不会面对他的笑有什么反应的，"我之前也跟两位说过了吧，董事长要重新分配股权这回事。实际上也就是在原有的基础上将各位的股权收回之后再重新分配，所以有的股东可能比没分配之前持有的股份更多，当然有的也可能会相应地减少。我想总经理和常部长所持有的股份应该是除了董事长以外最多的了吧？"

岳书翔听见李旭晨这么说之后，就问道："这真的是董事长的意思吗？"

李旭晨听见岳书翔这么问自己之后，就笑着说了一句："是啊，您觉得我会拿这种事来开玩笑吗？如果您不信的话，您完全可以等到股东大会召开之后就能够了解了。"

岳书翔看了他一会儿，觉得他现在也没有必要骗自己，也就暂时相信了他说的话，然后问道："那你跟我说这些事情，是想跟我说明些什么呢？"

"我只是想跟您说明一下您现在的情况罢了。"李旭晨看了一眼常磊之后继续说道，"按照您现在持有的股份来看，到时候被拿走最多股份的应该是您吧。您真的就愿意把自己的股份拱手让给外人吗？"

"如果说我没答应你的要求，那么股东大会上被拿走最多股份的人是我，但是就算我答应了将部分股权转送给你，你又怎么能保证我剩余的股权不会被分配给其他人呢？"

李旭晨似乎早就知道岳书翔会问他这个问题，于是从自己随身携带的公文包里拿出了一份文件递给了岳书翔，岳书翔看着他递过来的文件，半天都没有伸出手接过来。李旭晨见他还没有要将文件拿过去的意思，就说道："总经理，这份文件不过是现持有股东的大致股权份额，我想您应该会有兴趣了解一下的。还是说您一点兴趣也没有？如果是这样的话，那我就把文件收回去了。"

说着李旭晨就准备将手里的文件收回来，这时候岳书翔终于将李旭晨手里的文件给拿了过去，看了李旭晨一眼之后，就翻开文件看了起来。

而李旭晨在他边看文件的时候，一边跟他解释道："按照文件上所显示的股权份额来看，总经理、常部长和巫董是主要持有公司股权的人。这也就意味着在股东大会上你们三人的股权是最容易被分配给其他的股东的。所以我的意思是，如果您和常部长将您的部分股权转送给我和珊妮二人的话，你们的股权就不会是最多的那两个了，自然被分配走股权的几率也是会小上很多。我不敢保证你们二人的股权会一份不少，不过至少没有像之前的那样损失这么多。"

岳书翔看完文件之后，将文件放在了桌上，看着李旭晨说了一句："既然按照你说的那样，那么不是还有一个巫董么？你为什么不找巫董来说这件事，而是找我们来聊呢？"

李旭晨听见他这么说后，显然还是有些没有料到，停顿了一下之后，就说道："总经理和常部长怎么说也都算是董事长的亲属不是吗？俗话说凡事都讲一份情，再说我和巫董也不是什么熟人，如果我找她出来说这件事情的话难道不是很奇怪吗？"

岳书翔听到他这么说，心里倒是有点不舒服了。他总觉得李旭晨说的那个亲属实际上有着讽刺他的意味，眉头皱了皱之后，继续说道："就算就像你说的那样，我为什么一定要将股份转送给你呢？我完全可以将股权转送给其他股东啊，毕竟你是手上一份股权都没有吧？"

李旭晨听见他这么说自己之后，也是不恼，依旧心平气和地和岳书翔说道："当然，毕竟也没有哪条明文规定说你们一定要将自己的股权转送给我和珊妮，你们自然可以等着到时候在股东大会上被自由分配股权。"李旭晨顿了一下之后继续说道，"不过这真的是总经理你想看见的吗？让那些股东分得到和自己一样的份额吗？要是我没有想错的话，您似乎和其他股东的关系都不怎么好吧？如果这次让那些股东拿到了份额的话，我想您在董事会那边说话的分量也是会小上许多的吧？"

岳书翔看着李旭晨半天都没有说话，倒不是因为李旭晨说的话让他感到不高兴，只不过李旭晨说的话并没有什么错。自己确实是和其他股东的关系不怎么好，或者更准确地来说，关系可以说是差到极点。因为他认为自己没有必要和那些没什么名气的人混在一起，他是从骨子里瞧不起这些人的。

不过如果就像李旭晨说的那样的话，如果让这些股东拿到了和自己一样的份额之后，指不定他们会怎么对付自己。虽说自己是不怎么担心那群人会怎么来报复自己，不过如果那群人真的过来整自己的话说实话也会是很麻烦的一件事。至少现在的他没有那么多的心思去理会这些人。

李旭晨见他没有立马就拒绝自己的提议，想来岳书翔心里也是开始在考虑他刚刚说的事情了，于是继续说道："您和常部长也不需要给我和珊妮多少股份，只要给我们你们现有股权多出平均值的那部分就可以了。"

不过李旭晨的话才刚说完，常磊却是在旁边冷哼了一声，说道："你这人说话真有意思，什么叫作多出来的那部分？股份还能有多出来的那部分吗？"

李旭晨听到之后，就开口跟他解释道："我并不是那个意思，只不过……"

不过还没有等李旭晨说完话，就立马被常磊给打断了："行了，你不用说了。我是不可能把股权转送给你的。我想总经理也会是这个决定的。"

常磊看向岳书翔，原本以为岳书翔的反应也是会和自己一样，不过没有想到的是，岳书翔只是坐在那里什么话也没有说。对于常磊说的话也是置若罔闻。

李旭晨见岳书翔并没有直接回应常磊的话，想还是有商量的余地，于是开口说道："这样吧，总经理和常部长再好好考虑一下。我这边因为还有一些事情要处理，就先回去了。"

说完李旭晨就拿起了自己的公文包离开了，留下常磊和岳书翔二人在那里。常磊见李旭晨离开之后，就问了岳书翔一句："舅，你怎么没有当场回绝李旭晨？"

岳书翔这时候才看了常磊一眼，不过也没有说上一句话，依旧是在那里沉默不语。

常磊见他没有回答自己的话，知道岳书翔现在应该是不想去回答自己的问题，所以也就没有继续追问下去，而是坐在一边也开始沉默了。

岳书翔从回忆中回过神来之后，发现放在桌子上的咖啡早就已经凉了。他没有喝冷咖啡的习惯，再说了咖啡冷了之后味道自然也不如热着的时候那样子浓郁厚重了。所以他不打算继续喝这杯咖啡。

又想了一遍李旭晨说的话之后，岳书翔也开始有点拿不定主意了。

如果按照李旭晨所讲的，自己确实是按照他说的那样去做会好上很多。不过如果真的就这样子答应了李旭晨的话，又感觉像是被李旭晨给牵着鼻子走了。

就在他纠结的时候，他桌子上的电话响了起来，岳书翔看了一眼电话之后，就将电话接了起来，说道："什么事？"

"总经理，事业部的常部长找你有事，要不要我给您接进来？"电话那头传来了沈助理的声音。

岳书翔听到是常磊打来的电话，皱了一下眉头之后跟沈助理说道："你直接帮我接进来吧。对了，这次的电话不要录音。"

"好的，这就帮您接进来，请稍等。"沈助理说完之后电话那边就没有了声音，等了几秒，声音响起了，"舅，是我。"

"嗯，我知道。"岳书翔回应道，"有什么事就快点说吧，我这边还有事情要忙。"

"电话有录音吗？"常磊问道。

"没有，你放心，我还没像岳书成那样老到那种地步。"岳书翔说道。

"那好，我就是想问问你，今天李旭晨找我们出去谈的那件事情，你到底是什么想法？"常磊拿着一支笔，一直在敲击着桌面，一边问道，"今天我问你的时候你也没有回答我的话，所以我就想着你是不是有一些其他的想法。"

岳书翔听到常磊这么问自己之后，想了一会儿就说道："李旭晨说的那件事，我确实是有一些其他的想法，只不过暂时还不确定而已。"

"舅，你不会真的想将自己的股权转送给李旭晨他们吧？"常磊有些焦急地问道，"舅，这件事情你可要考虑清楚啊，李旭晨这小子指不定是在骗我们呢。"

岳书翔听见常磊这么说之后，就说道："行了，先这样吧，这件事情你今晚过来我这边再好好说吧。公司里有些话还是不能多说的。"

"好，先这样。"常磊说完之后就将电话给挂了。

岳书翔看了一眼电话之后，就将电话也给挂了。

第十三章　U盘被偷

岳珊妮处理完一天的事情之后，也差不多将自己的规划书写好了。多亏了李旭晨之前将规划书的大致写法都已经教给了她，再加上岳珊妮本来就脑子灵活，所以规划书应该还算是写得相当顺利的，除了中间有过几次卡壳以外。

岳珊妮在写完最后一点规划书上的内容之后，右键点击保存进了U盘里，之后将U盘拔出后就放在了桌面上，然后弯着腰大大地伸了一个懒腰。今天一天的时间基本上就都在电脑前面度过了。她现在只感觉到眼睛很干涩很不舒服，而且腰和背部也挺酸疼的。现在伸了一个懒腰之后倒没有刚才那样那么劳累了。果然还是伸了一下腰舒展一下身体要舒服上许多。不过想了想如果以后要正式工作的话，岂不是要天天都得这个样子？岳珊妮抖了抖肩膀，她才不想一天到晚只能够和一台电脑为伴呢。

全铭已经做完工作就走人了，她说和男朋友晚上约好了一起出去看电影吃饭的。岳珊妮一听见她说到男朋友，就感觉全铭是在刺激自己。拿全铭开了几句玩笑话之后就放全铭离开了。不过说实话她还真的挺羡慕全铭的，都已经有了男朋友了。哪像她，都快十九岁了但还是连男孩子的手都没有牵过一次。问为什么连一次手都没有牵过？原因很简单，岳书成的过度保护呗。

想到这里，岳珊妮就开始拨弄着自己面前的、放在桌面上的迷你不倒翁了。她从小就很喜欢这种玩偶。因为她的第一个不倒翁就是她的妈妈送给她的，虽然现在那个已经在搬家的过程中不知道丢到哪里去了，不过她至今依旧是还记得那个不倒翁的样子。现在依旧喜欢买不倒翁回来看，实际上也算是纪念她妈妈的一种表现，只不过再怎么找，也找不回原来的那一个了。

不过虽说父亲从小就不让自己和其他的男孩子一起相处，不过对于李旭晨倒是丝毫都不介意。按照老爷子说的话就是，以后找男朋友就应该找一个像晨哥那样的人才是。不过晨哥都已经 34 岁难道还是一个女朋友都没有，在她的印象里晨哥应该是那种在女性当中挺受欢迎的人。因为按照李旭晨的相貌和为人来说都不应该至今还是单身阶段啊，这个是她怎么想也想不明白的问题，但有一次和老爷子闲聊的过程中似乎听到老爷子说过李旭晨曾经也结过婚的，只是他的妻子已经不在了而已。

岳珊妮听到这句话的时候，心里实际上是咯噔了一下的。她也不敢再问下去老爷子说的已经不在了到底是几层意思，不过想了想老爷子会这么说的话估计除了那个意思以外也就没有其他的解释了。

不过这件事情李旭晨倒是从来都没有跟她提起过，或许是觉得自己太小还是怎么样的，李旭晨很多事情都是把自己当作一个小孩子来对待，很多事情他只会和老爷子说而已，即使自己问他到底是有什么事情不能告诉她，李旭晨通常也只不过跟她笑笑也算是了事了。但是她很不喜欢这种感觉，就像是被硬生生地排除在外了一样让人觉得难受。

岳珊妮也不知道自己已经在不知不觉间开始慢慢注意起了李旭晨，虽然这点她本人从来都没有承认过，不过正所谓当局者迷旁观者清。每次岳珊妮看见李旭晨的反应怎么看都不像是只是单纯的兄妹关系。其实有时候岳珊妮也觉得自己对于李旭晨似乎抱有着其他不一样的情感，不过却始终不太明白自己的真实想法是什么。

或许想要弄明白自己对于李旭晨到底抱有什么样的情感这件事，可能需要过上很长一段时间了。

岳珊妮在桌子上又趴了一会儿，想到现在已经不早了，于是准备收拾一下东西就离开。她找出了自己的背包之后，就将自己带过来的文件资料什么的都往包里塞了进去，刚想把桌子上的 U 盘放进包里的时候，一股热水就自上而下地倒在了自己的脚上，连桌上原本摆放整齐的文件也被弄得掉在了地上。因为倒在脚上的水是开水，所以一瞬间岳珊妮就被烫得从椅子上跳起来，踮着一只脚在那里不断地跳动着。还好今天穿的鞋子算是比较厚，所以开水也没有直接接触到皮肤。岳珊妮缓了一缓之后就朝前面看了过去，想看看究竟是谁这样子把开水倒在了自己的身上。

　　不过其实想想也就知道，这个部门内会做得这么大胆的除了常间以外也没有其他人了。只见常间一脸无所谓的表情看着她，还拿着刚刚没有完全倒干净的水在那里慢慢悠悠地喝着。见岳珊妮朝自己的方向看过来之后，倒是笑得一脸无害，跟岳珊妮说道，"真是抱歉，我一个不小心手抖了一下，把水泼在了你的身上，你没事吧？"

　　说着就伸过手来似乎是真的想询问一下岳珊妮是不是有什么事，不过岳珊妮立马就打开了常间伸过来的手，心想你这就是故意的。谁有事没事拿着杯热水来到我这里，是不是当我傻好糊弄？常间见岳珊妮这个态度，也算是在意料之中，向后面退了几步之后就看着岳珊妮没有了其他的动作。

　　岳珊妮白了一眼常间，拿过放在桌子上的纸巾处理了一下自己的鞋子之后，就蹲下身子捡起了掉在地上的文件。岳珊妮见常间的脚正好踩住了一份文件，抬起头来看向常间，表情冷漠地说道："把你的脚挪开。"

　　常间听到之后没有马上将脚挪开，而是和岳珊妮在那里对峙了一会儿才慢慢地将脚从岳珊妮的文件上挪开了，岳珊妮见状连忙把掉在地上的文件统统捡了起来，放在桌上开始收拾起来，或许是常间觉得无聊没意思了。所以在看了一会儿岳珊妮的动作之后也就直接走人了。岳珊妮看了一眼离开的常间，现在没什么心思跟她吵架，她将文件都处理完之后就把 U 盘放进了包里准备走人了。

这时候部门的门口传来了一阵熟悉的声音："珊妮？"

岳珊妮听见声音之后就向着门口看去，发现李旭晨正在门外看着他，她立马就背着背包走了过去。到了李旭晨面前的时候，开口问道："晨哥，你怎么来了？"

李旭晨见她过来，很自然地就将岳珊妮背着的背包给拿了过去，挂在了自己的肩上，然后说道："我原本跟老爷子说今晚过去跟他谈一些事情，然后老爷子告诉我你还没有回去。我就想你是不是还没有离开公司，就顺便过来看一下了。"

李旭晨看着岳珊妮的头发乱了一点，于是抬手给岳珊妮整弄了一下，说道："怎么这么晚还没有回去？"

岳珊妮看着李旭晨的动作发了一会儿愣之后，就说道："刚准备回去呢，就看到晨哥你了！好巧啊！"

李旭晨看见她是这副表现之后，忍不住就笑出声，说道："行了，现在回去吧。我送你，顺便我也要跟老爷子说上几句。"

"嗯！"岳珊妮答应得很快，之后就跟着李旭晨离开了。而李旭晨在离开的时候转头稍微看了身后一眼，又转过头去离开了。

而这时候在部门内已经目睹了全过程的常闾脸上倒是一种难以言喻的表情，而站在她身后的钟铮这时候靠了上来，"东西拿到手了吗？"常闾问着身后的人。

钟铮点了点头，将手里的U盘放到了常闾的眼前，常闾看到之后，就接过了U盘。这个U盘其实就是岳珊妮的那个，之所以岳珊妮没有发现自己的U盘已经被她们拿走了是因为钟铮在拿过去的时候就将一个和它外形一模一样的U盘给放回到了原处。要找到这个样子一模一样的U盘说实话还是废了她们两个一点工夫的，不过也算是物有所值，至少现在岳珊妮的那个U盘里只不过是个没什么用处的空白文件了。

而且明天就要交给部长规划书，她就不信岳珊妮有那个本事在今天晚上又弄出一份规划书来。

不过想到刚刚过来接岳珊妮的男人，常闾觉得很眼熟，不过一时间又想不起来是在哪里见过这个男人，于是对着身后的钟铮问道："刚刚过来接那个丫头的男的你认不认识？"

"好像在哪儿见过，让我想想。"钟铮说着就托着下巴思考了一会儿之后，突然就说道，"我想起来了！他不就是那个技术部的现任 CTO 吗？好像叫什么，李旭晨，对！叫李旭晨！"

李旭晨？常闾眯着眼睛想了一会儿之后，也才总算是想起了确实是有这么一个人，不过为什么岳珊妮会认识李旭晨？而且从刚刚两个人的表现上看，他们两个人的关系应该还很不错。她身后的钟铮也是在想着这件事，随后开口说道，"厉害啊，才来没几天连现任 CTO 都给弄到手了，这丫头有点本事啊。"

"这叫本事？"常闾有些不悦地看了钟铮一眼，钟铮发现常闾的心情现在很不好，于是也就不敢再说些什么话，直接就噤了声音。

常闾看了一会儿没有再说话的钟铮，冷哼一下之后说道："就算是勾搭上又算什么？看他们刚刚那个样子估计还没有让公司里的人知道呢。再说现在那丫头的 U 盘在我们这里，我倒要看看她明天拿什么东西来交给部长！"

"我们这么做真的好吗？"钟铮有些担心地问了一句，"要是被谁知道了说不定会把我们两个说出去的，到时候可就麻烦了。"

"你怕什么？"常闾反问道，"现在做都做了，你还在担心这个问题不觉得太晚了吗？"

钟铮听她这么说后，也觉得自己现在再说这些话也实在是有些多余了，于是就默默地站在了一边，面上担忧的表情却是没有消下去过。

不过相比于钟铮的反应，常闾倒是显得一脸无所谓，看了一下握在手中的 U 盘之后，就转身拿了包走人了。

岳书翔回到家中之后，并没有像以往那样直接洗漱完毕后到书房那里倒杯红酒，拿着本书一边喝着酒一边看书，而是坐在沙发上翻看着今天中午李旭晨给他的那份文件，其实这份文件有很多不严谨的地方，每个股东所持有的股份也只不过是个大致份额罢了。不过也算是能够通过这个大致的份额猜到现在的股东的手里到底是掌握了多少的份额。

岳书翔其实到现在也还没有确定是不是真的要答应李旭晨所开出的那个条件，今天下午的办公基本上他是没有什么心情去管那些琐事的，虽然是坐在桌前处理文件，但事实上岳书翔一直都在考虑着应该如何取舍才算是正确的。而后常磊又往他的办公室内打了一个电话，那时候的他也没有什么心情跟常磊多说些什么，于是就叫常磊下了班之后到他家里来再另做打算。

岳书翔想到常磊，就抬头看了一下挂在墙上的钟，心想这个时候常磊也应该差不多已经下班在来自己家的路上了。不过还没有等他想完，就传来门铃声，岳书翔往门口那边看去，没过多久自己的保姆就已经将常磊给带了进来，常磊看见岳书翔之后，就叫了他一句："舅。"

岳书翔听到之后就点了点头，说道："来了，过来坐。"随后就叫保姆冲两杯咖啡过来。常磊听见岳书翔叫自己过去坐之后，就把自己的公文包给了保姆放好，就走到了岳书翔的对面坐了下来。

岳书翔见他坐下来，就将手里的文件递给了他，跟他说："你自己看看吧。"

常磊一脸不明所以地看着岳书翔，然后伸手将文件拿过来看了。岳书翔等他看完之后，就开口问道："怎么样，看完之后有什么想法？"

常磊将已经看完的文件放在了桌上，然后一言不发地看着岳书翔，半天都没有说上一句话来。岳书翔见他没有说话，估计常磊也是明白了现在的情况，所以也就不再跟他解释什么了，直接就开口问他的意见如何："你现在心里是个什么想法？还是像原来那个样子打算拒绝那小子的意见吗？"

常磊听见岳书翔问自己的话，半天都没有说出一句话来，之后过了很久常磊才慢慢吐出来一句话："就算现在的情况就像是李旭晨说的那样子，难道我们就真的要听从李旭晨的意见去这么做吗？"

岳书翔听见常磊这么说之后，也没有立马回答，沉思了一会儿说道："我也确实不想听从那小子的建议，毕竟我这个人不喜欢被人牵着鼻子走的感觉。不过事实也确实就是摆在了我们自己的面前，如果我们不选择那小子说的那种办法的话，我们的股份可能就是被削割得最多的那一部分。而且如果我们的股份被那些人给拿了过去的话，说不准那些人就会冲着这个过来反咬我们一口。毕竟我们之前也是在工作上欺压了他们许久，所以他们想反的话，想必那个时候就是最好的时候了。"

"但是就算我们听从了李旭晨说的话，将自己的股份转送给他们的话，谁知道李旭晨那个小子会不会反过头来咬我们一口，毕竟那个小子也没有什么义务说我们帮了他之后一定就要履行他对我们的承诺吧？倒是那小子如果只是骗我们而已，那我们可是要亏上不少啊。"常磊跟岳书翔说出自己现在最是担心的事情。

岳书翔听见常磊这么说之后，也开始考虑着常磊所说的话。

"我想李旭晨那个小子暂时也不会落井下石得这么快，毕竟我们是当着所有股东的面将自己的股权转送给了他们两个，那么多双眼睛看着，谅他也不敢在短时间内就对你我二人有什么动作。"岳书翔想了一会儿后就跟常磊说道。

"舅，你是真的打算将股权转送给他们么？"常磊有些不确定地问了岳书翔一句，"如果真的这么做了的话，之后我们可就不能反悔了。而且这样子一来，李旭晨和岳珊妮也真的是成为了公司董事会里的正式成员了。"

岳书翔听到常磊这么说，抬眼看了常磊一眼之后问道："还是说你有更好的解决方法呢？"

常磊听见岳书翔这么问自己之后，就没有再说话了。

"这件事情就这么定了，我就不信李旭晨那小子还真的就能够这样子咸鱼翻身了！"岳书翔说着就将放在桌上的文件撕成了碎片，扔进了垃圾桶内。

常磊看了看岳书翔，沉默不语。

第十四章　懵懂十分

　　李旭晨和岳珊妮聊了没一会儿，就到了岳珊妮的家里。岳书成和李旭晨、岳珊妮三人坐下来吃饭的时候，岳书成突然想到了什么事，就看向岳珊妮问道，"对了，你的那个规划书写好了吗？"

　　原本已经在猛吃的岳珊妮听见老爷子这么问自己之后，因为嘴里都是食物，所以回答老爷子的时候，也是很含糊地说了一句："写完了。"

　　岳书成看了一眼吃得鼓鼓的岳珊妮，就说道："先把饭吃完了再说话，现在像什么样子。"虽然老爷子是这么说，但也还是听懂了岳珊妮刚刚说的话，于是就说道，"做完了就行了，记得等会儿再检查一遍有没有哪里出了问题，赶快处理完，不然的话明天就要交了，到时候才发现哪里有问题就晚了。"

　　岳珊妮听见岳书成这么跟自己说后，就点了点头继续吃了。

　　之后三人吃得很快，一来也是饿得很了，二来三个人都是还有其他的事情要去处理，所以估计吃了还不到一个小时三人就已经吃完了。吃完饭岳珊妮就说先回房间里看一下规划书怎么样了，之后就剩下李旭晨和岳书成二人来到了客厅里，李旭晨帮老爷子倒了一杯茶水也给自己倒上了一杯，坐在沙发上喝了起来。

　　岳书成拿过李旭晨帮自己倒的茶水喝了一口之后，就开口问李旭晨道："和岳书翔他们之间的谈判进行得怎么样了？"

李旭晨听见老爷子的话之后，就将手里的茶杯放了下来，然后看着老爷子说道："现在也还不是很确定他们的决定到底是什么，不过该讲的我就都跟他们说清楚了，接下来他们想要怎么做就是他们自己的决定了。"

岳书成听见李旭晨这么说之后，点了点头，说道："想要让那两个人答应将自己的股份转送给你们实在是很有难度，毕竟这样子一分钱也没能够收到换做是我也不会做这个买卖的，更何况现在你和珊妮又是站在他们的对立面，我还是不太相信他们会真的答应你提出来的这个条件。"

李旭晨听到老爷子说的话之后，也是沉默了一会儿，然后看向老爷子说道："不过事到如今也就只有现在的这个办法了，至于能不能成功，只有等到那时候开股东大会就知道了。对了，叔，具体日期您定下来了吗？"

岳书成看着李旭晨说道："我定在下个礼拜的周五举行，这段时间也够那两个人考虑清楚的了。"

李旭晨点了点头，小声地说道："但愿他们能答应吧。"

岳珊妮回到房间之后，就躺在床上一动不动了，说实话如果可以的话她就想一直瘫在这张床上永远都不要起来了。不过想了想之后，又在心里改了下口，还是不要永远都不起来了，毕竟她还是要做其他的事情的。

岳珊妮其实至今都不能搞懂自己对于李旭晨到底是个什么样的心情，实际上岳珊妮也曾经一直在考虑自己对于李旭晨是不是抱有着除了兄妹以外的情感。虽说她和李旭晨平常都是以兄妹相称，但实际上他们之间是没有任何血缘关系的。

岳珊妮也已经忘记了李旭晨具体来到自己家的具体时间是什么时候了。只记得李旭晨来到她家的时候天上下起了大雨，岳书成说是去接一个人之后就离开了家里很长一段时间，之后回到家，就带回来了一个小哥哥。岳珊妮那时候被自己的母亲领了出来，站在门口看着那个小哥哥。当时那个小哥哥不知道因为什么，身上已经被淋湿透了，那时候的天气也已经降到了十五度以下了，所以当时她看着那个小哥哥在雨里瑟瑟发抖的样子突然觉得这个小哥哥真的是好可怜。之后岳书成就将那个小哥哥领进了家里。

通过岳书成的介绍她才知道这个小哥哥名字叫作李旭晨，会作为养子就住在他们家里，当时的岳珊妮还不是很理解养子是个什么样的概念，只是知道这个叫作李旭晨的哥哥会在很长的一段时间里都要跟他们一起生活了。

多了一个小哥哥之后她还是很高兴的，因为平日爸妈都忙着处理公司里的业务，而保姆们也都不懂得岳珊妮所喜欢玩的事物，所以基本上平时就她一个人待在家里没有其他人过来跟她说话，她只能拿着那些玩了又玩的玩具反复在那里玩而已，但实际上她真的是很需要有一个人来陪陪她一起玩。哪怕就算是不和她玩，陪她聊一会天她觉得也已经很满足了。但是事实一般都不会如她所想的那样那么美好，实际上她很想岳书成和妈妈陪她一起玩玩，但是那两个人除了会说忙没办法陪自己玩以外，其他的什么话也说不出来了。

所以即使她玩的玩具是在小伙伴中最贵的，她也丝毫不会感到高兴。就算其他的小孩子羡慕自己有这么多玩具，岳珊妮也没有感到过任何的愉悦。因为在她看来，如果那些所谓的玩具可以换来父母的陪伴的话，她宁可什么玩具都不要了，只要岳书成和妈妈能多陪上她一会儿就已经足够了。

所以当李旭晨来到他们家的时候，岳珊妮的心里还是很高兴的，至少终于有一个人可以陪自己玩了。但是由于认识的时间不算是很长，而且岳珊妮平时看见李旭晨的时候也都只看见李旭晨在一脸认真地看着自己的书，而岳珊妮那时候还没有学过认字，自然也就没有办法看得懂李旭晨所看的那本书到底是在讲着什么，所以她一瞬间就觉得自己离那位小哥哥好远好远，远到以当时她掌握的词汇量根本不能够形容出来。

所以她打算还是不要再去找那个小哥哥玩了，她觉得那样子的小哥哥应该也不会想跟自己这样一个小女孩玩耍。不过出乎她的意料，有一次岳珊妮自己在家里的后花园里荡着秋千的时候，李旭晨突然就站在她的面前，一脸温和地对着自己说道："我能跟你一起玩吗？"

毫不夸张地说，岳珊妮当时就以为李旭晨是上天派下来的天使，虽然岳珊妮从来都没有见过天使，不过她想，如果这世界上真的有天使的话，就应该是李旭晨那个样子的。

　　如此一来二往，李旭晨和她总算是开始熟悉了。慢慢地他们开始形影不离了，之后李旭晨大了要出去读书工作，岳珊妮才不能时时刻刻都看得见李旭晨了，不过这也并没有影响到李旭晨和她之间的感情，或者可以说他们两人之间的感情越来越深厚了。即使这么多年都没有见过了，李旭晨和岳珊妮也从来没有在见面的时候感到过任何的尴尬。

　　一开始岳珊妮确实只是将李旭晨当作自己的哥哥那样子去看待，但是随着时间的推移，她发现自己对于李旭晨的情感好像不是光用兄妹二字就能够解释得明白的。而这种情感她也不知道是在什么时候就开始产生了。之后李旭晨离开了家里，岳珊妮才开始慢慢将自己对于李旭晨的莫名情感给淡忘了，但是如今李旭晨又再次出现在了她的生命里，让她一瞬间似乎又回到了当初那个懵懂无知的年龄一样，会为了一点小事而脸红的年龄。

　　不过相对于她的焦虑，李旭晨那边似乎从来就没有表现过有什么不适，似乎李旭晨从来都没有为这件事情而烦心过一样。岳珊妮想到这点之后心里就有点不高兴了。

　　这怎么都感觉自己现在是在单相思啊，而且还是那种自己在那里故意给自己找问题一样。既然李旭晨从来都没有因为她所想的事情而纠结过，那是不是也能够说明李旭晨事实上对于自己除了兄妹的情感以外就再也没有其他的心思呢？

　　岳珊妮想到这点之后突然就有了一种莫名的挫败感，而且这种挫败感还来得莫名其妙的。

　　躺在床上胡思乱想了一会儿后，岳珊妮就抱着枕头从床的一头滚到了另外一头，在来来回回反复了好多次，而且都还没有停顿过之后，岳珊妮终于停止自己这个像傻子一样的行为。她起身去找自己的背包，找到之后岳珊妮在包里翻找 U 盘。

岳珊妮一边找着一边在心里说道，讨厌的常闾，等明天到公司把规划书交给部长之后，看你还怎么欺负我。

找到了 U 盘岳珊妮就来到桌前把电脑打开了，将 U 盘插入了主箱的 USB 接口内，然后就点击打开了 U 盘。

但是让她没有想到的是，U 盘内并没有她所熟悉的那些文件，而且可以说是 U 盘内一点文件都没有，就像是被人完全清空了一样。

岳珊妮觉得很奇怪，自己的 U 盘内为什么会一点东西都没有，这是不应该的啊。一开始岳珊妮还以为自己是不是弄了什么格式化，所以就用一些软件试图将 U 盘里的文件找回来，不过让她感到很奇怪的是，无论她怎么恢复原件，U 盘内还是显得空白一片，然后岳珊妮才意识到 U 盘内的文件确实都没有了。

岳珊妮很是懊恼地靠在椅子上，原本还在想着自己怎么就手滑把 U 盘里的文件全部都给删掉了。这时候她的眼神瞄到了还插在电脑上的 U 盘，她看了一会儿之后，发现这个 U 盘似乎和自己的那个有点不同。

竟然没有记号，原来自己那个 U 盘被人暗中调换了。岳珊妮想到这点之后感到很是绝望，那个 U 盘里保存着自己已经做好了的规划书，现在规划书竟然已经没有了，那这样子让她明天怎么把规划书交上去。而且自己又没有备份，岳珊妮看了一下时间，更是感到绝望了，现在就这么点时间了自己是根本就没有办法在这么短的时间内再做出一份规划书的，现在可怎么办啊！

岳珊妮坐在椅子上揉了揉自己的头发，脑子里现在就像是被糨糊糊住了一样，根本想不到任何办法去解决现在的这个问题。而且她想来想去也不知道自己的 U 盘是什么时候被别人给调包了的。

突然之间她想到常闾今天下班前对她做过的那些事情。岳珊妮仔细地回想了一下，发现自己确实有过一段时间因为要捡地上的文件所以就没有看着自己的 U 盘，估计常闾就是趁着自己没有太注意的那个时间段把自己的 U

盘给调了包。

岳珊妮想到之后，狠狠地捶了一下自己的大腿，自己怎么就这么不小心啊！虽然心里很是讨厌常阎这么做但是更多的是对于自己的自责。如果自己再小心一点的话就不会发生现在的事情了。现在到底要怎么做啊！

岳书成和李旭晨原本还在客厅内讲着一些关于股份方面的事情，这时候就看见岳珊妮从房间内走出来走向他们。

岳书成看见岳珊妮出来以后，就随口问了一句："珊妮，规划书已经检查完毕了吗？"

岳珊妮听到岳书成这问自己之后，没有回答他的问题。

李旭晨见岳珊妮没有回岳书成的话，于是就看向岳珊妮，发现岳珊妮脸色很难看。李旭晨心想是不是发生了什么事情，于是就跟岳珊妮问道："珊妮，怎么了？是不是发生什么事了？"

岳珊妮沉默了一会儿之后，说道："我的规划书没有了。"

李旭晨和岳书成听到岳珊妮这么说后，面上都显得很是吃惊，岳书成更甚。一听见岳珊妮这么说之后，差点就直接晕乎过去。岳书成稳了稳自己的情绪开口问道，"规划书怎么就会没有了？"

岳珊妮听见岳书成这么问以后，一时之间竟然不知道应该怎么回答岳书成，只是在那里低着头没有说话。岳书成一看见岳珊妮这个样子，心里就又是急上了几分，然后又跟着问道："你倒是开口说话啊！你现在这样什么话也不说我怎么知道你到底是发生了什么事情啊！"

岳珊妮其实也想跟岳书成解释一下 U 盘的事情，但不知道如何开口，岳珊妮想了想还是觉得保持沉默会比较好一些吧。

所以岳珊妮面对老爷子的问题还是选择了继续沉默下去，但是岳书成显然是被岳珊妮的这种态度给惹火了，刚想再说上岳珊妮几句，这时候在一旁想着岳珊妮 U 盘的李旭晨发觉岳书成现在的火气值应该是很高的了，所以立马就开口想安抚一下岳书成的情绪。

"叔，你先让珊妮再好好想想，说不定珊妮现在正在想自己应该怎么跟你解释呢。你也别着急了。"

不过显然老爷子没有听进去李旭晨的安慰，开口说道："我怎么可能会不着急啊！问她问了几句也都没有说出个所以然来。明天就要把规划书给交上了，现在出了这样子的事情可怎么办啊！我平时就叫你小心点你次次都说知道了还嫌我啰嗦，现在好了，还嫌我啰嗦吗？"

岳珊妮听见岳书成这么说自己之后原本还想跟老爷子说上几句，这时候她发现李旭晨正在皱着眉头看着她摇着头，她瞬间也就明白了李旭晨的意思，于是跟老爷子说道："爸，我刚刚说错了，规划书没有丢，我只不过是把规划书给弄错了而已，现在只靠我自己应该是没有办法解决的，所以我出来就是找晨哥过来帮我给弄一下的。"

岳书成听见了岳珊妮这么说后，虽说心里的火气稍微消了点，不过还是有些怀疑岳珊妮说的话，于是就开口问道："你是说真的吗。"

岳珊妮很快地就点了点头，然后就拉过了李旭晨的手，将李旭晨往自己身边拉了过去，然后跟老爷子说道："爸，我现在借晨哥用一下哈。很快就会还给你的！"

说完还没有等岳书成做出什么反应来，就直接拉着李旭晨回到了自己的房间内。岳书成在岳珊妮身后伸了伸手原本想跟她说上几句，没想还没来得及岳珊妮和李旭晨就已经都进了房间里。

在岳珊妮房间里的李旭晨还是显得一脸疑惑的状态，岳珊妮也没有跟他说是什么事，只是自顾自地就来到桌前看着桌面上的电脑没有说话。李旭晨见她这副魂不守舍的模样，于是就走过去用手拍了一下岳珊妮的肩膀问道："珊妮，你到底是发生了什么事了？"

岳珊妮原本还在想着刚才的事情，所以当李旭晨问自己话的时候岳珊妮一时间还是没有反应过来，直到李旭晨摇了摇她的肩膀之后，岳珊妮才总算是从自己的思想里脱离出来了。有些呆愣地转头看向李旭晨，看了一会儿之后就一下控制不了自己的情绪了，一下就抱住了眼前的这个人，开始慢慢地哭了起来。

李旭晨被她这么一弄瞬间就变得不知所措了，他这个人平常嘴也很笨，不会说些什么好听的话来哄女孩子，至少之前跟他交往过的那些女孩子跟他分手的原因实际上也都是嫌他不够懂女生的心思，实际上他也确实是不太懂女生的心思，不太明白为什么她们总是会喜怒无常，常常在他还没有来得及反应过来的情况下就开始跟自己吵了起来，而自己又不是那种喜欢跟他人争论的类型，所以也就没有跟那些前女友吵过什么。

再之后就遇见了他的第一任妻子，严玫。李旭晨每次想到严玫的时候，心里都会莫名的痛上一会儿，但至于真正的原因，也就只有他本人知道而已。

严玫是个没有太多小女生主义的人，所以在和严玫交往的过程中李旭晨也没有像之前和那些小女生谈恋爱的时候那样那么辛苦了。严玫是个很独立的女人，跟严玫结婚之后，与其说他们是新婚夫妻，倒不如说他们是老夫老妻了，因为李旭晨和她基本上就是相敬如宾的状态，并没有像一般的小夫妻那样有着激情似火的爱情。现在李旭晨想来，自己和严玫谈朋友的时候似乎两个人也没有多么的热情过，而是依旧做着自己的事情，偶尔想到了对方之后才发个短信打个电话之类的，不然平时没什么大事两个人基本上一天也不会说上一句话。

不过李旭晨倒是对于这种平淡如水的生活没有什么多余的想法，他觉得就算是像现在这个样子的话也没有什么不好的。所以也就一直跟严玫这样子生活了下去。

直到严玫走的那一天以后，李旭晨就再也没有心思考虑一下自己的事情了，基本上都是窝在家里处理着自己感兴趣的事情而已。所以对于怎么哄女生这方面已经完全没有什么经验可言了。

现在岳珊妮突然之间就在自己的怀里哭了起来，而且岳珊妮哭的声音并不是在那里号啕大哭，而是像在压低声音一样，这听得李旭晨的心里也是一揪一揪的。想来岳珊妮应该是不想被外面的岳书成听见自己在哭，所以也就不敢大声哭出来。李旭晨一时间也不知道应该说些什么话来安慰岳珊妮，所以只能够一手抚着岳珊妮的背部，这样子也算是能让岳珊妮的心情好一点的方法吧。

岳珊妮被他这么抚弄之后就真的没有再哭了，岳珊妮在李旭晨怀里稳了稳情绪之后就抬起头来看向李旭晨，脸上满是刚刚哭过所留下的痕迹。

原本李旭晨还是很担心岳珊妮的，不过看见岳珊妮的这张大花脸之后就有些不厚道地笑了。而岳珊妮见他笑自己之后，就不高兴了，说道："我都哭了你还笑我！你到底是不是我哥啊！"说着脸上好像又是要准备哭了起来。

李旭晨见状之后，立马就手忙脚乱地拿过了岳珊妮放在桌面上的纸巾，擦去了岳珊妮脸上的泪水，然后说道："没有珊妮，我没有在取笑你。看着你哭我心疼还来不及怎么可能会笑你呢。"

李旭晨在擦拭岳珊妮脸上泪水的时候动作很是轻柔，就像是怕自己一用力就会把岳珊妮给弄坏了一样地小心翼翼。岳珊妮感受到李旭晨的这个动作之后，就坐在那里没有了其他的反应，直勾勾地看着李旭晨没有说话。

李旭晨原本在给岳珊妮擦拭着泪水，突然发现岳珊妮愣愣地看着自己没有了其他的反应，一开始李旭晨还以为岳珊妮是不是太伤心了，所以连基本的反应都没有了。原本想叫一声珊妮的，不过在他看见岳珊妮的眼睛之后，刚要说出来的话就这样子被堵在了喉咙里。至于为什么就被堵在喉咙里，原因很简单。

就是因为李旭晨看见了岳珊妮眼睛里有着和平时不一样的色彩，而这种色彩他实际上也看过不少，那是喜欢一个人的时候才会有的眼神。

珊妮喜欢自己？李旭晨被自己的这个想法给吓到了。

他承认岳珊妮很漂亮，但是自己一向对于岳珊妮只有兄妹的情感，除了这种情感以外其他的他连想都没有想过，又或者说是自己害怕去想。

摇了摇自己的脑袋，想将自己脑袋想着的东西全部都清空出去，然后再次看向岳珊妮看他的眼神时又恢复了原来的清明。

"珊妮，你快点跟我说说你的规划书到底是出什么问题了吧。"李旭晨像是在逃避空气里的尴尬气氛一样，有些生硬地开口问了岳珊妮一句。

岳珊妮听见李旭晨这么问自己之后，才想起来自己的失态，于是接过李旭晨手里的纸巾胡乱地在脸上擦了一把之后，就跟李旭晨说道："晨哥，我的规划书不见了。"

李旭晨听见之后皱了下眉头，问道："是怎么个不见法？被你删掉了？"

岳珊妮摇了摇头，说道："我还没有笨到那种地步呢，把自己辛辛苦苦做好的规划书一下子删掉这种事我可做不出来。"

"那是？"李旭晨有些疑惑地看着岳珊妮问道。

"我的 U 盘被人给调包了。"岳珊妮看着李旭晨的眼睛说道。

"被调包了？"李旭晨有些不可置信地重复了一下岳珊妮说的话，"怎么就会被调包了？被谁调包了？"

"我现在也不确定是不是真的就是被人调包了，不过现在的那个 U 盘确实不是我的那个，我的那个我都是已经做好了记号的，而现在这个完全没有我做的那个记号。至于是被谁调包的，我现在也只是有个怀疑的对象而已，也没有什么实际性的证据证明就是她拿了我的 U 盘。"

李旭晨听见岳珊妮这么说之后，想了一会儿就说道："你怀疑的那个女生是不是就是今天我看见的那个女生？"

岳珊妮点了点头。

李旭晨垂下了眼睛没有再继续说话。

岳珊妮看着李旭晨的反应之后，心想不知道自己跟李旭晨这么讲会不会有什么帮助。

"怎么办呀？明天就要交规划书了，现在距离明天也没有多少时间了，现在是应该要怎么做才好啊！"

李旭晨看着岳珊妮，没有说话。

第十五章　解决问题

　　李旭晨看见岳珊妮一副很是着急的模样，也明白了岳珊妮对于这次的任务实际上是很上心，原本在这么短的时间内像她这样一个新手要赶出来那个规划书已经是相当难的一件事情了。现在好不容易都已经写完，却出了这样子的事情，换作是他也会在那里急得焦头烂额的。

　　"珊妮，你先别紧张，现在还没有到最后时刻，应该还是有其他办法的。"李旭晨看着满脸都是担忧的岳珊妮安慰道。虽然说他自己现在也是被弄得一头雾水的，不过如果连他现在都要跟着岳珊妮一起着急的话，估计办法还没有想出来他们两个人就已经被自己的焦虑给打败了。而做事情最忌讳的就是在出了状况以外的情况时在那里自乱阵脚。

　　不过显然岳珊妮因为阅历不够的缘故，现在还是没有办法理解这一层的意思的。所以相比李旭晨的沉静，岳珊妮更多的是在那里哀号着应该怎么解决才好。

　　"到底应该怎么做才好啊！"岳珊妮已经基本上处于惊慌失措的状态了，只知道在那里干着急而已。"现在距离明天交规划书的时间已经剩下不到十二个小时了，这要我怎么写得出来啊？这份规划书都是我每天要花上六七个小时才能够写得出来的！现在 U 盘都没有了，里面的规划书也指不定就被拿走我 U 盘的那个人给删掉了。我写规划书的材料也都在那个 U 盘里，现在连 U 盘都没有了我还怎么写啊！"

"珊妮，既然你已经写过一次了那就没什么好担心的了啊。你只要把你原来已经写过的通过记忆再写出来一份不就可以了吗？"李旭晨对着岳珊妮说道。

"但关键是我记不起来啊！"岳珊妮对着李旭晨埋怨道，"晨哥，你又不是不了解我是个怎么样的人，我基本上是想到什么就直接写上去的那种，基本写完之后就不会记事了。原本刚刚我进来的时候也是打算把 U 盘给拿出来看一下自己写的规划书是不是都已经全部写好没有问题，但是谁知道现在出了这种事情啊！"

李旭晨听到岳珊妮这么说之后心里也是有些无奈的，他是知道岳珊妮没有记忆那些工作事情的习惯的，不过这个终究还是一个坏习惯。这不，现在都已经一览无遗地表现出来了。"珊妮，平时我就叫你要把写过的东西记在脑子里不要很快就给忘掉，现在可好了，规划书不是说写就写得出来的，现在出了这样子的事情你自己说说看怎么办吧？我之前也没有全部都看过你写的规划书，只不过是大概看了一下，记得也不多。"

岳珊妮听见李旭晨这么说之后，连忙拉住李旭晨的手臂，看着李旭晨说道："晨哥，我知道错了，现在就先不要说我了。赶紧帮我想个办法解决了这件事情吧。你也知道我不想让爸他知道的，本来他的身体就不好，我不想让他再因为我的事情而让身体更加的不好了，要不然我刚刚也不会改口说只不过出了一点小问题而已啊！"

李旭晨看着岳珊妮这么说之后，也是明白她把自己拉进房间里来的理由，不过面上还是一副很沉重的表情。

岳珊妮见他没有回答自己的话，心里更是急了几分，说道："晨哥，你就答应我吧！你总不能这样子见死不救吧？晨哥！我求你了！"

李旭晨看着一直在苦苦哀求着自己的岳珊妮，有些无奈地摇了摇头，之后才说了一句："那好吧，仅此一次下不为例。"

岳珊妮见李旭晨终于答应了自己之后，立马就点了点头，说道："谢谢晨哥！我就知道晨哥不可能看着我不管的！"

说完又一把抱住了李旭晨，以表示她对李旭晨的谢意。

不过李旭晨这次就显得没有这么淡定了，因为刚才和岳珊妮对视的时候产生了一些其他的想法，所以现在被岳珊妮这么一抱似乎又有了一些不应该有的念头。为了防止自己的这种念头继续延伸下去，李旭晨就不留痕迹地拉开了岳珊妮，然后看着她说道："好了，现在时间也不多了，我们赶紧开始动手写吧。写得快一点的话你也能够休息上一段时间，毕竟要是不能够歇息的话身体也是会受不住的，明白吗？"

岳珊妮听见李旭晨这么说之后，点了点头，说道："我知道了，肯定很快就会写完的！因为有晨哥在陪着我写嘛。"

李旭晨听见岳珊妮这么说之后，就点了点她的头，说道："你啊，什么时候才能让我跟你爸爸稍微省点心呢？"

"哪有啊，我这次不过是出了一点意外而已，要不然我能出这样的事情吗？！"岳珊妮有些不高兴地回答道。

"好了好了，别说话了，赶紧找材料吧。"李旭晨看了一眼岳珊妮的电脑说道。

岳珊妮见状也不再说些其他多余的话，马上就将注意力放回到电脑上开始寻找资料。李旭晨见她已经都将注意力放回到了电脑上面之后，也就跟着看向了电脑。

不过有句话叫作理想很丰满，现实很骨感。现在李旭晨面对的这个状况就是可以用这句话来形容的。岳珊妮虽然表现得很积极，但估计是因为在公司工作太过于劳累的缘故，她也很快就陷入了一种疲惫的状态。在电脑前面看了有三个钟头之后，岳珊妮的眼皮就开始打架了。

李旭晨一开始还没有发现岳珊妮的异样，依旧在岳珊妮找着材料做资料的时候就在她身边给她提出一点建议，不过在向岳珊妮提出了一个建议之后，李旭晨就发现岳珊妮的手似乎一直都没有移动过，于是他抬头看向岳珊妮，这才发现岳珊妮已经开始闭着眼睛在那里钓鱼了。

李旭晨走过去叫了岳珊妮几声，发现岳珊妮是真的已经睡得很死了，于是将咖啡放在了桌子上，把岳珊妮从椅子上横抱起来走向了床上，放好在床上之后，拿出被子准备给岳珊妮盖上。当被子盖好后，岳珊妮突然就一把拉住了李旭晨，开口说道："别走。"

李旭晨被她这么一拉之后动作就给停了下来，然后看岳珊妮，发现岳珊妮并没有醒，依旧是眯着眼睛在那里睡着，于是李旭晨这才知道岳珊妮估计是在说梦话了。他原本想把自己的手从岳珊妮的手中抽出来的。不过他发现岳珊妮握得很紧，自己是挣脱不来的。

尝试了几次无果之后李旭晨也不再继续纠结这件事情了，而是顺理成章地坐在了岳珊妮的身边。

在睡梦中的岳珊妮似乎感觉到了李旭晨坐在了自己身边，就不再很用力地握着李旭晨的手，但还是紧紧地拉着李旭晨。生怕李旭晨就这么直接走人了。

李旭晨看着睡梦中的岳珊妮，嘴角在不知不觉间就弯了起来，当李旭晨察觉到的时候也为此很是吃惊，自己什么时候只要看着岳珊妮就会笑了？这是他从来都没有过的情绪。即使之前谈了这么多朋友，李旭晨也没有哪次是像现在这样子的。这种感觉可以说是他第一次感觉到。

他有点害怕这种感觉，因为对他来说，这种感觉是最不应该存在的。自己应该是要将这种情感彻底排除在自己的脑海内的。因为他知道自己绝对不可以沉沦在这种感觉中，要不然的话他就真的没有办法从这个感情中走出来了。

李旭晨看了一会儿睡梦中的岳珊妮之后，就慢慢地将自己的手从岳珊妮的手中抽了出来。现在不是想这些事情的时候，现在最重要的事情是赶紧写完岳珊妮的规划书才行。

现在岳珊妮已经睡着了，没有办法只能够自己帮她写完了。李旭晨来到电脑前面坐了下来，然后就开始继续写上了岳珊妮的规划书。李旭晨想了想，明天去公司看来有必要看看 U 盘那究竟是怎么一回事了。

岳珊妮从睡梦中迷迷糊糊醒过来的时候还没有意识到现在到底是什么时间了，在床头摸索了一会儿才拿到了自己的闹钟，拿下来看了一眼，聚焦了一会儿视线之后才总算看到了真正的时间。在看时间的过程中岳珊妮还几次将闹钟往自己的脸上贴，有一瞬间岳珊妮还以为自己的视觉这项功能已经是没有了。但是一旦看清了时间之后，她基本就是从床上滚下来的。在下床的过程中岳珊妮还因一不小心就撞到了自己的头而感到很痛。

岳珊妮坐在地上揉了揉自己的后脑勺，疼痛让她的思维开始慢慢清晰了起来。岳珊妮有些疑惑地看向自己的床，又看了一眼身边的椅子。觉得很是奇怪。自己昨天晚上明明是坐在桌前写着规划书的啊，怎么就跑到床上来了？难道是自己太累了主动上了床吗？

岳珊妮坐在地上伸了一个懒腰之后，就放空了自己，不太明白自己现在是要做些什么。昨天因为太晚睡所以今天才会脑子有点不太清醒了。在看了一眼桌上的电脑之后，才终于想起了自己昨天应该要做的事情，她连忙从地上爬了起来。然后来到电脑前面打开电脑，她这个榆木脑袋怎么就忘了这么重要的一件事情！她的规划书都还没有写完就去睡觉了！而且还睡得这么死！她真的是对自己有点无语得说不出话来了。

她在那里开着电脑等着屏幕亮起来，这时候看见放在桌上的 U 盘，以及李旭晨的留言。

看过留言，岳珊妮心里暖暖的，她这时候才想到已经没有多少时间了，离要上班的时间基本上已经所剩无几。于是连忙从地上爬了起来开始准备穿衣服，穿完衣服之后就马上跑到了洗漱间里去刷牙洗脸。

一切都弄好出来的时候，岳珊妮突然觉得今天家里特别的安静，之后才发现了原来是家里除了自己以外没有其他人了。不过她还是对着空荡荡的房子叫了几声："爸！"

不过岳书成没有被她叫出来，出来的是陈妈。岳珊妮一看见陈妈出来之后，就上前问陈妈道："陈妈，我爸呢？"

陈妈见岳珊妮已经起来了，于是就笑着跟岳珊妮说道："小姐你可算起来了。我刚刚还想着要不要去叫你一下呢。"

"嘿嘿。"岳珊妮干笑了两声，自己总是会睡过头的习惯陈妈早就已经很清楚了解了，所以岳珊妮通常有什么重要的事情需要早起的时候，除了要定三个闹钟以外，还要嘱咐好陈妈到了最后时间自己还没有起来的话就赶紧过来叫自己一声，不然自己肯定不知道睡到什么时候才能起得来。

"先生和李先生今天早上很早就走了。话说小姐，昨天李先生一直都待在你的房间里是在做些什么呢？"说完这句话之后陈妈就用了一种奇怪的眼神自上而下地看了岳珊妮一眼。

岳珊妮起初还没有反应过来陈妈干什么要问自己这个问题，后来反应过来后，瞬间脸就红了起来，鼓着脸说道："陈妈你说什么呢！晨哥只不过是帮我处理一些东西一直待在我的房间里而已，之后我都已经睡着了。是晨哥抱我上了床的！"

不过岳珊妮这么一解释倒还不如不要解释，这样子反而是越描越黑了。至少陈妈是这么认为的。听到岳珊妮这么解释之后，陈妈眼里的奇怪眼光不仅没有消散，反而相对于之前更加有了某种深度。

岳珊妮察觉到自己这么说简直就是在越描越黑，极力解释道："不是的！不是像陈妈你想的那样的！我和晨哥真的什么也没有做！"岳珊妮已经因为解释而变得不会说话了，于是就直接说了一句，"反正我和晨哥真的什么也没有做啊！"

陈妈被小姐的这种慌乱的反应给逗到了，不过面上又不能笑出来，所以就开口说道："小姐你不用这么慌张的，我又没有说你和李先生怎么样了。"

岳珊妮知道自己又是被逗了之后，就在那里气鼓鼓地不说话了。陈妈看见岳珊妮的这个表情之后，知道不能再逗她了，于是说道："好了小姐，我不跟你开玩笑了。先生和李先生今天一早就已经离开了，我一开始还问过他们要不要把你叫醒了让你跟着他们一起去公司，不过他们想了一会儿之后还是说让你多睡一会儿，所以也就没有让我把你叫起来。对了，今天我看见李先生从小姐你的房间走出来的时候好像是很疲倦的样子，看来李先生为了小姐你已经是一宿都没有合过眼了吧。"

岳珊妮听见陈妈这么说之后，心里更是加深了几分对于李旭晨的感激和自责，如果不是自己不小心把 U 盘给弄掉了的话，李旭晨也不必帮自己写计划书写到天亮了。不过现在不是自责的时候，现在关键是快点到公司去做完自己的工作。

"那就这样吧陈妈，我先去公司了！"说着岳珊妮就准备提着包走人了。

陈妈见她要离开就开口说道："小姐，你的早餐不吃了吗？！"

岳珊妮已经在门口换好鞋子了，听到陈妈的声音之后，就回道："不要了，我现在已经没有时间吃了！先走了！"说着就以百米冲刺的速度离开了家里。

陈妈听到岳珊妮的回答之后，看着岳珊妮的方向表示有点无奈，摇了摇头之后回到了屋子里。

岳珊妮来到公司的时候已经就离迟到还差一分钟了，当她踏进部门的时候可以说是险些就要迟到。而这个时候部长也开始出来看有没有哪位员工迟到没有来公司上班了。而看到岳珊妮风风火火地跑进来部门的时候，部长就被岳珊妮直接撞了上去。

部长向后退了好几步才稳住了脚跟，看见是她之后，就用不满的语气说道："岳珊妮，你看看现在几点了才来，你这个月的全勤奖是不想要了吗？"

岳珊妮这个时候早就已经累得说不上什么话了，只是抬了抬手指了一下手表，表上指的时间刚好就是八点钟。部长看见岳珊妮的动作之后，看了一下她的手表，"部长……，我，我正好到了，没迟到。"岳珊妮气喘吁吁地说出了一句话，而看起来感觉就是这么一句话就好像是要了岳珊妮的命一样恐怖。

部长看了一下累得快不行的岳珊妮一眼之后，也没有了想要继续为难她的意思，摆了摆手说道："行了，赶紧回去工作吧，下次别老是踏着点进来了！成何体统？！"

岳珊妮见部长已经不准备继续说自己了，跟部长说了一句谢谢之后就马上来到了自己的座位上趴着不动了。

而坐在她旁边的全铭看见岳珊妮一副要死要活的模样，倒是有些担心地拍了拍岳珊妮，问道："珊妮，你没事吧？"

岳珊妮半天都没有给全铭一个反应，之后才缓缓地举起了自己的手说道："没事，我很好。就是快被累死了。"

岳珊妮趴在桌子上休息了一会儿之后，就起身看向全铭说道："阿铭，有没有水啊？给我喝一口，我已经快要渴死了。"

全铭听见岳珊妮这么说之后就说道："有有，我这就给你倒水。"说着就把自己的水杯递了过去，岳珊妮一把就接过了全铭递过来的水杯喝了起来，一口气就喝了全铭不少水。岳珊妮喝了水才感觉自己总算是又从死亡线上爬回来了。

全铭见岳珊妮已经缓得差不多了之后，才开口问道："珊妮，你今天怎么这么晚才来啊？平常你不是都很早就过来了吗？"

岳珊妮听见全铭这么问自己之后，抬起手说道："别提了，昨天我别提有多倒霉了！"

全铭听见岳珊妮这么说后，就开口问道："怎么了吗？昨天我离开公司之后你是发生什么事情了吗？"

"可不是吗！发生的事情可大着了！"岳珊妮跟全铭说这句话之后，就低下头向着周围看了一圈说道，"昨天我回到家里，原本打算把自己已经写完的规划书拿出来看一下有没有哪里还有错误。可你知道后来怎么样了吗？"

全铭见岳珊妮在卖关子，于是就说道："珊妮你就不要卖关子了，赶紧说一下到底出了什么事情啊。"

"当我把 U 盘插进去的时候，我发现我 U 盘里的东西已经全部都没有了。"岳珊妮看见全铭一脸着急的样子，也就不想再跟她卖关子，跟她说道。

"什么?! 全没了？"全铭听到岳珊妮这么说之后很是惊讶，"包括你的那份规划书吗？"

"对啊。而且如果只是被人删掉了也就算了，后来我仔细地观察了一下之后才发现，那个 U 盘根本就不是我的。我的那个已经被调包了。"

"那你怎么办啊？"全铭担心地问道，"你的规划书都没有了等会儿拿什么交给部长啊？"

"所以我为了这个规划书才基本上一晚上都没有合过眼。"岳珊妮知道自己这么说有些夸张了，而且真正昨晚写那份规划书的人也不是她，不过暂时就让她出一下这个风头吧，"这不，就是因为基本一晚没睡我今天才会差点迟到的。不然我怎么可能会迟到啊。"

"那你的那份规划书呢？赶出来了吗？"

岳珊妮从自己的背包里拿出了一个 U 盘，向着全铭摇了摇，说道："还好一晚上的劳累也算是值了，总算是把规划书给赶了出来了。"

全铭看见岳珊妮手中的 U 盘之后才算是松了一口气，"真是太好了，我还以为你赶不出来呢！"

岳珊妮听见全铭这么说之后笑了笑，然后看向了常间的方向。

看着吧，看看到底是谁赢！

第十六章　往事如烟

李旭晨来到公司的时候实际上是很疲劳的状态，昨晚可以说是通宵帮岳珊妮完成了那份规划书，而且给岳珊妮泡的那杯咖啡最后也是他自己一个人给喝完的。最后李旭晨是看着岳珊妮在床上睡着大觉而自己只能在一旁帮着岳珊妮赶着规划书。说实话也就因为岳珊妮是他的妹妹所以他才会这么做而已，要是换了一个一点关系都没有的人的话，别说自己会不会帮那个人写规划书，就算是在一旁指导那个人应该怎么写他也是不乐意的。

李旭晨其实并不是很愿意提及自己的童年，就像是每个人内心里都会有一个不愿意被提及的伤疤一样，李旭晨的最大伤疤其实就是自己的童年。

李旭晨对于自己的童年已经记不得很多了，他主要的记忆也是在来到岳家之后的，之前的记忆很多就像是平白无故地消失了一样模糊不清。他最记得的只是关于母亲的回忆，父亲的似乎从来就没有出现在他的脑海里一样。他之前也会像其他的小朋友那样问自己的母亲父亲究竟去了哪里，而母亲给的答复却每次都是不一样的。有的时候会告诉他父亲出去打工了，一年半载的是回不来了。有的时候又说父亲已经出国留学了，等到父亲学有所成的时候自然是会回来的，有的时候又说自己也不知道他的父亲去了哪里，并且在说不知道的那个回答的时候，母亲总是不停地重复着一些词汇，就是那些什么负心汉或者是贱人之类的话。那时候的李旭晨还小，根本就不明白母亲说的这些词的含义。不知道母亲是健忘还是什么，每一次给他的回答都是会不一样的。

　　不过单亲家庭里的小孩似乎洞察力都是很强的，李旭晨听见自己的母亲给自己的那个美化父亲的答案他愣是一个也没有相信，只是觉得父亲不在了肯定不是像母亲说的那样这么好。如果就像母亲说的父亲是为了他们两个在外面工作的话，那为什么家里还是揭不开锅？那个时候不过八岁的李旭晨就已经察觉到了母亲是在骗他。

　　而且每晚他在还没有睡着的时候都能够听见从母亲房间里面传出来的哭声，这也是在一步步地验证自己的猜想，那个时候的李旭晨虽然不是很明白为什么母亲每晚都是在自己睡着的时候默默在另外一个房间里哭，但他隐隐约约地察觉到，母亲之所以会哭也都是因为父亲的原因。

　　之后，母亲的身体就开始变得一日不如一日了。她每天都要从中药铺那里讨回来一点中药喝，然而每次能够买回来的中药就那么一点，母亲还把原本应该一次喝完的中药分成了三次去喝。这样子的做法导致的结果就是母亲的病一直就没有好过，李旭晨每次看见母亲弯着腰一边咳嗽一边煎着中药的身影，突然就觉得母亲是不是很快就会离开自己了。

　　李旭晨曾经也叫母亲去医院里看看是怎么回事，而母亲也只是摸着他的头笑而不语。或者是跟李旭晨说上一句她的身体状况没有人比她自己更了解了。所以母亲直到病死的那一天也没有去过一次医院。

　　母亲病死的那一天正好就是他的生日，李旭晨现在想起来还是觉得很是讽刺，就像是上天故意在和自己开玩笑一样。母亲走的那天李旭晨什么反应也没有只是愣愣地看着前来收母亲尸体的人慢慢地用白布盖在了母亲的脸上。从头到尾李旭晨都没有落过一滴眼泪。

　　母亲离开了之后县里面就有人把自己接到了县里孤儿院内，李旭晨在那里看见了很多和他一样没有了亲人的小孩子，不过每个人都有着自己不同的经历，所以没有一个人因为来到孤儿院而高兴找到了命运相同的伙伴。李旭晨也是来到孤儿院后的第三天开始明白了这个道理。

在孤儿院内的生活实际上要比自己想象的难上很多，因为每一个来到孤儿院内的小孩多多少少心理都会有些问题，所以大家之间都没有什么情感交流。而孤儿院内的那些看护阿姨实际上对于他们并没有多少的心思，甚至对于他们很是严厉，有的时候他们只要做出了一点让她们感到不高兴的事情就会被看护阿姨关进小房间内。所以要是问李旭晨在孤儿院内的那段时间里到底学到了一些什么的话，李旭晨觉得应该就是怎么样一个人生存了吧。在孤儿院内的孩子每天都是在期待着有一天会有一个人过来把自己接走，所以在那些大人过来的时候都会表现得很是听话聪明，就算现实中的他们并不是这个样子的，他们还是会努力表现出一副乖巧可爱的样子，就是想让那些领养的人能够将自己带走。

而李旭晨又不同于那些小孩，他怎么也没有那个心思去讨好那些人，所以那些人看见李旭晨的时候原本是有打算收养李旭晨的，但是由于他老是沉默不语，就又放弃了这个念头。李旭晨对此也没有什么反应，在他看来能不能被领养走实际上他已经不怎么在乎了。

不过岳书成的出现又是他生命中的一个转折点，岳书成几乎是没有任何犹豫地就选择了领养他，而李旭晨跟着岳书成走的那天，天上正下着大雨。

李旭晨来到岳家的时候还是有诸多不适，不喜欢跟他们交流，但是岳书成却没有因此而对他感到厌烦，而是每次都跟他说慢慢来就好。李旭晨就在岳书成的包容里开始接受了岳家，说实话，如果没有岳书成的话，就不会有今天的李旭晨了。

李旭晨没有想到自己会沉浸在陈年旧事里这么久，直到迷迷糊糊之间听见有人在叫自己之后他才缓缓地睁开了眼睛，这才意识到自己不知什么时候已经睡着了。李旭晨抬起头看向声音的来源方向，发现自己的一个员工正站在自己面前，手上抱着一堆文件。

"李董，我在外面敲了很久的门，见您没有反应我就直接进来了。您不要介意啊。"那个员工看见李旭晨看向自己之后连忙解释道。

李旭晨听见员工这么说之后，摇了摇头，用手捏了一下自己的额头揉了揉之后就对着员工说道："没事，是我自己的问题，不应该在上班时间睡着的。有什么事情吗？"

"啊，对了，这里有一份文件需要李董您过目。"员工说着就将文件放在了李旭晨的桌子上，然后看了一眼李旭晨之后有些担心地问道，"李董，您今天怎么会睡着了啊？平时您是不会在上班的时间睡觉的，您没事吧？"

李旭晨听员工这么问自己之后，摆了摆手，说道："没什么，只不过是有点累而已。文件你放在这里就可以了，我等会就会看的。你先出去吧。"

员工听到李旭晨这么说之后，原本还想再问上李旭晨什么，不过想了想还是跟李旭晨点了点头就离开了。

李旭晨见他离开之后就靠在椅子上没有了动静，看来老了之后身体也不像以前那样子那么好了，稍微熬了一会儿夜就已经有点受不住了。

看来以后不能再熬夜了，像这样子在工作的时候睡着怎么想还是有点不太好的。李旭晨看了一眼放在桌子上的文件之后，摇了摇头，看来工作量还是这么的多，没有少过。

李旭晨这时候突然想到了岳珊妮，也不知道岳珊妮现在是什么情况了，不知道她有没有将自己做完的那个规划书给人事部的部长。

想到人事部后，李旭晨就想到了昨天晚上岳珊妮提到的那个叫作常闾的女生，想了一会儿之后他就拿起电话拨通了快捷键。

"你好，我是技术部的李旭晨。"

人事部的部长徐刚还没有反应过来打电话过来的这个人居然就是技术部的李旭晨，所以一开始听到电话里面那个人说自己是技术部的李旭晨的时候，他还是有些愣了一下，不过很快就反应了过来忙说道："李董吗？你好。"

李旭晨听见对话里的人对自己语气这么尊敬之后，也是明白了原因，有些无奈地笑了笑就说道："徐部长是吧，我这里有点事情想要你帮一下忙可不可以？"

徐刚一听见李旭晨跟自己这么说之后，连忙说道："李董，不用这么客气，你有什么问题你就直接说了吧。"

"是这样的，我想问一下你们在人事部的部门里有没有安装什么监控摄像头之类的东西？"李旭晨问道。

"有是有，不过李董问这个做什么？"徐刚有些不明白地问了李旭晨一句，"我们部门内安装了大概有三个摄像头吧。李董有什么需要我帮忙的吗？"

李旭晨听见他这么说之后，就说道："确实是有点事情想让你帮我看一下，而你部门内正好装了摄像头倒是省了很多事情了。现在请徐部长你帮我看一样东西。"

徐刚听见李旭晨这么说后，虽说心里还是有些奇怪的心思，倒是还是认真地听完了李旭晨交代他的事情之后，就跟李旭晨说道："好的，我明白了，我这就去按照您说的去做。"

"那还真是麻烦你了，徐部长。"李旭晨对着电话里跟那头说道。

"李董这是说的什么话，不过就是一句话的事情，我很快就能够帮您看好了。"徐刚很是豪迈地说道。

"那行吧，就先这样子吧。徐部长看完了之后如果有什么异样的话还请尽快告诉我一声。"李旭晨说完这句话之后和徐刚说了一声再见就挂上了电话。

李旭晨挂上电话之后，看着电话半天都没有说话。其实李旭晨叫徐刚看监控摄像实际上是想证实一下自己的猜想，如果他想的没有错的话，想必昨天那个给珊妮 U 盘动了手脚的人应该已经被监控摄像头给记录下来一举一动了。当然前提是那个人的举动已经被摄像机给记录了下来。

虽说自己也是有点怀疑那个人，但毕竟没有什么证据又不好直接就去搜那个人的包，再说了他不认为那个人会傻到拿了别人的东西之后不会直接处理掉而是放在自己的包里随身携带，这种这么低级的错误他想那个人也不会犯。毕竟能做出这样子事情的人头脑自然也不会差到哪里去。所以现在李旭晨也只不过是只能搏一搏自己有没有猜对了。希望老天还是庇护着珊妮的。

岳珊妮和常闾都接到部长徐刚的命令来他的办公室交规划书，两人意料之中的在门口碰面了。常闾对着岳珊妮笑得特别特别开心，"岳珊妮，规划书写得怎么样了，看你样子应该完成得不错吧，真是恭喜你啊，这样你就可以留在公司了，我在这里先预祝你成功了。"岳珊妮一脸平淡地看着她，抱着文件一言不发，常闾见此，心中大喜，岳珊妮是交不出策划书了，就要滚蛋了，不能再妨碍她了。常闾拍了一下手掌，便大步地走去敲部长办公室的门了。

"部长好。"

"你们来了，坐吧。"徐刚静静看着他们两个不说话，一边思考着李旭晨的话，猜测着这位李董的用意，毕竟他和岳珊妮的关系可是他得罪不起的。想到这里，徐刚觉得还是得尽快看看录像。

迫不及待想看岳珊妮笑话的常闾看到办公室静默无言，犹豫万分却还是抵不过心里的激动，开口打断了正在思考的部长。"部长……部长，我们来交规划书了，您现在有时间吗？"

徐刚被惊醒，忙开口道："嗯，把你们的规划书交给我，最后期限了，这个决定了你们未来的高度，这个，我之前就和你们说明白了，希望这会是你们的最好成绩。"徐刚说完，来回看了她们两眼，在看向岳珊妮的时候，眼里的情绪莫测，光芒闪过。

常闾立马笑着回话："是的，部长，这规划书的重要性我们都清楚明白，也是下了十万分的苦心去写的，一定不会让您失望的。"说着就双手把规划书递给了部长，"部长，您请看，这是我写的规划书。"

徐刚接过规划书，就马上翻开规划书阅读起来了，这时，办公室又是一阵静默，常闾笑得十分甜美，见到部长看着她的规划书不住地点头，想来是十分满意了，也是，毕竟是自己努力了数天的成果，自己的本事又不差，这次更是用了十二万分精力，想来这次规划书必定是自己赢定了，毕竟某人可是连资料都没有，怎么可能做得出来规划书，更别说与自己的比了。思及此处，常闫十分期待看到部长要岳珊妮这贱人交规划书，她却交不出来时的窘迫样了，看她还怎么混下去！

十分钟过去了，徐刚把常闫的规划书看完了，抬头看向常闫说："不错，看来是下了苦工的。"

放下了规划书就把目光转向岳珊妮，岳珊妮静了三秒，打开了文件夹拿出了自己的规划书给徐刚，"部长，这是我的规划书，麻烦您了。""嗯。"

在一边的常闫惊呆了，在她脑海里想象了数次的场景并没有出现，这究竟是怎么一回事啊？为什么岳珊妮能够交出规划书，明明自己和钟铮联手把她的 U 盘给换了的，她不应该还能交出规划书的。常闫心里直打鼓地看着徐刚看着岳珊妮的规划书，内心无法平静。

一边的岳珊妮在看到常闫见到自己交出规划书的震惊，眼里闪过一丝讽刺，面带着淡笑看着徐刚审阅着自己的规划书，内心异常的安稳，或许此时在她心里，输赢似乎没有那么重要了，呵呵。

原本还处于激动心情的常闫，看到徐刚翻看岳珊妮规划书时竟然深深地皱起了眉头，每翻过一页，眉头便皱得更厉害了，常闫心中大定，她就知道，还是我的规划书能够胜出，就算她岳珊妮最后重新赶了一份出来，这质量怎么会比得上自己，她不过是为了面子上好看罢了，什么能力啊，不过是笑话，哈哈哈哈。

这次徐刚看岳珊妮的规划书竟看了近半个小时，岳珊妮都开始觉得忐忑了，因为她真的输不起。常闫原本觉得这时间这么长让她有点不安，在看到岳珊妮紧抿着嘴唇，常闫笑了，十分愉悦地笑了。

"常闫，你这次的规划书真的不错，比你往常的进步了不少，看来你下的苦功夫很深，进步的空间也挺大的，而且你还年轻就做到了今天的成绩，很好。"常闻在听到部长对她说的话，笑容越发真实甜美了，常闻想，是自己了，是自己胜利了，我看岳珊妮以后还怎么跟我作对，我就要看她在我手下服软，认输，啧啧啧，真是爽。

"珊妮啊，你规划书里的想法是你自己想到的吗？"

"是的，部长。"岳珊妮立马挺直了腰杆朗声答道。

"想法有点新颖，既然是你想出来的，你有想过它的可行性吗？还有具体的预算，你心里有底吗？你觉得要是按计划做出来，能做到几成？不知道你有想过这个吗？"部长目无表情地对着岳珊妮问道。

岳珊妮低下头想了几秒，抬起头看向部长说："部长，我的想法相对于如今来说算是创新，有新颖，会让我们错以为难以实行，其实并不然，具体的实行计划我已有了大概，就看这规划书能不能过了，部长。"说完，岳珊妮静静凝望着部长。

此时办公室时间似乎是静止了，三个人都没有了动作，常闻也看着部长，徐刚低着头看着岳珊妮的规划书，心里想着说辞，做着决定。

原本常闻还是兴奋的，听到部长对岳珊妮的质问，可是随着部长和岳珊妮的对话下去，常闻发现了一丝不对劲，整个人开始忐忑了，如同是被人放在了火炉上烤，不停地被人翻转，她有点坐立不安了。

静默了几分钟，部长放下岳珊妮的规划书，拿起常闻的规划书，看向她，"常闻，你的规划书做得十分不错，和以往比也有了不少的创新，不过，你的核心还是循着原本的轨道，真真正正创新的地方却没有，在此，我要很遗憾地通知你，我的选择是岳珊妮，请你下次加油，机会还是会有的。"

转头，面带微笑对着岳珊妮伸出了手："恭喜你了，珊妮。"

岳珊妮看着部长伸过来的手，立马站起来握住："谢谢部长，谢谢，谢谢您愿意相信我。"

"你要好好加油了，接下来这段时间你可是主力军，可是大忙人，待事情完了以后记得请客。"部长打趣道。

"是的是的是的，我会好好努力的，忙过这段时间一定会请部长吃大餐的，到时候还要部长对我这个穷人手下留情才好啊。"

"哈哈哈，好了，你们两个都先出去工作吧，常闫，你也别灰心，这段时间就好好配合珊妮的工作吧。"部长挥手让她们两个出去。

"是的，部长，我们出去工作了。"常闫先走出了办公室，气愤不已，在看到跟随她后面的岳珊妮，转身伏在她耳边恶狠狠地说道，"你给我等着瞧。"肩膀用力撞开岳珊妮，岳珊妮一时不察，手上的文件掉在了地上，见状，常闫大步踩过文件走了。

岳珊妮无话地看着常闫走远，蹲下默默收拾起文件，心里十分愉悦，她觉得，赢家总该对输家多点宽容的，毕竟这并不算什么。

徐刚因为记惦着李董吩咐的事，在她们俩走了以后就立马调出录像，仔细查看，虽然并没有发现不妥的地方，但是觉得既然李董煞有介事的特意打电话过来，那肯定是有什么事情的。想罢，更下注意力去查看了。

看着看着，徐刚还真的看出不妥的地方了，他看到画面里，常闫和钟铮两个人故意弄掉岳珊妮的文件，钟铮在旁边把岳珊妮的 U 盘给拿走了，顺便放了一个一模一样的 U 盘在岳珊妮桌上，就这么一会儿的工夫，二人就把岳珊妮装着规划书的 U 盘给调包了。最后装着若无其事地走了。

看到这里，徐刚按停了录像，画面就停在了岳珊妮行走的背影，徐刚觉得这个背影满满的孤寂。徐刚拿出了烟盒，静静地抽完一支烟，按下了电话内线，"通知常闫现在马上过来我办公室。"

"是的，部长。"

在徐刚考虑要不要先打个电话通知李董的时候，门被敲响了。

"进来。"

"部长，您找我有什么事吗？"常闫站在徐刚办公桌前问道。

徐刚在思考着要怎样开口问她，一时沉默，而常闫是因为规划书不过失去了平时的热情而沉默。

气氛十分奇怪。

"你过来看看这个视频。"徐刚还是决定让常闫自己看视频，然后给他一个解释。

常闫感到十分意外，带着些不解看完了整个视频。

当她看到钟铮、岳珊妮和自己在走廊对站的画面时，她心里暗道，不好了。

两人静静地把视频看完，徐刚盯着常闫看了几十秒，然后低下头看文件了，只说了句："这事你能给我个解释吗？"

还没有等到常闫怎么给自己找个逃脱的借口时，门被敲响了，然后被人从外面打开了，是李旭晨。

"原来是李董啊，真是难得，不好意思没有迎接您。"徐刚见是李旭晨，马上站了起来大步走向他，把他引到自己的位置上。

坐下后，李旭晨看向电脑，见到暂停的画面以及他刚刚进来时办公室里怪异的气氛，常闫这女人沉默站在一边，李旭晨觉得自己的猜想是对的，这事还真是她做的。

既然有了证据，他也就不客气地向徐刚开口道："看来证据是有了，不知徐部长打算怎么处理呢？毕竟这性质可是会大大地损坏到公司的利益，我知道徐部长是个公正的人，应该不会让我失望的。"说罢，李旭晨就离开了办公室，连反应的时间都没有给徐刚。

徐刚看着常闫摇摇头，当着她的面，按下了电话内线，说："把常闫和钟铮辞退，你现在先办好相关手续，待会她们俩人会去找你。"

挂了电话，徐刚说："你们好自为之吧，你们虽然被辞退了，可是公司会对你们的所作所为进行保密的，免得你们以后工作难找，希望你们可以反省反省，去收拾东西吧，再见了。"

常闫冲出门，大力摔上了门。

等常闫收拾好东西，办好手续从公司出来，遇到了岳珊妮，立马扔下手上的箱子，说道："岳珊妮，你这个贱人，你以为你自己就很好，可以走得很远，爬得高高的吗，你做了亏心事，你晚上不做噩梦吗，贱人，我要看看你会怎么被人抛弃，我要你身败名裂。"

岳珊妮无动于衷地看着她，只说了"再见"就转身走了。

中午的时间很快就到了，岳珊妮跟全铭说了自己有事情需要离开之后就走人了。实际上她是去找李旭晨一起吃饭了。

岳珊妮是在离下班时间不到一刻钟的时候给李旭晨发了一条短信让他今天中午和自己吃顿饭。李旭晨一开始收到这条短信的时候实际上是不打算去赴约的，因为毕竟工作上的事情比较多，自己也是有点抽不开身。更何况刚刚为了常间的那件事情已经耽误了他一段时间了。不过想了想之后还是给岳珊妮回复了一条短信，说是可以，不过时间不多就在公司附近的小店里解决一下就可以了。

岳珊妮收到李旭晨的短信之后也很快回复了一句好，反正她也没想过要去多远的地方去吃饭，只不过是想和李旭晨二人单独吃个饭聊一下天罢了。于是就给李旭晨回复了一条短信让他在和自己之前一起吃过饭的地方的老位子等着自己就可以了。

随后在处理好事情之后就马上赶去了那家饭店，岳珊妮到达了那家饭店的时候李旭晨已经在里面等着她了。岳珊妮看见李旭晨之后就笑着走了过去，一下就坐到了李旭晨的前面。

李旭晨那时候还在想着一些事情，岳珊妮过来的时候他还没有发觉，所以当岳珊妮坐到他面前的时候他才反应过来，看了岳珊妮一眼之后就笑着对她说道："来了？"

"嗯。"岳珊妮一边将自己的包放好一边回答着李旭晨，之后问道，"晨哥，你刚刚在想着什么呢！我都已经走到离你这么近了你还没有发觉过来，我可真是有点伤心。"

李旭晨听见岳珊妮这么说之后知道岳珊妮是在跟自己撒娇，于是回复道："抱歉啊，刚刚在想一些事情实在是入了迷了所以反应慢了点，没有察觉到你已经过来了。"

岳珊妮听见李旭晨这么说之后，心里笑了一下，本来她也只不过是随便跟李旭晨说着闹着玩的而已，没想到李旭晨的反应还这么认真，心里笑了一下之后就跟李旭晨说道："晨哥，光是道歉那多没诚意啊，今天这顿午饭也是应该你来请我吧？"

李旭晨听后也不反驳，说道："可以啊，你自己看看有什么想要吃的就随便点吧，我来买单。"说着就将原本在自己手里的菜单推了过去给岳珊妮。

岳珊妮接过李旭晨递过来的菜单以后，看了李旭晨一眼，说道："那我就随便点了啊？"

李旭晨点了点头，表示同意。

岳珊妮见李旭晨是这个反应以后就叫来了服务员，点上了一大堆吃的东西，李旭晨在一旁听的也是有些无奈地笑了笑，也不知道岳珊妮这大胃王的特性是随了谁的。

岳珊妮在点了一大堆的东西以后才停止了继续点下去的意思，服务员在一脸的惊讶当中跟岳珊妮和李旭晨二人说稍等片刻之后就离开了，剩下了李旭晨和岳珊妮二人独处的时间。

李旭晨看着岳珊妮笑着问道："吃这么多？真的那么饿吗？"

岳珊妮听见李旭晨这么问自己之后，就回道，"饿啊！今天早上差点就迟到了，所以也没有来得及吃早饭。上午九点半的时候其实我的肚子已经在开始抗议了。我是忍了好久的，现在终于能吃了当然要多吃点了！"

李旭晨听见岳珊妮这么解释之后，竟也说不出什么反驳的话来，于是就一笑了之。后来想到了常闾之后就问岳珊妮道："对了，那个人现在怎么样了？"

岳珊妮一开始还没反应过来，知道李旭晨指的那个人是谁以后，岳珊妮原本因为食物还有点高兴的心情不知道怎么的就沉重了起来，沉默了一会儿说道，"还能怎么样，被部长辞退了呗。"

李旭晨听见岳珊妮的回答之后，点了点头，而后又继续说道："虽然现在那个人已经离开了，不过这并不代表你以后的路就好走了，珊妮。"

岳珊妮听见李旭晨的话之后，点了点头，说道："晨哥，我知道你的意思，实际上那个人离开以后我一点也没有什么高兴的心情，相反还觉得有些沉重。"

"你有这种感觉就对了。"李旭晨看着岳珊妮说道："在商场上最忌讳的就是没有防备之心，以后你切记一定要时刻保持警惕才行，明白吗？"

岳珊妮听见李旭晨的话之后，点了点头，陷入了沉默。

第十七章　似为试探

　　李旭晨和岳珊妮吃完饭之后就回到了公司，吃饭的场景很微妙，所以让李旭晨有些苦恼，被情感所左右是他最不希望发生在自己身上的事情，不过如今看来这件事情也已经确确实实地发生了，岳珊妮似乎有些喜欢自己。

　　在李旭晨一直想着这件事情的时候，桌上的内部电话响了起来，李旭晨看了一眼位于桌子上的电话，并没有马上拿起电话接听起来，而是看着正在响着的电话很长时间，也不知道在想些什么。直到电话响了很长时间之后，李旭晨才像是后知后觉地拿起了电话接听了起来，"喂？"

　　"李董。"耳边传来了陈顾问熟悉的声音。

　　"嗯，有什么事情吗？"李旭晨的声音里听不出任何其他的情绪。

　　"是这样的，这里有一通总经理打过来的电话，说是要和您谈一谈，需要帮您接进来吗？"陈顾问道。

　　李旭晨听见陈顾问这么说之后，挑了挑眉头。不知道岳书翔这个时候给他打来电话是有什么事情要跟他说，不过如果是岳书翔的话，怕是也不会有什么好话要跟他说的。李旭晨在那里拿着电话想了很久，也没有注意到电话那头的陈顾问一直都在等着他的回复。

　　许久没有听到李旭晨回复的陈顾问在电话另一头等上了些许时间之后，就开口问道："李董，您还在听吗？"

李旭晨听见陈顾问的声音之后才总算是反应了过来，对着电话里说道："是的，在听。"

"所以需要帮您把电话接进来吗？"陈顾问继续问之前的问题。

李旭晨垂下眼睛想了一会儿之后就说道："你帮我把电话接进来吧。"

"好的，这就帮您把电话接过去，请稍等一会儿。"陈顾问听见李旭晨说的话之后，就没再继续说什么话。李旭晨知道陈顾问是已经将电话接了过来了，坐在椅子上等着电话那头发出他现在已经是再熟悉不过的声音。

"李董，这几天可还安好？"电话的那头总算是传来了那个人的声音，李旭晨的眉头有些不可置信地挑了挑之后，收拾了一下自己的情绪，对着电话里说着话，"承蒙总经理的关心了，我这几天过得也还算是挺如意的。就是不知道总经理这几天过得如何了？"

说着又将原先岳书翔问他的问题全部都给退回到了岳书翔本人那里，李旭晨虽说也并不是有多讨厌岳书翔，毕竟自己在公司里还是有很多事情是要岳书翔来帮上自己才能够继续做下去的，所以现在和岳书翔撕破脸皮显然不是什么明智的举动，所以还是姑且看看岳书翔到底是有什么打算之后再说吧。

不过电话那头的岳书翔显然不是很吃李旭晨这套。岳书翔在跟李旭晨谈过那次话之后，就一直都在考虑着李旭晨说的话有几分是能信的。说实话，对于李旭晨这小子岳书翔是抱着能够远离就远离的态度的。虽说平时看他对于李旭晨都是一副居高临下的姿态，不过事实上他也并没因此真的小看了李旭晨的实力。毕竟经过了那次的发布会以及收购那件事情后，他就怎么也不敢再小看李旭晨这小子的真正实力了。毕竟对于敌人还是要有所防备来得安稳一些。他也是在商场中已经过来了这么多年了，这点基本的道理他还是明白的。

今天在看文件的时候突然就想到了李旭晨之前跟他说的想让他将一部分的股份转送给他和岳珊妮的提议，事实上他本人是很不愿意将自己手中的股份转送给岳珊妮和李旭晨的。虽说岳珊妮是自己亲兄弟的女儿，也是自己的亲侄女，不过他却对岳珊妮并没有所谓的亲属之情，更多时候他和岳珊妮之间可以说是比陌生人还要陌生上几倍。而且自从他和岳书成关系开始已经有了很明显的矛盾之后，岳珊妮对于他这个叔伯就是更加的目中无人了，甚至可以说是有些仇恨他了，不过他也能够理解，如果明知道自己父亲和某人的关系已经开始有了很明显的裂缝，但是还是能够心安理得地和那个人继续相处下去的话才是叫作真的难以理解吧。总而言之，岳书翔和岳珊妮已经可以说得上是没有任何关系了。所谓的亲人现在说出来也多半就是个笑话了。自己就更没有什么理由一定要去帮助岳珊妮和李旭晨了。

不过在想到李旭晨跟自己说的那些话之后，岳书翔的心中又开始有些顾虑了起来。正如李旭晨所说的那样，一旦股东大会上股权开始按照公平原则重新分配的话，自己确实是处在极端不利的地方。他自己现在可以确定的是，自己应该是除了岳书成以外持有最多股份的那个人。而巫启和常磊则应该是在他的股份之下，所以无论怎么想形势对于他来说可以说是非常不利的。公司里的那些老家伙可以说是早就已经看自己不顺眼很久了，如今有了这个能够咬上他一口的机会这些人自然是不可能放过的。虽说自己并不希望将股份转送给岳珊妮和李旭晨，但他同样也更不想将自己在公司里经营了这么多年的股份就这样子看着被迫被其他的人给瓜分掉。

想到这点，岳书翔对于岳书成倒是又开始多了几分厌恶的情感在里面。对于自己的这个哥哥，岳书翔自然是还有些兄弟的情感在里面的，毕竟这所公司怎么说也是他和岳书成二人一手建立起来的。自己和岳书成前期也是感情相当好的两位兄弟，在公司成立的初期二人也是因为公司方面的事情相互协作、相互照应的，可以说得上是其乐融融。但自从公司开始步入正轨了之后，他和岳书成之间的关系就开始以无法预料的速度往糟糕的方面驶去。他自己也问过为什么自己会和岳书成走到这步，想来想去估计也就只有那个解释了。他和岳书成在为人处事方面有着天差地别，比如说他，在公司稳定之后他就开始向着周围的竞争公司出手。不得不说他或许天生就是做商人的料子，很快速度就基本将可能阻碍公司的竞争对手全部都给清理干净了。这在他看来并没有什么不妥，人在商场自然是能有多狠就应该要有多狠，不然到时候被自己的竞争对手打败了还不知道是怎么一回事。

不过岳书成在这方面却持有完全相反的态度。按照岳书成的想法，无论是竞争对手还是合作伙伴都应该点到为止，不必要对自己的竞争对手穷追不舍，不留下一条活路来。岳书翔对于岳书成的这个反应也只能够说他是有够天真的，心里想到底岳书成不是做商人的好料子，之后两人在公司的问题上的分歧也开始越来越大，到了后期可以说是到了水火不容的地步。他和岳书成的关系也算是从那个时候开始变得异常糟糕，之后岳书成也开始有意无意地在剥夺他在公司里的分量，岳书翔是何等聪明的人，怎么可能会看不出来岳书成的这些小举动。不过估计岳书成也是考虑到毕竟他对建立公司也是付出了不小的贡献，所以言行举止方面并没有做出太过分的举动。二人也就怀着不一样的心思继续将超越做了下去。

不过之后他已经没有那个心思继续跟岳书成耗下去了，所以打算通过将超越里的资金秘密转移出去重新建立一个属于自己的公司，说他是无情无义也好，反正在他看来人在世上最重要的还是要对自己好些，其他人的事情怎么样都是无所谓的。

不过如今岳书成竟然要将股份重新整理，这不就明摆着是要彻底将他在公司的权力进一步削弱了。想不到岳书成已经开始这么提防着自己了。想必还是听了他身边的那个李旭晨这么说之后才会这么做的，不然的话也不会无缘无故地就开始想要重新分配公司的股权。看来岳书成也多多少少感觉到了公司里的现状是跟他和常磊有关了。

现在这盘棋可以说已经就是一盘死棋了，无论他走哪一步都是没有什么胜算可言的。所以现在只能想着应该怎么做才可以将自己的损失减少到最少。思来想去他还是选择了李旭晨跟他说出的那个方案，毕竟不管怎么算，至少李旭晨是岳书成那边的人，自己也可以再做打算，所以想来想去他还是给李旭晨打了一个电话看看李旭晨到底是个什么反应，不过从刚刚和李旭晨的对话看来李旭晨似乎倒是一副毫不在意的态度，这让他觉得很是恼火。

"哼，我要是说我过得不好的话李董是不是就会很开心呢？"岳书翔带着讽刺的意味对着电话里说着，不过李旭晨倒是没有太过于在意，在电话的那头笑了笑然后说着，"总经理这是说的什么话？我怎么可能会这么想呢？"

岳书翔听见李旭晨这么说之后也就只是哼了一下，而后继续说道："还记得你上次跟我说的那件事情吗？"

在电话那头的李旭晨听见岳书翔这么说之后，抿着嘴笑了笑，回道："当然记得，不知道总经理对于我说的那件事情现在考虑得怎么样了？"

不出他所料，岳书翔这次打电话过来就是要跟他说之前的那件事情。李旭晨之前还有点忐忑会不会岳书翔面对他提出来的意见想也不想地就给拒绝了，不过现在看来他是可以不必担心这件事情了。只要岳书翔主动过来找他谈论这件事情的话，就说明岳书翔还是想过他说出来的那提议的。

"你是不是很希望我能够答应？"岳书翔问李旭晨道。

李旭晨听见岳书翔这么问自己之后也是有些愣住了，说实话肯定是希望岳书翔能够答应自己提出来的那个建议，不过总不可能真的就说出来这句话。说出来的话可不就会显得他很是肤浅吗。

"我的想法不能算是什么，主要还是要看总经理您的意思不是。"李旭晨巧妙地将这个问题回到岳书翔那边，随后就等着岳书翔怎么回答他的话。

不过电话另一头的岳书翔也不知道是不是在想着什么事情，很长时间也没有回复李旭晨的话，李旭晨刚想继续开口询问的时候，岳书翔倒是开口说话了，"关于这个问题，到时候开的股东大会上你自然会知道，我今天给你打这个电话并不是想要告诉你我的决定，只不过是想告诉你一声，做事别老是这么胸有成竹的样子，毕竟有些事情也不是你能掌控的不是吗？"

岳书翔说完这句话之后也不等李旭晨有其他的话要说，直接就将电话给挂上了。李旭晨见岳书翔已经将电话挂了之后，看了看电话摇了下头，没有其他表示地放下了电话。

现在确实是局面已经不在他的控制范围之内了。岳书翔大抵是有什么想法也只能看他自己了。

徐刚在处理完人事部的事情之后看了一下手上戴着的表，发现这个时间董事长应该是在办公室内的。摸了一下放在桌上的岳珊妮的规划书。果然还是要尽早给岳书成看下会比较好，毕竟规划书的截止日期是在明天，董事长也已经是在开始催他赶紧将看好的规划书拿上去给他看，也好让他看下规划书写的是不是符合他的要求，如果符合的话也正好能够让岳书成想下一步应该是要怎样整顿人事部。

徐刚跟助理说了一下自己需要她处理的事情之后，就拿着已经拷贝好岳珊妮的规划书的 U 盘放进了自己的口袋就出了办公室的门，前往董事长所在的办公室。

"董事长，这是我们部门经过筛选之后的最优方案，请您过目。"徐刚双手握着那个小小的 U 盘，礼貌地递给岳书成，岳书成接到之后插进自己的电脑便认真查阅起来。这份规划书背后的小插曲徐刚不知情，但是岳书成心里有底，能在这么短的时间内把一段时间辛苦做出来的规划书复原绝非易事，这个水平若是岳珊妮自己动手做的，那真是实力非凡。可岳书成心里也不是犯糊涂的人，他知道自己女儿背后还有个大的靠山——李旭晨，想必这个当哥哥的没少在这个规划书里出谋划策。

"很好，看来这丫头还是下了功夫的。"徐刚听到这样的评价总觉得哪里不对，但自己只能是在心里妄加揣测岳珊妮和岳书成之间的关系而没有去开口问岳书成，在职场上混迹这么多年什么话该说什么话不该说，这点自知他还是有的。

徐刚见岳书成算是满意的态度，继续询问道："董事长是否满意，若是满意我这就回去让手下的人填补里面的不足，然后就可以将规划进行实施了。

负责这份规划书的同事也会一起参与进来。"徐刚客套的询问着，岳书成没有马上回应，只是目不转睛地盯着电脑荧幕像是欣赏画作一般细细品味这份规划书，若是往日自己递送过来的规划案，岳书成早就一目十行的看完然后捡重点的命中要害，今天却一反常态让徐刚加重了心里的疑虑和猜想。

"好，照你的话做吧。"直到岳书成把规划书一条条盯完，才想到还在一旁等回应的徐刚，于是应允了珊妮的方案，其实说是珊妮的也不知道是不是李旭晨的，岳书成心想。

"对了，你说做这份规划书的同事也会参与项目的实施吗？"徐刚随口一提就好像切中岳书成关心的重点，他连忙说是，然后顿了顿，补充道："这个同事最近的工作态度和效率都得到部门的一致认可，以后会把更多的内容托付给她。"徐刚看得出岳珊妮是个可造之才，但是性子太过于浮躁所以眼前只能分配一些简单的任务给她，可现在知道了她和岳书成云里雾里的关系，还是选择尝试一番，哪怕就是这么一说，也能讨好关心她的岳书成。

两人谈话结束后，岳书成靠在椅背上寻思徐刚的话，觉得珊妮这丫头真是长大成熟了一些，知道去上进争取了，可是这份规划书的内容还是要问清楚，不能被珊妮和旭晨这两人囫囵吞枣的蒙混过关。

徐刚回到办公室拷贝下整个规划书的时候，站在落地窗前看着埋头工作的岳珊妮，寻思这小丫头是何来历，能让李旭晨找到自己帮她调查监控，又让岳书成对她的规划书多加留意。上一次李旭晨找到自己帮忙的时候已经开始寻思她的身份了，这一次竟然是董事长岳书成的过分关心，看来绝不是等闲之辈。

岳书成刚一回家就问过佣人岳珊妮回来没有，确认岳珊妮在家后，就走向她的房门。敲敲门得到应允后慢慢地推开走进去，看到自己进来岳珊妮依旧闷头在玩手机，于是调侃地说道："不知道是这手机陪你重要，还是我这个老头子重要。"

岳珊妮听见父亲酸溜溜地抱怨，感觉他人越活越小，现在还有时间吃这种干醋，于是挽起岳书成的手，亲昵地靠在他的肩上。岳书成看到女儿这般撒娇，自然心都化了，给她将了将碎发才缓缓地开口问道："珊妮，我今天看到你们部长拿给我的规划书，你老实告诉我，是你自己那夜通宵赶出来的，还是晨哥帮你做的。"听到父亲这么问，珊妮也不打算瞒，他知道岳书成也是心如明镜之人，况且事实的确是自己的U盘被调包才搞得所有努力付之东流，所以承认也不是多么为难的事。岳珊妮诚恳地回道："是晨哥帮我写的。"岳书成明明知道这才是事实，但听到岳珊妮承认的时候，还是深深地叹了口气。岳珊妮不知道父亲是失望还是释怀，依旧静静地趴在他的肩膀上，感受属于两个人的恬静的傍晚时光。

开始工作的这段日子，李旭晨就不知道何为工作日何为周末，好像只要在这个岗位上，他就一刻都得不到放松。面临下个周末的股东大会也只有四天时间，照着这位CTO的性格自然是要奋斗到最后上战场的那一刻，然而他却刻意吩咐助理星期六不要安排任何工作会议，有一件事比起这所有事都要重要得多。李旭晨惦念这一天已经很久了，从一到公司就日日看着圈点的日期一步步靠近，到这天终于来临，他也算是日日盼着了。

李旭晨没有径直去目的地，而是先去了趟花店。花店老板殷勤地给李旭晨介绍今日新进货的玫瑰和满天星，李旭晨也只是笑着摇摇头。他单指着满天星让老板给他包好两束，并叮嘱老板花束要大，不要给他省钱。店老板寻思买两束一模一样的品种确实不常见，但看客人决心坚定，也就没有多加坚持。拿着两束满天星在手里，李旭晨吸引了不少人的目光，一来是他自然而然散发的成熟的魅力，二来是他今天用心的装扮了下自己的行装。

李旭晨插进钥匙踩着油门心情颇为沉重，就好像今天这样的阴天，下着蒙蒙细雨全城都笼罩一层灰。没有大喜大悲的情感，只是淡淡的愁容却久久挥之不去。到达目的地是C市的墓园，李旭晨记得两位的墓碑位置，没错是两个人，一个是她的生母一个则是他的亡妻。李旭晨先是拿出准备好的丝绸手帕给两个墓碑的遗照细细擦去附着在上面的灰，然后就是碑墓上的字，他做得一丝不苟，好像擦得越是干净，心里的慰藉就能再多一点。他把花束整理了一番，一束放在生母的墓前，另一束则是给妻子严玫。两个人之所以葬在一起李旭晨也是有他自己的顾虑，母亲是个寂寞之人，穷极一生也等不到父亲回来，可以说是含恨而终；而妻子又是因为自己年少轻狂，和自己发生争执才出了车祸逝世，自己多少对她还是有所亏欠的。两个人在一起若是能在天堂相遇了还能互相做个伴，谈论一下自己的婚姻观，或是互相鼓励来世嫁给一个值得托付终身的人。李旭晨想了想，都觉得这是多么明智的抉择。

其实这个日子又有着三重含义，所以他每次圈点，都会画上三个红色的圈圈。想来也不知道是巧合还是上天的有意捉弄，生母的祭日，妻子严玫出车祸走的日子，以及自己不值得一提的生日全部集中在这一天，好像冥冥之中是上天安排的巧合。他站在碑前，思绪万千。在原地看着自己母亲的墓碑很久之后，李旭晨才准备起身离开。

一转身才看到自己万千思绪满面愁容的时候，岳书成站在不远处不知道多久了，他赶忙迎上去问道："叔，你怎么来了，这风大雨大的也不考虑自己的身体。"岳书成的脸色看上去有些发白，不知道是不是天气的原因，但是李旭晨还是温柔地责备道："本来近些日子看你脸色就不好，本该在家里静心修养，哪怕是晴空万里都不该操劳更别说是这疾风骤雨的天气。"

这世上记得今天这个特殊日子的人，除了李旭晨应该也就只有岳书成了，李旭晨怎么会不知道他的心思，他是心疼自己一人独自承担这不同寻常的一日，也是对自己的母亲和目前聊表的心意。

他有时候也会和自己这样坦言，感谢自己的母亲生下自己，不然他岳书成不会得到这样好的儿子。而他李旭晨自是觉得这句话受之有愧，若不是有了岳书成对他的照顾有加，又怎会有近日李旭晨的脱胎换骨。反正两人的恩情是相互谦让的，最后成为彼此生命里不可或缺的角色。

岳书成看到李旭晨满脸写着的担心，挥挥手示意自己没事。"不碍事，死者为大，这么重要的日子我要是不来祭拜，你母亲都会怪罪我的，况且我也是一只脚踏进棺材的人了，也希望自己逝世的那一天会有人惦念着，哪怕是过来我这个冰冷的墓前吐露吐露自己的境况。"岳书成的语气有着说不出的苍凉，这个年纪的他是经历过无数死亡和离别的人，加上自己现在的身体每况愈下，自然知道情意的重要。他也知道这个时候的李旭晨需要安抚，而不是一个人独自消化两个亲人祭日叠加的苦痛。

"叔，瞧你说的，你这身子骨也就是小病小痛，活个三四十年都不是任何问题，怎么能自怨自艾呢。"李旭晨不愿意听到这样的话，现如今岳书成可以说是自己最亲近的人了，从当初领着他到岳家到手把手把他带大，若是没有岳书成自然就没有今天站在这里的李旭晨。不过这样安慰的话岳书成自然是没少听的，他没有应答，只是莞尔一笑。岳书成走到坟墓前上了两炷香，嘴里念念有词地说了好一阵子才看向李旭晨。"你母亲在天之灵看到今日的你，也算是安息了。"岳书成语气里有着说不出的心疼。李旭晨知道他是安慰自己，低头不语。

大雨里，管家撑着伞，任凭雨水从骨架一点点落下，大颗大颗地打到两人的鞋子上，他们也像是全然不在意，只是各自沉默着，惦念着这特殊的一天。

不知要站多久，也不知道雨何时会停，还是让这一切的镜头定格在这一刻更好。

另一边巫启在跟着电视上的影碟放松地做着理疗瑜伽，先是头部的舒展，然后是肩颈的放松，最后到下腰、压腿、一字马，她都做得酣畅淋漓。到了巫启这个年纪能有这种的心境和身材任哪个男人都是垂涎不已的。听到一旁响起的电话，巫启中断了正在做的双手交叉抱膝起身去接听，原来是助理打来的。

"巫总，您之前让我去调查李总的资料，我已经找到并整理完发送至您的邮箱，请您注意查收。"巫启应了声知道后就迫不及待地打开电脑翻看邮件。

扑面而来的是触目惊心的大标题：青年才俊李旭晨凭借创新技术一举打败竞争对手东阳公司，并为所在企业再添百万项目。

"李旭晨乘胜追击从东阳公司手中抢获又一大单。"

"东阳公司宣告破产，对手最大劲敌李旭晨称成者为王败者为寇。"

"东阳公司 CEO 于今日 12 时在某大厦高空坠落，经抢救无效身亡。"

巫启翻出一篇报道细看，发现大概之意就是：李旭晨当时所在的公司和东阳作为最强有力的对手一同竞标一项项目，但李旭晨所在的公司技术上比起对方要成熟得多，最后的赢家也理应是他们。但李旭晨不满当前项目达成的协议，还对收取项目的公司提要求，以后东阳之前的所有项目都交给他来做，他会给到这项技术的免费使用权以及对东阳公司的赔偿。由于赔偿款数额比起以后的年利润只是微不足道的一部分，李旭晨便出此条件，意图击败东阳。收取项目的公司听到是如此诱人的条件当然是很快给出答应的回复。在得到肯定的答复之后，李旭晨知道东阳因为这项技术的申请花费了大量的资金流，但是目前现金流紧缺，所以在东阳 CEO 找到李旭晨谈和解的时候，李旭晨表面上假装同意，实则套取到他们现在主要进行的几项计划，在CEO 离开之后，李旭晨马上乘胜追击，中断东阳和他们的合作，彻底斩断东阳的现金流，致使东阳从一个行业翘楚一日之间宣告破产，CEO 则因为信错了李旭晨黔驴技穷，以死谢罪。巫启一则则往下读，越是后面的新闻就越是触目惊心。看着李旭晨和东阳公司的恩怨纠葛，她感觉后背袭来一阵阵凉意。

巫启秘书再发邮件，这次是关于李旭晨的身世背景，查出了他是岳书成的养子，在被领养之后性格孤僻，但很快融入这个家庭，大学之后自力更生，有过很多商业上的成功案例，也一度成为媒体争相追捧的业界精英，但因为未知的缘故突然隐退。内容详实地罗列了李旭晨的过往，但有些细节没有查清。各种原因相比也只有李旭晨才清楚了。

巫启心想这样的历史自是不为人知，若不是自己有意调查也不知道李旭晨还有这样的过往，在她眼中的李旭晨虽然算不上待人热情，但也绝非如此冷血无情到把对手逼到赶尽杀绝的地步，可新闻报道的事实就摆在眼前，不容她猜测质疑。于是她的内心开始挣扎起来，不知道该如何对待这个自己新认识的李旭晨，也渐渐在心里妄加揣测起李旭晨今时今日到超越来的目的。

第十八章　会前风波

　　李旭晨可以说忙得已经焦头烂额，他希望自己现在是孙悟空能分化出几个分身来，让自己好有十足的时间往各个部门去跑。离开技术部去找赵群的时候，他三步并作两步走，即使路上的员工一度低下来和他问好，他也只是礼貌性地招了招手，然后不断前进。就在离赵群办公室几步之遥的时候看到迎面走来的常磊，所有人都能擦肩而过但这个不速之客李旭晨自然是再忙都要停下来会一会的。

　　"看来奔波得很辛苦啊。"看到额头上冒着汗珠的李旭晨，常磊带着有些鄙夷的语气说道，他心里早就打好了自己的算盘，知道李旭晨是几斤几两重的实力，心想再怎么奔走也只是徒劳，一个空降下来的领导是用十倍的精力也不能服众的。

　　李旭晨的胸怀又怎么会和他一般见识，只是见他气焰这么嚣张，不知是哪来的底气，于是文质彬彬地回答："劳碌命而已，就怕自己所托非人只能亲力亲为了，不像常总能在大家都这么忙的时候悠闲自得地闲逛，想必应该是把事情想清楚了吧。"李旭晨最擅长的也是这样漂亮地回击，把对方说得哑口无言也是常有的事了。

　　"我从不做什么无用之功，不像有些人过度自信，以为初入超越凭着这三两下嘴皮就能胜任 CTO，这个位置可是公司的核心职位，几乎所有的机密都掌握在这一人手里，要是像前任 CTO 一样带走公司的命脉自立门户，那就不是一两个你能对付得了，不是吗？"常磊嘴角招牌式的淫笑让人看了很是不舒服，就像抽搐般的神经骚动一样令人头皮发麻。李旭晨刚想开口，他马上又插上了话："我刚才和不少股东碰过面，他们对你——李旭晨的过去鲜有耳闻，不知道是不是老爷子自己的私心把你安插在公司，总之来历不明的人是绝不可能担当这样的职位的。"他说完十分满意自己的陈诉，又是招牌式的微笑以及胸口放着交叉的两只手像在示威。

若是一般沉不住气的人都早已和他厮打起来，但李旭晨好像见怪不怪，他是空降司令这点他没法反驳，但进入超越担任 CTO 也只是屈就于自己的才能，他不想挣这些莫须有的名头也没有在这个时候和常磊说教的空隙，只是回答道："不劳常总费心，我自有办法。"而后径直离开，留下常磊一人怨恨地看着他的背影，久久不发一言。

李旭晨来到赵群办公室很顺利地拿到股东大会的资料后原路返回，不知道是今天出门不顺还是自己命里犯劫，一来一回遇到的两个人都是自己最不想看见的，现在眼前这个人更是让自己害怕遇见可又偏偏无处遁形。而李旭晨自是不知道迎面走来的巫启对自己也是抱有心事，于是只好硬着头皮落落大方地走到她面前打了声招呼。

"巫董，这么巧？"

李旭晨先开口的时候巫启还是愣了半秒多钟才反应过来，她近日受到那几则新闻的报道还没寻思明白李旭晨是哪来的何方神圣，遭受这么多变故再到超越来又是有着怎样的心思，这些事情她没摸清楚之前都不想李旭晨贸然的出现，可偏偏突然这时候遇到最不想遇到的人，一时也不知如何应对。巫启只是笑得有些尴尬，然后只是礼貌地点点头没做应答就擦肩而过了。

李旭晨满脸困惑，来回遇到的两个人态度都来得不是很友好，难道这个股东大会还没召开，自己就成了众矢之的了？来的时候那个人对自己恶语相向，走的时候这个人对自己又爱答不理，他实在摸不清目前的局势，也不想再妄加揣测，收拾好心情继续投入工作中。

岳书成让赵群叫来李旭晨的时候眉头紧锁，不发一言，李旭晨看到他这个神态也大致猜到有不好的消息，岳书成寻思良久才缓缓地开口对李旭晨说道："我从其他渠道得知常磊和书翔那边拿到一些你以前在前东家工作的底细。像是负面消息什么的，我怕会对你这次的选举造成致命的打击。"岳书成盼着股东大会任命李旭晨已经是望眼欲穿的事，眼看现在到嘴的肥肉被别人抢走，岳书成气急攻心。

"叔，这个消息我收到了，我回去自然有办法应对。"本以为李旭晨会和自己一样成热锅上的蚂蚁，没想他全当一个消息来处理。

岳书成怕李旭晨过于轻敌，毕竟岳书翔也是在商场上摸爬滚打多年的老将，不是三两下刷子就能应对得过去的，再三考虑还是提醒道："旭晨，我知道你的能力，但是这些心怀鬼胎的人我们不能不防，这次是我们在超越打的最重要的一场翻身战，只许成功不许失败。"

李旭晨本不想多做解释，但看到岳书成如此担忧，还是觉得说两句什么让他安心："叔，我以前的事虽然有错，但董事会看的绝不是个人历史简介，他们要的是利益，要的是股票的升值，而不是像那些在背后揭人伤疤的烂点子。别说是他们拿我的背景做文章，就是挖出什么天大的秘密我也不怕。我就不信除了我李旭晨有历史，他岳书翔和常磊就没有？难道他们这两个天天处心积虑挖走超越资产的人就没点见不得光的事情。"李旭晨斩钉截铁地说，对于玩弄人心，他更是在行。

岳书成看到他这么说，虽然刚才躁动的心是放下了，但还是感到没有十足的把握，于是私下吩咐赵群，要注意岳书翔和常磊的一举一动。

李旭晨回到自己的办公室反思在这仅剩的三天时间里如何让自己处在主动地位，而不是被这些频频出现的幺蛾子牵着自己的鼻子走。他思前想后决定找岳珊妮帮自己。

"珊妮？"李旭晨坐在她身侧又对上她闪动的大眼。李旭晨还在想这样的事情要不要让珊妮去做，但想着她总有会长大的一天，还是决定让她放手一试。

"晨哥，怎么了？"岳珊妮看到李旭晨的神色有些许的凝重关心地问。

"珊妮，你也知道股东大会马上召开，现在晨哥这边的资料又都准备的急，可是你伯伯和舅舅又时不时地将我一军，让我无法专心工作的同时还要时刻提防着他们，所以晨哥想……"珊妮看到李旭晨眼下挂着厚厚的熊猫眼，就知道他肯定又有好长时间没有闭眼了，出于真的想帮他分担的决心，珊妮真心地说道："晨哥，我能帮你什么吗？"李旭晨听到这句话，还是颇为感动的，因为他知道这个 18 岁的女孩还不该承担这样的历练，可是为了最终的胜利，他没有办法。

"晨哥想，这几天你就轮番到不同的大股东家里拜访，哪怕是拿着果茶去慰问一下也可以，这样一来，你叔叔和舅舅就会开始关心你的行踪，想方设法看我们这边套取了什么信息拉拢了什么人，而不是一直被他们牵着鼻子走了。你看这样你愿意做吗？"珊妮那天原本还笑全铭就知道讨论阴谋论，说什么送钱送礼这种俗套的话，现在自己要去亲自做这样的事情，想想都觉得天意弄人。

李旭晨看到珊妮默不作声，以为这样的要求过分了，于是连忙置笑地挽回："珊妮，晨哥就是这么一说，你要是不愿意，我再另觅新路，你就当个开心的小公主等着股东大会召开就好，好吗？"珊妮看到李旭晨坚强的尴尬，不免觉得自己太不懂事，他今天所做的这些，也都是为了超越，为了自己，如果连这点忙都帮不上的话，又怎么做超越的董事。

"晨哥，我明天就去，超越的董事我都好熟，不过就是去拜访，也没有不光彩吧。"珊妮笑容灿烂地说道。"当然没有做贿赂的事，你只要分散你伯伯和舅舅的注意力就好，我有信心他们一定会被你搞得焦头烂额，你最好再放一些烟雾弹，让他们摸不着头脑，这样晨哥就能有足够时间，专心准备股东大会了。"珊妮发现是自己想得太多，自己顶多就是充当一个分散注意力的角色，于是她第二天早早伪装好到了第一个董事的家中。

常磊那边果然很快收到风，一开始他们还在忙着怎么向李旭晨下手，现在杀出的岳珊妮让他们摸不着对方的底牌，于是转变风向，盯着岳珊妮。李旭晨顿时觉得耳根子清净，不会再频频传来什么让他分心的消息。岳珊妮自然是交际能手，到了股东家里又是闲谈家常又是给小孩子送礼，其实人心都是相像的，他们发现岳珊妮并没有挑明什么立场，只是单纯的来慰问自己，也喜欢上这个率真没有心机的女孩。

岳珊妮越是频繁更换拜访的场所，常磊和岳书翔那边就越是急躁，他们找不到这样合适的角色去做同样的拜访，再者他们这边光是收风和揣测李旭晨的一举一动就有够忙活的。于是越是急躁，越是给了对手突破的机会。刚开始还试图要挣扎不把自己手里的股份让出，现在看来，局势不容他们考虑了。

接下来的时间里，岳珊妮依旧日日去不同的董事家拜访，其实去的地方多了，董事们之间互通一气，对岳珊妮的目的都有各自的怀疑。

岳珊妮今天去的这个董事家，持股份额排到第六，可以说是说话掷地有声的人，名叫常悦，也算是骨灰级超越员工了，为人脾气暴戾，从来就不苟言笑，这些珊妮也是听李旭晨口头陈述的，心里也只是有了底，具体是怎么样暴戾好像现在还没进门就能感受得到了。

"谁啊？"不是您好，也不是其他的客套话，门铃里传出的声音就是这急躁不安的两个字。

"我是岳珊妮，超越董事长的女儿，来拜访常悦先生。"岳珊妮虽被这带着恶意地询问弄得有些不喜，但还是客客气气地回应了。

"谁派你来的？"按理说知道来访者的意图就该请进门坐下来好好洽谈，昨天走访的几家都如此，唯独今天这位股东家不同。珊妮耐着性子深吸了一口气才回答："我是代表超越来拜访，请您开个门好吗？我这里还拎着东西。"

礼品盒的绳带太细，由于受力面积的缘故，岳珊妮的手已经能看到勒出红色的条状。

里面半晌再没传出消息，等珊妮想要再次按下门铃的时候，才看到打开的大门。即使门开了，也只是开了门而已，没有迎接的人，给谁都会心里不悦，把人拒之门外这么明显也是前所未有了。因为手上拿的东西太多，岳珊妮还是用身子挤进了门缝。看到屋内的摆设之后，着实让岳珊妮感到震撼，上好的木制家具，巧夺天工的吊灯，还有房间的布局，简直能用富丽堂皇来形容，岳珊妮也是见过不少市面的人，能让她感到豪华的房子那就真的是上了档次了。

但很奇怪的是偌大的房子，却看不到一个人，岳珊妮把带的手信放在茶几上，四处看了看。

"你好？请问有人在吗？"这样的主人也是让人摸不着头脑，开了门就再无音讯，岳珊妮觉得这样瞎逛也不太好，坐在椅子上一个人独自等待。大约过了10分钟，才看到从楼梯下缓缓下来的男人，头发黑白相间，留着浓密的胡须，身上穿着睡衣搭配一双随意的家居拖鞋。岳珊妮心想这样会见客人的还是只见过这一个。他不是走到岳珊妮面前，而是楼梯的半道上就停下来脚步，双手扶着楼梯，隔空看着珊妮。

"常悦股东？"看到从骨子里散发的气场，岳珊妮确认十有八九是眼前这个怪人。没容他多想，对方的一开口更是让她大跌眼镜。

"岳珊妮是吧？有什么事吗？没事就请回吧。"一开口就下了逐客令，岳珊妮不知是哪里惹恼了他，但她自己是真的恼怒。

"常悦股东，我只是代表我爸爸来看望一下您，这些心意我带到了也就先行离开，希望不要打扰到您的心情。"看到她不留自己，珊妮也是绝不会死缠烂打厚着脸皮给他赔笑脸的，毕竟自己又不是有求于他，但珊妮语气还是尽量放谦逊，实则早就怒发冲冠了。

"我看岳董事长的女儿是无事不登三宝殿吧，我常悦向来不理公司的事务，只求股本增值，这几个月来的亏损我还没去超越问个究竟，就来登门拜访了？我看是为了后天的股东大会吧。"见珊妮要走，常悦随口讲了两句，珊妮听到此人出言狂傲，字里行间都流露出一种讥讽的语气，好像已经把自己当成了前来贿赂的人，不过他这么想也无可厚非，因为一开始李旭晨让自己做这件事的时候自己也单方面这么想过。她不想过多的解释什么，因为她答应过李旭晨拜访的底线就是不生气，因为她毕竟代表的是公司，

"我来没有别的目的，就是单纯地想要拜访，看到您在家里悠然自得就好。"珊妮其实讲得很生疏，经过这两天她学会了这些客套的语气。

"哼，看来大小姐脾气也不小。"与其说这人脾气暴戾，不如说他天生就不喜与人有交集，不然这金碧辉煌的房子为什么空荡荡却无一人。珊妮不想多待，怕自己一时冲动。

"常悦股东，多谢您的接待，我有事先行离开。"珊妮站起身对着那个还在楼梯驻足的男人点了点头，就朝门口离去了，那人看了也不做挽留，只是目送着离开，而后掏出手机拨通谁的电话。

"常总，那丫头走了。"电话那头不是别人，正是常磊。常磊和常悦是世交，知道岳珊妮一个个拜访股东就穿插几个关系好的，给她点脸色，顺便探测一下李旭晨意图，自己心里也好有个底。

"他的目的是什么？"常磊问道，他想知道李旭晨是不是也用贿赂这种小把戏。

"说是来拜访，没做理会，直接下了逐客令。"听到这个理由常磊有点难以置信，在这个节骨眼上，还有心思去拜访？即使这样想，也不好过多追问。

"感谢，他日有空出来当面道谢。"两人寒暄了几句之后，对方也就挂断了电话。

常磊挂断电话，陷入沉沉的深思，他越想越觉得窝火就去了岳书翔的办公室，两人互通消息之后，猜不透李旭晨是什么底牌，怎么想到让岳珊妮这个少不更事的孩子去拜访，完全没有好处可捡，若是博好感应该自己披装上

阵才对。但不管是什么心思，常磊和岳书翔为了知道他们葫芦里卖了什么药投入了大量的时间和精力，自己这边一事无成，想来更是不满了。

"岳总，我猜测李旭晨这边就是无计可施，做这些有的没的估计只是想让我们分心，既然一开始就和你我二人商量赠送股份，现在这种做法又是用意何在？"常磊说出了自己的推论，在他看来李旭晨惯用伎俩，估计这一次也是他放的迷雾。

"嗯。"岳书翔没有发表自己的见解，只是应和了常磊的话，他从不轻易下结论，他总容易把人想得复杂。

"我前几天还去调查了其他董事的意愿，除去老爷子，其他大股东对李旭晨都没有好态度，向我表明了他们的态度，和我和岳总您站在一边，我想之前李旭晨找我们谈到股份的事，岳总您是不是也和我一样的考虑。"常磊觉得搬出自己的救兵就能让岳书翔下了这个决心，但岳书翔也不是什么泛泛之辈，他知道常磊在套他的话，转动手上的尾戒，陷入深思。

"其他董事那边做的表率也只能说针对李旭晨一人，关于股份的重新分配，我们还是从长计议为好。"岳书翔点到了事情的重点，的确两件事情互不相干。

"我是已经决定不会将自己的股份送给那两人了，随他们怎么折腾，我相信不管是拜访还是砸金，不会有任何人支持这种空降兵。当前首要的事是保全自己在超越的身份。"常磊其实希望岳书翔能和自己一个鼻孔出气，毕竟他们两个才是同一条船上的蚂蚱。

岳书翔听到常磊问都不问自己就做出决定，觉得此人连最基本的顾全大局都不会的时候是有些暴怒的，但看到他目光一直停留在自己身上等待表态之后，决定还是不做回应较好，于是他心事重重，继续陷入自己的沉思。常磊看到今日的岳书翔做起决定来畏畏缩缩没有一点大将之风，心里不服的种子开始滋生发芽。

晚饭过后李旭晨等岳书成入睡，才偷偷地敲开珊妮的门，让珊妮去拜访这些老谋深算的董事自然是不能让岳书成知道的。进了门之后就看到珊妮抱着抱枕一个人依靠在床头闷闷不乐，李旭晨不用过问，一定是今天出去碰了什么钉子，岳珊妮的情绪总是容易表露在眼中。

"珊妮，怎么魂不守舍的？"李旭晨也会反思，到底这件事让珊妮去做是对还是错，毕竟她的心境还是如宣纸一般一尘不染，自己让她去感受这些人情冷暖，无疑是在上面泼墨，但就看写下来的是成长还是伤害了。

"晨哥，你来了。我没什么，只是有些累了。"平日里一向俏皮活泼的她今天有些死气沉沉，刚才和岳书成吃饭的时候她还表现得开开心心，现在一个人就露出了真性情。

"有困难？"李旭晨从来不知道怎么安慰，只能引出她的话匣子，然后去倾听。珊妮听到李旭晨这么问，本来就无处宣泄的阴郁一时之间好像找到了出口。

"你都不知道，我今天去找那个常悦，迟迟不开门不说，一进门连个人影都没有，一直对我怒语相向。还有那个谁，经常穿得花枝招展的那个股东，更是让我见识了什么叫作目中无人，她直言她投资的公司这么多家，要是每天来拜访都要踏平门槛，让我随意参观，她就不多做接待了。总之都是没有好脾气。"李旭晨不用想也知道珊妮受的委屈，上次开股东大会他们这些人就是尖酸刻薄，笑里藏刀，这次一家家去走访，不用想也知道要承受多大的委屈，这事情李旭晨若是自己去做也会被气得不轻，更别说岳珊妮那个急性子。想到这里李旭晨很是心疼这个妹妹，但又不知如何劝解，想了好一通，才发自肺腑地说了下面的话。

"珊妮，其实人性大都是这般，牵扯到利益关系的，如果是共同体大家都会礼让三分，如果是相冲的，自然会对你横眉冷对，这些道理晨哥知道你现在明白还是会太早，但现在公司需要你。所以不要放在心上，你这样我看着多愧疚。"李旭晨认真说起话来，岳珊妮的心脏总是会莫名地跳动，就好像看着他忧郁的脸庞就会不自觉地想上前挑逗他直到开心，有时候也不知道这样的感情叫作什么，但她总想着能为他做点事也是真的很好。

"晨哥，我没事了，我睡一觉起来又满血复活，主要是你，不要太过劳累。"珊妮硬挤的笑容让李旭晨愧疚感有所减少，他看得出这丫头很累，于是帮她盖好被子道了句晚安就回到了自己的房间。

岳珊妮的任务完成了，李旭晨的任务才刚刚开始，从珊妮嘴里得到这些老狐狸的特点之后，李旭晨更是一筹莫展，原本有些底气的信心一下子被挫败到深渊，但明知道前方的道路是满地荆棘，为了报答岳书成的养育之恩，为了他毕生的心血超越，为了岳家也为了自己，李旭晨无路可退。

李旭晨其实很想得知在超越担任 CTO 的这三个月里，在哪些股东眼里他得到了一丝丝认可，哪怕是觉得自己不是挂名的花瓶，但脑袋里一个个把他们都过滤一遍，最后只剩下巫启。想来巫启是这么多虎视眈眈的眼睛背后唯一肯伸出援手帮自己一把的人，可近几日她对自己的态度也是冷若冰霜，看来她也在明确自己的立场，保全自身了。他回忆自己在这个职位的三个月里，还是尽了人事的，毕竟自己已经七年没有在这个行业上闯荡了，但现在股东大会临近，却没有一个可以为自己投赞同票的人不免还是有些悲哀，不过七年前自己也曾经和他们一样，为了明哲保身不惜做一些不择手段的事。李旭晨轻笑，看来这场硬仗够自己去打了。

第十九章　股东大会

　　岳书成眼看着股东大会就要来临，几乎每晚都要失眠，第二天早早就醒了，其实他心里的担忧不比任何一个人少，只是他这个位置注定要默默承担一切，所有的压力和烦忧都不足与外人道。

　　从这个星期就没有消停过的人心大战，终于要在这一天上演了，所有人都战战兢兢盼望的股东大会到了今天演变成一场赌注：一场关于岳书成的赌注，超越能否顺利整改就依靠李旭晨这个 CTO 能否顺利坐稳，若是能，岳书成这大半辈子打下来的江山还有一线起死回生的生机，若是不能，所有心血付之东流，眼看着那些早想穿越牢笼吃肉的虎豹们将超越一点点吞噬，就像蚂蚁筑穴一般，连骨头都不剩；也是一场关于李旭晨的赌注，从他进到岳家，就一直蒙受岳书成的恩宠，他常提醒自己的一句话：没有岳书成就没有李旭晨，所以即使他多不情愿踏进这布满荆棘的路，都要硬着头皮往前走，可若是今天不能当这个 CTO，光电产业的创新精神又怎么能得以实施，这份恩情，他又能怎么还？这些都是连带关系的，李旭晨自然明白这一点；同时也是寄托于常磊和岳书翔的赌注，他们的处心积虑做的决定在这一天就要做出表态了，让或不让也许只是点头和摇头的区别，但也是从那个时刻起，他们在超越的地位就已经开始撼动了。

　　陆续进场的股东再一次相聚在这里，回忆起上一次已经是三个月前的事情。那时候任职临时 CTO 的李旭晨被赋予的权利也将在今天宣告是中断还是延续，即便他这三个月对超越做出的贡献所有人都有目共睹，但这当然不是一场关乎功劳的表彰大会，而是一场关于超越是否要迎来改头换面的改革决定会。

所有人就座完毕之后，赵群才跟在岳书成身后缓缓走进，他替岳书成拉出主席座椅，然后以标准的姿势站在一旁。李旭晨和岳书翔分别坐在岳书成的左右手。岳珊妮则坐在李旭晨旁边。岳书成定定神，环视一圈确认所有面孔都齐了之后，才开口说话。

"首先感谢这三个月以来，各个部门的努力，特别是新任命的 CTO，初入公司就取得发布会的成功，不仅如此收购信源公司也是我们超越这一年多以来的最大成就。"虽然岳书成所言非虚，但在场的人还是嗤之以鼻，就好像是岳书成在故意褒奖李旭晨的丰功伟绩，毕竟没有人不知道李旭晨是被岳书成安插进来的空降军。岳书成自然是没有心思理会这些七嘴八舌的董事，他们都是一群甩手掌柜，对公司的业务和具体事务也只能略尽绵力，又怎么会知道其中的难处和艰辛。

岳书成没有做过多的理会，他顿了顿继续说道："现在超越要发展就必须创新，若是靠我们这些老头子，只能看着它眼睁睁倒下，创新是年轻人的事情。你们也看到昨日的超越从行业翘楚一路跌到现在的不济，不少合作企业都在合同到期后纷纷停止合作，如果再不放手让年轻人去做，只怕是最后我们这一群人要坐在这里开倒闭大会了。"岳书成说的这些都是他的肺腑之言，超越是他的心血，他不容许因为内部矛盾关系和创新技术堪忧就让一手建立起的家业毁于一旦。

"最后，我宣布，我要正式任命李旭晨作为公司的 CTO，以后技术部的研发创新工作就全权交由他来掌控，我相信他绝对能让超越崛起，恢复甚至赶超我们昨日的光辉。"岳书成是用宣布的口吻，此言一出现场就立即炸开了锅。刚开始是所有人交头接耳，到后来直接有人站出来提出反对。

"我反对！CTO 这个职位不是一个人就能决定的。"带头的人说得面红耳赤，他是绝不同意这么鲁莽就把自己的投票权给别人的。他一吱声，原本窃窃私语的声音变成响彻云霄地讨论，没有人再顾及岳书成的脸色。

"我也反对，一个空降兵光是凭这三两下功夫，就要坐到 CTO 的位置，没有真刀真枪谁来吃这个哑巴亏。""也就立了两件功劳就想得到我们的认可？门都没有！""搞创新就意味着风险，超越又不是没有单子接，搞什么乌龙？"质疑的声音接踵而至，岳书成听到此起彼伏的反对声气得胸口直发闷。

"少安毋躁！"岳书成隐隐发出的这四个字被淹没在闲言碎语的浪潮中，所有人都像热锅上的蚂蚁，急得团团转。

岳书成看到完全失控的场面，也有点慌了神，他从口袋里拿出一瓶药，在桌子下边小心翼翼地抖出来放到嘴里，然后拿起身边的水灌下。这一切除了站在身后的赵群没有一个人看见，岳书成胸口的疼痛有增无减，他再次将手半握拳头，挤压着胸口。

"没事吧，董事长？"赵群把嘴巴靠近岳书成的耳朵，轻轻地问候道。岳书成虽然抵着吃不消的疼痛，还是倔强地摇了摇头。赵群有些不放心用眼神示意了一下李旭晨，李旭晨以为他是让自己留意那群人，于是仔细观察起来。李旭晨看着这群如狼似虎的人坐着说话不腰疼，在静思这群人出了这个会议室的大门会不会手撕了自己，怎么会抱有如此深的敌意。虽说自己这三个月没有做出什么杰出贡献，但至少也算是立了功的，哪怕是集体反对也要看在当事人的面子顾及一下感受吧。但目前看来，所有人都当他是空气，只管把他从这个职位上拽下来，其他的不在考虑的范围当中。

岳珊妮站在一旁看到这个完全失控的场面也被吓得不轻，所有人脸上都是一副吃人相，好像一张口就能用内功吸进一个人然后连渣都不剩。她看到岳书成半握着拳头捂着胸口心疼不已，一时间不知所措。

"晨哥。"岳珊妮什么时候都能把李旭晨当成救兵，在他眼里李旭晨无所不能，可今天看他在旁边不出一气也不知道是和自己一样被震住了还是在神游，于是不安地伸出手拽住了李旭晨的衣角，让他赶紧回到状况内。李旭晨看到衣角被拽得紧紧地，转眼看向岳珊妮，看到她咬着下半唇，眼里满满的无助和担忧，才抛过一个眼神，点点头，小声说了句："放心。"虽然这么安慰岳珊妮，他自己心里也没底。

"各位！"岳书成感觉胸口的闷痛感缓和了一点之后，才开了口。见所有人还是自说自话，终于还是红了脸。他使出浑身解数往木质的桌子上重重一拍，会议室内顿时鸦雀无声，他缓了口气，才恢复威严的说道："我说各位，你们要吵就出去吵，这是股东大会！我们是来解决问题的不是来制造问题的。"见到岳书成面露不适，他们也就都把嘴巴紧闭了。

"我还是那句话，如果你们认为还有更适合的 CTO 人选，大可引荐进来和李总做一个对比，不要光扯这两下嘴皮子不做事，超越可以没有我这个总裁，但不能一日没有 CTO。"岳书成的话有些重，但也是道理所在，他们这次没有再争吵，而是纷纷低下头来商议对策。

"我看就投票表决，少数服从多数。"有人这么提议，岳书成听了气不打一处来，心想刚才这样的场面还需要投票吗？直接否决就好了。顿了顿又有人说道："我想到一个最为折中的办法，若是我们这些董事里面有人愿意将自己的部分股份转送给李旭晨，我们就同意他继续担任 CTO，毕竟光杆司令没人信服，但手里握有实权和我们同出一口气也算是对公司有了交代吧。"这个建议一出，所有人都点头默许，岳书成心想，这也不失为一个好办法，只要一个人同意，就能拿下这个职位，好过所有人在这里争执不下，而自己光靠镇压也难以服众。

"我同意这个建议，各位有异议的就提出来吧，没有的，我们就开始投票。"岳书成说完放眼望去没有反对，于是便示意一个个举手表决。李旭晨一直坐着不言不语，表情上实则也没有什么大的波动，但听到这个提议后，他先是望了一眼整场会议下来一言不发的巫启，不知道她是否还会像之前那几次一样向自己伸出援手，但想到她近日来的表现，心里不免忧虑重重。

赵群站在岳书成身边，拿起股东名册一个个点名投票，其实结果也在意料之中，在逐个念到名字的股东都选了否决之后，岳书成的脸色慢慢暗了下来，他有些担忧地看向李旭晨，见他面无表情，暗暗猜测他是不是有什么回马枪在手，如此从容。

李旭晨等了七八个名字，终于听到了赵群喊出巫启，他其实对巫启是抱有希望的，毕竟自己和她也算没有过节，彼此也都用一种欣赏的眼光相处，况且之前她屡屡出手，这一次应该不会吝啬手中的权力。

巫启内心很是纠结，在听到赵群喊出自己名字的时候，她还在回忆助理给她发的新闻。看过这些报道前，自己对李旭晨是持肯定态度的，毕竟这么多年来自己也不曾欣赏过谁。可是那些新闻的影响力似乎比自己看到的李旭晨还要真实，在信与不信之间，她选择弃权。她想自己绝不能亲手把一个不知底细的人引进超越，况且他的目的也没有彰显，自己不想成为罪人。

就在巫启投出弃权票的那一刻李旭晨只觉当头一棒，他认为唯一会肯定自己实力的人最终还是没有如他所愿。说是不失望是假，但自己和她也不是过命之交，依然没有任何要求的权利，是褒是贬，也全凭她一人臆断吧。

名单轮得很快，最后只剩下常磊和岳书翔了，岳珊妮看到这样不利的形式抓着李旭晨衣角的手更紧了。李旭晨依旧像刚才一样漫不经心地拍拍她的手，然后投以 ok 的手势。其实李旭晨心里现在是彻底放弃了，因为常磊明确表达过绝不可能把自己的票投给他，而岳书翔虽然举棋不定，但是胜算也很小。于是轮到常磊的时候他意料之中投了否，最后剩下岳书翔，所有人屏气等着鼓掌的时候，他竟然做了一个惊人的决定，答应把手里四分之一的股权分别转送给李旭晨和岳珊妮两人。

现在再次陷入混乱，李旭晨重重地吐了一口气，而岳珊妮则是欣喜地摇着李旭晨的胳膊以示庆祝，一旁的岳书成胸口的闷气总算也是得以释放。除了他们三人，无一人感到同喜。李旭晨瞥到巫启嘴角的笑，好像是欣慰，又好像是……别的什么，但如果是欣慰她应该会投的赞同。他也不想多想，这一关总算是过了。

一边的常磊感觉肺都要气炸了，他不知道岳书翔是哪根筋搭错了，自己之前旁敲侧击说服他放弃李旭晨的这个提议，没想到真到了这一天，他把自己陷入不利，狠狠地摆了一道。甚至不知道他这么做，是安了什么心。就连常磊都不知道的事，李旭晨更是无力猜想，不管怎么样，股东大会这件事总算是平安度过了，自己和岳珊妮也算是在超越占有一席之地，以后的问题该来的还是会来，只能兵来将挡水来土掩了。

岳书成等所有人都宣泄自己的高兴抑或者是伤心完之后，才重新说话。其实他心里早已是有着溢于言表的激动，但是这种开心眼下自然是没法表露的。

"既然结果如此，我也就正式宣布李旭晨正式成为超越的CTO，肩负起超越技术部的大小事务，秉着创新的精神来服务超越。给他以热烈的掌声。"这段台词在岳书成心里打了很久的草稿，他还怕自己没有机会说出，当所有人鼓掌，李旭晨站起来深鞠躬的时候，他才仿佛看到了超越的未来。但还是不免有些人不服，又开始小声地交头接耳。而有些人则是欣然接受，但不管怎样，结果终究是结果。岳书成按照会议的进程照着起草的文件重新分配了所有董事的股份后，这场让在场所有人都揪心的会议才终于落下帷幕。 所有股东带着各自不一样的心情走出会议室，岳书翔和李旭晨一前一后，而后李旭晨大步向前走，和岳书翔肩并肩，自然他有疑问要问岳书翔。

"多谢岳总今天的出手相助，他日若公事上有什么忙是我李旭晨帮得上的，我一定赴汤蹈火在所不辞。"李旭晨道谢的诚意十足，不管岳书翔安的什么心，总之只有坐上了CTO这个位置，他和岳书成的抱负才能够得以实施。

"看来李总对今天的结果很是满意啊，不过像李总你这样的人才，不把你留在超越，也都觉得是超越的损失。"李旭晨心想还有心思和他开这等玩笑，更是不知葫芦里卖的什么药。他想罢了，今天让他逞个口舌之快也无妨。

"满意自然是很满意，但是就是感到疑惑，明明觉得会出手拉我一把的人选择弃权，而觉得会把我踩在脚下的人却拉了我一把。"岳书翔不知道他指的会拉他一把的人是谁，只是觉得李旭晨这人思想还是太简单，达不到能和自己较量的程度。

"我看李总也是深得岳董器重，不然他怎么会顶着这么多同事的面来帮你拉票，我和岳董既然是亲兄弟一场又哪有见死不救的道理。李总到时候不要忘记这份情义就好。"听到岳书翔话里有话，李旭晨也不想再去揣测这个老狐狸的心思，毕竟若能次次猜中，自己不就如他一般老奸巨猾。但是听到他搬出来岳书成说是兄弟的时候还是很不舒服，两人性情跟价值观都相差甚远，若不是那点血缘关系在其中作祟，看是早就反目成仇。

"多谢岳总器重，但我还是想冒昧地问一句，为何你会选择帮我。"李旭晨还是把想问的疑问问了，问完之后只见岳书翔露出莫名的笑容，这很符合他老奸巨猾的角色。

"李总，说句实在的，不到最后我帮的是谁都难说。"说完这句岳书翔就快步离开了。李旭晨自然是知道他有自己的如意算盘，但想想该来的时候自然都会明朗，也就没有多想。反而他觉得一直有人在身后注视着他们的对话，转头一看，才发现是再熟悉不过的巫启。

李旭晨走了过去向巫启露出一个笑容，这个女人不愧是让全公司上下都摸不透的人，现在自己对她也不知道是何态度好。

"巫总近来可好？"李旭晨本来就是过来打招呼的，也不知道和她扯出什么话题。

"一切照旧，只不过没有像李总你，过得这么春风得意。"留意到巫启对她说话的语气也变了李旭晨才知道自己不受欢迎。

"哪来的什么春风得意，最近忙得焦头烂额都无处发泄，不像巫总有这般心境。"李旭晨几次看到巫启在高尔夫球场打球，又听说她私下又练瑜伽什么的，自然知道她是个会过生活的人，于是随口揶揄。

"我有这般心境是因为我内心够宁静，不像有些人，表面是一副谦谦君子，实则肚子里藏着什么坏水你我都不知。"巫启说的是李旭晨，自从那篇报道后，她就说服不了自己接受一个害得别人跳楼身亡的人，但也不想明说。李旭晨被她这会说得满头雾水，不知是哪刮来的风，于是思考片刻才开口。

　　"岳总？"李旭晨不确定地问，怎么听都像是在描述岳书翔，巫启不知道他是有意装傻还是真的不知道，于是也只是笑笑不再多说什么。

　　"无论如何我还是要恭喜你当上 CTO，以后超越的江山就要靠你去肩负了。"巫启说的这句是真心话，除去对他人品的未知，对他的实力还是感到认可的。

　　"我多希望投上这宝贵一票的人是你啊！巫总。"李旭晨说得很实在，他很想搞清楚前后是发生了什么事，让原本不吝啬帮他的巫启现在却对他不冷不热，甚至是见死不救，巫启听到他说的这么直接倒也是惊讶，一时间觉得他是在责备自己，可自己先前帮他是出于仁义，现在不帮他也是情理，于是也暗暗地说："李总要是做得好，自然有人出手相救，若是戴着羊皮实则是一匹狼，任我怎么想帮你也是只能背了自己的良心。"巫启其实说得很中肯，但是李旭晨自然是不明白，女人的心思猜不懂，女强人的心思更是不能去猜。

　　"多谢巫总教诲，我必当谨记您的劝言，做到下次让你不吝啬手中的选票。"巫总从和李旭晨的对话中也能听出他的巧言善辩，毕竟他的历史和他现在的能力也是很匹配，不然怎么会逼到对手完全没有活路，心里暗笑是人是鬼自有分晓，于是不再和他做过多的口头之争。

　　"总而言之，还是恭喜李总，我就不打扰您了，以后我们有的是机会在公事上面合作。"

　　李旭晨听她这么一说也没再说什么，笑容满面地点了点头就目送她走了。李旭晨也算是拿出君子精神在和巫启达成友善相处的目的，毕竟上次她的"落荒而逃"总让他耿耿于怀。这一次也算是打破了之前的尴尬。

第二十章　初谈合作

　　岳珊妮上了几天班发现她所有的事情同事都争先恐后替自己分担，而徐刚自从知道她是岳书成的女儿之后给她的工作也少了，珊妮觉得这样的区别待遇虽然满足了自己的虚荣心，但是越发不想在这个阶层继续奋斗，而是想和其他股东一样做甩手掌柜，索性到后面几天连班都不上了。

　　刚开始几天岳书成看到珊妮不去上班以为她只是身体上的不舒服，到后面仔细观察，发现她和往常一样，生龙活虎，于是吃饭的时候忍不住问起她的想法。

　　"珊妮，你这几天怎么没去上班呢？"岳书成一般都喜欢随着珊妮的性子，毕竟只有这个心肝，不疼她疼谁。珊妮也知道父亲很少会过问自己，思前想后还是决定把自己的心里话告诉他。

　　"爸，我现在不想上班了。"听到珊妮这么说，岳书成先是关心地问她是不是哪不舒服之类的，看着珊妮低声直摇头，语气才有些严肃地问道："那是为什么？这么大的公司你还真让晨哥一个人扛？怎么说你也是我岳书成的女儿，不去公司怎么像话。"岳珊妮看到岳书成面露不悦，尽量把语气放平缓。

　　"爸，现在全公司上下都知道我是岳书成岳大董事长的女儿，办公室里所有人天天给我送早餐、送午餐、送宵夜，就连我的文案、我的策划、我的全部全部，她们都承包了。还有我的上司徐部长，他知道我是股东之后，对我的错误视而不见，工作以轻松的为主，所以我觉得我现在可以不用干活了，毕竟现在身份不一样，在家待着不是也很好吗？反正她们也不多我一个少我一个。还有那个可恶的全铭，已经三天没和我说过一句话了，我觉得她对我完全不尊重，我也不想再坐在她旁边。"岳珊妮一股脑把苦水全吐了，这些事情在岳书成眼中完全都是些芝麻绿豆大的小事，他只看出自己的女儿现在被赋予新的身份之后，有些飘飘然，对于公司的事情，都是一副随心所欲的样子，于是有些生气的同时又陷入了担忧。

"珊妮，你的意思是你受到了区别对待？爸爸听懂了，这个事情我会想办法帮你解决，这是现在超越的风气不好，不怪你，以后你晨哥接手整顿了之后，绝对不会有这样的事情。至于你和小同事之间的矛盾你不能全部归咎于她不尊重你，你要从自己身上找原因，还有你要靠着自己的能力慢慢得到这些尊重，而不是依赖于你手上的股份懂吗？"岳书成耐着性子告诉岳珊妮，她打小没了母亲，他这个做父亲的自然是舍不得大声呵斥，什么时候都能耐得下性子。

"爸，我不想和你吵，反正我就是不想回公司了。"说完放下筷子，径直回屋了。

岳书成不知道拿这个女儿如何是好，他说不动，也不忍心说，只是暗自叹了口气。这时下班回来的李旭晨见到饭桌上有些心事的岳书成，走了过去。

"叔，这是怎么了。"李旭晨关切地问道。这时走过来的佣人问他要不要吃饭，他摆了摆手示意自己吃过了，拉了张凳子，坐了下来。

"珊妮说她不想在公司上班，同事区别对待，也觉得拿了股份，做这个职位屈就了。刚才和她讨论了一番，还不高兴。"岳书成把事情言简意赅地告诉李旭晨，李旭晨答应等有空了会坐下来和珊妮好好说说，毕竟她也不是不讲道理的人。岳书成在岳珊妮的事情上只能依靠李旭晨，听他这么一说，才放下悬着的心。

"对了，叔，我还有一件更重要的事情要和您汇报。之前您从常磊那拿的跃天企业的案子我最近准备着手，关于规划书我尽快做好拿给您。"岳书成知道这短短的一句话就意味着李旭晨这段时间就要每日每夜栽在规划书里，毕竟一份好的规划书是能否顺利签下合同的关键。想到这里岳书成看着黑眼圈有些加重的李旭晨心生不忍。

"忙归忙，身体要紧。"看到岳书成眼神里的怜爱，李旭晨更是暗下决心，要努力拿下跃天这个项目，作为他稳固在超越地位的第一炮。

"这个项目是当时常磊拿过来给我过目，说是要自己部门做，我坚持让我的人来做所以才落到你手里，也不知道他们那边是什么情况，想必他们对你的戒心还是很重的，你要万事提防着点，什么事都自己过目，不然容易半道子给别人捅一刀都不知道腹背受敌的人是谁。"岳书成的好意提醒也是给李旭晨敲响了警钟，他其实过多地去考虑他们的那个层面，毕竟把事情做好才是他的职责，但是又想起股东大会结束岳书翔对自己说的那番话，觉得还是有必要小心提防为好，于是和岳书成再说了两句就回屋了。

"你帮我注意一下常总和岳总那边的动静，看看他们最近的行程如何，还有多加留意我们公司和跃天集团有往来的人，如果有什么异样马上和我汇报。"交代完事情后李旭晨才感觉微微舒心，现在在超越做任何事情都要做两手准备，一方面开拓公司的业务，一方面又要防着那些背地里耍花腔的小人，想想也是不容易。

从浴室出来的李旭晨感到一身轻松，记起岳书成今天提到珊妮的状况，他轻敲了珊妮的门，见半晌没人回应后，轻轻转动门把，看到怀里抱着书的珊妮沉沉地睡去了。李旭晨无奈一笑，这么大个人了睡觉也不怕着凉。于是轻轻叫了声见没有反应，就把珊妮抱起放平之后给她盖上被子，才安心出去，李旭晨想不管今天怎么样，先让她睡个沉沉的美觉吧。轻轻带上房门之后，李旭晨才埋头走进书房，构思起自己的策划。

事实证明岳书成是在职场上摸爬滚打这么多年的老将，果然在为人处世方面更胜李旭晨一成。李旭晨这一边刚决定着手处理跃天的案子，岳书翔那边就有了风声。

岳书翔那边做事效率不怎么样，但是收风的速度却快得惊人，第二天一早，常磊就神神秘秘地走到岳书翔的办公室，蹑手蹑脚地关上门，虽然股东大会的事让他们两个曾经生疏过几天，但好在都是同一战线的战友，有了共同的敌人之后，朋友还是先要做的。

"岳总，我拿到最新消息，之前我给岳董引进的跃天集团的项目，李旭晨那边最近在着手准备，我看到赵群已经去跃天那边打过招呼了，岳董也是全权交给李旭晨做，他这个门外汉好像正在焦头烂额地做功课呢。"常磊像是抖漏了什么天大的机密要邀功一样，说完之后坏笑地等待岳书翔的回应。

岳书翔得知这个消息立马拿起手机拨通谁的电话，只是把常磊和他说的话复述一遍给对方，然后对常磊说："辛苦了。我会跟进这件事，你那边继续留意，有什么新的进展尽快向我汇报。我们争取一次击倒！"说完，两人不约而同地笑了。

"我还有个也不算什么大的消息。"常磊卖起关子而后说道，"最近珊妮好像都没有去上班，已经好几天了，不知道是不是出了什么幺蛾子，老头子让她待在家了。"说起珊妮，岳书翔不屑一顾，他从未把这丫头片子放在眼里，若不是老头子的女儿，还不是和普通女孩没什么两样，虚有其表，却没什么才华。正当两人闲聊之际，岳书翔的电话响起。

"嗯……我知道了……"两句话下来岳书翔就挂了电话。常磊知道他有话要说，于是洗耳恭听，岳书翔拿起水杯露出一个耐人寻味地笑后咽了口咖啡。

"这下好了，我刚知道东旭那边也在争跃天这个案子。东旭还记得吗？就是我的那个老友朱明杰在的那家公司。他现在也是这个案子的负责人，看来是上天眷顾啊！我们这一次还没开始就已经赢在起跑线了。"说完他又往咖啡杯里扔了两颗糖，只要心情好，他对甜度的满足感也越发的高。常磊听完这番话也在暗自叫绝，他们的计划从未如此顺利过，这一次不把李旭晨弄得焦头烂额，都枉费他在这一个圈子混迹这么多年了。

"我心里已经有了一个大致的方向，但是我需要你的帮忙。"岳书翔让常磊把耳朵靠近自己嘴边，两人像谈论笑话一般，时而说时而笑。

李旭晨做事一直是雷厉风行，只要决定动手，就不会拖泥带水，昨晚刚和岳书成讨论了自己接手跃天的计划，今天一早，就来到办公室初定规划书的具体方案。跃天集团那边的项目负责人倒是很亲切，对所有竞标公司都一视同仁，还嘱咐他们如果是细节上有什么问题，大不了问她，她能说的一定知无不言，更何况他们的初衷就是找到一个质优的企业长期合作。李旭晨很欣赏对方的态度，更希望尽早拿下这份合同了。

参加这次竞标的企业大大小小加起来三十多家，但是据李旭晨分析，最大的竞争对手还是东旭，这个公司对于早些年的超越来说，根本无须挂齿，但在这几年超越日渐衰落的同时东旭越做越强，现在基本上能和超越平起平坐，甚至还在渐渐赶超超越了。不过李旭晨倒是觉得无所谓，这种良性竞争总是好的，只要自己拿出好的方案，哪怕是小公司也照样能捕获跃天的芳心。李旭晨心里对超越的改革构想也是这样，做到公平竞争，对公司都有着家一般的归属感，他摇摇头暗示自己现在野心太大，毕竟不是所有事情都能一步登天的。于是重新把头埋在规划书里，别的什么就等以后再慢慢实施吧。

李旭晨在做项目的过程中发现有一个细节是自己所不知道的，通过其他的途径寻求未果，李旭晨还是决定亲自去会会跃天集团负责这个项目的一把手。他拨通常磊给的项目书上留下的电话，接通电话的是一个声音甜美的女嗓音。

"您好，跃天集团。"语气里满满的热情。

"您好，我是超越高科 CTO 李旭晨，我想找你们负责车灯项目的经理。"李旭晨把自己的来历说完后只听电话那边的人让他稍等，很快给他转接。李旭晨耐心地等待，很快那边的声音就换成了一个年纪稍显大的女人。

"您好，我就是项目负责人，请问有什么帮到你？"对方谦卑有礼，着实让李旭晨体验了一把大公司的礼仪风采。李旭晨言简意赅地把自己对细节的一些疑问提出来，对方连连夸耀，没想到还有人如此细心地想到这些，于是主动约见李旭晨。李旭晨答应之后就立即赶往目的地。

约见的地方刚好在跃天楼下，对方早早就在那等候了，是个剪着齐肩短发，戴着黑色镜框的女子，看上去成熟干练，见到走到桌子前停留的李旭晨主动站起来握手。

"你好，跃天项目经理，周敏。"对方主动打起了招呼。

"你好，超越集团CTO，李旭晨。"李旭晨点头微笑。

两人就座以后，李旭晨拿出一叠厚厚的文件资料，翻开折了一个小角的那一页。

"李先生还真是有诚意之人，刚给我们回应，就着手准备了，李旭晨听到对方的夸奖会心笑一笑。

"不知您对车灯在设计和节能方面有没有大概的构想？"李旭晨问的时候手里握着笔准备记录。

"我们在设计方面没有特别大的要求，但是您知道我们自己公司那边的设计师也是个脾气怪的人，对产品的美感有着很大的追求，所以你只要过了他那一关，基本就没什么太大的问题。至于您提到的节能这方面，我们这边硬性要求整个灯具是无污染、无噪音、无电子干扰的。技术那方面如何实现就等着李总给我们惊艳的结果了。"李旭晨细细记录下她所说的内容，对方也算是坦诚，说起内容来毫不吝啬。

"不知道你们这次给到我们的数量是否会有后续的追加？我这边把成本进行一个核算，然后争取做出一个更加优惠的报价。"

"产品的追加是有的，因为跃天这边也在开拓省外市场，最近一个市场基本上是开拓完毕，若是这个产品最后能够中标，我相信我们会追加一倍的数量来争取后续的合作。"李旭晨听到这简直不能再激动，若是成功拿下这笔大单，带给超越的利润将是前所未有的客观。这样基本上公司紧缺的现金流能够得到缓解，后续的研发支出的费用也能够因为这个项目得到有利的支撑。看到李旭晨若有所思，项目经理也猜到了大概。

"后续若是有什么问题李总可以直接跟我联系，这是我的名片。"对方经理看到李旭晨是个做事极其认真的人，很是欣赏，于是对超越的印象分也有所增加。

两人谈话下来都觉得没有任何压力感，李旭晨觉得跃天这种企业精神和工作氛围都很值得他去借鉴，于是小心翼翼收藏好对方的名片。

"对了，李总，按理说规划书不是该由 CW 来和我洽谈吗，怎么出动CTO。"对方不知是八卦还是好奇随口问了问。想起自己全权负责项目，李旭晨真的是有苦说不出，但家丑不可外扬，他只好忍一时之气了。

"我更希望自己跟进这个项目，毕竟超越这次是有很大的决心和跃天达成长期的合作共识，再者我询问这些技术上的问题通过和您亲口确认之后，会做得更详细。"李旭晨的回答不仅避开了超越的内部矛盾问题，还让对方负责人看到了自己的诚意。这是他这么多年在职场上积累的圆滑，有的时候他都不知道这样的自己是真实的还是带着假面具，但现在只要能帮到超越的事情，他都会去做。两人又再讨论了一些大方向的问题，李旭晨心里大概的轮廓也已经是初步形成了，也算是不虚此行。

"那行，我就期待你们拿出让我眼前一亮的规划书。"项目经理看谈得差不多，也就站起身恭维地和李旭晨说道。

"不会辜负您的期待。"李旭晨虽然还不知道自己能否完成，但说话的时候还是底气十足，毕竟输人不输阵。

李旭晨那边如火如荼奔走于跃天企业项目的时候，岳书翔那边也没闲着，他先是和常磊频频密会，只要李旭晨那边一有什么风吹草动，常磊就像手里握着千两黄金一般赶到岳书翔那边让他和项目负责人对接，其实是面前邀功。而更让岳书翔忙得焦头烂额的是，在保持和常磊通气的同时，另一方面又要和东旭对接。只有这两边都兼顾好了，岳书翔才觉得心里有了底气，毕竟这一战是场硬仗，他的对手李旭晨也不是什么善男信女，虽然在岳书翔眼中和自己比要差得远，但轻敌终究不是什么好事。

这天岳书翔刚到办公室，就看到早已在门外等候的常磊，见到岳书翔常磊焦急的迎合上去，很是激动地说："岳总，我打了你十几个电话怎么都不接听呢，我这边又收到料了。"岳书翔从口袋掏出手机一看，确实是有十几个未接来电，十几个是常磊打来的，还有一个是东旭那边的项目负责人朱明杰打来的。岳书翔不知什么时候按了静音竟然一个也没接到，于是懊恼地用手腕朝太阳穴那轻轻拍了拍："我这脑子。"常磊也不说什么，他心里早已着急把最新情报告诉岳书翔了。

"岳总，刚才来信息了。李旭晨那边已经开始和跃天集团的负责人见了一面，估计商讨方案什么，没想到这小子的执行力这么惊人，才决定的事做起来就这么风风火火。"常磊说的时候眼神里无不是小人尖锐的眼光，像是在猜忌什么。岳天翔听了也暗自佩服感叹李旭晨的行动力，但他没有说什么。

岳书翔沉默良久才看着常磊回道："辛苦了，你那边继续收风，下次可以最好把他们谈话的内容也打听一下。"岳书翔给的这个建议常磊自知很难办到，除非自己有未卜先知的能力，知道他们在哪里碰面在桌子下早早装好窃听器，不然要知道两人面谈什么又哪是这么容易的事。

"不知岳总这边进展如何？"常磊问道，向来他的消息都是第一时间转告给岳书翔，可岳书翔好像并未在他这里留下点什么重要讯息，也只是吩咐自己去办事，于是他这次主动的询问，希望能有什么收获。

"我在等朱明杰那边的回复，他的计划还不知道是什么，刚才一时忙碌也就没接到他的电话，应该很快就会有眉目，等下给他回个电话就都知道了。"常磊站在一边还想再说点什么，但看到岳书翔对自己不怎么理睬，也就无趣地走了。

常磊刚走出岳书翔办公室，他才赶忙拿起手机拨通朱明杰的电话，等了半晌之后，那边才有人应答。

"老岳？"对方的称呼很是亲昵，就像是多年合作的挚友，但事实上他们的确是志同道合三观一致的合作伙伴。工作上两人总是互相出卖各自公司的商业机密，好寻求自己的腰包子得到满足，哪怕是不惜牺牲公司未来的前途，他们也都无所谓，毕竟都是想要自立门户的人。岳书翔刚开始得知东旭项目负责人是朱明杰的时候，就觉得自己这场仗已经赢了一半。

"哈哈，是我，刚才也不知道怎么没接到你的电话，现在打来赔不是，电话里说不方便，我们要不约个地方见？"岳书翔错过了这一通电话懊恼不已，总觉得这种事情隔着电话就像隔墙有耳，能被电波吃了消息，于是还是想当面见，毕竟他觉得面对面交谈才是最好的商讨方式。朱明杰听到他的提议，也赶忙招来秘书空出时间，待秘书给他比了一个 OK 的手势以后，他才应允了电话那头的岳书翔。

两人约见的餐厅是传统的粤式酒楼，都是这个年纪的人也就不兴年轻人那套什么西式餐厅了。先是岳书翔到了，朱明杰才缓缓的走过来，毕竟这件事情上岳书翔更是上心的多。两人握了手便都神情紧张地坐下了。

"你们那边开始着手了吗？"朱明杰直入话题，他也是惜字如金的人。

"这今早刚收到风，说是已经开始着手了，CTO 和跃天集团那边的负责人见了面，具体谈了什么细节倒不是很清楚。"岳书翔手里给他斟茶，嘴里也不闲着。

"我这边还没开始，真是误事！"朱明杰说完拍拍大腿以示懊恼，他的行动力向来有些滞后。

"没事，这也不是分早晚的事，谁笑到最后又不是看谁先着手，我这边新上任的 CTO 自然要新官上任三把火，做事不免快些。"岳书翔安慰起人来总是振振有词，朱明杰听他这么说也才放下心来，毕竟他还有岳书翔这个志愿军能知道敌方的动静。

"说来也是，不过，你有什么对策没有？"朱明杰开始刨根问底，他希望能从岳书翔这边得到尽可能多的答案，这样自己的胜算就大了一点。

"对策是没有，我今天出来主要是想听听你的意见，毕竟你这边在明方，我在暗方，你需要什么我都能神不知鬼不觉地帮你。"说到这里，两人相视一笑。

"其实我倒是有个不情之请，可能对于你那边会有些难度，但事成之后老规矩。"两人的老规矩就像是电影里的分赃情节，有着自己的规定，这样的事他们也是多次谋划了。

"不碍事，你也知道我的目的，既然是两赢，没有什么理由拒绝。"岳书翔说得朱明杰心里很是开心，他最喜欢这么直爽的合作伙伴。

"我想请老岳你把你这边的 CTO 做出来的规划书到时候给一份，我也好知道你们这边的底牌，这样一来事情也就好办了，我只需要在此基础上将他一军，项目自然而然也就到了东旭这边，而且这次竞标东旭的胜算更大，超越最近走下坡路也是同行业皆知，不知你认为这个提议可行不？"朱明杰说的时候一脸愁容，时不时用手指关节敲打桌面，这是他算计最常有的表情，一定程度上他就是另一个公司岳书翔的翻版。岳书翔听了他这个建议之后觉得和自己的想法刚好对到了一起，也比较欣喜。

"老朱啊老朱，你说我们两个怎么就英雄所见略同，我也是这番心思，没有比这更好的办法了吧。"岳书翔说的时候嘴角总保持一抹笑，他对这样的事总是胸有成竹。

"我们不是英雄所见略同，而是臭味相投，我就说你这种人才现在怎么还待在超越这种公司，若是跳出来自立门户，我已经迫不及待要过去给你打工了。"商场上的奉承听得人心里总是美滋滋的，听到朱明杰对自己的大加赞赏，岳书翔也骄傲起来。

"你以为我想窝在那里吗？怎么说也得等到时间成熟了，再说了这一次不就是大好时机吗？我还能和老朱你大展拳脚呢。"岳书翔在朱明杰面前也是大大方方，比起常磊这种年轻人，像朱明杰这种久经沙场的大将才是能够真正和他对上眼的。

"那就这么说定了，事成之后我再给你加一成。"一成指的是分赃，岳书翔看到对方这次有这么大的合作诚意，也很是欣喜，于是两人举杯相碰，好像不是庆祝合作的达成，而是已经觉得事情成功了一半了。

"我这边规划书一拿到手，我一定马不停蹄地送过去给你。"岳书翔说着，心里其实也已经有了大概的实施方案。这种事情找个手脚利落的人，保全自身又能十拿九稳最好，岳书翔想得深入，沉默了很久才晃过神来，不过最终他觉得这样的事自己也不是只做过这一次，心里才略微有些放松。两人接着又有说有笑的结束了这场饭局，而后勾肩搭背的走出餐厅门口。

"那我们就互通消息，这次势必成功！"朱明杰嘴里念念有词，还抖动了右手的食指。

"好，回见。"岳书翔笑容满面的说完，正准备挥手送客的时候就看到不远处走过来的熟悉面孔。他以为是自己花了眼，定睛一看确实是 CIO 巫启，这个时候在这里遇见她是怎么样的一种巧合，但岳书翔不知巫启是否认得出朱明杰，只是把音量尽量放小，看着朱明杰开着车离开，才在门口默默注视着她的行踪。岳书翔看到巫启走向自己这个方向，看不到她目光指向哪，总之面无表情。也许她根本没留意自己，不然也不会招呼都不打，岳书翔心里暗暗想着。他继续观察巫启的行踪，只见她最后走到了不远处的广告公司，便上了楼，想必是来拿些最近这个项目的广告牌吧，这个在公司谁也猜不透的女人，岳书翔也懒得理会。于是他就此作罢，也随朱明杰的车后离开了。

岳书翔回到超越的时候坐在办公桌前细细揣测今天和朱明杰见面所说的话，想到事后能给李旭晨脸上烙下一个红掌印就欣喜不已，借此自己还能捞到一大笔资金给以后自立门户做准备也是亏得上天庇佑，想着想着就忍俊不禁了。

第二十一章　四面围城

　　从广告公司走下来的巫启心事重重，对于刚才的那一幕她一直耿耿于怀，那个人若是没认错就是超越最大的敌对公司东旭项目负责人朱明杰，况且自己在这一行这么久又怎么会连朱明杰都认不出呢。她满脸愁容，如果此人真的是朱明杰，那么岳书翔和他即使不是怒目相向至少也不会像挚友一样看上去这般友好吧，看他们出来的粤式菜馆，想必也是刚一起去吃了饭，巫启越想心里越不舒服。她打通了助理的电话，又挂掉，想了想又再次拨通。

　　"巫总。"助理叫道。

　　"帮我查查岳总和东旭的朱明杰什么关系。"巫启一句话把事情交代完挂了电话。她眉头紧锁其实心里大概有了一二，但又不想停留在猜测方面。巫启想了想即使是岳书翔和朱明杰真的有着耐人寻味的关系，也和她没有什么利害关系才对，但是心里总是隐隐有着担心。

　　至于担心什么，巫启的脑袋里总是浮现一个人的影子，她自己清楚是李旭晨。巫启摇了摇头，希望自己是多想了。这时电话铃响起，巫启看了看是助理打来的，便接听了。

　　"巫总，我这边调查到岳总和朱明杰很早之前就有电话和邮件的往来，内容无法得知，只能查到相关的记录。并且两人还会偶尔见面吃饭，最近一次就在今天，至于其他的因为时间原因也就没有查到。"巫启听到助理这么一说犹如当头一棒，这么说来就不是她自己在胡思乱想了。巫启寻思这么重要的信息到底该不该告诉李旭晨，自己这段时间和他的关系可以说是视同陌路，可是如果就这样眼睁睁看着那边狼狈为奸剩李旭晨一人孤军奋战，那他估计刚接手的这个新项目不会顺风顺水了。可上次股东大会自己本就弃权没有把票投给他，和他有过那几句冰冷的对话后就再无其他过多的交流，现在贸贸然跑去和他说这件事，会不会引起李旭晨和岳书翔两边的不满，想必自己以后的日子会更是难过。于是内心纠结不已，久久不能释怀。

巫启回到公司的时候从门口看到前来谈什么事情的李旭晨，于是侧身躲开，没有走进去和他碰面，也许是因为忙碌，李旭晨很快就走了。巫启的身体本能的反应是不说出这件事情，但看着李旭晨的背影渐渐走远她又想去追，实在弄不清自己在想什么的巫启也让自己抓狂。

李旭晨这边和项目经理聊完之后有了些眉目，但动手写起策划书的时候还是感觉很吃力，自己毕竟阔别了这样的职场整整七年，现在拾起来又谈何容易？李旭晨正一筹莫展的时候，看到赵群来到办公室找自己，一看便知是岳书成那边又有什么嘱托。

"李总，岳董那边请您过去一趟。"赵群还是一副标准的军姿站着。

"有什么事情吗？"李旭晨轻声问道，他现在有点像惊弓之鸟，就怕突然来个什么事情又把自己搞得体无完肤。

"您过去亲自问询吧，具体的三言两语我也和您说不清呢。"赵群说完依旧是标准的站立。李旭晨也没再问，拿起外套披在身上就跟着赵群出去了。来到岳书成的办公室看到门虚掩着，也没敲响，就推了进去。岳书成可能也没留意走进来的人是李旭晨，于是继续半握着拳头轻拍胸脯。

"帮我把柜子的药拿来。"岳书成以为是赵群，于是随口使唤，抬起头看到是李旭晨的时候神情马上紧张起来。

"这么多是哪一个？"柜子上摆满了瓶瓶罐罐，但大多数是强心药，李旭晨也不认识，只是觉得心里堵得慌。

"左手边那一堆，强心药那些。"岳书成指了过去，李旭晨一把抱起，大大小小加起来也有十多瓶了。走到桌前把药放下，李旭晨才赶忙凑到岳书成面前。

"叔，怎么样，要不要送你去医院。"李旭晨想到岳书成每日要靠这些东西才能维持正常的生活就心疼不已。

"不碍事的，老毛病而已。"他这身体状况一直不见好转也就那样了，但不能在这节骨眼阻碍李旭晨工作。他说话的时候胸口其实闷痛的很，但也拽紧拳头，用了十足的中气去说。

"叔，我现在开车送你去钟医生那里检查一下吧，病的事不能拖。"任由岳书成再怎么装得正常，李旭晨都不为所动，还是建议送他去医院复诊。

"说什么傻话，你又不是不知道现在什么形势，你这个新官也才上任，这个公司里能有几人服你？我要是不在这里坐镇，明天他们就要把这顶乌纱帽也卸了。"岳书成说的这些他都懂，但是比起他的身子来公司的事就都不重要了。

"叔，你叫我来是有什么重要的事吗？"李旭晨这才想起有正事要问。岳书成缓了缓，把十来瓶药分别倒上几颗放到嘴里，而后喝了大半杯水才给咽了下去。这些动作都做完了之后，他才晃过神来。

"旭晨，最近你在忙跃天的项目也知道里面有很大的利润空间吧。"岳书成问道，待李旭晨点了点头之后，岳书成才继续说："以前常磊递交给我首肯的项目都是有这么大的利润空间的，我也都放手让他去做，可是几乎每一个项目做下来都是亏损的情况，起初一两次我认为是他能力的问题，可越到后面好的项目亏损就越多，这个是不符合常理的。我和他谈过几次话，他也是遮遮掩掩没个交代，你也知道他这个职位，我也不好动他。我想让你在着手这件案子的时候暗中也留意一下常磊的小动作，看看能否试探出个所以然来。"岳书成说的时候夹杂着万千思绪，一般人都能听出其中的端倪，李旭晨更是如此，这么一说其实也是给李旭晨提了个醒，要注意身边这些潜伏的眼线。

"叔，你之前有什么线索吗？"李旭晨问道，若是亏心事做得明目张胆，有意去调查的话应该也会有所把柄的。

　　"我没有正式派人去调查，一开始三两次我也就睁一只眼闭一只眼，毕竟项目当时做的还不大，公司状况也还算可以。可后来几次明明是显然盈利的项目他却硬生生给我做亏损了，我实在看不过眼，就一点点的剥夺掉常磊的权利，让我手边的人做，好几个项目都能扭亏为盈。最奇怪的是对手公司有时候会预先知道我们的下一步或者明明谈好的项目很快就崩盘。这些纵使我心里都清楚，但是想要查清里面的细节又无能为力，所以是想着借你这次整个项目自己亲力亲为下来，看看结果如何，期间是不是有什么小的动作。"岳书成的话听起来简简单单，可一字一句都像是一篇阴谋论，李旭晨这才意识到公司之所以落到今天这副田地，这些人也算是处心积虑已久了。

　　"那您放任了这么久，突然之间把项目推给我他肯定对您起疑心，但这种黑手又怎么可能说收回就收回，我想这次他们一切还会照旧，只是没有这么如鱼得水而已。"李旭晨分析道，看到目前超越的情况已经不是紧紧用腐败来形容了。

　　"你也知道我和他是什么关系，出于人道我也不好说什么，不然会让别人觉得我绝情，说我借故铲除开朝元老，再者他手里的股权在董事局还是有一定的地位的，考虑到这些我也只得敬他三分。但是旭晨，你身份不同，你大可放手去做，有什么困难叔这边都会替你担着。"岳书成说的时候满脸惆怅，但至少现在他还可以倚靠李旭晨。比起之前他一个人在公司孤军奋战看着这群噬人的蚂蚁一点点在腐蚀超越，已经可以算是好了。

　　"我知道了，有什么眉目，我这边会通知你，你好好休息。"看着岳书成因为劳累而越加苍白的脸色，李旭晨心疼不已。岳书成这时候只是摆了摆手。

　　"不用和我汇报了，你查清楚心里有底就行，这些人做过什么我心里大概能猜到八九成，只是手里没有什么证据，旭晨，你以后要试图去接管我的事务，掌握整个公司。现在就委屈你辛苦一点，等以后局势明朗了，都会好起来的。"李旭晨不知道他生活的局势是什么局势，但他说的掌管整个公司自己也听出了他的意图，但是这并不是自己想要得到的，他现在对权对势无所求，只希望快点扶起超越，然后让岳书成目睹超越崛起的那一天。

李旭晨双手背在身后，缓和下来说："叔，你只管相信旭晨。"

"好，叔永远都在支持你。"岳书成看到李旭晨能这样觉得感到欣慰，于是没了刚才感叹常磊的那种愁容转而微笑地说。李旭晨看到岳书成越来越没有精神的面色，也只能希望自己能够慰藉他复杂又纠结的心了。

正当李旭晨准备走出岳书成办公室的时候，赵群神色慌张地走了进来。

"赵群，怎么一副莽莽撞撞的样子？"岳书成问道。

"岳董，刚才李总离开办公室之后我注意到坐在外边最大办公桌的那个人一直留意李总的动静，于是我私下观察，发现他桌面上的笔记本记录下李总几时几分在公司，几时几分离开公司。"听到赵群这么说，岳书成很是恼怒，于是用力在桌子上敲了敲。

"真是一群豺狼！"岳书成一生气就感觉胸口闷痛，李旭晨给赵群投了一个暗示的眼光，赵群也明白他的意思，于是就没往下说。

"叔，你方才答应我什么？现在就吹鼻子瞪眼了！你再这样我就送你去医院了，你好好休息，剩下的事情让我和赵群商量好，不是说由我全权负责吗？你就什么都不要管就好。"李旭晨用着命令小孩的口吻对岳书成叮嘱道。

回办公室的路上李旭晨感觉到了前所未有的劳累，无论是岳书成那边还是跃天集团那边，再加上那些对他虎视眈眈的眼睛可谓是"四面围城"。

岳书翔把手头上的事情交代好之后，就接到朱明杰的电话，昨天刚碰过的面今天又打电话也不知是什么事，于是他点了免提键，而后听到对方叫了句"老岳"想想觉得不安全，又取消了免提把电话放在耳边。

"老朱，有什么新进展吗？"朱明杰听到半晌才开口的岳书翔也是习以为常，他这人常陷入自己的思考一言不发。

"我这边已经开始着手准备数据做规划书了，想确认一下你那边多久之后事成。"朱明杰没有挑明，但是岳书翔又陷入自己的思考。

　　"老岳？"对方看这次又是半天的沉默，提醒式的喊了一声。

　　"在呢，我这边也在等待时机，这样吧，我尽快在这两天之内先拿到你需要的，我看他那边也是刚有了眉目，一有消息马上通知你。"岳书翔没想到朱明杰那边的动作也是这么迅速，昨天商量好今天就提醒了，反而是自己有些被动了。不过说来也是，自己一直在这个总经理的位置上打着幌子却没什么所出，到了这个节骨眼还是要磨练一下，不然都要生锈了。

　　"好，那就等你的消息。"说完朱明杰挂了电话。

　　岳书翔倒是很欣慰，朱明杰这个伙伴对这件事情这么上心，于是他也赶忙拿起电话拨给常磊。

　　"岳总，我现在快到你办公室门口了。"电话那头的常磊说道，他可不像岳书翔只管谋划不管实施，他凡是都要亲力亲为。

　　"嗯。"岳书翔电话刚一挂断，就看到常磊风风火火的进来，脸上还挂着些许的汗珠，想必是接到电话后跑过来的。

　　"怎么样，这次有什么消息？"没等常磊开口，岳书翔就急切地问道，毕竟朱明杰那边的催促还是给他敲了个警钟。

　　"我找人观察了李旭晨最近要分管的事情，他现在也是三头六臂忙不过来了。一方面要忙着技术部的日常运营，除了跃天项目底下还有一帮人要管，其他小的项目也需要他过目盖章，这一点就有他忙的了，其次就是我们知道的他还要负责策划跃天这次项目的规划书，这件事本来是由我负责技术和沟通，现在他一手抓，我想他应该是门外汉，很多具体的东西还要重头去学，估计这个就够他下功夫的了。还有他今天去了岳书成的办公室不知道谈论了什么，待了有足足半个小时，后来出门的时候又和赵群在门口谈了一会后才离开。"常磊一口气报告完李旭晨今天一天的活动，岳书翔听到李旭晨那边有这么多事情在同时进行，也颇为高兴，觉得这段时间是他们动手的绝佳机会。

"抓在手里的肉这么多，贪心过度也不怕噎着。忙成这样想必对于我们的提防线都够我们直接跨过去的，这也是给我们开后门让我们去捅他的好时候了。"常磊看到岳书翔露出他招牌式老奸巨猾的笑容，知道他心里有底，于是也颇感好奇。

"看来岳总是已经心有所想了。"常磊赶紧迎合地询问。

"我是这样想的，你这边继续盯着李旭晨，我总觉得他最近会有成果出来，我这边还要和朱明杰那边互通消息，所以这段时间就靠你把风了。还有最重要的一件事情交给你做，你让刘成那边先放下手里的活，时刻盯着李旭晨的一举一动，在他的规划书露出雏形的时候，暗中把它盗取出来，剩下的事我这边再处理。"岳书翔说的时候脑回路转得很快，他思前想后盗取规划书这件事情最适合的人选就是常磊和刘成了，他们平时跟着自己做事也算是帮得上忙，虽然知道各自有着自己的小算盘，但自己也是事事对他们留一手。事成之后再给点甜头作为安抚也是对他们的器重了。岳书翔有着自己的小心思，常磊却是有着自己的担忧。

"盗取规划书这事会不会有欠妥当。"常磊这一次做起事情来有些畏首畏尾，他向来不会违背岳书翔的意愿，但这一次他有着自己的顾虑。岳书翔见他不是太同意自己的安排，显然把眉头挑的很高，他现在不太需要别人给他建议，而是贵在执行。

"就照我说的做吧，一切都在我的掌握之中，你也无需有再多的顾虑。事成之后，你那份自然是有增无减。"岳书翔还是打算坚持己见，常磊也就闭口不再多说什么，但是心里的不舒服还是没办法得到缓解。

两个人出现少有的意见冲突后，办公室里陷入沉沉的死寂。常磊心想着如何打点刘成这边，而岳书翔则是想到昨天看到的巫启，想着常磊这边会不会有什么眉目，于是决定和他探讨一下这个让人捉摸不透的女人。

"对了，关于巫启你怎么看？"岳书翔的话题转得有些快让常磊有些摸不着头脑，不过岳书翔从来都不会莫名的关心一个人，于是常磊把这段时间对巫启的了解事无巨细的一股脑说出了。

"巫启这个人向来在公司就是独行侠，很少有人能和她拉到关系，她平时也是一副自命清高的样子，但是前段时间她倒是和李旭晨走的有些近，我这边的人还以为他们两个有什么渊源。巫启后来帮过李旭晨几次，但是看他们最近又好像若即若离，不知道是不是公事上有什么分歧。"常磊之所以知道这些，还是因为关心李旭晨的时候打听到的，对于巫启这个女人，他一向不敢太轻易冒犯，总觉得她有着自己的背景，属于人不犯我我不犯人，人若犯我我必诛之的类型。岳书翔听到常磊这么说，还是有些担心，即便那天他看到巫启时，她并未表现出任何的异样，但既然和李旭晨之间是有过交集的，那自己的行动会不会因为今天的巧合而遭到她的搅和。

常磊不知这次岳书翔又在想些什么，只是静静地看着他两手背在后面在办公室内来回踱步。等到岳书翔理清思路后，他才开口说道："我前几天去见朱明杰的时候看到过这个女人，当时她面无表情，但我是曾经看到她眼神有和我接触过的，但后来看她什么反应也没有，甚至连招呼都不打，我也就没多想，可是现在细细想起来，总觉得心里阴郁。"岳书翔向来是多疑之人，知道有这么一个祸害在，不把她铲除心里始终不舒服，但又担心是自己多虑，在这个节骨眼上花费时间做无用功。

常磊看到岳书翔又在猜忌什么，于是安慰道："我看她近日和李旭晨的关系是淡如水的，而且我们和她一直没什么交集，我想应该不碍事吧。"常磊有时候觉得岳书翔总是把心思放在算计人心上，对于事情却没有这番谨慎，也不知道是这老狐狸多年积攒下来的诟病还是他确实是这么不相信人心。岳书翔听到常磊这话还是不大放心，又在盘算着什么两全其美的政策。

"要不就容她在超越多待几个月吧，现在也没闲工夫斩草除根，想必她能坐上 CIO 也不是什么好对付的角色，等这事一成，我再想法子把她踢出去。"岳书翔思前想后还是觉得这样处理比较好，既然岳书翔有了自己的算盘，常磊也就不再说什么，他每次听到岳书翔对待与他作对的人的用词的时候，总觉得有这么一天，他也会像踢走别人一样，把自己赶出局。

常磊虽然开始对岳书翔有了怨言，但他最大的眼中钉依旧是李旭晨，也就只好放下成见，把心思重新投入到击垮李旭晨的事情上。

常磊坐在自己的车里，烟一根根的点燃，抽光，熄灭……如此重复，没几分钟地下就全都是烟灰和烟头，他有些不耐烦地拿出手机打出电话，就听到不远处另一台手机在回响，他朝着那个方向望过去，看到等待的人，才掐掉烟头。

"常总。"说话的不是别人，正是刘成。

"这么久？"常磊不知道是在岳书翔那憋得闷心里不舒服，还是因为等得太久，神色有些凝重。

"李旭晨隔着玻璃窗看着外面的一举一动，我只好等他出去，我也才出来，我总觉得李旭晨最近有些疑神疑鬼，做事也遮遮掩掩的，我只能盯得久一些，希望常总不要介意。"刘成一连串的解释，不过搬出李旭晨就是转移常磊火气最好的方法。

"这小子现在还装起领导，是过足瘾了是吧。"不知道是前世积了多大仇恨，常磊说起李旭晨总是能恨得牙痒痒。

"不知常总这么急找我为了什么事？"刘成问道。常磊一个电话打过来，就听见了很是着急的语气，于是刘成一路狂奔。

"你也知道最近李旭晨在做跃天的规划书吧？"常磊问道。

"是的，常总，但是李旭晨没有吩咐手下的人做，包括我，他自己亲力亲为，我看他也是搞不出什么名堂来，光靠一双手能做成什么？"刘成的原话常磊似乎听着耳熟，但也没细想，也就不再多说直入正题。

"刘成，岳总这边给我传达的意思是希望你能在李旭晨初步规划书形成的时候神不知鬼不觉的给拷贝出来一份，后续的事情，我再和岳总这边善后。"刘成听到常磊下达的任务后，第一个想法就是拒绝的。

"常总，你也知道我这边和李总有过节，况且最近我察觉得出来他对我渐渐有了防备心，以前会给我过目的也找了其他的负责人，我现在哪怕是想监测他的一举一动已经是件难事，现在让我偷窃他的规划书，我想这件事可否容我回去考虑一下再给您答复。"这个提案常磊本来就不大同意，看到刘成和他一样犯难，更是觉得岳书翔那边不知道在想些什么。但自己没办法违抗岳书翔的命令，刘成也就只能遵从自己了，于是继续说："刘成，我这边怎么待你，你是看在眼里的，现在这件事没有时间容许你考虑，你要做就做，不做我就另寻他人，至于你以后的财路我估摸着是不能帮你走完了。"常磊光是这么随口一说，就让刘成的态度完全转变了，对于他来说，跟着常磊才是他的主要收入来源。

　　"常总别动怒，我这不是没说不吗？这样好了，我尽力吧，在保障你我安全的前提下，毕竟这才是重中之重不是吗？若是我拿到了，第一时间通知您。"刘成这么一回答，常磊那边才算是松了一口气。

　　"你放心，事成以后，我和岳总自然是不会忘了你的，上次你和我说你妈住院的钱这里这些是预付的，医院那边我也帮你联系好了。尾款就看你的表现了。"常磊拿出厚厚的一沓钱放在刘成的大腿上，刘成打开看了看是比较可观的收入。常磊说完又继续抽起手里所剩的那半支烟，烟雾缭绕着整个车厢，吸得刘成直难受，两人同时陷入深思，现在所有负担都落在刘成头上了。

第二十二章　雪上加霜

岳珊妮自从上次和岳书成说不想回公司后，就真的好几次翘班，有几次被岳书成抓的正着，无奈父亲最近身体抱恙，也就不想和他多加争论，灰头土脸的还是去上班了。但待在公司的她也早已不像股东大会前那样认真对待自己的工作，只是吊儿郎当四处游晃。这天一早来到公司的李旭晨不是忙着回办公室，而是到了人事部那边叫出负责珊妮部门的员工询问她岳珊妮最近的工作状况。

"岳珊妮在这一个月过去的 18 天里，除去节假日已经翘班 8 天了，还有一天是昨天请的病假，其余时间待在部门里也没有做自己手头上的事，有一个报告写了将近 10 天也没给我，本来是要 3 天内上交的。我也和她部长确认了一下岳珊妮这段时间的工作状况得到的反馈也不是很好。"人事部说完这些话的时候李旭晨眉头早就紧巴在一块了，心里的不满再也按捺不住，于是谢过人事部的员工在岳珊妮的办公室门口等她过来上班。一直到了 10 点钟才看到一脸困倦的她打着哈欠走过来，身上也是穿着随意的居家服，完全没有一个超越员工的样子。岳珊妮远远看到李旭晨想扭头就走，可步子没迈出去几步，肩膀就被一只温厚的大手搭上。

"晨哥……"岳珊妮尴尬地叫着，然后畏畏缩缩地回头。

"跑什么？我要吃了你么？"李旭晨话语很是严肃，岳珊妮也不敢犯他。

"当然没有，你是晨哥又不是老虎，怎么会吃了我呢？就是晨哥这个 CTO 不知道纡尊降贵来我们这个小部门有什么事啊？"岳珊妮不好意思地笑了笑，但话语里还是和往常一样的俏皮。

"我没有时间和你嬉皮笑脸，中午 12:30 我在员工餐厅等你，有话要问你。"李旭晨看上去像是在发脾气，岳珊妮虽然不知道怎么回事，但总感觉这时候不要和他作对比较好，于是只得点点头，比了个 OK 的手势。

岳珊妮回到办公室心跳难平，她还不知道自己犯了什么事让李旭晨有火，他向来对自己都只会是好言相劝的。不该来的还是要来，时间很快就到了中午 12 点，岳珊妮看了看挂在墙上的大钟，再对了对手上的表，确认没有出错后灰溜溜地到了员工饭堂。过来的时候其实才 10 分钟不到，李旭晨已经打好两份员工餐放在桌子面前，甚至连筷子和勺子都摆放完整了。

"晨哥，怎么这么早。我还以为我要等你呢。"岳珊妮发现过了 2 个小时他的神情还是和刚才一样严肃，也就随意地说一句想打破尴尬。

"你先吃吧，吃完我们再说。"李旭晨说了这一句话，自顾自地吃了起来，岳珊妮看他这样哪还有心思进食，于是也不动筷。

"晨哥，还是先说吧。"岳珊妮这脾气自然是不喜欢有什么事放在心上，还是开了口。李旭晨这边本就一堆忙不完的活，看她开口问也就开门见山了。

"我今天去人事部那边了解了你的工作状况。我在上面努力想要改善公司的状况，可是你呢？珊妮，你这样会让别人在背后笑我和叔的，说连自己的妹妹、女儿都管不好。"李旭晨动之以情晓之以理，他希望珊妮能够反思，毕竟他从不愿意对这个妹妹这般说教。

"我现在就是不想要上班啊！我和爸提过他也反对我，你和爸两个人就能够解决超越所有的问题了，还要我干吗？我只能每天重复做一些打印复印报告之类的小事，本来就是可有可无我为什么还要浪费自己的时间？"岳珊妮说着说着也跟着激动起来，她觉得李旭晨和岳书成都不谅解她，没有为她着想过。李旭晨看到岳珊妮泪眼汪汪也是有些心疼，于是暗示自己要慢慢教，毕竟她还没成熟到自己这番心智。

"珊妮，晨哥跟你说，我和叔之所以能解决今天的问题，是因为我们都是在商场上拼搏吃苦出糗熬过来的，不然你今天怎么会有叔为你创造这么好的条件呢？可是你现在不愿意去吃苦，你只希望得到别人奉承，那都是假象。珊妮，如果有一天超越没有了，你也不是超越的股东了，那你走出这个门口根本就不会有人再来理睬你，迁就你，知道吗？你要通过工作学习积累自己的能力，这样哪怕是超越不在了，叔不在了，我也不在的时候你才能自食其力。"李旭晨说得很用心，这是他真正为珊妮想过的问题，这就是为什么上次董事会自己不舍得也要让她去走访董事家里的原因。

"可是晨哥，你会一直在不是么？你在超越就在，爸就在。"珊妮也是认真的，在她眼里李旭晨能解决所有问题。

"如果我甩手不干了，走了，那你怎么办？"李旭晨是这样说但没这样想，但是珊妮相信了，这句话也确实伤到她的心。

"那你走吧，你走了之后就再也不是我的晨哥了！还有我就是不想上班，就是不想工作！"岳珊妮耍起无赖，他觉得李旭晨根本就是想着法子让她进入公司，看着那一群董事慢慢地腐蚀自己，于是悲从中来。

"岳珊妮，以后不会有人惯着你了，你要不就去超越上班，要不就出去自己找工作，你现在是想当游手好闲的废人吗？"李旭晨看到软的不行只好来硬的，没想到岳珊妮软硬都不吃。

"是，我是废人，岳家有你和爸就好了，我就是你们的眼中钉，把我赶去公司了你们就落得耳根清净。我以后再也不想看到你，李总！"李旭晨听到岳珊妮这番话心里狠狠的阵痛了一下，从小关系就和他亲的珊妮从未用这样的口气叫自己，他突然不知道回应些什么，哪怕是工作上的劳累都没让他感到这么发慌。岳珊妮说完，起身走的时候还因为高跟鞋太高崴了一下脚。李旭晨就这样被独自冷落在员工食堂，看着岳珊妮的背影，发现自己的报恩之路真的是任重而道远。

出了餐厅的李旭晨一个人漫不经心地走在回部门的路上，不远处又看到巫启，她还是独自一人孤傲地走在路中央，想要开口去打招呼，但又想起第一次她没理会自己，第二次也是冷不丁的说了那几句，心里想着大概现在她也不是很认同自己在超越的存在了吧。于是刚想转身离开，就听到巫启在身后叫上自己。

"巫总。"李旭晨先开口问的好，巫启没有表情，低头思考了片刻，巫启想到前几天在办公室看到李旭晨，自己扭头就走做得不好，她毕竟不是自私的人，想来也罢，救人一命胜造七级浮屠，超越如今也是自己效劳的公司，也不能眼睁睁地看着它倒下吧。

"李总是否有时间，有件事我想了很久还是决定和你详谈一番。"

巫启走在前头，李旭晨若有所思的跟在后面。到了餐厅，两人不约而同选择了一个靠窗的位置坐下，他们都喜欢光。注意到这家餐厅的座椅太矮，巫启的包臀裙又有些短，于是李旭晨看到巫启就座的时候往下拽了拽自己的裙子，李旭晨二话没说，脱下身上的外套，递给她。巫启顿时觉得心里暖暖的，她又想起那几则新闻，看看眼前的李旭晨，怎么对比，都找不到任何联系。她总觉得她认识的李旭晨谦卑有礼，行事风格果决但不决绝，为人君子，又怎么会是新闻上报道的那样，逼人致死呢。

"你吃饭了吗？"待巫启晃过神来，李旭晨才开口问道："还没。"李旭晨又招手叫来服务员，为她多点了一份牛排。这些巫启都看在眼里，但是否把自己看见的事告诉他，自己还是拿捏不定。

"我们好像很久没坐下来这样面对面了。"李旭晨说道，他其实一直想找机会问清楚，为什么本来好端端的关系，巫启却要突然的疏远。听他这么一说，巫启也只能一笑，在摸不透他的底细之前，人的本能就是把自己包裹起来吧。

"是啊，不过现在不还是坐在这了。"巫启为了躲避他的问题，打了个圆场。

"巫总真会说笑，不过今天您主动说谈事情的时候我还是很惊讶呢，毕竟前两次我们的相遇都不太愉快不是么？"李旭晨说得很直接，他不想在巫启面前也卖什么官腔。

"李总也是个爽快的人，我之所以留住你，也不是出于私心。"巫启也和他寒暄起来。

"不知是否我之前对你有所得罪，我看那几日，你总是有意对我疏远。"李旭晨不吃她的烟雾弹，他是找着机会，不把事情弄清楚誓不罢休的性格。巫启听他问的这么直白，也是尴尬地抓了抓头发。

"也没什么，我弄清楚了再告诉你。我今天约你来是想跟你说……"看到她没有正面回答自己的问题之后，李旭晨也就不刨根问底，但看她对自己将要说的话也是欲言又止，他想到巫启的心里到底是藏了多少秘密。

"是关于岳总的，我前几天去洽谈一份项目的广告，在一家粤式餐馆门口看到岳总和东旭的朱明杰两人勾肩搭背，我在远处细细端倪，看到他们两个还交头接耳的在说些什么，我也没听见，但是可以确认的是，他们两个相识并且关系友好。"李旭晨听到巫启这番话有种晴天霹雳的感觉，他知道岳书翔勾结外面的人也不是一两天，但竟然是超越现在眼下最大的竞争对手东旭，而且对方官职还是个项目经理。

"非常有用的消息，多谢巫总再次慷慨解救，无以言谢。"李旭晨这一次得到巫启的帮助，感觉很是不同，好像她能够放下之前不知道什么的成见再次站在自己这边。李旭晨总觉得巫启是个可以托付的人，如果她愿意为自己做事，那么以后超越的改革将会如虎添翼。但这些好的幻想又被巫启的一开口给打退了。

"我不是为了帮你而说这番话，我是为了自己的良心，我不想看着你成为别人嘴里的羔羊还全然不知道，毕竟好歹也是同事一场，而且对于常总和岳总的野心我也是早有耳闻，就当作帮我自己也好，希望你不要多想。"巫启这番话让李旭晨觉得好像她愿意帮助自己，又刻意想要和自己保持距离，这种感觉令他很不舒服，但无论如何巫启终究是帮了自己。

"巫总不用担心，我李旭晨自然是有自知之明，你三番四次的帮我，他日若是能有什么我李旭晨能效犬马之劳的，我一定毫不吝啬，也希望一直能和巫总保持这种良好的协作关系，毕竟我们还算是身处同一战线不是吗？"

巫启听到李旭晨这番有些生疏的话心里也不好受，不过他和岳书翔两边比起来，她当然是更愿意相信李旭晨，毕竟超越对于她来说也是有着感情的。

"李总以后小心谨慎就是，眼下你这个大项目，什么都比不上这个来得重要，还望你自己珍重。"巫启看到李旭晨心思颇重，也是略微有点看不过眼，于是安慰了两句，想必也是不容易，一个人现在分不清神神鬼鬼，所有事情都要自己一把抓。

"多谢巫总担心，我还是想冒昧地问一句，为什么你会出手帮我。"李旭晨还是问出了自己最想问的问题，巫启笑了笑，这是他问倒自己的第二个问题，于是也不想再绞尽脑汁说什么无用的废话，索性就什么都不说了。

"巫总为难那就此作罢，我还有很多公事要处理就先走一步了，方才给你点的餐应该快到了，吃完再走吧。"巫启听得出李旭晨有些疏远的语气，但也无所谓了，毕竟自己也不是为了讨好他才坐在这里，于是只是点点头，目送着他离开。

李旭晨虽然和巫启道过谢，但还是觉得不够，总觉得她帮自己这么大一个忙，怎么也得正式请她吃个饭，但是又不清楚她那边对自己是何种态度，她的态度自己一直就摸不清，总是反反复复的。李旭晨又转念想到岳书成，上次他叮嘱自己要留意常磊和岳书翔那边的动静，现在托巫启的福，自己才能了解得这么透彻，果然超越这么多年下来的项目都是这两人在暗地里搞鬼，于是他拨通了岳书成的电话，想要汇报自己的新进展。

"旭晨。"岳书成接通电话后就亲切地叫起李旭晨的名字，岳书成心想，这时候他能打电话给自己应该是工作上取得了什么进展，不然如此繁忙的工作，是怎么也抽不出时间的。

"在休息吗？"岳书成的声音稍显疲惫，李旭晨猜想估计是刚睡醒。

"对，刚才眯了一会，你不是说要好好休息吗？我这次可是乖乖听你的了。"岳书成为了让李旭晨开心，后面那句是有意加上去的，他希望李旭晨这时候千万不要因为自己的身体担心，他该是做大事的人。

"正值中午有什么事要和我说吗？"岳书成问道。李旭晨本想着把巫启今天告诉自己的事情转告给岳书成，也算是不辜负他所托让自己趁着跃天企业这个事调查清楚常磊和岳书翔的真面目，可是现在听到他的声音就顿时什么都不想说了，他这个时候还是要静心休养为好。

"也没什么事，就是想看看你有没有按时吃饭睡觉。"岳书成听到李旭晨这么说觉得不对，这不像他的性格，但怎么想说的话就突然不说了，也是耐人寻味。

"肯定有事吧，旭晨。叔还不了解你，你从小就这样，想好说的事情又推脱就一定不是什么好消息。"李旭晨要知道岳书成如此料事如神，就不打这通电话了。

他灵机一动说道："我就是最近想借赵群一用，他是跟随你多年的老将了，我想最值得信任的。我现在身边没个使唤的。"李旭晨硬挤出点什么事来，心想着赵群只好牺牲你了。岳书成听他这么说也觉得极为有道理，现在这种形式，剩他一人孤军奋战也是难为他了。

"跃天项目结束之前，我先让赵群待在你身边吧。"岳书成说道。

"叔，这倒不用，我身边要总站着这么一个人也不好，我需要的时候再叫他。"李旭晨硬挤出这点事还真是让岳书成上心了，不过总比在这个时候和他谈论常磊和岳书翔要强，等事情都查清楚，自己也有能力和他们两人抗衡的时候再说吧。想到这李旭晨叹了口气。

"也罢，只要你有哪方面需要，就只管到我这说。"岳书成这句话是他安慰李旭晨用得最多的一句话，但李旭晨也基本都靠自己自力更生。

"叔，你好好休息吧。下次有时间再细聊，再啰嗦一句，照顾好身体。"李旭晨觉得该说的话也说不出，那就早点忙活手里的事情。岳书成也不想过多的占用他的时间，于是和他说了声回见也就挂了。

挂完电话的李旭晨若有所思，他现在确实需要一个信得过的人来打点很多事，想到这的时候又透过办公室的玻璃窗看着手下那群人，看来是时候要大换血了。想到这口袋里的手机响了起来，李旭晨不紧不慢地掏出来，看到是自己一直惦念的名字——杨文，嘴角才露出这几天从未出现的上扬。

李旭晨拿起堆在一旁厚厚的资料一点点过目一点点的记录，他对跃天的产品已经有了一点眉目了，现在心里出来半个规划书的模型，再多做点突破，所有事都能迎刃而解了，他心里这样安慰自己。

李旭晨在做规划书的时候，遇到需要的资料都会让陈顾问替自己效劳，今天陈顾问家里有事请假李旭晨也只好自己奔波，跑的好几个部门大多数人听到是李旭晨这个名字还是好言好语的接待，李旭晨也就没察觉什么，直到自己需要对比往年超越在同行业中的市场占有额的时候，发现去市场部的感觉明显不对，才发现这个部门存在的问题不是三两句话就能说清的。李旭晨重返技术部，本来觉得隐患很多的技术部现在看过去都好像充满生机，毕竟每个人手上都有活可做。李旭晨心想自己若是要改革就应当从市场部开始，最乱的整顿好了，其他的也就不成问题了，于是开始陷入思考如何着手驻扎进市场部，给它重新换一副新的面貌。

和常磊约见过的刘成最近做起事情来总是魂不守舍，他每天盯着李旭晨进进出出办公室，却又想不到什么好的理由潜伏进去，于是只能在外面干着急。李旭晨经过上次赵群的提醒之后对刘成的防备心更是打起一百二十分精神，进出锁门不说，只要刘成在的时候他都尽量外出。刘成也是个心思细密之人，他能看出这段时间李旭晨对他差别化待遇，总觉得自己还没下手就要被李旭晨架空了，于是觉得要放弃常磊的提议，退出这次偷规划书的事情。

"常总，有机会可否出来一见。"看到刘成的信息，常磊还是很高兴的，以为他有了什么质的进展。

"可以，老地方见。"看到常磊的回复，刘成拿起披在椅背上的外套就匆匆出门了，他的神情凝重，不知道等下说出自己的想法，常磊会有怎么样的反应。刘成过去了之后，常磊已经在车里等候了，他的动身速度能达到这种程度。

"东西带来了吗？"刘成屁股刚挨上凳子，常磊就问道。刘成看到他是误会了自己的意图，于是连忙解释。

"常总，我今天约您出来就是想和您解释一下这个问题，我自从上次和您见完面之后，李旭晨那边就盯我盯得紧，他自己则是小心得不得了，原本他做事都不拉窗帘出入也是带一下门现在完全不是这样了，不仅一回到办公室就把门窗紧关，而且还处处提防着我，几乎我在办公室的时候他都外出去办事，到深夜才回到公司，我觉得他已经开始怀疑我了。"听到刘成这么说，常磊很是惊讶，现在刘成是他这个行动的压轴部分，现在被李旭晨防着，不知什么时候才有眉目了，岳书翔那边又是催得紧，再没点成果恐怕他们俩都要被岳书翔给灭掉。

"我不管你用什么手段，总之我要快！你也知道岳总这边不等人。"刘成喝了口水，觉得差不多了，就开口说："常总，我想您要不另觅高人，我这边实在是很难再帮您干这件事了，一来李旭晨已经盯上我了，不知什么时候时机到了也要把我开了，二来我家里还有个生着病的母亲，万一东窗事发我被抓起来，那真的是没人照顾她了，所以我想收手，您看看您那边还有什么合适的人选？"刘成说完这段话才深深地吐了长长一口气。可常磊不乐意了，他原本对着刘成还是带着点性子的，现在在这个节骨眼他想要退出，这是最忌讳的。

于是转头对刘成说道："我这边倒是无所谓你是走还是留，但是你是知道岳总那边的脾气的，你之前帮我们做了这么多，没有功劳也有苦劳，但是岳总那边手握那么多你的证据，我看李旭晨那边没让你出什么事，岳总这边都迫使你锒铛入狱了，更别说你那个没有人照管的母亲。"常磊细细和他研究，刘成一听是威胁，不禁用手掌拍着额头表示懊悔，可是掉进常磊和岳书翔那边埋的坑又哪是那么容易跳出来的。

"常总，请您放过我，这件事我真的是做不了，要不您吩咐我其他的事吧。"刘成用一种近乎哀求的语气对常磊说，常磊只是嘴角露出一丝坏笑，而后点燃一根烟，吸了起来，刘成见他没说话只是可怜巴巴地望着他。

"我给你三天时间，事成之后你烦恼的问题都会没有，你妈的后期住院费和你之前帮我们做事的证据全都销毁，三天之后你若无所出，我想我这边你过得去，岳总那边也会为难你，到时候你的麻烦就来了。"常磊说得很决绝，他这人在手腕和狠心上绝不逊色于岳书翔，只是比起岳书翔来少了点权力而已。刘成见到没有商量的余地也是只能揉捏着太阳穴连连叹息。

回到办公室的刘成魂不守舍，手里拿着装满水的杯子低着头走，也没看到迎面走过来的人就是李旭晨，既而把半杯水洒到了他的皮鞋上，还好水是温的。

"刘部长怎么今天像丢了魂似的？"李旭晨笑着问道，他心想莫非是这段时间自己有意的防御让他一无所获所以栽了跟头。

"不小心而已。"刘成这时候满脸的担忧，哪还有什么心思跟李旭晨在这打官腔。

"不小心洒水倒是没什么，不小心越界那可就是大事了。"说完李旭晨觉得自己打了一个漂亮的翻身仗便出去了。

刘成本来被浇灭的火焰听到李旭晨这么一说再次熊熊燃起，心想像他这种空降兵就是需要灭一灭身上的气焰。他再次返回去往水杯里灌满了水坐回椅子上思量一会，觉得自己现在也是完全没了退路，与其瞻前顾后畏首畏尾不如就此决一死战，也当是帮自己母亲赚回医疗费，于是决心还是往常磊这边靠拢。

而另一方面，跃天企业的项目负责人跟李旭晨打电话说是有时间跟他详谈一下，李旭晨也是很快与对方确定好了时间。随后跟岳书成通话告知的时候得知岳珊妮的表现，李旭晨觉得果然还是要想办法让岳珊妮了解下商场的险恶。

第二十三章　举步维艰

李旭晨出了办公室之后跃天企业的项目负责人就来了电话，看到对方主动给自己回的电话，李旭晨很是开心的接通了。

"您好，周经理。"李旭晨习惯性的开口问好。

"您好，李总。是这样的，我这边想跟您谈一下项目的时间，不知道您什么时候方便，可以过来我们公司一趟，我们可以详细地聊一聊项目的进程以及后期的规划。"听到对方这么说，李旭晨觉得这段时间的努力总算是没有白费，辛辛苦苦做下来的成果还是引起了对方的重视的，于是思量了一番。

"明天下午两点您看如何？我们约在上次见面的地方。"李旭晨说道。

"好，就这么决定，再见。"李旭晨也道了声再见之后就挂了电话了，他觉得总算松了一口气，只要主动权还在自己手里，这个项目很快就能够取得成功的。

向来有提前到达习惯的李旭晨来到餐厅，看到对方已经在那喝起咖啡，感觉到自己被尊重，不过仔细一看，发现除了上次见到的经理之外，她身边还多出了一个四五十岁的男人，戴着黑色镜框的眼睛看着像是知识渊博的人。李旭晨大大方方地走过去，对方两人同时起身。

"周经理，没想到您这么早。"李旭晨边说边露出好看的笑。

"刚好下来就餐，看着时间差不多也就没有离开，是您来早了。"和对方经理见面总是能让李旭晨感到舒服和被尊重。

"我来给您介绍一下，这是我们跃天企业的 CTO，因为您上次问过我技术上的问题我不是很懂，所以今天特地约他出来和您详谈。"这样优良的公司总能配备这么优秀的职员，好像她对所有事都能上心并记牢，而且能够很好地给出让你满意的做法。李旭晨会心地笑了笑。

"你好，我是超越的 CTO，请多指教。"两人相视一笑一同就座了。

"李总，是这样的，你通过邮箱发送给我的具体细节和整合的规划概况，我这边经过详查觉得都是非常符合我们需要的，但就是有一点，你们所采用的技术是来自国内的，这一点我怕达不到我们所说的恒流技术，所以我想请问您这边能否在技术上有所提升呢？"李旭晨对对方直击问题重点的评价感到佩服，但是这个问题也是他最头疼的问题，超越现在的规模贸然从国外引进技术，一来这个高额专利费需要承担而超越目前现金流紧缺，二来技术的使用怕是不成熟会影响产品的使用效果。但这些问题都是超越自身的问题，若是和对手亮出底牌，那么超越声势大、雨点小的缺点就会暴露人前，也许就会失去这次机会。这让李旭晨感到非常的苦恼。可若是坚持使用国内技术，对方也许就会抓住这一点而选择其他引进外国技术的规划，之前所做的一切就都白费了。

"据我了解这项技术德国那边做得比较好，但他们不轻易转手自己的技术。"对方的 CTO 说道。

"李经理，这样吧，我回去对于这个方案再做进一步的调整，因为可能技术上的变革都需要耗费时间还有成本上的压力，我会第一时间通知您。"李旭晨从容地说道，即便如此他心里还是慌乱得很。

"好，那我就静等您的消息，实不相瞒，跃天这边对超越的合作意向已经很大了，但是还有一个和你们不相上下的公司，所以出于公平，我们都告知你们，我们这边的顾虑，最后谁的问题能够解决得好，我们应该就会青睐谁了。"对方的经理是个说话坦诚之人，总是知无不言让李旭晨很是感动。

说完重点之后李旭晨连午饭都没有时间吃就马不停蹄地赶回公司了，这是一个棘手的问题，他需要大量的时间去从长计议。他回到办公室后，靠在摇椅上心思全无，本想着找到国内一家技术已经处于同行业顶尖地位的公司会让对方信服，可没想到行业翘楚毕竟还是有着超高的要求，所有讲究的那一套到了那边都完全行不通，李旭晨突然之间像泄了气的皮球，不知道如何解决这个棘手的问题，又不得不寻求对策。

　　冥思苦想一天的李旭晨找不到突破口还是决定回家好好休息一番，毕竟人把自己逼到极限之后脑袋总会刚刚好的短路，于是他准点下班打包好了几份家里那一老一小喜欢吃的东西之后，去洗了把脸让自己看上去稍微精神一些才往家的方向走去。

　　回到家吃完饭，李旭晨与岳天成说话。

　　"叔，最近珊妮在公司的表现你也都知道个大概，我看这丫头是没什么心思放在自己的部门了，但我觉得这样下去不行，毕竟珊妮是您的女儿，所以我想我这边跃天的案子也缺人，不如我把她调到我部门来，让她在我手下做事，我有机会带她出去见见那些客户，积累一些经验也挫挫她身上的锐气，毕竟这么下去得过且过也不是办法。"听完李旭晨的叙述，岳天成陷入了思量，其实他也不知道自己对岳珊妮的过度保护是好是坏，有时候看她笑得这么开心，感觉只要她如此便一切都不重要，可有时候又希望她能坚强，毕竟不能独立，自己走后也是会挨打的。

　　"就照你说的做吧，不过……还是要悠着点，毕竟这孩子心细。"岳天成思前想后，还是答应了，但因为不舍得，又加了后半句赘述。

　　"那是自然。"李旭晨回答道。

　　第二天回到公司，李旭晨就来到珊妮的部门，他没有去和珊妮打招呼，而是直接去了徐刚的办公室会见他。岳珊妮看到李旭晨直接走进徐刚的办公室，猜到他要和徐刚谈论自己的事，不然他一个CTO大白天不忙活自己的事，跑到这种小部门做什么。岳珊妮越想越好奇，于是按捺不住伸出脖子张望。

"岳珊妮，那个不是 CTO 吗？他今天怎么来了这里。"岳珊妮满头雾水的时候，全铭在一旁小声嘀咕。

"是啊，我总有种不详地预感，感觉今天将有大事降临到我头上。"她说完暗自在心里祈祷，嘴里也不知道絮絮叨叨什么观世音菩萨保佑之类的……就当她目光紧盯着办公室门的时候，突然看到两个男人从里面走来，岳珊妮目不转睛地看着现在左手边的那个，而左手边的那个人也正向她走过来。

"和我出去一下。"李旭晨靠近她耳朵边轻声说。岳珊妮像是被磁铁吸附一般走在李旭晨身后，两人行走距离靠的还没半个手臂之隔。到了走廊，李旭晨一只手搭在了围栏架上。

"珊妮，明天开始收拾东西去我部门报到，以后你就跟着晨哥吧。"李旭晨通知的是上司下发的内容，但语气里吐露的是宠溺。

"啊！就这么被调走啦！"与其说是惊讶不如说是一头雾水，岳珊妮现在整个人都是蒙的。

"对啊，不然你还想要什么欢迎会之类的？"李旭晨没好气地说，岳珊妮思前想后觉得李旭晨的目的就是为了更好的监督自己，这样一来她再也不能翘班，再也不能迟到了。可是想想能够换个环境大大方方的重新开始还是极好的，于是不知是该悲还是该喜。

"记得明天到我部门报到，千万不能迟到，晨哥有事先走了，你和同事好好度过这最后的小下午吧。"李旭晨说完，用手揉搓着岳珊妮的头发，转身离开。岳珊妮则是站在走廊上迟迟没有离开，她觉得像是被李旭晨没有前奏的刻意安排，也不知道过去之后会是什么样一种状态，于是思绪复杂地站着任大风吹乱发丝。

暂时解决了岳珊妮这边的问题，李旭晨回想起那天去了市场部自己看到的情况，觉得这么大的状况还是有必要和岳书成汇报一下，于是起身去了岳书成的办公室。赵群看到谁来都是摆着一副严肃的样子，只有看到来的人是李旭晨才能看到他久违的微笑还有轻轻地点下的头颅。李旭晨有时候觉得岳书成能找到一个如此忠心为自己的人也是莫大的福分。

"董事长，我昨天去了市场部那边拿资料，发现那边现在情况严重得很，不仅员工纪律松散，上班的时候自说自话而且领导也没有在办公室。再者他们那边档案室是保安在把守，我进去拿资料什么的都没有人阻拦，电脑存储着历年超越市场部的经营数据但是也都没有加密，我觉得这个部门严重拖累了整个公司的整体面貌，并且在部门协调和配合度上都相当欠缺，所以我想您是不是可以让我带着一些人调过去改改那里的风气。"李旭晨一口气把话说完了，他对这个部门的不满可从语气中彰显无遗。岳书成听到也是眉头紧皱，他想了想现在分管市场部的人不是别人正是岳书翔。

"旭晨，你现在手上忙的事还能让你有精力顾及这些吗？"岳书成忧心忡忡地问道。

"岳董，其实这都是有连带关系，这个部门的纪律涣散和不配合已经严重影响到了我手上这个项目的进展，而且市场部对于公司业务的开拓和客户关系的维护是起很大作用的，如果风气整顿好了，将来的业务和好的项目也能更好地开展。其实也不冲突，我也只是起到表率的作用，不会任何事都亲力亲为。"听到李旭晨这么说岳书成才放了心。

"市场部现在是由岳书翔分管的，他那边估计会有不小的成见，不过这些事我都顶下，倒是不知道他走的时候市场部那群人会不会有些忠心护主，你刚担任 CTO 不久，还没几人服你，如果他们闹事你要想好解决对策才好。"岳书成事事能替李旭晨想得周到让李旭晨很是感激，但他这人做起事来便雷厉风行，一路过关斩将之后什么困难都能迎刃而解。

"叔，我倒是不担心有人忠心护主，我那天去踩点的时候看到他们的工作态度其实也是非常不满意的，若是他们走，我也就不拦着，我这边到时候会重新替超越招募一些人，挖一些人才过来，若是不服气的，就当是清理门户。"岳书成看到现在对公司事务已经日渐上手的李旭晨也感到很是欣慰，只是告诉他明天会议上会宣布，就没再说什么了。

第二十四章　各有喜忧

　　第二天岳书成通知各个部门开例会，第一件事就是宣布因为工作调动的原因把市场部分配给李旭晨暂时代为掌管，坐在下边的岳书翔表情甚是不悦，他不知道这是不是岳书成为了削减他权力而付诸的第一步计划。下面也开始有了反动的小声音，其实也可以想到，岳书成赋予李旭晨权利的时候都是以决策和通知的方式，而且是一而再再而三，任谁都会不满。

　　"我可以问一下原因吗？"岳书翔实在气不过，他是很少这样直接在会议上顶撞岳书成的，他们的关系本本就如履薄冰，轻轻一戳就破了，但今日这个安排岳书翔确实咽不下这口气。

　　"其实也是出于我的私心，今日着手处理跃天的事发现需要很多数据是市场部那边才能给出的，在座的各位也许不知道，跃天那边的项目负责人跟我反馈他们正在开发的省外市场基本上初见规模，所以我们若是拿下眼下这一个项目的话，他们会看产品的质量而后也主要考虑把省外的市场份额给到我们，这样超越今年的利润率就会比往年翻一番。"李旭晨解释道，听到这里所有人都默不作声，这是一笔非常可观的收益数据，对于在场的每一个人都只有好处没有坏处。

　　"所以我想在座的各位应该都能想得明白，我去市场部也只是暂时性的调动，不存在各位担忧的越权，也烦请在座的各位多做谅解。"岳书成听到李旭晨的话，突然觉得看到又一个超越 CEO 的影子，从他骨子里散发的那种临危不乱和倔强的精神就足以让自己把多年打下的王朝交付到他手中。

"现在还有人反对的吗？"岳书成问这句话的时候所有人都鸦雀无声，虽然在岳书翔心里这些小的股本增值算不上什么，但是所有的钱罐子握在李旭晨的手中也就不好再说什么了，只是一心寄希望能够亲手把李旭晨的跃天计划扼杀在摇篮里，好让他所有的大话都付之东流。

会议进行快要结束的时候，李旭晨掏出了手机看了看，若不是重要的短信，他一般都直接略过，可看到他拿起手机回复，岳书成想到应该是很重要的人发来的。

"晨，已上飞机，5 小时后见。"李旭晨看到短信时，几乎都要开心得飞起来，他夜以继日期盼的挚友杨文终于是要回国内了，可是这小子也太不够意思了，都上了飞机才想到给自己发短信，不过想想估计是想给自己制造点什么惊喜，就放过他了。

会议结束后李旭晨赶忙要去机场，谁知岳书翔早早就在门口候着。

"李总这是急急忙忙要去哪？不会刚拿下市场部就这么快回去当头了吧？"岳书翔的有意嘲讽让李旭晨很是开心，这种举动一般也就是无计可施之后耍耍嘴皮子罢了，真正像李旭晨这样的获胜者是不会有闲工夫来说这些带着火药味的话的。

"这事也不急这一两天，市场部领导这个位置空置了这么久，想必他们也懒散惯了，要下心思去整改，也是需要从长计议的。"李旭晨直接当着岳书翔这个前任领导的面说领导这个位置空置，表明就是在说有他无他都一样，岳书翔哪里忍得下这口恶气。

"哟，那看来李总是要掀起一股革命浪潮了，不过李总手里这么多块肥肉还四处去捕猎，会不会吃不完噎着，有时候还是要有自知之明，不然恐怕是站得越高跌得越重啊。"岳书翔今天应该是气坏了，平日里哪怕他有再多的小心思都不轻易表露出来，今日一直冷嘲热讽，让李旭晨看了也是徒增几分可怜的情绪。

"站得越高也就看得越远，岳总不必担心，旭晨定当不负所望，还望李总能在公事上尽量配合我。"李旭晨也是巧言善辩，但也不想耗费时间和他一来一往的打口舌战，于是问了句："岳总这身行头像是要外出，我也就不多加打扰了，如果市场部那边管理上有什么问题，还希望岳总你多多指教。"看到岳书翔回绝一个有你好看的眼神之后，李旭晨也笑里藏刀地回了一个微笑，转身离去。

岳书翔每次心里有气，也都会怪罪自己手下带的那帮人，例如刘成和常磊，如果不是他们办事不力，也不会让李旭晨笑到今天，想到这里也想到常磊好一阵子没来自己办公室，于是拿出手机拨给了他。

"岳总。"看到是岳书翔的电话，常磊有些心生畏惧，想到刚才他才在会议上被削权，这会给自己打电话估计也不会有什么好事了，果不其然，他还没想完，隔着电话都能听到岳书翔对他恨得牙痒痒。

"最近你是吃饱了就跷二郎腿睡觉是么？这么多天一点信都没有？我还要你有何用？"常磊觉得自己简直料事如神，不过以后还要依仗他，每次想到这，常磊就觉得还是要讨好。

"岳总，我现在已经到你办公室门口了，我就是来给你汇报了。"常磊手上还是有几条可以说的料的，正好给他在这个风头上抵一抵岳书翔的龙卷风。

岳书翔挂了电话还是觉得窝火，决定先去趟市场部看看情况再回办公室找常磊兴师问罪。岳书翔来到市场部的时候一切还是如李旭晨来的那天，所有人都在各忙各的，可就是没有一个人在做正经的事。岳书翔看到这个和李旭晨心态完全不同，李旭晨是担忧而岳书翔是开心。他好像看到自己放纵了这么多年不管不顾的市场部已经没了一个部门该有的样子。看到这个场面，岳书翔也算是松了一口气。

"是岳总吗？"和李旭晨不同的是，有人认出了他。

"岳总，好久不见，我们还说这个终了给您送些什么过去呢，没想到今天您就回来了。"他们现在都还不知道自己的领导已经改朝换代了，一个劲地向岳书翔示好，不过岳书翔也确实深得他们的心，这么多年下来的无为而治，让他们拿着比公务员还高的工资却干着比公务员还轻松的活。这种领导到哪都应该很受欢迎吧。岳书翔想了想，突然心里萌发一个坏的念头。

"各位听我说，我现在已经不是市场部的领导了，现在你们的领导另有其人，就是前阵子的CTO，大家应该早有耳闻吧。"突然听到要换负责人的消息，里面炸开了锅，这不就意味着他们的好日子到头了吗？懒散这么久容易，想要一时装模作样努力却很难。岳书翔看到这场他所引发的骚乱内心狠狠地过了把瘾。

"我来就是给大家提个醒，这个空降的CTO因为得到岳董的赏识，做起事来风风火火，不过当然，新官上任没点大动作怎么向上面交代，但是到时候苦了大家我也心疼。"岳书翔的言下之意其实就是在告诉他们好日子随着他的离开到了尽头，只要李旭晨一上任，就有的他们受累了，在场的也不是傻子，这么明显的暗示怎么会有听不出来的。

"岳总，我们只认你，其他人我们不该认。"突然有个带头的人喊道，听到他在起哄，接二连三的也有这种声音发出，最后就变成一致的约定了。岳书翔见状很是高兴。

"大家的心情我也很理解，你们只是临时被分配到他的管辖下，若是你们民意如此，我想岳董那边也会再酌情考虑的，但是我来提醒一下大家注意这个新领导的分量，毕竟我们岳董也是用人唯亲。"听到岳书翔的暗示所有人心里都明白个所以然。但是大家心里都藏着火，是对于李旭晨的。

"那我就先走了，市场部所有人要是需要我，只管到我岳书翔办公室去，不管李旭晨那边如何我这边永远支持你们。"岳书翔最后还不忘放点糖果，所有人听到这些话也跟着起哄。

岳书翔转身离去还有人讨论着什么时候给这个前任领导送个花什么的。岳书翔去了这一趟市场部之后心情才算有些好转，于是到了办公室的时候脸上也就没了刚才的那些惆怅了。

"岳总，您回来了？"常磊站起身来的时候岳书翔也没说话，只是对他皱了皱眉头，示意他坐下。岳书翔坐到自己座位上后，只是盯着常磊看了一会，常磊见他不说话只看着自己，心里发毛，但自知现在若是贸贸然说些什么恐怕更是会让他不喜，于是只是不太自在地坐着，等着岳书翔表态。

"我总感觉对于这次计划你办事效率有些低下，不知道是不是我现在在你眼里已经算是半个无用的人了，还是你觉得最近我处理事情的手法你不是很赞同所以公然用这种方式向我挑衅？"岳书成快快不乐的神情让常磊也有些提心吊胆起来，他已经发现岳书翔对自己略微有些不满。

"岳总，我这边的确是一直在张罗，但李旭晨这小子最近不知道是怎么了一直警惕得很，所以我这边想拿到他的资料也需要些时日，不过我最近倒是收到些料。岳总您放心，我等会就再去催催刘成，他前些日子对我们有些动摇，不知是否因为他那老母亲又再次入院的原因，他最近做事总是畏首畏尾，我警告过他了。因为很快就会有进展了。"常磊说到有料的时候岳书翔脸色才稍微好看了一点，但是提到刘成，岳书翔又是一副忧心忡忡的样子，他最怕给他效力的人做起事来摇摆不定，说不定什么时候就出卖了自己。

"你说收到什么料？"岳书翔还是比较关心对手的动向多一些。

"我最近得知李旭晨这边和巫启见面了，而且是巫启主动约见的，两人谈话还是有一定时间的，看来他们的关系又有了好转，我想巫启这个女人我们不能留，早晚是个祸害。并且李旭晨又见了跃天那边的项目负责人，而且对方对于他的态度也是十分友好，还带出了他们那边的CTO，想必李旭晨那边也已经有了些眉目。"岳书翔听到李旭晨那边初有成果倒是感觉欣慰，但是同时担忧也随之而来，既然跃天那边连CTO都请出来了，看来这小子确实是有两把刷子。不过巫启这个女人自己一直看不顺眼，但若是她把自己和朱明杰见面的事一五一十告诉李旭晨，他那边自然有戒心，不过也罢，李旭晨这小子对自己的戒心应该就从来没少过。这个节骨眼还是专心放在帮朱明杰这边，岳书翔心里想到。

"你既然知道李旭晨那边已经有了这么多的眉目难道你就一点都不着急？这件事情若是做不成，你我都是有相当大的损失，我也不催促你，你若是不上心，下次我就另寻能办事的人。"岳书翔像是给常磊的下马威，常磊一听脸色都变了。

"岳总您别这么说，我和您做事也不是一两天了，我的办事能力您还用怀疑吗？我自然是会加紧进度的。"常磊嘴上安抚道，可心里却把岳书翔骂了千万遍。

"朱明杰这边项目已经有了眉目，他需要和李旭晨的做比对你是知道的，我再给你2日期限，你若是到时候无所出，我想我也应该重新想一下你是不是还和以前一样能效力了。另外，巫启那边你要盯紧，不要让她出什么幺蛾子。"岳书翔也就再多叮咛了这两句，常磊连连答应。

出了岳书翔办公室的门，常磊才感觉得心中的压抑感有所消退，可既然岳书翔这边给了他压力，他也就只能找到刘成再添点油让火烧得更旺一点了。

常磊这次约见刘成的地方在刘成母亲住院的病房，刘成急匆匆赶来的时候常磊正在给刘成的母亲削苹果，刘成看到母亲嘴里念念有词的和常磊有说有笑，可自己心里却着实捏了把冷汗，怕常磊一个不小心会说什么。

"常总，犬儿是承蒙您的厚爱才能在超越坐到这个位置，我也把您当作我的儿子一般看待，以后没什么事您就多来看我，我一把老骨头了也就牵挂这么个儿子。"刘成听到这句想必常磊已经把自己的身份表明还和母亲说些什么套近乎，于是才安心了点。

"妈，您早些休息，常总他公务繁忙，哪有时间经常来看您，常总我们借一步说话。"刘成想赶紧拉走常磊，可常磊哪那么容易离开。

"不急，我和伯母再聊一会。"常磊皮笑肉不笑地对着刘成说道，他看到刘成慌张的神情也自然看到他头上冒着的汗珠。于是常磊继续把头转向刘母。

"刘成前段时间的工作都很上心，不知是否因为您身体抱恙，所以近来他也有些松散了，我来看看您就是希望您能多劝劝他，工作上还是要上点心，毕竟您这个病以后要花钱的地方也多，您说是不是？"不出刘成所料，常磊已经开始居心叵测的和自己的母亲道起自己的不是。

"成子，这就是你的不对了，有这么好的领导让你做事怎么能松懈呢？妈在医院一切都好，这里的护士医生都对妈特别照顾，你就放一百二十个心，只管好好帮常总做事。"刘母看着刘成叮嘱道，刘成心里有苦难诉，也只能眼巴巴地听着。

"妈，我知道了，常总这边的事我会认真做好。"这句话刘成是说给常磊听的。

"哦？是吗？李总那边说的期限是 2 天，我这边也正犯难呢，不过听你这么一说我就放心了。"常磊有意提示道。看着刘母的眼神，刘成心里也是忧心如焚，可眼下这种形式他除了答应也别无选择了。

"成子，你还想什么，常总都说话了你也不表态，妈常跟你说做事不要怕苦，吃不了亏。"刘成看着母亲把常磊当作是自己人，更是有苦无处说。

"嗯，我知道了。"刘成感觉自己被逼到悬崖边，即使万丈深渊，常磊说让他跳，他也只得奋不顾身地往下跳。

"伯母，您就在这里静心休养，我已经吩咐护士好好招待您，您这里的值班医师也是我的好朋友了，您有什么情况只管开口，吃的喝的我来承办，您就只管好好养病，别的什么就交给我和刘成吧。我有事就先走了，下次再来看您。"刘母听到这番话像是要扑倒在地感谢常磊一般，光是嘴上就说了无数个感谢。刘成突然觉得常磊这个人心思深不可测，能把如此虚伪的话说得比音乐还动听。

"跟我出来。"常磊和刘成擦肩而过的时候脸色突然暗了下来，连说话的语气都有了一百八十度转变。也只有刘成才知道常磊的真面目该是如此才对。

"妈，我出去一趟。"刘成对着刘母扯出一丝微笑，刘母连续叮嘱他让他好好听常磊的话，他也只能干笑着应是。刘成走出病房门口看到常磊两手插到口袋里一副居高临下的样子，这才是他的真面目，刘成心里想。

"常总。"刘成这样叫着，心里却早想把他大卸八块。

"怎么神情这么严肃，我还没说什么呢？"常磊脸上没有一丝好脾气。话里话外全是威胁。

"常总有话请直说，我能做的一定都帮您办好。"刘成其实也义愤填膺，可既然屈于人下，又怎能任由自己的脾气呢。

"该说的我刚才都说了，岳总那边说是2天内拿到规划书，我不管你用什么方式，我只看结果，不看过程。你母亲的病你也是看到，这里七七八八加起来也要八千元一天吧，你那点工资够你这么折腾？"常磊说到了刘成的痛处。

"常总，我这就回公司给您盯着，一有消息我马上通知您。"刘成心里也没底，但当下这个时候也只得硬着头皮答应。

"那我就等你好消息。"最后几个字常磊一字一句的嚼着，就好像要把刘成吞掉一般。刘成看着常磊远走的背影，突然像是被掏空一般只想往后倒，可这个时候不是自己能自怨自艾的时候，他透过窗户看着病床上的老母亲在行动不便地挪着自己的身体，一时泪眼模糊，开车直奔超越。

李旭晨到了机场的时候候机厅人满为患，他伸长着脖子留意每一个出来的乘客，他也不知道阔别这么久的杨文自己现在再见到是否还认得出，正当他有着这样的忧虑的时候，就看到那个熟悉的面孔。

"杨文。"李旭晨伸长手摇摆叫着。只见一个剪的超短发、长相清秀、架着黑色镜框的男子从境外大厅缓缓走出来。

"兄弟，你还是老样子！"杨文说道，他们两个自称在大学里同穿一条裤子的好兄弟终于在阔别了这么多年之后又再次相聚了。两人各自搭着肩的背影说不是亲兄弟都很难让人相信。

"你那边事情办得怎么样了，都进展得还顺利吗？"李旭晨问道，每次在

244

信息里简短的回复总是不好发过多的回应，毕竟他这个大忙人总是有忙不完的事情。

"都办完了，不办好怎么能回来陪你打这场硬仗，我就不问你了，肯定又不知道在多少个漆黑的夜晚挑灯夜战了吧，估计现在所有人都指着把超越真的超越了吧。"杨文这个高才生说起话也是极有水平了，不仅把李旭晨的处境道得如此精准，还都是字字珠玑。李旭晨也不知怎么回应，只能够尴尬一笑，而后把所有的注意力都放在杨文身上，毕竟他现在也是绳上的蚂蚱，只能靠着杨文来解救他了。

"没事，还有你这个蜘蛛侠在，我就是处境再艰难，也熬到了你回来不是么？"李旭晨喜笑颜开，杨文可就不那么愉悦了。

"你这么说，我可就要几天都睡不着了，我那边才刚解决一箩筐的麻烦事，你这边又有担子要挑，真的是天妒英才呀。"杨文叫苦连天也让李旭晨苦笑不已。

"不过说认真的，我现在这边可以说是四面围城，就你能出手相救了。"杨文听到李旭晨这么说，表情也跟着严肃起来。

"你就不打算跟我说说是怎么样个情况？"杨文提问道。

"先和你说公司的状况，内外交加，现在我手上拿着跃天的案子，是个大案，若是合同签成了，我能拿到手的利润翻一番，但是现在最大的问题就是我们的技术采用的是国内顶级的，而对方看中的是国外的技术，你也知道我们的技术再成熟，也比不上国外那边的。现在第一个问题就是我没有认识这方面的人才；第二个问题，即使技术拿到了，超越从拿到手到研发这个时期太长，跃天那边等不及，当前就是这两个矛盾所在。"李旭晨道出了问题的核心，也让杨文为这种情况着实捏了把冷汗。

"那内患呢？我相信项目再棘手，也比不上超越的问题多吧。"杨文说出这句话的时候李旭晨真想劈开他的脑袋看看里面装的是什么，为什么平时短信三言两语就没有下文了，他对目前形势却如此的清楚。

"我说你都可以拿个小板凳去街上算命了，没带你这么准的。现在超越里面的问题也是着实让我头疼，不瞒你说，昨天我才申请调到了市场部去工作，那里简直住着满办公室的僵尸，个个都是行尸走肉，没有一个在做事的人，所以我决定转移阵地，过去好好来个改革，把这个部门拿下，我看以后有了经验了再各个突破。"李旭晨说的时候眉毛不自觉的纠结到了一起，杨文看他马上又上来的工作架势，无奈地摇摇头。

　　"我最怕你这个样子，说着说着就一筹莫展，这不还有我吗？就这个？"杨文说的时候还用手摊开了李旭晨的眉宇，他不喜欢自己的兄弟有了问题就如此这般，他向来都是个乐观主义者。

　　"如果你觉得只有这些你就大错特错了，听我一口气说完。"李旭晨顿了顿，"第一个压力就是老头子那边，他那身体你也知道，他又不自觉，天天有着操不完的心，为了让他宽心超越的事情我也就说一半不说一半了，可是我希望我能早点做出成绩，让他能看到。第二就是岳书翔和常磊那边，就是我们公司现任总经理和事业部老总，对了，还有一个他们安插在我身边的眼线，就是技术部部长刘成，他现在就坐在我工作室外边，天天就拽着我那些事和那两人汇报了，而且我知道的实况是他们那边和我的对手东旭有着某种不为人知的深交。所以我基本上都放不开去做事。现在可以说是手头上一个可以重用的人都没有了。"李旭晨说完叹了一口气，他觉得光是描述这些事情就已经比事情本身更让他来得头疼了。

　　"哇哦，这下是有得玩。"杨文竟然用玩这个词来形容，李旭晨无奈这么多年没见，他这种乐观主义的精神还是传承得这么好。

　　"对了，你那个让你天天念念不忘的妹妹如何。"杨文知道在大学里李旭晨天天惦记的就是他那个妹妹，一回家就大包小包的手信带给她，打起电话来还是一副宠溺的口吻。

　　"你可别打她主意，这丫头现在心思可诡异得很，自从上次股东大会手里拿到股票之后竟然和我说不想工作要做自己想做的事，我也是费了一番心思才把她调到我身边，你等下和我回市场部应该就能看到她了，她也是近几日来那边报到的，我把她也调过去了。"李旭晨说完，喝了口水。

"那我就期待和你一统江山？"杨文胸有成竹地说，李旭晨看到他这副样子，也来了气势，和他撞击了一下拳头两人就上了车，赶往超越了。

李旭晨这边见了朋友，岳书翔也没闲着，他和朱明杰改了一个偏僻的酒吧见面，上次被巫启逮个正着也让他心有余悸，所以这次找人踩点，才找到了这个隐蔽的场所。朱明杰是个好酒之人，他一来到这个地方，就点了两罐啤酒自己先喝上一瓶，岳书翔虽说混迹商场多年，但极少碰酒，对于饮食养生，他向来有所研究。

"老岳。"他们每次见面好像都是一样的对白。

"你怎么自己就喝上了，也不等等我。"岳书翔满脸笑意地走过去。

"最近事情多，用脑过度，不喝点这玩意补补脑，我觉得还没等到和跃天签约，就已经脑容量消耗殆尽了。"朱明杰说得一本正经，但是岳书翔总觉得就是有意无意在说给他听，暗示他这边的无为。

"你那边进展如何，我这边刚去催促手下那帮人，应该这两天能把你需要的东西给你。"岳书翔两手空空只能是趋于人下了。

"我这边规划书已经赶出来了，但是要比较你那边才知道如何，你也知道毕竟是竞争，若光是看我这里成果那就是板上钉钉的事了，所以还是要看你啊老岳。"朱明杰再次暗示，和岳天翔合作这么久，每次都是要风得风要雨得雨，可这次却过来大几天都无任何进展，他也有些失去耐心。

"我刚得知李旭晨那边和项目负责人碰面了，谈进度的事情，你最好也约个时间去会会，毕竟这种事有来有往，我们现在约定后天中午这个时候还是这个地方，如果我拿到资料亲自带来给你。当然只准成功不准失败。"岳书翔这么说着，心里还是暗自叹了口气。

都是在等消息的两个人坐下有来有往地谈着。

第二十五章　初来乍到

"你好，我是岳珊妮。"岳珊妮抬着一大箱东西到市场部的时候还是下了决心要在这里好好工作的，所以站在门口来回踱步了几分钟后才鼓起勇气走进大门。

她说出话后本想着所有人会望过来然后有哪个热情的同事帮自己把行李抬到座位上，可事实就是无人问津。

"你好，请问人事部门的在吗？我是新来报道的同事。"岳珊妮把音量抬高，以为是自己声音太小没人听见，可事实就是她认为的方向确实错了。里面的人还是各自忙活着手上那点事，偶尔有人看看她，也是瞥了一眼便作罢。

"你随便坐吧。"一个虎头虎脑的男生看到岳珊妮长得还有几分姿色才大发善心的开口，岳珊妮心里甚是不悦，心里念念有词，"什么地方啊，来了连个接待的人都没有，晨哥是在捉弄我吗？"可是她也只能接受，毕竟这里的人好像还不知道她是董事长女儿的这层身份。

等岳珊妮把所有东西安置好的时候，李旭晨就带着一个陌生的哥哥走进市场部，岳珊妮看到走进来的李旭晨立马迎上去："晨哥。"她赶忙叫着。

李旭晨只是摸了摸她的头，然后拍拍手掌："所有人都停下手上的活听我说。"但即便如此还是无人反应，这个部门的人好像向来都不关心任何事情。杨文站在一旁看到这个情况也是摇了摇头，不知道该说些什么，看来李旭晨还有很长的路要走啊，他心里这样想着。

李旭晨心想新官上任还三把火呢，他这刚来到这个部门，就这个架势那以后如何服众，想到这里李旭晨突然往桌上重重地拍了两下。

"现在所有人把手里的事情停下，出去跑市场，明天至少给我拉到一个客户，没有一个客户的至少要给我一份为什么没有客户以及一份详细的策划书，如果不能，我不管你们是集体辞职也好是回家待业也罢，我想超越容不下你们。"李旭晨把手背到后面，一字一句地说着。下面顿时被震得鸦雀无声，所有人都只料到新领导来会训话，没想到他会下逐客令，而是全部门的逐客令。

"领导，我倒是想问问您明天是否能拿出一个新客户，之前岳总带我们的时候可没这种规定，您要是想把我们集体辞退或是显示您的权威您就只管说，不要用这种不择手段的方式，我们不接受。"说话的人是个牙尖嘴利的女生，看起来像是混了多年的老油条了。李旭晨不慌不忙地走到她旁边。

"我明天之前给你 2 个客户，你们都知道我是技术出身对于客户我手上可是一个没有，但是我当着你们的面承诺，若是我李旭晨做不到我就收拾东西滚蛋。若是我做到了，你明天就不要来上班了。"李旭晨这话一出没人敢出声，岳珊妮拍手叫绝，那个女生脸上惨白得看不下去。

杨文站在后面没有吱声，他知道李旭晨现在气头上，刚才说的两个客户也是没经过大脑，暗自想着办法要如何帮助他解决，于是出门去不知道给谁打了通电话。

李旭晨看着所有人满脸惊慌地跑出办公室后面色才稍稍变好。站在一旁的岳珊妮只是愣愣地看着他，李旭晨知道她是被自己的样子给吓到了。于是走了过去。

"怎么了？这个样子。"李旭晨揉了揉她的脑袋，头发都有点弄乱了，岳珊妮伸手上去整理了一下，才抬起头。

"晨哥，你刚才的样子真的好吓人，我都被你震住了，还有你刚才说的市场指标我完不成，因为我才第一天上班，我什么都不懂。"岳珊妮可怜巴巴地望着李旭晨说道。

"傻瓜，你当然不算其一，我刚才那个样子真的连我自己都吓到了，你也看到了，这帮人是什么样一个工作态度，我要不这样能服众吗？"李旭晨安慰着岳珊妮，他也不希望自己吓着这个妹妹。

"不过晨哥你真的好样的，我刚才来的时候也是被他们冷在一边，我还以为是我出了什么问题他们才不理我，原来他们一直这样啊。不过我感觉现在在你手底下做事压力真的比较大，以前徐部长顶多是训两句，你可是叨叨不停呢。"岳珊妮脸上写满"无辜"两个字让李旭晨好气又好笑。

"你努力工作倒是不会有什么问题，要不然我也难免会对你发脾气，还有以后在公司不要叫我晨哥影响不好，你叫我李总吧，虽然我还是你的晨哥。好吗？"李旭晨耐心地劝导，岳珊妮觉得这个也是情理之中，于是点点头。

李旭晨这才想起了什么回头看了看身后，没看到杨文于是转头问岳珊妮刚才那个和他一起来的哥哥去哪里了。岳珊妮回答走出外面打电话了，于是李旭晨才走出去。

"好的，下次得空请你吃饭。"李旭晨走出去之后也只听到杨文在电话里说的这一句了。杨文挂断电话转过头看到李旭晨一副你吓我一跳的样子。

"怎么？李总这是把话训完了出来关心我了？"杨文没好气地说，李旭晨看他在这个节骨眼还有心思和自己开玩笑，于是用巴掌轻轻拍了一下他的头，他也顺势配合地往前一倒头。

"你这小子，就知道拿我开涮，我刚才也是气得不轻，看到这帮僵尸这般庸庸碌碌，你说换作是谁能不气，你现在知道岳书翔是怎么想的吧？他就是养着这群废人，然后一点点地把公司给吃了。"李旭晨往胸口那揉了揉，的确他也是第一次发这么大的火，怎么可能不气。

"所以李总有没有想好要怎么找到那两个新开发的客户呢？李总说的时候我可是替李总您捏了把冷汗呢，我知道您在技术方面能撑起一片天，可不知道您在找客户方面也能有如此卓越的能力。"杨文说的时候一副玩味的表情，听他这么一说李旭晨的担忧才挂到脸上，他只是为了出这口恶气以及整顿人心，想着等下再找其他人帮忙，可是现在想想也不知道谁能帮到他。

"杨文，你听我说，这件事就靠你了。"李旭晨其实是开玩笑的，但是他为了不让杨文担心故作轻松的样子打趣。

"原来李总你那么看得起我呀，我还真是感动的无以为报，不过我早有前瞻性，刚才打电话给我的亲爱的她，我的亲爱的她告诉我她稍后会给我回话，你知道的，她是一个公关公司的顾问，手里有大批资源。"李旭晨听到这里简直两眼放光，没想到在自己训话短短十几分钟里，这个胜似手足的朋友就已经帮他铺好后路，而且是燃眉之急，于是他高兴地无比言表，也重新评估了一番杨文的能力。

"你这小子这几年出国还在国内养女人！不过你这能力还是不容小觑，我容你在这里当我的经理真是委屈大你了，不过等哥飞黄腾达了，也是你腰缠万贯的时候。"末尾这句话是他们大学时常说的，杨文对李旭晨常说，李旭晨也常对杨文说，现在说起来两人都陷入回忆，不过现在两人好歹也是又聚在了一起，可以说超越的天下似乎迎来了希望的曙光。两人勾肩搭背地走回办公室的时候，岳珊妮正在摆放桌上的物品，看到李旭晨和这个旁边的哥哥又搂又抱一副惊讶的表情。

"你就是岳珊妮？"杨文看到唯一还敢在办公室里收东西的人，就知道他一定就是那个集李旭晨千万宠爱于一身的人，虽然心里确定是，但是还是用了问句。

"是啊，哥哥你认识我？"岳珊妮看着这个陌生的面孔抓耳挠腮地问。

"我不认识你，但是大学时候你屡屡打电话来的时候，你晨哥就是一副温柔可人的样子。什么'喂……珊妮你要听话对吗？'我当时差点都以为你是他女朋友了。"杨文说得声情并茂，李旭晨站在一边看着都忍不住要对他大打出手。岳珊妮更是笑得连腰都直不起来，但是听到是"女朋友"这三个

251

字眼的时候心里还是感觉到怪怪的。

"那请问哥哥叫什么名字，原来你是晨哥大学里的朋友啊，那你怎么来到超越了，是来帮晨哥的吗？"岳珊妮继续提问道。

"你以后叫我文哥吧，我觉得你这个年纪也可以叫我文叔了，毕竟我也比你大16岁，我来超越也是被你晨哥当成人贩子一样拐进来的，说起这个我就伤心。"李旭晨笑得灿烂，不过他觉得杨文说的也没错，自己的确是把他拐进来，不然怎么他一来自己就捅了这么一个大篓子去给他解决呢。岳珊妮看着眼前的这两人情如兄弟暗暗地笑了。

"所以李总，我的位置在哪里？不会以后我要站着办公吧。"杨文没好气地说道。

"这个最大的桌子留给你，采光好空气好知足了吧。这里这个人等下我让他搬到角落去，明天估计这里的人至少我要开掉三分之二。"李旭晨说的时候杨文一副满脸无害的样子，不过他觉得这也是上策。

杨文这才没坐稳，很快手机就响起了，他拿起电话就对李旭晨说了句："我的亲爱的"。李旭晨没好气地笑道，也不知道是不是在国外待久了，一身的痞子气，完全看不出是一个高材生，李旭晨心里暗想。杨文笑容满面的接完电话，挂掉的时候一副伤心难过的样子，李旭晨自然是了解他的玩性，也没有任何担心，反倒是岳珊妮看着他垂头丧气的样子赶忙走过去拍了拍他的肩膀。

"文哥，没关系的，事情总有解决的办法的。"杨文本想骗骗李旭晨，没想到却吊了一个岳珊妮的胃口，于是实在忍俊不禁了，李旭晨看到这个样子刚才的火气顿时抛到九霄云外，也哈哈大笑起来，岳珊妮没明白两个男人的心思，于是不高兴地嘟着嘴。

"你们两个笑什么？不是有不好的事吗？"岳珊妮不解地问着。

"你这个文哥鬼主意比你还多，要是不好的消息估计一听到就满脸阴霾了，还会等到电话挂了之后才这副死表情吗？况且他做的事我看就从来没有失败过。"李旭晨说得斩钉截铁，岳珊妮一脸被气坏的样子。

"你这个死人头，你是我肚子里的蛔虫吗？对我这么了解我以后还是防着你一点，万一你爱上我了这下我可就麻烦大了。"岳珊妮觉得每次听到杨文说话就好笑，也觉得杨文和李旭晨真的就好像经常拌嘴的小情侣。

"我不了解你谁了解你？真是的。"李旭晨说。

"我的亲爱的来了电话，她说两个客户已经搞定了，他们下半季度的产品转由超越当供货商，而且合同你们只需要寄过去他们签字盖章就可以，不不用麻烦你亲自跑一趟了，虽然不是什么大客户，但是至少也是客户，帮你解决了刚才那句大话也算是给你树立了这个权威。"杨文才刚说完李旭晨就觉得松了一口气，他觉得杨文一定是上帝送给他最好的礼物，不然怎么会出现得这么恰逢其时。岳珊妮听完之后也感觉很吃惊，用一种极其崇拜的眼光看着他。两个人打趣完了之后李旭晨就把杨文叫到了自己的办公室，而后让岳珊妮把东西收拾一下，等下再给她安排工作，于是大家都开始各司其职了。

李旭晨领着杨文到了办公室关紧门窗之后才开口说道："文，你帮我在这台电脑里装一个你上次和我提过的美国最新技术防盗系统，因为我怕最近会有人有小动作。"李旭晨说的时候心里已经清楚是在防着谁了，杨文见他又是一副思考的样子，也就什么都没说，自顾自地忙了起来。等杨文宣布大功告成之后，李旭晨才把手里的 U 盘插到电脑里，把重要的文件全部拷贝进去。

刘成刚从医院出来就心神不宁地开着车，他托人花了大价钱才请到一个来自美国的电脑高手帮他入侵电脑去盗取资料，现在李旭晨被调到了市场部，他的形势更是不利了，所以他觉得今晚就着手处理这件事情，即便是冒着生命危险，一想到刚才在医院常磊和自己母亲对话的场景就不得不硬着头皮往前冲了。

到了某个 CD 城，刘成照着手里的照片找到一个留着金色长发的美国男子，由于长相很突兀，刘成刚到没两分钟就已经准确地找到他，对方看到刘成递过去的一纸袋的钱才开口说了话。

"晚上两点我带着电脑到超越后面的巷子等你，你把里面的情形摸透了就喊我进去，切记清理好现场。"说完对方塞给他一张便利贴，上面写着一个电话，刘成小心翼翼地收好，戴上帽子继续鬼鬼祟祟地出去，然后把车开回超越，打点完保安那边的监控之后，刘成在超越门口也安插了眼线，等李旭晨一出超越的大门，刘成这边就来了电话，刘成掐着表等时间，然后到了市场部的玻璃门前探了探，确认没人之后才打通便利贴上的那个电话。

"OK。"就说了这么一个简单的单词之后他就挂了。他站在市场部的门口就像热锅上的蚂蚁急得团团转，不过那个外国人办事效率倒是很快，没有10分钟就已经偷溜进来了。于是刘成拿着从岳书翔那拿来市场部所有钥匙打开了一扇扇大门，最后呈现在眼前的就是李旭晨的电脑。只见那个外国人把自己带来的U盘和电脑安装好，然后忙着自己手上的操作，刘成这边也没闲着，一个劲地给桌子上那些文件拍照，两人就这样分工明确地进行着整项计划。过了大概20分钟他们才同时停下手中的活，一起走到门口的时候看到过来巡楼的保安。

"谁！"保安看到了在安全通道上的人影，这时候整栋公司都停电了，保安拿着手电筒照起来，看到了两个人影赶忙跑过去。刘成连忙让外国人先走，他自己故作镇定拿起一根烟在楼梯口抽起来。保安跑过去看到坐在楼梯口的刘成，眉头一皱，可四处张望又没见到第二个人于是才用手电筒照着他。

"你是谁？为什么现在在这里？"保安的口吻是审讯犯人的，刘成不慌不忙地平静了一下心情，然后点燃一根烟递给了保安，再从口袋里掏出自己的工作证递了过去。

"技术部部长刘成。"保安把这几个字念了出来，虽然官职看着还是蛮高的，可这时候黑灯瞎火的一个人在这里吸烟想必也是有些可疑，于是还是有些冲地问道："怎么刘部长这么晚了不下班在这里一个人抽烟？我之前是确认所有楼层都没人了才把灯关掉的，您这时候在公司恐怕不合适吧？"保安话里有话的说着，刘成脑回路也转得很快，等保安说完，他已经想到十个八个理由，于是他挑了一个最符合常理的来说。

"我刚才上着班太累了就在办公桌前睡着了，醒来的时候已经是黑灯瞎火了，可是您看看我手机，都是扣费短信，您知道是为什么吗？我那年迈的老母亲现在还躺在医院，一天 8700 多元的住院费，这一住已经是一个多月了，我现在被追债公司追的有家回不得，不在这楼道里抽烟难道出去公司门口给别人揍一顿？"刘成说完都要佩服自己，保安看起来就是和刘成差不多的年纪，到了他们这个岁数，谁家里没个病人，于是也颇具同情的搭了搭他的肩膀。

"哥们，原来如此，不过你也不要太难过，人到了这个时候生死各安天命，我也体谅你的心情，因为我的父亲也是现在脚上长了个肿瘤，到现在我都还没筹够医药费给他，我很理解你的心情，可是您大半夜在这抽烟也不符合规定不是，您看着偌大的楼里到处都是电脑器材办公用品，万一丢失了我这边可担负不起，要不您走公司后门，我去给你把个风。"保安泛起同情心开始同情刘成的遭遇，刘成心里暗笑嘴上却一个劲地道谢，然后一脸忧伤挫败的表情。

"大哥，我看您也是不容易的人，我这个把月还有三四万的工资，可您确实不容易，您看我这有 5000 块钱，您先收着，就当作我给您老父亲的一点心意，今天我在这抽烟的事您也就多担待，若是有人问起你就当没见过，您知道我那个上司吃人不眨眼，我和他也是多日积压的过节了，你若是可以就帮我这个忙，不然我倒是丢了工作没了收入，也就可怜了我那个年迈的母亲了。"刘成说完掏出兜里的 5000 元现金递上去，保安连连拒绝说忙可以帮但是钱不能收，刘成自然知道这个客套，毕竟他在商场上这样的场面也是见得多了，于是两人一来一回地推托，没两下保安就收下了。

"大哥您放心，今天我在这谁都没看到，到时候有人问起我也就实话实说说没看到，希望您的母亲尽快痊愈，我替我父亲在这里谢过你了，您现在下楼吧？我去给您探路，若是有人我再给声招呼。"于是保安很认真的领着刘成从后门走了，刘成出来之后暗笑自己不去当间谍也是可惜了这一身的天赋。

第二十六章　自有妙计

　　李旭晨第二天回到办公室的时候看到桌上的东西似乎有被动过的迹象，但是昨天自己走得匆忙以为自己记错了，于是打开电脑输入密码的时候看到本来存在桌面的一个文档突然被移动到 D 盘，才确信的确是有人动过自己的东西，于是脑袋嗡的一炸，感觉该来的还是来了。

　　"杨文，进来一下。"办公室现在只有李旭晨和杨文两个人，李旭晨趁还没有人来的时候赶紧把他叫进来。

　　"怎么了，一脸神色慌张的样子？"杨文问道。李旭晨等杨文进来赶紧把门关上。

　　"昨天你帮我装的防盗被破解了，电脑被动过。"听到这个杨文也是当头一棒，按理说这个防盗软件不是市场能买到的破解器可以破解的，除非是高级黑客否则都是无法破解的。杨文赶紧打开后台一看，果然看出了故意删除的痕迹，于是严肃地站起身来。

　　"是我的失误，有人动用了高级黑客来入侵程序，把这个安全密码锁给破解了，不过留下来一些痕迹，我倒是可以帮你查查到底是哪里的 ID。"杨文说的时候听得出言语间的愧疚，李旭晨也知道这一天迟早会来，好在自己的策划书没有写全部的内容，虽然重点自己都标注了，但是他们的核心问题和跃天那边的顾虑自己也只是藏在心里。

256

"没事的，文，不怪你。这事要赖也只能赖我，都是我的过失，你也不要愧疚，现在你就看看能不能查到是谁的操作找一下看能不能找出幕后黑手，我这边再想后面的事情。"李旭晨其实心里难过得不得了，可是这时候才是最需要他整理思路的时候，他绝不能意气用事，于是只是拍了拍杨文的肩膀，然后就走出办公室让他一个人专心去解决剩下的事情。等到九点钟上班时间，市场部包括岳珊妮也就来了10个人，本来是23人的团队。看到这个李旭晨再也憋不住了。

　　"所有在的人把名字签一下，然后有找到客户的给我在上面打钩，没有的报告交到我这里，如果报告和客户都没有的你们就可以收拾东西到人事那里结算这个月的工资了，出于人道主义我多给你们开半个月的，如果有意见我给你们两个选择：一、我这里有一个律师的电话，口才好，办事能力高，收费低，你们可以和我法庭上见；二、去劳动保障告我，只要是那里传召，我二话不说。希望你们走出这个门口之后，都能高就。"李旭晨说完这段话的时候所有人心口都绷得紧紧的。

　　"如果没有完成，谁要解释的赶紧，我再给你们5分钟准备，若是有理有据你们还有机会，不然我看我们部门是要经历一场大洗礼了。"于是他头也不回地往办公室走去。里面的员工都四目相对，谁都傻了眼，包括岳珊妮。

　　"怎么样了？"李旭晨一进办公室赶忙问道。

　　"ID查到了，然后我托朋友找了圈内的人，他大概知道是谁，你今天下班若是有空，我们可以一起去会一会。"李旭晨听到这句话的时候才觉得这个看似明媚的早上有了一点属于他的朝气，好像只有在杨文这里，才能听到好消息。

　　"当然有，我先整治好这帮人再把规划书什么的拷贝出来，这样你去帮我做一件事。"李旭晨把嘴巴靠近了杨文的耳旁才又开口说，"你去帮我买一个小的盆栽或者别的也行，然后再去买一个微型摄像头，我相信我那份没完成的规划书还无法满足他们的欲望，如果在猜测之中，他们还会再来光顾一遍。"李旭晨虽说的猜测，但是其实杨文看得出他胸有成竹，不是凭感觉，而是他们相处这么多年来的默契了。

"好，我这就去办。"杨文说完，马不停蹄地出去了，看到门口站着十几号人的场面他刚才在里头也不知道发生了什么，所以现在也是一头雾水。但是他也没有什么心思去顾虑这些，专心按照李旭晨的吩咐去做了。李旭晨掐着表差不多10分钟的时候才走了出去，看到门口那些人脸上都挂着光晕，目光有些绝望。

"所以谁先来给我解释。"李旭晨开口后，等了足足1分钟，看到所有人低头沉默不语，才冷笑了一声。

"李总，对不起，我之前懒散惯了，这次希望您原谅我的过失，以后我保证再也不迟到早退了，您昨天叫我找客户我这边已经联系好了，希望您看在这个面上放我一马。"李旭晨终于听到一个人服软，才觉得松了一口气，毕竟他的目的也不是真的要裁员，而且一下子走了十几个员工人事那边一时半会也找不到这么合适的。

"很好，至少你还是有点能力的，冲着你这个态度，我可以原谅你这一次，但是扣你一个星期的工资作惩罚，能接受你进去，不能接受你就走人。"李旭晨这招一出，岳珊妮在里面听到都要暗自叫绝，那个员工自知能够保住饭碗就不错了，于是埋着头灰溜溜地走进了办公室。有了先河之后所有人都争先恐后地开口认错，李旭晨也没说原谅，只是静静地盯着他们。等他们都安静下来，他才摆起了架子。

"第一个是态度好，第二个就不值钱的懂吗？况且人家签下了客户你们手里有吗？"李旭晨问的时候又有5个人举起了手。

"很好，举手的人处分一样，工资扣一个星期，若有下次绝不姑息。"李旭晨心里唯一感到慰藉的是还是有能做事的人，只是不去做罢了。

剩下的人都只是互相对视着，没有人敢喘气，也没有人敢吱声，李旭晨看得出他们是真的吓坏了，原本决心多开掉几个的现在看来自己也不是什么当恶人的料。

"我再给你们最后一次机会，昨天写了规划书的人，扣 2 个星期工资可以进去，但是明天之前我要看到悔过书，至于内容才是决定你们留不留得下的关键。"李旭晨这么一松口，所有人才松了一口气，昨天他那一炮火，也没有人不敢不写，于是全部都灰溜溜地走了进去。

李旭晨看到所有人的屏幕上都开启两个规划书，所有人手上不是忙着炒股和打游戏，而是拼命在工作的时候，才觉得自己终于有了一件初见成效的事情。他走过珊妮桌子面前的时候，岳珊妮给他竖起了一个大拇指，而他也只是笑了笑摸摸岳珊妮的头，而后说了句："好好工作。"就进了办公室。

还没坐稳，他就急着打开自己存放在电脑里的规划书细细端倪起来，发现还是有很多资料是非常重要的，于是越想越窝火，更加的烦躁不安起来，他静思了半个小时也没走出这种情绪。

"李总。"门外传来了杨文的声音，李旭晨心想应该是自己交代他的事情他已经完成了，杨文做事风格和自己向来一致，说到做到，雷厉风行。

"我买了最新型的真空摄录机，我现在安装好，你记得不要去碰这个地方，我相信绝对不会被发现的，还有记得把自己电脑里重要的东西都拷贝了，我给你买了新的笔记本电脑，以后你的文件就在这里面做，记得电脑不要离身就好。还有我刚才路上想了一个对策，你把电脑里的规划书继续完备，但是质量不要太高，看起来尽可能的真实。换句话说就是让他们误以为拿到了真正的资料，从而去降低他们那边的防御心。我想他们偷的这些东西也一定是拿去给你们竞争公司的，我们从这个入手反将他们一军，来个螳螂捕蝉黄雀在后，然后等项目拿下了，我们再把偷拍的视频拿到公安机关那里报案，这样两全其美你看如何？"等杨文把话说完，李旭晨发自内心地给他鼓掌，他都想这个市场部的管理人应该是让给他呢，还是把自己的 CTO 直接让给他得了。

刘成得手之后赶忙拿着自己拷贝的文档到了岳书翔的办公室，一来他不想自己忙活了大半天的成果给常磊从中途截空，二来上次常磊去医院对他母亲做过的事一直让他心有所虑，刘成心想能够压制住常磊的恐怕也只有岳书翔了，于是他大胆做出这个决定，想以后岳书翔当自己的直属上司，看能不能就此铲除常磊，而且他这次手里握着的的确是用生命换来的绝对有价值的资料。刘成进到办公室的时候如意算盘打得是很好的，可天不遂人愿，刚走到门口准备敲门，就看到常磊从办公室里走出来，看到刘成的时候常磊还特地抬头确认了一下这里是总经理办公室而不是事业部总经理办公室。

　　"常总，我说怎么找不到您呢，因为事出紧急，我也就只好直接到岳总办公室，看到你真的是太好了，事不宜迟我们赶紧一起进去把事情讨论一下。"刘成说着还故意亲昵地用手掌搭在常磊的手臂上把他推进去，常磊也不是糊涂的人，他心里这些鬼主意比刘成可高明太多了，但他现在也不挑明，只是亦步亦趋地跟着刘成进了岳书翔的办公室，洗耳恭听他说的紧急事情究竟是什么。岳书翔刚把常磊叫过来臭骂一顿，看到他又折返，而且跟进来的人是刘成，于是也没好气。

　　"我想我给你们的时间是太过宽松，两天已经过去一天了，你们现在还有心思来我这里开茶话会是吧？"岳书翔嗔怒着说。

　　"岳总您别生气，之前是我的不对，可是现在资料已经到手了。"说着刘成晃动着套在食指上的 U 盘，满面春风。常磊和岳书翔听到这个好消息感觉都不敢相信自己的耳朵。

　　"真的吗？"两人异口同声地说道，然后岳书翔瞬间脸色就好看了。

　　"我说呢，你一直是我手下最得力的助手，这次怎么会失误耽搁了这么久，原来心里早就有了自己的如意算盘啊！你这小子藏得可真够深的，还不赶紧把它递给我，我这边都快要被朱明杰的电话打爆了。"岳书翔高兴起来就夸奖刘成两句，刘成听了心里也是乐不思蜀。听到岳书翔越过自己夸刘成，常磊心中就不高兴了，看到刘成脸上笑容难掩，他才幡然大悟，为什么刘成是出现在岳书翔门口而不是在自己的办公室等他。

刘成把手里的 U 盘递给了岳书翔的时候嘴里还念念有词："这可是我废了好大工夫才拿到手的，您也知道李旭晨这小子有多难对付。"虽然嘴上这么说，可是刘成还是喜悦之情表露无遗。

"当然我也知道你辛苦了，事成之后必有重赏！"岳书翔边拿过 U 盘插到电脑中边说，常磊在一旁脸色甚是难看。岳书翔看到屏幕弹出的文档里有"跃天集团规划书"以及一些相关的图片文档后大悦。

"刘成啊刘成，你还真是救我于水火之中，你这笔功劳我岳书翔记在心里了，他日我必将培养你成为可塑之材，唯我岳书翔所用。"岳书翔说完放声大笑，他这句话其实不仅是说给刘成听的，更是说给站在一边的常磊听的，他看到常磊眼神里有对刘成的怒意，这段时间常磊总是有自己的小算盘让岳书翔很是不满，他其实也想过找人替代他，可是一直找不到合适的人才，现在有了刘成他说这番话一来可以激励刘成，二来可以给常磊来个下马威。刘成只顾自己在一旁开心，全然没有看到常磊越来越暗沉的脸色。

"多谢岳总器重，我也只是尽了本分，如果岳总需要可以随时传唤我。"刘成此话一出，常磊想找人做掉他的心思都有。可岳书翔当然是笑得更大声了。

"好了，你们这几天也跟着劳累了，我这边现在要去见朱明杰，你们就先忙自己手头上的事，有了结果我会及时告知你们的。"岳书翔当务之急就是拿着手里热腾腾的资料去给朱明杰那边增添头绪，毕竟一切的成功都还是要等到朱明杰那边成功和跃天签下合同的那天起才算真的生效。

"那岳总您慢走。"这句话常磊刚想说出口，就被刘成捷足先登，于是他默不作声跟在岳书翔后面目送他离开。刘成也才满面笑容的从办公室走了出来。常磊注意到刘成连招呼都没跟自己打就准备擦肩而过，于是根本就不是怀疑他的那点心思了，直接就肯定了。

"看来还没攀上亲就已经看不到踏脚石了。"常磊在刘成背后阴阳怪气地说道，刘成背着他的时候是一副得意洋洋的样子，等转过头来的时候已经变得谦卑有礼了。

"常总，您在说什么……我怎么听着犯糊涂。"刘成一脸无害地说道，眼神里还带着这么半分的真诚。常磊只是觉得好笑，怎么一日不见小人得志之后说话的样子都变得如此的虚伪，于是告诉自己千万不能动怒，如果这样子和傻子没什么区别，对待这种小人，自己自然有点手腕，而后也是不紧不慢的露出他一贯皮笑肉不笑的表情。

"我说什么你还不清楚吗？看来你是忘记了你那个一直躺在病榻上的母亲了，我昨天夜里还梦见她亲切地握住我的手求我救救她。"刘成本觉得今天自己狠狠摆常磊一道，无论他说什么都当是放屁，可一提到自己的母亲就像是戳中了软肋一般面色直接就黯淡了下来。

"常总您说的是，您对我母亲的照顾我这辈子都会铭记于心，有机会了一定会好好报答您，不过她老人家最近需要静养，也就不劳烦您去看望了，总之以后有什么事我都会向您详细禀报，随时保持联系好吗？"刘成说出这番话的时候真想狠狠抽自己一耳光，本来站了十足上风的他最后还是要妥协，人果然只要被戳中软肋就什么自尊都没了。常磊听到他这句话心情才稍微舒坦一些，看到刘成渐渐黯淡下来的脸色也才觉得自己又赢了一票，毕竟比起能和自己抗衡的人，刘成还是太嫩了。

"别啊，我今天不来岳总办公室都看不到你呢，不过以后应该不会了，如果我找不到你人，我就去医院找，毕竟你母亲的手机总是能第一时间拨通你的电话不是么？"常磊不依不饶地说着。刘成听着这话心里都犯虚，毕竟常磊是什么样的人他是最清楚不过的了。

"常总，我谢过你了，希望你就大人不记小人过，毕竟这一次我没有功劳也有苦劳，您也算是给我提了醒，就当两清了好么？"听到刘成这么一说，常磊也觉得不无道理，倘若他这次没有拿到规划书，岳书翔那边还不知道要怎么对付他呢，于是站在顾全大局的角度上，常磊还是觉得再给他一次机会，毕竟对于他们这种人没有永远的敌人，只有永远的利益关系。

"你看你说的，我又没说什么，瞧你担心的那副样子。这一次这件事你也完成得漂亮，要是有心办了坏事，那可就不要怪我不择手段了。"常磊突然觉得这段话他自己说得非常有水平，既能给他树立一种顺我者昌逆我者亡的警醒，又让他牢记自己才是他的直属上司。

"那就先谢过常总了，没有什么事我就先走了。"刘成不知道再怎么和他对话，毕竟这样的人自己只能是躲得起而惹不起，只能再找时机对付了。

"嗯。"常磊见刘成明显一副败下阵的样子，于是应了一声便准许他走了。

刘成的背影略显凄凉，常磊看着他突然觉得自己和他关系就像是岳书翔和自己的关系，之间除了利益就无半点的信任，全是猜忌和算计。不过既然走上了这条不归路又谈什么信任，在利和义之间，前者断然给他更大的诱惑。于是常磊嘴角露出了深邃的笑，这个笑的含义也许只有他自己才能够明白。

岳书翔那边因为拿到了规划案初稿而沾沾自喜，可杨文和李旭晨这边却是更加手忙脚乱。

"文哥，你和晨哥那边是不是在计划着什么不为人知的秘密，两个人每天都神神秘秘的，你偷偷告诉我，我保证，我不告诉别人。"岳珊妮说话的语气就像是和杨文询问能否瞒着家长给自己一颗糖，杨文只是笑了笑说了句小孩子不懂。

"一起去晨哥的办公室聊吧，这件事我算上你一份。"岳珊妮觉得这件事情不像是往常那些枯燥无味的工作，反而像是现实猫抓老鼠的游戏，于是兴趣大增的欣然加入了。杨文敲了李旭晨办公室的门有了回应后马上走了进去，岳珊妮也随后跟进。

"来信了。"杨文拿着手机给李旭晨报喜，李旭晨看着他前后跟进来的岳珊妮，有些疑惑，杨文一察觉，便忙着先解释。

"哦，我决定带着她玩，你不是想让她长大吗？我觉得没有比参与这件事更能令她长大的方法了，我也已经把事情的大概告诉她了。"杨文解释道，李旭晨听着这番话很有道理，于是也就接受了岳珊妮的加入，岳珊妮觉得自己终于又找到新的工作目标。

"动身吗？位置随时在移动。"杨文问道，岳珊妮听到要去捉黑客，在一旁鼓动李旭晨。

"去吧，晨哥，晚一点人就跑了。"杨文看到李旭晨在思考，对岳珊妮比了"嘘"的手势，岳珊妮也就什么都不说了。

"文，我是这样想的。上次我也提过认为他们的人会对我的规划书进行二次行窃，那他们就一定会找到这个黑客再进行第二次合作，若是现在我们找到了这个黑客出了高价问出幕后黑手，也做不了什么证据。我们不如赌一把，跟着这个定位看看他们什么时候动手，只要动手了，上次我们装的摄录机也会记录下来，这样我们既知道了幕后黑手，又有了新的证据，不是更好吗？"杨文听到如此缜密的心思，也觉得这个方案更加得益，李旭晨不愧是李旭晨。

"可是晨哥，他们要是不来了呢？"岳珊妮一语道破了这个思维漏洞，不过李旭晨的直觉告诉他，他们最需要的东西也就是自己一直搞不定的难题，所以他们一定会再来。

"这个也有可能，但是几率不大，珊妮，这就是以小博大。"杨文把自己的经验告诉她，她虽然不太懂，但是觉得两个哥哥都坚信的事就一定是对的，所以她就不再多加提问。

"那我们当务之急是做出一份假的规划书，然后放风出去已经办妥一切事情，如果是公司内部的人一定会尽早动手，这样等他们沾沾自喜的时候，我们就能真正地放手去做真的规划书而不用左顾右盼了。"杨文的分析总是字字珠玑，岳珊妮不得不暗自钦佩，高手的心里果然都是大招。

"没错，我现在就开始着手去做，不过文，我上次和你提过的技术问题我还是一点眉目都没有，要是有可能还是要麻烦你了，毕竟你这小子也不知道从哪认识的这么多奇奇怪怪的行业精英，还是一个在国外十多年没回国的美籍人。"李旭晨觉得杨文就是一个藏着巨大潜力的宝藏，怎么挖都能得到自己想要的东西。

"这件事完了之后你要是不给我加工资我都要跳槽，别人这些偷规划的都能有分红，我这个贤才可不能天天这么被压榨，那真是吃了天大的哑巴亏。"岳珊妮听到杨文用这么风趣的口吻说出这样的话就忍俊不禁了，李旭晨倒是习惯他这么拿自己打趣。

"好好好，我私底下请你一顿烤串。不过话说回来，珊妮，你好好跟着你这个文哥学习，他这个脑子里的东西你要能学到十分之一就不得了了。"李旭晨一边和杨文开着玩笑，一边认真地和岳珊妮说。岳珊妮也很少能找到除了李旭晨和岳书成之外，超越能让她信服的人，不过从这一刻起，多加了杨文的名字。

"我的天啊，我为什么大学要认识你，现在还要接手你妹妹，到底我是受了谁的诅咒进的超越。"杨文那一副愁容又滑稽的样子迎来李旭晨和岳珊妮的哄堂大笑。

"文哥，你这下可就栽在晨哥手里了，你知道他总是这么腹黑，不过你放心，还有我这个开心果在，以后我跟着你，你可就有福了。"岳珊妮说得很认真，但杨文觉得她就是很认真在说瞎话，于是摊了摊手表示也只能这样了。

李旭晨看到眼前这两人在这个节骨眼能让自己放松和帮着出谋划策也是倍感欣慰，比起前段时间自己只身一人穿梭在这群对超越怀着满肚子坏水的外人当中已经好多了，至少现在他还看到了能陪着自己风雨同舟的人。

第二十七章　各取所需

　　岳书翔快速抵达他和朱明杰约见的酒吧，踏进酒吧，岳书翔就看到朱明杰已经到了。

　　"老朱啊老朱，你让我怎么说你。瞧你这猴急样我都不敢稍慢一步。"岳书翔的脸上显然比起上两次见到朱明杰有了很大的不同，不仅是从愁眉不展变成笑容满面，就连心急如焚也变成了心平气和。朱明杰又岂不是和他一般模样，一看到岳书翔手里紧拽的东西就忙着迎上去搂着他的肩膀称兄道弟。

　　"这小东西还真是让人煞费苦心。"岳书翔递给朱明杰的时候重重地吐了一口气，感觉这次说出这句话能让自己浑身轻松。

　　"小东西也有大价值啊。"朱明杰嘴上说着，手上也不闲着，赶紧把U盘插到自己带过来的电脑里。岳书翔听到他这么说也觉得非常在理，于是也就不再抱怨，静静地等待朱明杰过目。看了一会，朱明杰眉头略微一皱，岳书翔也跟着紧张起来。

　　"出什么问题了？难道是内容有问题？"

　　"有个很重要的细节这上面没有写明而已，目前这些资料对于我们都是如虎添翼。"朱明杰这么一说岳书翔放下心来，他发现自从李旭晨来到超越之后自己就变得像惊弓之鸟，做起事情来总是束手束脚。

　　"碍事吗？"岳书翔赶紧发问，往往事情的关键就取决于这么一两个细节，

266

朱明杰沉思了一会才缓缓地说道。

"碍事。虽说这一点上我找到的企业和李旭晨也差不多，可是细看这些企业几乎都被他一票否决了，剩下这两张也没有拍全，也不知道如何，我还是想让你那边过个一两天再去看看，若是在技术支持这一栏也填了，我差不多就有九成的把握了。"听到九成把握的时候，岳天翔倒是很高兴的，毕竟基本胜算就已经掌握在东旭这边了，可是同时也犯难，毕竟刘成潜进去的这一次是自己这边再三催促才得手的，这种事一条路走下去肯定会遇到黑，两边权衡下来，岳书翔也犯难。

"老岳，我也知道为难你，可是我们的观点不都一直保持同步吗？宁可保守一点也不愿就这么去冒险吧，毕竟也是蓄谋已久，又怎能看着自己快要成的结果因为一点没把握住而败下来呢。"朱明杰知道岳书翔的顾虑，于是赶紧补充，就怕他在这个节骨眼打退堂鼓。岳书翔本也是好胜之人，而且这次的成败又关系到是否能拔掉李旭晨这颗眼中钉，所以岳书翔也就不再考虑。

"行吧，我这边就找人再去一次，老规矩有了电话第一时间通知你。"看到岳书翔这么爽快，朱明杰也感觉到欣慰，有一个好的搭档的确能省很多心思。

"老岳，我就是欣赏你这一点，做什么都是以大局为重，我朱明杰此生也是有幸能认识你这个志同道合的好友。"朱明杰说了一连串的好话，岳书翔虽然听着开心，可再也没有了刚才进门时的那种胸有成竹。于是他叫来服务员点上了两瓶酒，和朱明杰就着酒精聊着一些事情，最后两人得出的结论就是——好事总就多磨，成功本不是易事。

岳书翔看了时间差不多了准备起身离开，临走时朱明杰再三嘱咐等着他的好消息，他也应和着会尽量，心里终究是七上八下的，于是拨通了常磊的电话让他火速召集刘成两人一同前往超越旁边一个比较僻静的餐馆开一个小的包厢自己有话要说，常磊以为事情已经办妥也感到高兴，于是忙点头应是，于是他们又因为同一个原因坐到了一起。

岳书翔坐在主人位，刘成和常磊一个在左一个在右，这个地方还是不少超越的员工会来，于是他们再三确认这里的隔音优良并且门窗紧闭后，依旧压低声音从长计议。

"岳总看您这么急着把我们找出来想必事情非常顺利吧。"虽然看着岳书翔脸上有些许的不对劲，可常磊还是更愿意相信那是因为他相由心生而逐渐扭曲的表情也不愿相信是事情存在瑕疵。刘成即使看出来了也不愿多说什么，毕竟这一次简直是他搭上了性命才从李旭晨那里拿到的资料，他可不愿意搭上牢狱之灾再去做这些该是小偷做的事。可是事实终究是事实，不管当事人是否愿意接受，该接受的还是得接受。

"顺利是顺利，但还存在一些小的瑕疵需要你们两个再跟进。"听到这句话的时候两个人还是着实松了一口气，好在不是所有的努力都付之东流，想必跟进也就是细节上的一些小瑕疵。

"岳总您尽管说，常磊能做的定当尽犬马之劳。"常磊因为今早在岳书翔那遭到了挫败，于是这个时候当然要积极表示衷心，要不然还真就被一个刘成给压得永不翻身了。刘成倒是什么话都闭口不说，他知道这两人同时都压在自己头上，若是有什么险事难事自己肯定就是挡在最前头的那个人。

"你们别紧张听我说，刘成拿到的文件都派上了用场，但是在技术企业的选择上面规划书并没有注明，想必是李旭晨那边也没有做最终的决定。朱总那边认为这个关系到我们整个计划的成败，还是觉得应该等明后两日再去拷贝一次规划书，按照跃天所给的时间那边应该是做出决定来了，所以只好辛苦刘成你再跑一趟了。"两人一听到这个消息同时傻了眼，常磊觉得岳书翔没有点到自己反而是毫不犹豫地说出了刘成的名字有些失望，再者也失望于没有十足的把握击倒李旭晨。刘成这边的顾虑可是比常磊要多得多，他好不容易拿到规划书现在又被告知还要冒着险再去一次，他再也咽不下这口气了。

"岳总，既然已是事成，我也就功成身退了，没有再去一次的道理，大不了这次的项目我这边少拿一点，这种事我真的是做不来了。"刘成知道要旧事重演，于是也管不上什么官威了，毫无掩饰地表达了自己的不情愿，而且是在常磊和岳书翔两人跟前。岳书翔光是听到刘成这般公然反抗就能炸毛。

　　"你是觉得我是在和你商量吗？你刘成之前帮我做过多少事你以为我会让你像断了线的风筝一样直接在天空翱翔？我手里紧紧拽着你这根线呢，我让你飞你就飞，让你落你就得落。你那点证据我现在要是匿名寄到最近的局里，就能让你感受一下我们国家最快的出警速度，蹲到你母亲两腿一蹬你信不信？"岳书翔越说火气越大，因为在他这里从来还没有人敢这么明目张胆的说不，包括跟了他多年的常磊。刘成听他这么一说立刻慌了神，他岳书翔是什么样不择手段的人商场上也都早有耳闻，本来只是一时意气的刘成听到这一番话，只觉得百感交集，做也不是不做也不是。

　　"岳总，刘成，我看这样，刘成既然想退出这种危险的行事风格已久，你就再做这一次。这边就当作你收手前的最后一个贡献如何？"常磊这么提议自然是有着自己的私心，这样既可以把刘成这个已经变质的手下给剔除又能重新换回岳书翔对自己的信任。刘成那边听到这个提议还是觉得很具有诱惑力的，毕竟这次事成自己拿到钱足够医治母亲的病，而且他也想退出超越这个烂摊子很久了，若是说以此为条件能全身而退，他还是愿意再冒一次险的。岳书翔这里当然也无所谓，能为他效劳的人多得排成长队，这么畏首畏尾的人也不是他需要的，而且自己手上握着他这么多把柄，任他到了哪嘴巴都得严严实实地闭上。常磊这个提议就像是抓住了这件事情的利益共同点，说出来也无一人反对。

　　"这个我倒是可以考虑，就看你了。"岳书翔点头刘成唯一的选择也就只能是同意了。

　　"岳总，那就这样说定了，我用这次来换取我的自由，希望我们都能得到自己想要的结果。"刘成说的时候，心里依旧是七上八下。岳书翔想都没有想就点了头，对于他来说放不放刘成是以后的事，现在他首先要关心的是跃天项目。

"嗯，就看你的表现。"岳书翔随意地回答道。讨论完这个话题他们三人也就再无话可说，刘成说他先去跟进这件事也就先行离开了，继而常磊和岳书翔也一前一后走了。对于他们这些心思缜密的人来说，事事都不外乎"小心"二字。

"晨，有个消息要和你说，我觉得也算是新的进展。"李旭晨听到这句话就知道杨文今早在忙的事已经有眉目。

"说吧，我看你这神情我们又要投篮得分了。"李旭晨脸上这才露出了一点好看的颜色。

"我联系了一位德国技术人员，他是我之前在美国公司工作上的一位搭档，后来回到了自己的国家做研发，和超越做的是同一行，又刚好在研究我们现在找寻的技术，他这次来到国内出差两周，带着他的新技术寻找合作企业，但是他们的目标是更大的集团，超越可能不太符合他的要求，但是我想用我的关系把他引荐给你认识，你看能不能把他拿下。他这次这个技术哪怕比起其他国家都要超前得多，更不用说我们国内的顶级，但是我不敢给你打包票，一切还是要看你了。"李旭晨知道自己最头疼的问题杨文又解决了一大半，虽说不是板上钉钉，但如果事事都已经做好，还要他来做什么。而且杨文走出这些关键性的一步也真是不知道如何感激才好，不过这几天光是赞叹他那些惊人的能力，就够耗费时间的了，还不如花点时间做点实事，李旭晨这样想。

"那你和他约时间了吗？"李旭晨赶忙问道，现在他们处在争分夺秒的时刻，初步规划书已经被对手公司拿走，他们就必须要在短时间做出比之前的规划更好的成绩。

"所以我忙活了一早上是做什么用的？不就是帮你这个大少爷解决这个

问题，今天下午两点定了一个非常私密的地方，既能舒缓疲劳又能放松身心，还能谈正经事，你要给我包个大红包才好。"李旭晨没好气地看着杨文，这个时候了还能说笑也是只有他了，不过他这种寓工作于娱乐的精神还真是李旭晨所缺少的。

"所以文哥哥是什么地方，我也想跟着去，这么好玩的地方你们要是不带上我，我就要和你们拆伙。"岳珊妮觉得自从有了杨文加入超越之后，连工作都变得有乐趣了，于是歪着脑袋问道。杨文也觉得岳珊妮这个妹妹也是一颗简单的心，说到好玩的也总能配合自己，不过她这工作积极性杨文还是不太认可的。

"带你去倒是可以，但是你要在车上告诉我，如果是你你会怎么去跟对方谈判，让他们来接受你这种大中型企业而不是选择更加优良的公司，这可是你晨哥做的事情，如果你能有点眉目那我以后有好玩的都带上你。"杨文想用这种轻松的方式引导岳珊妮渐渐成熟的商场思维，李旭晨在一边也看得出杨文的用意，这段时间自己一直忙着手头上的事情也没太多时间去顾及这个妹妹的工作。可岳珊妮就愁白了头了，她可是连一份策划书都要忙上几天几夜才能摸索出来的人现在突然要去想一个 CTO 要想的问题。

"上天不公啊，一个晨哥也就够了，现在还多了文哥你，什么时候是个头。"此言一出，李旭晨就用手指轻轻弹了一下她的脑袋。

"一切都是为你好！"李旭晨没好气地说。

"行了，不说这个了，我要提示你，之前让你做的假报告做好了吗？我们只有让竞争对手那边以为自己已经手握我们的资料了，我们才能放心去进展我们的项目啊。"杨文说的这些话李旭晨今早已经是想过的了，可是要做一个以假乱真又不能太低质量的规划书比起真的来说确实还要难。李旭晨摊开手，展露在杨文眼前的正是让李旭晨抓耳挠腮的假规划书。

"看来我们想到一块去了。"李旭晨说这句话的时候只是苦笑。

"关于技术那方面你就填上国内目前顶级的集团企业，然后细节方面你就依旧，关于报价才是最需要深思的。"杨文说到这，也开始犯难了。

"为了做到以假乱真，我在报价方面就只能给出一个和他们预估值差不多的范围，我相信他们会为了这个价格寻求比我更加低廉的价格，但是我认为这个相差幅度能控制的范围不是很大，所以我决定在跃天给予我们省外市场的追加量上做文章，如果是批量大的话，那价格的可降低性就有着很大的再议空间了。但是技术上若是我们填了国内顶尖的企业，到时候若是你老同学那边我们拿不下，我们只得选择这家企业，那其实在胜算上我们几乎是齐平的了。"李旭晨把问题一个个和杨文剖析出来，杨文觉得李旭晨虽然身为男子，却有着和女生一样缜密的心思，不过这既是他的优点也是他的缺点。在这个节骨眼上若是还给自己留退路，那事情一定都是停滞不前的，所以他认为要不就拼一把，要不就输得轰轰烈烈。

"晨，相信我吗？"杨文问这句话的时候李旭晨正盯着他的眸子，里面散发出一种杨文这个高材生拿到考卷时候的那种傲气，自信中带着些许的不羁。

"我现在能信的也只有你了。"这句话李旭晨是真心的，可以说除了岳书成和岳珊妮之外杨文是他唯一全心相信的第三人。

"为了赶进度也为了让对手不尽快放弃我们这边这条线，你就在造假的规划上面填写国内顶尖的企业，然后我们全身心去应付技术那边。"李旭晨知道这是一个非常冒险的提议，但是杨文说得如此决绝似乎也是在替自己做出这个决定，他用两只大手揉捏着自己的太阳穴，没有几秒思考的空间他就朝着杨文点了点头，他已经很久没有再像今天这般热血了。

报价和技术决定之后，李旭晨开始正式撰写这份假的规划书，他让杨文去帮他找一个人——赵群。杨文什么都没问，二话不说就去了。

赵群很快跟着杨文来到李旭晨的办公室，之前李旭晨就和岳书成打过招呼，随时可找赵群去帮忙，虽然当时这句话只是他一时想不到理由来搪塞岳书成的逼问而随口说出的借口，但今天赵群还确实能帮他做成一件非常重要的事情。

"李总，您请说。"赵群在超越对几乎所有人都是黑脸相待，他的办事能力的确也不需要讨好任何人就能在超越立足，但唯独在岳书成和李旭晨面前，他能做到绝对的听从和效率，也许是因为护主，也许是因为岳书成对他这么多年重用他在报恩，但无论如何李旭晨都知道他也是一个有能力的人。李旭晨停下手中的工作，认真地看着他。

"赵群，我想请你以董事长的名号发放这样一个消息让至少是总经理和技术部那边的人知道我这边的规划书已经做出来了，最好又快又准，另外这两天晚上我会给你发过去一个网址，你打开之后这两天无论是夜间还是白天，都盯着这个网址千万不要走开一步，上面会详实拍摄到在我这个办公室有出入的人，你只要记得录像并且不要让除了你、我、杨文三个人之外的第四个人拿到这份影像即可，你先暂时代为保管，等跃天那边所有事情都尘埃落定之后我会去向你拿过来。哪怕你看到任何人对我下黑手也都不要说，包括老爷子在内。"李旭晨叮嘱每一个细节，赵群只是点点头，他知道这其中的端倪，但他毋庸置疑李旭晨的每个决定，他只要去执行就对了。杨文看到李旭晨做决定的样子很是谨慎，就像当年他们一路过关斩将把任何他们想联手做好的事都做到最拔尖时候的那种状态，杨文突然觉得这次回国，回对了。

赵群那边的办事速度的确很惊人，从他离开李旭晨办公室那一刻钟起，几乎所有董事和管理层都收到风，所有人都觉得超越已经快要把跃天项目定下来了，唯独只有三个人都各怀鬼胎：岳书翔、常磊和刘成。

刘成知道这个消息之后，和上次一样的剧情找到同一个黑客，告诉他今晚1:50照着上次的计划把事情再做一遍，常磊那边则是松懈对李旭晨的防守，让自己的眼线如果没有什么重要的消息也不用再向他报告李旭晨的行踪了，岳书翔也给了朱明杰口信，让他等自己电话，好像一切都进行得井然有序，他们却不知道自己正在被引入一个李旭晨所挖的陷阱当中。

下午13：50，杨文把岳珊妮和李旭晨引到了一个非常有意思的地方：足疗店，到了门口的时候李旭晨一度认为杨文在和他开着天底下最大的玩笑，他们现在谈的是关系到跃天计划成败关键点的技术问题，就连岳珊妮这个平时对工作不上心的员工来说，这也够滑稽，不过杨文好像丝毫不觉得有什么问题，只是回了两人一个肯定的眼神然后就径直走进去了，李旭晨和岳珊妮也只好尾随他的脚步。

"John。"杨文远远就和远处一个正在做足疗的金色头发高大威猛的老外打招呼，对方看到杨文也是一副老友好久不见的喜悦感，但是因为脚上有活，于是没能来一个他们传统的拥抱和亲吻。

"文，别来无恙。"岳珊妮听到一个会说中文的老外感到十分的惊讶，一直盯着他上下打量，那个老外有着比杨文还要开朗的性格，当注意到岳珊妮看着自己的时候对着岳珊妮就是一个飞吻动作。

"John，我给你介绍，这次我回国进的超越高科CTO李旭晨，这是她的妹妹岳珊妮。"李旭晨友好的和对方握了个手，岳珊妮则是觉得这个老外有些让人琢磨不透，于是轻轻搭了搭他的手也就站在一边了。

"他就是你说的和你做过很多大型项目的李旭晨？"认识杨文的人似乎都知道他身边曾经有一个和他一样有着惊人商业天赋的才子，但是John现在才有机会目睹李旭晨的模样。

"对，就是他。"杨文骄傲地介绍。李旭晨绅士地点点头，然后把他对John这个人了解大体说了一下。车灯产品技术多年研究者，前后到美国和德国的三家大型企业待过，现在在德国的一家较为出名的当地企业做技术部研究所长，来寻求最新技术的大型合作企业，希望能对技术进行实操性的批量生产，但对合作者素质要求很高，不仅要专业而且要有一定的研发精神。李旭晨也没和他绕弯子，因为是杨文的好友，所以他们一来一往很快也就熟络了。

"John，首先我给你三个肯定，第一，你的技术专利我们投入到产品的使用后会给你合理的报价；第二，虽然超越是一个中大型企业尚未达到你对大型上市公司的要求，但是我能给你这样的承诺，若是此次合作一经达成，超越稳固了市场地位，那么以后其他技术上的合作，都指定沿用你们的技术；第三，我本人有着你所需要的专业和研发精神，这一点你若是不相信我，也只管信杨文，他的人品你应该比我还要清楚。"李旭晨说完这段话，对方对他的魄力开始有了欣赏的眼光，他来之前也是见过其他纷至沓来想要合作的人，但是像他这么简明扼要点到问题核心和给出如此慷慨承诺的人，他是第一个见。

"John，关于旭晨之前在美留学和我做的小商业策划我也和你说过，如果你有什么顾虑只管说出来，其他的我不能保证，但是人格担当我还是可以的。"杨文为李旭晨的话锦上添花了一把。

"李总是这样的，你也知道我目前考虑的企业都是比超越要更上一个台阶甚至是几个台阶的，你们这次的量看上去能给到我们的报酬并没有达到我们所预期，而且我这边给出的报价要比你们的要高出不少，这两点如果能够解决，我看在文的介绍和您的领导才华上也许还会青睐你们。"李旭晨对于这个也是做了多手准备，他拿出自己的公文包拿出一摞文件。

"John，这是我对你们技术预测的未来收益总数额以及未来三年能给你们的总体订单量，这只是保守估计，预计还会更多。再者我这边给的研发费用可以在后续的合作中不断抽取比例分成给你们，而不是选择一次性购买，你若是选择大型企业的，走的就是买断政策，你若是愿意和我们达成长期合作，那累计的总收益比起你选择大型企业的买断要多得多。"李旭晨知道他目前唯一能拼的就是持续合作这一点，因为他坚信超越能在他的手下渐渐发展成为明朗的企业。这些他在来之前都和杨文深入探讨过，杨文对这位朋友的了解是他不是一个唯利是图的人，但具体的选择应该说是一半一半，所以也只有放手一搏。

"李总，你给我规划的是一个超越未来好的前景，那我问你一个问题，你要怎么向我证明，超越能成为明日的商界翘楚？"对方一语中地的把李旭晨勾勒的前景扒的赤裸裸，他直击现象本身，这句话问得可以说连李旭晨都要想上一年半载，目前的超越凭什么就能脱颖而出，也许只有一个答案，那是因为他李旭晨必倾其一生来完成这个抱负，李旭晨不仅这样想，也的确这样说了。

"John，凭的不是别人，而正是我！这将是我要用毕生来完成的一项事业，当然你认为这是一场赌注，但我能许给你的就只有这么多。"李旭晨说这番话的时候除了他在场的三个人都用一种说不出的眼神看他，杨文觉得李旭晨是他见过这么多人里面最不可多得的人才，不知是不是经历过以前的沧桑，所以他身上所散发出的魅力是你难以抗拒的，让你情不自禁就把自己托付给他，然后拼命为他效力。John开始陷入自己的深思，李旭晨觉得即使最后没有拿到这项技术他也无悔，毕竟他能做的也已经做了。

时间就这样分秒不停地走着，好像每一秒对于在场四个人来说都是一种煎熬，不过任何的选择都只是在那么一瞬间，只是成败需要用很长很长的时间去证明。

"李总，合作愉快！"大概有长达10分钟的沉默，John才重新开口，一开口就让杨文、李旭晨、岳珊妮三个人开心得要跳起来，他们一时间竟不知道如何用言语来表达此刻内心的愉悦，又或许这个激动人心的瞬间，只能交给时间去证明，他们所相信和倾其一生去做的事都能成功。

"John，合作愉快。"李旭晨说这句话的时候声音在颤抖，这比他以前获得什么奖项，赚了多少钱，达到了什么目的都要激动，这好像就意味着有人信任他的能力和押注他的才华，即使看不见摸不着，但却实实在在的存在。

回去的路上，李旭晨几乎没怎么说话，只是陷入了自己的思考，今天这一关算是度过了，可是他刚才对John所承诺的事情不知道要跨过多少个类似这样的关卡，也许比今天要矮也许高到他望尘莫及，可是他既然说出了这番话，好像内心想的报恩已经逐渐变成了自己的抱负了，其实他也没意识到自己思想上的这种转变，直至今日，他由衷地说出这样的话，他才发现原来自己内心深处还藏着这样的宏伟大志。可这未尝不是一件好事，就好像自己跌落万丈深渊万劫不复，突然有这么一瞬间在地下看到飘动的一根绳索，自己沿着绳索往上爬啊爬，虽然不知道尽头在哪、光在哪，至少他不再坐以待毙了。

第二十八章　计谋生效

　　刘成那天晚上如同之前的往事重演，1:50准时拨通那张早已被他拽的破破烂烂的便利贴上记载的电话，他发誓这一定是他最后一次做这样的事情，每次感觉心脏都要从嗓子里吐出来，多做几次自己母亲身体都还健硕，自己已经要先她一步离开这个人世间了。对方也是恰到好处的在巷子里守候着，然后等到电话响了应了声"嗯"之后，就照着之前规划的线路进去了。刘成自己都觉得自己像个惯犯，一切做起来得心应手。在技术部的门口等到那个熟悉的金色长发的黑客男人后，他拿出钥匙，左顾右盼之后才开了锁。

　　"老规矩。"他们这次连对话都浓缩成了三个字，然后各忙各的。可是打开李旭晨办公室的门后虽然还是黑灯瞎火，可总感觉和上次不同，刘成起了疑心，用手电筒四处照了照对比上次脑海里的印象，这里多出了许多字画还有两盆大大的盆栽。刘成总感觉奇怪，按理说若是需要添置这些东西，早该在李旭晨进入市场部的那一天就已经准备好了可为什么事隔那么多天才把这些东西搬进来呢？刘成心里打了一个大大的问号，于是他停下手上拍照的活，小心翼翼地翻看每一个角落，那些画、盆栽他都照着那点微亮的光尽可能地看清楚，毕竟这是关系到安全的大事。

　　赵群那边通过李旭晨之前约定好给的网站已经没日没夜地盯着看一天了，无论是上厕所吃饭他都寸步不离，后来是整栋超越的灯熄灭后，他通过夜间摄录模式看着有些模糊的画面，不过赵群做起事情来就是一根筋，只要是嘱咐他的事，他一定做足做好，李旭晨和岳书成最清楚这一点。直到他观察到画面里蹑手蹑脚地闯进来两个人之后才打起一百二十分精神，说实在的他现在已经睡眼朦胧了。待赵群认清里面那个人是技术部部长刘成之后，他才恍然大悟为什么今天李旭晨嘱咐他要让全公司的人知道，而且点到了"技术部"这三个字，赵群突然对李旭晨从心底里佩服。

刘成觉得自己彻底检查完这个房间的每一个角落之后才真正放下心来，不过这的确很耗时，上次他花了20分钟不到把所有资料拿到手，这一次经过了将近50分钟还没弄完，旁边的黑客心里开始不舒服，用的几乎是他最小的嗓音对着刘成说道："你以为是来这里逛花园吗？拍完赶紧走。"听到催促之后刘成才重新拿起手机——把上次没拍过的和拍漏的资料补全。

这次他们两人的出逃比起上次要顺利，一路下来畅通无阻，这也是得益于上次刘成碰到保安后做出更详细的计划了。出了超越的后门，刘成爆了一句不知道什么的粗口，这是他过得最艰难的一个星期，终于要迎来结束的这一刻了，他心里这么想到，高兴的几乎是手舞足蹈。他找了一个还在营业的餐厅坐下来，这种消费刘成平时是不会去的，因为他们技术部也没什么理由报销这么大额的餐单，而且他医院里还躺着一个等钱用的母亲，可刘成这一刻不想再去理会任何关于钱的事，他想到自己干完这一票就能收手一身轻松，到时候拿着那笔钱是远走高飞也好环游世界也好他都能乐得自在了。想到这里刘成按捺不住心中的激动，于是拿出手机看了看时间，凌晨3点，他想赶紧把手上这个 U 盘交给常磊，这样以后的什么事他都能静看风云来了，可是刚按下常磊的手机号码，他就马上点了撤销。即便以后不混这一行了，他也依旧看不惯常磊这个小人，于是他重新换成岳书翔的电话。经过上次常磊威胁的事情刘成已经给自己母亲换了另一家私人医院，至少这个能让他觉得心理上安全了一点。

岳书翔正睡得沉，听到突如其来的电话铃响很是不悦。

"谁啊！"刘成听到从电话那头传来的几乎是怒吼，被狠狠地吓了一跳，但马上拿出那种平日惯用讨好的语气。

"岳总，是我刘成。我得手了。"岳书翔本来是紧闭的双眼听到这句话一下子跳着坐了起来。

"你在哪里，我现在过去找你。"岳书翔马上回应道。刘成听到这句话暗自窃喜。

"岳总我把定位发到您手机上了，我在这等您。"说完这句话岳书翔就挂了，刘成觉得这段等待岳书翔来的时间好像一直停滞不前，不然为什么一分钟过得比一个小时还漫长。就到他吃完嘴边那块牛排的时候，岳书翔才从正门口小跑着进来，他看起来有些蓬头垢面。

"岳总。"刘成这是第一次单独和岳书翔见面，在没有常磊的情况下。

"刘成啊刘成，比起常磊那小子，你这个办事效率真是让我叹为观止啊。你说以后没了你这个得意门生我这是多大的损失。"岳书翔得了便宜还卖乖，刘成没有心思讨论他是不是有损失的问题，只是耿直地说出了自己想说的话。

"岳总，我为您和常总做事也有几年之久了，这几年拿到的钱我也几乎搭在我母亲身上，可她身体却每况愈下，我想这也许是报应，这是我能给您的最后心意了，希望您能遵守我们之间的协议，让我拿到该得的，然后离开超越。岳总我最后也给您提个醒，常总这人不简单，您能防着就防着点。"刘成说出这段话的时候觉得自己憋了几年的愁苦终于一诉衷肠了。岳书翔倒是没决定是否就这样放走他，况且自己也不是傻子，常磊这个小子想什么自己能不知道需要他自作聪明的提醒？岳书翔接过他递过来的 U 盘，只是笑了笑。

"你明天正常去上班，我这边所有事情处置妥当之后给你信。"岳书翔说完起身就往门外走，刘成却没跟着走出去他只是想就这样静静的等到天亮，毕竟他已经经历了太多个夜不能寐的夜晚。

第二天天蒙蒙亮，朱明杰和岳书翔就来到他们的"老地方"，这个酒吧好像就是为了什么秘密会谈开设，二十四小时都在营业。

岳书翔和朱明杰一前一后赶到，两个老朋友若干次见面都能像第一次见面那般友好。

"老天保佑，希望这一次万无一失。"岳书翔把 U 盘递给朱明杰的时候嘴上念念有词。

"我可记得你心中无信仰的。"朱明杰开着岳书翔的玩笑，这个时候他需要说点轻松的话题来改善这样凝重的氛围。

"我的信仰就是我自己。"岳书翔说完端起一杯略苦的酒，喝了一大口。

朱明杰沉默着看着 U 盘里的文件，没有回应他的话，直到看到成品报价和技术上选择这些自己困顿的细节之后，才哈哈大笑地合上电脑。岳书翔看到朱明杰终于露出上次他所期盼露出的神情后，比朱明杰本人更加的激动。

"怎么样？都有了吧？"岳书翔知道这个反应应该是没什么问题了，但还是想听到朱明杰亲口确认。

"看来这个超越的 CTO 也是按照传统的商业套路走嘛，搞定了搞定了，这次东旭是十拿九稳了。"听到朱明杰这么说，岳书翔用五指不轻不重地拍打着桌面。

"我就说嘛，一个李旭晨还想着搞些什么创新，不也就是小孩子过家家张口就来？亏我还高估了这消息。"岳书翔这样的笑容自从李旭晨进了超越之后就再也没见过了，今天得知自己打了一场漂亮的翻身仗又露了出来。

"我说老岳你做事也确实是这个。"朱明杰说完给他比了一个竖拇指的动作，然后顿了顿接着说："以后超越倒了你另立门户我可还是要和你继续合作的，那时候就不是叫你岳总了，而是岳董了。"说完两个人异口同声地哈哈大笑。

"不过话说回来，这份规划书拿到手，你们不是还有一家竞争公司吗？我收到风是跃天那边要在这三家企业里面做选择，你可也得防着那边，千万不能轻敌。"岳书翔神情严肃地说。

"他那边无足挂齿，他们连基本的技术上到现在都没找到一家中上游的企业合作，跃天那边最看重这一点，并且在报价上太高，你也知道他那边之前签了一个工厂，因为合同纠纷，迟迟不能换厂合作，还是人工生产，而东旭和超越已经实现机器化生产，你说跃天怎么会考虑这样的企业。我觉得不过是跃天的少东和那个集团的某个董事女儿是联姻，所以才放风说三家企业竞争，其实根本就是东旭和超越之间的竞标而已。"岳书翔听朱明杰这么一说才恍然大悟，朱明杰这个人做事一向心思谨慎的他其实也想到了，但还是多嘴提醒，现在这么一说下来也才真的是放心。

　　"对了，你的那个哥哥近来好像淡出商圈了，以前出席什么会议和酒宴他还能到场喝两杯，现在好像都没见他，他没怎么出来，反而是那个什么李总代为效劳？我看这架势下去他是要退位让贤啊。"朱明杰的闲聊突然戳中岳书翔的痛楚，他听到"退位让贤"这四个字气不打一处来。

　　"那老东西现在胸口不行，上次在他办公室门口见他硬是扶墙不起，我想好歹也是多年亲兄弟过去扶持一把，没想到我人还没走到，他就硬挺着这个半瘫的身子对我怒目相视，像是前世仇人一般，我也就随他去，我看他也是时日无多了。那个李旭晨嘴上说是CTO，说是养子，实则就两眼直发光盯着老爷子两腿一蹬后留的那点家产呢，这人老了也是真的糊涂，老爷子还把他当作亲生的看待，事事维护他，不过也难怪，没个一儿半子送终总是老了最大的悲哀，能抓住最后这棵救命稻草难道把他放走吗？他也就剩那个没用的女儿，天天在超越里混日子了，说来也是悲哀。"岳书翔一口气说完，好像终于找到了一个能诉说他和岳书成恩怨纠葛的，岳书翔眼里岳书成并不是一开始就如此不济，他们联手创立超越的时候还是感情很深的兄弟，可就是因为意见和性格相左才落得今天这番田地，岳书翔想起这个时还是有些恻隐之心的。

　　"老岳，你就别想这么多了，既然他不仁，你也不义，他若是信你这个兄弟，又何苦把自己的权力交付给什么养子，给你不就好了。说到底他还是不把你放在眼里。"岳书翔和岳书成的关系能差到这个地步，朱明杰这号人物也是起到不小作用的，时不时地教唆和挑拨离间也让岳书翔的心离岳书成越来越远。

"不说了，为了我们今天的成功再干一杯，我不还有你这个兄弟在吗？以后我可仰仗你关照呢。"岳书翔举杯对着朱明杰，朱明杰和他碰了杯后一饮而尽。

李旭晨回到公司本想着赶着手上的活，却听到坐在副驾驶的赵群回头对他小声说："李总、杨总我有话和你们说，稍后会去李总办公室找你们。"李旭晨还在困惑是什么样的事情，杨文就搭着他的肩拉他回到办公室了，没一会赵群也尾随来到。

"莫非是老爷子身体出了什么状况？"赵群刚走进办公室，李旭晨就问了他最担心的问题。赵群摆了摆手，李旭晨这才松了一口气。

"李总你还记得之前吩咐我盯着你办公室的录像吗？就在你让我放出假消息的那一天，晚上就有人到这个办公室盗取电脑上的资料和拍摄桌面上的文件。虽然是夜间拍摄模式，但是两人的长相都拍得非常清楚，一个人是长头发的外国中年男子，另一个就是现任技术部部长刘成。"赵群说的时候尽管把声音压得很低很低，但还是让杨文大为吃惊，李旭晨好像早就猜到是这个结果一样，只是皱了皱眉。

"那个录像你现在存放在哪里？"李旭晨问道。

"在一个安全的地方，你放心除了我之外没有人看过这个录像，我也遵守你之前所说的，没有让除了我们三人之外的第四人知道，包括岳董。"李旭晨意味深长地点了点头，他觉得现在还不是反击的时候。照着原计划最好公布的时间应该在跃天宣布中标公司的那一天，现在也没有任何的变动。

"刘成干的？我还以为会是常磊？怪不得你那天会特地嘱咐告知技术部，你也真是神了。"杨文被李旭晨的推理能力给征服了。

"常磊不会自己冒险做这种事，而且常磊是岳书翔的人整个全公司无人不知，如果是常磊动手出了意外岳书翔也难逃干系，但是刘成和常磊的关系知道的人却不多，我还是偶然从一个女员工那里得知，后来才开始关注刘成这个人，我觉得我若是岳书翔我也会让刘成去做。"李旭晨这么一解释才让杨文和赵群恍然大悟。

"那李总，您的东西被盗取了对于您来说没有伤害吗？"赵群关心地问道。

"伤害还是会有的，但是我知道他们有这个动向之后已经把风险降到最低了，这些资料给到我们的竞争对手，也就是说他们现在已经是依照我们的假规划书来作为他们的参考，所以等到跃天那边宣布结果的时候，我想他们现在这种得意的心情应该不是能用万丈深渊来形容的了吧。"李旭晨这才觉得自己终于打了一次漂亮的翻身仗。

"李总，为了满足我的好奇，我很想问你那个针孔摄录机到底是藏在哪里，那天刘成其实是起了疑心的，因为他拿着手电筒细细翻查了您办公室的每一个角落，但是我在屏幕里已经能清楚地看到他的瞳孔了，可他依旧没发现针孔摄录的影子。"李旭晨听到赵群这么一说，都感觉得相当的惊讶。

"杨文你这小子笑什么？连我都不肯说到底是放哪去了，难不成你还真能让它凭空出没啊。"听到李旭晨这么说，杨文放声笑了起来，他的鬼点子向来都很多。

"远在天边近在眼前。"杨文用手指着那幅梵高画的抽象画，里面的人五官扭曲，不是真的懂画的人完全看不出所以然，所以当杨文把这幅画摆在最正中央位置的时候李旭晨还一个劲地说以后加班要是突然停电了看到这幅东西都会被吓死。赵群仔细去研究了一番，才好不容易发现了里面的一只眼睛有点立体，他再细看才能确定那里真有一个针孔摄录机。

"怪不得刘成几乎零距离靠近了还找不到，这眼神得有多好才能看到这玩意藏在眼睛里。"赵群都不得不佩服杨文。

"赵群，这段时间还是辛苦你帮我们这边探探路，我和杨文的行踪最好不要被常磊那边安插的什么人给发现了，现在他们在暗我们在明，自然是吃了不少亏，而且整个市场部之前都还是由岳书翔管理的，所以你要更加留一个心眼。"李旭晨虽然对赵群的能力毋庸置疑，但是忍不住提醒他小心再小心。

"李总你放心，这件事上我会用全部的精力帮你盯紧。"赵群胸有成竹地说道。这件事因为暂时的搁置他们的讨论也到此为止，李旭晨看着一切都在自己的控制下进行，才觉得现在的自己逐渐找回一点当年全心全意为事业奋斗的感觉。

常磊从岳书翔那边得知已经把朱明杰那边要的资料给准备齐全的时候，才意识到他被刘成第二次背叛了。虽然刘成嘴上说干完这一票就收手以后离开超越对自己也不再有什么阻碍的风险存在，可岳书翔那边对他印象可以说被刘成在中间这么一捣饬而大打折扣，他本想等刘成走了之后就算是息事宁人了，可是实在咽不下这口气还是买了花束去了他那个母亲所在的医院看望，却被护士告知已经在两天前办了转院手续的时候真正爆发了。他踩着油门一路狂飙回了超越直接就来到技术部门口让员工去帮他把刘成喊出来，这是他第一次如此按捺不住自己的脾气。

"常磊，你干什么？这里是公司，要发疯出去找个地方再发。"刘成的衣领被常磊紧紧拽在手里，他也炸毛了，顾不上什么礼数和讨好，也是一个拳头挥过去。刚好不偏不倚地打在常磊的脸颊上。陆续有来往的人驻足围观，常磊被那一拳打的清醒之后压低了声音。

"跟我来。"他说完给刘成比了一个拇指向下的手势。刘成把被常磊抓得褶皱的衬衫摊了摊，然后重新把领带系好之后两手插在口袋里不慌不忙地才跟了出去。

"我看你这架势是已经准备好和我翻脸了？"常磊看他连虚伪都懒得表现自然也就开门见山地问道。

"常总这是说的什么话，我给你脸你不要脸现在反过头来说我翻脸？常总你这架子抬得可是真高啊。"刘成说话的时候常磊觉得他就是一副尖嘴猴腮的模样，于是也气上心头，一拳挥过去。也许因为刚才刘成也动了手，所以他即使有足够的反应也没有躲。

"扯平了？"刘成伸出手擦了擦嘴角的鲜血，然后笑里藏刀地对常磊说。

"你真以为你现在有岳书翔罩着你你就有了大靠山了？我告诉你他阴你的时候不要怪我没警告过你，蠢子！"刘成看到常磊惺惺作态的架势就觉得好笑，他自己都是一副小人嘴脸还要扯出岳书翔的什么不是。

"不劳你关心，等跃天结果一出我也就卷铺盖走人了，你们要怎么内斗是你们事，还有你手和嘴巴放干净点，证据不是你才有，我帮你做了这么多事如果我有什么差池你也难辞其咎。岳总那边对你的意见就不用我赘述了吧，你若是再没点什么实际性的付出我看很快是要被扫地出门了。常总，好歹我也跟了你这么多年，我就最后这么叫你一次，我们的关系就到此刻为止，以后我刘成和你再见就当是互不认识。"常磊听刘成说这话也没了刚来那么大的火气了，但是刘成毕竟还是结结实实在自己背后捅了两次刀子。

"刘成，我相信假以时日你会因为你现在的行为懊悔不已，那个时候你千万不要来找我，因为我也只是替自己出了口怨气。"常磊说这话其实只是对他的警告，但是刘成总觉得常磊是在暗指拿自己的母亲做什么文章，想到这个他觉得还是要服下软。

"常总，我们就来个君子协定，你答应不再动我母亲一根汗毛，我答应把我手上所有关于你和岳总的把柄给你如何？"常磊相信人不为己天诛地灭，刘成为自己做了这么多年的事手上没点料是不可能，于是和他目光平视。

"好。我就等你这句话。"常磊总算觉得自己能和刘成两清之后也不再多和他废话，转身走了。

刘成低头踢着地下的小石块，他现在最希望的是时间过得快一点，跃天那边的结果快一点，让他拿到钱之后赶紧离开这个是非之地，这个人心的战场他是真的觉得累了。

第二十九章 经营之难

　　李旭晨正重新写着新的规划案，就进来了一个市场部的新员工，见到李旭晨那个员工有点畏首畏尾，这位李总的形象在他们眼里已经是不折不扣的暴君了，不过李旭晨倒不在意她是什么表现，只是和正常的交谈一样，看着她的眼睛。

　　"李总，我下周婚假，可能需要暂时停职半个月，还希望李总您能批我这个假。"李旭晨看到这么一个正当理由她都说得畏畏缩缩就知道她对自己是心有余悸的，不过这也确实是没有办法的事，所以李旭晨也没责怪她什么。

　　"嗯，准了，假条给我签名吧。"李旭晨的豪爽让纠结大半天的女员工眼里冒金光，她没想到李旭晨会这么容易就答应自己而不是做出各种各样的为难。

　　"多谢李总！谢谢李总！"女员工有些喜出望外的心情让李旭晨苦笑自己是不是真的有那么可怕。李旭晨对于扮黑脸这种事也是从来不擅长的，只是超越这么需要，他就这么去引导自己的性格，他都怕自己哪一天就变成别人眼里的暴君，以至于所有人都不敢接近自己，他在反思这个问题的时候，希望以后能尽可能待人真性情一点，至少在他们做得好的时候给予一些鼓励。

　　"新婚快乐，我私人会再给你一个红包，和你的先生好好享受这份喜悦吧。"李旭晨满脸和煦地说道，女员工显然对李旭晨有了另眼相看的神情。

"李总我暂停职之后手上有 2 个客户要跟进以及还有一个意向客户要去谈的，这些事情我需要交接给谁呢？"女员工这么问的时候李旭晨就已经有了不错的人选。

"你出去之后帮我把岳珊妮叫进来，然后你们这两天做个交接吧，好好享受你的婚礼，工作的事我这边会帮你处理好，也不要有什么负担，我觉得我还不至于可怕到吃了你吧。"李旭晨面带笑容地说着也让女员工轻松了不少，和他道了谢之后按照指示把岳珊妮叫进了李旭晨的办公室。

"晨哥，你叫我吗？"岳珊妮自从来了市场部之后也跟着他和杨文去了一些比较重要的场合，也算是参与洽谈合作和对公司的规划，李旭晨觉得不能让她一味地跟着自己做跟班，毕竟她现在还处在要经人事的阶段，所以心想这下有人停职也刚好能把这些事过渡给她试试她的能力。

"对，刚才叫你进来的那个女员工因为休婚假的原因手里有些客户要跟进，所以我把这个重任就托付给你，你找个时间去和她做一下交接之后你就要接手一个正式员工要做的事了，以后不能这么孩子气了，如果有什么问题你可以问我或者是问杨文。"李旭晨和她说话的语气总是习惯性的带点宠溺，但即便如此岳珊妮也是有点不开心。

"可是我不想做，找客户这种事不是底层员工做的吗？又要日晒雨淋又要天天写报告，我觉得我还是跟着你和文哥会比较好一点。"岳珊妮想都没想就拒绝，她当初之所以欣然接受调来市场部跟着李旭晨，是因为觉得只要有李旭晨在他就会保护自己，不让自己做不想做的事情，现在听到突然安排这么不好的差事也不开心起来。

"珊妮，我现在也算是你的领导对吗？你能这么拒绝一个领导给你下达的工作任务吗？这个工作不会很难的，你只要去试试看就知道了，而且你想做领导层做的事你就要知道基层员工他们平时是在做什么想什么你才能胜任一个领导不是吗？所以前期你可能会吃点苦头但是等你熬过去就苦尽甘来了，而且我不一直都在吗，你有任何问题都可以来问我。这样好吗？"李旭晨安抚着她，他知道珊妮向来都是吃软不吃硬的。岳珊妮听到李旭晨这么一说，体谅他也有自己的难处于是也不好说什么，虽然有些不情愿，但是也只能半推半就地答应着，毕竟她想着李旭晨怎么样都是自己的哥哥，谈不谈得成业务应该也没有多大关系，于是点了点头。

"晨哥我什么时候才能当上管理层，不会还要等到和你一样大吧？那这样的话我还要等 18 年，真是太久了。"岳珊妮瞪着圆鼓鼓的眼睛看着李旭晨问道，李旭晨也不想给她解释这与时间和岁数无关而是要看能力，只是顺着她想应该去努力的方向鼓励她。

"珊妮比我可要聪明得多了，我在你这个年纪的时候哪会在公司做策划，所以只要你再努力一点很快就能升到管理层了，不过你现在还是先要做好手上的活，因为只有这样到时候才有人信服你啊。"李旭晨说完珊妮用清澈的眼神看着他，嘴角的弧度似月牙般完美。

"那晨哥，我去和她交接了，等我有问题再来找你。"岳珊妮心血来潮的时候才会这般积极，李旭晨了解也不拆穿，只是许诺的点了点头，目送她出去了。

李旭晨把思绪重新放回电脑上，真正的规划书他也总算是做出来了，如无意外这份东西完全可以让超越拿得头筹。李旭晨打通赵群的电话进行整个计划的最后一步，把这份计划安全无误地交到对方项目经理的手里了。

"李总。"电话那头传来赵群的声音。"

"赵群，我和杨文现在要去一趟跃天你帮我们备车，还有岳总在办公室吗？"李旭晨思前想后觉得应该把最近发生的事情和岳书成说一说了。

"岳总在，需要我通知他什么吗？车已经备好了。"赵群回应道。

"不用了我们先去吧，回来我再亲自过去找岳总。"李旭晨还是觉得应该把事情办好，这样喜忧参半的给老头子说他也更能接受一点，于是叫上杨文就又匆匆出去了。李旭晨和杨文在停车场等了许久也没看到赵群，于是刚拿起手机就看到赵群打来的电话。

"李总，您那个位置有人在跟踪，我不好过去接你，你从停车场先出去找个人流量大的地方先把对方甩开再拨通我的电话，我先开着车出去等您。"常磊被刘成刺激后决定还是要跟进李旭晨这条线，于是原本撤回的人，这下又全部派上场了，好在李旭晨这一回没事。

　　杨文看到李旭晨听完电话表情有些不对劲，于是凑到他耳边问："怎么了？"

　　"有人跟踪，我们先出去，甩掉了再上车。"李旭晨神色淡定地说完和杨文齐肩走出了停车场，他能感觉得到后面跟着的碎步声，转头回去的时候又发现空无一人，他也不懂什么反侦察技术，和杨文两个人绕了好几个弯回头看安全了之后才又打通赵群手机让他过来接应。赵群在一个拐角那确认安全了才接了李旭晨上车。

　　"怎么交个规划书都像是在拍警匪片，在超越上班真是越来越难了。"杨文气喘吁吁地说道，他还是第一次去一个公司发现内部矛盾激化到需要靠跟踪这样的手段来互相偷袭的。李旭晨也在一旁平复自己的心情，确认包里的规划书完整无缺后才倚靠在车座椅上。

　　"我现在最担心的问题是不知道岳书翔那边是不是又收到了什么风声，按理说我们布局得如此精密他应该全然不知才对，怎么这会儿又加强警惕了。"李旭晨若有所思地想着，这确实让他感到费解。

　　"还好你有先见之明，不然这下就是我们被玩弄于股掌中了。不过今天交了规划书后就是等结果了，这段时间John那边我先替你去吧，他们的目标是你。"杨文说的李旭晨觉得合理，于是点了点头。

　　"李总，关于您的顾虑我回公司之后会派人去调查清楚的，岳总那边最近我也会盯一盯，你自己平时小心提防就好。"赵群转过头来对李旭晨说道，李旭晨认可地点了点头。

　　"你有没有和岳董汇报过这件事？你们现在的内部关系僵化到这种程度，若是不解决，根本就无法齐心协力把超越搞好，单凭你自己一个人的力量即便是可行，但因为多了他们在里面掺和你做起事情来效率都会减半，就说这次本该早几日就做完的规划又因为这样的原因延后到了现在，我们不是每次都能这般好运的，一个企业的好坏是要靠所有人的。"杨文从来不会轻易分析这样的态势，但是今天他确实是看不过眼，李旭晨知道他所说的确是燃眉之急，也只能记在心里，回去再解决了。

"先把规划书交了，我等下回到公司和老爷子说说这事，他们这也是早几十年遗留下来的问题了，我们也只能一步步去解决。"李旭晨拍了拍杨文的肩，安慰地说道。

车子缓缓停在跃天集团的门口，项目经理亲自带着两个人下来迎接，两边的人问了好打了招呼之后才有说有笑地到了跃天的会议室。李旭晨把规划书双手递交给了项目经理，对于这份计划书项目经理也是翘首以盼，自从她前两次见过李旭晨之后就对他留下了好印象，自然在期待上也更大一些，刚接过手她就打开了规划书的首页认真地翻看起来。李旭晨和杨文什么话都没有说，两人坐在一旁静静地观察她的神色，项目经理时不时地点头让他们感到心里还是踏实了一些。

"李总，我回去再细细研读，我发现我上次和您说的问题都得到了很好地解决，这边我会如实告诉董事长，其他竞标公司规划书也都陆续送来了，我预期在 3 天后就会有结果要公布，到时再会。"对方项目经理落落大方地把话说完，李旭晨听到这个日期也是满心期待，其实事情做到这个程度可以说他是尽了一百分的能力了。

"多谢周经理这段时间的指导，期待我们这次的合作。"李旭晨落落大方的和对方握了手，然后面带笑容地离开。

先是送杨文去了 John 那边做技术对接，然后李旭晨才放心地和赵群一起到了岳书成的办公室。连续几天早出晚归的回家，在公司也是忙得团团转，已经好几天没见岳书成的李旭晨倒是有些迫不及待了。他三步并作两步走，敲响了岳书成办公室的门。

"请进。"岳书成回应了一声之后，李旭晨才推开了门。

"叔。"李旭晨边走边叫，岳书成看到他也难得地笑了笑。

"旭晨，今天来找我是什么事吗？我近日看到赵群一直往你那里跑，还嘀咕不会出什么乱子吧，你要不来找我我今天也要把你叫来了。"岳书成说起这话有些严肃和担忧，李旭晨觉得自己真的是越来越像这老爷子，就连对待事情的态度也这般大体相同，也就不想再瞒着了。

"叔，我这边倒不是出了什么乱子，只是在做跃天这个项目的时候，有些束手束脚了。您上次让我防着点岳书翔和常磊，我也记心上呢，没想到这两人还真有动静。"李旭晨说到岳书翔和常磊这两个名字的时候岳书成的表情转而是凝重，他们肚子里的坏水那是五花八门，所以也不由得赶紧问李旭晨到底是什么事。

李旭晨把整件事用缜密的逻辑疏通，然后精简地说出来的时候，连岳书成都不得不感叹他的聪明机智，但想到岳书翔竟然用这种卑鄙龌龊的方式来试图损害公司帮外人的时候，岳书成的胸口又微微发闷起来。

"岳书翔他到底是想要干什么？超越现在落到这个地步他还不满意吗？他是一定要看着超越申请破产那一天才肯收手是吧，怎么说这也是我和他一起打的江山，竟然联合外人来对付超越他怎么想的！"岳书成越说越激动，拧开桌上的药瓶又开始大把大把地往下吞，李旭晨就是了解他的脾气才没有把这件事情告诉他，现在觉得是时候说了还是又气得他老毛病犯了。

"叔，您可别动怒，您这身子一天两天的被您这么气着也是很危险的，您再这样以后有什么事我可不敢再告诉您了。"李旭晨过去垂下头帮他轻拍了下胸口，有些严厉地对他说。

"这人老了就是脾气大，我收敛着点你继续说。没事，我这把老骨头还硬着呢，不把这群饿狼踢出超越我这眼睛是一天都不会闭上的。"岳书成端起一旁的热茶小心翼翼地喝一口才说道。

"照这一次的态势我估摸着以前他们都是用这种下三滥的伎俩来置超越于水火，您上次说这几年常磊给的好的项目都是亏损收尾，想必都是他们从中作梗，估计和东旭的朱明杰合作也不是这一两天就能达成这种称兄道弟的好关系的。而且之前您身体不好，我也不在超越，所有事情都是岳书翔两个人拍板说话，他们就是略施小计也能从超越这边拿到他们想要的东西，就更不需要如今这般大费周章了。"李旭晨光是想到这些人的处心积虑就感到头皮发凉，他知道他面对的人比起多年前商场上那些生意人心思还要重得多。岳书成虽然能够想到岳书翔和常磊之间会收受贿赂，但是没想和朱明杰之间已经进行私相授受这么多年，看来这么多年都在姑息养奸了。

"从今天开始，你就放手去做，若是看出他们有什么端倪你就做你觉得该做的，若是董事会这边有什么压力我都帮你顶着。这些人一天还在超越，我们就很难翻身，更别提什么改革创新了。"岳书成给了李旭晨这样一个权力李旭晨倒不怎么想接，因为他现在也可以说是岳书翔的瓮中之鳖，他们能露出马脚，李旭晨还能玩一个反围剿，若是哪天自己的调查反倒被察觉了，那还不是成了别人到嘴的肥肉。

"叔，这事以后再说吧，跃天那边结果马上出来了，到时候谁输谁赢也自见分晓。"李旭晨没有直接拒绝老爷子的好意，只是巧妙地推脱了一下。

"那你的规划书被盗取了，我们还有胜算吗？"岳书成说这句话的时候是不带有半点希望的。

"这个你大可放心，既然我知道他们的计划，当然就有我反击的办法，规划书自然是假的，但是朱明杰那边的底细我摸不清现在也不好下定论，但至少形势在我看来都还是很明朗的。"李旭晨说的时候眼里冒着一团火，他已经很久没有这么想赢的欲望了。岳书成也不给他压力，他知道李旭晨只要能做的都已经做了。

"那他们这些人的罪行你打算何时处理？这次监控也只有刘成，要想让常磊和岳书翔落网恐怕也不是这么容易的事。"岳书成知道岳书翔这个人的性格，做起事来心狠手辣，如果不是有什么铁证如山的证据想要抓到他简直是比登山还难，李旭晨又怎么会不知道这一点，刘成和常磊的事公司鲜有人知，更别说自己两手空空去妄加指责了。

"我打算等跃天这边的结果出来再拿着手里的这些证据去找刘成谈一谈，我不相信他为别人效力现在自己惹祸上身会这么大义凛然的自己吃这个哑巴亏，多少都会想找个陪葬的，到时候我再套取他的口风看能不能得到一点线索，当然这都是题外话了，这些人的行事风格我很清楚，能先拉下马一个是一个。这种事总该是一条路走到黑的，即便这次没有露出什么马脚，但难免下次再操刀的时候不会，只要他们一天藏着这个坏心眼，我就不怕他们得不到自己应有的报应。"李旭晨虽然这样想，但还是不免有些担心，虽然落网是早晚的事，可是这些人留在超越越久，在时间成本上对于他越不利，但是也只能这样安慰着岳书成了，他可不想岳书翔那边还没什么眉目，他就把身体搞垮了。岳书成觉得李旭晨言之有理，也就把希望都寄托在他身上。

"如果不是我这么多年的姑息养奸也不会让超越走到这一步，我现在才可算是明白为什么岳书翔做事都要件件见血封喉才肯收手。所以没把他们踢出超越的日子你就多注意着点，我会让赵群也帮你多加留意，无论多忙都要注意自己的身体，不要老了才像我一样摊上这一身的病痛。"岳书成最近总是容易像一个父亲一样对他唠叨一些关于健康安全之类的话题，但李旭晨听着也不会觉得烦心，反而是欣慰和温暖。

"叔，有事情我还是会来和你禀报，但是你也就听着，身体养好了，再来管公司的事情，只要你一如今日的健壮我的时间就还很多，慢慢走不急。"李旭晨转而安慰起岳书成来，岳书成还是觉得自己有很多想要对他说的，可是一抬眼对上他那坚定的眼神，就什么话都说不出来。

"叔，那我就回去忙了，让赵群多照顾着点你。"李旭晨说完岳书成向他点了点头他就离开了。

李旭晨到了市场部，一个不速之客走进来了。

"巫总，这是无事不登三宝殿，我要知道你来必须要去门口迎接一下。"李旭晨伸手和她轻握了一下，然后请她坐下。

　　"看李总今天这个精神抖擞的样子看来跃天的项目是胸有成竹了，到时事成之后我那顿可是不能省的。"巫启开玩笑地说道，她虽然对于之前调查的事还没有释怀，但是觉得以后还是要和李旭晨共事也不好再以那种若即若离的态度对他，并且她对自己的直觉也有信心，相信现在自己看到的李旭晨至少是个正派人物，所以态度也逐渐缓和过来。

　　"巫总那顿我要是忘了，那我李旭晨可就是忘恩负义的小人了，这个自是情理之中的事，但是我还是那一句有朝一日巫总有什么需要我李旭晨帮衬的，尽管直言，我也好把欠在你那里满满的人情还上一点不是。"李旭晨看到巫启态度上对自己友好，于是说起话来也都觉得轻松许多。

　　"李总既然这么开口了，那我还真有个不情之请，不过也是公司人手调派的问题。"巫启顿了顿然后继续说："最近超越和科技城那边有一个项目的交流学习，其实也是关于我们内部员工之间的综合素质的培养和深造，这当然是一个不错的机会，但是需要停职3个月到那边进行封闭式的管理和学习，而且相对工作上的任务要来得辛苦很多。不过这个项目也是我花了很大的人力、物力才拿下的，希望李总这边能够调派一个能抽得出时间和看得上的人去参加，这对于以后其事业规划都是一个很不错的提升。"李旭晨听着这个项目就觉得巫启是个有实力的CIO，科技城那边的封闭式培训向来只接受上市公司的中高层领导以及高科技人才的合作，这次能让他们同意以这样一个方式去培训超越的员工这对于内部员工晋升和以后管理人才的培养都是很重要的一步。

　　"巫总你说让我帮忙怎么反倒是反过来帮我，你这个机会能够给我们部门我荣幸还来不及，怎么能说是不情之请呢。"李旭晨回到道。

　　"我当然是知道李总需要培养人才，不过李总这边也是忙得焦头烂额，所以对于这个人选还是需要时间的，可我这边因为安排的原因，需要在5天后就上交名单了，所以算是个不情之请。希望李总能尽快帮我挑出你理想的人选，让我能把后续的事情也安排妥当，不然错过了这次的机会对于超越来说也是个不小的损失。"巫启话语里满满的诚意，李旭晨也终于是能看到在超越里做些实事的人了。

"这个不情之请我还是乐意之至，我今天就把这个消息下发下去，很快有结果了我让秘书给你带话。"李旭晨爽快地回答道。巫启听他这么说也点了点头。

"李总，我还有一事有疑问，你之前在技术部待得好好的，怎么突然到市场部这边来，难道是技术部那边出了什么问题？"巫启问起这个也是出于自己的职责，她是超越的高级行政管理人员身份李旭晨都差点忘了，于是过了好半天才恍然大悟过来。

"技术部没有问题，问题出现在市场部，这个部门的人员太过松散，工作态度恶劣，职能分配不清，所以我有意过来要重新整顿，目前忙着跃天的项目还没有想到一个好的办法去管制，等忙完这个项目我便会开始想一个好的对策来整治这个部门。"李旭晨把自己的思路和巫启挑明，巫启见他对自己也没有什么隐藏，感觉到了他的善意，于是也好心提醒。

"李总，既然你发现了这个问题那我也就直言不讳了，你看到的也许只是市场部这边，其实整个超越有很多这样的部门都存在这样的问题，员工对于公司的激励以及归属感并不满意，人心涣散的现象很严重，这对于一个企业来说是致命地打击。我虽然身为CIO只是知道其中的情况但没办法做出什么实质性的整改，我只能带好我底下的那帮人，但是对于其他领导层特别是其他经理、总经理下面的部门我是不能够越权去管理的，这一点我觉得你应该清楚。加上董事长那边对这些不管不顾，所以我一度也为超越感到担忧，但没想到你调来市场部是这个原因，还真是令我对你刮目相看了。"巫启说的时候眼里充满了对超越的担忧。

"巫总也是个明眼人，看来我们的看法又出现惊人的一致了。好在不是整个超越都是这个风气，而是个别领导层的放任不理。我在和岳董商榷之后，再想一个突破性的方式来培养所有员工和企业共存亡的理念，当然也希望巫总您不吝赐教。"李旭晨觉得这个事情只要给巫启决定性的话语权她能做得更好，不过现在的事实是岳书翔占着总经理的职位层层下压，所以再多的话都是空话。巫启想必也清楚意识到这样的局势，不然她不会特地搬出总经理这三个字来强调。

　　"李总的实力我自然是见识过，这个改革要说也不是一两天能够改变的，所以到时候李总要是有需要巫启的地方，我能帮的也一定帮。"巫启这句话让李旭晨也算是松了一口气。巫启看到李旭晨桌上散乱的文件和画得密密麻麻的技术图纸，说道："李总您先忙，稍后有人选了再通知我，我先去科技城那边打点些事。"李旭晨起身把她送到门口才又坐下来回忆了他们刚才的对话，于是暗下决心找个合适的机会把巫启主推给岳书成重用。

第三十章　虎视眈眈

　　由于岳珊妮不好好工作，李旭晨准备派她去进修学习，将岳珊妮喊进办公室，他说：

　　"超越现在和科技城有人才培养的计划,纯粹学习。5 天之后你就要过去，三个月的封闭训练，你可以学到很多东西，这个机会本来是要给一些很有能力的员工的，可是市场部现在的人都还是没有把心思放在工作上，所以晨哥把这个机会让给你，但是那里没有叔没有我也没有杨文，你要做的就是靠自己然后度过那三个月的学习。"岳珊妮一听就不是什么轻松的活，还是封闭式那就是有家都回不了了，这样一来就要离开岳书成和李旭晨三个月，她自然是不愿意的。

　　"我不要，三个月见不到你们那我还有什么意思，我还是回去做事吧。"李旭晨见岳珊妮起身要走，连忙劝住。

　　"珊妮，这件事情就这么决定了，三个月其实很短的，到时候你出来就不会什么都不懂像个傻瓜一样工作了，而且晨哥也知道你想做领导不想一直做一些简单的事，所以那时候你有能力了叔也自然会提拔你不是么？"李旭晨耐心地劝导，可岳珊妮说什么也不同意，开了门掉头就走了。

　　李旭晨回到家的时候岳书成和岳珊妮正在共进晚餐，本来两人还有说有笑，可李旭晨刚一进门，岳珊妮就什么话也不说了，任凭岳书成怎么问她，

298

她也是点头摇头。

李旭晨故意搬了张凳子坐在她旁边，她看到了连忙放下筷子。

"爸，晨哥，我吃饱了。我回房了。"岳珊妮现在是在努力躲避一切能和李旭晨说话的时机，免得他把自己支走，李旭晨只是有些郁闷，自己的好心完全不被理解。

"珊妮这脾气也是我从小惯的，现在说起话来没大没小，不过你们这是怎么了？"岳书成看着他们时常出现的小矛盾就像是情侣一般，也就不多说什么，倒是李旭晨觉得这件事应该和岳书成商量。

"叔，今天巫总来找我，说是和科技城那边有项目合作，我寻思着派珊妮去。珊妮这段时间虽然说是在我手下工作，可是没有什么自觉性，几乎没有完成过一项指标，起初我和杨文还能带她去见一些商场上的人，可发现那也无济于事，并且也没有那么多时间顾及她。所以我想趁着这个机会让她去科技城上上手，把一些基本的企业管理学会了，以后也好安插她在公司。"李旭晨说了种种好处，岳书成也觉得这个女儿太肆意妄为，工作的事情自己之前也教训过她，到现在也没什么起色，这个办法也许能让她开开眼界顺便离开家杀杀身上的锐气。

"照你说的来吧，虽然我心里也不舍，没了这个开心果，倒觉得这个偌大的房子空荡荡的。"岳书成感慨地说。

"当然我还是偷偷准许她一个月回来一次，三个月其实也就是转瞬即逝的事情，而且这几个月也正是超越最为关键的时刻。"李旭晨安慰道，岳书成也不是什么矫情的人，只是欣然地点了点头。

李旭晨和岳书成有一搭没一搭地聊完后就去了岳珊妮的房间。

"是我。"珊妮听到是李旭晨的声音，本是不想理会，可是又觉得不太有礼貌，于是声音弱弱地从屋里飘出。

"晨哥我要睡了。"李旭晨看到八点刚过不到一刻钟，没好气地笑了。

"也不知道找个好点的理由，你不开门我就站在门外等你了，你也知道我已经一个星期没怎么合过眼了，若是等到明天出来上班我也没什么怨言。"李旭晨苦肉计还没用完，岳珊妮就抱着一个超大的娃娃嘟着嘴打开了门，李旭晨用手揉了揉她的头发，然后才找地方坐下来。

"晨哥，你不要劝我，我是不会去的。"岳珊妮先发制人。

"珊妮，你先告诉我，你想不想帮助晨哥一起管理超越。"李旭晨诚恳地问。岳珊妮想都没想就点了点头。

"你也看见我之前带你去的地方那些人有多难缠，他们不会理会你是谁，你怎么样，他们只看实力，只看利益，这些我想你去拜访股东的时候也见识过了，你希望看到我一个人去面对这些风风雨雨吗？"李旭晨先是给岳珊妮说了一下自己的处境，岳珊妮摇了摇头作为回应。

"我非常希望你能帮我，就在超越。这样至少你完成了叔对你的期待。可是你自己也意识到你什么都不懂，你什么都不做好，可是现在我给你机会，你又不去学，说实在的我觉得你很没有抱负心，一点都不像岳书成的女儿，李旭晨的妹妹。"岳珊妮听到这句话带着些许失望的语气，自己的心也跟着揪在一起，她当然是不希望李旭晨失望的。

"晨哥，你别这么说我，我以后在公司再上点心就是了。"岳珊妮还是没有松口，李旭晨便继续劝说。

"你在公司从徐刚下面调到我的下面，你也知道我们每个人手上都有自己的事，不能说每时每刻帮你，所以你现在最重要的是去到那边能学多少学多少，等过了这阵子我忙完了，你回来了，我再重新考虑把你放在一个更有价值的岗位好吗？"李旭晨这么说珊妮其实也很动摇，不过在她这个年纪的女生，就是害怕尝试和放手，于是虽然没有直截了当的拒绝，但重新把头深深地埋下。李旭晨知道她的顾虑所在，于心不忍还是给她开了后门。

"这样，我和巫总那边说，让你尽可能一个月回一趟家，至少保证你一个月回一趟如何？"听到李旭晨这么说岳珊妮才觉得勉强可以去试试，毕竟她知道李旭晨也是做了最大的让步。

"那好吧，晨哥，你要答应来看我。"李旭晨听到岳珊妮松口才轻轻舒了一口气。

"作为奖励我还是能给你一个拥抱的。"李旭晨说完，张开了他的大手臂，岳珊妮记得自己小时候就很喜欢和李旭晨玩这样的游戏，被他抱起，然后好好地抛到上空，很多小伙伴都不敢玩，因为觉得害怕，可岳珊妮完全不害怕，因为她相信李旭晨永远都能接住她。她把身体轻轻靠向李旭晨的时候心脏开始不对劲地跳动起来，耳根和脸颊莫名其妙的发烫，她假装用两只手掌包裹住自己的脸颊来掩饰这个尴尬的生理现象，一抬头的时候才发现李旭晨和她一样，脸上挂上了两片绯红。

时间走得无声无息，今早李旭晨才刚到办公室，就看到跃天那边的负责人给自己打来电话。

"你好，周经理。"李旭晨客气地喊道。

"您好，李总，是这样的，我们把结果公布的时间定在今天下午三点，希望您能准时出席。"跃天的项目经理客气地回答，李旭晨听到这个时间已经离得这么近了也是突然有了一点紧张。

"好，我一定准时到达。"李旭晨挂了电话后就匆匆去找了杨文，杨文看他风风火火的架势，以为是火烧眉毛的大事，于是满怀期待地听着。

"下午去听结果，跃天。"李旭晨觉得没有比这件事还要重要的事了，可杨文却感觉有些小失望，好像这件事还不足以让他激动，切了一声。

"我还以为是什么好玩又有挑战性的事呢，原来就是去听个结果。"

"这件事真是比天还要大，现在我有一个十分艰巨的任务交给你，约一约John，看他下午有没有时间和我们一起过去，如果中标也能让他看看超越的实力，顺便在结果公布之后和跃天的项目负责人讲一下这个技术的理念，说不定还能趁热打铁紧接着把他们的省外市场份额也一并拿下。"杨文已经开始佩服李旭晨脑袋的转速了，才没几分钟的时间就做了这么英明的决定。

"看来你已经准备拿冠军了。"杨文一脸无害，李旭晨觉得这个时候他也只能相信自己，于是自信地挑了挑眉。

"李总看来是胜券在握啊。"朱明杰主动挑衅让李旭晨也很是开心，照理说他现在心里应该是以一种自傲和看笑话的心情在看自己。

"哪有哪有，我们这段时间不少项目都栽了跟头，反而是东旭那边，一连拿到奖状，我还要和朱经理您多多学习。"李旭晨没有放出什么走着瞧，让你好看的这些虚话，只是巧妙的虚伪着，他知道痛打对方脸的不是言语而是能力。

"好像确实如此，不过超越这几年像是扶不起的阿斗总是在垂死的边缘，这次好像也只能和你们说句抱歉了，以后距离拉开了，你能和我同坐在一个会议室的机会自然少之又少，那时候我想超越应该可以拿下一些小案子吧。"李旭晨觉得朱明杰的口才比起岳书翔来一点都不逊色，难怪和岳书翔两个人狼狈为奸这么久，原来是近墨者黑。

"朱总这话说得可就不好听了，不过结果还没分晓的时候我也感觉到心慌，看到朱总您这么胸有成竹，也不知道是哪来的底气，不会是收到什么我不知道的风声了吧。"李旭晨故意冷嘲热讽，朱明杰自然不知道他话里有话。

"东旭这么大的企业，怎么可能输给其他的什么没落公司，拿下这个案子咱们差距就更远了，不过李总你放心，以后东旭看不上的小案子会让这边的人送给超越那边以示诚意的。"

杨文平时一个没什么脾气的人听到这些话都有些难过，不过转念想到这也许是他们最后喘息机会的时候，也就按捺住了。

"是是是，朱总您批评的是，等下可能这里就要有人大失所望了，不过出于君子风度还是要好好忍着，不然出现什么疯狗乱咬人的现象就不好了。"李旭晨说的这句话让杨文嘴角扬起了好看的弧度，他都不知道李旭晨去哪学来了这么能言善辩的口才，于是在桌下给他做了竖起大拇指的动作。

这个时候跃天的项目负责人才缓缓走进来，手里抱着四份规划书和一叠厚厚的文件，李旭晨还看到了他最期待的合同，当然朱明杰也盯着那份东西虎视眈眈了。

结果完全在意料之中，李旭晨顺利拿到跃天项目，而一边的朱明杰完全是摸不着头脑的状态。

"周经理，我可以看一下这些规划书吗？也当作是给东旭参考。"周敏虽知道这些是机密但是因为和东旭也有着合作，于是问了问在场其他人的意见之后，看没人反对于是就把规划书递给了他，这不看还好，一看让朱明杰彻底晕了。

朱明杰发现项目经理递给他的规划书和岳书翔给自己的规划书虽说在框架和绝大多数内容上一致，但是最为关键的三个地方都和他手里握着的有很大不同。恰巧这三个就是项目经理提到的：定价、技术公司的选择、生产规模扩大决定书。他觉得自己像个傻子被耍了，恨不得现在就踩着油门去找岳书翔兴师问罪。

"在座的各位有什么异议吗？"跃天的项目经理问道，李旭晨和杨文脸上已经是夺得头筹的自信了，朱明杰气不过，觉得无论如何都要挫挫他们的锐气，于是站起身来。

"周经理，我想请问一下，超越高科所说的生产规模扩大是否只是一个噱头，据我所知现在的超越高科资金流紧缺，机器处在半自动化阶段如果要向自动化发展还需要填补大额的资金，这笔资金的来源他们从何而来？所以我怀疑他们的规划有放大承诺甚至是造假的嫌疑。"朱明杰此话一出其他两家落榜的公司也跟着起哄。

"朱经理，请您少安毋躁。这个饭可以乱吃，话可不能乱说，您若是要这个解释，我李旭晨给您便是。超越高科虽然现在现金流紧缺，但是我们和跃天的合作属于先行收取预付款的方式，您一定很好奇超越凭什么能提出这种合作要求，我要告诉您凭的是我们优秀的技术团队。John 这边给我们的技术支持可不是您随随便便找一家国有企业就能够学到的。再者，为了生产跃天所需的第一批车灯产品我找到了一家全自动化生产的企业并提出合作意向，对方毫不犹豫地答应了，所以再陆续到来的资金量上超越高科绝对能达到这个承诺。谢谢，请问我这个解释您可还满意？"李旭晨说完露出一个诡异的笑，杨文听着他掷地有声的回答都要禁不住站起来鼓掌。看到跃天的负责人都颇为满意的点头，朱明杰也只有咽下这口恶气，毕竟如此强大的技术团队东旭始终是望尘莫及的。

朱明杰还觉得自己输在一个非常重要的地方，那就是关于产品的报价，虽然跃天单方面约见他的时候也说过会考虑将省外市场的产品优先给予和母公司合作的企业，但是他并没有考虑量产后的边际成本降低的问题，但李旭晨心思竟然缜密到直接给出两个价格让对方选择，这样他们不仅可以拿下当前的项目，就连之后省外市场的项目也给垄断了。这一招朱明杰混迹商场三十多年都想不到，可区区一个李旭晨就做到了。朱明杰开始害怕这个人，只要他一天还留在超越，以后东旭和他们竞争的项目都会扑空，反正就是一个烫手的山芋，想到这里朱明杰恨得牙痒痒。

"如果各位没什么意见那这回会议就到此结束了，多谢各位对跃天的支持，他日有机会我们再合作。"项目经理落落大方的致辞之后他们就准备起身离开了。

"李总，很高兴最后能和您合作，我们董事长对您的规划书给予了很高的评价，希望在将来的合作中我们依然能保持这种友好的关系。"李旭晨一直觉得跃天聘请的这位项目经理有着公关的说话水平，无论是待人还是处事都让人倍感舒心。

"周经理，多谢你在这段时间对超越的慷慨帮助，超越一定不负你所望，给你们带来更好的产品。"李旭晨承诺道，他觉得自己能给予这些曾经帮助过他的人最好的回馈就是做好每一件事情。

"我拭目以待。还有我们安排了5点钟签约，等下会有人带您过去，请您稍作休息。"对方项目经理说完，李旭晨礼貌地点了点头目送她离开了。

李旭晨刚准备带着杨文和John前往签约地点，就看到朱明杰站在走道旁不远的地方大口大口地吸着烟，李旭晨让杨文带着John先行离开，杨文还犹豫了一下，不过觉得他一个大男人自然不会出什么事情，于是才勉为其难地带着John离开了。

李旭晨向着朱明杰走过去，他的不远处是十几个人在等他，李旭晨能够明白这种感受，众望所归可又偏偏出师不利。等到了朱明杰旁边，李旭晨只是双手紧握公文袋，然后站的非常挺拔，嘴上却一句话也没说。

"怎么，看来李总是来向我示威的？"朱明杰虽然嘴里说着话，吸烟的动作也没停下来，所以当他一开口传到李旭晨那的就不仅仅是一句话了，还有从朱明杰嘴里吐出的二手烟。

"朱总您说的这是什么话？李某只是想来给朱总您提醒以及忠告的，您不要太过敏感。"李旭晨这话说得倒是很有诚意，可朱明杰嘴角明显露出一丝不屑，这种成功之后的下马威他是做得多了。

"李董，有话直说吧，今天我站在这里是以这样的姿态，他日在其他地方你也会是我这个样子，所以说什么是风水轮流转李董应该是要明白这个道理的吧。"朱明杰不想和他玩这些恭维的把戏，李旭晨的底细岳书翔也是给他一来二去交代得清清楚楚了，所以他也只管开门见山，反正早晚都是刀光剑影的关系现在也没必要顾着谁的脸面了。

"朱总，我一来是想告诉你，现在的超越和你昨日所合作的超越已经发生了质的变化，所以以后无论是关系到项目上面的问题抑或者是工作上面的交集，我们都会低头不见抬头见。所以您之前合作的那个人可能就没办法这么轻易从超越拿些什么越界给您了。"李旭晨觉得有必要给朱明杰来个明显的提醒，可以让他对岳书翔的期望大打折扣，也希望这种背后捅刀的事尽量少发生。朱明杰心里说实话听到这样的话还是感觉到有些心虚的，他没想到李旭晨竟然能看得这么通透，也没想到岳书翔现在在超越的地位已经大不如前。

"李董看上去已经是一副吃定高科的样子，不过据我所知李董这个 CTO 现在还坐不稳吧，贸然代表超越，这个自信我看来得有点莫名其妙了。"朱明杰的嘴上功夫也不差，他这么一说李旭晨倒是觉得好笑，超越内部的关系架构一个外人都如此清楚，看来岳书翔还真把他当成救命稻草了。

"朱总这话说的是，我回去反思。但是朱总我给您提个醒，我也不是第一天出来经商，这商场上什么明的暗的游戏我是看的多了也玩的多了，曾经我也是一个摔倒在半道子上的人，现在也是沾满了一身的灰，所以这次我能赢也觉得偶然，靠的就是警觉和经验，以后若是有人再想在我这里玩这些把戏，我也会让他像这次一样看上去胜券在握实则满地找牙。不过事情还没结束，好戏都还在后头，我也就想和朱总您这样示个好，这些晚到的道理总归是要清楚的，所以我也就挑明着说。"朱明杰听他这话心里一阵唏嘘，怕是岳书翔和他合作的事已经被这个满眼深邃的李旭晨给看得透彻了，这对于他们以后的合作非常不利，不过也有可能是这家伙放的迷雾。

"我怎么做事就不劳李董您费心了，关心管好您眼下这点麻烦吧，毕竟这个项目进行下来最后会不会死在半道子上还是个未知数，我们这些做企业的还是要小心再小心。"说到这的时候，朱明杰又点起一根烟往嘴里送。

"朱总您放心，以后这份辛苦超越也会为您担着点。"李旭晨直接撂狠话，他希望朱明杰现在对他能有一种畏惧心理，而不是待宰的肥羊。

"李董，很快之后，你就知道是谁在给谁提鞋了。"说完这句话之后，朱明杰就往自己团队站的地方走去，脸上难掩的愤怒和失落，李旭晨没有回话，只是站到他刚才所站的位置注目观察，原来那里可以隐隐看到超越高科的大楼顶部以及因为天气而被蒙上一层灰的招牌。

拿着合同书走出跃天大厦后，John 对李旭晨才给了一个真正报以祝福的拥抱，他们心照不宣地给对方以祝福后，John 才开着车缓缓离开。来接应李旭晨和杨文的车慢慢从远处驶来，他们上了车后，心情久久不能平静。

两人回到家中的时候，岳书成刚好在客厅。

　　"晨，你们聊吧。"杨文知道此时的他一定有很多话要和岳书成汇报，于是识趣地走开了。

　　"我的房间是第二个，书房紧挨着。"李旭晨叮嘱了他一下，杨文比了一个 OK 的手势，然后上了楼，李旭晨这才又把注意力放回岳书成身上。

　　"怎么样了？"岳书成赶紧问道，虽然他看得出李旭晨和杨文脸上的表情都非常轻松。

　　"当然是……"说的时候他从包里掏出合同书放在了岳书成面前。

　　"我就说这个项目你肯定没问题。"岳书成高兴地回应，然后面带笑容地坐回到靠椅上。

　　"叔，如我上次和你说的，朱明杰确实中了我的圈套，刚才在会议室还是一副气急败坏的样子。"李旭晨知道他关心这个，然后说。

　　"那是自然，当时傻眼的神情我都能想到，之后的事情你就去执行吧。"岳书成现在说起话来都感觉轻松。

　　"那是自然，不过我现在最需要的是补上一觉，然后和杨文去痛痛快快打场球，然后明天再回公司上班。"李旭晨突然想到这是在董事长面前旷工。

　　"对，这才是当务之急。"岳书成调皮地回答。

　　还真是个开明的董事长，李旭晨心里暗想，就大步上了楼。

第三十一章　兴师问罪

当然，有人欢喜有人悲，朱明杰才刚出了跃天门口，就已经迫不及待地拿出手机拨通了岳书翔的电话，想必岳书翔认为朱明杰这是第一时间来给自己报喜，于是口气里都多了几分欢快的成分。

"老朱，还顺利吧。"岳书翔是等着听肯定的答案的。

"顺利什么顺利，被人下了套了！"听到这个岳书翔拿在手里的咖啡洒落一地，比起刚才的正襟危坐他突然坐立不安起来。

"什么意思？"岳书翔音量和他现在的阴郁成正比。

"出来说吧，我现在是被你搞得焦头烂额。"朱明杰这一席话让岳书翔觉得整个天都好像快塌下来了，一路狂踩油门，还差点在交叉路口酿成多车连环相撞的惨案。

等岳书翔到了酒吧就看到在一边一点好脸色都没有的朱明杰，这应该还是他们第一次合作上的失败，于是朱明杰这种愤怒交织的表情更让他觉得真的是项目告吹了。

"怎么样了？"虽然确定，但还是希望从他嘴里得到答案，岳书翔脸上写满焦急。

"还能怎么样，超越中了。"朱明杰现在说起来的时候火气还是一点没消，只是对岳书翔的火气倒是消了不少，因为刚才和李旭晨的对话中让他对李旭晨徒增了许多的怨愤，于是他心想已是不可挽回的事实也没必要和岳书翔闹得不愉快，以后还要指着他打倒李旭晨。

"怎么可能是超越？这事不也是板上钉钉的事怎么超越还有转机啊？老朱，你就直截了当和我说吧，这关子我是卖不下去了。"岳书翔的急脾气上来，哪里容得下朱明杰有一句没一句地挤牙膏，于是暗示他尽快把事情翔实娓娓道来。

"我也是今天结果出来拿了李旭晨的规划书才知道，他的规划书的内容除了你第一次得手的那份是一致的，第二份得手所标注的关键内容点完全错误，我听他那说话的语气是知道了你们的行动，所以特意设局让你们往里跳，然后我这边以为事情顺理成章之后，最后结果就是这样，输得一无所有。"

"老朱，你所言非虚？"岳书翔简直不敢相信这样的事实，于是硬着头皮再问一次朱明杰确定他不是在和自己开玩笑，当然最后得出结果依旧没变，还被朱明杰好好的数落了一通。

"老岳，你真是越老越糊涂，这种事情我怎么会拿来开玩笑呢？现在结果已经出来了，东旭那边我是向其他管理层保证过的，现在出了这档子事回去交差都是个麻烦，还有老岳，李旭晨虽然说这次玩的是阴招，可是你这么多年来看破江湖把戏的人怎么会和他同在超越一点警觉都没有？他李旭晨就算是有再精湛的演技也有露出马脚的时候吧。我一直对你给出的资料深信不疑，于是在跃天这个案子上花大量的人力、物力，现在竹篮打水一场空，我以前还估摸着这做好的规划书是到我手里了。"朱明杰点了满满的一桌酒，今天他是哪都不打算去，就在这里买醉了。岳书翔听出他这话语的意思对自己确实是有几分抱怨，不过这次自己也是理亏也不好多说什么，并且他还指着朱明杰这盏明灯去探路呢。

"老朱，你也是那边不要和我较这口劲，我这边能打点的都给常磊、刘成去做了。常磊这么久办事没失手过，刘成这人虽然没点脑子，不过东西偷出来之后也就交给我，内容真假我也是给你过目，要怪只能怪李旭晨这家伙城府太深，交过几次手都没看出他有任何端倪，这次我也是赔了夫人又折兵，但是我们俩的情谊不能变啊，不能因为这次失败坏了和气你说呢？"岳书翔拿起酒瓶给朱明杰倒酒，他现在也是满肚子的委屈不知往哪吐，还得硬着头皮讨好朱明杰。

"老岳，这个道理我懂，不过你在超越既然想另立门户，李旭晨这小子你不铲除我怕是前路无望了，今天我和他交过手，发现他心思一点不比你轻，话里话外还都透露着什么。还有我听出他的言下之意是知道我和超越的高层有交情，但是至于他认为是不是你我就不知道了，总而言之，你要是不把他铲除，以后我们就有再好的计划都无处施展。这一次我也是变成惊弓之鸟了，短期内我会停下一段时间，等你有好的项目的时候再找我吧。"朱明杰说话的时候大口大口地往嘴里灌酒，看上去很是一副失败和难受的样子。岳书翔听到他说李旭晨察觉到朱明杰和自己有交集，难不成是上次在饭馆门口看到了巫启留下了后果，巫启已经把这件事告诉他，他才会如此提防？岳书翔心里打着好几个大大的问号，于是也端起桌上的酒一杯下肚。

"老朱，这次的返佣我这边就不要了，两次拿的资料对你没有好处对我这边也如同废纸，不过经过这一次的事情我也算是留个明白，这李旭晨也不是什么好角色，我回去便会开始找空子把他给搞下去，你这边也不用太伤心了。"岳书翔还是安慰了朱明杰，说不清是因为这么多年来合作的情谊还是因为怕丢了他这根救命草。

"行，老岳你也请回吧，我在这里再待一会，回去好好问问你两个傻头傻脑的部下，看一下究竟问题出在了哪里再给我这边透透风。"朱明杰已经开始有些宿醉，不过岳书翔也没闲工夫坐在这同他闲聊什么，于是再说了两句便转身离开，并拨通了常磊的电话。

"常磊，你现在马上和刘成到我办公室，马上！"没等电话那边出声岳书翔就把话说完并且挂掉了电话。常磊以为是有好消息要带回，于是赶忙派人去了技术部找到刘成。刘成也是夜以继日地盼着这一天，他还畅想明天之后自己已经在那个悠闲自在的地方推着母亲去看花海了，看到常磊派来的人，他连外套都没来得及穿，就带着一脸的喜悦来到了岳书翔的办公室内，看到只有常磊在，脸色突然有些沉了下来，不过想想今天之后就能和他阔别，也就恢复了之前的冷静。常磊和刘成现在可以说是形同陌路，即使现在办公室内只有两人，也都不说话，听着彼此沉重的呼吸等了好一会才看到岳书翔脸上带着一股脑的热气推开门。

"岳总您回来啦！事情可算进行地顺利。"常磊一如既往地对岳书翔卑躬屈膝，他一直能当岳书翔身边的一把手，也就是靠着这个打不跑骂不走的好脾气，纵使心里有再多的不悦，他也是笑着忍过去，不过这一次他显然没有观察到岳书翔脸上的不悦，所以此话一出还是让岳书翔刚消下去的火气重新燃烧起来了。

"顺利个屁！你们这两个人不知道是怎么办事的，毁掉了我全盘的计划，今天是超越中的标，你们第二次偷过来的规划书完全是假的，我很想知道这到底是怎么回事，还是你们两个的脑子都被猪吃了。"岳书翔完全不顾形象地骂了起来。

常磊先是抬起头看着岳书翔，他知道这时候只有把全部的责任都推给刘成，才能把损失降到最低，所以他抢先一步拿到发言权："岳总，你也知道这两次的偷窃我都没怎么参与，第一次还是正好在办公室门口看到你，我才知道了刘成已经得手了，这两次的策划几乎都由他在完成，我也就是负责一些情报的收集工作，所以这事还得问问刘成这边到底是怎么回事了。"刘成现在是情绪大波动时期，也没细听常磊在说什么，反而是岳书翔听到他似乎有意图把责任推得一干二净，气又不打一处来。

"你只管情报收集你都收集到了什么？李旭晨那边有了眉目我不知道，他那边起了疑心我也不知道，就连他极有可能知道我和朱明杰之间有着某种秘密关系也不知道。可是李旭晨却是什么都知道，你到底是怎么做事的你告诉我？你眼下那帮人是傻子还是蠢子。"岳书翔一个劲地骂道，常磊想起之前派人去跟踪李旭晨被他机智逃走的事，心里不知该不该说，先前以为只是一次偶然，现在想想估计那时候的李旭晨已经有所警觉了，不过他觉得自己还是不要自讨苦吃，毕竟现在还不知道岳书翔知道了这个事之后会是怎样的暴跳如雷。

"岳总您息怒，您说的是，这次我这边收风确实是存在很大的难度，本来李旭晨要是就做着他那个 CTO 我还好应付了，现在无缘无故被调到了什么市场部，那里的人手我再培养也不是一两天的事，所以这一次的失手可以说是命不好也可以说是他们这次走了大运才会事事的好处都落在他们那边。"常磊说完看着岳书翔若有所思才敢轻叹一口气。岳书翔听到常磊说起市场部，这事又是自己胸口的一块大石，于是也只好暗自拿起杯子，一个劲地直摇头。

"刘成你这边是不打算给我任何解释了吗？你那堆废弃的资料还是三更半夜信誓旦旦地给我，我当时对你哪怕是能力上有一点怀疑可能都不会落得今日这么尴尬的下场。"岳书翔逐一问罪，刘成这边自己的心情也是跌落谷底，他现在可以说是点起来的孔明灯因为突如其来的暴风给刮到水里完全飞不起来了，哪还有时间去顾虑常磊所顾虑的。

"岳总，我就是照您的吩咐去盗取，我这边是一点都不敢放松，请的那个黑客我也是花的大价格托得到处都是关系才给您拿到手的，第二次他的资料为什么作假我到现在都想不通，况且我还指着这一次说收手，您说我又会有什么坏心眼害您。"刘成现在最棘手的问题还是在钱上，所以想到把自己的损失要回来，还是对着岳书翔好脾气的耐心解释。

"你还想着收手？我倒是想问问你这个收手之作怎么做得如此糊涂，刘成啊刘成，你第一次下手的时候是不是有什么细节没注意到被李旭晨给逮住了才造成人家和你开了这么一个大的玩笑，我说你母亲有病在身，这次事成还能给你多分点，我看你现在这时候什么都拿不到，我也是不敢再用你了。你接下来的退路你自己想清楚吧。"岳书翔觉得这次计划最主要失败的原因还是刘成的资料出了差错，所以他在回来的路上已经决定把这个人踢出局了，他既然不是一心想着为自己效力恐怕什么时候也会出卖自己，况且这次的盗窃若是哪日东窗事发还会牵连在自己身上，到时候就真的是得不偿失了。一边的常磊听到岳书翔做的这个决定突然有一种塞翁失马，焉知非福的感觉，能借此铲除刘成这个手下也是他心头的一大快事，于是只是暗暗地听着笑着。刘成这边是指着钱用的，现在自己不仅搭上了自己的前程，听到岳书翔说连基本的辛苦费都没有还要把自己给踢出去，于是心里更是不悦。

"岳总，这次我手脚利落得很，绝对不存在让你担心的问题，我这次没有功劳也有苦劳，你也知道我妈的病需要钱希望你能再给我一次机会。"刘成说的时候觉得自己就是平躺着身子给别人当马骑，纵使再多的傲慢这一刻也不得不低头了。

"你说什么？我还敢给你机会？你是和我开玩笑吧？这一次主要的原因就都在你这边，你那点损失是小，我这边的人脉因为这次也是元气大伤。你不要再和我提你妈那点破事，若是你有心当个孝顺儿子就赶紧带着你妈滚出这座城，不然哪天我后悔了看是你见她一面都难了。"岳书翔是说得出做得到的人，他既然决心要赶走刘成就眼睛都不会眨一下。所以他现在看刘成的眼神里全是嫌弃和鄙夷。

"岳总……"刘成刚还想说点什么就被常磊站出来制止了。

"刘成，我想岳总的话你听得很清楚了，现在就收着你的东西赶紧用什么借口引咎辞职吧，我这边还能和人事部门沟通多给你半个月的工资，至于你以后去哪里高就我管不了，但是我们手里面这些证据你也是知道，不要做傻事，让你和你母亲陷入两难。"刘成知道现如今自己再说什么也没用，只好灰溜溜地出去再找时间和岳书翔单独谈一谈了。

"你也出去吧。"岳书翔虽有些气但折腾了一天也是累得够呛，于是向常磊摆了摆手说。

"那岳总我就先退下了，我还是那句话，只要您还有用得上我的地方只管开口。"常磊说完才把门轻轻带上出去了。

办公室只剩下岳书翔一人，他这几年就没有过这般的失手，一个区区的李旭晨就能让他这般劳民伤财，他也暗下决心，无论如何都要先铲除这颗眼中钉，再进行下一步的工作。

李旭晨回到办公室，杨文来找他。

"刚才赵群送来了这个 U 盘，里面装着刘成那天盗窃的视频资料，据说岳董看过之后气的老毛病都要犯了，不过还好现在没什么大碍，我就是想问问你这次打算如何解决，我觉得还是尽早完事省得夜长梦多。"杨文看来是私下和赵群聊过一番的，这个问题李旭晨在回来的路上也一直在想，现在手上握着证据是一个对他们很有利的工具，指不定运气好还能把岳书翔和常磊拉下马。

"你说我们能不能约刘成出来谈谈？"李旭晨若有所思地问着杨文，杨文自然能猜中他的心思，但是他觉得这是一个不能两全的决定。

"你是想说让刘成出来指证常磊和岳书翔？"杨文还是把话语权还给了李旭晨，他觉得这个事情上李旭晨应该会有自己的想法。

"我当时在技术部的时候就得知刘成是常磊的人，但是他们的关系如何我不知道，但是最近刘成好像四处在张罗着借钱，似乎是他母亲得病，既然这次事情败露那么刘成应该就是做了无用功，所以又加上他现在手头上的困难，应该也不是容易解决的事。据我对岳书翔这个人的了解他也绝不是会伸出援手的人，所以直觉告诉我他们之间存在嫌隙，我想利用这个作为突破口找刘成出来谈一谈，毕竟他是难辞其咎，若是能在董事会上让刘成亲口承认这件事情，对于明眼人来说应该是一个不错的提醒，对常磊和岳书翔在超越应该也能起到致命的打击。"李旭晨逻辑缜密地分析了一番，杨文开始佩服他那该死的直觉，想必一定是对的。

"我觉得可行。"杨文说道。

"但就是还有一个问题我需要解决。"李旭晨若有所思地说道，"刘成现在这般境况应该是会对岳书翔百般讨好争取下一次能立功拿到自己想要的报酬，这个节骨眼上除了钱能让他动摇应该就是他的母亲了，你可以去帮我着手调查一下他母亲现在所在的医院吗？若是这件事由刘母劝说，估计比我们在旁边多说什么都要有用得多。"李旭晨这个提议让杨文也表示赞同。

李旭晨私下派人去技术部找到刘成然后把他约到一个相对安全的地方，刚开始刘成是感到无比惊讶的，毕竟他们之前在技术部的时候是互相抵触的，这回怎么会想到自己。

"刘成，你在超越待了几年了？"李旭晨一脸认真地问道。

"七年。"刘成不知道他想的是什么，自然除了回答之外的话什么都不敢多说。

"七年对超越也是有了很深的感情了，那你有没有想过在超越正常的发展下去，尽自己的能力做到高层？"李旭晨继续提问，刘成一时摸不着头脑。

"李董你有什么话就直说吧，拐弯抹角我也听不懂。"刘成直接开门见山，这种兜圈子的游戏他在岳书翔那里玩多了也玩腻了。

"我是真心想帮你，希望你能回答我这个问题。"李旭晨依旧是不依不饶地问着。

"想是想过，不过依超越现在人员状况我看除了空降没什么途径能让我升职，毕竟上面这么多人压着。"虽然只有常磊和岳书翔对他直接使唤，但是刘成觉得他们两个几乎代表了全公司的力量。

"也就是说你不看好超越能带给你更大价值。但是我告诉你你错了，因为你的一个错误选择，倒是超越差点就蒙受了巨大的损失。以前我就看出你是个蛮横但还是有一点办事能力的人，现在我已经开始连你的能力都有所怀疑了。"李旭晨说道，刘成这个迷茫是越积越大了，他开始不知道李旭晨在和他暗示什么，但是也知道并不是什么好事，于是只是冷冷地一笑。

"李董要把我踢出超越也不需要花费这么大的心思，因为我也很快会离开超越，不过李董你也不要得意得这么早，超越最后的成败还未定，想必你以后的路即使我刘成不在也不会走得很顺畅吧。"

"好，既然你是这番心思我也就不再和你兜圈子了，这个 U 盘我拷贝给你，里面有你们偷资料的全过程，我希望你能弃暗投明。"刘成听到这句话的时候感觉就像是世界末日即将来临，自己正等候宣判的那一刻，他以为自己背上岳书翔的责备和怒火已经是最坏的结果了，现在转过头来还有这么一个什么视频的东西存在，可是李旭晨言语间透露的又无半句虚假。

"李董，你……"刘成一时说不出什么话来，他不知道这是应该服软还是应该强硬的威胁，可是服软的话岳书翔那边是无论如何都不会放过自己的，而强硬的话自己又没有任何的资本在手，他现在是进也难退也难。

"我希望你好好看这份文件，里面的东西到时候交到公安机关的手里你肯定是要锒铛入狱的，但是我知道你最近在四处筹钱，为的是你那个生病的母亲，出于这个我私人可以给你 10 万元。但同时我也希望你能在董事会上事先进行忏悔，至于你说不说出常磊和岳书翔的罪行就看你自己了，你若是选择把事情说出来，我还能帮你找一个好的律师帮你减轻罪行，让你早几年放出来照顾你的母亲。"李旭晨这个条件好像没有多大的诱惑力，但是刘成觉得相比常磊和岳书翔已经是对他最好的安慰了，毕竟自己陷害过他，还能给出这样的帮助。

"李董，你若是早几年来超越我也不会有今时今日这样的困境啊，不过事已至此我再多说什么也是废话，我还希望李董能给我一点时间，给我留最后这么一点时间让我交代好所有的事情。"刘成像是在哀求，又像是在争取时间蓄谋着什么，李旭晨没有反对，他只是觉得这个时候再逼他也许会让他走上更决绝的路。

"行，我给你 3 天时间应该足够了，这三天里你可以放心处理好你的事情。"李旭晨在和刘成见面的路上其实已经收到杨文给他发来的短信了，说是刘成的母亲现在情况非常不乐观，每天靠着药物维系，就等着钱去做手术了，李旭晨想着借他母亲的嘴让刘成点头的念头也彻底打消了，毕竟没有人比他更了解亲情的可贵和重要了。刘成只是给予他一个敬佩和感恩的眼神也就不再多说什么，因为他知道现在的自己说再多也只是多余的了。

第三十二章　视频风波

刘成回到公司就立马赶往了岳书翔的办公室，岳书翔当时在和常磊两人密谈着什么，看到常磊神色都变了。

"你来干吗？"岳书翔看到他满脸的不悦和嫌弃。常磊只是嘴角轻笑，他觉得自己又再一次得到岳书翔的器重。

"岳总，我有很重要的事情要和你说。"刘成开口说道，常磊见他如此明目张胆的支开自己，自然是气不打一处来，但是碍于岳书翔压在上面，也不好直接开口多说什么。

"直接说吧，这里没有外人。"岳书翔这也算是否定了他要把常磊支开的意愿，毕竟岳书翔以后还是要用常磊的，少了一个刘成他不能把自己的手下全都给断了。常磊自然是用一种傲慢的眼神似乎有意在提醒刘成注意自己的身份。

"岳总，常总，现在就借电脑一用吧。"

画面出来的的确是在李旭晨的办公室，这时候看到刘成踮着脚尖轻轻地走了进去，随后就是那个黑客……常磊和岳书翔看到这个的时候和刘成是一个反应，头脑发蒙。

"这是从哪拿的。"岳书翔的口气像是要杀人。

"李旭晨给的。"听到又是这个名字，常磊和岳书翔两人对视了一下，然后恨得牙痒痒，他们也不知道李旭晨是哪里来的本事，三天两头给他添乱，现在一波未平一波又起，真的是让他们这边心力交瘁。

"为什么他手上会有这个视频，这么看来你第一次的偷窃他已经知道了，所以我们失败的原因也就是因为你的行动打草惊蛇。"常磊在一边故做侦探的分析，但是岳书翔听到却像是解开胸口的谜团，现在终于是水落石出咯。刘成可顾不上这些，他现在唯一的心愿就是希望常磊和岳书翔能尽快帮他想出一个好的对策。

"现在不是追究什么责任的时候吧，这段视频李旭晨交出去我也要跟着进去了。我是过来和你们想对策而不是过来和你们争吵的。"

"现在东窗事发还能如何？你难道还想拉着我们两人下水？"岳书翔再也看不下去了，因为他觉得这个视频里只有刘成，只要他顶下罪名，自然一切都会好起来，他又不在里面何必担心，本来他就是做事不力，结果当然要自己承担，可刘成可不这样想，他不懂他们所谓的江湖规矩只知道这是他们三个人一起密谋的事，出了事自然责任各分一点。

"岳总，这话你可不能这么说，若不是你我也不会走到今天这番田地，不是我拉你下水，应该是你拉我下水吧。"

"刘成你怎么说话？难不成你这还要要挟。"常磊看不过眼，觉得刘成不知道在和他们耍什么无赖。

"我在要挟？现在是我处在牢笼里，现在铁证如山我想知道你们要如何救我。"刘成反击道。

"救你？怎么救？画面清清楚楚把你整张脸都拍下来了，你还蠢到拿手电筒去照都照不出来，现在出了这档子事，我自己都无法明哲保身了，你就自生自灭吧。"岳书翔气急败坏，直接说出了自己的心思，他觉得刘成连最基本的江湖道义都不懂，还来这里和他大举什么道义的旗帜，其实说白了，不就是想多拉几个垫背的，现在被李旭晨抓到小辫子，也是劝他少作孽。

"岳总，你这话说的恨不得把所有责任推脱给我一个人，你要知道这件事情上我是一点好处都没捞着，我可以挑明了和你们说，如果我刘成出了什么事，你们两个也难辞其咎。"刘成最后是真的觉得无计可施了，他觉得要让这两人和自己有着统一的战线就是也让他们处在风暴中心，这样才能真的做到让他们正视这件事情的后果，不过大抵是刘成太过于小看这两人的城府。

"你是不是想在这些罪名上再多几个，让你坐到死的那一天都出不来。"岳书翔威胁道，他每一次做事的证据都保存完好，就是为了防着这一天，没想到现在还真的在节骨眼上帮了大忙。

"岳总，看来李旭晨的提议我要重新考虑了。"听到李旭晨这个名字，岳书翔的神情都明显严肃起来，他不知道刘成手里还有这张底牌。

"你若是敢站在李旭晨那边和我要花样，那你很快就知道我岳书翔是什么人，你之前在我这里的东西我会先人一步交给警察，让你蹲进去的时候连李旭晨都看不到，然后再找人在里面把你怎么着我也没想好，但是那个时候你再求我也是难事了。"岳书翔说起这话的时候面色铁青，他从来就不会轻易拿出这种需要靠武力来解决的手段，但是如果有人把他逼到了绝境，他也不得不为了保全自身而用这种方式了。刘成听到这些话的时候已是心如死灰，他觉得自己也就烂命一条了，就在这个时候他接到了来自医生的电话，他内心一震，急急忙忙地走出办公室去接通了。

"刘医师，是我妈出了什么事吗？"刘成在心里着急还是反应了半天才说出这么一句话来，他知道医生绝不会这样贸然打电话给家属，于是心里也早已做出了最坏的打算。

"刘成先生，刘母现在的手术不能再拖了，她现在的情况若是再拖个三五天怕是连手术都做不了了，今天我来检查发现她的腹部积水几乎是不能动弹，医院这边考虑到你的情况可以准许你先交齐手术费用，至于用药方面可以等报销款下来你再做第二次支付，大概费用需要 100 万元，希望您尽快给医院答复。"刘成听到这个消息的时候感觉自己的精神层面都要坍塌了，这阵子的事情一波接一波就没让他停下来过，他现在手上只有 60 万元，剩下的 40 万元他是无论如何也掏不出的，于是他挂了电话之后狠狠心又找到了岳书翔，虽然他觉得这样的行为很窝囊，连自己都看不惯自己，可是他这样的事情也不是第一次做了，为了生活他好像总是不断地摇尾乞怜，可是生活却不断地给他打击，完全没有可怜他的意思。

"岳总，医院那边来了电话，说我妈的住院费还差 40 万元，这么多年来我跟着你罪也顶了不少，现在的牢狱之灾让我自己一个人去坐我可以接受，但是你要帮我补全这笔尾款，我从此消失在超越，和您再无瓜葛。"刘成觉得这个也是他没有办法的办法了，用顶罪去换取母亲的健康，也许真是他这失败的一辈子唯一能做的了。岳书翔和常磊思前想后，觉得刘成还不值当这个价格，于是也还是有些犹豫。

"刘成，这个数目可不小啊，我想你应该知道这么多年我也没亏待你，你现在先是来要挟我然后又是狮子大开口，我这里也不是开善堂的，见人就施舍，拿到 20 万元你就去投案自首吧。"虽然对于岳书翔来说 40 万元并不是什么大的数额，但是他就是不愿意给刘成开这个后门，因为在他心目中只有等价交换没有任何施舍的情分。

"岳总，这 40 万元你可是花得值当，你之前让我和常总做的事我这里都可还留着不少蛛丝马迹，如果我拿这些直接找到岳董，应该就不是普通的商业犯罪而是刑事案件了，你这把年纪还能多活多少个 20 年，若是因为这 40 万元而断送你实现成立新集团的梦想那可是最糊涂的决定了，只要你能把这 40 万元作为捐款打到医院的账户，我就背着所有的罪名吃我的牢狱饭。"刘成说的时候眼睛里还泛着些许的泪光，其实他也没有把握岳书翔能给他这笔钱，但是现在他能做的也就只有这些了。

岳书翔再三考虑后还是点头答应了。

"多谢岳总，今天你既然对我有这个恩情，等我去了医院看了我的母亲之后我就拿这个 U 盘投案自首。"刘成说完，深鞠了一个躬就头也不回地离开岳书翔的办公室，他此生最不想踏进的地方就是这个地方，看着屋内交谈的两人，刘成突然觉得一身轻松，他从没有过的轻松，自从他答应帮岳书翔做事之后就一直活在浑浑噩噩之中，虽然有时候也和他们有着共同成就感和刺激感，但是每每出事或者有危难的时候他总能看到人性最丑恶的一面。他觉得岳书翔和常磊之间嫌隙就是他们现在最为致命的地方，两人虽然一起共事但是各怀鬼胎，刘成相信有那么一天自己离开监狱的时候他们在里面却永远也出不来了。

"先生，这是一位李先生让我交给你的。"刘成打开来看，里面有整整10万元的现金，刘成突然不知道说些什么，只是看着他的母亲一直流泪，像是一个小孩找不到回家的方向一样，嘤嘤的啜泣起来。他的母亲不明所以，只是忙着替他擦干眼泪，然后安慰着拍了拍他的后背，说了声："回到家就好，有妈在。"

李旭晨走出医院的大门，虽然知道自己没有如愿让刘成把岳书翔和常磊拉下马，但是他也没有任何的失落感，只是感觉今天和往常一样，阳光正好，天空很蓝。于是他看到篮球想起杨文，拨通了电话，也许真正没有负罪地生活着，就是对生活本身报以最好的态度了。

第二天很早李旭晨就定好闹钟起床，这一天天气不大好，灰蒙蒙的雾霾加上豆大的雨点笼罩了整座城市，而且气温有了明显的骤降。李旭晨担心岳珊妮没带够换洗的衣服，于是进了她房间打开衣柜，看到满目琳琅的衣服还有各式各样的外套围巾，李旭晨随手挑了几件看着还不错的，小心翼翼收进行李袋，关上衣柜门的时候，看到柜门上贴着好几张照片，有岳珊妮笑的如阳光灿烂般的笑脸、有自己在低头工作照片、有岳书成年轻时候站在超越大厦门口意气风发的样子，还有一张是他们难得的合照，里面三个人都笑得正好。李旭晨盯着合照看了很久很久，他觉得里面的那个自己没有悲伤，没有烦恼，因为那时候他心里住着这个家。李旭晨听到外面传进来的汽车鸣笛声才回过神来，看了看时间然后关上岳珊妮的房门奔向科技城。

李旭晨来的时候和保安周旋了好久才拿了通行证，这地方的安保制度和出入登记做的比起公安部门还好，李旭晨心里想。他打通巫启给他的负责人电话才知道这个点他们在实验室里学习技术原理，李旭晨又来到实验室。张望了很久才看到那个单手撑下巴眼神困顿的岳珊妮，她一直在拿着纸巾擦鼻子，看上去应该是感冒了，时不时地看向黑板，时不时又低头在纸上写写画画。李旭晨只是躲着静静等，完全没有不耐烦，对于岳珊妮他好像总有着用不完的耐心。大概到了 11 点，才有人从里面陆续出来，有些超越的员工认出是李旭晨还交头接耳的议论一番，以为是领导审查，李旭晨倒也不在意，直到看到自己想看到的人，才露出那个和煦如风的笑脸。

"晨哥！"岳珊妮一个激动，小跑过去，停在李旭晨面前的时候，紧紧地抱着他好几秒没有松开。李旭晨也任由她，只是和往常一样用大手抚摸着她的长发。

"你为什么隔了这么多天才想到来看我，我还以为你和爸把我忘了。"岳珊妮松开李旭晨看着他和煦的笑脸不禁悲从中来的埋怨道。

"怎么可能忘了你，我一忙完手里的事，第一个周末就来这里了，我本想着让叔也过来的，但看今天天气不大好，你下次回去再看他吧，他也是日日嘴里念叨着你。"李旭晨安抚道，岳珊妮听到他还算给了一个合情合理的理由，于是也就没再抱怨什么。

"晨哥，你都不知道这里有多闷……"岳珊妮话还没说完，就打了一个喷嚏，李旭晨赶忙给她递过去纸巾。

"今天天气这么冷，你就穿的这么单薄？"李旭晨说的时候眉头紧皱。

"我那天走的时候你和爸都在公司，我也就没心情收拾，随便拿了几件衣服就走了，谁知道这里的天气这么变化无常，一天就像过了四季一样，我这几天还又感冒又拉肚子的。"岳珊妮停不下的抱怨让李旭晨听着也有些许心疼，他拉着岳珊妮的袖口，把她带到车的后备箱面前，随手拿了一件外套给她，然后又拿了围巾给她戴上。

"所以也就叔惯着你，从小养成公主的脾气，你现在也不是小孩了。"李旭晨颇带严厉地说，岳珊妮看他虽然嘴上不留情，但是手上的动作却让她内心温暖，就知道他又是嘴硬心软了。

"晨哥，我爸以前和我说，他现在照顾我，以后也会有一个爱我的男生把我接走，后来你就来了家里。"岳珊妮本来很认真地说，但是发现自己好像在表达自己心意似的，就适时打住了，即便这样，李旭晨也听得出她的言下之意，不过他不是把岳珊妮接走，而是就住在了岳家。

"珊妮，即便如此，你也要懂得照顾好自己，一个女生最可贵的是自立自强，即便有人照顾，但能许你一辈子不离不弃的只有你自己。"李旭晨意味深长地说，这时候他想到了自己的母亲。当然对于现在的岳珊妮很难懂，不过李旭晨也不着急，他有的是时间慢慢来。

"晨哥，我发现你今天有点像个糟老头，不过没关系，我现在就带你去吃好吃的。这里什么都不好，不过有一个很大的员工餐厅，里面的饭菜和家里的阿姨做的有的一拼呢。"岳珊妮说完，就挽着李旭晨的手臂有说有笑地走了，从身后看去着实像是一对热恋中情侣在打情骂俏呢。

岳珊妮给李旭晨点了满桌子的菜，李旭晨却忙着考量这里的规划和管理，他觉得这样一个地方对于员工的培训和深造都能得到不错的发展。

"晨哥，我看你这眼神一定是职业病犯了。"岳珊妮没好气地说，别人来餐厅是惊叹有这么多好吃的，李旭晨来餐厅就像是领导考察，不过他现在为了在方方面面改造超越，只要是能借鉴学习的，他都一并收入脑中。

"这都被你看出来了？我是觉得这种封闭式的培训和技术理念值得超越学习，超越的员工素质和综合能力还是不够，你看之前市场部那些人做出来的策划根本不能看。所以回去我会和巫启商量让更多的员工有机会能来这里学习。"李旭晨说得一本正经，岳珊妮却为所有员工捏了一把汗。

"晨哥，其实这里的学习很辛苦，而且都是有很多硬性要求，例如什么产品要达到什么级别的工艺，机器的流水原理，各种各样，反正我现在也适应不来。"岳珊妮看到李旭晨这么认可，才说出了自己的真实感受，她倒是认为对这地方有些水土不服。

"这个地方教的东西对于你来说的确是深奥了一些，不过你慢慢来也总能听懂的，珊妮你要知道你以后是要帮着叔打理超越的江山的，你可以不会细节，但是方方面面的事情都要了解。这样你才能做好一个管理层要做的事。"李旭晨一开始说教，岳珊妮就有些反感，对于她来说感受远比言语来得有说服力得多。李旭晨看到她瘪嘴的表情就知道自己又多话了，于是也就闭上嘴，拿起筷子吃饭了。

岳珊妮之后还带着李旭晨走访了很多地方，用她的话来说，这就是一个封闭式的工厂，从流程到工艺再到技术一应俱全，不过岳珊妮却还是没有什么想学的念头，当然这个她没有和李旭晨说。

到了下午岳珊妮培训之前，李旭晨才百般叮嘱岳珊妮要赶紧调整状态好好深造，岳珊妮知道这是他一贯的风格，也就含糊应付过去了，不过看到李旭晨发动车子的时候，眼神里还满是留恋和不舍，站在那一副闷闷不乐的样子。

"我答应你，一有时间就过来，别人还以为我们是生离死别。"李旭晨这时候才越发觉得岳珊妮是个长不大的孩子，所以用的语气也是一副哄小孩的惯用语气。

"你走嘛，我就在这看你车子离开我再走。我也不知道为什么我这么不舍。"岳珊妮总感觉自己离不开李旭晨，哪怕是这样的短暂的别离，都会让她有些小情绪，不过她自己心里也清楚个大概，只是不太愿意承认，这份感情。

李旭晨车子缓缓开动，岳珊妮也就真的目送李旭晨离开，而李旭晨从后视镜里看到岳珊妮，似乎也发现自己心中的某种悸动在慢慢地发芽了。

自从上次朱明杰的计划失败紧接着为了堵住刘成的嘴而蒙受平白无故的损失之后，岳书翔就再也不想戴着虚伪的面具生活了。他觉得与其一点点被李旭晨榨干自己，还不如直截了当就表达自己的意愿，毕竟以李旭晨的实力还是寡不敌众的。他召集了公司一些比较向着他的高管开起了茶话会，希望他们和自己站在统一战线来抵抗目前超越这种被李旭晨牵着鼻子走的风气。

这边的小会刚结束，那边的李旭晨做起事情就感觉得到束手束脚了，而且岳书成那边近几日也是门庭若市，一早来到公司就收到好几条风声，哪个部门的谁谁谁要离职了，现在光是想方设法留下这些人都让岳书成感到筋疲力尽。岳书成把这个现象传达给李旭晨之后，他觉得两件事情并非巧合，其实一定意义上就是有人在煽动公司往一边倒，于是第二天他一早来到公司，就找到了杨文商讨此事。

"文，你怎么看？"李旭晨觉得这事也蹊跷，怎么这么短的时间里自己在公司就像是被架空了。

"应该是有人联手要对付你试图以这种方式来剥夺你的权力。而且对不站在他那边的高管施以高压，光是这个离职率都能让超越在短时间一蹶不振。"杨文说道。

"难道他已经想好和我公然树敌不顾什么颜面上的事吗？不过他这么做我一时之间却也找不到化解的办法。"李旭晨有些无奈地对杨文说道，而后还深深地叹了一口气觉得无可奈何。杨文自然知道他说的这个人不是别人正是岳书翔。

"他现在应该是召集了信任他的人在树立自己的小帮派，当然也会有不认可他的人，所以这些人就被他踩在脚底。不过我认为没有永远的敌人也没有永远的朋友，谁笑到最后还不一定呢。"杨文这个话让李旭晨听得云里雾里，于是他忍不住地发问。

"你就不要卖关子了，我现在是黔驴技穷就等你这个诸葛亮为我出谋划策了。"李旭晨直言道。

"他们现在之所以站在岳书翔那边自然不全因为情怀，大部分原因还是因为你让他们自身的利益受损，所以你只要找到一个方式让他们觉得只要自己配合你就会有利可图那么他们自然就会背弃岳书翔了，而你和他们之间的媒介就是公司，你希望公司做大，但是他们和公司没有什么情怀可言，这对于他们来说只是一份门面工作，所以你只要让他们的利益和公司的利益紧密结合在一起，那就自然不用督促也能让他们积极配合了。"杨文说这话的时候，李旭晨觉得这个理念特别像是他最近希望用在市场部的理念，就是"共赢"，因为对于他们这种处在发展期的企业，手上既没有可以吸引高管的政策，公司的未来对他们自然就没有可以动情的地方，但若是有这么一种方式让他们把公司的未来也当作自己的那样不断追求，那时候尽管他不去督促和引导也有人会自觉做这样的事情了。

"文，我突然想到一个方案。"李旭晨眼里突然又冒着希望的曙光，杨文知道他一定又有了什么很不错的点子。

"说说看。"杨文回应。

"你说如果我要是让岳董推出一项新政策是高管期权奖励政策你看着如何？"李旭晨说的时候眼冒金星。杨文细想了一下觉得十分可行。

"这个方式我赞同，这样一来既能留住那些准备出走的员工，谁也不会这么傻放着这一档子好事不去做，再者对于那些向着岳总的人也是个不小的诱惑，若是他们继续公然和你反抗，公司利益受损那相比较而言他们自己也会利益受损。"杨文对于这个决断暗自叫绝。

"其实这个的出发点我倒不是为了这些高管，人才上的培养固然重要，但是我看中的是市场部这次的改革，若是这个方案得以实行，那人人都为了高管这个职位去奋斗，也就不会出现我现在要督促的情况了。"

"那你这个可谓是一箭双雕了！"杨文惊呼，他觉得李旭晨就是那种越是被压迫越是能打一场漂亮翻身仗的人。

"我再细想一下细节，决定好了之后去和岳董提议，我想这个不会有管理层反对了。"李旭晨说着又陷入了沉思。

第三十三章　破罐破摔

就目前公司的局面，李旭晨直接去找岳书成。赶到岳书成办公室之后却被赵群拉住，李旭晨一脸疑惑。

"李董，借一步说话。"赵群就拉着李旭晨出去了。

"怎么了？"李旭晨有些紧张，赵群从没在自己进岳书成办公室时对自己有过半点阻挠的。

"今早运营部的主管来找过岳董，当时我去医院不在也就没拦住，现在公司的境况岳董已经基本了解了，虽然我看他表面上像是什么事都没发生过，但是我那天和他去钟医生那里做复诊，结果老毛病比起之前还要严重得多，现在对他来说当务之急是赶紧去住院，也希望您等会说起事情的时候在言辞上缓和一些。"赵群说的满脸担忧，李旭晨更是难受，好像怕什么就来什么，本想着让岳书成去和岳书翔打打手足牌，现在到嘴的话也是万万不能说了。

"钟医生的建议是如何？是修养手术还是？"李旭晨满脸愁容，现在比起什么事，都不如岳书成的病要重要了。

"建议住院保守治疗，他这个是富贵病，根治不了，但是我担心他现在每天在公司，别说是静养了不被气到就很不错了。"两人窃窃私语的时候岳书成扶着墙慢慢地走出来。

"你们俩在嘀咕什么？我就看见你的身影了，迟迟不见你进来。"岳书成说的时候还面带微笑，李旭晨看着他心里很不是滋味。

"叔，你赶紧进去，现在天气多冷啊，你就安心在家待着，没事少来公司。"李旭晨的心揪在一起，看着岳书成这个样子严厉地责备道。

"你以为我老糊涂吗？现在什么情况我不知道吗？"虽然岳书成尽量把心态放平，可李旭晨还是听到他被压制的怒气。

"我已经想好法子对付了，你就放心吧。我想在超越实施一项新政策——高管期权政策，因为现在预备离职的人数太多，我们没办法一一劝解，所以只能用这个来稳固人心，而且这个对于我目前准备着手整改的市场部也是起到不可小觑的作用。"李旭晨边扶着他坐下边说，他现在也就只能用这个不成熟的计划安抚着岳书成的情绪了。

"这个计划我听着行，你别急慢慢往下说。"岳书成给他递过一杯茶，李旭晨喝了一小口，觉得热气沿着身体一点点流向心跳才又开口说。

"这个想法现在在光电子产业还没有人实施，我也是那天和杨文聊天的时候有的这个想法，虽然理念较为创新，但也不失为是个好的想法，这样不仅能解决当前的燃眉之急，还能帮超越实现长久以来人心涣散的问题。"岳书成觉得这个建议十分值得推崇，不仅理念新，而且能影响每一个员工对公司的态度。

"那你现在还在顾虑什么？""我觉得这个方案还存在一些局限，等我把这些都理清楚了再决定也不迟。"李旭晨本想接着说让岳书成去和岳书翔谈一谈给他更多的时间，但现在是无论如何也说不出口了。

"这样吧，高管那边的事我压着，这个方案你着手去弄，3天之后我召开股东大会，那时候你在大会上宣布如何。那时候我也会让一些高管亲自去参加，你只要负责汇报就好了。"岳书成语气里带点雀跃地说着。李旭晨发现现在自己无论说什么，岳书成都无条件赞同甚至顶住各种各样的压力给自己创造机会，于是心生感激地点点头，答应他很快就能做出一套完备的方案。

三天的期限很快就到了，自然这一天就是李旭晨要做出陈述的时候。他走在会议室的路上都能听到不少人在讨论今天某某部门的部长要辞职，哪里的总经理已经找好了下家之类的流言蜚语，但是无风不起浪，他现在能做的就是放手一搏了。他刚进入会议室的时候就看到岳书成身边围得满满的。

　　"岳董，是否在这次会议之后您就会批下我的辞呈。"李旭晨刚走进的时候就有人这么问道。

　　"今天会议之后要走要留岳董都会同意的，现在请再给我们一点时间好吗？"李旭晨替岳书成回答，岳书成用一种不自信的眼光看着他，他是万万不敢做出这样的承诺的，可是看到李旭晨给出了这样的口头承诺不免捏了一把冷汗，但是也毫无办法，只能是选择相信他等一下会有精彩的表现了。

　　这时候走进来的岳书翔脸上还是满带笑意的，他经营的局面好像在今天显得尤为混乱，特别是刚进来的时候看到这么多人纷纷要辞职他就嘴角流露出坏笑。

　　等到所有人就座完毕，岳书成才缓缓开口："今天是我私人召集所有的董事和高管前来商讨公司的一项政策变更，因为今日来我频频收到不少人说要离职，还有人控诉业绩指标不合理，这些问题我今天都还是会一一给大家解决，关于政策的变更由李董为大家解释，我们依旧尊重民意，实行少数服从多数的原则，请问各位还有什么问题吗？"这时候没有人发言，只是有人用不屑的眼神看向李旭晨，李旭晨知道自己一出现肯定又要成为众矢之的，但是他却丝毫不担心，只是端正地坐着，像是蓄势待发一样。起初听到有政策要变更的时候岳书翔是想直接煽动这些董事进行抗议的，因为他知道一定又是李旭晨这小子肚子里憋出来什么坏水，不过他自己好奇心作祟也想一饱耳福也就答应了。巫启作为李旭晨的支持者，知道他应该是为了自己上次说的事采取了什么措施，于是也是满怀期待，因为她对于这位 CTO 还是抱着一种肯定的目光的，虽然在她这里就很少看得起谁。

　　"那我们现在就请李董为大家介绍这一次的政策。"岳书成说完，李旭晨不缓不慢地站起身来，然后落落大方地说起话。

"我建议超越实行高管期权奖励政策。"这话一出很多人都交头接耳。好在并没有所有人全盘否定的场面，这点让李旭晨感到很欣慰。他顿了顿才继续说。

"我知道这个概念很多人是第一次听说，但超越既然要进步，就要引进这些新颖的管理理念。现在我对这个模式进行一下讲解。它的优点主要有以下三种。第一个是它能将超越的高级管理人员实现自我报酬与超越自身的长期利益相结合，使两者能够保持高度的统一和紧密的联系。想必大家都知道，近些年来超越并没有给到高管相应的报酬模式，并且公司自身的盈亏似乎不太影响他们的行为，所以就出现了有人在公司项目上动手脚，以致无法实现预期收益。如果实现了高管期权奖励政策，也能够让绝大多数高管把外部激励和自身约束结合，省去了管理成本，并且管理人员必须去努力经营才能实现个人价值最大化，这是我认为这个政策最大的优势。"李旭晨刚说完岳书翔就听不下去了，这字里行间说的不就是自己吗？什么动手脚，缺乏自我管理，也不知道李旭晨这是安的什么心，摆明就是为了把自己踢出超越。不过出于对岳书成的少许尊重，他没有出声，还是耐心地听着他把话说完。

"第二点也是我站在高管的位置替各位着想的，因为若是存在风险的奖励，对于你们都是一个未知，所以这种奖励形式只赋予了你们行使权，至于到时是否行使权力就看你们个人，倘若觉得有亏损，不去行权自然也就不会去蒙受任何损失了。当然我们的一致愿望是让每个人都获利，所以希望大家能通过一致的努力来让超越更上一层楼，或者说让你们自己手中的期权更具有价值。"岳书成颇为满意地看着李旭晨，他滔滔不绝地说着这些理论比自己年轻时候成熟老练多了，他就像是一把磨好的利剑，不差经验和价值只是缺一个发挥的战场。李旭晨说得也蛮清楚，在座的人听着也纷纷点头，他们第一次觉得超越有了为他们量身定做的获利方案了。

"当然这是基于管理层的考虑，股东也许心里会有一些小的想法，不过这方面我也顾及到了，比起往年超越实施的现金股利，这种期权政策使得超越并不承受任何的现金支出，当然在座的人很多都知道，超越目前在现金流方面还是较为紧缺，现金流作为企业的一项命脉存在，若是我们用这种方式，就能以比较低的成本留住更多的人才，对于看好超越的人，在人才引进方面也是能够起到非常好的吸引作用。这点我相信你们自己心里都有数。再者，这个期权是根据二级市场的波动而实现收益的，不受我们超越内部的人员调控，所以也不用担心有公司单方面调价或者是有人一手操控。以上就是我对高管期权政策的看法，谢谢大家。"岳书成听完之后很是满意，他觉得光是这短短的几天就能做出如此傲人的成绩实属不易，于是出于真心的给李旭晨以掌声。出于对管理层和股东两方面的估计，这还是让很多人对李旭晨的能力报以一种认可的态度，特别是巫启，她向来就觉得李旭晨做事能力超群，今天再一看果然是不负众望。

岳书翔脸色发青，他看到管理层和股东方面似乎内心都已经开始动摇，因为这个政策在他们双方的利益上都得到了权衡。

常磊在一旁看到脸上挂彩的岳书翔，寻思着他的心思，但是知道他碍于自己的身份不想发声，于是他便站出来。

"李董这话说的是不是有点欲盖弥彰了。"当所有人都点头肯定的时候，常磊这一举动明显让所有人回过头去。包括李旭晨，他觉得这算是维系全公司利益的政策，应该是连岳书翔都不好当着这么多人的面说什么，不过岳书翔不想去做的事，常磊也就要代替位置了。

"常总这个怎么说，我对你的意见愿意吸收和采纳。"李旭晨从容地回答。

"我认为这个高管期权政策存在很大的风险波动，就拿超越目前的形势来说，若是采用这种方式，那几乎每年都要放弃行权了，因为现在不景气的行业风气加上超越江河日下。"常磊说起话来确实没有多大的水平，李旭晨光是听他这么说不用思考就能来一个漂亮的回击。

"那么常总为什么不选择一个前景光明的公司或者行业发展呢？"话音刚

落，全场人爆笑，常磊脸上也慢慢出现了难看的神色，待所有人又重新安静下来李旭晨才接着说，"本来企业经营就存在风险，你若一开始就如此看待超越，那为什么超越还要经营这个行业还要存在，就是因为现在风气不好、不景气，我们现在才同坐这个屋里商量如何让超越实现真正的赢利和壮大，这样我们这个政策才赋予了价值，所以这是需要我们承受风险，然后可以通过努力去规避风险，比起那些不可规避的风险，这项政策是否来得更吸引人更人性化呢？"常磊被李旭晨这一番话说得哑口无言，他本就不善于诡辩，这么一出声倒让坐在一旁的岳书翔进退两难了。

"我非常同意李董的看法，虽然光电子行业这几年处在低迷期，并且超越是受到最大打击的一家，但是今年有几项项目的招标成功我们已经扳回了一点地位，而且这些进步还是靠着李董和他的团队去打拼下来的，若是在座的高管能多几位像这样劳心劳力的我想我们来年的利润额应该也会非常可观吧。"岳书成站出来帮李旭晨说话。

"那这个是否会形成高管的短期行为，即在行权日做出一些造假的利润额或者是一些内部造假消息而使得二级市场的价格出现波动？"下面有人提出这个问题，李旭晨听完之后只是淡定地笑了笑。

"这个问题当时我也权衡过很久，这个是不可规避的风险，所以需要高级管理人员对自身行为进行很好的约束我们才能来谈这些理论，若是把目光放在不理智的行为上我们就没办法谈什么获利能力了。但是我相信既然是超越的员工，并且真正支持和赞同这个政策的，就一定不会是这种短期利益行为的导向者。所以在这方面其实是利大于弊的，不知您是否认同我这一点。"

"李董，你总是能想出这些五花八门的主意，不会是借此另有什么企图吧。"岳书翔最后无计可施只能玩起冷言冷语。

"岳总您放心，这次我只是这个方案的提出者，而且决定权也不仅在我一人手上，我们这次举手表决吧，少数服从多数。若是想离职的高管现在可以考虑一下离开，然后我们把高管加进去一起投票那大家自然就没有异议了吧。"李旭晨其实是想看还有多少人愿意留下来，因为若是这个方案也不能留下人才，那他也算是无计可施了。所以他现在的表情又有些略微的紧张，等了半晌看到大家都议论纷纷交头接耳，就连刚进来那些迫不及待控诉要离职的人，都好像放下了这个心思，只是你看看我、我看看你了，沉默了很久之后岳书成才开口。

"各位高管现在有什么建议和意见都提出来，我今日听到一些要联名辞职的传言，当然我相信这也只是传言，不知道现在各位是否考虑清楚，若是想清楚了我给各位 3 分钟的时间，要是真的认为超越这个麻雀太小容不下你们现在可以离开，也祝你有一个好的前程，若是大家觉得我们还可以一起奋斗去创造一个令光电子行业引以为傲的超越那我们现在就举手表决吧。"岳书成说完下面又响起了小声地交谈声，不过自始至终都没有要离开的，岳书翔知道自己又输了，这么多天的布局就输在了李旭晨一个什么高管期权股利政策，于是他也索性闭上眼睛眼不见为净。

"那我们开始投票表决，赞成的请举手。"很快所有人包括股东在内都差不多举完了，唯独一个岳书翔和摇摆不定的常磊。岳书成大悦，他也没想到会有如此好的效果。李旭晨也颇为满意地点点头，没想到自己还真能挽回这样的残局。

"哈哈，那我岳书成就在此谢过各位对超越的认可和支持了，接下来我还有一个很重要的决定。"岳书成停了半晌，这个决定说实在的李旭晨也不知道，也许是这几天自己的事情太多岳书成没有和他商量自己做的决定，他也很好奇。

"我决定把人事工作的指标分配以及各个部门的业绩考核的权力交给人事部部长、我还有总经理三人共同决策，对于之前单方面下达的决策现在全部推翻，因为我认为这个业绩上面存在着诸多的瑕疵和不公平的因素，所以各位这一两天可以恢复正常的工作，待我们三人商榷之后再把相关的任务下达给你们。"岳书成果然还是公然用自己的权力钳制住了岳书翔的胡作非为。

岳书翔听到这个决定的时候已经无话可说了。

"董事长，我有事不舒服先走了。"岳书翔说完这句话也没等岳书成反应过来，也没等在场的人开始小声议论，他就把笔往桌上一扔，径直就出了会议室的门，留下所有人都尴尬的四目相对。李旭晨觉得虽然岳书翔输了，但是这么不淡定的行为他还是很少会表现出来的，所以有些担心他是不是已经萌生了离开超越的念头，当然这个离开不是单纯的离开而是让超越陷入绝境的离开。

会议的结果出奇的顺利，这让巫启发现自己也喜欢和李旭晨说一些事情的看法，这是她以前不会做的，她待人本就秉着一种五分靠近五分疏远的情感，可是在和李旭晨相处的过程当中总是能被他的才华所吸引，现在好像还有了莫名其妙的怦然心动，不过这些只能从她绯红的脸上看出来，她自己本身处在迷惑中，而李旭晨也更是没有察觉到这一点，或许是因为李旭晨现在心里住的另有他人。

回到办公室的岳书翔久久不能平息心中的怒火，他没想到就连平日对他睁一只眼闭一只眼的岳书成今天也会公然在董事会上发声让他下不了台，他觉得这样的超越已经渐渐变成姓李而非姓岳了，一边赶来的常磊看到岳书翔怒火中烧，虽然有些害怕他把火气撒在自己身上，但还是卑躬屈膝地走进了岳书翔的办公室。

"岳总。"常磊一进门就小声地唤道。

"你来这里做什么？"岳书翔一开口就劈头盖脸地把常磊给痛骂一顿，常磊自然知道现在这个节骨眼岳书翔肯定是没有好脾气的，于是也只能嬉皮笑脸地回应他的侮辱。

"岳总您息怒，岳董那老东西现在是越老越糊涂，竟然在董事会上这样公然的挑战您的权威，还要那个李旭晨手握兵权，还提出什么高管期权，我看若是超越倒了，就是什么期权也扶持不起来了。"常磊说着马后炮，不过这也倒是在岳书翔的头上添油加醋了一把,岳书翔握紧拳头往桌上狠狠一拍,让常磊也着实捏了一把冷汗。

"现在这超越已经不是他岳书成的天下了,而是被他这个虎视眈眈的养子李旭晨给搞得鸡飞狗跳,一天一个政策一天一个项目的他这是一招招在逼空我,这口气我要是咽下去了,还不知道超越到底是姓李还是姓岳!"岳书翔越说越气,他其实心里已经是想好了更险恶的手段,只是对于超越还留有一丝丝的不舍与恩情,可若是李旭晨再逼他,他也只能是万念俱灰,把超越推向死亡的边缘了。

"岳总,这个月的报表据说财务部已经上报给岳董那边了,比往年一个季度的盈利还要高,所以现在超越可以说已经在慢慢有起色了,再加上跃天集团和李旭晨正在签署相关的省外市场扩张合同,基本上年度的股东大会上,很多人都会向着李旭晨那一边倒,您可不能眼睁睁看着李旭晨爬到您的头上啊。"常磊不断地添油加醋往岳书翔本就烧得旺的怒火上再加了把油。

"废话,这个还需要你说。"常磊听到这一连串的开火自然也是气得不行,他自己也像看笑话一般看着岳书翔走投无路。

"岳总您说的是,不过现在高管这边因为今天会议的事情也都回归正常的工作了,而且以后关系到公司年度的绩效考核需要三方签字通过,这以后我们在人手的重用和调派上完全是使不上劲啊。"常磊继续挑拨离间,他也很想看到岳书翔被逼急了之后会放出什么大招,毕竟他自己跟着岳书翔这么久,也不清楚他的底细,只是知道他的底牌大得惊人,但却无法得知,他真正拿出来的时候会给超越多大的打击。

"这个自然不用你提醒,我现在倒要看看李旭晨那边还有什么计策再另做打算。"常磊知道岳书翔已经是有诡计在脑里,但是就是没有意向和自己说,他也就不自讨没趣。

"那岳总没什么事我就先出去了。"

"你帮我再去打听一下财务部那边有多少资金量。"说的时候岳书翔陷入自己的思考，常磊只是觉得奇怪，但也不好再开口问了，于是只能点了点头便去办他交代的事。

李旭晨一回到办公室就看到杨文站在门口等他。

"怎么样了？这一早上我什么都没做，光想着你了，刚才看到一大帮高管从市场部走过，像是没有走的意思，难道你又一次中奖了？"杨文满心期待地问，李旭晨和他说这计划的时候，他也是觉得不错，但是至于有多大的诱惑力他自己心里也没底。

"那是自然，你还用怀疑？"李旭晨回答道。

"我的天，还真的被你做成功了，那岳总那边呢？他没有吱声，任由你说？"杨文追问。

"他当然有，不过所有人都点头了他也不好说什么，只是直觉告诉我他心里在动着什么坏心眼，想给超越来一个致命的打击，至于是什么我现在还不知道，这就拜托你了。"李旭晨一脸无害地对杨文说。

"又是什么可怕的直觉，为什么我觉得你的直觉来得比真相还要真切。"杨文一副被套路的表情，李旭晨灿烂地笑了。

"其实这些事情过去了也就过去了，我现在最担心的是岳总的情绪，我总觉得今天岳董在会议上公然宣布削他权让他很是不喜，虽然我也很惊讶岳董做的这么决绝，这不是他的作风，但估计也是被逼急了。因此我去会岳书翔完全是一点用都没有了。"李旭晨若有所失，他其实更偏向多少安抚一下岳书翔，毕竟他的股份就足够让超越震荡不安了，更不要说在这个需要资金量的节骨眼上。

"我同意你的观点，我觉得你始终还是要安抚一下他，之前和你讨论的让岳董去安抚你去了吗？"杨文这个时候问道，让李旭晨再次陷入两难。

"岳董那身体好像是越来越不行了，我打算强拉硬拽把他弄进医院，赵群说结果比上次还要差，我想应该是真的很差了，所以我还在考虑要不要开这个口，让他和岳书翔聊聊超越这件事。特别是在今天之后，我想岳书翔对岳董的成见更深了。"杨文看到李旭晨的纠结和无可奈何，拍了拍他的肩膀。

"如果要我做决定，我会去开这个口，你知道人老了最怕什么吗？就是不中用，你要是能让他完成这个事情想必他也是乐意之至，虽然过程可能不是那么愉快，但是我想一场谈判的失败好过一场噩耗的来临，所以与其让他看着超越因为岳书翔陷入难处，不如就让他亲自完成这项任务，毕竟他们两个才是亲手搭建起超越一砖一瓦的人，现在要了断也没人能代替。"李旭晨突然深深被杨文这一大段话给触动了，这个道理他好像都没有这么细致地想过，没想到一脸玩世不恭的杨文还有着如此细腻的心思，不过若不是他这种性格，应该也难放下所有回国帮自己吧。

"我现在过去和叔说吧，我怕再拖我难开这个口。"杨文应许地点点头李旭晨就去了。

"李董。"赵群站在办公室外面看上去心情极佳，李旭晨对他示意地点了点头，就进去了。岳书成好像也因为今天会议的事挥着他的大狼毫在写字，看到李旭晨来就像是看到了大功臣连忙走上去。

"你怎么不去休息，怎么说也熬了这么多天了，应该是时候出去放松一下。"

"看到你这么高兴我也就放心了，我是刚回到办公室想到一件更重要的事情想要和你说，但是我又担心你这身子，不过听了杨文一席话我也觉得要跟你说明白了，毕竟这事情也不是我能代替你决定的。"李旭晨说的时候神情极为凝重。

"我身体的事我自己知道，老毛病复发，这段时间我会再去医院重新配些药先稳定着，你有什么话就直说，我可不希望我拖着这半吊子的身体在这里每天什么事都干不成。"岳书成表情也是有些严肃，他自然知道李旭晨的顾虑，但他也不希望他把这些顾虑一直挂在嘴边作为他逃避公司事务的理由。

"其实我的想法是这样的，公司最近这一两个月是有起色了，可是我们的底子太薄了经不起打击，现在很多的事情还是需要谨慎去执行，特别是在资金方面。叔，你也是知道的，今天会议上岳总是吃了不少脸色了，我看他最近这个破罐子破摔的态度有些担心，以前哪怕事情做得再决绝他也留几分情面，但是近日他的行事风格完全就是已经放弃给我们留情面的成分了，我怕他这时候在股份上面做什么文章，若是超越因此而蒙受不必要的损失那可就大事不妙了。所以我想安抚一下他的情绪，我上次和巫董去过一次，吃了闭门羹，想必他是不会再卖我这点面子了，不过我希望叔您这次亲自出面解决，怎么说你们的关系是亲的，情分曾经也有过，怎么说都比我这个外人强。"

"你的意思我明白，我虽然是他的兄弟，这么多年来我们的分歧是越来越大，从前还是两个人能当作一个人去对待，现在恨不得分化成几种人格，不过他的手段我了解，这个时候给超越来点什么致命的打击也是有可能的，我认为还是该去给他留这个脸面，怎么说也是兄弟。"

"叔，我就是这个意思，我不出面，就你们两人。您主要就和他谈感情，我也知道你们之间的情谊，虽然现在已经算是接近为零了，但至少也存在过。"李旭晨提醒着岳书成。

"你放心吧，叔不傻，虽说不保证一定能安抚他，但我心底还是有很多话想要和他说的，这些话珍藏了好多年，憋在心里也已经有很久了，希望他能听进去吧。"岳书成看着镜子里的自己和当年已经是判若两人，如果说一对兄弟到今日这个地步不后悔是假的，但是若是在原则上的妥协再让他重新选一遍他也不会后悔他当年的每一个选择，当然岳书翔也许也是这样想。

"我还有最重要的一点要提醒你，注意你的身体，你们说归说，但是你可别一两句就吹胡子瞪眼，这对你的病不好，你嫌我啰嗦我也还是要嘱咐你，这件事过去之后你就安心去医院静养，下下棋、写写字，剩余的事情我帮你打点。还有下个星期我让珊妮回家陪你一两天。"岳书成听到静养本能地就开始抗拒，但是一听到岳珊妮笑容就又出来了。

"静养我是真的不需要，只要待在公司我什么病都能好，珊妮若是回来你提前和我说一声，我也好休整一下自己这个不修边幅的造型。"他说着还像是一个老小孩那样大笑。

"那时间方面我就给你们约到明天晚上，去你平时最喜欢去的那个茶艺馆。"李旭晨给他提议道。

"不去那个茶艺馆，去一家小吃店，那个地方我前段时间坐车的时候路过还在，年纪应该比你都老了，那个地方是我们两个人吃苦日子熬出来的地方，可以说是见证了我们最失落的时候，但是那个地方自从我和他分道扬镳之后就再也没敢去，一个人去总怕想起以前的事，明天约他去那吧，我相信他也一定还记得。"岳书成嘱咐道，李旭晨看着他眼里透露的那些无奈和心疼久久说不出话来。

他也知道有些地方对于特定的人总有着特殊的情怀，这些情怀外人不得而知，也许是小吃店、也许是茶艺馆、也许是高档的西餐厅。但那些地方总归是两人的精神所托，就好像两人有情怀放在那里寄存，等在的时候能拿出来谈谈。岳书成是个念旧的人，他对这个感情依旧选择埋藏，可是岳书翔就不一样，也许这些情怀对于他来说已经是被埋葬了。

第三十四章　有意和解

　　李旭晨第二天一大早就到了岳书翔办公室等候，李旭晨实际上是不知道怎么和岳书翔开这个口的，因为在一定程度上他和岳书翔的关系也没比岳书成好上多少，但为了超越在这个节骨眼上，他也就只好硬着头皮上了。当他想着如何开口的时候，岳书翔已经在往他的方向悄然靠近了。

　　"岳总。"李旭晨毕恭毕敬地叫道，岳书翔只是斜视了他一眼没想多做理会，于是准备走回办公室。

　　"岳总我是受岳董委托，能否耽误您几分钟，我把话说完就走。"李旭晨知道岳书翔自然是不想再和他有什么言语上的交谈，于是只好搬出岳书成开门见山了。岳书翔听到岳书成的名字也不好如此强硬，于是站在了李旭晨的旁侧。

　　"岳董这是在股东大会上削减我的权力，现在再来给我送颗糖的意思吗？"岳书翔这么问让李旭晨也不好回答，也只是为难地看着他。

　　"岳总的心思我自然是明白，岳董也绝没有削减您权力的意思，大家都是为超越办事，只是政策的一些小的变动，希望岳总您不要多想。"李旭晨毕恭毕敬地回答。

　　"李董有什么话就直说吧，我手上还有很多要事要处理。"

　　"岳董希望您今晚到你们以前常去的小吃店一聚，希望岳总念在兄弟之

340

情可以前去。"岳书翔再听到这个小吃店的时候，心里微微一震，他没想到过了这么多年岳书成还记得那个地方，眼里也流露出几分动情的色彩。

"这是鸿门宴？"岳书翔鄙夷地说。

"岳总您只管放心，这场完全是您和岳董两人的小聚，没有第三人在，或许是岳董想一续你们兄弟之间的缘分。"李旭晨看出岳书翔有几分顾虑但同时也有几分真情，不然他不会眺望远处时偷偷叹息。

"知道了，你回去告诉他吧，我会去赴约。"岳书翔答应得有点突然，李旭晨还来不及说什么他就转身进了办公室。

李旭晨把话带给岳书成之后倚靠在沙发上想了很多，包括岳书翔会出什么阴招，他要如何应对之类的，不过最后觉得这样也无济于事便起身忙活去了。晚上按照约定把岳书成送到了那个小吃店，是卖手工饺子的小店，老板是和岳书成差不多年纪的老人，李旭晨细看着这里的一砖一瓦，仿佛能看到岳书成和岳书翔两个人在这里共吃一碗面汤的模样。

"叔，我出去等你，你们结束了打电话我再来接你。"岳书成眼里流露出的缅怀和惋惜之情让李旭晨看着有些许的心疼，他决定不在这打扰属于他们俩的时光，岳书成看着他点点头，什么话也没说。

岳书成的脑里好久没有这样的场景了，看着岳书翔穿着一件高领毛衣和黑色夹克走进来，桌上摆上两碗小吃，一份刀削面，一份饺子。

"弟。"岳书成叫道，这个称呼他破口而出的时候都觉得生疏了，岳书翔听到的时候还以为是自己听错了。两人虽然在公司抬头不见低头见，但像这样面对面坐着聊天也不知道是多少年前的事，两人的头发从乌黑亮丽变成现在的黑白相间，从脸上的细皮嫩肉变成现在的满脸褶子，他们的感情也随着这些从高峰到平淡到低谷再到现在的水火不容，一切好像昨天的事，历历在目。

"看来你还记得。"看着桌上的刀削面和饺子，岳书翔眼中还是有几分感情在的。当初在超越初建的时候，他们背负着一身债务，就连吃穿睡都是问题，两人就是这样两份东西交换着吃，就好像同时拥有了两份幸福。这家面馆是他们经常来的，因为天气寒冷，坐在热气腾腾的厨房旁边总能让他们感到温暖，想到这些两人都陷入了共同回忆，但毕竟关系走到这一步也不是一天两天，等岳书成再开口，又开始陷入了僵局。

"你还记得我们最后一次来这里吗？就是在讨论一个项目，那时候超越已经做大到可以养活几百人了，那时候我还向你承诺过，将来还会有上万名员工，现在回忆起这一路还真是艰辛和坎坷呢。"岳书成用回忆往事的口吻说着，觉得这一切是如此的美好，可岳书翔记的却不一样，他只记得那是他们开始出现嫌隙的一天，从那一天之后，他就开始觉得岳书成的理念离他越来越远，直至今日两人就是两条平行线永远没有交集了。

"当然记得，那个项目我拿到了对方的技术资料，提议要先他们一步研发推出，你却偏要坚持什么自主创新，现在看来你也是几十年了还没变。"

"超越能坚持到这一天，我知道你占了绝大多数的功劳，还记得有一回，你接回一个光电子的项目，我们把货物、机器、供应商都打点好了，上家竟然说要毁约，那时候我整个人都蒙了，合同上标明的违约款还不够赔付一半钱，那时候我真的觉得撑不下去了，也是因为有你在运营才得已解除。不然那一次危机真的能让超越倒掉。"岳书成故意搬出一些岳书翔的战功来说，想想这些年来岳书翔的贡献也是扶持这个企业能支撑到今天的关键，或许这些感情牌，能唤回他对超越的感情。

"你知道那时候我是怎么处理这件事的吗？"岳书翔当时并没有把解决的方式告诉他，而岳书成也只是知道了结果。

"不知道，当时问你支支吾吾，说事情解决了就好，我不需要知道这么多，我也就没细问，不过我现在倒是很好奇你当时是如何解决的。"那个时候的岳书翔已经意识到了岳书成的优柔寡断，所以很多事情他都擅作主张，只说结果不说过程。当岳书成认为他行事风格有问题的时候，他觉得最不配这么说的人就是岳书成，所以两人才慢慢地分道扬镳，不过这么多年过去了，岳书翔还是想把事实的全部告诉他，不然他还以为自己坐拥的金山真的是靠他的信誉和高尚得来的。

"我当时找律师要求他们按照合同赔偿的两倍进行赔付，他们和我耍无赖说既然已经有合同就按照合同办事，于是我找人暗中到他们仓库把它们的产品一把火给烧了，他们最后找不到这么多成品给上家，反倒出了两倍的价格回来和我们签订新的合同。也就是这样我们当时才多出了这么多资金去扩建第一个厂房。"岳书成听到真相的时候差点没气岔过去，他当时只是意识到岳书翔做事越来越狠，没想到已经到了不择手段的地步。

"我要是知道是这样，我当时就应该劝你，我是说当时有了第一次合作再去谈第二次的时候，对方把我痛打了一顿，原来是你有了这个害人的念头。"本来想好好沟通的岳书成发现他们现在连最基本的价值观都完全背道而驰了。

"所以我一直觉得你天真，在这个商场上面，所有人都是求财而不是讲道义，能够获利的就是朋友，共同竞争的就是敌人，你要不下手，你的竞争对手就要先你一步下狠手，最后倒下的还不是自己？所以放开利益谈正义都是瞎扯，这就是为什么超越一直停滞不前的原因。"岳书翔把话题重新说到公司经营上的时候两人总是能大动肝火。

"这个理念我完全不认同，任何东西不是只讲利益的，还要讲情讲义。超越现在做不大我虽然着急，但是我对得起自己的良心，我就是想让所有人知道，只要是和超越合作的就能感觉到保障，而不是阴谋和算计，一个企业要壮大就要寻求可持续发展的路子，而不是这种短期行为。"岳书成和岳书翔谈起自己的生意经的时候，岳书翔总是一副不屑一顾的表情，他也就不再自讨没趣，停了下来。

"说到底还是观念无法统一，我敢说如果超越由我主事，它现在已经是行业里数一数二的了，而不是像今天这样危机重重。"岳书成听到这话本还想说若是做一些不择手段的事来谋求达到这个结果，还不如现在一点点的攀爬这样也是一种心安理得，但是觉得再多话说给岳书翔听都像是无稽之谈，也只是甩甩手作罢。

"公事上我也就不多说，这个孰是孰非日后自有答案，我今天约你出来，主要还是想为昨天在股东大会上的事情和你道声歉，也是因为我没有考虑你的感受才让你下不来台。"听到这种服软的话，岳书翔也是一笑了之。

"作罢，现在公司已经渐渐变成姓李的了，我也不奢望什么，我有我自己的抱负要去实现，以后我们就各走各的路吧。"岳书成听他这话的言下之意就是要散伙，一下子紧张起来。

"公司今天姓岳就永远姓岳，你也知道旭晨的能力，才刚到公司这几个月的时间里也就做了这么多傲人的业绩，他这孩子我从小看着长大，绝对没有什么野心，你只要放下你的成见，很快你们就能配合起来了。而且弟，超越需要你，这片江山是我们一起打下的，你不能轻易说放手啊，难道你忘记我们第一次剪彩，第一次接单，第一次扩建，第一次发誓要一起做光电子产业的领头羊吗？"岳书成动之以情晓之以理地说道，岳书翔的脸上似乎也看出了不舍，但很快还是被冷漠代替了。

"我现在待在那里一天，就是被你们镇压一天，经过这一次什么高管期权政策的改革，想必我在董事会里面也没什么话语权了，这个时候是你们背弃我，而不是我背弃超越，如果你要怪，就怪李旭晨太会玩心计吧。"岳书翔的话让岳书成有些绝望，他似乎看不到他们关系里的一丝曙光，有的只是纠纷和误解。

"这些我以后都会酌情整改，当然也都是我的过错在里面，我不是说架空你，但是在这样的关键时候我也只能做出这样的决定，或者我恳求你，即使你要走也给我多一点时间，让超越缓过这一口气好吗？"因为是接近哀求的语气，让岳书翔更加下定决心离去，因为只有这样才能给予超越雪上加霜，但他嘴上自然不能这样直截了当的表明心意。

"你让我给你多少时间？说实话我现在确实是没有再多的耐心陪你们玩

这种只亏不赢的游戏，你也知道生命都是有限的，我也只能在我还力所能及的时候去开创属于我岳书翔的人生。"岳书成听他这么说知道这人是留不住了，但是现在眼下最重要的事情是保住公司的资本，让所有的在手项目都得以正常地进行，不然很有可能会因为现金流短缺而导致破产。

"半年，你再给我最多半年的时间，那时候我自然会给到你最合理的报酬离开，那时候我也不留你，因为理念上的不同我知道这么多年也辛苦你了。恳请你念在我们兄弟一场，就答应我这个请求，来日超越飞黄腾达了，你想回来随时还是欢迎你的。"岳书成这一番话虽然让岳书翔有那么一丝触动，但是他离开的出发点本就是知道超越的现状才选择在这个阶段离去，又怎么可能真的答应岳书成的请求呢。不过他嘴上依然是没有拒绝，因为他要走就要走的轰轰烈烈。

"好，我答应你，给你半年的时间。"岳书成听到他同意了自己的请求，也算是松了一口气，觉得他最后还是念了兄弟之间的情谊帮了他一把，心里怎么说都还是感到欣慰的。

"今日的恩德他日我岳书成必会双倍返还，我心里还是住着你这个弟弟的。"岳书成说完对他投以一个感激的目光。

李旭晨第二天回到市场部的时候看到部门里难得的一片好景象，所有人都在努力做事，并且等他到了自己的办公室的时候还看到桌上已经放好了一摞近一个星期的工作成果和汇报。李旭晨打开细看，无论是在工作成果还是工作效率上都有了明显的提高，他知道这都得益于上次股东大会推行的新政策——高管期权奖励。这个奖励虽说是给予高管的福利，但是效果似乎也渗透在了底层员工的心里，他们也想通过自己的努力来做到更高的职位以寻求自己手上握有这样的期权。

不过还有一件奇怪的事情就是杨文今天竟然脸上没有任何微笑，一脸严肃地看着手机屏幕发呆，于是李旭晨走了过去用手指轻轻叩响了他的桌面。

"怎么一副愁眉不展的样子。"李旭晨问道，这个乐天派这么反常的举动还真让他觉得不舒服。

"跃天那边的项目资金流有点紧张，我正在想法子。"杨文严肃地说道。

"碍事吗？"李旭晨有些担心。

"没多大事，就是现在资金实在是紧张，容不得一点差错，我得精打细算着，万一出了什么漏洞可就前功尽弃了。"杨文做事李旭晨一向放心，不过能让他觉得是难事的事一定就没这么容易解决了。

"我现在已经在张罗贷款的事情了，你就再熬过这段时间。"李旭晨也知道为难，不过眼下所有的钱投在了机器设备的更新上，到时候只要接到大的单子，也算是苦尽甘来了。

"不然我还能怎么办，当然是做好你的贤内助等你带一笔巨款回来迎接我了。"杨文说笑着，李旭晨也只能苦笑地看着他，两人又是你一言我一语的时候，财务主管神情十分严肃地跑进办公室。

"李董，岳董不在办公室，我有非常重要的事要和你说，请借一步说话。"李旭晨脑袋里还画上一个大大的问号，怎么财务部的会找到自己，出去一听整个人都要瘫倒在地。

"岳总今天宣布退出超越高科，并且带走了 2000 万元的货款，现在我们这边的资金链彻底断裂了，今天是结算货款和工资的日子，我这边是一分钱都拿不出来了。"李旭晨半晌都没缓过神来，他心里更愿意相信这是一个玩笑，于是他连忙和财务部部长去查了一下公司的账，发现所言非虚，又急急忙忙地跑到岳书翔的办公室看到里面不知道什么时候已经人去楼空，顿时傻眼了。明明昨天岳书成还心怀感激地对自己说，岳书翔答应不退出留给他半年的时间，就这么一个晚上的时间怎么就是半年了。李旭晨无计可施，唯有去了常磊的办公室，常磊还一脸无知地坐在那不知忙些什么，看到脸色极差的李旭晨进来还没等他开口，衣服就被李旭晨紧紧地拽在手里。

"你们这些人到底是想做什么？"常磊不明所以地看着李旭晨，不知道自己这又是哪里得罪了他。他用力一甩试图甩掉李旭晨的手，没想到却被抓得更紧了。

"李董你这是又来的哪一出？总要来个事出有因吧，一大清早就来这里撒野，我常磊又是哪里招惹你了。"因为岳书翔单方面的辞职和卷款，财务部和人事部都把消息盖住了，他们还在紧锣密鼓地找寻岳书翔希望解开误会，所以公司上下几乎也就还没有人知道，包括常磊。岳书翔是想过要通知常磊一声的，没想到昨天岳书成的宴请也让他乱了方寸，因此就连常磊也是尚未知晓此事。

"你不要告诉我岳书翔捐款私逃的事情你不知道？你们这两个人到底在预谋什么？岳书翔现在人在哪里？"李旭晨一个劲地发问让常磊也彻底晕了，他似乎听到"岳书翔卷款私逃"这七个字，不可置信地睁大眼睛。

"你是说岳总离职了？这个我是真的不知道，我要是知道还能相安无事地坐在这吗？"常磊惊慌不已的反应才让李旭晨狠狠地推开他，李旭晨心想若是连常磊都不知道的话，一定是走得很匆忙，李旭晨一时间竟不知如何是好。

"现在岳总有没有什么消息？"常磊小声地问。

"有消息我用来找你吗？"李旭晨给常磊抛了一个白眼，就转身离开了。

这时候响起的电话是杨文的。

"文，怎么了"李旭晨平静了一下才接通电话。

"机器那边的货款出了什么问题吗？供应商那边说没收到定金不给拆包装，我们外包工厂的租约马上就要到了，离下一次交货的时间也就10天不到，你看能不能赶紧解决一下这个问题。"李旭晨没想到这么快就迎来了第一个麻烦。

"我知道了，我现在打算回趟家，你帮我撑一下我去和岳董商量。"李旭晨觉得现在自己已经是处在风暴中心，随时有可能被卷走，还是觉得应该和岳书成打声招呼，毕竟这件事是无论如何也瞒不住的。

一时间李旭晨的手机响个不停，各个部门的负责人因为找不到岳书翔，而岳书成又不在办公室，所有人都指着李旭晨。他本想着回到家里问问岳书成昨天和岳书翔聊天有没有发现什么异样，可刚走进家门，就传来了另一个噩耗。

　　"老爷老爷。"这是李旭晨进门之后看到的第一个场景，佣人在不断地帮他点按太阳穴，掐人中，他却一点反应都没有，就这样瘫倒在地板上李旭晨赶紧跑过去。

　　"叔，他怎么了？"他是用着很大的声音在问的，所以听着不像是在提问，而像是在训斥谁。

　　"刚才吃完早餐还好好的，我说去给他拿药，他的手机就开始不停地响，我再走出来他就没反应了。"佣人说的声音里充满了恐惧。

　　"救护车叫了吗？"

　　"叫了的，叫了的。"佣人回答的时候救护车停在了门口，李旭晨一把抱起岳书成跑出去紧跟着也上了救护车。他看到岳书成戴着氧气罩，脸色越发的苍白，手指渐渐变得一点温度都没有，那种害怕的感觉他从未有过，继而眼泪从脸颊滴落，滴到他紧握的岳书成的手上，李旭晨没有流过眼泪，亲生母亲走的时候没有，很多年前遭遇的重创没有，可是今天他怎么都没有忍住。不知道是不是岳书成感受到有温度一直在手上流淌，他缓缓地睁开眼睛，开始有了意识。

　　"叔！叔！"李旭晨见他隐隐地睁开眼睛，才感觉自己整个人的魂魄回来了。

　　"不碍事的。你回去吧。"岳书成伸手摸了摸李旭晨的脸颊，发现是眼泪用手掌帮他擦了擦。然后就到了医院。这时候李旭晨的手机又接二连三地响起，他气的一把把手机扔向远处，然后看着手术室的红灯亮起，站着又坐下，坐下又走动，时而敲打自己的头，时而用脚踢着墙，没几分钟他又重新捡回自己的手机打开了。电话刚一开机，铃声又响彻整个医院。

"李董，岳董人在哪？今天部门报销财务部部长那拿不到钱，现在员工都在等。"李旭晨电话刚一接听，对方就像抓住了救命稻草一样的把要说的一口气说完。

"你先缓一缓，我回公司再处理报销的事，现在财务部出了状况，你先控制员工的情绪。"李旭晨现在心乱如麻，连他自己都不知道怎么办了。这边电话刚挂掉，没几秒钟又再次响起，

"岳总，我是财务主管，今天要结算的原材料货款和全自动化货款，供应商那边催得紧，不给拆外包装，厂房开不了工我们无法如期交货给跃天啊。"又是一个棘手的问题，李旭晨一时间陷入了长长的死寂，他现在是什么法子都没有了。

"李董你还在吗？"看到迟迟没有出声，财务主管又提醒道。

"你稍后去市场部找杨文，我现在和他打电话说明一切情况。"得到李旭晨的话之后，财务主管才又不安地挂了电话。李旭晨整理了好几分钟的思绪才冷静地拨给了杨文。

"晨，你那边还好吗？"与其他人连珠炮的讨说法不同，杨文先是担心李旭晨的状况，他知道李旭晨这么久没回到公司，一定是出了什么棘手的事。

"不太好，叔他晕倒了，我现在在急诊室门口，还要好一会才能回去，所有部门现在都混乱了。"李旭晨描述着自己如何焦头烂额。

"我知道，消息传出来了，岳总抽走了 2000 万元货款，现在他人谁都找不到。现在你先不要急，原材料机器设备那边的货款我亲自去和他们公司的人谈，其他事情你先委托一个你信任的人帮你一段时间，你先在医院守着岳董，这样可以吗？"杨文用尽量安抚的语气帮着李旭晨梳理思路，李旭晨听到他这么说才渐渐把理智收回来。

"好，那边能压住一天是一天，你先忙。"李旭晨说完便挂断了电话，其他部门的负责人还是在不断地打着电话，李旭晨想在这个时候谁有这个能力能帮到自己又愿意帮这个忙，思前想后，就唯有巫启了，他考虑再三，还是

打通了巫启的手机。

一边的巫启也正在尽自己的能力压住下边的问题，看到李旭晨的电话，焦急地接起。

"巫董，你部门的情况还好吗？"李旭晨先开口。

"不太好，岳总离职的事传出来整个公司上下都要炸了，我现在也在努力维持着秩序，你呢？"巫启关心地问，她觉得这时候的李旭晨应该更是焦头烂额。

"我现在在急诊室，岳董的病复发刚才一直没醒过来，我这边暂时要守在医院，我有个不情之请，你能否帮我拖着公司那边的事，我这边等岳董醒来看看情况再离开，现在我也只能厚着脸皮让你帮我这个忙了，我知道你是有这个能力的人……"没等李旭晨继续说完，巫启就赶忙插话。

"好，一切暂时就交给我，你好好守着医院那边，回了公司给我来个电话就得了。"得到巫启的回复，李旭晨才觉得胸口的难受得到了缓解，谢过巫启之后他才神经紧张地挂掉了电话。

李旭晨就这么直直地看着急救室的灯，一直都闪着红色，他这时突然想起有一个更重要的人没有通知，又赶紧拿起手机。

"晨哥，我在上技术课呢。"岳珊妮把声音压得极低在说话。

"你和负责人说一下现在赶来市医院这边，叔他晕倒了，在急救室。"那边的岳珊妮久久没有出声，然后就听到电话那边被挂断的响声。李旭晨来回走，脑海里刚想着如何筹钱，这一边又看到手术室的门，思绪又被打乱。不过现在手机总算是消停了，也还好有着自己亲信的人，不然这时候指不定自己就要崩溃了。岳珊妮火急火燎到医院的时候已经距离手术进行 3 个多小时了，她边跑向李旭晨边擦着眼泪，随后靠在李旭晨的胸部，泪流不止。

"没事的，送进去之前叔还和我有眼神交流，应该是旧病复发很快就好了。"李旭晨虽然自己都已经是百感交集，但他还是抚摸着岳珊妮的长发轻声安慰道。

"怎么回事？是突然晕倒吗？昨天我和他通电话他还告诉我今天解决了一件大事心情好得不得了，还要等我回家给我做大餐，为什么今天这么突然就进医院了。"李旭晨怕岳珊妮担心，也不知道该说还是不该说，但转念一想这个时候超越这么脆弱，也应该是让岳珊妮一起帮忙度过困难的时候，于是推开她将双手搭在她的肩上看着她眼里噙着泪花轻轻帮她拭去之后，才开口。

"昨天叔约岳书翔聊天，谈妥了让他留在公司，他也愿意给超越多出半年的时间，可是今天一大早他就带走了 2000 万的货款走了，现在也消失得无影无踪，叔估计是接到这个消息后旧病复发。"李旭晨说这话的时候岳珊妮更是不可置信地张着嘴，然后眼泪汹涌。

"傻丫头，现在不是掉眼泪的时候，现在我们能做的就是等叔醒了之后，好好去安抚他，然后回到公司想办法收拾这个烂摊子，你现在也是成年人，要试着面对这种突如其来的状况了。"李旭晨趁机说教，岳珊妮似懂非懂的点了点头。

"晨哥，那现在公司不是只剩下你一个人担着呢？那超越会不会垮掉？"岳珊妮睁着忽闪忽闪的眼睛问李旭晨，李旭晨这时候像是输掉了所有的信心，要是以往他都会胸有成竹地说上一番对超越未来前景的规划，但是现在他什么也说不出口，只是一心想着等岳书成出来，或许他现在觉得没了岳书成就好像垮掉了精神支柱。

"珊妮你放心，晨哥还撑得住，今天公司的事我已经拜托了杨文和巫启帮着处理了，以后可能晨哥也拜托珊妮多帮帮忙了，所以你回到了科技城无论如何也要好好学，这样晨哥才能指望着你啊。"李旭晨认真地对岳珊妮说着。

"晨哥你放心，我照顾好爸之后，我就回科技城把剩下的东西好好学完，我发现这段时间的学习可有用了，到时候我回到公司一定把全部的精力放在公司的事情上面，再也不会让你一个人自己奋斗了，以后超越就交给我们两个人吧。"反倒是这时候岳珊妮的胸有成竹给了李旭晨勇气。

"只要你肯做晨哥一定尽最大的能力扶持你。"李旭晨看着岳珊妮的眼睛，就像告诉她要用尽自己的洪荒之力去保护她一生一世那样承诺着，岳珊妮听着很是感动，把刚才在车上的担忧也暂时搁浅，她觉得在这个时候还好有李旭晨在，不然自己真的不知要如何面对了。李旭晨也觉得有岳珊妮在心情才平定了下来，想起刚才那些不理智的行为还真是有失为一个 CIO 的风范，于是他也收起了满脸的忧愁和哀伤，希望能够尽快地调整情绪来接受那些未知的一切。

　　这个时候急诊室的门开了，戴着氧气罩的岳书成被缓缓推了出来，两人紧张地凑了过去围在岳书成的病床前，医生点头说还好是抢救过来了，两人这才重重地舒了一口气。

第三十五章　危机重重

病房内岳书成刚睁开眼睛，就看到赶忙凑过来的岳珊妮和李旭晨，两人满脸写着担忧。

"叔！""爸！"两人异口同声地喊道，继而对视一笑总算是松了口气。

"这是哪？"岳书成费力地挤出三个字，整个人还没缓过神来，脸上还是没有血色。

"珊妮，你先去叫医生。"李旭晨吩咐道，岳珊妮赶忙小跑出去，李旭晨靠到岳书成身旁帮他拉了拉被子，才开口说道："这是市医院啊，你在家里晕倒了，现在没什么事了。"岳书成听到李旭晨这么说脑海在恍惚中记得听到了一个电话，然后胸口发紧痛得厉害，然后就什么也不知道，想起电话，岳书成再次回想，似乎想到电话的内容，眉头一时一皱。

"岳书翔他走了？"他用疑问的眼神在等着李旭晨给他否定的答案，李旭晨倒什么也不想说，只是假装在一边给他倒水。

"你现在什么事情也不用想，专心在这里养病。"李旭晨有意打着幌子，可是岳书成始终是个执着的人，依旧紧紧拉着李旭晨的袖口。

"他带着 2000 万货款走的？现在人呢？"岳书成很艰难才说完这一句话，李旭晨看他难受索性回答了他的问题。

"是啊，他走了，不过我去找你让你见他的时候已经猜到了，所以现在公司没有任何问题，一切都在我预料之中正常运作，你不要担心，虽然困难还是有一点，但是完全不碍事的。"李旭晨用温厚的大手掌在他胸口慢慢地抚摸着，怕是有什么异常，岳书成听他这么一说显然放松了不少，但还是存在怀疑。

"真的？"岳书成问道。

"叔，你连我都不相信那你还能相信谁，我哪会骗你？现在你什么话也不要说，安心等医生过来给诊断，你就好好休养，这几天珊妮会照看你，如果让我发现你有什么不好的迹象，那超越我也就不管了。"李旭晨假装一副严肃的表情对着岳书成说。

"岳董。"钟医生进门的时候向岳书成打了声招呼，岳书成对他点点头示意了一下。

"我还真不希望在这里见到你。"钟医生开着玩笑，一边给他量血压一边用医用手电筒照着他的瞳孔，然后摸摸他的胸口问岳书成疼不疼，岳书成眉头紧皱然后略微点了点头。

"没什么大碍的，你好好静养，这几天就别动了，等病情稳定我会安排护士让你出去走走。"岳书成听了钟医生的话才慢慢平静了下来。李旭晨刚想问点什么就看到钟医生对自己和岳珊妮使了一个眼色示意让他们出去，李旭晨感觉到情况不是很乐观。

"钟医生你实话实说吧，现在叔的情况怎么样了。"

"这次的情况比上次还要严重得多，这一次也是因为抢救及时所以才捡回一条命，下一次就怕没这么好的运气了，我猜测老爷子应该不是第一次这样失去意识了，可以说他应该晕倒过好几次，所以你们最好不要让他操心，这样静养着也许还能熬过个一年半载，要是过多劳累的话我怕是这个寒冬都很难熬过去了。"岳珊妮听到这话基本属于情绪崩溃状态，内心深深的自责。

"谢谢你了钟医生，这段时间我会看好他，就麻烦您有什么事及时告知我了。"李旭晨脸上也是挂满了担忧，但是他知道这个时候他不能有情绪。

李旭晨把岳珊妮拉到病房外的长木椅上坐着，然后一边安抚，一边轻声安慰。

"晨哥，你说爸他怎么想的，都已经这种时候了还想着瞒瞒瞒，他是要把自己折腾到不行才肯安然地躺在这里啊。"岳珊妮越说越伤心。

"叔是有太多放不下的东西，昨天心里好不容易松了口气，决定把后续的事情交给我，可是岳书翔偏偏在这个时候给我下这么一个套，现在木已成舟，珊妮最近你就辛苦一点，医院、科技城两边跑了，晨哥还要收拾公司的一大堆烂摊子，恐怕每天过来已经是半夜了。"李旭晨叮嘱道，虽然内心满怀愧疚，但是他知道岳书成也不想他整天在医院里兜兜转转，现在能让他宽慰的事情就是真的让超越站起来了。

"晨哥，你就放心去做吧，医院这边的事情你就交给我，爸要是敢乱来，我以后就再也不理他了。"岳珊妮越说眼泪掉得越大颗。

"还有，公司那边的事情我说已经解决得差不多了，注意所有关于公司的消息你先不要让他知道。"李旭晨只能做出如此不得已的决定。

"我知道了，现在就靠你自己一个人了你要当心，等爸病情好一点我就回公司帮你。"岳珊妮第一次有了无可奈何的危机感，这一次死亡紧紧地靠近她，才让她明白什么是肩负重任。

"谢谢你，珊妮。"李旭晨说完这深深地叹了口气，"你在这里先安抚好自己的情绪，我进去和叔打个招呼就要回公司了，我担心杨文和巫启撑不了多久。"

李旭晨来到病房的时候岳书成已经沉沉地睡了过去，他没有叫醒他，只是温柔地帮他盖好被子，用手掌帮他捋了捋已经白了很多的头发，带着担忧的眼神凝视了好几分钟才拿起外套回了公司。

他在超越大门口停留了好几分钟后才鼓足勇气走进去，他知道这一进去就要有处理不完的烂摊子了。

"李董。"李旭晨回到办公室后所有人都齐刷刷地看过来，杨文听见才忙着起身跟进他的办公室。

"岳董怎么样？"杨文先是问。

"不太乐观，好在已经救过来了，你那边情况怎么样？"现在最棘手的问题就是设备原材料的投放问题，也只有这些东西到位，超越才能继续盈利，也才有可能熬过这一关。

"我今天出面协商了很久，对方答应给我们10天时间把款项交齐，现在暂时可以正常生产，跃天那边的钱一到位我们还能撑一段时间。John那边团队的研发费用是不能拖的，所以你要赶紧想办法把这个缺口补上。"杨文已经帮李旭晨解决了一个大的问题，剩下的还是要李旭晨自己去承担。李旭晨听完杨文这边的说辞，巫启也刚好赶到李旭晨的办公室。

"巫董，真是劳烦您了。"李旭晨连连道谢。

"应该的李董，今天是出粮的日子，所以员工的工资要拖一下子，我这边会安抚我部门里的，其他人的李董你就让主管去办吧。还有一些资金上的运转我已经做了这份归纳，李董您过目。"李旭晨拿着满满当当的一张纸，一时之间也说不出什么话来。

离岳书翔消失过去了一天，常磊用手机轰炸他也没见回应，直到傍晚时分才听到电话响起，是岳书翔的。

"岳总！"常磊激动地说。

"电话里不方便，我给你发个地址你现在过来，我有话和你说。"看到岳书翔终于记起自己，常磊算是松了一口气。常磊飞快地开着车到了岳书翔说的地方，在一个偏僻的小巷，是个格局不错的高档咖啡厅，岳书翔看上去心情极佳。

"岳总，可算是找到你了，现在全公司上下没有一个人不提起你的。"常磊喘着粗气说道，他本以为岳书翔拿着这笔款项私逃了。

"找我就对了，现在他们越是焦急，我就越是安心，我想现在超越已经乱成一锅粥了吧，还有那个自以为是的李旭晨，是不是还有昨天夸夸其谈的那种自信了？"说完，岳书翔奸笑，常磊看到这是他计划好的事情，并且没有忘了自己，也赶紧奉承起来。

"岳总，您做事真是让我不得不佩服，我这是怎么学也学不会的，之前让我打听财务部的状况我还猜不透您的心思，现在这么一看您是早有预谋。现在李旭晨那边接不完的电话，处理不完的事情。今天早上还风风火火地跑到我办公室来撒野，不过这也无济于事啊，我看他是撑不了多久了。"岳书翔听到状况和自己预想的一样，端起咖啡意味深长地喝了一口，然后不紧不慢地放下。

"我就是要看看他有多大的能耐，这还是我放出的第一枚棋子，以后游戏还精彩着呢。对了，岳董那边什么动静？"岳书翔倒还是有点点关心岳书成的，毕竟昨天他单方面认为是已经说服了自己，估计听到这个消息也感觉像是晴天霹雳一般吧。

"岳董那边风声紧得很，不过我听说今早李旭晨才从医院急急忙忙赶回来，我想应该是岳董那边身体上有什么状况，管他呢，这老爷子是越老越糊涂，现在就是一只脚踏进棺材的事了。"常磊说这话的时候一点都不留情面，就像是一个人眼睁睁在他面前死去，他也能如此的淡然，岳书翔虽然听了心里有些隐隐的不舒服，但是也没说什么。

"我今天叫你出来是很重要的事情要嘱咐给你。"常磊听到岳书翔愿意再叫自己做事，并且是重要的事情，心里就隐隐的窃喜。

"岳总，您只管吩咐，现在我虽然身在超越，但是我的心始终是想着您的，以后有事您只管吩咐，现在公司也算是群龙无首了，我做起事情来方便得很，只要用得上我的地方，我常磊一定鞠躬尽瘁。"常磊这套说辞从岳书翔在公司到离开大体上就没有变过，岳书翔也全当空气，他们之间无非也就是相互利用了。

"很好，他日超越倒了，你的后路完全不用担心。我现在希望你帮我把超越所有供货商和下游经销商以及手上的客户资源全部备齐给我。我原本是打算拿了这些资料再走，但是昨天岳书成约我讲话我才知道现在超越正处在

357

这么薄弱的时期，所有一心就想着先给一个致命地打击，其他的也就没有准备妥当，这些资料是我后期会用到的，这一次可别再给我捅出什么篓子了。"岳书翔一边吩咐一边叮嘱着，感觉像是在策划一场什么惊天的秘密。

"不知岳总这边是想策划什么？"常磊虽然是个办事的，但有时也会问个所以然，他不想一辈子都是低着头去执行，从不知道上面的人在想什么，但显然岳书翔并没有那么信任他。

"这件事你要是能做的话就做。做不了我这边也有人能代替你。"岳书翔用一种很严厉的口吻指责着常磊，常磊顿时没敢出声。

"岳总您多虑了，这些资料的部门里面我还是有相当熟的眼线的，应该不会有什么问题。"常磊的回答总算让岳书翔有些满意地点了点头。

"还有，今天和我见面的事不要走漏半点风声，我能找你的时候再找你，没事你也别给我打电话，还有若是李旭晨要架空你，你就拿出放在我办公室右手边柜子的一份花名册，上面有几个我们对手公司的重要负责人，你可以拿着这个名单找李旭晨谈判，我能保你的也就这么多了。你现在的价值就是留在超越好好给我打听这些消息，事成之后绝不会少了你的功劳。"常磊果然没有看错岳书翔，他手里的料比自己想象的还要多很多，不是一个李旭晨就能对付得了的。

李旭晨今早去了趟银行谈了相关的贷款事项，因为目前机器厂房的落定，所以评估下来的企业贷款比之前多出了 500 万元，可是这笔钱还远远填补不来岳书翔带走的损失，于是李旭晨再次陷入了僵局。这时候杨文来到他办公室，看上去是有了什么好消息。

"晨，今天我联系了相熟的做企业贷款的朋友，他们那边给到贷款额度相对于银行要高出一些，而且他给我透露一条非常重要的消息，若是现在我们能成功签下一个大单，可以用这个合同标书去做抵押贷款，虽然利息要高出一些，但是可以解决我们现在的燃眉之急。好在你有先见之明购入了设备，对于再接一个更大的项目还是有足够的人手和设备，也只有这样才能帮我们渡过这次的难关了。"

"不过现在去哪找这个大单子，前段时间跃天的项目是常磊那边已经选好的，对于项目的判别我的经验毕竟不够。"说完李旭晨又陷入深思。

"我倒是想到一个人，那天你去医院她来找你找不到我和她聊了一会，觉得是个能做事的人，并且她在光电子行业待的时间不比你我要短，手上一定是有很多好的项目的。"杨文神神秘秘地说道，李旭晨也着急，听了半天没听到重要的名字。

"你说的是谁？"李旭晨直接开口问。

"巫启。"杨文回答道，他看人的眼光一向精准，三两句话他就能看出巫启绝非泛泛之辈。

"是她，说实话之前很多次都是她帮我渡过的难关，我在发布会上见过她做起事和说起话来的样子是非常干练和成熟的，而且业内的人事只要是有点名气的她都对对方的性格和背景了如指掌，可是一味地向她请求帮助会不会不太好，毕竟我和她的关系也没有好到这个程度。"李旭晨说的有些许的担忧，对于巫启他总是敬佩又不敢过多的打扰，虽说已经是可以有说有笑的关系，但若是真要谈起帮忙还是有些难为情。

"都这个节骨眼了你就别考虑什么情分不情分的层面了，当务之急是拿下一个项目然后成功拿下贷款，不是我不提醒你，超越这样下去是撑不了多久的，你们现在的出发点都是为了公司，而且你也只是向她问一个不错的项目，剩下的事情还是要由你自己去解决。"杨文的话让李旭晨觉得很有道理，现在这个节骨眼也顾不上什么面子了。

"行，我问问她吧。"李旭晨鼓足了勇气才打了过去。

"李董。"巫启叫道。

"巫董，不知你是否在办公室，我有一个不情之请想请你帮忙。可否过去一谈。"李旭晨问道。

"李董，我现在在人事部这里处理一些资金的问题，我们约在上次吃饭的饭店，我也算是能有时间吃一顿正餐您看这样可以吗？"李旭晨没想到巫启正在帮着解决这一道道危机，于是说声感谢便答应了。李旭晨早早就到了餐厅，话还在肚里翻江倒海怎么去和巫启开口。巫启也准时出现，脸上略带倦容应该是很久都没有好好休息了。

"李董，不知道你那边资金筹集的如何，这么下去毕竟不是什么长久之计。"李旭晨听了甚是感动，每次巫启总能在关键的时刻拉自己一把。

"这正是我今天在电话里想和你说的，贷款的事银行那边是困难重重，而且手续复杂，加上之前我们还有未还清的贷款所以只贷到了 500 万元的资金，这个资金还远不能填补货款，杨文那边有门道说是如果拿到一个较大的项目可以用合同标书去抵押贷款，事成之后才需要还本，所以我也只好厚着脸皮来问巫董这边是否有物色到什么好的项目，能帮超越渡过这次难关。"李旭晨说完还颇不好意思地抓了抓头发，巫启觉得李旭晨虽然是个成熟的领导者，但有时候脸皮却薄得很，就像是一个大男孩一样，突然觉得好笑。

"还以为是什么大事呢，我虽然不分管项目，但我认识的很多光电子产业的有名企业家，他们手上还是有很多项目要下放给企业去竞标，我这边倒是可以卖个人情过去，争取拿到一点人情分，不过至于后续的合作还是要李董你自己努力了。"巫启说得十分轻松，她在这个行业确实也是元老级的人物，门道消息和人情世故自然是比李旭晨来得要轻易和老练得多。李旭晨也觉得还好没有找错人拐错弯子，巫启的存在还确实是给超越不少的帮助。

"那巫董目前最看好的是哪一个项目？"李旭晨问道。

"前段时间所有这一行都在讨论的智慧城市大单。他们主要做的是高端投影成像，和超越未来向着高端科技领域发展的道路很像，而且就之前李董引进的德国技术团队，在技术方面我们也有比较好的说辞，消息层面我可以去帮你打听。如果李董你感兴趣的话，我帮你约见一下负责人。"巫启说得胸有成竹，李旭晨突然发现自己在这个领域结交的才能还是太少，若不是有巫启和杨文的人脉，恐怕自己也想不出这么好的方式。

"那就麻烦巫董了，如果有什么消息直接联系我就好。"

李旭晨得到满意的答复之后就回公司做事了，等他起身巫启才发现刚才光顾着说话，两个人什么东西都没吃。巫启觉得李旭晨做起事情来和自己有几分相似，像是拿命去拼，甚至是忘了今天是几号，已经几天没睡觉，几顿饭没吃，对于这样的男人，巫启总是不可抗拒地被他们吸引，就像是只要李旭晨找她帮的忙，她都完全不会拒绝的样子。

当巫启的电话响起李旭晨就知道她是为了智慧城市大单子的事。

"巫董，是智慧城市单子的事有眉目了吗？"接通电话李旭晨便说，他现在对每一个环节的把控对接留的时间都非常短，需要一环一节地跟上，不然靠仅融得的那500万元资金量根本没办法维持超越的现有经营。

"难道我找李董就不能是朋友的简单聊天吃饭吗？"这还是李旭晨能听到巫启为数不多的开玩笑，不过这样的语气让李旭晨觉得他们之间谈话倒是轻松了不少。

"当然我也乐意之至，不过想必您这个CIO比起我来说也不会轻松到哪里去吧，这个时候能出来闲聊的估计也都还没睡醒。"巫启听到李旭晨这话忍不住要笑，互相觉得对方很严肃的人有一搭没一搭聊着。

"下午6点，我约了智慧城市大单子的负责人，就是业内名声赫赫的吴波一聚，李董不知道能不能安排得过来。"巫启的办事效率让一向雷厉风行的李旭晨也刮目相看，不知道是否因为受帮忙的对象是李旭晨所以特别上心的缘故。

"巫董的能力真是不容小觑，吴波这样的大人物没有你的引荐我就是在光电子行业再待个三年五载怕是也很难见上一面了，怎么敢推脱，巫董直接答应就可以了。"巫启虽说平时在超越待人一向不热情，但是行业内资历深名望高的人她都熟络，这就是所谓的常与智者深交、常与雅人幽会的道理吧。

"不过我在这里友情提示一下李董，这个吴波的工作能力和行业影响力虽然很大，但是他是一个好酒之人，今天的地点也是他选的，说是没有几斤白酒的量都很难拿得下他，算是酒场生意的这号人物，当然我也会在场，但还是提醒你注意着点。"李旭晨多年前谈生意也是全凭他的好酒量，但是阔别七年再没闻过酒香的他也不知道自己还有没有当年的一半风采。

　　"这个巫董您放心，酒场生意不行怎么也得上，为了超越这点牺牲精神我还是有的。"虽然对自己能力抱有怀疑，不过这时候不要说是酒了，就是一瓶砒霜放在李旭晨面前他都要考虑怎么把它喝掉，毕竟他现在已是没有退路了。

　　"那我们晚上见吧，李董最好备齐资料，吴波是个爽快人，若是他看好的企业，很快就能得到面签的机会。"巫启算是给李旭晨提一个醒，李旭晨谢过之后也就挂了电话。

　　下了班后的李旭晨回到家里想找一身合适的行装都很难，这么多年放任自己做些自由职业都是些不修边幅的穿着，李旭晨自己都没意识到他已经这么久没有好好打扮过了，于是他开着车到理发店把留得厚厚的鬓角剃到只剩几毫米，然后做了一个恰到好处的造型，觉得整个人焕然一新后又去了服装店，一件绅士的高领毛衣外加一个质感优良的牛皮外套，一条修身的休闲裤和一双稍有霸气的马丁靴，这一整个打扮下来，李旭晨都有点认不出自己，心里还暗暗地感叹人还是要靠衣装的。离约定的时间还早，李旭晨拨通巫启的电话。

　　"巫董，需要司机吗？"因为是靠巫启的引荐，所以李旭晨还不认识吴波，担心自己到时候会出洋相，也是绅士风度导向，让李旭晨有了一回当司机的念头。

　　"李董你这个电话打得太及时了，我刚还想今天司机临时有事我要踩着高跟鞋走到小区外面打车。"本来还担心给巫启带来不便的李旭晨听到这话也算是松了一口气，等她发来地址之后李旭晨才踩着油门慢慢把车停到了小区里面。看上去不错的居住环境，规整的绿化加清新的空气，是个不错的复式别墅，巫启的住处位于小区的正中间不偏不倚。李旭晨还是第一次接触到生活中的她，应该是个独立又有能力的女人，李旭晨心里想道。

这时候别墅的大门开了，两人彼此对视了好多次才确认是对方，巫启梳了一个高高的马尾辫，一件大红色的毛衣配上一件黑色的马甲，不规则的半裙下搭配着黑色的丝袜，可能因为身高的优势或者是脚上穿着跟高的鞋子让她整个人气质飙升，完全不输给选美小姐，这和一向以黑脸示人打扮拘谨的巫启简直判若两人，而巫启眼里的李旭晨也完全颠覆了她记忆中的形象。

李旭晨下了车给巫启开门，她还是一副不敢相信的眼神上下打量着李旭晨，直到李旭晨坐回驾驶位，巫启才回过神来。

"李董今天真是让我另眼相看，所以说你刚才开着你的爱车来这里的路上应该后车位装着美女才对。"巫启边系着安全带，边目不转睛地看着李旭晨精致的侧脸说道。

"当然这一路的美女自然是不少，但是我来到这里看到你之后才觉得刚才那些简直差太远了，巫董这形象要是被公司里的人看到，那得多少男同事排着长队只为博你一笑。"李旭晨略带夸张的形容让巫启大笑不已。很快就到了酒吧门口，他们意犹未尽，总觉得是相识了好多年的老友，原来都有彼此正经的一面和疯狂的一面。无奈在公司只能围着工作忙忙碌碌，今天真到用这种轻松的方式相处时，才觉得是那么的投缘。

两人一前一后地走进酒吧就吸引了在场很多人的目光，不过面对这种略带昏暗的气氛李旭晨和巫启都有些不习惯，李旭晨是因为久别，巫启是因为真的很少愿意来，当然这丝毫不影响两人的心情。远远坐着的吴波伸手示意巫启，巫启看到后拍了拍李旭晨的手腕两人便一起过去了。李旭晨看到地上已经摆上了4打酒，看来巫启说的好酒之人还真是不一般呀。

"吴总，这是超越的CTO李旭晨，这是智慧城市项目的负责人吴总。"巫启介绍后，两人握手以示友好。

"前阵子就听说超越来了一个能力超群的 CTO，就连老岳董都赞不绝口的年轻人今天一看果然是才华和相貌兼备的人生赢家。"果然在酒吧这样的地方说起话来也没有在饭局上来得拘谨，这个吴总一开口就对李旭晨赞赏有加，看来放下工作的面具，每个人都还是较为温良的社交动物。不过听到吴波这么说，李旭晨还是觉得不好意思，毕竟自己每天专心埋头处理事情，也不知道自己在业内已经开始小有名气。

　　"早就久仰吴总的大名，今天还是托巫董的福才能得以见面，还希望以后能多多关照。"两人互换名片之后吴波便拿着开瓶器一个劲地猛开酒。

　　"没想到这么久没见，吴总还是这么胜酒量。"巫启虽然知道今天没有几瓶酒下肚是很难出这个门的，但看到吴波往自己的杯子里一直猛灌满的时候还是面色一僵。

　　"生意不在酒场谈还能有别的更好方式吗？先干了这杯我们再说。"三人举杯共饮，都像是白开水一般三两下都清空了。

　　"果然超越是带着诚意来的，我想问问李董，你们想拿下智慧的单子设备和技术都可还成熟，我先前去过太多企业，在技术上简直是一塌糊涂，连国内中高端的技术水平都做不到，你也知道我这次主要负责的是高端投影成像，没有一定的技术水平根本无法达到好的成像效果。"说完吴波又拿起满满的一杯和巫启碰了碰，又是一口闷。

　　"这个吴总你一定要选择超越了，之前因为跃天集团的案子我们跟德国最权威的技术团队达成了长期的合作共识，他们主要针对的是光电子这个领域的研究，相关的技术引进和后期的发展超越是有着绝对的信心的。而且这次的智慧城市项目若是能签下，我李旭晨亲自负责整个技术的实际结合，保证达到吴总的预期水平。"吴波听到李旭晨的说辞，觉得他虽然看上去年轻，可是说起生意经来还是头头是道，这么落落大方的年轻人现在也是不多见，于是对他的兴趣自然也更多了一些。

　　"李董别光说不练，先来一杯。"李旭晨还没等他说完又是爽快的一杯下肚。

"吴总在这个行业是个资深的专家了，关于技术的问题您可以直接到超越来亲自考察，有什么要求您只管说。"李旭晨说完又端起酒杯敬了吴波。

"那你们的供货能力如何，这个可以说是大单，若是后期你们的供货能力出现问题，可是需要赔付大笔的违约金的。我听说最近超越内部出了一点小的状况，我最担心的还是这点。"关于岳书翔卷款出逃的事超越内部虽然实行全行业封杀消息的措施，但是难免岳书翔在外面会对相熟的人宣扬，一来二去知道点风声也不奇怪。

"吴总也知道，跃天项目我几乎把第一批的订单利润额投入到了机器设备的更新换代上，这些设备也全都是进口的全自动化设备，所以在供货方面也请您不要担心，合同上面这个我都会标注清楚，按照您预期的赔偿款写明就好，超越绝无异议。"巫启看着李旭晨和吴波一个劲不停地在喝，倒还有些担心，于是有意拿回话语权。

"吴总这一次怎么也要看在我巫启的面子上卖超越这个人情吧，再怎么说我们也是好几年的交情了，况且吴总您说的要求超越绝对都是有过之而无不及的先天条件在的。"巫启的有意插话又让她多下肚两杯。李旭晨觉得巫启还是很会抓住谈判方特点的，就像这个吴波，只要有酒有人他就愿意陪你多聊，要是不放下这一身的名誉地位，估计也是一个清高之人。

"要不是你巫启亲自开的这个口我今天也不会坐在这了，当年我还没有这个能力的时候，很多事情上你也前后卖了我不少人情，虽然不当回事，但是我吴波可是记在心里的。"说完便又要喝，李旭晨看到巫启的脸颊上已经有些红晕，于是接过她手里的酒杯替她一口灌下去。巫启就这样愣愣地看着李旭晨替自己把酒喝完。

"吴总还有什么顾虑只管提出来。"李旭晨喝完后定了定神，又理性地问起。

"我就直说了吧，我最担心的还是你们的财务状况。"吴波的切入重点也让李旭晨有些猝不及防，这的确是超越现在面临的最大困境，因为岳书翔卷走的 2000 万元货款，现在的超越已经是原材料采购都很吃力，不过正如杨文所说，拿下智慧城市项目之后很大程度上能获取融资款，但是这一点因为是商业秘密，李旭晨自然也就不能说出来，于是他突然也不知如何正面回应，只好慢慢喝下手里这杯酒给自己再多一点时间去思考。

一边的巫启自然是知道这个问题让李旭晨有些为难，所以当即就出来解救。

"吴总，超越虽然同你所知道的那样在财务上受到一次不小的打击，但是这是超越内部的事，我知道您担心我们原材料采购方面会存在问题。"巫启准确地把吴波担心的问题描述出来的时候，吴波还是在心里暗自佩服这个女人过人的心思。

"巫董好眼力，这也不能怪我多想，因为即使合同有赔付款，但谁也不是冲着赔付款去签的合同，我要找的是长期合作甚至是知根知底的企业。"吴波大致的顾虑李旭晨知道后，也确实觉得这是一个棘手的问题，不过若是这个项目拿不下来接踵而至的问题就会越来越多，关于资金问题他还能寄希望在杨文的身上。

"吴总您放心，超越是在光电子行业的老人了，若是连这点保证都给不了您的话，我想也撑不过这么多年，在企业信誉和历年表现上您也知道，我们即使是倒闭破产也一定会按照合同给到你们这么多的量，而且我们的组织和管理完善，资金的运作效率高，即便这次有了这样的打击，但是对于这个项目我们也是有了底气才来和您谈，不然我们又怎么可能贸然冒着破产的危险来夸夸其谈呢。"在巫启还没总结好一套高效的说辞的时候，李旭晨已经迅速总结了这个问题的核心，吴波听完之后也是用欣赏的眼光看着他。

"那我就先敬二位三杯。"桌上的酒瓶已经快把整个桌子放满了，吴波没有任何要停下来的意思，李旭晨看到她又喝，连忙拉住巫启。

"吴总喝多少我李旭晨当然就要来多少，不过巫董毕竟是不胜酒量，最近超越的事情都压在她身上，我就代她喝了这三杯。"说完李旭晨就真的眼也不眨地一杯接一杯地喝下，巫启看着不忍。

"李董真的是我见过最实诚的生意人，对于女士能有这般绅士的男人现在已经是为数不多了，与其说我欣赏的是你的能力，不如说我欣赏的是你的人品。李董，这是智慧城市的合约书，我也就不和你多绕什么圈子了，你看一下其中的条款和内容，合适的话我们就签了吧，至于相关的细节我会让我的秘书联系你，希望你能记住今晚的承诺和保持这样的风度。"吴波说完之后向李旭晨递过合约书，李旭晨又一次感觉到幸运的臂膀向他张开，果然天无绝人之路，即便经历再多磨难，选择一条正义的路一直往前走，刚开始绊脚石会很多但是走着走着会突然发现，越来越顺利，而且远远超过了竞争对手。

李旭晨拿着这份合约书也算是感慨万千，巫启开心地对着他露出微笑，两人细细地检查过每一个条款才在上面签名盖章。

"吴总，您今天对我的信任我愧不敢当，不过我绝不会辜负，您以后一定会对您今日做的这个决定感到无悔，超越也一定能带给您更好的产品体验。"李旭晨和吴波久久地握着手，他就像说着演讲稿一样郑重其事地和吴波说了自己的感言，巫启也没想到合同能这么快签下来，不过今晚她还真的就被李旭晨的坦诚和风度给深深吸引了。

"既然合同签了，我就说个题外话。像巫董这种事业型女士，就该李董这样的青年才俊才能治得住，我是有了家庭，不然巫董这样的我还不得死缠烂打，李董你可别错过有缘人。"吴波突如其来的牵姻缘线使一旁在座的两个人都尴尬不已，虽然此刻巫启对李旭晨已经开始萌生爱意，但是这一点点的感情还不足以让她看穿自己的内心，所以也只是低头不语。

"巫董当然是绝无仅有的好女子，多谢李董的提醒，看来我还是对感情太过木讷了。"李旭晨不想让吴波下不来面子，也就当作是接了他的人情，这个回答让巫启心里泛起波澜，也不知道是他有意向还是无意向。

李旭晨和吴波就着剩下的二十几罐啤酒都喝下了，这时候吴波感到有些不适，就嘱咐李旭晨照顾巫启离开了。吴波前脚刚一走，李旭晨后脚就进了男卫生间狂吐不止，出去之后脸色有些不大好看，好在意识还算清醒，于是两人出了酒吧就沿着江边一直走了下去。

第三十六章　爱意萌生

　　因为酒精的作用，李旭晨感觉整个人都有点头昏脑热，他两手轻轻搭在口袋里，和巫启沿着江边不紧不慢地走着，或许是因为刚签下智慧城市的项目他心里对巫启心生感激，这种感激里隐隐渗透着一点私人感情，于是转头看向巫启侧脸的时候，李旭晨还是有了一点悸动。

　　"有没有感觉舒服一点？"巫启担心地看着因为酒精作用眼里充斥着红血丝的他。

　　"看来我退出江湖这么久酒量确实不行了。"李旭晨还是感觉到有些不舒服。

　　"你这酒量都能和吴波这样的老酒鬼相较量了还谦虚呢。"巫启一边从包里拿出纸巾帮李旭晨擦掉脸上的啤酒泡沫一边说。看到李旭晨有点惊住的眼神才觉得这个动作好像有点太过亲昵转而停下把纸巾递给他自己擦。

　　"吴总也是个极爽快的人，能用这样的理由把合约签了我也是万万没想到，今天若不是你在，这合约估计也没谱了。"李旭晨总感觉欠巫启数不完的恩情和人情。

　　"其实做我们这一行久了，看人比看企业还重要，即便你把公司夸得再富丽堂皇，硬件软件再怎么完备也好，没有一个有人品担当的执行者和决策者那这场合作想必也不会太愉快。"李旭晨没想到巫启还能有这样深的了解，于是继续听她娓娓道来。

"我之所以给你介绍智慧城市的项目就是知道负责人吴波是个看重个人领导能力高于企业所拥有的例如技术、财务、机器设备之类杂七杂八因素的人。他虽然表面上看起来在向你讨酒敬酒，实则你的只言片语、行为举止他都观察得很入微，他也因此扶持过一个小员工做到了今日某集团的 CFO，就因为对方的人品他认可。而你恰恰是我认为他心里会认可的那种类型。"听到这一番话，李旭晨对巫启有了更深的敬佩和看法，这般有才能的女子现在真的已经为数不多了。

"你如何知道？"李旭晨满脸疑惑地问。

"因为他和我看人的眼光很像。"言下之意就是巫启也同样欣赏李旭晨。

"那我就要多谢巫董的厚爱了。"李旭晨开心地说。

"我之前本就认为你是一个难得的商界奇才，但是后来找人查过你的底细之后，发现和我想的有所出入，于是我才躲着你。不过与其说躲着你，还不如说我是在怀疑自己的眼光和能力，发现自己不会看人了。但是深交之后我敢确信你就是一个好的领导天才，对于你的过去谁又没有过去呢。"巫启说得很动情，仿佛她又从李旭晨那里看到了希望一般。

"我以前确实走了不少弯路，不过好在现在都回到正轨，不过巫董的历史我还不是很了解呢。"巫启的故事别说是李旭晨了，很多人都不知晓。

"24 岁之前忙于在老美留学，父母亲都在那里，在那边也算是摸爬滚打过好几年吧，起初想着创业，然后我也便这么做了，刚开始开了一家经销光电子产品的工作室做得有声有色，两年之内已经形成了接近三十人的规模。"巫启说着还流露出了回忆往事那种深情的眼神，李旭晨听着像是非常成功的人生。

"巫董果然是实力不凡。"李旭晨边听巫启说她的过往，也没刚才那般难受了。

"故事的开始总是美好的，也就是在那一年，我爱上了一个人，他是做华尔街银行业的，认识他也是一次偶然，两人聊了几次便确定关系了，所以说那个时候我傻。"李旭晨看不出巫启还有这般感性的时候，她给人的初始印象总是冷漠又惊艳，也只有慢慢地深交之后才会发现她的热情和理智，但是这一层面的巫启，李旭晨还是有点难以置信。

"这也很正常，男欢女爱的事很容易就迷失自己，只能说是感性之人，不能说是傻。"李旭晨安慰地说道。

"当然爱上他也只是一开始，后来我的生意越做越大，他说要帮着我管资金，我想都没想就答应了，因为那时候我对他是绝对的信任，也相信他的专业能力，可他对我就没那么坦诚了。他不仅把公司运营的钱投放在了股市，还让我拿出一部分货款给他做资金上的周转，将近有半年的时间他都在和我撒谎，越到后面谎言就越瞒不住，所以最后他和我坦白钱都已经亏空了，当时我手头上没有任何一分钱，到最后连供应商的钱都付不起，转手了工作室拿到的部分钱给员工当作遣散费之后，背着一身的负债用了2年的打工生涯彻底还清。"巫启说的时候虽然没有夸张的像电视剧里的一把鼻涕一把泪，但是内心没有愈合的伤口李旭晨也是看得见的，不然她也不会认识一个人就要把底细全部摸清，还要混上这么三五个月才能和她稍微靠近。

"真是没想到是这样的结局，不过年轻时候总会犯点傻，这般痴情倒没什么错，只是还没遇上对的人罢了。"李旭晨说这话的时候倒不像是安慰，倒像是一种过来人的感慨。

"所以我也没沉浸在痛苦里太久，离开了那个是非之地我就回国了，一开始就进了超越，从一个小员工慢慢做到了今天。刚进来的时候超越还是业界的好口碑，可就是岳董和岳总传出不合的传言之后，超越的生意就越发的不好了，明眼人也知道里面有什么问题，但是岳董视若无睹我们也就不好说什么了。"这也算巫启把自己简短的一生做了一个陈诉，李旭晨倒是对她有了另外一种感情，就是那种人性的真诚和坦然，他越发觉得看上去容易相处的相处下来很难，但是一开始越不容易相处的人相处下来都能成为过命之交。

李旭晨注意到巫启有些寒冷的颤颤发抖，不知道是因为说起这个故事让她觉得心里冷若冰霜还是因为一直刮过来的大风，李旭晨脱下皮夹外套给她套上，巫启突然有了对男生的怦然心动。

"岳董那边怎么样了。"为了分散自己的注意力以免尴尬，巫启有意扯开话题。

"身体状况不太好，在医院静心养病还能维持正常但是只要到了公司医生说连这个冬天都难过了。"巫启看得出李旭晨说句话的时候是有多难过，毕竟世间事除了生死什么事都是小事，只要人还活着，一切就都还安好。

"不过走着走着也快到医院门口了，刚好也就在附近。"李旭晨望着远处灯火通明的医院大楼说道。

"一起上去看看吧，正好我也好久没看到董事长了，这么多年若不是承蒙他的关照，我还升不到这个职位呢。"巫启谦虚地说，两人沿着江边一直走到拐角，从起点走到终点，巫启内心越是想要压抑住感情，可是爱慕之情却烧得更旺，连她自己都没有意识到事隔多年她还能这么喜欢一个人，而这个人站在她身边却浑然不知。

巫启提着花束，李旭晨拿着果篮走进病房门口的时候正听见岳珊妮和岳书成有说有笑的谈论什么话题，还好是宽敞的单人间，不然隔壁床的病人要把岳珊妮这丫头连人带包拉出了，李旭晨心里想道。

"叔。"李旭晨看到两人光顾着聊天也没人注意到他，于是轻声喊道。先回过头来的是岳珊妮，她一看到李旭晨就像是看到什么大救星一下子就扑倒在李旭晨的面前。

"晨哥，你怎么这么客气还带着果篮，爸刚才和我说我们俩小时候的糗事呢。"岳珊妮每次看到李旭晨脸上总是能乐开花。巫启后面走进病房，岳书成看到她倒也觉得亲切，因为这么多年来巫启真是帮公司做了不少贡献，所以对她也是赞赏有加。

"对了晨哥，你怎么和巫董在一起？"岳珊妮果然是有着打破砂锅问到底的精神，巫启刚想回答，但是李旭晨伸手轻触了她的手臂暗示岳书成在公司的杂事就不要影响他的病情，于是巫启也就闭口不谈了。

"刚好下班看到巫董，她说很久没见岳董您老人家了于是我们就搭伙一起过来看看。"巫启看着李旭晨像孩子一样哄着岳书成突然觉得好笑。

"你看，让巫董笑话了吧，你别介意，他平时就是像一个上了年纪的女人一样絮絮叨叨的，连我都烦了。"说完岳书成还用一种鄙夷的眼光看过去。

"就是就是，晨哥就是一个年迈的女人，经常喜欢碎碎念，这么多年我俩可是在他的镇压下生活的。"岳珊妮也赶紧上来添油加醋。巫启笑得更开心了，不过看着李旭晨和岳珊妮还有岳书成这么和谐的家庭关系，确实是不是一家人胜似一家人。想必这样顾家的男人也不会差到哪里去，想到这巫启又发现自己以择偶的眼光上下打量李旭晨了，不免又红了脸。

"珊妮你最近还有没有去科技城，应该还有一个星期课程就要结束了，到时候我可是要考核你的，不过有你好果子吃的。"李旭晨威胁道，岳珊妮咧了咧嘴，然后推了推一旁的岳书成为她说话。

"你就别说珊妮了，她现在白天去学习，晚上还要来照顾我。两边跑已经很不容易了，她今天还主动请辞让我调她去财务部不让和你一个部门，她还想好好学一些财务知识呢。"岳书成连忙出来对岳珊妮呵护有加。

"晨哥，你就不要说我了，到时候我去了财务部一定给你做出一番大的作为，终于不要在你手下被你镇压了。"说着她一个劲地数落李旭晨是如何在部门里滥用 CTO 的权力对她严加苛责的。

"你就是一个永远也长不大的小孩，等你哪天能独当一面时，你晨哥我这颗心也总是宽慰了。"李旭晨看着岳珊妮满脸笑意地说，一边的巫启注意到，只要是和岳珊妮说话李旭晨都是满嘴的宠溺，完全没有一个 CTO 的架子，而且对于岳珊妮的指责抑或是回嘴他都丝毫不会生气，看上去不像是兄妹，更像是情侣的关系。女人的直觉总是比男人来的要敏锐得多，不过巫启告诉她自己不要乱想，也许是刚才和李旭晨倾吐了所有的心思之后变得敏感多疑了。

"晨哥，你有没有闻到这里总有一股酒精的味道，从你们刚一进来我就闻到了。"寻思好久的岳珊妮以为是自己的错觉，但因为李旭晨一直开口说话的缘故，酒精味就越发的浓烈，李旭晨当然不希望岳书成和岳珊妮知道他去应付智慧城市项目的事情，于是还在寻思这找什么理由搪塞的时候，巫启就站出来解围了。

"你们不要见怪，今天我去见了一个多年未见的朋友，所以就小喝两杯，因为不胜酒力所以酒精味还没退去，希望不要影响到岳董您。"巫启镇定地说道，李旭晨笑着瞥了她一眼以示感谢。

"我没什么关系，是珊妮这个丫头鼻子灵得很，巫董为了公司的事也是尽心尽力，这些我岳书成也是看在眼里，等他日我回公司之后必将做出相应的奖励。"这段话巫启听着总觉得是像一个老丈人在叮嘱。

"叔，巫启已经有够帮我了，这段时间要不是因为有她的原因，我恐怕是孤立无援。"听着李旭晨这般维护巫启，两人还时不时眼神传情，岳珊妮的心里就很不好受，虽然她也不知道自己哪来这些莫名其妙的情绪，但是心里就是有着说不出的阴郁。

"叔，珊妮，我先送巫董走了，今天她也忙活了一天了，不能让她太过劳累，改天有时间我再来看你们。"岳珊妮听李旭晨这么一说更加确定了自己心里的想法，于是硬挤出笑脸和他们挥手道别。

"路上小心。"出了门口岳书成提醒了一句。

"看来你和岳董还有珊妮的感情真的非常融洽，没想到你还是心思细腻顾家的好男人。"

"巫董您可别这么说，我真是受之有愧，叔从小待我如亲生儿子，我也视珊妮像亲生妹妹，我早已经把他们当作了一家人。"听到亲生妹妹的时候巫启还有了松一口气的感觉。

李旭晨安全把巫启送回家后才回到了岳家，他舒适地躺在摇椅上，回忆

374

起今天的一幕幕越发觉得像是经历了一场大洗礼，又喜又悲，不过倒有了异常的收获，就是又进一步了解了巫启这个工作搭档，想到这他嘴角露出一丝好看的笑。

"岳总，你在哪？"虽然在自己的办公室，常磊还是故意压低声线在说话，生怕被别人听到似的。

"我不是让你别找我等我找你吗？"岳书翔突然呵斥让常磊很不愉悦，不过岳书翔这脾气他也不是第一次见识了，于是赶紧调整了一下气息才继续开口。

"岳总，您上次让我拿的东西我已经拿到了——供应商、客户资源、下游经销商资料，所以才冒昧打扰你。"常磊赶紧解释道。

"行了，你拿到上次那个地方给我吧，我现在过去。"岳书翔直接挂了电话，常磊发觉岳书翔已经是单纯地把他当作棋子了，不过为了对付李旭晨他也不好说什么。

常磊从门外走进来依旧还是上次的装扮，低压的帽檐配上墨镜，把头埋在高领的毛衣内几乎遮住了整张脸，如不是有心之人任谁也看不出是他。

"东西呢？"没有过多的开场白，岳书翔直接伸手拿自己要的资料。

"原本不好拿出来，全部拍成图片放在这个 U 盘里。"常磊说道。

"很好，你该得的等下会汇去你的账户，还有，现在超越那边有什么动静。"岳书翔问了自己最想知道的问题。

"李旭晨那边最近和巫启走得很近，我知道他们昨天还去谈什么生意。在他的努力之下凭着超越近几个月的成果还是拿到了 500 万的贷款，公司现在也算是正常的运营了，但是我看这些都只是暂时的，因为机器那边的钱还没结清，打击还是在的，接下来他们也是只能走一步看一步了。"岳书翔以为李旭晨会沉迷在自己拿走 2000 万的打击下久久不能自拔，谁知道这么快就已经站起来了。常磊看到他这个眼神，也大致知道他在萌生什么样的念头，但也不敢过问太多。

"那我就先回去了，岳总这边要是有什么事情再来找我，还有岳珊妮好像在下周就要调到财务部了。"常磊临走前又想到这个风声。

"她没什么好顾虑的，也就是一个心智不成熟的小丫头到超越把那当成玩乐的基地罢了。"常磊听到这句话也才安心地离开。

按照李旭晨的行事作风，昨天刚拿到的智慧城市项目大单应该今天就要着手开始研发产品的，可是现在财务部那边空空如也，所有的钱都放在了跃天的项目上，根本就无法启动，李旭晨也是闷头在办公室里想了一天，也没得出个所以然来，果然他自己也不是什么超人，不是事事都能经他手转危为安的。

"晨，你找我？"杨文推开办公室的门，对着李旭晨说道。

"有个好消息没告诉你，智慧城市的项目昨天和巫启靠着四打酒拿下了，本以为今天能先去技术部把任务吩咐下来，谁知道财务部那边今早又给我下通牒说资金紧张不能再启动任何项目，你也知道现在离跃天批复首笔款项还有 5 天的时间，而这个项目又是需要非常短的时间内得以筹备，无论是原料还是技术我们都得尽早开始，你说这个节骨眼我还能如何？"杨文看到李旭晨才安定没多久的情绪又开始急躁起来也是无奈。

"之前不是和你说以项目协议从银行和其他公司那边申请款项吗，现在这个事我今天就帮你去做，也算是我的老友呢，应该能卖到这个人情，不出意外明天就有结果，靠着这边利润超越就能恢复到之前的情况，所以你也不用太过焦虑了。"听到杨文的安慰李旭晨才觉得情绪得到了些许的舒缓，这阵子看来他还是不够理智。

"看来巫董也是一个能人，这么大的项目花了没几天的时间就帮你拿下了。"就连能力一直过人的杨文也开始自叹不如了。

"她确实不是个泛泛之辈。"李旭晨感慨道，想到昨天她帮自己解围，还在酒后照顾自己，李旭晨就不胜感激。

"我看到今天常磊鬼鬼祟祟地在公司穿来穿去也不知道是何意图，你最近最好是防着点他的小动作。"杨文像汇报工作一样一一说道，这时候的李旭晨也有点掉以轻心了，他以为岳书翔退居幕后之后，对于超越的事应该不会过多干预，顶多就是拿着那些资料去建立自己的门户，不过倒无所谓，毕竟人各有志。

"没事的，常磊和岳书翔现在也玩不出什么花样了，我倒是担心珊妮，她下个星期就要去财务部，不知道这丫头现在的心收回来没有，同意让她去财务部也不知道是对是错。"李旭晨脸上写满了担忧。

"你还真是有操不完的心，我看岳珊妮这丫头聪明得很，你就放一百二十个心吧。"杨文说完就出了办公室。李旭晨看着桌上一叠财务部拿过来的报销单和一些需要补齐的货款就感觉忧心忡忡，他现在唯一的希望也就寄托在杨文的那笔资金批复上了。

"文，结果出来了吗？"今天也不例外，就连杨文这个记性超群的也忘了他这是第几次过来问话了，"现在吴波那边一有消息找我，我的神经就要紧张的崩溃，所以你这边要再没个准信，我这里可就是要失信了。"

"他那边也没有驳回我们的申请，但是因为我们的机器还没付清全款，所以提供的资产证明方面就出现了出入，这个问题解决基本上贷款是没有问题了，而且金额高达 2500 万元。"杨文说的时候也说不上这是好消息还是坏消息

"还好还好，若是一票否决那我真的是心如死灰了，不过要等跃天那边把款项批下来可能还需要 2 天的时间，我们现在也经不起在多等这两天了。"虽然说已经成功了一半，但大抵上还是离既定目标有一定的距离。

"你说能否让他们那边的项目经理给我们开个后门，让他们的资金早两天到位，毕竟救人于水火，也不差这两天，再说你们两人好歹也有些交情。"杨文建议道，但是看得出李旭晨有着自己的顾虑。

"这个主意倒不是不行，但是资金方面涉及他们的财务也涉及很多的有关部门，这一点我怕她做不了主，而且我们直接这么开口会不会把超越的危机像对方公司袒露，形成我们已经出现财务危机的印象。"李旭晨的分析让杨文觉得也不无道理，但是现在紧要关头这些弊端要是全部都能估计的话，超越也只能死撑过这两天了，可现实是超越等不起。

　　"我有一个很冒险的方法。"杨文神色很是深邃，李旭晨也猜不到他指的是什么。

　　"说说看，这时候多冒险的事情我们还是要去做。"李旭晨心想再冒险也不过现在这种状况了，各个部门等着资金到位，拖一天就是一天的危险。

　　"你不要和项目经理谈，直接找他们的 CEO 谈，这样消息面既不会传出去，CEO 也能定夺这件事，若是他们肯给超越这个人情那自然是结成友好关系。"杨文这个提议让李旭晨觉得耳目一新，虽然感觉到很是冒险，但是未尝不可一试。

　　"你说若是我们搬出智慧城市的项目他们应该会认为我们是在资金上有所紧张而不会考虑到财务危机的问题，而且听说他们新开发的城市项目又有意向和超越合作，我们可以口头承诺给他们一定的让利，毕竟光是前两个省事的大单就已经让我们赚了不少，这时候让利一点既能吸引他们，又能达到良好的协助关系也不失为一个高效地解决办法。"李旭晨说着说着都觉得这个方案十分可行，杨文肯定地点了点头，便尾随李旭晨去实施了。

　　到了跃天楼下，先是项目经理下来接待，两人的关系通过这几次的交涉还是增进了不少感情，所以当李旭晨说要直接找到董事长的时候，她还是有一丝惊讶，不过出于职业素养她也就没多去过问。

　　"李董，我已经帮你约见了我们的董事长，您只要直接进去就可以了，若是有什么需要，您随时叫我。"每次来到这都能得到项目经理的精心接待也让李旭晨感到很是舒心，两人互相点头致意李旭晨就走进了办公室。

　　"董事长。"李旭晨点头叫道。

"超越 CTO，上次签约的时候见过，幸会幸会，不知今天李董指定要见我是所谓何事，难道是项目那边出了什么差池？"对方先是提出自己的顾虑。

"董事长您放心，一切产品都临近生产完毕，和超越的合作您无需有这样的担心，这也是超越一开始就已经给您承诺的。不过我今天来不是因为项目问题，是有个不情之请需要董事长您帮忙。"李旭晨说完面露难色。

"李董您可以直说无妨。"董事长说道。

"最近超越接到了智慧城市的大单，这个单子想必您也知道，同行竞争也是非常激烈的，但是因为目前我们很多的资金放在了技术的研发上，为了给你们提供更加优质的产品，所以一直属于紧张的运行状态，但是跃天这边的款项仍然需要 2 天后才能就位，所以我想董事长您是否可以给我们行个方便，早这两天批复款项。我知道这个也让您为难，所以作为补偿，我们将在您愿意和我们签订第三个城市大单的同时，在第二个城市的超低价格上再做些许的让步，不知道董事长您意向如何。"李旭晨说完这个优厚的条件对方虽然也很动心，但是如李旭晨所预料的一样，他们自身也有着自己的顾虑。

"我想冒昧问一句，贵公司那边是否流动资金出现问题，要知道跃天这边的供应是不能停歇的。"李旭晨感叹果然姜还是老的辣，对方一下就切中要害让李旭晨措手不及，不过好在心里也有一点防备，于是思考了片刻又说道。

"董事长您多虑了，智慧城市的项目因为做的是高端投影成像，所以在技术上需要更大的支持和研发，这笔费用超越虽然有富余，但是总不比宽容的现金流让我更加的安心，说白了也就是我自己的私心而已，而且这并未对跃天造成任何损失，所以希望董事长您打消这个顾虑，考虑帮超越这个忙，未来双方合作有了问题，超越也非常乐意跃天开这个口。"对方倒是十分欣赏李旭晨的巧言善辩。

"李董不愧有了一口伶牙俐齿，不过既然能有这种互惠互利的方式我也就顺了李董的意思去做了，款项将在 1 个小时内批复，希望我们以后的合作还能如此坦诚。"李旭晨虽然现在已经是要高兴的狂呼，但是还是强忍住内心的雀跃，他知道一表现出来就好像危机得到了解除似的。

"承蒙董事长的厚爱，以后超越定会为跃天提供更加优质的产品。"李旭晨客套地说。

刚出了跃天的门口就收到了财务部打来的电话，说是货款已经结清。

"财务主管你先听我说，这笔钱先把机器设备的尾款结清，然后把相关的购买合约拿到我办公室，这事情你现在立刻就去办吧。"吩咐完财务部，李旭晨又马上拨通了杨文的手机。

"文，我这边钱到位了，等着拿合同，你到贷款公司门口等我，我回去拿了合约马上递过去给你，提醒他们需要款项尽快到位。"接到李旭晨火急火燎的电话，杨文这才明显松了一口气，他就知道只要是李旭晨亲自出动的谈判，都不会让他失望。

回公司拿到盖好章的合同之后，李旭晨马不停蹄地去和杨文相会，两人一同走进贷款经理的办公室。

贷款经理先是把之前给的项目合约再次确认了一遍，然后就是这份机器设备的所有权书，看到资料完备之后，贷款经理再盖上了一个厚厚的章，把所有东西放进档案袋里，然后告诉李旭晨："李董，您的2500万公司贷款将于今天下午2：30给你们发放到公司账户。"李旭晨听到简直要怀疑自己的耳朵，这样一来智慧城市的项目就能如期地进行了。

"我就说了别做过多的担心，事情总会一件件得到解决的。"杨文搭着李旭晨的肩膀说道，他现在才又看到阔别在李旭晨脸上久违的微笑。

"这两天精神压力太大了，幸好又有你兄弟。"李旭晨又说起感谢的话让杨文觉得他又客套了。

"这些话心领了，看到你开心我自然也舒心。"杨文伸出拳头，李旭晨也和他碰了碰，两人发出了自信又爽朗的笑声。

"晨哥。"岳珊妮走进李旭晨的办公室。

"我这几天一直在留意你说的公司账务问题，然后我发现有一个我真的看不明白。"岳珊妮眉头紧皱，白皙的脸上黑眼圈也显得特别的突兀，李旭晨略带心疼地拍拍她的肩，然后暗示她坐下。

"没事，你慢慢说。"李旭晨说道。

"我之前跑了一些有关超越资金往来公司，发现岳书翔接受一个项目之前，项目的目标公司是连年赢利的，而且他们股价一直处在行业的平均水平，但是岳书翔接受之后，超越一直有着大额的利润涨幅，但是对方公司却宣告亏损，就是那一年他们的股价狂跌，而且我调查发现了常磊的股票池里大额购进这支股市是以他私人的名义购入的，在之后三个月的时间内这家公司因为和超越合作一直在不断地亏损，所以也没什么起色，可就是有一个更加奇怪的现象发生了，当常磊再一点点的抛售这只股之后，对方公司就开始大额盈利，就在岳总提出因为原材料成本降低给对方公司以很低的价格提供商品时，他们的年度报表利润恢复了行业平均值，而超越同比利润大幅度下降，常磊那时候的股票已经全部抛空。晨哥你觉得这个是不是有猫腻，好在公司对股东的股票池是有所定位的，我才能查到这些资料。"岳珊妮在炫耀着自己惊人的发现时，李旭晨发现这其实就是关于岳书翔和常磊的"君子协定"。以常磊的账户作为买入点，岳书翔和对方公司进行利益输送，利用超越和他们的生意往来压低股价，而后常磊大批量购入，再到岳书翔利用职权把利润全部转移回去给他们，而他们和超越多少有一定的亏损，但是这么一来一回两人入口袋的资金量已经是多的可怕了。

"珊妮，你知道吗？你找到一个很有利的证据。"岳珊妮本是觉得其中有蹊跷，但是并不太熟悉他们的运作原理，但是李旭晨是个明眼人只要他一听原委便知道其中的所有真相。

"晨哥，那之前超越的亏损和这个也有关系吗？"岳珊妮不解地问道。

"你就拿上面超越在这个项目无端赚来的减去之后突然损失的差价就是

381

赚或者亏的数额，但是我相信不仅是超越亏损，对方公司也会亏损，如果所有的股票都是经过常磊一个人的账户那他就成为理所当然的替罪羔羊了。"李旭晨精细地分析着这个态势。

"那之前他买这么多股的时候没有人调查吗？突然有这么多的资金也很奇怪啊。"岳珊妮问道。

"当时管理员工资产的人是岳书翔，他当时不查明还有谁会去调查，况且这就是他的本意，他们两个的关系若是不知情的人是不会发现这个端倪的，只有我们可以去查的细致了才会发现不是么？"李旭晨的讲解让岳珊妮也恍然大悟。

"你是不是又调出了对方公司的年度报表。"李旭晨问道。

"是的，我还专门罗列一个表格然后到对方公司借口拿了当年的发票和收据的复印件什么的，就觉得很奇怪，很多亏损都是不必要的损耗或者是突然的就给予对方低价，好像冥冥之中知道要亏损还做这样的一单生意一样。"岳珊妮说着又看向李旭晨。

"你这丫头做起事情来还是不做就不做，做起来惊人的细心啊，这个是给财务部的人怎么看也看不出个所以然来，还好亏得珊妮细心。"李旭晨连连的夸奖让岳珊妮都显得有点扭捏了。

"那晨哥你接下来打算怎么办？"岳珊妮问道，他对常磊还是有这么一点感情的情分在的，那时候自己也去劝告过他，现在自己亲手把他推向罪犯的边缘心中不免有些难过。

"这个事情若是细查下去会让岳书翔、常磊，还有对方公司当时负责这个项目的高管都吃上官司，但是最大的受害人还是常磊，因为所有资金都是从他的账上划过，股票也是他买的，岳书翔和对方公司的项目负责人完全可以说自己只是生意上的糊涂，说不定狡猾一点还能推掉这些罪名。不过若是细察都还是会有罪。"李旭晨虽然知道了真相，但是想到真要置他们于死地的时候还是于心不忍，但是不除祸害留常磊在公司又会危害到公司利益，所以他也很是纠结。

"晨哥，你就给常磊哥一个机会吧，他也是受岳书翔的迷惑才会做这种事情的，而且我们不能亲手把他推去坐牢不是么？爸常说怎么样都要顾及亲情，如果把这些都交给商业罪案调查科的人，我想爸也不会同意的，晨哥你就再了解清楚给常磊哥一次机会吧。"岳珊妮有些着急地说道，让他们狠下心来做坏人真的比让他们去解决问题来的还要吃力。

李旭晨拿着手里的这些证据也不知道是何去何从，他陷入了当年的那种选择和纠结。若是以前的自己肯定会毫不犹豫地把这个东西交给能治罪的人去处理，但是那时候的自己既冷血又无情，可是这七年下来，他再也回不到当年的狠心，他现在更倾向于放他们一马，然后让他们离开超越，具体的选择他自己也拿捏不准，最后该做抉择的时候还是要毫不犹豫，或许这些问题只有真正站在常磊面前的时候他才能下得了这个决心。

第三十七章　引咎辞职

　　领走在几十人前面的人正是李旭晨，自从拿了智慧城市项目又成功贷到了 2500 万元贷款后，李旭晨就成了众股东眼里的大红人，就连一向和他唱反调的好几个股东也都对李旭晨刮目相看，于是他今天领着董事会的全体成员到新的厂房去视察，以便他们了解超越未来的运作模式。

　　"这就是上一次我们拿跃天的第一笔资金新购入的仪器，都是全自动化设备，职工费用总比下调了百分之七十，单位成本也因此有了大幅度的降低，这对于我们同行业竞争的报价起着至关重要的作用，还有这边这个大的实验室，是专门供给技术部做研究使用的。"李旭晨边走边说，看到股东都纷纷点头同意了之后才又继续。

　　"这边空置的仪器是给智慧城市项目留有的，刚才技术部那边确定了最终方案，今天下午也要开始投入生产了。"像是在一一罗列自己这段时间的成果，李旭晨说得自己都心生感触。

　　"李董对于超越高科的未来有什么样大体的规划吗？"这时突然有人问道，这个问题李旭晨从进到超越的第一天就已经想好了，只是当时说了也没人会相信自己，倒是经过了这么多事，一路兜兜转转，自己成长了不少，超越也是，所以李旭晨现在倒是有信心说出来，即便还是有很多人不信服自己。

　　"我决心用自己三年的时间，倾尽所有，把超越高科带上新三板。"此话一出下面的人各有各的想法，有的觉得李旭晨将来会成为了不起的企业家，有的则认为他现在说这个话不免有些太过于提前，倒是李旭晨自己不太在意别人的目光，在他看来经历了这些波折自己已经像凤凰涅槃一般了，唯一需要的就是时间去证明自己。

"李董这么强烈的欲望是希望把超越带上新三板后得到什么样的好处呢？"有人问道。

"目前超越高科虽然有深厚的企业底蕴和先进的科技设备，倒是因为资金流薄弱，所以财务指标上没办法做得漂亮，当然若是想方设法去做也不是没有可能，但我对企业经营终将遵循岳董的理念，那就是诚信经营。所以在这个大前提下能在新三板挂牌交易，对我们这种以高新技术为主导，正处于成长上升期的企业来说是很有吸引力的，既能获得不错的融资款，也能更好地施行之前在股东大会上提出的新政高管期权政策。"这就像是环环相扣的经营思路，李旭晨一步步在改变，再一步步把这些变化用一条锁链串起来，这样多重效果重叠，超越就能快马加鞭地跑起来了。

送走了跟在后面的人之后，李旭晨到流水线去看工人做最后一步的封箱，再到技术部和技术人员打了声招呼，感觉之前积累在胸口的所有阴郁都得到了释放。这时候过来做技术指导的John看到了在一旁默默思考的李旭晨上去拍了拍他的肩。

"一段日子没见，你还是和我第一次看到你那样，全身充满了力量。"John说着做了一个使劲的样子。

"当然要不断给自己充电，这个行业的竞争只会是愈演愈烈，若不做好统筹那我们可就什么也拼不了了。"李旭晨意味深长地说。

"用你们中国话说这叫作生于忧患死于安乐不是么？我一直觉得你就具备了这个特点。"这是对李旭晨的夸赞，但事实上他也确实如此。

"也许是我太想改变超越的缘故，但我认为这也没什么不好，也是因为如此我才拥有你的信任不是么？"李旭晨说着眉眼间有了起初见John的深邃感。

"当时我能在众多优质的企业里选择了你们，不是因为和文有这么多年的交情，也不是多么的看好超越，我就是凭你这么一个坚定不移的眼神。"李旭晨现在是第一次听到这个想法他倒是好奇如何因为一个眼神就相信他。

"一个眼神就能让你托付所有？"说着，李旭晨在心里也打了一个大大的问号。

"对，因为我看到了笃定，你和超越高科共存亡的笃定，就是这一点让我认为你纵使没有这么强的能力，但毅力终将让你不倒，而事实不也就如此吗？"这个解释能让李旭晨重新审视自己，原来一个人决心做一件事，就会从内而外散发出这种强烈的欲望，以至于能感染每一个合作者，而他自己却浑然不知自己已身披战衣了。

"直至现在我也还没给全你当初的承诺，那你终究信任我？"李旭晨有些不太自信地问道。

"对。就像开始在你身上下赌注一般相信。"John 用着不太流利的普通话说。

回到部门的李旭晨还在思考上午的事情，岳珊妮就跑来找他。

"晨哥，你今天决定了怎么处置我给你的资料吗？我昨晚翻来覆去一整夜始终睡不着。又不敢和爸说。"岳珊妮的不涉世事也是好的，让她现在还能像一颗洁白透亮的珍珠一样，事事为他人着想，即便对方的目的性已经很强，她依旧不愿意过多去追究。

"珊妮，这件事情，晨哥交由你决定如何？"李旭晨不是玩笑话，虽然对于一个18岁的女孩在判别大是大非上已经有了自己的决断，但终究思想还是稚嫩的，但李旭晨觉得，就像别人给了他肯定和信任之后他能做得更好一样，岳珊妮也需要这样放手。

"晨哥我没听错吧，你说这件事让我来决定吗？"岳珊妮一脸写着意外。

"对啊，交由你全权负责，无论你选择放过还是治罪我都不会说你半点不是，但是这是一个重大的决定，也是你来超越之后第一个决定权，你要想到方方面面的因素之后才去做出自己的抉择，你也许会因此付出代价，但是这也是你成长的第一步。"李旭晨在教岳珊妮如何做选择，当然一开始谁都会由心，但久而久之就会考虑更多东西了。

"那好，但是晨哥你要陪我去见见常磊哥，你站在旁边哪怕不说话也好，你陪我去我才有安全感。我见了常磊哥我再做决定好吗？"岳珊妮现在已经习惯把李旭晨当作靠山，也就是她所称的安全感，也不知道为何，只要他在了岳珊妮便觉得无比的安心。

"好，这个我可以答应你。"岳珊妮听到李旭晨答应了，高兴得像是一个小孩拿到自己想要的糖果，对李旭晨抛过去一个无比感谢的目光。

两人说着便都起身去了常磊的办公室，常磊最近因为岳书翔的离职，在情绪上还是受到了不小的刺激，两人过去的时候正看到他对着秘书骂骂咧咧，具体是什么他们也不关心，只是常磊看到来了不速之客，还是来了两个的时候，神色明显慌张了起来。

"常磊哥。"岳珊妮叫道。

"常总。"李旭晨也叫了声。常磊心想这两人一起过来，想必是有求于自己，也就摆了一副老总的架势，坐在椅子上，一本正经的板着脸让他们坐。

"你们两个今天是有何贵干？不会是老岳董那边现在急着拉拢我和你们统一战线了吧？但我可以告诉你们，岳书翔的行踪我完全不知道。"常磊先是说出了自己的顾虑和猜测，以免他们是因为这样的事情来劳烦自己。

"常磊哥，和这个无关，我们今天找你是有其他的事情。"岳珊妮叹了一口气，她始终难以把话说出口。

"我前几天去了财务部，查到了这些。"岳珊妮把抱在怀里的资料放在常磊的跟前，常磊先是满脸困顿地看着岳珊妮，然后过了许久才把注意力放在了面前的文件上，他原本以为李旭晨又要耍什么花样让他同意什么政策修改之类的东西，慢慢看到了真正的内容，犹如当头一棒。

"说吧，你们想怎么样。"常磊语气里透露着一丝绝望，岳书翔走之后他就预感早晚会出事，毕竟在超越做了这么多事，今日是财务指标出卖了他们，明天可能是原材料部门发现他们虚假进货，做的手脚太多，在没有人刻意打压的前提下，有心人一查便能查到了。岳珊妮本以为常磊会做一些解释，然后她也好借此说服自己为他开脱，可看到他说出这句话，也是彻底死心了。

"常磊哥，你知道这些钱全部都是从你账户流出流入的吗？到时候岳书翔只是有连带责任，你才是判刑最重的。"岳珊妮像是恨铁不成钢地说着。

"哼，那又如何，他若是没有这个能力，又怎么会留我在身边，他走的时候自然所有东西都推得一干二净了，又怎会留到你们去查？天真！"常磊也不知道现在留下他人如何解决这些麻烦，当初他跟着岳书翔就想着等他出逃自己也尾随上，后来慢慢看透他的老奸巨猾，虽然已经开始慢慢留一手，但始终还是给他摆了一道。

"你可以选择把事实说出来，这件事，包括你们在超越做的所有事，说出来之后我可以去帮你，晨哥也可以去帮你，我们一起彻查，总能有一件事他有疏漏，这样我们就能把他绳之以法了不是吗？"

常磊听到她这么幼稚的提议，就觉得可笑，或许是她太不了解岳书翔，或许是自己太过于了解岳书翔。

"我把所有事情都说了，所有罪名给你们一起定罪？我有这么蠢吗？所有黑锅他当然全部给我背了，别人可能还会存在百密一疏的漏洞，岳书翔绝对不会，他是什么样的人我比你们清楚太多了，你们也别妄想从我嘴里撬出什么，这个时候了要杀要剐悉听尊便。"常磊说得很决绝，甚至眼睛都不眨一下，这么做不是为了帮谁，而是保全自己最低的成本了。

"那你至少告诉我们岳书翔现在在哪，爸被他害的住院，这个仇我不报誓不罢休。"岳珊妮恶狠狠地说，李旭晨看她泪眼汪汪的样子也是心疼，轻拍了她的后背让她稍微冷静了一点。

"别说我不知道，我就算知道也不能告诉你，况且我告诉你们又能如何，凭你们三两下功夫就想着去对付这个老姜，我可以告诉你，这个想法实在是太天真了，哪怕是老岳董出动，也难动他一分。"常磊说着嘴角斜上扬，一副不可一世的样子。

"能不能对付你无须操心，你常磊没有这个本事不说明我李旭晨没有。"坐在一边沉默了半晌的李旭晨终于开口了。

"说到底还是来套我口风？你们也得意不了多久，卷款出走也只是一切的刚刚开始，岳书翔的手腕我比你们清楚得多，说完了就请回吧，我在这里等着看你们如何处理，也别指望我开口求你们，这点骨气我还是有的。"常磊说这话的时候恨得牙痒痒，如果对方是其他人，他也许还会低头哈腰请求原谅，但只要是李旭晨就没有半点可能。

"常磊哥，我知道你或许会想，我们今天来这里是羞辱你，来套你话，但我告诉你你错了。我始终觉得你还是有感情的，就像小时候抱着我到处去讨糖一样，若不是跟着岳书翔你也不会变成今天这样。"岳珊妮开始动用感情去说服，但显然这毫无作用。

"从这个野种开始进入到岳家你爸对他悉心照顾开始岳家就已经不姓岳改姓李了，从把他送出国到现在干脆让他做了CTO，进入董事会，我也算是看清楚超越未来的前景了。"常磊说的正是他这么多年耿耿于怀的，李旭晨听着也觉得感触，岳书成从让他踏进岳家门开始，对他就视如己出，力排众议给他最好的，再到后来事事维护他，岳家的流言蜚语他也全然不顾，现在想起来也不知道从何感激。

"既然你这样说晨哥，那我们也没什么好说了，晨哥说这件事由我做主，我对你始终下不了这个狠心。这些资料我不会再彻查了，你以前在超越的事我也管不着了，他日若是有人翻出旧账了你就好自为之吧，这一次我给你机会，你自己引咎辞职吧。"岳珊妮冷静地说道，李旭晨一脸不敢置信地看着她，本以为这么重要的证据即使不沿着这条线连根拔起至少就这件事也能让常磊在里面蹲上几年了，现在只是判一个引咎辞职的罪名，他自然是觉得太轻。常磊心里也很惊讶，他也不知道是该喜还是该悲。

"晨哥，我们走吧。"岳珊妮强忍着悲伤，对坐在一旁的李旭晨说道，既然他放手让岳珊妮做决定自然也就不会再多说什么，只是看着常磊的脸上从不可一世变成现在的黯然神伤，出了口恶气罢了。

岳珊妮走到公司的长廊上眺望远处，等心情平复下来了才回头看着李旭晨。

"晨哥，你说我是不是做错了？"岳珊妮不确定这样的行为是不是放虎归山，会不会自己做的决定太过于随心，这个时候她就会征求李旭晨的意见，似乎能得到他的认可，自己也能心安一般。

"说了让你决定，我就不予置评，既然刚才那样做，是你所想的，那就相信自己。"李旭晨说得很诚恳，岳珊妮本来对自己的怀疑也消散不少，李旭晨的话总能轻易抚平她的伤疤和情绪。

"我相信他还是有良心的，我始终没办法亲手把他送进监狱。"岳珊妮觉得不甘心又解释了一下。

"我能理解你，就像岳书翔这般对超越，叔也始终睁一只眼闭一只眼一样，这是你们的善良所致不是过错，珊妮，以后的商场太过险恶，晨哥希望你能永远保持这份善良，但你也要藏好这份善良，不然会让有心之人加以利用。"李旭晨的话岳珊妮似懂非懂，但李旭晨知道她以后都能明白。

第二天一早李旭晨回到公司就听到人事部部长带来消息，说常磊已经辞职了，公司上下又开始有人纷纷议论，有人猜测他的离职是因为要去追随岳书翔，也有人猜测李旭晨要一个个逼走岳家的人自己独霸公司，但是只有李旭晨和岳珊妮知道真相。两人彼此也是默契的沉默，或许这是他们能为常磊留下的最后的风度。

李旭晨周日一早来到医院问询岳书成的身体状况，因为岳书成坚持明天的例会要自己去开，李旭晨估摸着公司的事情也处理的差不多了，倒也没有什么值得担忧的大事了，于是想着顺着岳书成的意思，毕竟他也不是能安心待在医院享清福的人。

"叔。"看到李旭晨的到来，岳书成露出阔别了几天的笑容。

"怎么样？钟医生怎么说？"岳书成迫不及待地问道。李旭晨像看着孩子一样看着岳书成，不过这人越老越小说着就像是岳书成。

"钟医生不在门诊，护士说他稍后回来查房，正好让他做个全面的检查。"李旭晨这么一说岳书成脸上的笑就不见了，他总觉得自己时间越来越少，不能在医院耗费这些时光，哪怕是最后倒也要倒在超越，而不是躺在这里看着生命一点点消逝。

"也就是回公司开个例会，不碍事的，收拾东西先走吧。"岳书成也是这种说风就是雨的性格，一听到还要做什么检查就觉得麻烦。

"爸，你能不能为自己想想，就算不为自己想，也为我和晨哥想想啊，就不能自觉一点。"岳珊妮说着就要不开心了，岳书成这才安分了下来。李旭晨看着这个画面也觉得好笑，老小的地位在互换着。

"每次来这里都觉得热闹。"钟医生也很快出现在病房，跟踪了这么久的病人，他大抵还是能摸清岳书成的脾气的。

"钟医生你可算来了，不然这老爷子都要越狱了。"李旭晨看着有些凝重的气氛，开口说道。钟医生上上下下的给岳书成看过一遍，然后吩咐岳书成再打一瓶小吊瓶，把李旭晨偷偷地拉到病房外面。

"怎么了？情况不太乐观吗？"李旭晨看着钟医生凝重的神情，也自然能猜到一二。

"是的，治疗效果没有起到预期的效果，怕老爷子最近会是胸口闷疼得厉害，现在还是建议保守治疗，毕竟上次做的是大手术，你们让他尽量放宽心吧。"医生的话虽然说的隐晦，但是李旭晨也能意会得到。

"明天的例会还能出席吗，这也算是老爷子的心愿，看他一天天在医院待着也怪受罪的，我还是想让他回去主持一下大局吧。"李旭晨虽然口头上一直说让岳书成放下公司的事，但他的脾气李旭晨也是最清楚，一下子让他放手是很难的事，只好一步步慢慢来了。

"这个不碍事，我给他开一些镇定的药，你让他这两天多去走走也好，一直闷在医院也容易抑郁。"听到医生这么说，李旭晨才松了一口气。

"麻烦你了钟医生。"李旭晨客气地拍了拍医生的肩膀，若不是平时他对老爷子照顾有加，他也不能时刻知道岳书成的最新进展。

"你们两个在外面说什么悄悄话这么久？"岳书成没好气地问，感觉两人是有什么天大的秘密瞒着他一般。

"说你身体是越来越硬朗了，批准你出院两天。"李旭晨像是宣布好消息一样，岳书成自己的身体他自然是清楚，但是也做出一副高兴的模样。回到公司的岳书成第一件事就是抓住赵群问个不停，赵群本想着支支吾吾也就过去了，谁知道岳书成不问出所以然誓不罢休，赵群也只好如实交代。

"我今早听说常磊离职了是怎么回事？他和岳书翔两个人是一前一后有阴谋离开的吗？"岳书成继续追问细节。

"这件事我也不是很知道其中的原因，因为都是岳小姐和李董两个人在策划，我也是第二天一早听到人事部那边的公告才知晓此事的。"赵群如实回答，岳书成虽然不了解其中的原因，但是既然是李旭晨和岳珊妮两人把他逼出公司自然也是抓住了他什么把柄的，不然以常磊的性格宁可死缠烂打也不会出现主动辞职这样的事。岳书成只要一想到这些人，胸口就会不舒服。

"叔，我准备好了，一起去会议室吧。"李旭晨来到岳书成办公室，手上拿着医生吩咐的药瓶。

"先吃两颗再过去，还有约法三章，无论听到什么事都不要动怒，万事还有我，身体最重要。"李旭晨这个问题已是老生常谈，但他乐此不疲，岳书成虽然听多了，但是每次听到还是觉得心里暖得很。

"旭晨，这段时间我不在，辛苦你了。"岳书成坐在轮椅上，李旭晨推着他，他在前面说着。

"叔你这是把我当外人呢？不过我做这些也是要回报的，你只要安安心心地给我活到一百岁就可以了，那时候便是对我最好的感谢啦。"岳书成听到他说一百岁的时候哈哈大笑起来。

李旭晨把岳书成推进会议室的时候很多人都惊讶，因为岳书成已经很久没有回过公司了。

"岳总看上去状态不错。"一个股东说着，岳书成也是给他回以一个微笑。

很快会议就开始了，岳书成照例环顾四周看到所有人都在了之后才慢慢地开口。

"我这次想要回来主持这个会议有一个很重的事情要宣布，为了公司能够正常的经营以及大小事务都能够有人坐镇，我现在推选李旭晨做总经理兼任之前的职位 CTO，帮我决定各种公司的大小事务，以后有什么问题直接通过他来解决就好了，各位有什么异议吗？"岳书成这次的话一解释，现场竟然陷入一片死寂，没有人再持反对的声音，而是都点了点头。倒是李旭晨之前不知道岳书成会有这么唐突的决定，显得有点吃惊。

"那我们举手表决吧。"岳书成说完开始投票，似乎公司在岳书翔走之后就陷入一片祥和，支持他的失去了依靠，不支持他依旧保持着谁为公司就站在哪一边，所以这次的结果是一致的统一，全票通过。

"很好，谢谢各位对超越发展的远见，我们一起请李董担任经理吧。"岳书成满意地点了点头，全场响起掌声。李旭晨自己倒是没什么喜悦之情，毕竟他在哪个职位都只是尽全力去替超越做事。

"还有另一个决定，巫启在这次公司陷人危机之后帮助公司拿下了智慧城市高端投影成像的项目，也是功不可没，所以我也决定升任她为副总经理，以后公司项目的事情就由她尽心甄选和引荐。"巫启没想到自己也能得到重用，但看到李旭晨对自己友好的一笑，就猜测应该是他在岳书成面前说了不少好话，好感倍增。全部人投过票后依旧是全票通过。

"之后就是我对大家寄予的希望了，超越从我亲手创立至今，已经走过数十个风风雨雨，经历过鼎盛，也走过了衰落，现在该剔除的人也已经露出马脚携款私逃。我不管大家之前是什么派别，但是从今天开始我把你们当作一个全新的个体，只要是为了超越付出的，都能得到回报，只要是对超越不利的，都不会再留有机会了。我希望我们能像一个大集体一样树立像李董说的三年内把超越带上新三板的决心，岳书成在此先感谢大家的辛苦努力。"李旭晨听着岳书成像是交代后话一样发表感言心里很是感伤，他猜测岳书成已经对自己的身体状况知晓一二了，只是表面上表现的云淡风轻，更是心疼不已。珊妮看着父亲这般的感触，也不禁暗下决心，要多做出一些作为，替他解忧。

之前一直担忧会因为岳书翔的原因牵累自己的员工听到岳书成这番话也才松了一口气，也算是老岳董网开一面，给所有人一次机会了，通过这个会议心里向着岳书翔的人也纷纷扭转方向标，向着李旭晨的阵线靠拢。

本来会议室里一片祥和，但是李旭晨突然接到一条短信，心里立即紧张起来。

会议结束了，李旭晨还坐在自己的位置深思着什么，斜眼处看到一个还没离去的人，是巫启。

"巫董怎么还没走？"李旭晨好奇地问道。

"刚才注意到李董的表情似乎有些微妙的变化，想必又是有什么棘手的事情吧，不知这回我这个老搭档是否还能帮到你。"李旭晨听到她的回答，先是一阵惊讶，还有人有如此细致的观察力，而后才慢慢开口。

"刚才杨文发来短信，说下游经销商在公司门口集体要退货，我在想这又是哪一出，但我依稀记得珊妮在常磊走之前给过我常磊留下来的便利贴，上面或许是岳书翔让他找全的资料，就有记录下游经销商名单的字样。我想他这又是玩的哪一出。"李旭晨越说眉头皱得越紧，巫启听他这么说确定是岳书翔搞的鬼没错。

"我陪李董去一看究竟吧，岳总的坏心思又怎么是我们能琢磨得透的，或许是煽动而已。"巫启安慰。

"我现在想把这件事先压下来，毕竟岳董在公司，这件事千万不能让他知道了，不然身体又要受不了。"李旭晨脸上写满了担忧。

"李董您放心，还有我呢。"巫启慷慨解囊让李旭晨再次报以感谢的目光。两人火急火燎地赶到礼堂，远远靠近就听到里面炸开了锅。

"晨，你总算来了，我脑袋都要炸开锅了，里面一百多号人都扬言要退货，也不知道闹哪出。"李旭晨听到这个情况也不明所以，赶紧一同走进去想要探个究竟。

"李董来了。"看到李旭晨所有人都像是看到什么仇人似的，一个劲地拍桌子。

"李董我们要退货，超越这边的货物有问题，我们这边的小经销商承受不起你们这些大公司的捉弄。"

"你们这些大集团就是店大欺客，拿我们这些小经销商的钱不当一回事。"

"今天不给个说法我们集体把超越高科的招牌给拆了。"

骂声一句接一句，李旭晨根本没有插话的余地。

"我现在给你们两个选择，一是闭嘴你们退货超越都能同意；二是你们永远也拿不到这笔钱。"巫启拍着桌子霸气的回应，礼堂里瞬间鸦雀无声。

"各位，请你们理智一点，你们的诉求至少要让我们明白是怎么回事，一个个来说，有问题我们绝对会负责到底的。"李旭晨补充道。

"你们公司的离职总经理亲口说了你们的货物有问题，存在劣质材料掺半出售，他还亲自到我们厂里做了实验，发现你们提供的车灯产品属于劣质材料。"等所有人都冷静下来之后，李旭晨和巫启才搞清了事情的原委。

"你们是说岳书翔岳总吗？"李旭晨问道。

"那还有假？他之前是负责我们经销商这一块的，这一次的离职不就是因为看不惯超越高科这些弄虚作假的行为吗？别人良心发现劝告我们这些赚血汗钱的，你们应该无话可说了吧。"受到了一股脑的指责，李旭晨也是觉得好气又好笑。但是岳书翔卷走 2000 万货款的事实又不能外泄，否则超越高科也将被同行知道自己现在的弱点，以此作为攻击。李旭晨在脑海里迅速地过了一下这件事的思路，权衡了一下利弊。

"各位少安毋躁，听我和你们解释好吗？"李旭晨说完，下面的人才闭上了叽叽喳喳的交谈。

"岳总这番说辞是否空穴来风你们又如何确认，他既然不是超越的员工，自然有诋毁超越的动机，我不针对他个人说这番话，孰是孰非你们自己辨认。如果你们还是不信任，我可以找来专家出具一份报告，两天之后报告结果若是如你们所说，我二话不说全额给你们退货如何？"李旭晨恰到好处地给出了解决的方法，巫启觉得他的临时应变能力自己都自愧不如。

"这些东西都能造假，你们大公司想证明自己还不是无所不用其极。"有人再次提出质疑，下面的人一听又开始议论纷纷。

"产品的好坏不是我们说了算，这么多年你们从超越拿的货物比起同行业来说成品的损坏率是否低于全行业标准你们难道不知道吗？我们做的是品牌和创新，高科技最为忌讳的就是劣质的用料问题，这点我们难道还不清楚吗？如果今天执意要退货的，就是不相信我们超越高科这个品牌企业，那将来我们便永久中断合作关系。"听到李旭晨说中断永久合作，每个人手心不免捏了一把冷汗，超越这些年的品质确实每个人心里都有数，虽说近几年是有些不济，但是最近因为所有出品的技术和原料都是依照跃天的供货标准进行严格的甄别的，所以口碑一直是有好无坏。

"如果你们还存在质疑，我让你们选择一家权威的机构，检测费用超越出，你们一致选出的，超越这边总不可能还存在什么造假嫌疑吧。最快三天后有结果，到时候我们再来谈？"所有人听到李旭晨的解释也都十分满意，毕竟能以这么好的态度平和地谈这件事情也确实拿出了一个大企业当权者的风范。

商议声退去之后，他们派代表出来说话：“我们选了一个市内最为权威的光电子检测机构，你们就按照这个名单出具报告吧，给你们三天时间，三天之后我们再根据检测结果确认是否终止合作关系。”李旭晨听到这个结果，也颇为满意地点了点头。

“谢谢各位的信任，我李旭晨在这里向你们保障，一切责任和售后我们永不推脱。”说完在场的人才怒气稍有平息的离去了。李旭晨回头看到后面的杨文和巫启都给自己投来赞赏的眼光。

第三十八章　危机四伏

常磊从超越离职之后一直处于人生的低谷状态，一边是超越的罪人，一边是岳书翔废弃的救兵，他还在苦寻新出路未果，结果接到了岳书翔要求见面的电话，到了见面地点。

"岳总难道不知道我因为上几年和您一起蓄谋的利益输送而被剔除出局了吗？"常磊的语气甚是不好，岳书翔听到这个消息也表示十分的惊讶。

"什么时候的事？"

"我之前和岳总说过岳珊妮回到超越，您不是说不用过分担忧？现在这个小丫头把我们的过往连根拔起，所有证据一一摆在我眼前对我横加指责的时候，我就知道我信错了岳总您了。现在所有责任都是我一人担着，我也不知道什么时候我这双手就戴上手铐，而您还是相安无事地坐拥至少2000万元的货款。"常磊的话风岳书翔是听出了埋怨的，但是现在他能重用的人也只有常磊了，所以也只能是放下身段安抚一下他，毕竟眼前这一块一直是常磊在做，想必他还有对其忠心的人。

"你的苦楚我也知道，我离开后你自然也是一人难敌众虎，这点上我没顾虑周全是我的不是，补偿我会给你的。今天叫你出来除了商榷李旭晨近来这点情况还是有要事和你说的。"常磊听到岳书翔又有主意，倒也好奇，现在他可以说是中立人物，在岳书翔和李旭晨两边都不是人，随便能推倒一边也算是自己唯一能做的了。

"岳总您请说。"常磊说道。

"光电子产业协会近来要举办一个光电子行业的技术比拼，摘得此次比赛桂冠的公司可以赢得协会提供的高新科技资源，包括一些大项目的优先获得权或者是在高新科技园区得到一个好的地标以作为该公司日后的发展所需，这一次比赛可以说是为了选出光电子行业最有潜力的企业而开展的。不用想也知道李旭晨会参加，他这个号称是高材生的技术型人才现在还手握德国先进的技术，我有些担心，所以千万不能让他这次一战成名，不然我们就永无翻身之地了。"岳书翔还是第一次这么焦急地和常磊说这件事，现在他应该也是肚子里没什么计谋了，常磊想到。

"那岳总打算怎么做。"常磊故意问道。

"我近日给他制造了一些麻烦，怂恿超越下游经销商集体退货，但是目前形势我还不是很了解，总之你那边就多做一些手脚，让他不能集中精力参赛，我这边想办法买通他们技术团队的人，德国团队和超越这么多技术人才，若是集中在一起研发的话总有人是钱能解决的，我往这个方向去尝试。然后把技术卖给已选中的公司，你在超越若是有这方面眼线或是技术部有人的可以通知我。"岳书翔即便这样说，但是看起来已经没了以前的信心了。

"这个会不会重蹈刘成的覆辙？"常磊心怀疑惑，这样的手段不是没有试过，上次被李旭晨摆了一道不说，这次还是拿钱买通的话怕是不好使。

"刘成上次以局外人的身份去盗取自然被发现也无可厚非，现在我是买通团队里面的参与者，这么多人又知道是谁做的手脚？"常磊觉得岳书翔的话有一定的道理，于是也就点头答应了。

巫启那边李旭晨刚委派她去办的事，她马上就行动起来了，隔天就把所有经销商选出来的研究所科技人员带到超越去做样品检测，抽样结果显示超越所有产品均符合国家的正常指标，并不存在好坏参半的问题，拿到报告的巫启也算是松了一口气，虽然她对超越有着绝对信心，但这么一闹还是让她的心悬在半空，现在手里拿到证据也才感觉安心了些。

于是，她抽空与李旭晨谈起另一件事情。

"你是说光电子产业协会近日举办的光电子行业的技术比拼的事情吗？"李旭晨问道，

"是的，这个技术比拼10年才举办一次，之前摘取桂冠的公司已经是光电子行业的龙头企业，当年超越名次还进不到前十名。今天有了李董和杨文两名大将，再加上德国的团队我怎么很有信心你们会一举成名啊。"巫启用挑逗的语气说话，不过李旭晨的能力她又怎么会抱有怀疑。

"巫董真是高估我了，不过我对这个技术比拼也确实是十分感兴趣。一来我在大学研究生阶段就经常和杨文两人到处去参加这种比赛，实战经验是蛮丰富的，二来这次比赛光是进入前三都能在协会那边标榜，到时候就不是超越去找寻项目而是项目自己找到我们了，要知道做高新技术的企业只要能在协会那得到认可，这个公司也算是熬出头了。"李旭晨虽然甚是谦虚，但是心里也是胸有成竹，毕竟技术是他的领域范围，也是他能实打实把控的事情。

"李董有你这句话我也就放心了，但是技术这种东西还是要小心，毕竟您还管理着这么大一个团队，里面的每个成员你都要知根知底。"巫启似乎已经知道了岳书翔的套路，于是有心提醒道。

"巫董这句话也是一言惊醒梦中人，上一次我们做的项目就是被刘成这个奸细从中作梗，若不是我及时发现，跃天的项目我们是拿不下了，现在有了这么大好的机会，岳书翔那边一定会做点什么，看来是实验室那边的人手安排我要多加小心了。"李旭晨投以巫启感谢的眼光，在这种事情上，女生总是有着比男生更为细腻的心思。

"技术核心还是越少人知道越好，我在背景调查这一方面有着相熟的人，要不然我帮李董您选择参与这个项目的人做一番调查也好让您心安？再则李董对于核心技术的把控还是要留有一手准备，最好就您和杨文两人知道，不然到时候临时出了什么乱子，也是毁了超越的名声您说呢？"巫启从细节上提醒李旭晨。

"巫董说的极是，自从有了你，我做起事情来还真的是放心很多，以前自己一个人思考总是有盲点，就拿这次下游经销商退货的事来说，如果当时珊妮给我看纸条的时候我就留有一手，也不会出现这个差池，现在有您试着提醒我，也弥补了在思考事情上的盲区。看来又要欠你一顿饭了。"李旭晨的回答让巫启也是开怀大笑。

"对了，李董，明天这份报告还是要由您亲自去说服，我可没有您这么好的口才，说不定经您这么一说，他们还追加单子的数量呢。"巫启说道。

"巫董这话就太看得起我了，不过今天他们从经销商下手，明天不知道又会从竞争企业还是从我们目标客户那边下手，总之岳书翔存在一天就都会给超越带来巨大的威胁。"李旭晨的担忧也正是巫启的担忧，但是这也是不可避免的风险。

"这个我们只能防患于未然了，做不到完全去避免，不过我相信随着岳书翔这次的出逃，加上岳董上次在董事会上那番话，明眼人都知道谁若是出卖公司在超越就永无翻身之日，所以这样的恶势力范围也在逐渐减少，也只有超越越做越强让员工有了归属感，所有人才会听命于公司吧。"巫启的这番话让李旭晨还是免去了部分的忧虑，毕竟一直活在这种战战兢兢的态度里也没办法去做好事情，也就只能让自己强大到无视对手的伤害才能真正地免除后患之忧了。

李旭晨觉得好的心态真的需要实战去培养，像巫启这种在工作上经历了风浪的人在心态上自然也比自己强大许多，不过现在两人一起携手，也让他对接下来的技术比拼增长了很多的信心。这么一路走下来他也觉得至少上天会一直站在正义这一边吧。

当常磊和岳书翔收到自己被超越出示公告说因为在工作上面的重大疏漏而引咎辞职一事时，两人都要气的抓狂了，这不仅是在全行业进行了封杀，而且对自己声誉也造成了极大的损失，但是这也算是最好的结果，至少他们真正的恶行若是传开来，那么就不是名誉的事情，而是犯罪了。

这么一来岳书翔安排常磊再去游说目标企业抑或是供应商都是完全没有作用的事情了。

两人再一次聚到一起，才感觉现在的局势是日渐不利。

"岳总，我今天是去供应商那边谈了一下，他们的项目负责人一听是我的名字，连见都不见直接就撵出来了。接着我去了之前和我关系较好的目标企业也是吃足了闭门羹，我想现在我俩的名声已经是彻底臭了。"常磊垂头丧气地说着。

"废物，这么点小事就气馁了？我现在唯一寄希望在行业协会比拼上，你那点小事就是不提也罢。"常磊现在听到岳书翔盲目的乐观已经是觉得可笑了，李旭晨的计谋看来已经是远超于岳书翔的城府了，两人刀光剑影了几个回合都是岳书翔这边单方面的惨败，所以常磊考虑是否应该先把岳书翔给推倒，再去对付李旭晨了。

"岳总说的是，他们那边的人您是否已经有了心仪的人选？"常磊问道。

"都在做背景考察，但是我得知里面有一个人前期沉迷于期货，出现了严重的债务危机，现在是顶着几家追债公司的压力在上班偿债，但此人既是赌鬼又是一个天才技术员。所以我觉得他也算是我较为优秀的人选。"岳书翔说着端起桌上的咖啡杯陷入沉思，常磊知道他应该还有其他的顾虑。

"岳总既然有了人选为何不早点动手，这件事情能从一开始就收到风声的话，我们这边手上的猛料就更多，毕竟这种东西光是研发也是需要时间的。"常磊提醒道。

"我自然是知道需要时间，但在没做足功课之前我又岂敢贸然接手，这个人要是能买通，这件事情我就交由你负责和他对接吧。"常磊一听这句话，就知道岳书翔肚子里有什么坏水，他这又是和以往一样要让自己背黑锅了，常磊思前想后都觉得这是一笔不划算的买卖。

"岳总，这件事我不能答应您。"听到常磊的回答，岳书翔顿时火冒三丈。

"常磊，我想你清楚我在这个行业的影响力，我现在手上的资金做完这一单完全是可以自立门户的，到时候你若是跟着我还能有个一官半职，你若是现在要大难临头各自飞恐怕你是什么都没有了。"岳书翔直接撂下狠话让常磊自己做出选择，常磊也不傻，为了一个尚未得到的虚名让他在这种时候负责对接，一出事情就不是岳珊妮和李旭晨能再帮他隐瞒的了，于是端起咖啡喝了一口暖了暖胃觉得思路清晰了一些才又开口。

"岳总，不是说您现在没有实权，我觉得我们现在的合作属于平等阶级的状态，而不是你居高我临下。我俩现在都是今非昔比了，不存在我还听您指挥的原则，我提一个最为公平的条件，你把您卖出技术的收益五五分成我就干，若是不能，您另觅他人吧。"岳书翔一听现在自己是要被骑在头上顿时就火冒三丈，他这是还没倒，若是已经倒下估计第一个踩在他身上的人不是李旭晨而是常磊吧。

"常磊，我想你搞清楚，你只是负责对接技术人员，这是一个传达消息的位置，我想你还起不到这么重要的作用。"岳书翔这还是第一次和常磊撕破脸，可是他心里依旧是有所顾虑，若是常磊不帮自己，万一东窗事发，那就没有替罪羊了，所有说话的语气还是有所缓和的。

"岳总，我想您自己考虑吧，我的条件已经很明确了。我自己心里知道这是一个替罪羊的工作，这么多年的行动我就当了这么多次替罪羊，每次都是吃您啃剩下的骨头，我这次的要求不过分。"说完常磊便要起身离开，岳书翔现在是手头无人了，这个计划应该是他最后的法子去和李旭晨抗衡了。

"常磊……你坐下慢慢说啊。"岳书翔见他要走，忙叫着。常磊白了一眼觉得已经是无话可谈。

"四六分成，我六你四，这次算是一举歼灭李旭晨，你若是同意，便如此,若是不肯做这也是我最后的让步。"常磊看到岳书翔也能如此的有求于他，心里自然也是高兴，于是点了点头。

"就这样吧，那个人买通了告诉我。"常磊说完，转身便走了。岳书翔现在开始后悔，当时应该在超越等待一个更好的时机再离开，现在卷走了一个2000万元，李旭晨就有能力再贷回2500万元，还断了他这么多的眼线，这次要不成功，也枉费他在光电子行业这几十年了。

李旭晨这边一早就接到所有下游经销商在会议室等候的情况，岳书翔的话始终在他们脑海里久久无法挥去，于是声势闹到整栋超越大厦都响彻他们的回应。

"各位，少安毋躁好吗？"李旭晨出现的时候所有人才安静了下来，他也不知道岳书翔到底是给他们下了什么迷魂药，让他们对他的话如此深信不疑。

"我手上这份就是上次你们一致商讨出来的研究所做的研究报告，里面清清楚楚写明超越所有产品都是严格按照国家的规定进行生产，而且各项指标都没有问题的，实在要退货的就到我助理那里登记并办理退货流程就好，但是从此之后超越不再接受您的订单，因为这是对我们最大的保护。"李旭晨说完，他们也看了手上的资料，也都用一种半信半疑的眼光四处看着其他人决定。李旭晨看到似乎还有人怀疑，于是想想又重新开口。

"岳书翔已经是被超越通报因为工作上的重大错误而被公司除名，你们难道宁可相信一个离职员工的话，也不相信你们自己这么多年来代理超越产品的感受吗？"似乎因为这句话所有人都有些动容。

"那我就相信李董您的为人，但您必须公开发表声明说超越的产品绝无好坏参半的现象发布在你们公司的网站上。"李旭晨觉得这个要求也算是合理，于是他就点头答应了。所有人似乎因为得到这个承诺后才放心，一个接着一个纷纷离去，李旭晨胸口的大石这才放下了。

报名参加光电子协会的技术比拼的第一天，李旭晨就已经进入了备战模式，不仅去了技术部挑选到了自己觉得心仪的人才，还特意到实验室布置好了一切。对于他来说这个是可以一战成名的比拼，哪怕是在光电子行业打下一片属于自己的天地也是一件极好的事，董事会那边也表示全力支持，李旭晨就挽起袖子准备大干一番。

杨文一大早就收到李旭晨的夺命连环电话，早晨七点应该在家补觉的他，却已经匆忙地赶到了李旭晨的办公室。

"大少爷，我这一路都怕发生交通事故，昨晚 1 点到的家，这才睡了 4 个小时不到就被你催了四五次，你这也太拼了吧。"杨文一边打着哈欠，一边埋怨道。

"你不会昨天一宿没合眼吧？"杨文用猜测的语气问道。

"很不幸被你猜中了，这段时间看来你每天都要接受我的骚扰了。"李旭晨像是在宣布一个很不幸的消息，而杨文也觉得确实如此。

"天啊，你还有没有一点人性啊，技术这东西是需要集中精力的，你说我每天睡不够哪来的精神为你这个老板打工呢？"杨文一连抱怨道，李旭晨先是看着他一脸坏笑，然后从桌上的纸袋中拿出一杯咖啡递到他面前。

"这样你应该就能集中你全部的精力了吧。"李旭晨的话音刚落，杨文觉得他整个人都要倒了，"昨天我们确认攻破的那个技术难关我去专利局查过没有备案，所以可以确认下就用这个课题了。现在加上 John 那边的同事，我们一共有 15 个技术人员真正参与到这次的研究，我分了三个队伍，一人攻破一个难关，这里是名单你过目一下。上面有每个人擅长的技术部分，还有薄弱的环节，至于我们如何做到技术上的衔接我也把它列在上面了。我们可以在保证互相独立的基础上又环环相扣，这样我们才能留有足够多的时间去升级改造，做到完美。"

"我突然觉得我昨天离开的这几个小时像是错失了整个世界。"杨文细看整个计划表，不得不佩服眼前这个超人的思路和计划做的是很完美。

"觉得惭愧就好好弥补我，拿出大学时候我俩所向披靡的精神，再杀他们个片甲不留。"李旭晨满脸自信地说道。

"所向披靡我能做到，片甲不留也可以，但是请让我睡饱觉。"杨文用悲催的语气恳求，但是得到的结果依旧是摇摇头，他也就只好无奈地拿着这本李旭晨通宵做出来的计划书规划自己的工作去了。

"文，等下我们去实验室和所有技术人员开个短会，然后和 John 讨论一下具体的细节。"没过多久李旭晨就搭着杨文的肩膀说道。

"拜托你开完会回去睡一会，两个大大的黑眼圈多难看。"李旭晨看着一脸认真的杨文，突然觉得朋友和普通同事最大的不同就是普通同事只会关心你做出了什么成果，而朋友会关心你睡好、吃饱再去关心你做出了什么。

"找时间一定补回来，现在精神亢奋得不得了。"李旭晨也回答的一脸认真，他知道这样会被担心，但他也有他所牵绊的。

两人今天从背影上看同样穿了棕色的长外套，梳着精致的发型，还有时不时地搭背，似乎时间穿越到大学的时期，两个好兄弟不为名利，一心对于高新科技的偏执追求而走到一起，一起熬夜通宵、一起吃方便外卖、一起大声争议。两人一同想起了那段日子，对视一笑，却又心照不宣。

"大家昨天忙的怎么样了。"李旭晨和杨文一来到实验室就像回到家一样，看到两个高新技术人才走进来，所有都纷纷上来讨教昨天设计实验的盲区，很快 John 也来到了实验室，看到这样的氛围，突然感觉超越的实验室和他自己带队创办的风格很是相似，有的只是讨论和请教，没有过多世俗的东西。

"早啊，晨、文。"John 很开心的和他们打招呼，李旭晨看到最后一个主角登场，拍了拍手掌。

"各位我们聚一下开一个小会。"李旭晨说完，所有人便停下手上的活，围着他。

"我们的课题和项目之前就已经说过了，没有任何涉及版权的东西，所以各位可以尽情地去研究，分为三组，具体的名单贴出来自己可以找到自己的分工，在这里我们没有任何等级和身份，都是超越技术部一名简单的技术人员而已。希望各位发挥天马行空的想象力然后付诸实践，一起成长和进步吧。"李旭晨充满亲和力的说完这段话，杨文想到以前只有他们两人孤军奋战的队伍现在俨然已经变成了一个团队。

就在这样的你一言我一语的意见和修改讨论中，杨文和李旭晨进入了紧张的技术设计阶段，实验室的融洽和齐心也让他们感到很舒心，李旭晨就像是为了技术而生，专注、独特、创新地发挥他脑袋里的一切想法并把这些绘制在一张图纸上，和以前一样，尽人事听天命。

一直忙到后半夜两三点，实验室就只剩下李旭晨和杨文了，若不是两人边走边思考而后又很巧合地撞上的话，他们还沉浸在自己的思路里完全不知白天黑夜。等听到脑袋上分别撞出的响声之后，两人才吃痛的揉着头上的伤，同时慢慢抬起头环顾着整个实验室。

"原来只剩我们两个了。"李旭晨下意识地说道。

"像我们这种科技疯子能有几个？"

"说的也是，不过你说刚才他们会不会很热情地和我打招呼，而被我忽视了呢，因为似乎听到有人叫我。"李旭晨发现自己已经不能用慢半拍来形容了。

"管他呢，我的想法在产品上已经有了体现了，你先回去睡吧，我再忙一会。"杨文催促道。

"你知道的，我和你一样。"李旭晨说完，杨文深感无奈地和他对视，看来两人都是彼此最了解的实验狂。

而同样在寻找自我价值的人不仅是杨文和李旭晨还有岳书翔，自从上次和常磊提到要买通技术部里一个做期货而亏损掉好几年工资的技术员之后，他刚一转身就把这件事情提到日程上来。

岳书翔第一次见到他，还是他刚出超越大门不久，走进一个巷子通往大马路的时候被追债公司的人堵住然后棍棒交加。

"住手。"岳书翔两手盘在胸前，颇带点江湖老大的气息对着眼前那帮人说道。

"你谁啊？"追债公司的人见到多管闲事的人便要上去动手。

"求财而已，不要命吧。"岳书翔从容地说道。

"欠债还钱，没钱就是欠收拾，老头你要管事就去居委会，这里的事情请你右拐直走，好走不谢。"当头的人说完又要动手。

"这里有三万块，他欠你们这十几天的利息，拿了就滚。"岳书翔一把从兜里掏出一叠厚厚的纸币，然后往前一扔。看到钱之后那些人也识趣的停手了，低头捡起之后用拇指点了点，确实是真的三万元之后往那个技术员身上踩了一脚。

"算你走运，赶紧把钱凑齐，不然很快我又来光顾了。"说完指着岳书翔然后转身离开了。岳书翔站在一边看着他缓缓地站起来拍了拍身上的尘土，然后把眼神停留在自己身上。

"岳总？！"技术员惊讶地叫道。

"欠债的日子不好过吧？"岳书翔问道。

"岳总，我这也是一失足成千古恨，现在已经嗜赌成性又能如何。"技术员说着眼神满是黯淡。

"现在有赚钱的路子，这里说话不便，跟我走吧。"岳书翔说完给他一个友善的眼色。技术员看到有办法解救自己这种身在水火的日子，而且那个人还是超越前总经理岳书翔，于是二话没说便跟着走了。

岳书翔把他带到和常磊约见的那个咖啡厅，因为是坐落在小角落而且情调不错，所以岳书翔偏爱这里。岳书翔先是拍了拍他的肩膀，然后示意他坐下。那人本也就是技术部的一名小技术员，得以和超越的前总经理平起平坐，也觉得很是欣喜，所以从一进到咖啡厅开始就一直对岳书翔笑脸相待，岳书翔就越发觉得他是个不错的人选了。

"岳总，刚才多谢你帮我解围，那些钱……"技术员先是开口道谢。

"钱的事只要你答应帮我做事一切都好谈。"岳书翔一脸奸笑地说道。

"我这样一个小的技术员哪能帮岳总的忙，岳总就别拿我开玩笑了。"虽然心里有着对钱的诉求，但是岳书翔在公司的风言风语，技术员也能听到些闲话，所以表情上也是写满了不情愿。岳书翔也只是笑笑，在他这里没有钱解决不了的人。

"不是什么难的事，知道你不能做也不可能找上你，你所有债务能一次还清不说，剩下的钱够你赌上好几年了，这可不是一个超越小技术员能有的机会。"岳书翔说完，也不看他，只是暗自端起咖啡品了一口，而后看向窗外。知道是有意找上自己，技术员脸上还是写满了担忧，但目前这种躲躲藏藏的日子他也受了不少苦，思前想后还是好奇岳书翔能委托自己做什么。

"岳总直说无妨。"技术员还是开了口，岳书翔像是知道会有这样的结果一样，先是得意地笑了。

"现在你正参与李董的技术项目吧？"技术员点了点头，岳书翔接着说，"每天把你们的进展汇报给我指定的人，拿到最终的成果之后你自然会拿到你应有的报酬，至少顶你10年的年薪。"一听到要做这样的事技术员先是一脸的拒绝，但听到最后开出的条件之后，和其他人无异被诱惑蒙蔽了双眼。

"岳总，这件事不就是让我背叛超越吗？"技术员摇了摇头，岳书翔知道这也只是良心泛滥的前兆，他也不是第一次驯化一个人了。

"你只负责传达消息，说白了也就是一个放风的，没有什么背叛不背叛这一说，你自己掂量吧，我也不为难你，毕竟你愿意过着被追债公司喊打喊杀的日子我也不能强迫你选择好日子吧。"岳书翔巧妙的引诱的确是让技术员心动不已，毕竟谁不希望结束这样躲躲藏藏的生活呢？

"岳总，我还想再思考一番。"技术员大抵还是过不了自己良心这一关。

"我这里不缺优柔寡断的人，我岳书翔是什么样的角色你应该很清楚才是，既然没什么好谈的那我先走了。"看着岳书翔起身准备离开，技术员才急了，这个机会一旦错过，也就是他还要过上一段喊打喊杀的生活，最终在岳书翔和他擦肩的时候还是伸手拦住了岳书翔。

"岳总，我答应你。"这样的场景在岳书翔这里已经不是第一次上演了，他脸上依旧挂着刚进来时的那种淡定，在他看来只要是钱能解决的事他都胸有成竹。

"这里是联系人的联系方式和电话，你拿到资料给他便是，他会联系我，今天你就当作没见过我这个人，事成之后款项自然会打到你账上，还有最重要的一点，如果这件事情你让你们技术团队任何一个人知道，我会让你明白我岳书翔是怎样的人。"岳书翔撂下狠话便转身离开了。技术员盯着岳书翔喝过的咖啡杯视线久久没有转移，他总觉得内心空荡荡的，也没比欠债的感觉好到哪里去。

岳书翔离开咖啡厅的拐角便给常磊打电话。

"岳总。"电话那头的声音已是睡意蒙眬。

"我把你的号码给了买通的技术员，以后你和他直接对接，结果你定时给我汇报就好。"常磊听到岳书翔这么快就把人买通语气里还是带着些许的惊讶。

"这个人岳总知根知底吗？不是我想多了，但是我俩合作这么多年，现在突然安插了一个人进来，我怕不好做事。"常磊小心翼翼地提问，他这样的怯懦在岳书翔眼中已不是第一次了，每次质疑自己的方式他也不免窝火。

"要不你就想出更好的办法，要不你就照我的话安分去做。"两人之间的嫌隙总是因为岳书翔一次次居高临下的口吻变得越来越大，常磊虽然不说，但是心里又怎会好过。

"岳总不喜，我不问便是，从今往后我就只管传话了。"常磊语气里也没有好脾气，岳书翔要不是因为走投无路，也断然是不会再用常磊了。

"好好做事吧，都是求财，问东问西未免伤了和气，我看你也是跟了我这么多年了，这次之后也不知道下次再合作又是什么时候，所以且行且珍惜吧。"岳书翔的话里有话常磊又怎么可能听不出，像他这样老奸巨猾的角色常磊也算是看在眼里，心里也明白着。

说完两人便都挂了电话。常磊总觉得这样做风险全部都落在了自己一个人的头上，这个局里没有一个人是聪明人，也没有一个人是傻瓜，有的只是互相的猜忌和金钱的诱惑而已。

第三十九章　内心防线

连着好几天，实验室都是一如既往的这样忙碌，没有人去猜测里面是否有人怀着鬼胎，因为在团队合作里，最忌讳的就是猜疑。李旭晨自然是相信里面每一个人，但直到接到巫启的电话，才起了疑心。

"李董，有一事需告知。"巫启发来的短信向来都是这般言简意赅。不过记得前阵子他们聊过点什么李旭晨也没什么印象了，想必面谈会更好。

"中午 12 点约在老地方见。"李旭晨回复，知道一大清早收到这样的风一定是巫启又暗中查到了什么。

两人不约而同在门口撞见，巫启面色看上去似乎不太好李旭晨关切地问是否身体抱恙，巫启也只是摇了摇头。

"不知道巫董这次又能带给我什么好消息呢？"李旭晨好奇地问道，她已经习惯巫启高效的办事能力了，每一次总能带给他不一样的惊喜。

"李董怕是忘记了，我之前和你提过的，说是关于技术员背景调查一事，你们一共有 15 个人，难保每个人都背景干净，你也知道岳书翔这阵子消停了下来，我总觉得他在酝酿点什么事端。"李旭晨已经把这件事忘的一干二净了，他只要做起技术创新的设计来，就没有什么防人之心，毕竟一个团队若是连相互信任都没有，恐怕也很难出成果。

"看来巫董是真的调查出了什么所以然？"李旭晨好奇地问。

"我这几天托人对除了你，杨文和 John 之外的其他 12 个人做了背景分析，包括财务状况，家庭成员背景状况，个人理财状况做了一些调研和分析。"说着，巫启把一本厚厚 A4 纸打印出来的东西递到他面前。

"那有什么不妥吗？"李旭晨问道。

"大部分的都背景清白，也都是超越的老员工了，我也就照例一查。"李旭晨听完一半的话就感到舒心，毕竟都不希望在自己的手下出乱子。

"那我就放心了，谢谢巫董。"李旭晨说道。

"李董，我还没说完，我只是说大部分的人都是背景清白，但是我查到有两个人有可能会成为岳书翔的目标，这个人叫顾洛，家庭条件不太好，在供 2 个妹妹读书，单亲家庭，看上去日子有些拮据。这个人叫夏江，好赌，已经背负了 18 万元的外债，贷款公司是小微贷企业，其实就是挂牌的高利贷公司。这两个人我认为最有可能被岳总利用。"巫启把照片和资料都备在文件夹里，李旭晨看了看，觉得突然去质疑一个人的品性总会不大好。

"巫董，这些都只是我们的猜测，虽然知道岳书翔心怀不轨，但是直接根据背景去怀疑团队里的人会造成人心涣散，恐怕这样带来的氛围比岳书翔的迫害要来的可怕得多。"李旭晨忙着为队员开脱，他依旧不相信自己手把手挑出来的人会有这样的问题。巫启似乎也是第一次和他在意见上存在分歧。

"我不是让李董就此判定他们俩有罪，我只是希望你多留一个心眼，平时多关注一下这两个人的动向就好，看是不是有谁特地来套取你的话，又或者是有意无意地带走点什么东西。"巫启解释着说，她知道李旭晨一切以人性本善为出发点，但是商场上的事一来二去也就这点花招，她相信她自己的直觉。

"那我知道了，平时多留意吧，不过我还是始终相信他们不会做什么出卖公司的事情，希望是巫董您多虑了。"李旭晨再三地辩解也让巫启没了说下去的意思，她对李旭晨致以善意的微笑，也就作罢。

不过李旭晨的潜意识也记住了这两人，一个叫顾洛家庭需要帮助，一个叫夏江有经济危机也需要帮助。

回到技术部的李旭晨看到三两成群的技术员在讨论课题，于是跟着脑海里储存的头像，顺利定位到了顾洛和夏江，两人的确在很努力地做事，并无什么异样，李旭晨就更加断定自己的部下绝不会做出卖公司的事情。

而事实是当夏江拿到初步的产品设计图纸之后，赶忙趁着所有人不注意掏出手机拍了照片然后发去彩信，对方接收后，他又进行下一次的潜伏。

晚饭时间夏江在技术部吃着早上带过来的凉粥，李旭晨刚好经过他的位置特别注意到他的举止。

"夏江。"听到李旭晨叫自己他一下惊住了，生怕是因为自己的什么蛛丝马迹被发现自己不轨的行为。

"不要吃凉粥了，工作也要照顾好自己，我现在要去吃饭然后去见见岳董，一起吧。"李旭晨完全没有预兆的关心让他有点猝不及防，惭愧之余赶忙推脱。

"走吧，上司说的话你总得听。"李旭晨赶紧夺走他低头吃的冷粥，手放在他肩上一脸期待等他起身，他看李旭晨坚持便随着一起去了。李旭晨带他到了一家做上海菜的餐厅，因为在巫启给的资料上得知他是上海人，李旭晨心想吃家乡菜总会合他口味。

"李董你点吧，我什么都吃。"夏江看上去很是拘谨，看他面色也不太好，李旭晨也没有推脱，帮他点了几道比较滋补的菜，才把餐单递给了服务员。

"最近因为这个项目辛苦你了，你们也是跟着我们没日没夜的加班，等忙完这段时间我和财务部商量一下给你们适当的加薪，接下来的时间还是接着辛苦你了。"李旭晨的关心让夏江觉得很有负罪感，但是他一直不敢和李旭晨有过多的眼神交流，怕一个不留神就被自己给出卖了。

"李董，我们这些做员工的辛苦一点倒是正常的，倒是辛苦了你们这些做领导的。"李旭晨觉得夏江实诚，但是骨子里总透着一点自卑。

"在实验室没有谁是领导，我们都是在贡献，以后你也会成为了不起的科技人才，只要你在超越好好地努力，很快就不再是小员工了。"李旭晨想让他恢复些信心，于是刻意地说道。夏江听到这句话，总觉得心里不是滋味，他现在所做的事情若是败露了，肯定是连饭碗都会丢的，更不要说是升职了，比起这个来他的决心又开始有所动摇。

"我哪里敢奢望成为了不起的人，我现在自己都一身麻烦。"也许是因为李旭晨的坦诚相待，夏江也不自觉地暴露了自己的难处，李旭晨自然心里对他是有底的，也没有拆穿他什么。

"哦，你有难处大可说出来给我听听，我想我能帮到你一点，都是同一队的战友，你也不要对我抱有什么戒心。"李旭晨话语里的真诚一次次在击垮夏江的内心防线，他只是低着头沉默不语。

"如果是在钱上的问题我多少可以帮到你一点，至少可以帮你和财务部的打声招呼预支几个月的薪水是没有问题的，毕竟你现在所做的一切也是为了超越。"夏江远没想到李旭晨是这般的平易近人，若是在岳书翔找他之前就能知道李旭晨的性格，他也不至于走向这样一条路，内心煎熬让他没有办法正视李旭晨的帮助。

"谢谢了，李董，你今天这番话我会记在心里的。"夏江回绝了李旭晨的好意，李旭晨也没有再强人所难，只是觉得这孩子自尊心既然这么强就更不能是巫启嘴里那个可能会祸害超越的人，于是对他欣慰地笑了笑。

"多吃点吧，这里的老鸭汤是上海一个老师傅开的，我知道你是正宗的上海人，所以特地带你来的这里，这几天也辛苦你了。"李旭晨忙着给他碗里盛汤，越是这样他越是受之有愧。

"等一下你要不要和我去见见老岳董，就当作是看望病人就好，我好几天没过去看他，倒是有些想他了。"李旭晨对夏江发出邀请，既然是公司的董事长，夏江自然就不好拒绝，于是也就点头答应。

两人吃饭的过程很愉快，李旭晨完全没有一个总经理该有的架子，比起那天对自己挤眉弄眼的岳书翔，夏江觉得自己现在做的事简直就不是人干的。吃过饭后，两人如约到了医院，岳书成正在病床上读书。

"叔，你怎么又起来了。"李旭晨刚走进门口，就对着岳书成说道。

"我都快躺发霉了，你倒好，我这一坐起来看了会书，就被你抓个正着。"岳书成看着李旭晨的方向说道，看到他身边还站着一个生面孔，于是有些好奇是谁。

"董事长您好，我是技术部的员工夏江。"夏江第一次这么近距离地看到超越的 CEO 还是略微有些紧张，只是远远的打着招呼，也没敢擅自走过去，等李旭晨把带来的鲜花重新安插在花瓶里才随同李旭晨一起走过去。

"原来是技术部的人啊，我这个当董事长的在这个时候也没能过去看你们一眼也是觉得惭愧。"岳书成知道他们最近正忙着准备行业项目的比赛，一心想过去探望一下，但这身体总是不允许，夏江听到他这么说倒是觉得很亲切。

"岳董您好好养病，等身体好了来得及。"夏江寒暄地回道。

"叔，现在技术部哪有时间招待你，夏江刚才还在办公室吃着早晨带过来的冷粥，我自然是看不过眼才拉他出来吃饭，也就顺路和他一起过来见见你，等下回公司手里都还有活呢。"这些话李旭晨虽然是说给岳书成听的，但是夏江听着心里也难受，他们越是这般对自己友善，内心就越愧疚。

"夏江你过来。"岳书成招手叫着。

"董事长。"他毕恭毕敬地把手背在身后，也不敢多做什么小动作，只是这样轻声叫着，便觉得心里压抑得很。

"你们这样为超越，以后我绝不会亏待你们的，现在就稍微忍一忍，年轻人都不容易我知道。"岳书成以一个父亲的口吻在对一个小员工给予忠告，他的内心早已由纠结转化为愧疚再从愧疚变成自责。

"叔，你就别对夏江说教了，你平时对我和珊妮说说就好了。"李旭晨没好气地说道，他其实心里是怕伤了夏江的自尊心，一路上他就看出了他的自卑和不知道是什么样的思绪。说话总是压低嗓音，也不敢直视谁的眼睛，所以李旭晨也是倍加小心的处着。

"哈哈，老毛病了，见到超越的员工总会有这么多莫名其妙的亲切感，对了，最近珊妮这丫头也有两天没来了，她在财务部做得如何？"岳书成怕自己又多说话，于是画风一转，聊起了岳珊妮。

"上进得不得了，昨天和财务主管聊天还说起她呢，说她最近特别的积极，而且很多事情也都上手了，放心吧。"岳书成听着也是满意地点了点头。两人又聊了半个小时的琐碎事，才把一些话题结束。

"你们回去吧，技术部那边想必还有很多事情要做。"岳书成催促着，李旭晨也起身。

"夏江，你好好做，有时间了也可以来这里看看我这个老人家。"岳书成眼里满满的都是关切，夏江只是点了点头应了声是。

回公司的路上李旭晨还时不时提醒他有什么需要尽管开口，不要把自己当外人之类的话，总之这一路下来对于心里藏着事的他，都是一种煎熬。

屁股还没坐热，夏江的手机里就收到了常磊的短信。

"今天还没汇报，在等，速回。"看到这条消息，他恨不得把它给屏蔽，然后打电话回去甩手不干了，但心里又放不下那些贷款，于是把笔拍在了桌上，有些负气地走到走廊点起了一根烟，烟雾弥漫着他的双眼，就像他现在理不清的思绪一样，一边是道义一边是金钱。

这时候的李旭晨从办公室出来，手里拿着什么东西，直到走到夏江面前才停住了脚步。

"这是5万元的支票，手头紧先拿去应付一下吧。"夏江看到他给自己递过来的支票瞬间傻了眼，也不知道该说些什么，也不知道该是什么心情来面对眼前的这一切。他推开李旭晨的手，没有接也不敢接。

"私人借你，与公司无关，拿着吧，谁都有难处的时候。"李旭晨还是坚持递过去给他，他愣是半天也没说上话。

"谢谢李董。"不好意思就这么僵着的局面还是被夏江的接受打破了，李旭晨只是这样陪他站着，也没再说什么。

"李董，你怎么看诱惑这件事。"这是夏江第一次主动和李旭晨说话，李旭晨还以为是自己的真诚打动他，让他在自己面前不需要再伪装了。于是思考了片刻才回答。

"诱惑有利有弊，你说就像金钱，对所有人都有诱惑力，当然包括我，但是君子爱财，取之有道。"李旭晨无心的回答字字戳中夏江心口，仿佛就是在说自己鬼迷心窍一般。他把烟头扔在脚下，踩灭了。然后转身看向李旭晨，眼里满是说不出的纠结，当正准备狠狠心说出事实真相的时候，杨文过来把李旭晨拉走了。

夏江停在原地久久也说不出一句话，他看着手上那5万元的支票，再看看手机里的短信，内心折磨了好久，终于拨通了短信那边的电话。

"喂，您好。"夏江并不知道如何称呼电话那头的人，先是客气地打了声招呼，常磊本和他是信息来往，突然打通的电话也是让他大为惊讶，于是在接通之后，也没说话，直到听到了夏江的声音。

"嗯，你好。"常磊先是试探性地回答。

"是岳总派我和你联系的那个人吗？"夏江不知道对方的底细，也不敢多透露消息。

"嗯，有新状况？"确认了对方的身份之后，常磊才放下心来问道。

"想约你出来一见，有重要的事情要说，短信不方便，您看是你约地方还是我约。"常磊满心疑惑，还有电话里说不清的事，毕竟现在项目才开始没多久，理应不会有大的成果才对，不过对方既然这么要求了，他也只好应允。

"地址通过定位发给你，我穿白色毛衣，黑色西裤加皮鞋，手上戴着表，先过去等你。"常磊说道。

"好，我现在过去。"夏江还是决定不收这个钱，哪怕是被高利贷追杀也好，虽说服不了自己的良心，但是想到那天岳书翔的语气和神态，他也不免感到害怕，怕是他们那边没有那么容易就放过自己，不过图片也只是发了初步的设计稿，夏江决定先把岳书翔那边摆平，再回来向李旭晨自首，毕竟自己种下的恶果理应责任由自己承担。

夏江坐在车上看着超越所在的科技城，觉得这个城市的繁华简直在一点点把自己给吞噬，当初就是因为太想做出成就好在这样的地方立足，才会一点点的变成一个嗜赌成性的人，似乎只有这样才会有出头的一天，但经过和李旭晨的相处后发现，原来人不一定要多有钱，只是心怀正义，便能说自己想说的话，做自己想做的事。车子就这样随着他的思路一路驶向目的地，夏江下车的时候还是有点瑟瑟发抖。

一直低头寻找穿着白色毛衣，黑色西裤还有皮鞋的人，但突然间被一个熟悉的面孔给深深地吸引，那不就是人事部老总常磊吗？刚心想为何在这个地方这么巧遇上他，但细看他的穿着，和自己找寻的人一模一样，夏江才第一次认识他，他们是蛇鼠一窝。

看到远处站着的男人正在打量着自己，常磊猜测可能是岳书翔说的技术员，于是也向他招了招手。

"常总？"夏江试探性地叫道，知道对方认出了自己，常磊也就不再掩饰什么。

"嗯。你就是岳总说的那个技术员？"常磊确认道。

"是的，叫我夏江吧。"这时候夏江的额头已经渗出了冷汗，就像是自己无缘无故在分岔路选择了错误的人生一样，他感到迷茫的同时也由此心生害怕，毕竟他是个没多少工作经验的新人，对于商场上的强强联手顶风作案还是觉得很是恐怖。常磊细看他的表现，总觉得这个人难成大器，先不说没有一般人的从容淡定，就是自己什么都还没说，已是吓得冷汗连连。

"什么事说吧。"常磊的语气并不好，先是不看好此人，接着对他也就不想再抱任何希望了。

"我这次是……想说……让你帮我转达一些话给……岳总。"这一句简单的话他就结结巴巴地说了好几十秒，常磊也是大开眼界，觉得岳书翔简直是拿自己的生命在开玩笑，找来这么一个一看便是胆小如鼠的人，气就不打一处来。

"说吧说吧，和我说就是和岳总说，都不知道你紧张什么？"常磊像训斥下属一般大声嚷嚷着，他一想到自己和这种人合作，就觉得无形中是在害了自己，别说是绊倒李旭晨了，就是对付岳珊妮这种少不更事的小女生都不容易。夏江看到常磊不明所以的怒了，更是不知道自己做错了什么。

"你看着我干吗？"常磊突然吼道。夏江试图平静的内心又起波澜，但他想着自己横竖都是死，说出来心里也痛快，于是暗示自己深呼吸，咬了咬牙。

"常总，我今天来的目的是想让你转告岳总，他拜托我的事我这边做不了，你也看到我这种性格天生软弱，被别人一吓唬就什么事都说出来了，我怕碍着你们的大事。而且我也不想发什么财了，我只求能在超越高科做一个普普通通的小员工，拿着万把块钱的工资就够养活我自己了，至于岳总帮我给高利贷的三万块钱这里是全部，李董给的。我不能辜负他，也没办法说服自己做违背良心的事情。对不起，希望你们大人不记小人过放我一马。"夏江把话一溜烟地说完，没有停顿没有喘气，但整个人好像都轻松了。

"你是来逗我的吗？"常磊怒目相向，只说了这么一句，夏江便迅速逃离他的眼神，像是怕自己的心事被他看穿一般。

"常总，我知道我出尔反尔不对，可是也总比耽误你们的计划要强吧，请原谅我，我真的说服不了我自己。你们要怎么样只管说吧。"夏江也是破罐子破摔。

"你觉得你身上有什么值得我去利用的东西？岳总是瞎了眼会看上你，我可没瞎，不过我看你说做就做、说不做就不做，是不把岳总放在眼里吧。"常磊盘起手，一副逼问的姿势，他觉得现在自己的心情像是被捉弄了一般，恼怒不已。但又实在无处发泄，所以这些火气也只能一点点往夏江身上点。

"常总你也看到我还是想做好这件事的，我之前给你发了一张初步的设计图，但后来因为李董的缘故我才觉得我做不了这样的事，我也是怕事情败露害了你，我才决定趁早回头的。"常磊听着他反反复复地说着同样的话，都觉得听觉疲劳。

"这件事还是要交给岳总处理，我拿不了主意，不过你放心，我一看到你这样的性格我就望而却步，你这样的人对我完全没有任何价值，我帮你约见岳总出来详谈吧。"常磊说着想要拨通电话，夏江一看脸色都苍白了。

"常总，求求你们放过我吧，我就当从来没见过你们，也从来没听过这件事。"夏江无力可施，只得出苦肉计，但常磊转念一想，又萌生了一个新的念头。

"常总……"夏江低声地叫道，眼神里的畏惧丝毫没有消散，常磊觉得自己这个主意最关键的一个因素是不能让夏江和岳书翔碰上，不然两人各说各话阴谋就败露了，于是常磊恢复一贯的笑脸，决定先搞定夏江。

"我可以帮到你。"常磊假装正经地说。夏江一听到有这样的好事，马上激动起来。

"常总您请说，只要能帮我全身而退让我做什么都行。"常磊听到夏江这句话，皮笑肉不笑。

"你可以全身而退，前提是得在技术部等我再找一个人代替你，但是这件事不能让岳总知道，这是我和你之间的秘密，你从此以后只要闭紧嘴巴，让岳总觉得你还在和我合作就好了，剩下的事我来处理，你以后也不要再私见我和岳总就好，如果这个你能做得到，我才能帮，否则岳总的手腕那可是让你痛不欲生的。"常磊自己的小算盘打的透彻，这一招他连自己都佩服，虽然伤不了李旭晨毫毛但是能绊倒岳书翔总比这次和他一起玩完要来的好，夏江听到这样交易始终觉得没什么不好，只是瞒着岳书翔而已，并不会损害自己的利益。

"常总你放心，我一定可以做到，谢谢常总能够放我一马，以后我夏江当牛做马都会报答您今日的放过之恩。"常磊越看他这懦弱样就越是生气，选来这么一个人一看就是有意将自己陷入危险，既然他岳书翔不仁，就不要怪我常磊不义。

"记住今天我和你说的话，如果哪天岳总知道了十个常磊都救不了你。"常磊再次提醒，怕他这副样子会给自己带来什么祸害。

"我知道了常总，谢谢常总。"夏江一个劲地道谢让常磊很是反感，于是他拿起外套头也不回地走了。

常磊在车里谋划着接下来的一切，下面的这场战争就是真正属于他和岳书翔之间的了，无关李旭晨任何人。可以说对于岳书翔的心思他常磊是最熟悉的人，跟着他当牛做马这么多年，他的手腕如何自己最清楚，他最擅长的就是和这种肮脏的事情摆脱干系，然后全部抛到自己身上来，这些年可以说是帮他背了不少黑锅，这一次怎么都要步步为营，出了这口恶气的同时，也要让岳书翔摔得永远都不能翻身。

夏江呆坐在餐厅，好一会才反应过来刚才自己都做了什么说了什么话，好像常磊看着似乎是放过了自己，但是他心里又有什么小计谋，夏江毕竟还是一个向善的人，总觉得李旭晨给自己的 5 万元就像是一个偌大的恩情，若是不报怕是一辈子都要怀着这些肮脏的事不能入寐，夏江在不断做思想斗争，是否应该把自己所做的事情对他全盘倒出，也好给他留个心眼，不然像常磊和岳书翔这样的人暗自放箭，再找到一个人顶替自己没完成的事，那李旭晨自然也是没有好果子吃的。

回到公司的夏江看到桌上放着一盒热腾腾的外卖，戳了戳身边的同事。

"这是谁放的？"夏江问道。

"李董啊，李董怕我们没有按时吃饭，吩咐岳小姐买的。你这个他还特地留给你，说是不加葱。"夏江本来犹豫的内心，又一次被李旭晨的细致和关怀打败了，他还是决定全盘托出，至少还能求个从轻发落。于是他放下手里的外卖去李旭晨的位置。

"李董，我有事情和你说。你能出去一下吗？"夏江支支吾吾的半天才把这句话说完整，本来和杨文在谈论设计的李旭晨立刻起身和他走到长廊。

"怎么了？一副心神不宁的样子。"李旭晨最擅长的就是察言观色，看到夏江这个样子，他不免也有些担心。

"李董，接下来我要说的话，我先深表歉意，希望你能大人不计小人过原谅我，如果无法得到你的原谅我也觉得可以理解，毕竟我做了这样的事就不配奢求获取什么原谅。"李旭晨听着倒是满头雾水，他这才出去一个中午怎么回来就完全变脸了。

"哪有这么严重的事，说吧，我保证不介意。"李旭晨先是安抚了他的情绪，夏江还是缓了一会才开口，将所有事情和盘托出。夏江说出口，觉得简直是如获新生，原来做不了坏人的人依旧是过不了良心这一关。他偷偷地看着李旭晨等着他的风暴来临，可是李旭晨一句话都没有说。

"李董，你是打算辞退我了吗？"夏江问道，即使这样做也无可厚非，但是他心里总还是希望能得到原谅。

"不，这件事怪不得你，岳书翔要害超越也是预料中的事，之前巫董提醒过我你有作案的背景，但是我并不相信，即使你真的这么做了，但我现在依旧感激你对我说出实情。我之前就是知道你有贷款的背景，所以那五万元支票也是给你的救助，这些我也没有坦诚地告诉你。你今天既然是悬崖勒马，我李旭晨也不会计较你的过失，但是我现在给你重新委派一个任务，你注意观察里面的那些人，说不定还会有另一个人充当你的角色，我知道你今天的坦白就不会再犯第二次。如果有困难你还是可以跟我开口，希望你现在是真的开始一心为超越。"李旭晨说得很是真诚，这么久以来他从岳珊妮和岳书成那里学到的最多的就是得饶人处且饶人，况且是一匹回头马。夏江心里自然有着说不出的感激，不仅获得了特赦和帮助还有委托和信任，他不知道自己是何德何能能有这样的信任。

"李董你放心，这件事情我一定为你办好，谢谢你给了我重生的机会，我夏江无以为报。"说着他对李旭晨深鞠躬。李旭晨赶紧上前搀扶。

"算了，过去的事就过去吧，现在都是一心为了项目不是么？好好把心思收回来不要被这件事影响，这两个人在外面做的事自然有天收，我们十几个人的团队难道还怕这两人不成，他岳书翔既然对超越不依不饶，我想我也要开始绝地反击了。"李旭晨一只手搭在夏江的肩上说着，心里也暗下决心绝不能再给这个小人得逞，现在超越能够辉煌的一天就是对他最大的折磨，即便他如此处心积虑找来的人最后还是投奔超越而背叛了他，想必再找一个心腹也很难吧。况且常磊和岳书翔之间的心思他也明白一二，早晚这些人还是会死在自己的妒忌和猜疑中，抑或是死在那些同盟者的口蜜腹剑里。

李旭晨看着那些为着自己也为了超越而在埋头工作的人，他想这应该就是善与恶最大的不同吧。

第四十章　各怀鬼胎

常磊自从支走了夏江，就一直步步为营，没敢主动去联系岳书翔，一直在思考一个万全之策去对付岳书翔。岳书翔见他这么久没有联系自己，心里也慢慢有所怀疑，不知道这两个人到底有没有在做事。所以当岳书翔再次拨通常磊电话的时候一个是喜一个是怒。

"岳总。"常磊礼貌地叫道。

"你有在做事情吗？这么多天一点音讯都没有？"岳书翔尽量控制住自己的脾气。

"我这不是怕岳总不方便吗？我可不敢擅自联系您，怕把你陷入难处、身处危机不是？"常磊有意无意地讽刺他也不知道岳书翔是不是听得出。

"别耍嘴皮子了，老地方见。"说完便草草挂了电话，也没等常磊回应。还真把自己当作上帝，全世界都要围着你转呢，常磊心里想到。他思前想后这么多天，还是觉得自己上次想的方法是最面面俱到的，既有钱入口袋，又能狠狠地打击岳书翔一把，他也不再做过多考量，就决定用这个方法去对付这个老狐狸。

岳书翔像是躲避了这阵子的风头，穿着没有以前那么神秘了，而是落落大方的夹克把脸都露出来，常磊觉得他应该是在超越那边的风头过了。

"岳总来得这么快啊。"常磊虽然一口一个岳总的叫道，但是心里恨不得直接对他冷言冷语。

"嗯，资料呢？"常磊自然知道岳书翔指的是那些设计图稿和技术理念。他事先委托其他的光电子企业根据上次的初步图伪造了一些图稿交给岳书翔，技术理念当然也是一并伪造了，他就是怕岳书翔看出什么端倪，所以迟迟都在修改当中。岳书翔看着也是一个门外汉，草草翻过一遍就把资料传给了他对接的公司。

"岳总能否告诉我对接的公司名称？这样我心里也好有个底。"常磊第二次问这个问题的时候岳书翔就更是不高兴了，他总觉得常磊肚子里藏着什么坏水，也不知道是不是要截了自己的生意。

"这个你不必知道，只要负责收图纸就行。"岳书翔毫不留情地拒绝也是让常磊感到难堪，这时候他无意间看到岳书翔手机里的短信息，似乎是'远洋'两个字，他心里默念着这个名字，如果真是他所看见呢，那上天也是恰好在眷顾他。

"对方怎么说？"常磊看到岳书翔眉头紧皱，以为是被识破了，心提到嗓子眼弱弱地问。

"他们说这个技术图不大成熟，应该是超越那边的备稿，让我再去好好打探一下。"岳书翔有点想不通，常磊赶忙解释。

"应该是这样，因为那个人发信息是告诉我有一份优选方案在李旭晨办公室他没法给我拍到，所以先发他们自己手上的另外一份，至于好的方案拿到就给我发。"这个解释虽然打消了岳书翔的疑虑，但也让他极度的不悦。

"我们这是抄袭不是参考资料，麻烦你以后长点心，不要什么垃圾都往这里丢，我没那么多时间陪你们耗。"岳书翔越说越是恼火。常磊决心明天用大价格去其他好的公司买一份优质设计图纸。

"岳总说的是，我当时也说他了，但是听说李旭晨那边一直没什么新思路，所以就一直没什么料给我，只要他们那边有了新的想法我会第一时间告诉你的。"常磊赶忙安慰，他就怕岳书翔起了什么疑心。

"这也不奇怪，毕竟他阔别这一行整整七个年头，再回来虽然挂的是CTO的名，也没有真正地做一个技术师该做的事，看来是把钝掉的刀，还需要磨炼啊。"常磊听到岳书翔正在帮自己自圆其说不免觉得有些好笑，本来自己都还没反应过来的理由，竟然被他说得像是真的一样。

　　"是啊，李旭晨其实也没什么墨水，再让他拿出点什么东西来我看也难，想必这次也只是重在参与，岳总您放宽心吧。"常磊打着幌子，不过岳书翔这样的想法也是极好，这样自己就不需要再去找那么多技术精良的人去草拟一份假的报告给他了。

　　"还是不能掉以轻心，你继续接应吧，看他那样子应该还是有两下子的，他的方案要是好那边出的价格也会高一些，我倒是希望他不要让我失望。"岳书翔也觉得自己矛盾。常磊觉得无论李旭晨好或是不好他都是要倒大霉的角色，于是也只是淡淡的微笑不做回应。

　　"对了，上次那小子你多督促着他点，他也是欠了一屁股的债务，如果继续这样下去你就适当的提醒他那点钱的事。"常磊听到这个就来气，挑了这么一个胆小如鼠的人来做什么奸细，简直是不自量力。

　　"岳总，我看那小子胆子有点小，不知道您是怎么挑选的这么一个人，十几个人的团队呢，您怎么不挑一个敢做敢当的呢？"常磊试探地问道，岳书翔一听这话摆明了是对自己的质疑，也立刻火了起来。

　　"你以为你这个蠢货被剔除出超越之后有这么容易找奸细吗？背景清白的人谁会愿意冒这个险，他这个若是不欠债我也难保能说服，现在是让你拿消息，不是让你去上擂台打比赛，有什么你就做，不要总是给我说三道四的。"常磊听到岳书翔这话大抵也猜到他是黔驴技穷了，常磊这么想道，便更加坚定自己要继续实施反捕计划。

　　"岳总说的是，是我目光短浅，下次我不问便是。"常磊又恢复了一贯的好声好气。岳书翔也没给他好脸色，只是白了他一眼，然后没有什么好脾气的喃喃自语着什么。

"抓点紧吧，眼看快到项目演讲了，怎么说他们那边也有风吹草动了，若是一直这么拖拖拉拉，我也很难向我的上面交代。"说完岳书翔就紧皱着眉头离开了。

常磊寻思这次自己的这个算盘还是有很多障碍要去清扫，过程一定要做得漂亮，毕竟岳书翔这个老狐狸也不是这么容易对付的。他的脑回路在快速地转动，很快他就想到了一个人——超越前 CTO。常磊摸着下巴，像是发现新大陆一般，这个自己多年未见的好友，看来是时候月初来小聚了，于是他翻阅着自己的电话簿，对方接起的那一刻，常磊觉得他赢得了全世界。

常磊最后一次听到李强的消息，还是上次发布会的时候，听说是现场故意刁难了李旭晨，然后被巫启出手化解了。这个超越的前 CTO 因为在技术上出现纰漏在临走的时候还带走了好几个员工一起跳槽，现在在前锋科技做销售经理，而不再继续从事技术行业，但是他的才华还是很少有人能比拟的，常磊决定这次蒙骗过关的设计图纸就委托他来做，一来自己和他有交情，二来他和自己一样记恨岳书翔。

"是李强吗？"常磊故意纠正了一下自己的音色，见到多年未见的老朋友，人都是希望把自己的好展现得淋漓尽致。

"磊哥，是我。"李强的回答让常磊很是开心，这么多年没联系，他还真怕这个时候联系不上呢。

"可算是找着你这个家伙了，近来怎么样，还是在前锋科技吗？"没有直截了当地说明自己打这个电话的意图。

"对啊，磊哥，这么久没见，择日不如撞日，我来定地方出来小聚一下如何？"李强提议道，常磊自然是开心，对方能先主动。

"那好，地址一到，人就到。"常磊说完便面带笑意地把电话挂了。李强也是个急性子，当即就发来了地址，常磊二话没说急踩油门一溜烟就到了。

两个老友相见一开始的寒暄自然是必不可少，李强一站在常磊面前，两人先是来了一个大大的拥抱，然后各自面露微笑地请对方就座。

"李强啊李强，你这个大忙人去了前锋科技之后也算是彻底忘了我这个超越高科的老大哥啊。照理说以我俩的情谊怎么会现在才见面。"常磊先是和对方套近乎，李强听闻常磊这么一说也觉得不怎么好意思，想起自己以前在超越高科的时候一直和常磊称兄道弟，后来两人各侍其主，怕是立场尴尬，也就再也没见过了。

"磊哥你也别见怪，这销售经理可不比 CTO 轻松到哪里去，而且我在销售行业也算是半个新人，一步步爬哪有这么容易，这不你一叫我，我随传随到吗？"李强也是个明白人，不该说的话他也没多说，找了一个合情合理的理由也就能对付过去了。

"是，我自然知道兄弟你情谊重。不然我也不会有困难了，第一时间想到你啊。"常磊开始切入正题，现在能留给他的时间也不多了。

"磊哥这是有了难处？"李强顺着常磊的话往下问道。

"我也就不遮遮掩掩了，是这样的，你应该也知道近来光电子产业协会举办了一个高新科技比赛，我想让你帮我草拟一份高质量的技术方案。"常磊说道。

"这个超越不是有 CTO 在做吗？而且我多少也听说了磊哥已经不在超越做了。"李强自然是有疑问的。

"强啊，你就不要问这些了，你也知道我和岳书成是什么关系，和超越是什么关系，和你又是什么关系。我自然有我的用处，这个忙你就说帮不帮就可以了。"常磊打起了感情牌一般人都吃他那一套，况且一个好的技术方案对于李强来说根本不是什么难事。

"成吧，磊哥，我就把我之前没来得及出手的技术方案给您，这些同行若是拿到手估计这次比赛拿奖都没问题。"听到李强这么一说，常磊如获至宝，高兴得不知道该怎么形容。

"强，你放心，作为答谢我把我手上超越高科目标客户给到你。"这些资料

428

是先前常磊还在超越的时候岳书翔让自己要的，后来除了游说经销商退货，其他的资料也没派上用场，这次给了李强，也就不枉费自己之前白忙了一场。

"那真的是要千万般感谢磊哥了，这么多年就属你情谊重。"两人拿着各自手上的废纸物物交换变成瑰宝，自然都高兴得不得了。

"兄弟不言谢，不过我想尽快拿到技术方案，你也知道比赛就在眼前了。"常磊实则是担心岳书翔那边催的急，于是这样说道。

"我等下回去邮件发你，磊哥交代的事我一定办得妥妥帖帖。"李强承诺道。

"果然是好兄弟。"两人又各种寒暄了一会儿，才相互道别。

回到家没多久，邮箱里就躺着李强发来的技术方案，接下来的问题就是如何在比赛之前让岳书翔花高价买下这个方案了。常磊思前想后，决定先扣留着这份东西，等岳书翔火烧眉毛的时候，他自然会着急，那时候再来个趁火打劫正好。

果然日子一天天过去，岳书翔电话一天比一天打的勤，到离比赛只有前三天的时候，岳书翔是彻底火了。凌晨四点多，岳书翔的电话就拨给常磊，估计是因为着急，一宿没睡好。

"你和技术部那小子把东西都备齐了吗？"常磊一听就听出了岳书翔的急躁不安。

"岳总不如出来面谈，我有重要的事要和您商量。"常磊已经做好了撕破脸的准备，决定要让岳书翔一手交钱一手交货。

"嗯。老地方见。"常磊希望这是他和岳书翔的最后一次见面，等钱一到手，他就去国外生活，好在他现在一人无牵无挂。

"看来你今天倒是很积极。"岳书翔拉起座椅的时候对着常磊调侃。

"岳总不也是？现在我这电话一响起，不看便知道是您。"常磊也没嘴下留情。

"东西呢？"岳书翔也懒得和常磊逗口舌之快。

"岳总，我今天出来就是想和你说这事，李旭晨那边的技术方案我已经全部拿到手了，包括图纸、设计、核心方案、演讲稿。但这一次我有一个要求，我要一手交钱一手交方案。"常磊这个要求提出来的时候确实让岳书翔有点火，不过岳书翔倒是要看看常磊有什么资格和他谈条件。

"哦？你这是打算此事之后就永远不和我合作了？"岳书翔知道常磊倚靠着自己像寄生虫一样生活，所以吃定他这个弱点。

"是的，岳总，我已经另有打算了。"常磊的回答倒是让岳书翔大为惊讶，走了一个刘成，现在又要走一个常磊，他这个超越前总经理现在倒是没人放在眼里了。

"若是不答应呢？"岳书翔问道。

"您若是不答应，我就把这份资料卖给其他需要的公司，我想应该不仅仅是您手上的公司想要借用超越的设计吧。况且岳总，所有的进度都是我在跟进，风险也都是我这边承担，我没有什么理由大公无私地把方案给你，却不知什么时候才能拿到我应得的。"常磊这已经是撕破脸的节奏了，岳书翔见他这次当了回明白人，竟然只能苦笑。

"常磊啊常磊，没想到你还有这一手，佩服佩服。"岳书翔佯装在给常磊鼓掌，常磊觉得他算计了一辈子人，最后还是被自己算计，这应该就是传说中的"螳螂捕蝉黄雀在后"。

"岳总你要是答应，就把钱打到这个账户上，钱到文件就到，现在离各公司的演讲日也只有三天不到的时间了，你好好考虑吧。"常磊就是吃定他着急。

"我怎么知道你有没有讹我？"岳书翔回复。

"我人就在这里，钱到了方案给你，你先问过你的搭档，我再走。技术的东西你不懂我不懂，行内人还不懂吗？岳总就不要浪费彼此的时间了吧。"看到常磊这个先声夺人的样子，岳书翔竟然一点办法都没有。

岳书翔拿出手机，给他的理财经理拨通电话。

"等下我发个账号给你，你往里面汇我之前交代给你的数额。"常磊听到岳书翔打的这通电话，舒了口气。

"岳总还是一如我刚开始追随的那般果断。"常磊看着岳书翔说，他这才发现自己原来已经在岳书翔身边任劳任怨这么多年了，现在倒是落的被超越扫地出门的下场。

"废话不多说，既然你想借这次机会了断你我的情义，那从今往后我们也就没什么可说的了，你另寻高就吧。"岳书翔很决绝，他情愿再培养一个人，也不会再用一个叛徒了。

这时候常磊的国外账户来了消息，告知钱已到账，他嘴角轻扬，这一次所有的黑吃黑都是自己精心安排的，能这么顺利也自然证明他常磊是有能力的人。

"岳总，这是你要的东西。"常磊把准备好的文件拿给岳书翔，他依旧照上次的模样翻了翻，觉得无异。接着拿出手机完整的拍了照片传给对方，这次常磊倒是没有上次的担心了。他不觉得李强在超越做了这么多年的CTO会比李旭晨差到哪里去。事实也真如他所料，岳书翔在接到对方的来信后，表情并无任何异样。

"看来你是已经放下和超越那边的恩怨纠葛了。"岳书翔把事情办妥之后和常磊闲聊起来，他一直重用常磊最重要的原因是因为常磊和自己一样对岳书成有恨，后来又多了一致的敌人李旭晨，现在看他这样的苗头像是打算甩手走人的架势，不然常磊应该清楚他今天摆自己一道，等行业协会的竞赛完事之后，自己一定不会放过他的。

"我打算用我的方式去对付他们两人，不过我现在也是泥菩萨过江自身难保。"常磊这么说其实是打着幌子，他这次首先要对付的人就是坐在对面的岳书翔，想必行业协会竞赛那天之后，他合作的企业也不会轻易放过他。

"哼，好自为之吧。"岳书翔拿到他想要的东西之后也不多做逗留，留下一句话就走了。

常磊倒是不急，对他来说岳书翔的厄运才刚刚开始，这么多年的隐忍谁输谁赢很快就见分晓。

李旭晨那边一切也已经进入了倒计时，但是他们对于自己的项目还有一些小的不满。

"文、晨，我觉得现在我们做到这个程度，我敢说一定是能进入前三甲的了，你们就不必过分吹毛求疵难为自己了，还剩下两天时间我们应该去好好地放松一下。"John提议道，他怎么说也是德国技术那边的最高负责人，在他的圈子里，他已经是出了名的苛刻挑剔，没想到这次棋逢对手，遇到了李旭晨和杨文两个更加变态的人，对所有东西都要求达到极致，哪怕是在已经接近完美的东西面前。

"虽然说瑕不掩瑜，但知道有这么一个小缺口在我就看不过去，你们都先回去休息吧，之后的事情就不用担心了。"李旭晨对着所有人说。

"是啊，样品也出来了，大家都是几天没合眼的，都回家好好地吃一顿补觉，我在这里陪着晨就可以了。"这套说辞已经是所有技术员第三次听到了，领班的人不愿意走，他们这些当手下的又怎么能先行离去，最终的结果还是所有人留下来想一个无关紧要的技术小瑕疵。

"我突然有一个灵感。"杨文对着李旭晨说。

"什么？"李旭晨问道。

"你说这个问题会不会出现在我们使用的原材料上，若是我们换一种性质相同的金属，能不能避免这个问题。"杨文这么一说，倒像是给李旭晨提了个醒，两人默契的什么话也没说直接向仓库走去。翻箱倒柜好一阵子才找到两人一致认同的替代品，仓库里来来往往的人看着这两个技术疯子都投去了一种难以理解的目光。

他们前脚刚走，原材料的看管员嘴里就念念有词地骂道："搞得乱七八糟……乱七八糟……"

重新回到办公室之后，所有人都看着他们两个亲手把要展示的样品拆了，那是他们十几个人一人一点做了几天才出来的成果。

"我的天啊。"John 在一边扶额不忍直视，他现在已经完全无法控制这两人疯狂的举动了。

李旭晨和杨文换上他们觉得对的原材料之后，又用很快的速度安装好，所有技术员都为之震惊，他们看过一遍构造就全都记在脑里，这简直要用不可思议来形容。

"你试试？"李旭晨递给杨文，他怕结果还是如出一辙，这样真的能逼死他的完美主义，杨文也甩手推脱，他可不敢亲眼见证这个时刻。两个大男人一来一回，John 实在看不过眼了。

"不就是接个电源，我来。"说完 John 接过李旭晨手上的样品，然后小心翼翼地走到电源旁边，所有人都屏住呼吸，提着嗓子。就在他把插头插上后，突然一阵欢呼雀跃响彻超越高科的大楼，李旭晨和杨文四目相对，这才是他们坚持的创新科技精神。

"太不可思议了，我完全没抱希望。"John 说道，若不是亲自参与李旭晨和杨文的研究，他对这两人还不会有这么深刻的认识。

"这就是我工作时候一直和你提起晨的原因，他既是一个管理的全才又是一个技术疯子。"杨文重重地拍着李旭晨的胸脯，李旭晨捧场地做了一个吐血的动作。

"我们两个也是半斤八两，要是没有你这个不讲究的搭档，也惯不出我这身毛病。"李旭晨虽然嘴上这么说，但是心里却对这个兄弟有着无限的感激。

"这下我们可以下班了吗？李董！"John 没好气地问道，他们已经在这暗无天日的实验室里度过了十几天了。

"这是当然，不过我有个提议，大家今天提早下班，回去各自补觉之后我们明天举办一个小型的户外烧烤，后天就能正式上战场了，我把岳董请去和我们一起开心一番如何。"听到这个决定所有人都欢呼起来。

"那就辛苦各位了。"这一次所有人才敢安然离去。

第四十一章　一片祥和

烧烤园里已是欢声笑语，除了技术部的同事，李旭晨也请来一些市场部的人，他也不知道自己什么时候在市场部也深得人心了。实验忙完之后再回到办公室所有人对他的态度都有了明显的好转，而且部门的面貌和工作效率也彻底颠覆了他第一次去时的印象。

"巫董，多谢你能来捧场，我还真怕你没原谅我不来了呢。"李旭晨说的是上次自己主动去做技术员背景调查的事，巫启自然心知肚明，但是她也不是什么心胸狭隘之人。

"李董有什么事是需要我原谅的吗？我记得我们两个人的相处一直很愉快才是。"巫启说完，李旭晨也跟着笑了起来。

"果然人还是记性差点好。"李旭晨调皮地回答让巫启忍俊不禁。

"李董这次是提前开的庆功宴吗？我看技术部和市场部的人都来齐了，看来是已经胜券在握了。"巫启说着，还报以恭喜的姿势。

"巫董别误会，不是什么庆功宴，只是技术部辛苦了这么多天，日日在实验室里奋斗，现在有了成果自然要带他们出来放松一下。我做事从来都不太过于在意结果，只要尽了全力就行了。"李旭晨这个想法还真是让巫启耳目一新，在这个只注重结果的时代，还是有问过程的人。

"我就等着明天去现场看李董你的表现呢，上次在发布会上你的风采我是见识过了。"提起上次发布会，也是因为巫启的解围自己才不会被说的下不来台，李旭晨听说她要来心里的底气又足了一点。

"你能去我真是欢迎都来不及呢。"李旭晨礼貌地回应，突然间李旭晨又想到了什么话说，于是他顿了顿，继续开口道，"巫董，还记得上次你帮我做背景调查吗？事实真如你所预料，岳书翔找了他们两个人其中一个来盗取资料。"李旭晨说完巫启十分惊讶地看着他。

"那你怎么还能这么安心的站在这里？岳书翔拿到你的技术肯定不会就此善罢甘休啊。"李旭晨见巫启说得比自己还要激动，于是忙着安抚。

"李董，他找的那个人叫夏江，就是穿着红色马甲那个小伙子。因为上次你说他炒期货欠了高利贷，所以我就给了他一张5万元的支票想要帮他，也许是因为这件事他觉得感动也有愧于我，于是他就去找常磊摊牌说他不干了，后来他才把事实真相告诉我，说是只拿了一张初步的手稿，这倒是不碍事。"李旭晨说完，喝了口酒，看上去没什么表情。

"李董，你的心是真的大，这样的人你还敢留在身边，谁知道这是不是苦肉计，况且你怎么确定就只有他一个人被岳书翔收买了。"巫启担心地问。

"谢谢巫董的关心，起初我听到他说他被岳书翔收买了，我也想过把他辞退，可是这小伙子拼命向我保证他以后绝对不会做这样的事情，于是我才把他留下来的。"李旭晨说着，轻叹一声。

"他说了你就相信了？"巫启满脸写着疑惑。

"其实，最主要的原因不是他的保证，而是我自己的私心。你也知道我曾经是一个做错过事情的人，因为年轻时候的鲁莽和冲动，也整整花了七年的时间去调整，但最后我还是得到了你们所有人的原谅。所以我宁愿相信他改过了，我也不想亲手去毁掉一个真心知错的人。"李旭晨意味深长地说道，巫启是知道李旭晨过去的人，她又怎么会不知道李旭晨说的是什么事，倒是巫启从进入商场开始就一直经历了尔虞我诈，现在又怎么敢轻言相信一个人。

"李董，我觉得这件事情上你还是疏忽了，俗话说一次不忠百次不用，也许明天你就知道这句话最深层的含义了。"巫启继续说着。

"巫董，我也明白你的心思，我以前和你的想法完全相同，但是自从跟着叔，我也好像被他传染了一样，做事总是留有情面，即便知道是不可能挽回的人，还是想着再多给他一次机会。明天过后自有真知吧，我依旧相信夏江是真的悔过，毕竟眼神出卖不了人。"李旭晨说完看着巫启，巫启此刻也是看着李旭晨的眼神，那般的坦诚和深邃。虽然自己并不赞同他所谓的观点，但为他的魅力所倾倒。

"李董按照自己的想法来吧，我也只是提个醒，不说这些不开心的事了，提前预祝你成功。"巫启敬了李旭晨一杯，才面带微笑的又和他有一搭没一搭地聊着。

来到光电子展会的会所已经是齐聚各路的媒体和各家公司的代表，在提交的八十八份参赛申请书的公司里，只有 10 家进入了最终的总决赛。所有参赛人员都是用一个类似黑匣子的东西装着自己的技术成果，不到最后一刻都不知道彼此研究的是光电子领域的哪一个技术。

李旭晨往超越高科的观众席上望过去，有岳书成、岳珊妮、杨文、John、巫启以及自己手下的 12 名技术人员，该来的人都已经出现，他余光一瞟，竟然看到了一个不速之客——岳书翔。

李旭晨开始有了一点小的担忧，他抽到的上台顺序是 7，有些靠后的名次，这就说明前 6 家里面若是有一家先于他们发表自己的这个技术方案，那么他们就从原创变成抄袭了。

"晨，怎么了。"杨文发现李旭晨的异样，以为他是紧张，于是拍了拍他的肩问道。

"远洋科技那边有个不速之客。"杨文听了李旭晨的话，朝着那个方向看过去，然后惊恐地张大嘴巴转过来。李旭晨伸出手帮他合上嘴，比了一个嘘的动作。

"不要让岳董发现，心照不宣。"李旭晨暗示道，岳书成就坐在第一排，他也担心万一他转过头去还不得气得进医院。

"怎么回事？来看好戏？"杨文本来自信满满的脸上也充满了担忧。

"有件事没告诉你，前段时间他买通夏江偷我们资料，后来夏江悬崖勒马和我坦白，但是夏江也说过难免我们技术部还有内鬼，但是据我观察应该是不存在这样的事。"李旭晨虽然给足了自己心理安慰，可还是担忧得很。

"你心可真大，那你还敢留住夏江，我们前面有6家企业呢，远洋那边有十分之六的机会先上台，若是他们真的套取了我们的成果，那你是上去还是不上去？"杨文越说越激动，岳书成似乎听到身后在窃窃私语些什么，于是转过身去。李旭晨和杨文本还在交头接耳的动作立马停止，正襟危坐地摆好姿势。

"怎么了？"岳书成问道。

"没有，在探讨等下上去的措辞。"李旭晨硬挤出一个笑脸回答道。岳书成看他这么一说便转过头去，杨文接着白了李旭晨一眼，李旭晨只比了一个OK的手势让他放心。

这时主持的司仪缓缓走上讲台，意味着这次竞技演讲的正式开始。

首先上台的霖锆技术有限公司，台下也开始小声地讨论。这一次协会给出的奖励还是一如往年那么具有诱惑力，毕竟是十年举办一次，而且获奖的企业基本都出了自己最新的技术成果，所以基本上可以奠定行业地位。

杨文看到李旭晨的脸上依旧是这么严肃，于是和他开起了玩笑。

"不用担心，次次拿满分总有会妒忌的人。"李旭晨苦笑。

"现在上去一家，我的心就宽了一点。"李旭晨也只能暗自祈祷超越能比远洋快一步。

"放轻松吧，又不是已经确定被抄袭了。"杨文继续安慰，李旭晨也只是点了点头。

时间一分一秒流逝，上台的公司从主持人嘴里的第一个变成第二个、第二个变成第三个，到第五个讲演者刚下台李旭晨和杨文的心就已经提到嗓子眼了。

"接下来我们有请第六位讲演者带来他的讲演和最新的技术展示，那就是十年前曾经一举夺下我们协会同期比赛桂冠的远洋公司。"果然担心了这么久，还是远洋科技先于超越高科演示。李旭晨和杨文两人四只眼睛一眨不眨地看着他们CTO不缓不慢地打开自己的演示文稿，然后揭开黑匣子。

"我没看错吧？做的不是我们的项目。"杨文揉了揉眼睛再仔细校对了一遍。

"没错，果然相信团队是正确的选择。"李旭晨也是才缓过神来。

一边远远观察的岳书翔看到李旭晨松一口气的反应已经觉得不对了，他本是要他不好看的表情，现在俨然已经变成满脸疑惑，不过他还是没有灰心，一切的定论当然是要等李旭晨上台之后才知道了。

"也不过如此。"杨文看着李旭晨说道。

"我觉得我们的技术更优你说呢？"李旭晨这时候才慢慢地恢复自己的信心。

"那还用说，简直不能用更胜一筹来描述。这水平不及我们一半呢。"杨文拿出当年参赛大言不惭的口吻来拼命给李旭晨鼓劲。待远洋的CTO演讲完毕，主持又重新上了台。

"第七个公司就是今年一直不断给我们创造惊喜的超越高科。"听到主持人报幕，李旭晨缓缓站起。

"加油。"杨文、岳珊妮、岳书成、巫启以及所有的技术人员都小声地说道。李旭晨脸上挂着的微笑已经完全看不出刚才的焦虑和担忧，全然被自信占据了。

当李旭晨按下讲演稿播放键的那一刹那，岳书翔再次觉得他的人生被上帝又一次的捉弄了，与上一次盗取方案的关键地方不同，这一次自己给到远洋的和李旭晨展示的完全是两个不一样的项目。远洋的CTO原本还是满脸得意现在是布满青筋。

"岳总，你能给我一个合理的解释吗？"对方一脸要把岳书翔吃掉的模样。

"您少安毋躁，我去打个电话。"岳书翔说完赶紧跑出会议室，拨通了常磊的电话，打了十几个一直处在无人接听的状态，岳书翔气急败坏，他现在理不清什么思绪，只是看着远洋的CTO一副要吃了自己的样子，毕竟这个人也是一个做事心狠手辣的人，岳书翔给不了他交代，于是也不再回去，赶忙落荒而逃，只是发了条消息说会去查明真相给对方一个满意的交代。

坐在最末尾的巫启眼神从未从李旭晨的身上离开过，一直是那种爱慕之情，这些年来再没有过的感觉，她觉得这样的李旭晨是她想去追随的，不仅让自己动容而且还因为认识他感到骄傲。巫启明明白白看清了自己的心意，也暗暗做了决定。

"以上就是我们团队做的所有技术内容，接下来我给大家揭开我们的样品。"李旭晨打开黑匣子把样品拿出来的那一刻，十几家媒体蜂拥而上。

"这是光电子行业的一个重大突破，我看这次超越高科要得奖了。"靠近岳书成面前的记者对着旁边的记者说道，岳书成听了无比的开心。

后面三家公司陆续汇报完毕，所有评委退到了后台开始研究名次。

"现在我的手上已经拿了前三名的结果，在座的各位是不是也和我一样激动。"主持人话音刚落下面就都回答"是"。

李旭晨从第三名开始就紧握着拳头，杨文则是长长探出头去，所有人都是表情凝重。

"现在是第一名的获得者，这次的第一名也将优先在光电子协会宣传栏上得到挂名，并且还会根据这个技术为其匹配相应的大型项目。获得者就是超越高科。"虽然是全场的意料之中，但所有人还是咆哮高呼，岳书成早已是激动得说不出话，李旭晨和杨文则是和以前一样，两只右手紧握拳头。

"晨哥，你太棒了。"岳珊妮跑到李旭晨的座位上环抱着他，激动地在他脸上吻了一口，巫启本想走上前去道喜，站在后面看到这个举动，只是有些尴尬地继续鼓掌。

超越高科退场的时候，门口已经开始围得水泄不通，所有人都在锁定李旭晨和岳书成的身影。

"各位有什么问题问这位先生，我们技术部的新部长。"李旭晨实现他的承诺把杨文推到风口浪尖，杨文先是给李旭晨一个白眼，然后马上被记者团团围住，当然他也不能幸免。

"各位，我接受你们的访问，但是岳董他身体抱恙，拜托各位行个方便先让他回医院好吗？"李旭晨先是替岳书成结尾，然后低声吩咐珊妮先送岳书成走了。

岳书翔依旧执着地在打常磊的手机，可结果就是一直处在关机状态。而远洋科技的CTO现在只有一个想法就是找出岳书翔然后狠狠地治他。

岳书翔最后在光电子产业协会的小巷子里足足吹了半小时风，还是没能找到常磊，于是他想到那个小技术员，这些技术图稿和报告常磊也都是从他那拿的，或许问题不在常磊在他那里。于是岳书翔二话没说，开着车直奔超越高科。

毫无忌讳的岳书翔横冲直撞到了技术部看到人去楼空之后又问了其他人，所有人看到他的出现眼神里只有惊讶和诧异。岳书翔不管不顾，径直走到人事部的办公室找到人事部长。

"技术部今天的人呢？"看到岳书翔他的反应和其他人无异都是惊讶。

"去参加行业协会的技术项目去了，董事长批准整个部门带薪休假三天。"虽然知道岳书翔不是总经理，但他依旧不大敢得罪地回答。

"把技术部技术员的入职资料调出来，我要看。"岳书翔现在都还不知道那个技术员的名字叫什么。

"岳总……这个是公司的机密，你也是知道呢……希望你不要为难我……"人事部部长委屈地回答，岳书翔又怎会管他死活。

"知道我是谁吗？知道我和岳书成的关系吗？"岳书翔只是这淡淡的两句话，就已经足够让人事部部长胆怯的了。

"愣着干吗？快去。"岳书翔一声吼，对方就败下阵来，只得灰溜溜地去照办了。

"岳总，你要的所有人的入职申请。"人事部部长说着，小心翼翼地递了过去。李旭晨翻看着简历上的照片，才看到那个熟悉的面孔，才第一次知道那个小技术员名叫夏江。

他用手机拍了一下他的电话和地址，才急急忙忙走出超越。在出去的过程中还和岳珊妮擦肩而过，岳珊妮似乎看到了他，一回头又没了人影，以为自己大白天见鬼了。

岳书翔的油门是越踩越急，手机是越响越频，他焦急地来到夏江家。是一座老式家庭住宅，他走过去敲了敲门，等了半晌才看到有一个老人出来开门。

"伯母，请问夏江在吗？"岳书翔试图平心静气地问。

"他在里屋，你是哪位？"那个老人缓缓问道。

"我是他朋友，有些事想找他聊一聊。"岳书翔回答道。

"那你等等我去叫他。"虽然老人一脸疑惑，但是还是在楼道叫起了夏江，夏江听到之后便下了楼。

"门口那位先生说是你的朋友。"听到老人说，夏江先是往门外望了一眼，然后看到了岳书翔，脸色黯淡了下来，但似乎是因为介意老人的存在，他才不情不愿地走了出来。

老人在门口张望，因为看到岳书翔的脸上似乎没什么善意，夏江过来安抚地说是自己的领导，老人才放心地合上了门。

"岳总，你这又是干吗？都找到我家了！"夏江尽可能用最低的声音发泄自己最大的不满。

"我干吗？我是来问你干嘛的。"岳书翔反问道，两手又着腰，一副气势汹汹的样子。

"我怎么了？我已经和你们脱离干系了！"夏江一脸愤懑地说道。

"你脱离干系？这次的行业协会的手稿和方案难道不是你给的吗？什么东西牛头不对马嘴的，我今天看你还在边上乐呵，你是自寻死路吧。"岳书翔说着，恨得牙痒痒。

"我听不明白你的意思，你的意思是我给你们的手稿和项目方案？"夏江反问道。

"不是你还有谁？难道是常磊胡编乱造了一个给我！"岳书翔还是继续着恶狠狠的口气。

"我在十几天前就已经和常总说我不干了，我说要杀要剐悉听尊便，常总也是答应我的，他说他那边会找人顶替我的位置，让我只要瞒着你就可以了，我也不知道他什么意思，这些事情您不是应该去找常总么，怎么还会来问我？"夏江一脸焦急地说着，岳书翔先是听得一脸的疑惑，然后暗示自己静下心来理清思路。

这也就是常磊串通夏江隐瞒夏江甩手不干的事，那么后续给的设计稿又是从哪来的？前后两次分别给出不一样的设计稿，难道真是他胡编乱造的？岳书翔越想越觉得事情应该是这样。

"确定常磊再找其他人拿资料吗？"岳书翔问着夏江。

"我不确定，因为我已经和他失去联系了，他当时只是让我瞒着你，我就同意了，我在技术部这么久也没发现谁有盗取资料的苗头。"听完夏江的话，岳书翔更加确定了自己的猜测，若是没有再找人盗取资料的话，那只能是找其他人胡编乱造一份，这也就是他为何要提前让自己打款的原因。

岳书翔千千万万想不到最后摆自己一道的是常磊，突然脑袋里什么思绪都没有了，他起身跑回车内，剩下夏江一人不明所以地站着。

岳书翔接着到了常磊家的楼下，拼命地按门铃也是无人响应，于是他找来锁匠谎称自己是房主。谁知开门一看已经人去楼空，只剩下一些散落的行李和家具。岳书翔这才肯定了自己的想法，当即就想撕碎常磊。自己算计人一辈子到头来却被常磊给算计了。岳书翔这时手机再次响起，他刚一挂断就看到出现在自己眼前的远洋 CTO 周总。

"周总……你怎么来了？"这人也是和岳书翔有得一拼的狠角色，不仅心狠手辣，而且对于欺骗更是不能容忍。之前就听说他把背叛自己的下属赶尽杀绝，最后那个人忍无可忍逃到国外后就再也没人见过了，只有岳书翔知道是怎么回事，所以若是和他较量上，岳书翔也没有办法让自己处于优胜地位。

"看来我这个定位还是蛮准的，一下子就找到你了。"那个周总说着还露出一分奸笑，他想找到一个人比谁都容易。

"周总这件事你听我解释。"岳书翔眼神里第一次看到了惊慌。

"我没说不听你解释，从刚才李旭晨上去演讲我就一直在等着你的解释，可是你手机也打不通人也看不到，现在很好，能见到你的人了。最好是给我一个满意地解释，不然先前你做的那点事足够你进去蹲几年的了。"周总威胁道，岳书翔一看他要玩这么大顿时慌了神。

"周总找个地方慢慢坐下来谈吧，也不是第一次合作了，我的为人你还不清楚吗？"岳书翔现在只想安抚好对方的情绪。

"就是因为我知道你的为人才害怕你跑啊，你岳书翔是什么人没有人比我更了解了。"周总一副要解释的样子跟在岳书翔后面，两人找了一个清净的地方坐下来。

"现在你可以说了。"周总一脸威胁地看着他，即便是不动神色的，也足以让他感到有些害怕了。

"被自己的人出卖了，给了我假消息。"岳书翔就说了这几个字便停下嘴。

"你在耍我？完了？"对方问道。

"你不相信？你刚才找到我的地方就是他的住址，你也看到了，人去楼空，我现在也没办法给你解释，况且他还是收了我一大笔钱走的。"岳书翔满脸怒意地说，他自己也是火冒三丈。

"岳总啊岳总，你以为我是第一天出来混江湖的吗？这种话你以为我会信，我可是给足你钱了的，你不要给我开这种天大的玩笑。"对方还是一脸的从容，岳书成知道，这个人越是从容淡定，就越是可怕。

　　"难道周总对我说的话抱有怀疑？我有什么动机骗你呢？我和超越现在可以说是彻底破裂了，打垮他们可以说是我们一致的心愿啊。"岳书翔越是解释对方就越是觉得在抹黑。

　　"岳总，听闻上次朱明杰和你合作的事情也是这样被搞砸的吧？这次又是你的手下出卖你？看来你这些手下都是临时工，一而再再而三地出卖你，我看你是联手超越对我们一次次地放暗箭。"对方搬出了上次事情来说，两次合起来都是巧合连他自己听着都觉得有点荒谬，可这就是事实啊。

　　"周总，我怎么可能和超越联手，我和岳书成的过节全行业无人不知无人不晓，我要是联手我还会卖什么消息吗？我和你合作不就是为了击垮他们吗？你这话说的可就不中听了，只是那个李旭晨太过狡诈，我也被他搞过好多次，这次拜托你相信我，你给的钱我将如数奉还，你看怎么样。"岳书翔倒还是第一次这么低声下气的赔礼道歉，不过这个人确实手腕在自己之上。

　　"岳总啊岳总，这就是我觉得你最幽默的地方了，我要是想着拿回那点钱我还需要和你合作吗？这次钱你肯定是要双倍奉还的，而且你这个什么烂计划害得我的远洋连前三名都没有进，你知道这是一个多大的打击吗？是钱能够解决的吗？我觉得你若是不进去蹲个几年都难解我心头之恨啊。"对方竟然狮子大开口要还两倍的价格，本已经为了这个方案给了常磊不小数目的价款了，现在还要让自己亏空一笔，岳书翔是无论如何都不可能答应的。

　　"周总，我话就说到这，钱我是会如数奉还，不好意思没有两倍，至于那个出卖我的手下，我也会找他出来和你亲自道歉，我也不会任他在外面逍遥的这点你就放心好了。还有关于你们的损失，这个方案是差，但是我当时发给你的时候你们为什么不说呢？若不是这个方案比起你们之前的那个要好我想你也不会取而代之吧，双方责任各有一部分，你就当作这次失误是彼此

444

的损失。"岳书翔拿出他觉得最妥帖的方式来解决，这自然也是他的底线。

"岳总，这件事我看由不得你这么处理，如果你觉得没什么好谈，那下次我见你的时候，你手上脚上可都是铐上东西的了。又哪会像这般轻便你说呢？"这个周总说去说来总是慢条斯理，但是言语间透露的凶狠却使一般人都闻风丧胆，不过岳书翔也不是什么省油的灯，他若是觉得不公的事定不会委屈自己。

"周总，这话我就不爱听了，你这是摆明跟我叫板，我看你们远洋最近也没少出这些乱子吧，我要找人彻查随便往你头上安点罪名也不难啊，我们两个都是一路人，没必要相互杀戮。"岳书翔嘴下也不留情面，自然他知道自己现在说这话还是有点底气不足，但是他相信自己在这一行做了这么久，护着自己的权力还是有的。

"那你这么说我们就是谈崩了？不要怪我不提醒你，若是让朱明杰也知道今天的事情，我想他也会怀疑上次是你设局陷害他。"岳书翔想想他这话也有道理，若是不幸他俩联合还真的能把自己置于死地，不过他又哪是会低头的人。

"周总，你给我三天时间我去把这个叛徒找出来。"岳书翔还是决定做最后一次的挽回，他现在也是无计可施了。

"我不需要你找谁来顶罪，你哪怕是出了这个餐厅找个阿猫阿狗来当你的替罪羊也是可以的，现在事实就是远洋输了，你们超越第一，所以这个钱你不赔也得赔，不赔就乖乖等着我把你送进监狱，就这么简单。"周总这个语气是彻底地激怒了岳书翔，他觉得已是没什么好做挽留的了。

"去你的，你爱找谁玩就找谁去吧，我岳书翔若是连你这个半桶子都不如，我看我这大半辈子也白活了。"说完岳书翔负气地走了，周总倒也是什么话也没说，他这种人最擅长的就是控制情绪，最拿手的也是对付岳书翔这样想要摆他一道的小人。

第四十二章　胜败场上

　　赵群急忙走向岳书成的办公室，他得到消息，远洋 CTO 已经准备好一切的资料就等着明天凌晨寄匿名信给局里，让岳书翔死无葬身之地。

　　"听说岳总之前卷走的那 2000 万元的货款被常总给骗掉一大部分，而后他又四处投资生意亏了一些，现在最重要的消息是他染指远洋那边的交易，说是卖李董的项目技术给到远洋，可是结果是收了钱没办成事，远洋 CTO 周总是出了名的霸道，只要是经他手没做成事的人他都要置于死地，现在消息是说，他们已经准备好了证据要让岳总进去，岳总这一次恐怕是很难再全身而退了。"赵群说着，岳书成的眉头已经皱得很难看了。

　　"你从哪里收的风声。"岳书成问道。

　　"几乎是全行业都知道了，岳总现在已是身败名裂，不仅是这个远洋要治他，听说东旭的朱明杰也要联手。"赵群解释道。

　　"赵群，您能否帮我约见一下这个远洋的人？"

　　"岳董，您这身体就不要管事了，我再帮您问看看成吗？"赵群劝说道。

　　"赵群，你还是我的人你就要听我的，别管那些孩子的话，岳总是什么身份你也知道，我怎么可能坐视不理。"岳书成的语气有些强硬，于是赵群只能是点点头。

　　赵群办事的效率很快，这边的命令刚下来，那边远洋的周总就以最快的速度来到了岳书成的办公室。

"岳董。"对于岳书成，周总还是很卖面子的。

"周总，您好。"岳书成主动和他握手示好。

"周总，我请你来是有一事相求。"

"岳董请说吧。"

"听说岳总最近和周总闹得有些不愉快，不知道是外面的风言风语还是真有其事？"岳书成试探地问道，他想借故看一下对方的态度，他知道他们两个的交易并非见得光。

"是的，不是有些不愉快，是非常不愉快，岳总这个人言而无信，并且有问题还横加指责其他人。"

"今天我想求周总的还真的是这个事，我希望你能看在我的面子上，收下一笔钱便作罢，你若是今日卖我岳书成这个面子他日你有困难我们超越也会挺身而出。"

"听说岳总和岳董也是有过节的，不知道为何岳董要帮这个忙。"

"我和他再有过节那也是亲兄弟，这件事情你大可不必和他说，只要卖我这个面子便是，支票我会找赵群给你的，你收下之后就当完事吧。"岳书成不想多和他纠结，毕竟是自己内部的事情无需做过多的解释。

"行里都听闻岳董喜欢发好人牌。我今天也算见识到了，好吧。我就给你这个面子了。"

岳书翔回到家里越想越气，这口气他是无论如何都咽不下的，他没想到跟了他这么多年的常磊他竟然都看不穿。岳书翔派人查出入境记录才知道他已经在拿到钱的当天飞到了马来西亚，这明显就是已经蓄谋好的。

他追着常磊，远洋的 CTO 追着他，三人就像玩着猫捉老鼠的把戏，而岳书翔显然成了最大的受害人。一波未平一波又起，岳书翔刚想出门去散散心，就看到他曾经的老友现在应该算是不速之客的朱明杰。

"老朱，怎么是你？"岳书翔本来心里就够乱了，现在又多出个朱明杰，他不用想也知道，一定是远洋的 CTO 通知朱明杰过来，一起合起伙来对付自己。

"哼，你当然不希望看到我。"朱明杰说道。

"哪的话，我这是打算出门呢，要不一起？"岳书翔说着，挤不出笑容的脸上满是惆怅。朱明杰也没回应，只是默默地和他肩并肩地走着。

"你是远洋的老周叫过来的？"岳书翔随口问道。

"他倒没有单独约我说什么，只是把你对他做的那档子事昭告全行了。"朱明杰扯了扯嘴角，笑的狡诈。

"这个人就是借机勒索，你知道他开出什么条件吗？两倍赔偿，这不是有病吗？而且我这次确实被常磊摆了一道，这小子现在去了马来西亚，终有一天找到他了，我也要弄死他。"岳书翔这话有委屈也有怨恨，他说给朱明杰听，倒也不是希望他能懂自己的心情，而就只是单纯地想发泄，朱明杰又刚好在旁身边。

"老岳，我看有病的是你吧。没有这么大的胃就不要吃这么大口。我今天就是想来告诉你，我不管你是被人陷害还是被李旭晨反咬，我当你是朋友，才叫你办事，老周是因为看在你是超越高科的前总经理才找你。你给这些理由就真的没意思了。"朱明杰嘴下也不留情，话里话外颇有讽刺的意味。

"现在连你也来我身上踹上一脚，想当年你初入社会，我已是超越的创始人，那时候是谁扶持着你给你出谋划策，你以为今天这个位置是你靠实力爬上去的吗？我告诉你，没有我岳书翔，你朱明杰就是一个搅屎棍。"岳书翔指着朱明杰鼻子破口大骂，他不知道这个人也能翻得如此之快，以至于把自己帮他所做的一切都抛诸脑后。

"给我提从前，你是活在岳书成帮你造的城堡里太久，不知人间三月天了吧。"朱明杰字字犀利地砸在岳书翔的头上。

"老朱，我怎么看你现在说话的语气不太对啊，以前可是人前人后都对我毕恭毕敬的。"岳书翔越是看他时而奸笑时而不屑的表情，就越是心里堵得慌，也不想再陪他玩这种文字游戏。

"老岳，你是真糊涂还是装糊涂，你现在什么身份以前什么地位身份？"朱明杰说着，总觉得岳书翔在装傻。

"你一定会为你今天说的话感到后悔的。"岳书翔撂的狠话却让朱明杰不屑一顾。

"是吗？我倒要看看以你的号召力什么时候才能东山再起。"朱明杰说完哈哈大笑的离开，就好像他此次的登门拜访，就是为了专门打击岳书翔而来。朱明杰走后，岳书翔就成了自己一个人，今天的天气也格外的阴冷，吹得他刺骨的寒。岳书翔坐在公园的长板凳上，看着树叶被雪覆盖，而后慢慢凋零，有点像自己现在的状况。想着想着，岳书翔摇了摇头，告诉自己不能有这么消极的想法，岳书成还没倒掉之前，自己怎么也得憋着这口气撑到最后一刻。

朱明杰走后，岳书翔就想尽各种各样的办法去融资，他希望他的公司能早日开业，这帮小人就再也无法对自己横眉怒目了。

下班的路上李旭晨看到走在前边的巫启，他想到那天在行业协会竞赛的时候自己走得匆忙也没能和她当面聊上几句，便远远地叫住了她。

"巫董。"李旭晨叫了好几遍，巫启才回过头来。

"李董，难得在这个点看到你，不挑灯夜战了吗？"巫启看到李旭晨心情莫名的就爽朗起来。

"巫董就不要拿我说笑了。"李旭晨看到巫启心情极好。

"李董现在也是超越高科的红人了。"巫启不依不饶地开着李旭晨的玩笑。

"难得准点下班，要不一起去喝杯咖啡。"李旭晨的邀请巫启自然不会拒绝，她便笑着点了点头。

每次和李旭晨坐在这样格调清新的咖啡厅里，巫启就觉得格外放松，似乎给了她一种错觉，自己就是在恋爱。

"先生，这是我们咖啡厅最新推出的情侣套餐，你们需要来一份吗？"服务员向李旭晨推销着，李旭晨倒是觉得有些尴尬，被别人就这样乱点鸳鸯，可坐在对面的巫启却露出了笑容。李旭晨看她也没在意，于是也没说服务员什么。

"我们不是情侣。"李旭晨回答道。

"不好意思，我看二位郎才女貌会错意了。"李旭晨总觉得郎才女貌用在他和巫启身上怪怪的，不过也作罢了。两人点好餐，李旭晨才注意到，巫启一直在注视着自己。

"巫董怎么和今天公司里的员工一样看着我，我还真会误以为我脸上有什么脏东西呢。"李旭晨不好意思地说道。

"不是的。"巫启回过神来，发现自己有些失礼，便说道。

"巫董，我今天是有一事想问问你的意见。"李旭晨认为，让岳珊妮去竞选光电子产业联盟的官职还是需要多问一些人的意见，而巫启在超越的资历和能力都是屈指可数的，所以也很希望得到她的认可。

"李董您请说，我一定知无不言。"巫启大方地回答。

"想必光电子联盟协会换届的事情你也知道吧，公司股东的意见是让我去参选，但我自身并不愿意，我只想安分地把CTO这个职位做好，实现三年内把超越高科带上新三板的心愿，如今我自己心目中的人员是珊妮。你怎么看？"李旭晨娓娓道来，巫启觉得有些难以理解，这样的机会是可遇而不可求的，别人争着抢着要去，李旭晨却还没上场就要退缩。

"李董，你这个决定我有点想不通。岳珊妮无论在经验还是能力上都还不足以独当一面，但你可以，所以我觉得你还是应该再三思考。"巫启并不同意李旭晨的看法，在她眼中，岳珊妮毕竟还是太嫩了。

"经验可以积累，能力上我可以扶持，超越是岳董的毕生心愿，虽说他把我当成儿子看待，但毕竟珊妮身上才流着他的血液，我始终觉得这个机会应该是属于珊妮的。"李旭晨据理力争地说道，巫启见他骨子里其实还是对自己的身份有些介意，也站在他的角度上认真考虑了一下。

"李董，你这个想法也未尝不可，但并非是上策，你若是执意要这样做，我也会支持你。"巫启这样的回答让李旭晨很是欣慰，因为能得到她的认可，自己才有能力去说服行业协会的其他人。

　　"多谢巫董的支持，我还真怕你一票否决我，这样我就完全没信心再去说服其他人了。"李旭晨说出这句话的时候巫启感觉到很欣慰，原来自己的看法能在李旭晨眼里起到如此重要的作用。

　　"李董就照着自己的想法去做吧，以你的口才和现在业界的口碑，我相信你一定能如愿的。想当初你第一天进超越的时候，有多少人认为你是预谋着夺走超越，没想到今日拱手让给你的东西，你还要推托回去，也不知道那些董事会的人知道会有多打脸。"巫启通过这件事得以更深一步的认识到李旭晨的坦诚，投给他一个欣赏的微笑。

　　"我今天也还这样想，这世间事倒也是趣事。"李旭晨说着，端起咖啡喝下一大口，人生也就好比这咖啡，苦中带涩，但也有苦尽甘来。

　　"李董为公司做的事只要是个人都看在眼里，现在你在所有股东眼里，都是一个不可多得的管理全才，前几日我还听说若是岳董退下来了，过大半数的人都会推选你做这个 CEO 的。"巫启的消息绝不是空穴来风，岳书成现在躺在病榻上，不少股东已经开始议论纷纷要换人了，岳书翔走后，最佳的人选就是李旭晨了。

　　"这个我倒是不做理会，只要岳董在一天，他就永远是超越的 CEO。"李旭晨说的表情坚定，在他眼里岳书成永远是超越的创始人加掌权者，这个身份是永远不会被谁给抹灭的，包括他自己。

　　"李董说得也对，看形势吧，该来的谁也挡不住。"巫启意味深长地说。

　　"那我就先行告辞了，我这个想法还没和家里那一老一小商量。"李旭晨说完，便起身向巫启致谢，然后径直地离开了。

　　巫启回想起李旭晨刚才和自己说的一字一句，突然发现这个男人是多么的坦诚和大度，不仅不为权势而争，还为了维护这个家庭而活，她嘴角露出淡淡的微笑，似乎自己对他的爱意已经是越来越深了。

李旭晨赶到医院的时候，岳书成正在做第四次复查，前几次治疗似乎让他的身体越来越吃不消，现在每一次要药量加重，无疑都是对他的进一步伤害。

"旭晨，要不你跟我出来一下吧。"钟医生神神秘秘地吩咐道，一边站着的珊妮光是紧紧抓住岳书成的手，就已经有了心灰意冷的感觉。

"珊妮，把晨哥带来的中药给叔喂下去。"李旭晨怕岳珊妮跟出来，于是随便找点什么什么活安排给她做。李旭晨尾随在钟医生的身后，总感觉步履维艰。

"钟医生，直说吧。"李旭晨已经观察到钟医生的唉声叹气了，也不想欺骗自己，于是直截了当地问道。

"保守估计，也就还有三四个月的时间了，病情完全控制不住，每一次的手术过后，他的胸口疼痛感就是以十倍在放大，要治还是可以拼一拼，倒是病人太过于痛苦，而且能延长的寿命也不太乐观，所以我建议你们把他带回去，开心融洽的陪他走完最后一个冬天。"李旭晨觉得这番话是他这辈子听过最坏的消息，此刻的心也正经历着前所未有的疼痛感，他觉得自己像是即将被遗弃的孩子，看不到远方的路。

"前几天我们把他推出去的时候，他精神状态还是很不错的，怎么短短两三天就恶化的这么厉害。"李旭晨的声音里第一次出现哭腔，他曾经认为自己是一个没有眼泪的人，但现在看来并非如此。

"前几天他知道你要参加竞赛，特地哀求我多给他两瓶止痛药，嘱咐我这件事谁都不能说，他出去那两天想必成倍的服用药物之外，还伪装的很坚强。"钟医生的回答让李旭晨有些控制不住情绪，他不知道岳书成到底默默承受了多少东西，自己刚进超越他承受了骂名；自己做的决定，他承受了指责；到现在他终于能得到认可的时候，他又要承受病痛，想到这里，李旭晨的情绪都有些要崩溃的苗头了。

"旭晨，这段时间好好陪陪他吧，让他多去看看他想看的，听到他想听的，做一些能宽慰他的事，他也许还有毅力和病魔对抗的久一点，他现在每天在医院里唉声叹气，时不时还问我自己还有没有可能走出去，我看着也于心不忍。与其让他惶惶不可终日，还不如能开心多久就去享受多久的生活你觉得呢？这只是我的建议，希望你也能回去好好考虑一下好吗？"钟医生说得很诚恳，他从医到现在，看过无数人眼里的绝望，但唯独岳书成，他的眼里全是希望，但也就是如此，钟医生才会说出他的肺腑之言，希望能够帮助岳书成争取最后那点自由，至少是快乐的松手。

"我知道了，谢谢你钟医生。"若不是医生的话，李旭晨还认为岳书成还能陪自己走过很长很长的路，之后看到超越走向新三板，之后看到他能登上商务周刊，可现在一切还在进行，他却快走到生命的终结了。

李旭晨在病房门口什么话都说不出，坐立不安来回盘旋，直到岳珊妮出来看到他一个人像个孩子一样，双手抱膝，蹲靠在地板上。

"晨哥。"岳珊妮看到李旭晨这个样子，眼泪已经夺眶而出，她有预感医生一定是对李旭晨说了很多父亲不好的话。李旭晨看到岳珊妮因为自己的脆弱而脆弱，赶忙起身。

"珊妮，没事的，叔也在努力，我们也在努力。只是结果不尽如我们满意而已。"李旭晨说着说着又再次哽咽起来。

"医生说还有多久？不救了吗？今天上午我看到里面那个垃圾桶里的纸巾上都粘着血。"岳珊妮从小声的啜泣到耸动肩膀哭出声来，李旭晨看着都心疼不已，此刻的他也不知道如何安慰岳珊妮，只是一把把她拥入怀中，然后轻轻拍着她的后背。岳珊妮就这样哭了将近半个小时，李旭晨也只是让他发泄。

"珊妮，不哭了……你这样回去叔看了多难过，赶紧把眼泪擦一擦，晨哥还有很重要的事要和你们说呢。"李旭晨声音里也带着哭腔，但他知道这个时候他没有时间脆弱。

"晨哥，钟医生说还有多久？"岳珊妮边说边接过李旭晨手里的纸巾。

"说是能过这个冬天，建议我们带回家养着，在医院太痛苦。"李旭晨说完，岳珊妮的眼泪像决堤的大坝，一下子哗哗直流，怎么也刹不住车。李旭晨见她又是一波情绪，赶紧安慰。

"珊妮，你等下还要不要进去听晨哥说话，你若是被叔看到你这双红肿眼睛，他会怎么想？你也知道他这些天自己在承受什么，你要是这样叔不就更难过了吗？医生可是叮嘱要让他放宽心的，你希望他难过吗？"李旭晨安慰人还是有一手的，他这么一说岳珊妮的眼泪就流的没那么汹涌了。

岳珊妮平静了好久，光是等眼泪止住两人就互相安慰了几十分钟。李旭晨觉得再不进去岳书成就要起疑，于是赶紧抓住岳珊妮的手重新走进病房，岳珊妮也因为李旭晨这个抓手的动作而感到些许的慰藉。

"叔！"李旭晨轻声地唤道，岳书成才费力地睁开眼。

"你们两个又出去说悄悄话了，剩我一个老头子在这里无聊着，钟医生怎么说，是不是我这老头即将要履行我的承诺，到地下去找我的老太太了。"岳书成虽然是当事人，但他的脸上既看不出难过，也看不到悲观，李旭晨觉得每个生了病的人都有着共同的心愿，就是能保证身边的人先舒心吧。

"哪里的话！医生说你明天可以办出院手续了，让你回家静养，你哪都不能去，只能认认真真地看着我们这个家，看着超越。"李旭晨强颜欢笑的脸上也难抵悲伤，还有岳珊妮那双被眼泪浸湿的双眼，三人心照不宣，只是彼此对视。

李旭晨发现这突然安静下来的氛围有些诡异，于是想起自己有话要说，才清了清嗓子。

"叔，珊妮，我有话要说。"李旭晨一开口，他们低头各种神伤的动作才停止，继而转头看向他，一脸疑惑。

"晨哥，什么事？"岳珊妮的声音里还满是悲伤。

454

"最近光电产业联盟换届，公司希望能推选一个人在协会里占有一席之地，这个人我思前想后，觉得珊妮最合适。"李旭晨此话一出，岳书成和岳珊妮都是一副十分惊讶的表情。

"晨哥，你在开玩笑吗？"岳珊妮更是不敢相信，这么重要的位置李旭晨竟然想着交给自己，而且是以通知的形式告知。

"旭晨，我想现在全公司心仪的人选我没猜错应该是你吧。"岳书成不用想便知，这个决定是李旭晨单方面做的，经过思考也下定决心。但是岳书成心里的顾虑和其他人无差，都是害怕岳珊妮少不更事，没经验没本事。

"叔，这个位置我肯定是不会去坐了，光是超越的事我就已忙不过来了，又哪有时间去想什么其他多余的事情。我今天说出来是希望得到你们的认可，至于如何实现就交给我，你们不用担心。"李旭晨也不偏不倚地表达自己的想法，他觉得这是他进公司这么久，唯一不需要意见只需要支持的事。

"晨哥，我觉得我胜任不了这么高的职位，毕竟我现在什么积淀都没有。"岳珊妮一向很想为自己谋得一官半职，可是经过和李旭晨相处的这段时间，她也看明白了，在工作上自己完全和刚入行的新人无差别，现在贸然去接受这种官职肯定是无法服众的，于是她也就不再闹腾什么职位和名誉，而是专心当个财务部的小员工。

"珊妮，晨哥知道你在想什么，倒是晨哥最想告诉你的是你的身份，你是姓岳的，留着超越董事长的血，所以坐上这个职位甚至是接任叔的位置就是你一生下来的任务，以前晨哥没有把你放在这样的位置是因为你什么都不懂，可是现在不同了，你懂得东西多了，知道的事也多了，虽然还是小白一个，但你至少愿意被我带上手，晨哥希望你能站在我这边，成功进入光电子产业联盟协会为超越的未来也贡献你自己的力量好吗？"李旭晨动之以情的和岳珊妮分析这样一个形式，岳珊妮思前想后也没通过也没拒绝，只是心里慌得很。

"旭晨，你也是叔的儿子，这一点你毋庸置疑，血缘关系固然重要，但是我觉得情谊更重要，光电子产业联盟我赞同珊妮去，因为这是门面上的事，只是作为一员进驻这个商圈，实则工作的意义不是很强，只是拍板权和奠定超越的地位，但是你若是说把公司拱手让给珊妮，你完全退居幕后，那我不同意。超越姓什么对于我来说已经不重要了，重要的是他能带着这几万名员工好好生活，赚的钱能养活这几万个员工的家庭，超越的地位不倒，这就是这个董事长的使命，珊妮做不到的你可以，所以董事会若是推选你坐了这个位置，你就安心坐着，不要想别的事情，这是叔对你的最后恳求可以吗？"李旭晨没想到岳书成会和自己说这样的话，只是瞪大眼睛听着，陷入思考。

"叔，董事长的事只要你在的一天，你就是超越永远的董事，我答应你帮你办好超越，就一定能做到，至于做不做这个接班人到时候再说吧，当务之急是能把珊妮推向这个平台，而不是我。"李旭晨诚恳地说道，岳珊妮也只是沉默，别的什么也没多说。

"珊妮，你怎么想？"岳书成看着自己女儿的时候，眼睛里总是有散发不完的父爱，既温柔又慈祥。

"爸，我怕我做不好。你也知道我现在唯一认真的研究过光电子行业也是在前不久的科技城的培训上，其他系统地学习我是没经历过的，我不确定我能不能做的来。"岳珊妮没敢看岳书成的眼睛，她怕自己的懦弱会让他失望，也怕自己的不成材会让他担心。

"珊妮，这个你完全可以放心，能力和经验的事情交给晨哥，你就算是托付给晨哥，你只要安安心心坐好这个位置，晨哥就退居到幕后帮你，而且答应你，你随时需要我随时解答。晨哥之所以让你去坐这个位置，是想昭告天下你才是超越名正言顺的继承人，任何人的存在只是一个过渡，包括我。"这是李旭晨的真实想法，所以说的情真意切，岳书成觉得无比欣慰的同时，还觉得委屈了李旭晨，因为在他眼里李旭晨不仅拥有管理一家企业的能力，而且有着主宰光电子行业无限的潜力。

"晨哥，我觉得这个决定很多人都会反对的。"岳珊妮觉得这句话就能毁灭李旭晨所有的想法，因为他们现在认可李旭晨，而不是在意什么血缘不血缘这档子事。李旭晨只是笑了笑，这点把握他还是有的。

"这个你们不用多想，只管同意我这个想法，我自有能力去说服公司和联盟组织的人。"李旭晨斩钉截铁地保证道，岳书成和岳珊妮两人四目相对以后，各自点点头。

"谢谢你们的支持，这不仅是帮了我，也是帮了超越，以后珊妮你的一切只管交给晨哥，其他的做好本职就好。"李旭晨这话听着倒觉得有点像情话，但是岳珊妮爱听，岳书成也宽慰。

"旭晨，谢谢你为岳家做的一切，叔这辈子做得最正确的一件事情就是让你做了我的儿子。"这句话李旭晨听过无数多次，但是今天再次听到的时候却让他泪目，李旭晨心想，若是来生还有缘做你岳书成的儿子，只奢望能是亲生的，这样自己也能自然而然的喊声爸。

第四十三章　交响后奏

　　岳书翔大费周折终于找到了自己心仪的商务楼打算东山再起的时候，就听闻远洋那边花了重金租下一整栋大厦说是要开分公司。与此同时他又找了以前一直和自己合作的老行家，打算等自己把一切安顿好之后，让他们脱离超越来帮衬自己，他们也都以各种各样的借口来推辞，仔细一问，也都纷纷透了底，说是远洋科技放话，只要是和岳书翔合作的人，他们就从此再不业务往来。岳书翔慢慢地才真正感受到朱明杰嘴中说的全行封杀到底是什么意思。

　　他最后还是决定应该找周总出来谈一谈，不然以这个态势下去别说东山再起，能开一个小微企业都很难，他在远洋科技的大厦兜兜转转好半天才找到 CTO 的办公室。

　　"您好，请问您有预约吗？"前台照例把他拦下，岳书翔对于这样的行为一直都觉得反感，他总觉得自己不论到哪，都应该是别人开门迎接的而不是自曝身份，不过碍于自己是第一次来，他还是勉为其难的在登记簿上写下了来访者的信息。前台进去足足有十几分钟没出来，等岳书翔快要失去耐心冲进去的时候，才看到她开了门。

　　"我能进去了吧。"岳书翔说着便要开门，前台看了赶紧给关上，岳书翔看到这个动作也火了。

"你知道我是谁吗？通报这么久关门是什么意思？"岳书翔毫不客气地问，"周总说了什么？还是这就是你们远洋的待客之道？"

"他说你是一个废人，在里面训了我十几分钟。"前台不想和他多交代什么，以免惹祸上身，于是淡淡地回答道。

"什么叫我是废人，把这个姓周的给我喊出来。"岳书翔用的是以前训秘书的口气，前台并不理会他，因为刚这一进去，周总就把她今年的年终奖全扣了，还差点害得自己丢了饭碗，想到这里前台更是气不打一处来。

"先生，您请回吧，周总在忙，没时间见你。"强硬的语气没有用，前台只好好声好气地回答。

"在给太上老君炼丹都要让他给我滚出来，我岳书翔今天若是见不到他人，我是不会走的。"岳书翔撩起袖子，一副准备打架的姿势，前台见他丝毫不愿意走而是越做越过分之后，还是叫了保安。岳书翔本来就怒气冲冠，见她还有叫保安的小动作，于是走到前台，一把把她推开，抄起凳子就往周总的门上砸，两三下的功夫整个门就已经是稀巴烂了。周总一出来看到他这个架势，立马怒气冲冠，觉得这个人太放纵，还不知道闹出什么幺蛾子，于是拿出手机拨通警察局的电话，岳书翔倒也不是怕什么警察公安的人，只是负气当场抢过他的手机，举起他那个还没放下的凳子，对准手机就是一通乱砸。

"岳书翔，你一定会为今天的行为后悔的。"

"我永远不会后悔，我就怕后悔的是你，占我的商务楼对吧？我不管你是哪路神仙，这些问题你去解决，否则别怪我岳书翔套路你们。"

"出来吧，去会议室说。"周总说完，吩咐女秘书今天不见客，他认为岳书翔已经是走投无路了。

岳书翔被周总指引到了会议室，他刚一走进去，周总就在后头重重地把门给关了，像是在向他发泄，继而周总转身，对他怒目而视。

"我看岳总这是脑袋还不清楚？我放你一马，你还有脸来我的办公室来闹事，我看你是真的想进去待几年了吧。"周总用一种欺凌的语气对着岳书翔横加指责。

"姓周的，你们公司刚要选址就选下我看中的地头，我刚联系好的客户你就宣布有你没我，你还敢说我是闹事？"岳书翔也是不依不饶地说着。

"岳书翔，你现在的名气别说是混迹光电子产业了，我任你去拓展什么商圈，你也是必死无疑，现在超越高科的境况想必你还不清楚吧，李旭晨现在已经是超越的明日之星了，接下来若是他选上了光电子产业联盟我看你们两个狗咬狗，不过你这条狗我看是斗不过李旭晨的。"这个周总说话字里字外都是尖酸刻薄，岳书翔做了这么多年的恶人，竟然被气得无力反击。

"区区一个李旭晨你们就当神一样供奉啦？"岳书翔出言讽刺道。

"不供奉他李旭晨难道指望你？别天真了，岳总！"

"走着瞧吧。能不能选上还不一定了，不过我看你这个远洋的 CTO 也是徒有虚名，若不是如此连一个项目的好坏都分不清看不清，你就别指望再有出头之日了。"岳书翔戳着对方的弱点，然后打开门离去。不过周总也是见怪不怪，遇到这种被逼无奈的人，也只有口舌之争能让他们的内心得到慰藉。

李旭晨这边可没有他们这样的工夫去尔虞我诈，他一到公司就拉着杨文去讨论如何在光电子产业联盟换届上致辞，并推举岳珊妮坐上职位。

"晨，我说你这么荒谬的想法，岳董和珊妮竟然也都同意了？"杨文不可置信地问着，看到李旭晨再三点头，才摆了一个无法理解的表情。

"我现在就是不知道怎么说服评选的人。"李旭晨有些头疼地说。

"别说你了，我也不知道，不过我觉得你只能放手一搏，无非就是从超越最近的状况、岳珊妮的出身来当切入点了。"杨文提议道。

"这些我也想过，也就只能晓之以理动之以情了，我就怕我这嘴到那时候说不出这么具有说服力的话。"李旭晨担心起自己的实力来。

"你放心好了，你这个巧嘴说的话谁都能信服，不过我倒是想知道你想把岳珊妮推到一个什么样的位置。"杨文边安慰边疑虑地问。

"我觉得最理想的位置是副会长理事。这个位置不需要独当一面，又真的能说得上话，对珊妮应该不会太难。"李旭晨说完，杨文思考片刻后也点了点头。

"看来你这个清廉的 CTO 是真的决定隐居在岳珊妮幕后当他的谋士了。"李旭晨听到杨文这个形容也认为无比的恰当，若是任谁他都没有这样的耐心去手把手地扶持，但是岳珊妮就不同，他只要想到能推上去的人是她，就觉得自己浑身充满干劲。

"也可以这么说，反正这个想法我是定下了。"杨文见李旭晨说的坚定也就不再说什么了。

光电子产业联盟那天总算是到来了，岳珊妮一身精简干练的西装亮相，外加精致的发型设计，看上去就是一副成熟又不失可爱的样子。

"珊妮，你这个样子去发表讲话绝对不失气场，别说是副会长理事，就连会长理事这个职位你都能拿下。"岳书成看着初成人的女儿，自豪不已地说着。

"是啊，看不出珊妮还有这一面，以前晨哥是真没想到。"李旭晨正从楼梯上穿着西装革履下来，也顺着岳书成的话夸耀着岳珊妮，岳珊妮听着心里自然是舒坦极了。

"爸、晨哥，一看你们两个就是我这个派的，哪有自家人夸自家人，不过我听着也开心。"岳珊妮说着还露出一副自信的表情。

"时间不早了，你和晨哥抓紧出发吧。"岳书成望了望墙上的钟表催促道。

"叔，等着我们的好消息。"李旭晨轻拍了岳书成的肩，以示道别，岳书成看着岳珊妮和李旭晨离开家的背影，不知道这两个小孩有没有发现彼此的情投意合，不过以他们现在这层关系怕是也很难对对方说出真心话，也就只能等到合适的机会，自己再出手撮合了。

岳珊妮挽着李旭晨的手缓缓走进了会议厅，今天这里汇聚的大多是光电子行业的顶尖人士各大公司的 CEO 和准董事，就连李旭晨这种向来不怎么交际的人，也从行业协会的周刊上看过他们不少的光荣事迹。李旭晨毕竟是经历过大世面的人，一点也没有胆怯和退缩显现在脸上，几乎被淡定和从容取代了。反而是岳珊妮，挽着李旭晨的手不停地在出汗，虽说今天上台的话大部分都是李旭晨讲，但是最后的参选人亮相她也不得不说上几句，她抬起头看着李旭晨。

"怎么了？紧张？"李旭晨察言观色地问道。

"嗯，感觉都是很资深的人，我觉得我根本就不够格。"岳珊妮说着，不喜地嘟起嘴。

"他们也要依仗公司的势力啊，这个行业要看整体实力而不是个人魅力，珊妮有叔、晨哥、超越做你的大后盾呢，除非你对这三者都没信心，不然你根本无须担心什么的，丫头。"李旭晨的安慰让岳珊妮的心得到了很大的镇定，她抬头看向李旭晨从容的侧脸，觉得眼前的这个男人充满了深不见底的人格魅力。

李旭晨走到会议室找到了超越高科的位置坐下，然后回头放眼望去，几乎座无虚席。

"晨哥！那不是岳书翔吗？"岳珊妮紧张的抖动着李旭晨的肩膀，然后指着同一排的方向，李旭晨跟着她手指的方向看过去，确实看到了岳书翔。

"他来做什么？"李旭晨嘴里喃喃自语。

"怎么办？他不是又来捣乱的吧？"情绪稍有缓和的岳珊妮看到这个不速之客，也恢复了之前的担忧。

"放心吧。"李旭晨收回自己的目光，暗示自己就当作像上次行业竞赛一样，他只是来捧场的。安抚好自己的情绪之后，换届也开始了。

几乎所有上台说话的人，都是为自己谋官职的，只有李旭晨是替岳珊妮去讲话，虽然有所担心，他倒也不退却。

李旭晨大方得体地上去，他的面孔很多人已经是见过的了，上次的项目竞赛就不少企业想挖他跳槽，但知道他和超越的连带关系后，就彻底打消了这个念头，现在能在这个竞选上看到他，自然也就不觉得奇怪了。

"在座的各位大家下午好，我是来自超越高科的CTO兼任总经理，以下是我对本次竞选做出的陈述。"岳书翔坐在下面嗤之以鼻，自己离开超越也没几天，岳书成就急着赶鸭子上架，把李旭晨给提拔上去，果然这老东西还是对自己最狠，说着用着凶煞的眼神看着李旭晨，仿佛要把所有的怒气都发泄到李旭晨的身上。

"我此次上来，不是代表我自己，我是代表超越高科全体员工的一致心愿站在这里，经由我们内部决定，希望推举岳珊妮小姐为光电子产业联盟的副会长理事。"李旭晨每次的讲话总能让下面的人感到震惊，无论是竞赛还是竞选，所有人都议论纷纷，只有岳书翔坐得端端正正，他想看看李旭晨骨子里又在装着什么清高。

李旭晨等下面的议论声过完，才缓缓地开口："我知道超越高科在同行业里出现和讨论的频率在日益上升，这当然离不开各位对我们的支持和鼓励。超越高科已经从之前传统的光靠流水线加工生产到现在的坚持自主科技创新，从理念上已经发生了质的变化，这也就是为什么我们在跃天的招标以及光电子产业协会的项目比拼上能拿到不菲成绩的原因。"李旭晨总结之前超越的两大成功事迹，让岳书翔气得直跳脚，这也正是压倒他的两座大山。下面知道的人和不知道的人都在小声交谈着这两件事情，不过大多点头表示赞许。

李旭晨接着说："这也仅仅是超越这几个月来傲人的成绩，以后会有更多像这样的突破，所以站在超越高科的立场上，我觉得对于这次的竞选我们充满信心。再者，我和诸位想谈谈我们的董事长岳书成，我们暂且称他为岳老，因为同行业里跟他相熟的人也都喜欢这样称呼他。他是我人生的导师，也是我的养父，他的为人想必在座的各位都和我一样清楚。坦诚、乐观、守信、大度，上次有一个公司的CEO还和我提起，只要岳老还在超越高科一天，无论超越高科业绩如何，他都不会终止合作，我觉得这段话就是对岳老最大的肯定。再从能力上来说，超越高科的行业总排名曾经飙升到全行第三，这是多么傲人的成绩，这些业绩也只是靠着岳老带着手下那一千来号人，夜以继日的埋头拼搏出来的傲人成绩，我敢说在他之后别无二人。现在超越员工的花名册上已经有了上万人，而这些人之所以肯勤勤恳恳的为超越工作也是因为岳老的领导有方和强大的能力作为前提的。"

李旭晨乘胜追击继续说着："这次超越高科以技术创新作为大的前提去迎接全新的光电子产业，而我们之所以推选岳珊妮不仅因为她身上延续着老岳董的血，也同样拥有一颗赤诚的心，现在这个少女已经初长成，不仅努力向上，也具有一颗刚正不阿的心，希望各位能给她一次机会，也当作是给超越高科机会，我谨代表全体的超越员工，在这里给你们致以最深的感谢。接下来就是竞选人岳珊妮和大家见面。"岳珊妮听着李旭晨的夸奖都觉得有些不好意思了，自己现在离他嘴里的自己还是有着一定的距离，不过似乎因为这话是李旭晨说的，所以岳珊妮也觉得特别的开心。听到李旭晨让自己上台之后，岳珊妮也慢慢起身，先是向所有人深鞠躬，然后再端庄地走上台。看得出她是紧张的，频频向李旭晨的方向投去求助的目光，李旭晨的视线也一直没从她身上移开过，满脸都是宠溺地笑。

岳珊妮接过主持人的话筒，做了一个深吸气的动作才缓缓地开口："各位在座的公司高层及董事你们好，我是来自超越高科的岳珊妮，既是公司的董事，也是现任董事长的女儿。我今天非常荣幸能代表超越高科来竞选副会长理事这个职位。我知道很多人对我可能还不够熟悉和了解，但对于我的父亲却有着各种各样的褒奖。我想告诉你们的是，我和我父亲最共同的一点就是做事的态度和对人的态度。做起事情来我们愿意付出一切的努力，哪怕无用功再多一点，也要把事情做完满，在对人的方面，我始终相信善恶终有报，一切以向善作为出发点。这是我这一生受用的两个准则，也是我认为作为一个光电子产业联盟的成员所要具备的最基础的两个先决观念。我想只要我能当选，行业内大小事务我都可以操持，对所有公司都能保持公平公正，这是我能给予在座每一位的承诺，也希望你们能欣赏我，信任我。谢谢大家。"

虽然岳珊妮说起话来的底气没有李旭晨来的足，但一字一句都能听出她的中肯和决心，李旭晨已是觉得满意，今天的岳珊妮的确已经有了非常大的进步了。

岳珊妮说完后，李旭晨也走过来站在了她身边，接下来就是光电子产业联盟评委提问的环节。

"李董，我有问题。"岳书翔缓缓地站起来。

"这位先生，我们没有场外人士提问环节。"主持人出来维持秩序，而岳书翔却完全没有理会他的意思。

"我只是以一个超越前总经理的身份来帮助联盟协会去求证两人的实力，我想这个无可厚非吧。"岳书翔自然是在这个行业混迹久的人，都仰仗他的名声，看到是他也就睁一只眼闭一只眼了。主持人瞬间没了话，岳书翔露出一贯的奸笑，才慢慢开口。

"我想问问李董若不是仰仗岳书成的关系，你能保证自己有能力站在今天这个场合说话吗？"岳书翔一开口火药味十足，有人见他明显是来捣乱的，也就唏嘘不已。

"前超越总经理您好，我想证实一点就是，一开始我担任超越 CTO 这个职位，您还是投了赞成票的，您现在这番话不是搬起石头砸自己的脚吗？"李旭晨此话一出，连岳珊妮都觉得甚是佩服，这样的反击就是重重地给岳书翔的脸上扇上最响亮的耳光吧。岳书翔恨得牙痒痒，当时自己引狼入室的事情被发出来，他悔的肠子都青了。

"那么你能斩钉截铁地说你有这样或那样的能力，有谁能信服？"岳书翔说的这一点正好也是他自己想知道的。

"我不光是给了构思和前景吧，自从我进入超越高科以来，所做的事可以说没有一件是像前岳总您一样失手的，都是实打实地做好，这些我相信和我们合作的企业都有共鸣，我不需要特地向您解释吧。还有岳总，现在是行业联盟的会议，不是个人批斗会，您有什么疑问我们下了台再讨论好吗？"李旭晨说得文质彬彬，可是话里话外一点都不含糊，句句戳中了岳书翔的伤疤。

"岳总，请你坐下。"光电产业联盟的会长发话，他不需要在自己的地盘，有人去帮他甄别人选，因此看着岳书翔也没有什么好脸色。岳书翔看在发话人的地位上也只得灰溜溜地坐下来了。

"二位请回座，我欣赏你们的风度和坦诚。"会长冷不丁地给出一个非常高的评价也让李旭晨和岳珊妮感到很欣慰，似乎从什么时候开始，岳书翔对他们每一次有意的伤害，都已经变成了变相的帮他们把事情做得更好了。两人在台下继续听着其他的竞选演讲，李旭晨全场一直全神贯注，自然也就没意识到后面的人已经把他当作一个光电子未来即将崛起的行业明星一样去讨论了。

会议结束之后，主持人通知消息会通过邮箱以及官网宣布让他们回去等消息，李旭晨没有太多的担心，岳珊妮却是对自己不太自信。

李旭晨今天回到家，看到一直情绪不大对劲的岳书成感到奇怪，这老爷子按理说天天在家待着，自己现在也改掉了晚归的毛病陪着他，他应该是笑容满面的才对，怎么今天一直提不起劲来，李旭晨不好直接去戳他的伤疤，只是暗自观察着他的不对劲。

"唉……"吃着饭的岳书成突然放下筷子看着岳珊妮和李旭晨，像是要开始感慨什么，可憋了半天硬是一个字都没说出来。

"叔，你今天是怎么了？我看你一整天都唉声叹气的，我也不好问你，是身体不舒服了还是怎么着了？"李旭晨大抵还是忍不住关心，即便他知道岳书成想说的时候自然会说，但是也看不得他这样折磨自己。

"我本不想背后说人是非，但是这件事我觉得还是有必要和你们两个晚辈说一下，毕竟他和我也是这么多年的兄弟了。"李旭晨听到兄弟两个字，自然就知道岳书成接下来要说的人是岳书翔了，但也只是默默地听着，没有插上话。

"今天赵群过来看我，我问起岳书翔，他最近的情况像是很不济。他和他所谓的同盟融资开了一家光电子原料企业，专门供货给岳书翔以前在超越的大客户，但是公司成立不久，他的合伙人就卷走了大部分的钱，那些人大都是冲着岳书翔的名号去合作的，哪管这么多，现在所有人都指望着他退款，又是一个烂摊子等着他收拾了。"岳书成说着还接连的唉声叹气，像是替他担心又像是替他惋惜。

"太好了，善恶终有报。"岳珊妮没有看懂岳书成的神色，赶忙欢呼。李旭晨心里虽说也觉得痛快，但是光看岳书成的面色，他也不敢面露自己的任何情绪，只是知道岳书成还有这份情谊留在心里。

"叔，随他去吧，既然他相信自己跳出超越的圈子能谋求更好的发展，这些他是必然要经历的，况且他这么多年从超越拿的回扣以及临走时带走的那一笔款项也足以让他吃饱穿暖了，你就不要做过分的担忧了。"李旭晨语重心长地安慰起岳书成，岳珊妮这才观察到父亲的脸上并没有什么好颜色，也才坐到他身边，低声安慰起来。

"爸，我知道你念情，但是人家也要买账才可以啊，你一味的单相思，他那边也没见有所表示不是？所以现在没有消息就是最好的消息，你应该把心思多放在晨哥身上，毕竟他现在已经把超越打理得这么好了。"岳珊妮说得头头是道。

"说是说断了断了，可亲兄弟怎么可能这么容易断，听到他的不幸我也为他捏把汗，都是手足，他若是当初没有走错路，现在来请求我的原谅我都还是会收留他，又怎么能忍心他这个年纪再吹捧什么创业精神呢。"岳书成光是说起这些话就揪心，他的心里始终放不下这个亲弟弟，即便岳书翔三番五次的置超越于死地，他在谈起这些事来，似乎都能得到原谅似的。李旭晨和岳珊妮听到岳书成这么说，也是无话可以劝慰，因为他们对岳书翔既没有什么亲情可言更无任何可以同情的情面所在，也就只好听着岳书成的述说，点点头了。岳书成见他们没什么回应，于是想了想，又想说些什么。

"旭晨，叔有个不情之请，明天请他到家里来坐一坐，我当面问问他这些事情，若是觉得他还是有些良心在，你就给他安排个得当的活可以吗？"岳书成一晚上其实都在犹豫要不要和李旭晨讨这个不情之请，但是出于关心大于担忧，他还是说了出口。

"叔……你根本没必要这样做，他不会感激你的。"李旭晨加重了语气，他现在觉得岳书成已经超出了善良的范畴，变成博爱了，岳珊妮也同意地点了点头。

"就当卖叔一个人情，请他来家里坐一坐不损失啥，我也就当作和他聊聊天。"岳书成继续用着哀求的语气，李旭晨也是心软，他现在倒不怕岳书翔肚子里还藏着什么坏水，只是怕岳书成再受什么打击，但是无奈也只能点头同意。

"先约法三章，不准生气，不准动怒，不准意气用事。"李旭晨假装严肃地说着，岳书成欣慰地点了点头。

李旭晨第二天派助理去找了很久，才查到岳书翔近来居住的具体位置，因为被债权人用各种手段逼债，他已经搬到郊外的一栋小别墅里过着孤寡的生活，开门的时候看到来人是李旭晨，还翻了几个白眼才让他进屋。

李旭晨告诉他自己的来意，岳书翔考虑半天同意了，两人开着车一前一后到了岳府，岳书成虽然口头上说是不在意，只是了解一下岳书翔近况之类的一些借口，但还是执意让岳珊妮推着他出到大门口去迎接。

"哥。"岳书翔知道自己能和他见面的机会也不多了，于是还是选择了一个这样的称呼去叫他，希望他们为数不多见面的日子里，还能留给彼此一点念想。

"嗯，看来你这身体也是每况愈下啊。"岳书翔用着假装关心的语气说道，岳书成听得出但也无所谓，只是觉得他能关心一下自己也是极好。

"嗯，这个年纪了谁还有几个年头可活，过一天是一天吧。"岳书成说得坦然，李旭晨和岳珊妮听着心里也是不好受。

进到家里，佣人已经备好所有的饭菜，因为岳书成的吩咐，还特地加了好多岳书翔喜欢的饭菜。岳书翔看了一眼菜品，虽然看出了其中是有投入心意的，但也没什么表示，像个主人一样毫不拘谨地坐下来了。

"看来你的生活质量还是原先的水平啊。"岳书翔话里有话，站在一旁的李旭晨听着甚是刺耳。

"嗯，晚辈争气。"岳书成漂亮地回答让岳书翔面色难看，李旭晨觉得岳书成就该拿出这样的霸气和岳书翔过招，毕竟他俩谁也不亏欠谁的，没必要处处忍让。

四人都就座后，岳书成才拿起酒杯示意要碰杯。

"叔，不要喝了。"李旭晨皱了皱眉地说道。

"不碍事，一点点，趁着高兴。"岳书成为自己争取着特赦，他这样的状况其实也没什么差别，只是李旭晨和岳珊妮会把这样的事情无限放大。

"那就这一口。"李旭晨还是妥协了，毕竟岳书成现在的宽心才是对他最好的帮助。一边的岳书翔看到他们这一家其乐融融的模样就觉得刺眼得很，不知道是不是刻意给自己看而演的这些好戏，只是没什么好脾气的也端起酒杯，他也难得给谁赏过脸。

"看来你们是真的情如父子。"岳书翔一出声，一边的岳珊妮就对着他瞪眼，恨不得直接把他毒哑，安心吃完这顿为了岳书成而无奈出席的晚宴。

"这事假不了，人心都是肉长的，谁对谁好难道还能骗人吗？"李旭晨实在忍不住也插了一句话，岳书成见双方又往着谈崩盘的方向发展，赶紧出来制止。

"感情的事都能培养，我们兄弟的感情根基也都还在。"岳书成打起好人牌，岳书翔不屑一顾，他从未觉得他和岳书成之间还有半点兄弟情，这个他们上次在小吃店的时候自己也是说得明明白白，不知道岳书成哪来的脸面又自取其辱。

"今天找我来是有事吧？"岳书翔表现出一副很不情愿的样子说着，就像是岳书成哀求他来，所以他有足够多的理由可以气势凌人一般。

"今天请你来也是想关心一下你近来的状况，听说你搬到了城乡的小别墅打算开始自己的生意，我想我们这个年纪应该是安享晚年了，你若是有什么难处，旭晨这边你可以直接开口，我已经嘱咐过他了。"岳书成因为担心伤了岳书翔的自尊而说的小心翼翼，可岳书翔只要一听到关于帮助的字眼就觉得像是嘲讽自己多不济一般，火气也冒了上来。

"我想我还没到需要别人救助的时候，况且这个人还是把我一步步逼出超越的人。"岳书翔的话句句重伤，李旭晨看不过眼想一一还击，就被岳书成用手拍拍了一下自己的小手臂暗示他不要冲动，他想了想还是忍住了。

"叔叔，你又何必这样说话。"岳珊妮没忍住出声，但是这些话从岳珊妮嘴里说出来语气倒是温和了许多。岳书翔也就没有再说什么，四个人心思各异地吃着饭，没有人是真正放松的。

"你那边债务处理的怎么样？"岳书成出于想帮助他的心意问道，岳书翔却误认为他一直在暗中提防着自己，查着自己近来的状况，于是重重地把筷子砸在了桌上。

"你什么意思？"李旭晨先是急了眼，岳书成又拉了拉他，他才缓缓地坐下。

"我没有嘲笑你的意思，我只是无意听赵群说起你的事，想着你最近应该是遇上了什么麻烦，所以想看看你需不需要帮助，你放心，只要你能放下以前的事我都能释怀，毕竟我现在也知道自己的境况，如果可以我还愿意叫你一声弟。"岳书成说出了自己的全部心里话，说实在，李旭晨倒不怎么能明白他的苦心，这样单方面的去讨好一个人真的是太累了。不过李旭晨想到自己也没有亲手足，无法对这样盲目的宽容做出评价，于是也只好忍着。

"我能有今天也是亏得你了，若不是当初你做大我做小，我还不至于为了拿那点钱而出走，现在给自己徒增这么多烦恼。但我岳书翔最基本的骨气还是有的。至于那些什么乱七八糟的兄弟情我觉得还是能免则免了，江湖闯荡的多，对于这些感情也看得薄，你也同他们没什么区别，当作是生意上的来往就够了，若是以后能合作便还是有情面在。"岳书成没想到岳书翔能说出这么决绝的话，就好像他们是亲手足的事完全不存在似的，他甚至无法理解这世间还存在如此薄情寡义之人。

李旭晨看得出岳书成的难过和失落，这样的结果在岳书翔没来之前他已经预想到了，但是知道岳书成没有亲耳听到这些话是不会罢休的，同样他清楚只有让岳书成经历了这一次的谈话他才能彻底死心一样。

"我看今天的饭局就到这吧，岳总也是日理万机之人，如今还忙着四处奔波去拉赞助和贷款，想必也不容易，那就请回吧。"李旭晨忙着下逐客令，他觉得今天到此为止就是对岳书成最好的结果，不然他是真的担心岳书翔再待下去，岳书成会有什么样的后果。

"看来是已经不欢迎我了，行吧，我纵使出现在这里千万次，你们得到的结果也都还是这样，各自安好吧，希望来生不要再有今世的孽缘，我们不要再做兄弟了。"岳书翔像是在做最后的诀别陈述，岳书成听这话比寒冬还要让自己心灰意冷，似乎他们俩的感情真的是属于无法逆转的地步，他也不再做纠结，毕竟自己也没有这么多的时间可以再去请求他的谅解了。

岳书翔起身走出大门，岳书成让李旭晨推着自己到大门口，直到他的背影消失他还是不肯把视线挪走。岳书成知道今日一别，真的可能是永别，而来生自己和他也再无兄弟缘，但岳书成心里还是有寄托，希望未来有那么一天能和岳书翔一起再次携手站在超越的大门口，两人互相搭着肩，再一次许下不达目标誓不罢休的承诺。

不过，也有令人高兴的消息，当天晚上，网站上终于公布了岳珊妮当选副会长理事的决定。但随之李旭晨也有一件麻烦事，巫启通过邮件向他表白了。

李旭晨突然觉得自己这个晚上经历了岳珊妮的当选之喜，又经历了巫启表白之悲，但他很肯定自己对巫启绝没有半点男女之情，最多也只是欣赏她的做事风格和魅力，于是在如何拒绝她的问题上，又有让自己头疼的了。

第四十四章　浮出水面

第二天上午，李旭晨开车送岳珊妮到产业联盟协会的办公室做头天报到，由于需要开具相关的企业证明，两人又折返超越。李旭晨在超越高科的大厅里坐着等上去办事的岳珊妮，恰巧巫启也刚和客户在那谈好生意，两人就又在最不合适的场合和时机重逢了。

"巫董，早啊。"李旭晨脸上挂满了尴尬，想到昨天邮件内容他就没法从容的聊天。巫启倒是和李旭晨截然相反，她既然毫不隐晦的说明了自己的想法，也就不再遮遮掩掩，于是大方地对李旭晨露出一个善意的微笑。

"早。李董这时候不是应该在 CTO 的办公室吗？怎么坐在这里？"李旭晨想到昨天杨文和他说的拒绝女生可以表明自己的真实心意，于是决定借岳珊妮替自己开脱。

"等珊妮那丫头，今天第一天去产业联盟协会那边报到，等她去人事那边补全手续再送她过去，这丫头总是不让人放心。"李旭晨故意用着宠溺地语气，而巫启听着也确实是不舒服。

"原来李董还是这么体贴入微的哥哥呢，我还以为你当男友好，没想到是全方位的发着好人牌。"巫启巧妙地回应又让李旭晨尴尬地一笑。

"巫董说笑了，对于同事我也是这般热情，毕竟能够相识也总是缘分一场嘛。"李旭晨用着自己觉得明显的话回绝着巫启，巫启倒是不以为然。

"对同事能有这样的心思，想必也是一个绝佳的好男人了。"巫启再次调侃，李旭晨发现自己真的不知如何回绝，友好地点了点头。

岳珊妮这时候刚从电梯门下来，就看到巫启和李旭晨聊得你侬我侬，顿时也起了醋意，特别是看到巫启看李旭晨那个充满爱意的眼神，女人的直觉就告诉她有问题。岳珊妮耷拉着脸走到两人正中间坐下。

"晨哥，不是在等我吗？怎么和巫董聊起来了。"岳珊妮话里的醋意巫启听得出，李旭晨却浑然没有发觉，这也许就是男人和女人的区别所在。

"刚好碰上聊了两句，办好了吗？"李旭晨温柔地问。

"嗯，办好了，我们回去吧。"说着两人站起身的时候，岳珊妮还自然而然的挽着李旭晨的手，巫启注意到这个细节后，稍稍有些不愉快，但她劝自己别多想，这也许就是两兄妹惯有的生活习惯而已，便径直走回了自己的办公室。

车上寂静无声，岳珊妮还沉浸在刚才自己走出电梯口所看到的画面，李旭晨发现她这一上一下情绪有波澜，于是关心地问道："怎么？人事部为难你了？"岳珊妮被这个哥哥的傻头傻脑给逗笑，于是忙着摇了摇头。

"没有，只是看到了自己不想看到的东西。"岳珊妮这句话李旭晨自然是不知道其中的含义。

"什么东西？"他好奇地问道。

"不告诉你，以后有机会再和你说吧。"岳珊妮想着以后若能和李旭晨表达自己的心意了，再告诉他自己并不喜欢他这么近距离地看着一个女人的眼睛。李旭晨不明白小女生的心意，也不打算打破砂锅问到底，也就沉默了。岳珊妮走入产业联盟协会大厦的时候，李旭晨还一直目送着她的背影看她走远，现在眼神充满爱意的人已经不再是巫启，而是李旭晨了。

还没走到办公室的李旭晨就被杨文给堵住。

"老实交代今天在大厅楼下和巫启说了什么？怎么珊妮大小姐坐在你们正中间。"杨文的神通广大李旭晨不得不佩服，于是以一个嫌弃的眼神打发他。

"随便聊了两句，可是我已经不知道该怎么样去做人了。"李旭晨眼神里满是苦恼。

"我能理解，毕竟以你现在在超越超高的人气一定是万人追捧的，以后会越来越多的拒绝要你去做，你要做好心理准备。"杨文好心地提醒却被李旭晨当作是一种调侃，半握着拳头就往他身上砸。

"你鬼主意最多。"李旭晨说着杨文露出一个无害的表情。

这时候李旭晨的邮箱又再次响起，置顶的邮件依旧来自巫启。

"下班可否一见?""这是巫董吧! 这么快就要和你摊牌? 这个女人也太不容小觑了。"杨文感慨道。

"怎么办? 难道非得把关系捅破? 说实在的，我现在是真心把她当成是好友。"李旭晨解释道。

"谁把你当朋友，感情的事只要是爱上了，便会纠缠。"杨文说出这句话都觉得自己很有远见和水平。

"我先答应她了，毕竟别人主动邀约不去不太礼貌。"李旭晨说着，杨文也礼貌地点了点头。

"好，老地方见。"杨文再次读出巫启的邮件。惊讶了一番之后又说，"原来你们两个已经发展到有老地方了，真是太不可以思议了。"看着杨文一脸浮夸的表情，李旭晨又是无奈地给他轻轻一击。

"之前超越出事的时候她三番两次的帮过我，去的同一家咖啡屋，于是就习惯去那里了，也不是什么神秘的地方。"虽然李旭晨解释了，杨文还是一脸的坏笑。

"说清楚吧，省的夜长梦多，我看巫董也不是死缠烂打的人。"杨文认真地说。

"嗯，我也同意。"两人就这般达成了协议。

李旭晨倒是一天心思都放在下班上，盯着时钟从正午到下午，又从下午到正好敲响6下，他才拿起公文袋去赴约了。

"加油，兄弟。"临走时杨文还附上这么一句话，让他觉得自己是真的赶赴刑场一般。

李旭晨到的时候巫启已经帮他叫了最爱的拿铁，巫启还记得他们总共来过这家餐厅5次，李旭晨点了4次拿铁，一次卡布奇诺。这些当然她都偷偷藏在心里。

"李董今天很准时。"巫启先开口，她知道现在李旭晨有着自己的小尴尬。

"巫董也是呢。"李旭晨回应。

"来了有半个小时了，没有什么心思工作，索性过来等你。"巫启总是这么理性又淡定地说出很多人犹豫很久却迟迟说不出的话，李旭晨佩服她这一点，同时也畏惧这一点。

"巫董，昨天的邮件我看了……"李旭晨直入话题又欲言又止，他面对感情完全没有工作上那么武断，更别说如巫启这般坦诚。

"我知道你看了，我就是想知道你的心意才来这里。你直说无妨，我是一个能容事的人，你不用担心别的。"巫启洗耳恭听，她不希望李旭晨对她有任何顾虑。

"巫董，你各方面都好，无论是工作还是人品我都欣赏。可说实话，我觉得我们并不合适。因为我们的性格有太多的共通之处，这一点有好也有不好，而且在性格上我们都属于比较强硬的类型，这一点若是今后我们真的处在一块了，很容易刀剑相向，所以我觉得不是很合适。"李旭晨不懂拒绝体现在言语当中，愣是把一个拒绝的对话说成了一篇短篇作文，巫启觉得理由不够充分。

"李董，我觉得你不够真诚，这些理由其实都不是理由，人和人之间本来就是需要磨合之后才能共处一室的。"巫启说出了问题的关键，李旭晨见这样的三言两语也说服不了她，于是决定说出自己最真实的想法。

"巫董，我不妨告诉你，我和你之间的感情，我一直看得很珍贵，就像是对待杨文一样十几年的挚友。但是男女之情说实话没有过。"李旭晨觉得这样的话语听上去很伤人，但是他别无选择，只能选择如实相告，感情的世界有一句至理名言叫作长痛不如短痛。

"李董可以一试，感情可以慢慢培养，我现在对于你也还没有到爱得不可自拔的地步，倒是我意识到自己跟你在一起会不自觉安心，会因为你的开心而开心。所以我们可以慢慢去发展。"巫启说得很是真诚，李旭晨想不到巫启会有如此强大的内心世界，不过这样刚硬的女子已是不可多得了。

"巫董说的对，但是最主要的原因是我心里已经有人了。"李旭晨没有说出岳珊妮的名字，但是光是想到岳珊妮他就觉得很开心。巫启听了他说这么多话，唯有这一句巫启无力反驳。

"原来如此，那我知道了。李董，谢谢你的坦诚。"巫启脸上看出丝毫的难过，都被冷静和理性所取代了，李旭晨绅士地点头对她表示歉意，巫启也大方的给予回应。

"巫董，你一定能找到你的一生所爱。"李旭晨觉得说出这句话一身轻松，果然感情的事不能推托，只有把该了的了了，才能如获新生。

"李董，我有个不情之请。"这句话向来是李旭晨对巫启说的，每次需要帮助巫启都会毫不犹豫地答应，这次换成巫启说这句话，他怎么样都是不能拒绝的。

"巫董请说吧。"李旭晨回答。

"我想，过完这个星期我就会辞职了，我打算出国留学，边留学边旅游，这么多年在光电子行业混迹，我也慢慢迷失了最初充满追求的自己，现在想要重新拾回那份自信和向上的精神，就当作是一场小的阔别和对自己的放纵吧。"巫启向李旭晨提出辞呈的时候李旭晨心里多少还是有些难过的，但他觉得这样的阶段自己也曾经历过，就是七年前自己做错事，也想着放下所有的担子重新开始，他这一别也是七年。所以他能理解巫启想要放下一切先去历练心态找回自己，再重新投入工作的想法。

"巫董，我不留你，因为我和你一样有过这样的想法。以前的我能说走就走，现在身上扛着这么多人的目光我也无法退身，所以我欣赏你这种勇气的同时也给予你赞许。超越的大门永远为你打开，只要你想回来，我们永远欢迎。"李旭晨的理解和大度总是能这么轻易地吸引到巫启。

"李董，我能向您索要一个离别之吻吗？哪怕是没有温度的，算是对我阔别了爱情这么久重新爱上一个最好的恩赐。如果你为难就作罢了，但我希望我这份爱至少在你心中，走过过场。"巫启的要求其实并不过分，她的坦诚和直率已经是李旭晨这么多年以来见过真诚的了。

"巫董，我答应你。"李旭晨笑得灿烂，水灵的眼睛似乎会说话的闪着，巫启羡慕能被李旭晨装在心里的女人，她也想成为那个女人，可是对方心里早已种下种子，虽然有遗憾，但是她依旧选择转身，对于巫启来说，比感情更重要的是自尊，比自尊更重要的是自信。倘若多年之后她游历回来，再见到李旭晨她依旧能成为他眼里孤傲又自立的女人，这对于巫启来说就够了。

巫启和李旭晨约定，两人当 10 分钟的情侣，10 分钟之后，巫启是巫启，李旭晨是李旭晨，这个吻不向任何人提起。

巫启做了她今天看着岳珊妮对李旭晨做的事，就是挽着他的手臂走路，她阔别了爱情十多年，再一次感受到爱的体会的时候，还有这么一点不舍。两人离开这个地方走到 CBD 商务区的一个巷子里。因为只有 10 分钟的时间，巫启觉得每一分钟的流逝都带着直戳心脏的疼痛感。

"李董。"小声地叫着，心脏的跳动似乎能让她感觉到头晕。

"叫我旭晨吧。"李旭晨说道，他知道此刻的巫启心里有多不好过。

"嗯。做你想做的事吧。"李旭晨全当是完成心愿一般，除了面露微笑，他似乎感觉不到自己有任何的怦然心跳了。

"10 分钟过后，就当陌路吧。"话音刚落，巫启的嘴就紧贴着李旭晨的脸庞，她用嘴巴感受李旭晨脸颊的温度，眼眶便被自己的泪液润湿了。巫启甚至忘记了自己会哭的这个事实，这么多年她习惯坚强，习惯伪装，到今天真正确认自己爱上李旭晨到放手，也就短短的两天时间。她觉得自己仿佛经历了一场大杀戮，心里有痛有累。

李旭晨这时的面颊也是通红，他连手都是插在口袋里，也没有抱着巫启的意思，他似乎也只听得到巫启的心跳声，自己则很平常，所以他能肯定，自己对巫启是真的没有半点男女之情。

这条小路是岳珊妮往常爱走的，因为绕着大路到超越的正门比这条小路要多花三倍的时间，即使李旭晨再三叮嘱她小路有多不安全，但是岳珊妮今天就是格外想见到李旭晨，于是产业联盟协会那边的工作一结束，岳珊妮就迫不及待要赶回超越找李旭晨，可是手机却迟迟打不通，她也只能做这个不速之客了。

岳珊妮因为着急三步并作两步走的时候，看到前方有一男一女在做着亲密的动作，岳珊妮刚想拿出手机偷拍等下告诉李旭晨这件趣事的时候，手机聚焦的地方似乎就是李旭晨的头部，接而看到巫启把嘴巴从李旭晨的脸颊移开，然后是李旭晨的整个脸出现在岳珊妮的相机屏幕里。李旭晨察觉到有人在远处注视着他，定睛一看还没确定那个人是不是岳珊妮，就看到一个气势汹汹的背影离开。

"你喜欢的人原来是岳珊妮。"巫启光从李旭晨的眼神里就能看出爱意。

"对，就是她，可是刚才……"李旭晨还没来得及反应，就看到对方已经离开，他觉得岳珊妮若是喜欢他一定会上前阻拦，可是她没有，一时之间，李旭晨也六神无主。

"李董，那你还等什么，快去追啊，那是你爱的女孩。"巫启看到李旭晨一动不动都为他着急，对于自己爱的人不追便这么放手，那就再也回不来了。巫启在心里对着自己说，最可悲的是你爱着他，他却爱着别人吧。

李旭晨听到巫启的话，撒腿就跑，一个不小心还差点撞上迎面开来的车，前方的岳珊妮听到巨大的鸣笛声回头一看，看到李旭晨傻傻愣愣地站在车面前，赶忙跑回去想要拉住他，但是跑到李旭晨面前的时候，车子也差个几厘米就撞上来了，于是岳珊妮当即就吓出了眼泪。

"珊妮。"岳珊妮再次负气地离开，脚步越来越快，李旭晨在后面追，因为腿长优势，倒也不费吹灰之力就追到了。

"放开我。"岳珊妮已经泪如雨下，语气里是恶狠狠的要挟。

"不放，你这是怎么了。"李旭晨因为不确定她的心思也不知道她为何哭得如此伤心，用手背给她擦了擦眼泪，慢慢等她情绪缓和下来。

"你刚才差点就出车祸了你知道吗？那为什么不躲，你出车祸了我怎么办。"岳珊妮完全没有缓和下来的意思，而是越哭越汹涌，李旭晨一个劲地给她抹眼泪，见完全无用，一把把她抱到了怀里。

"没事了，这不是好好的吗？傻丫头。"

"你就是为了那么点男欢女爱搭上自己的性命？你不活我也不要活了，你个坏人。"岳珊妮一个劲地捶打着李旭晨的胸部，因为力气很小，李旭晨也不费吹灰之力就抓住了她的手。

等到岳珊妮的哭声渐渐变弱，到最后她哭累了趴在李旭晨的胸口，李旭晨才缓缓地开口。

"哭完了？"李旭晨看着她的眼睛问。

"哼。"岳珊妮一副不愿理睬的样子，眼睛因为刚才的折腾，肿得很大。

"看你把眼睛都要哭坏了，晨哥这不是好好地站在你面前吗？有什么事情说就好了，干吗要扭头跑，我都说了，你去哪我都会追，现在出事了你就哭傻不傻？"李旭晨轻柔地责备让岳珊妮刚平定下来的情绪再次波澜。

"我们找个地方坐下来说好不好，晨哥有很重要的事情要和珊妮谈一谈。"李旭晨两只眼睛直勾勾地看着岳珊妮，岳珊妮把眼泪抹干净，淡淡地点了点头。李旭晨一边用大手抚摸着她的头发，一边嘴里安抚地说道："没事了。没事了。"

两人面对面坐在一家小吃店里，岳珊妮现在情绪看上去已经得以恢复。

"珊妮，接下来晨哥说的话你要认真听好。说完之后你觉得可以接受那

是最好，如果不能接受你就当没有听过，这点你能答应吗？"岳珊妮勉为其
难地点点头。

"那我说了。今天你在巷子里看到了巫董亲吻我的脸庞，是因为她昨天
和晨哥告白了，但是晨哥心里没有她，所以今天我们约见的目的主要是晨哥
要拒绝她。巫董告诉我她已经很久没有对谁动过情了，所以想要给晨哥一个
吻，这样她便能把这段感情藏好，然后辞掉超越的工作出国去留学。这个不
算是人情，但算是世故。晨哥答应她了，因为每个女生都值得被保护，但是
我们说断了就真的断了。刚才你的突然出现，让我大惊失色，我以为你会走
过来，但是你直接跑了，是巫董叫晨哥去追，你知道为什么吗？"李旭晨问。

"不知道。"岳珊妮摇了摇头，继而静静地听李旭晨说着，也觉得自己有
些无理取闹了。

"因为她知道晨哥喜欢的人是你。"李旭晨终于说出了自己想说的话，岳
珊妮用双手捂住自己的嘴巴，她没想到这句话不是从自己嘴巴里面说出来，
而是从李旭晨嘴里说出来。

"晨哥……"李旭晨看到岳珊妮的反应，怕她忙着拒绝自己，于是用手
掌堵住她的嘴巴。

"先听晨哥说完，这个感觉晨哥从接受进入超越的那一天就开始在心里
慢慢滋长。晨哥之所以不敢跟你说，是因为怕你会觉得这只是单纯的兄妹情，
是我误会了，于是我又试过很多种办法去证明这真的只是单纯的兄妹情。然
而不行，屡战屡败，事实证明晨哥喜欢你，就像你的一颦一笑都能牵动我的
神经一般。所以我现在说出来了，不管珊妮是接受还是拒绝，是离开还是我
们共度一生，晨哥都接受你的选择。"李旭晨从没觉得说一段这样的话需要
这么大的勇气，他边说心脏就边狂奔个不停，到最后把自己内心的想法全部
说出来的时候才觉得真的松了一口气。

"晨哥，我想告诉你，我喜欢你已经是很久以前的事了。"岳珊妮笑得很
和煦，她终于证明那是爱情，终于等到一个不是单相思的答案。她想了想继

续说。

"之前就喜欢粘着你，依赖你，我说怎么对于一个普通的哥哥会有这样的感情。于是我也就开始在思索这到底是不是，我觉得我对你的感情似乎远远超出了亲情的范畴而是转向了爱情的演变。刚才看到巫启亲你，我觉得就像晴天霹雳，以为自己小心守护的人就这么不小心被自己的胆小给遗失了，我不是恨你，我是恨自己。再看到刚才你差点被车撞，我当即想随你去，也许你不会明白那种心情，可是晨哥，我想说的是，我也爱你。"岳珊妮囫囵吞枣地说了很多，她很迫切地想让李旭晨明白她的心意。

"所以晨哥，是你追的我。"岳珊妮恢复往日的好心情，她觉得只要像平时那样和李旭晨相处，她就觉得无比宽慰了。

"是啊，你这丫头可能自命清高了。"李旭晨也配合着她的喜剧。

"公司里的人会怎么看我们？爸会怎么看？文哥会怎么看？我之所以一直不敢公开自己的心意，还有一个最重要的原因就是我怕在他们眼里你变成一个不好的人。"岳珊妮喃喃自语，李旭晨知道说他不好，是自己借机娶了岳珊妮而拥有了名望和地位，但是这些李旭晨又岂会去在意，在他的世界里，多少的风浪他没见过，多难的路他没走过，只要他自己的人安好，他的世界便是晴天。

"珊妮，你从今往后只需要记住一点，有晨哥在的地方就是你的港湾，你什么都不用去害怕，什么都不用去想，只要相信我就够了。这点信心你能给我吗？"李旭晨说得很是诚恳，岳珊妮甚至都能看到他眼里能给自己一生一世的承诺，岳珊妮点了点头，她当然愿意停靠在李旭晨这个港湾里永远的避难。

"晨哥，我当然相信你，我也只能选择相信你。"岳珊妮这句话说得很轻，却给李旭晨一个很重的责任。

两人和好如初之后依旧像往常一样走出小吃店的门口，老板因为无意偷听了他们的对话还好心的送给岳珊妮一根甜筒，岳珊妮像个孩子一样吃了嘴巴周边都有，李旭晨拿出纸巾小心翼翼帮她擦拭的时候已觉得一切是这么理所应当。

李旭晨和岳珊妮走回去取车的时候看到巫启站在李旭晨车前等着他们，看到巫启李旭晨突然有些却步，岳珊妮看出了他的心思，于是转头认真地看向李旭晨。

"晨哥你站在这儿等我好吗？我去和巫董说两句，但是你不能过来。"岳珊妮说道，李旭晨点了点头便站在原地一动不动。

"巫董。"岳珊妮带着些许感激的语气。

"珊妮。"巫启也回她一个笑脸，知道她有话要说，于是便等她开口。

"谢谢你刚才让晨哥去追我，谢谢你的大度和谦让。"岳珊妮说得很诚恳，因为她知道一般女人绝不会这么做。若是换成其他人估计会做出让自己更加难过的举动，然后就随着自己离去，而正因为这个人是巫启，自立、坦荡、率性，所以现在她才能有幸和李旭晨在一起。

"珊妮，这没什么可谢的，他不是物品，他有心，他爱的是你就一定会选择跟你走。我不会勉强任何事情，因为我不愿意为了一个不爱的男人做贬低自己的事情。我倒是要谢谢你接手了他，让我在这个时候能把心死得彻底，我来到这里没有别的目的，只是想告诉你，我不拖延，明天上午飞往国外的航班。祝福你们的一切。"巫启这话让一向对她有所保留的岳珊妮也感觉到这个女人身上的魅力所在，怪不得她在超越能有这样口碑。

"巫董，我能抱抱你吗？"岳珊妮请求道。

"当然可以，你在我这里还真的是个让人心疼的小孩，以后好好生活，好好爱自己，珍惜这段感情，然后我会回来参加你们的婚礼。"巫启的笑让岳珊妮觉得越发美丽。

"巫董，要去和晨哥聊一聊吗？"岳珊妮指着李旭晨。

"不用了，我是来和你道别的，刚才已经和他口头辞职过了。还有以后要守护好自己爱情，多当点心，不要被其他人乘虚而入了，毕竟不是每个人都有我巫启这般的度量。"巫启说完自己也都哈哈大笑起来。

"我当然知道了，巫董，你是我见过最有魅力的女性。"岳珊妮说出了自己的真心话，巫启意味深长地拍了拍她的肩膀，向着李旭晨的方向点头示意了一下，便潇洒地转身离去了。

李旭晨站在远处和她示意，虽然心里突然觉得缺了一个口子，但好在事情也圆满地解决了，于是上前去搭着岳珊妮的肩。

"说了什么，还拥抱了。"李旭晨好奇地问。

"晨哥，这个可不能告诉你，这是女人之间的秘密。"说到秘密两个字，岳珊妮还故作什么的咳嗽了一下。

两人就像往常一样有一句没一句在车上聊着。岳珊妮心想，好像承认了恋爱关系和以往也没有多么不同，但总觉得这种甜蜜的感觉来的不再有愧疚感，她能大方地接受李旭晨的爱，而李旭晨也毫不犹豫的承认要保护好自己了。原来爱情不单是像飞蛾扑火般来得轰轰烈烈，也可以像家常小菜一般简简单单，一切能够按照原来的方向走似乎也是一件很幸福的事，就像自己和李旭晨一样，维持原来的生活，对未来充满无限的期待，这就足以让自己笑的和花儿一样甜了。

第二天一大清早，巫启的助理就向李旭晨递来辞呈，巫启这就是正式的宣布辞职了，李旭晨嘴角露出一抹淡淡的笑，大抵是连最后的道别也不须有了，这样的大度又是谁能位居第二的，他觉得这样的女人，值得他用一生去敬佩和学习。

第四十五章　枭雄辞世

　　"李嫂……吴嫂……"岳书成坐着轮椅有太多不便，即便现在想要够着水杯，用指尖勾了勾，还是弄不到。这老爷子也是急脾气，看到自己瘫倒在这张座椅上气得不轻，双手半握拳头拼命地敲击着自己的胸口。等平静了一会后，用手挂着轮椅扶手，试图让自己站起来独立去完成拿水的动作，一个向前倾，整个人都摔倒了。坐在外面正看着报纸的岳珊妮以及两个佣人听到屋里那么大动静，于是赶忙停下手里的活，岳珊妮一个箭步跑进去，却看到岳书成已经从轮椅上摔落下去了。

　　"爸……爸……"岳珊妮带着哭腔叫着，岳书成全无反应。

　　"打给120，然后打给晨哥，赶快……"岳珊妮泣不成声地说着，两个慌乱的佣人各自拨着号码。

　　李旭晨本在刚出家门没多远的路口等红灯，看到是家里的座机打来的，以为是岳书成又想起什么了，于是按下接听键。

　　"少爷，老爷他从轮椅上摔倒了，现在还在昏迷，你……"没等佣人说完，李旭晨就拼命往家赶。车刚停稳就远远听到救护车的声音传来，李旭晨赶紧跑进屋，就听到珊妮无助的哭声。

　　"怎么样了……"李旭晨还没看到岳书成话就先说出来。

　　"晨哥，你怎么才回来，爸摔了……"李旭晨看到瘫坐在地上的岳珊妮紧紧抱着岳书成，一个劲地落泪，也是无从下手。

"珊妮你先松手让我来。"李旭晨慢慢从岳珊妮手里接过岳书成，也许是因为力气大也许是因为心急，他一把抱起之后就往门口冲，往救护车驶进来的方向拼命地奔跑，直到车和人已经没有多少距离的时候他才缓缓停下来。李旭晨绕到车子后，医护人员放下担架，然后双方齐心协力才把岳书成扛上车。

岳珊妮这时候也跑出来了，一个劲地抓着李旭晨的小臂，李旭晨坐在她旁边尽量地轻声安抚，可岳珊妮哭的实在是太伤心了，所以索性一把把她搂在怀里，让她尽情地发泄出来。

"怎么还没到？"这已经是岳珊妮不知道多少次问起问题，实则时间才刚过去5分钟不到。跨越一路的障碍才急急忙忙把岳书成送进手术室，刚坐下的珊妮又继续掉眼泪，李旭晨看着于心不忍，让她靠在自己的肩膀上。

"不要哭了，哭也于事无补。"李旭晨不知道怎么安慰这个哭成泪人的岳珊妮，岳珊妮自然知道哭解决不了任何问题，但是现在的她又哪来的理智和稳定的情绪呢，毕竟躺在里面的那个人是现在唯一一个和自己有血缘关系的亲人了，可以说他就是除了李旭晨之外自己的全部。

"晨哥，都怪我，我就不应该在外面看报纸，我应该进去陪爸，他就不会自己……"似乎到了这种无计可施的时候，所有人都喜欢埋怨自己，但事实上这些埋怨毫无价值。

"珊妮，这是意外，不能怪任何人，你可以哭但是不能有这样的愧疚感，你会责怪自己一辈子的懂吗？现在不还在抢救吗？乐观一点。"李旭晨的安慰总能宽慰岳珊妮的心，岳珊妮就这样靠在他的肩上，看着时间一点点地流逝。

第八个小时的时候，两个人早就耗光了全部的精力。

"要不要出去买点吃的，我在这守着。"李旭晨听到岳珊妮的肚子发出声响，小心翼翼地问道。

"晨哥，我没有胃口你去吧，我现在只想看到爸一眼。"岳珊妮说着眼泪又开始决堤。

"出来了出来了……"李旭晨激动地喊着，岳珊妮赶紧围在病床前。

"爸，爸。"岳珊妮怎么叫岳书成都没睁开眼。

"病人打了麻醉，现在还没有意识，手术做得还算可以，但由于这是积劳成疾的老病，可以说是时日无多了。"听到医生的话，岳珊妮差点没晕倒过去。

"谢谢你了医生。"李旭晨还算是保持清醒，他知道这时候他绝对不能垮掉。

医生走了之后岳珊妮站都站不稳，只是一个劲地趴在李旭晨怀里哭，她没想过这一天会提前这么多到来，她以为岳书成至少能熬过这个寒冬，至少能看着她和李旭晨结婚，如果运气好还能看到他们的孩子出生，或者他们的孩子学会了叫外公。

"608 的病人醒了。"听到护士的召唤，李旭晨和岳珊妮一个箭步跑进去围在岳书成的床前。

"爸……爸……"岳珊妮叫的撕心裂肺，岳书成听到之后眨了眨眼，他现在还在打着氧气机。他把手一点点伸向岳珊妮的脸庞，帮她把眼泪一点点的擦干，在慢慢地把手放下，一切动作轻柔的像鹅毛落地似的。

"叔，医生说手术很成功，你要好好静养，等病好了，我们一起陪你去丽江。"李旭晨尽量挤出笑容，说些话分散着岳书成的注意力。岳书成微微地点点头，然后慢慢地闭上眼睛，估计是累了的原因，没过多久便睡去了。

"珊妮，你不要哭了，你这样叔看了多难过。"李旭晨把岳珊妮抱在怀里，边轻轻拍打着她的背，边用温柔的语气对她说。

"可是怎么办……怎么办……爸爸要离开我了，晨哥，他要丢下我了，我怎么办。"岳珊妮现在光是想想就感觉得到前所未有的畏惧，李旭晨不知道如何回答她的问题，能做的也只能是给她自己能给的安全感而已。

"还有我在，珊妮，晨哥会一直照顾你。现在我们都不能哭，能在一起的时间就不多了，光是剩下眼泪以后还有什么回忆可留？"岳珊妮听到李旭晨这么说，情绪才安稳了一点，她知道她的样子很失态，但毕竟她和岳书成一样，感性深入骨髓，最忍受不了的就是分别了。

岳书成醒了的时候，珊妮已经调整好自己的情绪了，她双手紧握岳书成的手掌，然后把他的手掌放在自己的脸颊上。

"爸，不要怕，还有珊妮呢。"岳珊妮强忍住眼眶里的泪水，对岳书成温柔地说着。

"珊妮。"岳书成戴着氧气面罩，艰难地说着。

"爸，我在，你说。"岳珊妮靠近岳书成的嘴巴，听他呢喃地说着。

"不要哭，宝贝。爸爸走了还有晨哥，他会照顾你，还有超越，人总要离开的。"岳书成花了很久才吐出这句话，断字间，岳珊妮的眼泪又是一滴滴地落下。

"叔，今天看起来好多了。"李旭晨依旧保持着强颜欢笑，他买来了一串薰衣草，那是岳书成最喜欢的味道，他总是说自己半夜会失眠，于是18岁的李旭晨给他买了一个香薰炉加薰衣草精油，从那以后夜夜他都要香薰睡觉。

"今天的薰衣草特别紫，说是从法国那边空运过来呢，还带着淡淡的花香，我放在这里你可以闻到。"李旭晨把花整理好才过去牵着岳书成的手，今天他的起色要比昨天的好很多了。

两人就这样轮流地照看着，一刻也没有离开，岳珊妮看着岳书成能够慢慢地开口说话，然后进食，觉得他很快就要好起来像以前一样嘟囔着要出院了。

医生来查房的时候神神秘秘地把两个人叫出去，岳珊妮最怕这个场面，一听到要私聊，她的眼泪就又已经准备好了。

"我很难过地告诉你们，器官已经走向衰竭的边缘了，病人现在忍受的痛苦大到无法想象，你们看看他有什么未了的心愿，赶紧了了，这时候的离去也是对他最大的解脱了。"岳珊妮听到这些话又抱着膝盖蹲在地上落泪起来，李旭晨只是和她紧紧拥抱在一起，然后陷入各自的哀愁。两人调节好情绪后，又一起牵手走进去。

"叔。"李旭晨叫着岳书成。

"嗯。"他用气息应了。

"外面的夕阳特别美，听说刚才午后还有了彩虹，我和珊妮推你出去看看，好吗？"岳书成没有说话的力气，点了点头，把他抬上轮椅以后，抓着李旭晨和岳珊妮的手也未曾放开过。两人就一个用左手，一个用右手推着岳书成的轮椅，慢慢地把他推到了私人医院那片一望无际的草地上。

今天的夕阳格外的美丽，照得整片天空都变成的夕阳红的色调，就像是染色的布料似的，岳书成就这样静静地望着天，好像精气神就这么回来了一点。

"珊妮，旭晨。"听到岳书成的叫唤，两人纷纷惊讶地拉着他的手，这时候岳书成看上去恢复了没摔倒之前的气色，岳珊妮高兴地应了声是，然后半躺在岳书成的怀里。

"你们两个以后要互相扶持了，爸爸看不到你们结婚那天了，最近总梦见珊妮的妈妈朝我招手，我想我陪伴你们那么久，也是时候过去陪陪她了，珊妮可不能和妈妈吃醋，因为爸爸找到了自己的接班人，珊妮有了新的骑士，爸爸这个老的就要退休了。"岳书成说了很多话，岳珊妮感到很是惊讶，这些话句句戳中岳珊妮的泪点，让她再一次泣不成声。

"珊妮是个大姑娘了，不能动不动就老哭。旭晨，这丫头从小被我惯坏了，你以后要包容她的刁蛮和无理了。"岳书翔接着说。

"叔，你放心，有我在的一天，珊妮就不会受委屈，你也一样。"李旭晨帮着他轻轻拨弄被风吹得凌乱的头发。

"我这一生也算是圆满了，所有的担忧都也得到解决了，现在爸爸胸口很痛，能走了就再也不用忍受疾病了，所以你们两个要往好的方面去想，等到你们的宝宝落地叫上外公了，一定要带到爸的面前，爸依旧会守护他的一生的。"岳书成说着，挤出一个笑，岳珊妮和他说着什么，他很认真地再听，听着听着就觉得世界突然好安静。李旭晨拨弄他头发的手刚好停在半空，岳书成低下头，全世界就安静下来了。

"爸……爸……"只有李旭晨听到岳珊妮的深深叫唤，岳书成听不见，整个世界也听不见，也许骑士手上真的有权杖，李旭晨接过了岳书成的权杖，他就和世界永远地告别了。

找了入殓师小心翼翼地帮岳书成化好妆，他的气色恢复到和没生病之前一样的好，岳珊妮甚至认为他又重新有了心跳，可是靠近一听，又大失所望。她的眼泪一滴滴打在岳书成的西装上，岳书成却再也没有帮她擦过眼泪，只是安静祥和地睡着，就好像与世无争一般。

葬礼那一天来了该来的人，也来了不该来的人。岳书翔的脸上依旧没有笑，但至少岳珊妮看到他来了，两人互相鞠躬之后，岳珊妮发现岳书翔也在以惊人的速度老化着，头发半白，皮肤褶皱，不知道什么原因他拄起了拐杖，走起路来步履蹒跚。李旭晨很想问他，到人生走到尽头这一刻，他有没有后悔，但是他不敢，他怕结果依旧如冰窖般让他感到寒冷，于是他只是冷眼地看着这个日渐老去的男人艰难地点着香火，鞠躬拜过，再插到炉上。这一切动作轻而缓，看着有诚意又实则在较劲，岳书成大抵还是输给了他先走了一步。

岳书翔没做过多的逗留，他的脚步很轻很轻，听人说他所有的资产都被银行冻结，房子被拍卖，具体的原因就是遭同行暗算，李旭晨没有心思去多做了解，也不知道他是欣慰还是感伤，总归人走了之后，都是尘归尘，土归土，还哪有多少爱恨情仇可以带走，又哪有那么多的原谅释怀可以说出呢。

第四十六章　尾声

岳书成走后，超越也陷入了一段时间的混沌，董事会那边闹得沸沸扬扬要换新主席上台，岳书成的遗嘱里绝大部分股份分给李旭晨和岳珊妮，另外还有一些小的份额和一套不错的房子居然是留给了岳书翔。岳书翔拿到资产划分授权的时候第一次脸上露出了对岳书成的愧疚和惋惜，李旭晨不知道自己有没有看错，但至少这一次他敢肯定没有恨了。

被提名的人其实也不多，李旭晨去参加并被推选上超越 CEO 的时候也都是全票肯定，他看到这个画面突然想起不久之前，岳书成力排众议把自己推向 CTO 的那一天还是如此的困难重重，今天自己如此轻易就坐上了 CEO，他不知道岳书成知道之后是不是还会和以前一样哈哈大笑，然后说着自己就是超越高科全部这样冠冕堂皇的话，但是他敢肯定，他和岳珊妮将于这个冬天过后的春天举行婚礼的事情一定能让他开心到彻夜难眠。

"你是我这辈子见过最美的新娘。"李旭晨牵着岳珊妮的手，如获至宝一般。

"先生，和新娘再靠紧一点。"摄影师提示道。

"女士你的手挽着这位先生的腰部。"摄影师再次吹毛求疵，但是岳珊妮和李旭晨都不着急，他们有的是时间慢慢来。

"我说这是谁这么美呢，原来是光电产业联盟协会的副会长理事岳珊妮

490

小姐啊，不过岳小姐，你这么美就不怕李旭晨这个中年男人到时候把你吃了吗？"杨文说起话来还是如此的讨厌，李旭晨没好气地在他肩上重重来了一拳。

"就你话多。"李旭晨说着恨得牙痒痒，岳珊妮则是捂着嘴呵呵地笑。

"我要跟你投诉，大嫂，我这边肩膀之所以比右边的要低一些，就是因为长期受到你这个老公的虐待，所以以后我老了要是落下什么肩膀疾病，我可是要赖上他一辈子的，到时候你得和我一起分割你老公的爱了。"杨文继续不依不饶地拿李旭晨开着玩笑，李旭晨也只好承认是自己交友不慎，还拉他来当伴郎。

"对了，珊妮，伴娘是谁？"李旭晨问道，这么久了伴娘怎么还没出现，现在照片也就差这么一个人物就可以拍摄完毕了。

"再等等，她是日理万机的大忙人，还特地从国外飞回来，我和她视频了3次才邀请到的，你们等下要对人家好一点。"岳珊妮叮嘱道。

等巫启穿着伴娘的服装手捧鲜花从台阶上走下来的时候，李旭晨和杨文是真的彻底惊呆了。

"我的天，你竟然请了巫启。"杨文不可思议地感叹道。

"不行啊，我现在和巫姐三两天就要视频一次，我已经把她当作我的亲姐了，文哥你不懂就一边去。"就连李旭晨也没想到一个像岳珊妮这样的柔情小女生和巫启这样的霸气老大姐也能成为挚友，果然这个光电子行业真是无奇不有。

"对了，忘了介绍，我的男朋友John。"李旭晨和杨文这下更是觉得观念被颠覆了，为什么毫无关系的两个人因为超越的关系就走到一起了。

"我知道你们两个很惊讶，不过我们已经在年底完婚了，所以这次送你们大金链记得下次打一条两倍粗的还我。"巫启和John一起提前献上大礼，让李旭晨和岳珊妮很是开心。

"巫姐，你们两个在一起我听到的时候都很惊讶，更不用说这两个人都是 John 的好友了，不过 John 你这个保密工作会不会做得太好了。"岳珊妮赶紧帮着李旭晨抱怨起他们两个。

"是巫启说要等今天给他们两个一个惊喜，不过话说回来，我和巫启当时在超越的时候并没什么感情基础，到了德国之后发现她真的是又自立又有才华，凡事能独当一面，我觉得不逊色于李董你。"听到 John 和巫启的大秀恩爱，李旭晨也当仁不让。

"有时候缘分就是这么巧，就像我和珊妮，若不是我被安排进了超越，现在也还是只身一人，倒是进了超越经过日夜相处，我们最终也才走到了一起，说起这个还要谢谢巫董呢。"岳珊妮听到李旭晨这么一说，突然也觉得有些害羞起来。

"二位有家室的人有没有看到站在旁边无辜的我，请考虑一下我这个当伴郎的感受。"杨文委屈地抱怨让人都狂笑不已。他见大家都开心呢，又说道："很快你们就会收到我的结婚请帖了。"杨文故作神秘地说。

"什么时候的事，晨哥你都不告诉我文哥有对象了。"

"这不是我不告诉你啊，是连我自己都蒙在鼓里的事啊。杨文，老实交代原委，不然准保你今天走不出这个大门口。"李旭晨一副气势汹汹的样子。

"各位少安毋躁，请帖有了，新娘还在印刷，各位要是有成品推荐，小人感激不尽。"杨文这么说，在场的所有人都捧着肚皮哈哈大笑起来，特别是岳珊妮笑得前俯后仰。

"你这杨文，真是服了你了。"李旭晨没好气地说道。

五个人笑声回荡在整个婚纱摄影店，连摄影师都追随着他们的笑容而拍下了真而切的相片，照片里的李旭晨和岳珊妮看着就像是一对相处了许多年的小情侣时而挑眉弄姿，时而哈哈大笑，时而撩起头发，时而摆弄衣角，摄影师完全看不出这是一对新婚夫妇，总觉得这样的默契没有多年是培养不出来的，而事实的确是他们以兄妹的名义进入了预备期的夫妻生活。

岳珊妮和李旭晨本就住在一起，但是李旭晨还是特意出了全公司的车开到岳家带上岳珊妮之后绕着超越高科大厦转了一圈又一圈，他想让全世界知道自己今天是最幸福的人，因为有了岳珊妮他的世界从此就变成了晴天。

"晨哥，爸爸不能看到今天我觉得是我人生中无法抹去的遗憾，我们陪他看过夕阳，他却不曾亲眼看到他最爱的女儿长大成人，嫁为人妇，我真想看着他亲手牵着我把我交给你，哪怕是用我10年光景去交换这一幕我也义无反顾。"李旭晨擦拭着岳珊妮哭花的妆容，他知道这一切遗憾也终究只能是遗憾，但还是想安慰岳珊妮。

"珊妮记得叔起来的那一天，我们两个人左右手推着轮椅，左右手牵着他吗？"李旭晨问着岳珊妮，眼睛里充满了宠溺。

"当然记得。"那是距离他们诀别最后的一个画面，李旭晨忘不掉，岳珊妮更是忘不掉。

"那个时候叔心里就是在想，他把你交给我了。"李旭晨宽慰地说道，岳珊妮喜出望外。

"真的吗？晨哥，可是那时候我们三个人的手都没有牵在一起。"岳珊妮还是有些失望地回答。

"你想啊，你牵着叔，叔牵我，那是不是空出两只手了，那不就是我牵着你吗？傻丫头。"岳珊妮既然被李旭晨这么一个勉强的解释再次弄的落泪，如果岳书成真是这个意思，那岳珊妮心里就少了这样一个遗憾了。

婚礼上李旭晨牵着岳珊妮的手，小心翼翼地走着，他们到了舞台的正中间，李旭晨说出他的心路历程。

屏幕上播放着岳珊妮和李旭晨从小到大的自拍照和合照，接而就是婚礼进行曲的背景。

李旭晨缓缓地说着自己给予岳珊妮的承诺，岳珊妮一把搂住李旭晨的脖子，哽咽了很久说不出一句话，她不知道岳书成是否在天上看着她，但她敢确认自己此刻是世界上最幸福女人。

度蜜月回来的李旭晨就接到光电子行业一本出名的连载周刊邀请他作为

新一期的嘉宾带观众一起走向这个行业，李旭晨知道这个消息后发现自己已经慢慢变成许多人眼里的优秀企业家。

自从上次行业竞赛获得头筹之后，根本就不需要超越再去寻找项目和写策划案，都是想合作的企业送过来让李旭晨去筛选。不过李旭晨不仅满足于此，他的终极目的是把超越高科打造成为超越产业园，虽然这个目标已经初步落实，但是具体的扩大还依然需要经过岁月的考核。

李旭晨不得不承认自己现在已经成为行业的红人，而与此同时各种利诱和冠名也纷至沓来，他侧卧在床上，看着旁边熟睡的岳珊妮，他心里竟然能全部放下这些功与名，只愿默默守护她，这也正是岳书成留给自己最珍贵的品质和宝贵的精神财富吧。

李旭晨吻了一下岳珊妮的唇，暗下决心要呵护这个女子最善良的纯真，也想到了岳书成托付给自己的超越，他希望这一身的正气可以永远留存在体内，也希望他的人生会因为这些目标有着大不同。但越过千山万水后他仍希望自己保留初心——做明白人，不趋炎附势、不咄咄逼人，学会包容和原谅，去帮助更多需要帮助的人。

三年后超越在新三板挂牌上市的消息传遍整个行业，李旭晨遵守承诺，成功让超越高科走向新时代的大门。一时间所有媒体记者围堵在超越大楼里等着要采访李旭晨。另一方面他着手的超越高新科技园的计划也已经慢慢浮出水面了，不少企业争相入驻，涉及动漫、高新技术还有一些新型行业。

"晨哥，你若是需要我的地方就只管开口，现在我也能帮上超越了。"岳珊妮颇为得意地说，这个依旧年轻的女孩已经有了职场精英的气质。

"那是当然，这是一项浩瀚的工程，需要我们两个一起努力才行，不过珊妮你要去甄别不同企业，因为较为优质的企业才能对我们的超越高新科技园有所贡献，一般的企业即使引进了，也是无济于事的。"李旭晨解释着。

"晨哥你放心，我愿意做这些跑腿的活，只要是你吩咐的事情我都能办好。"听到岳珊妮说得胸有成竹，李旭晨才欣慰地松了一口气，本来以为就自己一个人在战斗的他，突然有了成倍的信心。

通过岳珊妮的努力行业协会联盟那边也给李旭晨临时开了一个职位，让他专门负责向企业讲解有关计划，李旭晨就像日日为了自己的宏伟大计打拼一样没日没夜地在超越高科和行业协会联盟的大楼里奔跑，在为期2个月的奔波下，李旭晨收到了一个前所未有的好消息：政府加大力度支持这样的创新概念，给超越高科下拨一笔资金，也算是属于政府扶持的项目。李旭晨瞬间觉得自己的想法得到国家的认可，更是有着不可言说的激动。

他站在超越大楼的顶部放眼望城市，感慨万千。他觉得今日的他必将超越昨日的他，今日的超越集团必将成为明日的超越高新科技园区。也许当他实现这个目标又将迎来下一个目标的时候，他也将如今日之心情，但他始终相信从他接手岳书成的信任那一天开始，他的人生使命就是在光电子行业做出永生的奉献和奋斗。

（全书完）